U0033483

她的搖籃曲

Mine

羅伯・麥肯曼　著
劉泗翰　譯

鸚鵡螺文化

Kwaidan

鸚鵡螺，典故來自不朽科幻經典《海底兩萬哩》中的傳奇潛艇，未來，鸚鵡螺將在無限的時空座標中，穿越小說之海的所有疆界，深入從未有人到過的最深的海域，探尋最頂尖最好看的，失落的經典。

前言序曲……

寶寶又在哭了。

寶寶的哭聲讓她驚醒過來，雲端城堡也跟著消散了，使她煩躁不已。那是一個美夢，夢中的她依然年輕苗條，有一頭夏日艷陽般的金髮。她不想離開那夢境，但是寶寶又哭了。有時候她好後悔自己成為母親，因為寶寶毀了她的夢。但她依然得起身下床，套上拖鞋，因為沒有人可以替她照顧孩子。

她伸了個懶腰，動一動關節，然後站起來。她是個魁梧的女人，肩膀很寬，身高足足有一米八。有人會叫她「亞馬遜小妞」。那是誰呢？她記不起來。噢，對了，是他，她想起來了。那是他取的暱稱，是他們之間的愛情密碼。他的臉像一道美麗的光彩在她心頭綻放。她還記得他危險的笑聲，還有凌駕在她身上的堅實胴體，他們躺在一張綴著紫色串珠流蘇的床上，他摸起來就像是溫暖的大理石……

別再想了！回想往事只會帶來痛苦。

她說。「噓，噓。」沙啞的聲音中滿是睡意。寶寶還是一直哭。她愛這個孩子，勝過她長久以來愛過的一切事物。可是寶寶真是會哭，好像永遠都不會滿足。她走到嬰兒床邊看著他。馬路對面那家瑪吉超商的光透進房裡，潮濕的燈光照著他臉頰上的淚水。「噓。」她說。「羅比？噓，別哭了！」可是羅比不肯安靜。她不想吵醒鄰居，他們從來都不喜歡她，特別是隔壁那個老混蛋，每次她一放罕醉克斯跟賈普林的唱片，他就猛敲牆壁，還威脅說要叫豬玀們來。而且他一點都不尊敬神。

「安靜！」她對羅比說。寶寶發出哽噎的聲音，草莓般的小拳頭在半空中揮舞，哭聲哽住了喉嚨。她從嬰兒床裡抱起小嬰兒，輕輕搖晃他憤怒得發顫的小小身體。她試著把他安撫下來，剛好聽到外面那條通往亞特蘭大的公路上，有一台十八輪大貨車呼嘯而過。她喜歡那聲音，像河水沖刷過石頭那麼清澈，可是也讓她難過。好像每個人都有什麼地方要去，只有她困在原地。每個人都有自己的目的地，有屬於自己的恆星，她的星星卻只燦爛過一瞬間，然後就燒成了灰燼。那發生在好久以前，簡直是上輩子的事了。如今她卻在這裡，住在公路旁一間租金低廉的公寓裡。夜色晴朗的時候，她還看得見東北方的城市燈火。若是下雨的夜晚，她就什麼都看不到，只有無邊無際的黑暗。

她在狹窄的臥室裡走來走去，對著寶寶柔聲哼唱。但他還是哭個不停，她的頭開始痛起來。真是頑固的孩子。她抱著他穿過走廊，來到廚房。燈一點亮，蟑螂就到處竄逃找掩護。廚房真他媽的髒亂，她忽然為自己搞出來的混亂暴怒起來，揮手掃掉桌上的空罐和垃圾，騰出空間來給孩子躺，幫他檢查尿布。沒有，尿布沒濕。「你餓了嗎？你餓了嗎，小寶貝？」羅比只是咳嗽，倒抽著氣，哭聲緩和了幾秒，立刻又往上升成尖銳高頻的哀號，像一把剃刀在她的頭顱裡刮。

她想找奶嘴，卻到處都找不到。她一瞥時鐘，四點十二分！天哪！再過一個多鐘頭她就得去上班了，而羅比還是狂哭不止。她把亂扭亂動的孩子留在桌上，自己走去開冰箱。冰箱門一開就飄出一股酸腐味，裡面有冷掉的炸薯條、一小塊漢堡王的漢堡、罐頭肉、乳酪、牛奶、半罐烤豆子和幾瓶嘉寶嬰兒食品，不知道是什麼東西壞掉了。她挑了一瓶蘋果泥，從櫥櫃裡找出一把小鍋子，轉開爐火，鍋子拿到水槽的水龍頭底下裝點水，再放到爐火上，把整瓶蘋果泥放進鍋裡隔水加熱。羅比不喜歡吃冷的東西，而溫溫的食物可以助眠。做一個母親必須懂很多小訣竅，不是容易的工作。

她等蘋果泥加熱的時候，瞄了羅比一眼，一看之下差點沒把她嚇死——羅比就要從桌緣滾下去了！

她以她八十三公斤的體重能達到的最快速度衝上前，驚險萬分的接住小羅比，只差那麼一點，他就會摔到塑膠地磚上了。他又開始嚎啕大哭起來，她緊緊把他抱在懷裡。「乖，別哭了，乖。差點就摔斷脖子囉，是不是啊？」她抱著哭個不停的寶寶在廚房裡走來走去。「差一點就摔斷囉，你這個壞孩子！好啦，別哭了。瑪莉來救你囉。」

羅比在她懷裡還是又哭又踢，瑪莉覺得自己的耐性就像一面和平旗幟，即將被強勁的熱風撕成碎片。

她強壓下那股感覺，因為它非常危險。那讓她想起定時炸彈，還有把子彈推進自動步槍彈膛裡的手指，讓她想起音響喇叭傳來的神諭怒吼，讓她想起她去過的地方，還有她究竟是誰。全都是很危險的事，不該逗留在她的腦子裡。她一隻手搖著羅比，另一隻手伸過去摸蘋果泥的瓶子，嗯，夠熱了。她把瓶子拿出來，又從抽屜裡找出一根湯匙，抱著寶寶坐下來。羅比的鼻涕流個不停，臉上都是紅斑。「來。」瑪莉說，「小朋友吃點心囉。」可是他嘴巴閉得好緊，不肯張開，小腳忽然亂蹬起來，結果蘋果泥潑了出來，灑在瑪莉的格紋法蘭絨睡袍上。「要死啦！」她說。

「他媽的！看看你幹的好事！」孩子還是拼命的扭動身體。「你給我吃！」她對他說，又舀起更多蘋果泥。

但他還是不肯聽話。蘋果泥從嘴角流到了下巴。他在對抗她，這是一場意志的鬥爭。瑪莉伸出大掌掐住小嬰兒的臉，用力擠捏他肥嫩的小臉蛋。「你給我聽好！」她衝著他淚光閃閃的藍眼睛大吼。小嬰兒嚇呆了，安靜了那麼幾秒鐘，但新一波淚水立刻又湧下臉龐，哭號聲再度刺穿瑪莉的腦殼，讓她頭痛欲裂。

羅比的嘴唇成了對抗湯匙的障壁，蘋果泥都滴到他睡衣上了，印著歡樂黃色小鴨鴨的睡衣。瑪莉一想到她必須做她最嫌棄的家務——洗衣服，已經快要崩斷的理智線，立刻被一陣暴怒摧毀。

她丟開湯匙，一把抓起小嬰兒，開始搖他。「你給我聽好！」她大吼。「聽到我說的話沒有？」她搖晃得愈來愈大力，小小的頭顱前後甩動，但尖銳的哭聲還是不斷從他嘴裡冒出來。她伸手摀住他的嘴，他的頭不斷撞擊她的手指，哭聲卻愈來愈高亢，不斷往上迴旋攀升。她得準備去上班了，她得換上另一張臉，她每天離開這狹窄房間到外面時，都必須換上那張臉，她得不斷對顧客說。「是的，女士」和「不是，先生」，按照標準流程包漢堡，那些來買漢堡的人永遠不會知道她曾經是什麼樣的人。他們絕對猜不到，就算給他們一百萬年也猜不到：她寧可割斷他們的喉嚨，也不願意和他們正面相視。羅比還在尖叫，整間公寓裡都是他的哭聲，隔壁的人在敲牆了，她覺得喉嚨開始痛起來。

「你愛哭嗎？」她大吼，把奮力掙扎的小嬰兒夾在手臂下。「我就讓你哭個夠！」

她揮掉爐台上的鍋子，把爐火開到最大。

羅比這個壞胚子，還是繼續尖叫哭鬧，反抗她的意志。她並不想這樣做，這會讓她很心痛，可是小孩如果不聽媽媽的話，又有什麼好處呢？「你不要逼我這樣做！」她用力抖動羅比，好像他是一塊肉做的破布。「不要逼我傷害你！」他的臉都扭曲了，哭聲的頻率高到幾乎聽不見，但是瑪莉可以感覺到那股高壓在鋸她的顱骨。「不要逼我！」她警告他，然後抓住他的後頸，賞他一個耳光。

她身後爐子的火光燒得越來越旺。

羅比不肯屈從她的意志，不肯安靜下來，一定會有人把那些豬玀叫來，要是真的發生了……隔壁有人用拳頭在敲打牆壁。羅比揮舞著雙手，又踢又叫。他想擺脫她，是可忍孰不可忍！她的牙齒咬得好緊，太陽穴下的血管砰砰跳動。羅比的鼻子流出了深紅色液體，他的聲音像是世界瀕臨毀滅時的尖叫。

瑪莉的喉嚨深處發出低沉的呻吟聲，轉身面對爐台，把寶寶的臉壓上火紅的爐口，用力的壓住。

小小的身體扭動抽搐，她感覺到一股可怕的熱度從他身上傳來，襲上她的臉龐。羅比還在尖叫，雙腿拼命踢蹬。她的手仍然用力壓著他的後腦勺，眼中泛著淚，心裡難過極了，羅比明明一直都是那麼乖的孩子。

他終於不再掙扎，哭聲也消失在火焰的嘶嘶聲中。

寶寶的頭顱燒融了。

瑪莉看著眼前的一切，好像她的靈魂脫離了肉體，從高處往下看，像一個冷酷而好奇的旁觀者，遠遠觀望著事情發生。羅比的頭顱逐漸萎縮，揚起幾點星火，粉紅色的肉體融解成閃亮的泥灘。她感覺得到手中的熱氣。現在他安靜了，現在他知道誰才是老大。

她把他的身體拉起來，但是他的臉幾乎整張剝落，內外翻轉的焦黑臉皮就黏在火燙的爐口鐵圈上。羅比死了。

「喂，妳這個怪胎！」有聲音隔著薄牆傳過來，是隔壁的老頭，他信箱上的名字是「薛可雷」，常常拿著垃圾袋跑到公路上撿鋁罐。「不要再鬼吼鬼叫了，否則我就叫警察來！妳聽到了沒？」

瑪莉看著原本是羅比臉龐的窟窿，洞口邊緣燒得焦黑，整顆頭還籠罩在煙霧裡。爐口殘留的塑膠冒出火花，整間廚房瀰漫著噁心的甜膩氣味，每個嬰兒死掉之後都會留下這種味道。

「安靜點，別人還要睡覺！」他又在敲牆壁，震得牆上的相框不停亂跳。那些都是她從雜誌上剪下來，再用廉價相框裱起來的嬰兒相片。

瑪莉還是站在原地看她的玩偶，嘴巴半張，一雙灰眼呆滯無神。又走了一個。又有一個要到天堂去了。可是他一直都是個乖孩子啊。她一直以為他會是最好的一個孩子。她遲鈍的抬起手揉揉眼睛，然後關掉爐火。塑膠碎片還在冒火花，一縷藍色輕煙在空中飄蕩，像是鬼魂呼出的氣息。

她拿著玩偶來到走廊的櫥櫃前，櫥櫃深處有一個紙箱，裡面全都是死掉的寶寶，全都有她每次暴怒留下的標記。有些玩偶的臉被燒掉了，跟羅比一樣。有些是斷了頭或缺手缺腳。有些玩偶身上還有輪胎輾壓的痕跡，有些則慘遭利刃剖腹。這些玩偶全都是男孩，也全都曾經是她的寶貝。

她把羅比身上的黃色小鴨鴨睡衣脫掉，用兩根手指拎著他，好像拎著什麼髒東西似的，把他丟進死亡紙箱，再把紙箱塞回櫥櫃深處，然後關上櫥櫃門。

她把充當嬰兒床的木條板箱收起來。又是孤伶伶一個人了。

又一輛十八輪大貨車飛馳而過，牆壁震得嘎吱作響。瑪莉像夢遊一樣緩緩踱回臥室。又一個嬰兒的死亡佔據了她的靈魂。已經死了這麼多個，有這麼多個。為什麼他們就是不在乎她呢？為什麼他們總是反抗她的意志？這樣是不對的，她餵他們吃飯，替他們洗澡穿衣，她給了他們愛，結果呢？他們竟然都恨她，因為恨她而死掉了。

她想要被愛。除了被愛，這世上的一切她都不想要。難道她的要求太過分了嗎？

瑪莉站在窗邊，往窗外的公路望了好久。樹木都光禿禿的。荒涼的一月啃噬著大地，寒冬似乎主宰著整個世界。

她把手上的睡衣丟進浴室的洗衣籃，然後走到五斗櫃前，拉開最底下的抽屜，伸手到折疊整齊的運動衫底下，拿出一把柯爾特點三八左輪手槍。槍身的光澤已經磨損，六顆子彈的彈膛都是空的。

瑪莉打開電視，TBS已經開始播放晨間卡通節目「兔寶寶」。在藍色的微光中，瑪莉坐在凌亂的床鋪邊緣，旋轉彈膛，一次、兩次、三次。

她深深吸了一口氣，左輪手槍的槍管抵住右邊的太陽穴。

「過來，你這隻瘋狂的兔子！」

「誰？我嗎？」

「是啊，就是你！」

「啊啊啊，怎麼啦？是——」

她扣下扳機。

撞針敲在空蕩蕩的彈膛上。

瑪莉呼出憋住的那口氣，微微一笑。

她心跳得好快，甜美的腎上腺素在全身流竄。她把手槍收回原來的地方，關上抽屜。現在她覺得好多了。羅比只不過是一場惡夢。可是沒有小寶寶可以照顧，她撐不了多久的。不行，她是天生的母親，曾經有人說她是大地之母。她需要一個新的小寶寶。羅比是她在道格拉斯維爾的玩具反斗城買的，她可不會傻傻跑去同一家商店買東西，她後腦勺依然長著眼睛，總是在注意那些豬玀的蹤跡。所以她得去找另一家玩具店。小事一樁。

快到她準備上班的時間了。她需要一點時間放鬆心情，換上她走出房間時需要的臉孔。她的漢堡王臉孔，堆滿笑容的友善臉孔，絲毫看不出她眼中的冷酷剛毅。她站在浴室的鏡子前面，點亮刺眼的白熾燈泡，讓那張臉孔慢慢浮現。「是的，女士。」她對鏡中人說。「您想要搭配薯條嗎，女士？」她清清嗓子，聲音需要再高一點、再蠢一點。「是的，先生。謝謝您，先生！祝您有愉快的一天。」她展開臉上的笑容，然後關上。再展開，再關上。牛群需要看到笑容，她想到那些在屠宰場工作的人，他們舉起木槌準備敲碎牛隻的頭顱時，會不會先對牠們微笑呢？

笑容仍然留在臉上，讓她看起來比實際年齡要年輕一點，但是眼角的深紋還是無所遁形。她四十一歲了，一頭長髮不再是夏日艷陽般的金黃，而是老鼠般的灰褐色，其間還夾雜幾綹白髮。

上班的時候，她會紮一個緊緊的髮髻。她臉型方正，下顎線條很剛硬，但她可以裝出懦弱膽怯的樣子，像是一頭意識到再往前走幾步就會被敲破腦袋瓜的母牛。只要她想要，沒有什麼表情是她裝不出來的，衰老、年輕、怯懦或頑抗的臉。她可以扮成年華老去的加州女郎，也可以扮成偏遠荒郊的鄉下佬，輕而易舉。她可以垂下肩膀，裝出一副畏畏縮縮的蠢樣，也可以抬頭挺胸，展現亞馬遜女戰士的氣勢，挑戰每一個他媽的擋住她去路的王八蛋。重點全在神態，她去紐約唸戲劇學校可不是唸假的！

她的真實姓名既不是她喬治亞州駕照上的名字，也不是圖書館借書證、有線電視帳單或寄來她公寓的信件上的名字。她的本名是瑪莉泰瑞爾。她還記得以前大夥兒把大麻菸或是廉價紅酒遞給她的時候，總是叫她——恐怖瑪莉。

聯邦調查局從一九六九年春天就開始通緝她，罪名是謀殺。

花椒軍曹（Sgt. Pepper）死了，美國大兵卻還活著。喬治布希當上了總統，電影明星死於愛滋，貧民窟和郊區的孩子們在吸毒，穆斯林在高空中炸毀飛機，饒舌音樂席捲全球，再也沒有人在乎什麼運動。沾滿塵土而乾枯的往事，就像罕醉克斯和賈普琳墳墓裡的空氣，像上帝墳墓裡的空氣。她任由思緒引領她深入那些險惡的地域，而回憶威脅到她臉上的微笑了。於是她不再回想，那些逝世的英雄，那些把長鐵釘炸彈放進大公司會議室和國民防衛隊軍火庫的火爆人物。她不再回想那些事情，以免自己被沉重的哀傷壓垮。

六〇年代已經死了。倖存下來的人繼續跛著腳前行，他們穿上西裝、打上領帶，還養出了啤酒肚。他們的頭禿了，還告誡自己的孩子不要聽那些惡魔的重金屬音樂。水瓶年代（Age of

Aquarius）的新紀元已經開始了，激進派的嬉皮變成預備學校畢業的雅痞，芝加哥七人幫成了老人幫，黑豹黨褪成了灰色，死之華（The Grateful Dead）上了MTV，傑佛遜飛船也變成了排行榜前四十名的星船（Starship）。

恐怖瑪莉閉上眼睛，彷彿聽到了風吹過廢墟的呼嘯。

我要，我想要。她想著，一滴淚珠緩緩滑落她的左頰。

我想要有屬於自己的東西。

她睜開眼睛，看著鏡子裡的女人。笑！笑！她的笑容又回來了。「謝謝您，先生。請問您需要來一杯冰涼的百事可樂搭配漢堡嗎？」

眼神還是太冷酷，是偽裝的破綻。她必須再努力改進才行。

她脫掉身上的格紋睡袍，睡袍上還沾著她剛才抖落的蘋果泥。她看著自己無情燈光下的裸體，臉上的笑容漸漸消失了。她的身體蒼白鬆弛，腹部、臀部和大腿都軟塌塌的，乳房下垂，乳頭呈現灰褐色。這具軀殼看起來好空虛。她的目光鎖定在網絡糾結的舊傷痕上，隆起的傷疤組織從腹部橫跨到左大腿，一路延伸到雙腿之間深褐色的隱密處。她用手指輕撫傷疤，感受它們的殘酷。她內心的傷疤卻還要更深更可怕，徹底摧毀了她的靈魂，她知道。

瑪莉還記得，當年她的軀體曾經那麼年輕緊實。那時候，他的手幾乎捨不得離開她的胴體。她記得他推進她體內的炙熱感覺，那時他們正乘著迷幻藥的翅膀飛翔，而他們的愛將永不凋零。她還記得黑暗中的蠟燭，還有焚香的草莓香氣，唱機裡放著神的樂團——門戶合唱團（Doors）的唱片。那是好久以前的事了，她想。胡士托（Woodstock）國度已經變成了百事可樂世代。

許多亡命之徒為了換到一口空氣而浮上水面，自願走進國家責任賠償的牢籠，穿上這個腦殘國家的制服，加入牛群牲畜的行列，列隊走入屠宰場。

可是他沒有。傑克勛爵沒有。

她也沒有。

雖然她的肉身因為吃了太多速食而變得鬆垮，她依然是恐怖瑪莉。恐怖瑪莉依然在她體內沉睡，做著關於過去的夢，關於過去一切可能的夢。

臥室裡的鬧鐘響了。瑪莉一揮掌按掉鬧鈴，打開淋浴間的冷水閥，走進冰冷的水流之中。她沖好澡，吹乾頭髮，就穿上漢堡王的制服。她在漢堡王做了八個月，已經升到日間助理經理的職位，底下是一群分不清切格瓦拉和杰拉爾多里維拉（Geraldo Rivera）的年輕孩子。他們也從沒聽過「地下氣象員」（Weather Underground）或是「暴風戰線」，她無所謂。那些孩子以為她只是個手頭拮据的離婚婦女，那也沒有關係。他們不知道她可以用雞糞和煤油做土製炸彈，更不知道她可以徒手拆卸M十六步槍，或是毫不猶豫的開槍射穿一隻豬玀的臉，就像打死一隻蒼蠅。

他們還是笨一點好，笨總比死掉來得好。

她關掉電視。該出門了。她從梳妝臺上拿起一枚黃色笑臉胸針，別在上衣胸前，然後穿上她的褐色大衣，拿起皮包，裡面的證件能證明她的身分——金潔寇爾斯。她打開家門，走向外面那個冷冽而令人痛恨的世界。

恐怖瑪莉那輛老舊生鏽的藍色雪佛蘭就停在停車場上。薛克雷站在窗口監視她，但他一發現瑪莉在看他，立刻就退離窗口。這老傢伙的眼睛早晚會讓他惹上麻煩。也許不會太久。

她開車離開公寓住宅區，加入早晨上班的車潮。無數車輛從周邊的郊區小鎮開往亞特蘭大，這些駕駛永遠也猜想不到，她其實是一個一百八十公分高的定時炸彈，正以穩定的速度滴答滴答的走向爆炸。

第一部　蝴蝶的尖叫

第一章　安全的地方

寶寶又踢了一腳。「噢！」蘿拉克萊波恩叫了一聲，然後摸摸自己鼓脹的肚子。「他又在踢了！」

「他以後一定是個足球選手，我跟妳保證。」坐在桌子對面的凱若梅澤一邊說，一邊端起她的夏多尼白酒。「總之呢，麥特跟蘇菲亞說她的作品很差勁，氣得她火冒三丈。妳也知道蘇菲亞的脾氣。我敢發誓，親愛的，妳都可以聽到玻璃窗在震動了，簡直就像是末日審判。結果麥特這隻落水狗，立刻夾著尾巴逃回自己的辦公室。不過說真的啊，蘿拉，總得有人站起來對抗那個女人。我是說，整件事都是她在主導，但是她想出來那些點子——抱歉我要說髒話了——真他媽的爛到爆！」她為整段八卦畫下完美的句點，啜飲一口酒，深褐色的眼睛興奮得發光，一頭黑色長鬈髮像是在她頭上狂歡，鮮紅的指甲長到可以刺穿心臟。「只有妳的話她還肯聽，可是現在妳不在，整間辦公室都快要垮了。蘿拉，我說真的，她根本已經失控了。老天保佑喔，希望我們可以撐到妳銷假回來上班。」

「我一點也不期待。」蘿拉伸手拿她的飲料，一杯加了檸檬片的沛綠雅氣泡水。「聽起來好像每個人都發瘋了。」她又感覺到寶寶在肚子裡拳打腳踢，還真是個足球選手。再過兩個星期就是寶寶的預產期，波奈特醫師說大概會在二月一號。早在漫長炎夏的開端，也就是她懷孕的第一個月，蘿拉就放棄了偶爾小酌的習慣。後來又經過一番更艱苦的掙扎，她終於戒掉了一天一包的香菸。她今年十一月就要滿三十六歲了，這是她的第一個孩子，而且肯定是個男孩子——他在超音波圖裡秀出了小雞雞，千真萬確。有時候她會像個傻瓜一樣，不知道在開心什麼，有時候又感到茫然恐懼，未知的未來就盤踞在她肩上，像一隻烏鴉在啄食她的大腦。她家裡堆滿了育兒書，原本給道格充當書房的客房也漆成了淡藍色，他的書桌與 IBM 桌上型電腦全都搬了出來，讓位給她祖母送的嬰兒床。

那真是一段奇怪的時光。最近這四年，她一直聽到自己的生理時鐘在倒數計時，而且好像不管走到哪裡，都會看到推著娃娃車的女人，她們是另外一個社會的成員。沒錯，她是很開心，也很興奮，偶爾也覺得自己身上真的散發著母性光輝。但是除此之外，她只是在擔心以後還能不能打網球，或是萬一她的肚子消不下去該怎麼辦？她身邊流傳著各種恐怖故事，絕大多數都是由凱若提供。凱若比她小七歲，結過兩次婚，沒有小孩。葛麗絲狄莉懷第二個小孩的時候，整個人像吹氣球一樣腫了起來，現在呢，她整天只想坐著，然後狼吞虎嚥的吃掉一盒又一盒歌蒂梵巧克力。琳賽范婷娜完全無法控制她的雙胞胎，兩個孩子在家裡稱霸的程度，儼然是阿提拉與瑪麗安東尼再生。瑪莉安巴洛絲生了一個紅髮小女娃，脾氣之大，連「網球皇帝」馬克安諾（John McEnroe）跟她相比都像是個娘娘腔。珍菲爾德的兩個兒子，除了維也納香腸和炸魚柳之外，什麼都不肯吃。全都是凱若提供的例子，她非常樂意幫助蘿拉，舒緩她對未來生活衝擊的恐慌。

她們所在的地方，是亞特蘭大的雷諾克斯廣場一家名為「漁市」的餐廳。服務生走到她們的桌位旁，蘿拉和凱若各自點了菜。凱若點鮮蝦蟹肉沙拉，蘿拉則點了大碗的海鮮濃湯飯和特製水煮鮭魚。「我一人吃兩人補嘛。」她看到凱若在偷笑，忍不住補上這句。凱若又多點了一杯夏多尼。這間餐廳相當優雅，以海洋綠、淡紫羅蘭與粉紅色裝潢，擠滿了正在用餐的商界人士。蘿拉的視線掃過餐廳，數一下有幾條代表權勢的領帶。女人都穿著有墊肩的深色套裝，頭髮像是用髮膠定型成的頭盔，身上散發著鑽石的光芒，以及香奈兒或亞曼尼的香水味。這群人絕對都開寶馬或賓士車，服務生在餐桌之間奔走忙碌，留心每一張新鈔和美國運通白金卡的需求。蘿拉知道這些人是做哪一行的：房地產、銀行金融、證券經紀、廣告公關——全都是新南方最炙手可熱的行業。他們大多數人都靠信用卡過日子，開的豪華名車也是租來的，但是門面決定一切。

蘿拉耳裡聽著凱若談論報社裡的大災難，眼前卻突然浮現出奇異的幻象。她看到自己穿過漁市餐廳的大門，走進這個空氣稀薄的地方。只不過她看到的不是現在的自己，不是現在這個精心打扮、衣著考究的自己，她的指甲沒有做過法式美甲，一頭栗色長髮也沒有用精緻的金色髮夾束在腦後，讓髮尾輕柔的披在肩頭。她看到的是十八歲的自己，戴著一副老氣橫秋的眼鏡，但是鏡片後那雙淡藍色眼睛透亮清澈，充滿反叛的勇氣。她穿著一條喇叭牛仔褲，上衣看起來像是褪色的美國國旗，腳下蹬著一雙汽車輪胎做成的涼鞋，就像新聞影片裡那些越南人穿的鞋子。她臉上沒有化妝，一頭坍塌的長髮需要好好梳理，臉上的怒氣堅定不移。她的衣服上別著各種圓形小徽章，有和平標誌和停止戰爭、美帝主義、還政於民之類的標語。這位後來變成蘿拉克萊波恩的嬉皮——那個時候她還叫做蘿拉畢爾——踩著涼鞋，啪嗒啪嗒的走過鋪了地毯的地板，來到餐廳中央時，所有討論利率、企業併購與廣告宣傳的話題全都嘎然而止。餐廳裡的人大多是三十來歲、四十出頭，他們都還記得以前的抗議遊行、燭光守夜，還有焚燒徵兵召集令的事，或許有些人還曾經跟她一起站在前線抗爭，可是現在他們卻目瞪口呆的看著她，有些人嗤之以鼻，有些則發出緊張的笑聲。「到底怎麼了？」她問他們，叉子滑進了海鮮濃湯的大碗裡，正要伸去拿酒杯的手還停在半空中。「我們到底是怎麼了？」

那個嬉皮不知道答案，但是蘿拉克萊波恩知道。我們變老了，她想。我們長大了，在巨大的機器裡找到各自的位置。機器給了我們昂貴的玩具，而藍波跟雷根告訴我們。「別擔心，要開心」。我們搬進大房子裡，買了人壽保險，甚至擬好了自己的遺囑。而現在我們開始質疑，在內心最深處偷偷懷疑，那些抗爭和騷動真的有意義嗎？我們覺得美國說不定最後還是會打贏越戰，覺得只有錢才能讓人平等，覺得某些書和音樂確實應該被查禁。我們在想，如果有新世代的抗議群眾上街抗爭，我們會不會是第一個叫警衛出來的人。青春是渴望燃燒，蘿拉心想，歲月卻是壁爐前的火光倒影。

「……想把頭髮剪短，只在後腦勺留一條像老鼠尾巴的辮子。」凱若清清嗓子。「地球呼叫蘿拉，蘿拉請回答！」

她眨眨眼睛，那個嬉皮不見了。漁市餐廳又是一片安穩平靜。蘿拉說。「對不起，妳剛剛說到哪了？」

「妮基蘇克莉佛的小兒子馬克斯，才八歲，他想把頭髮剪掉，留一條像老鼠尾巴的辮子。而且他喜歡那些垃圾饒舌音樂。妮基不准他聽。妳簡直不敢相信現在唱片裡唱的那些髒話！妳最好先想想這些事，蘿拉，萬一妳兒子想要剃掉頭髮，頂著一顆大光頭，整天唱那些猥褻的歌，妳該怎麼辦？」

「我想…」她回答。「我等以後再來傷腦筋吧。」

沙拉跟海鮮濃湯飯來了。蘿拉聽著凱若談論亞特蘭大《憲政報》生活與時尚版的辦公室政治。蘿拉是專跑社交新聞的資深記者，同時也撰寫書評，偶爾寫一兩篇旅遊報導。亞特蘭大是個社交城市，這一點無庸置疑。小聯盟、藝術指南、歌劇協會、大亞特蘭大博物館理事會，這些團體和其他更多活動都值得蘿拉關注，如名媛初入社交圈的宴會、贊助各種藝術與音樂基金的富豪捐贈儀式，還有古老南方大家族之間通婚的豪華婚禮等等。她在三月銷假上班剛剛好，因為結婚旺季是從那個時候開始，一直持續到六月中旬的最高峰。有時候她也覺得百思不解，怎麼一下子就從二十一歲跳到三十六歲了呢？她從喬治亞大學拿到新聞學的學位，在故鄉梅肯市的小報做記者，兩年之後才到亞特蘭大。她的黃金時刻就要來了，她當時是這樣想的。她在席爾斯百貨賣廚具維生，花了一年多的時間，好不容易才得到《憲政報》編輯部的一份工作。

她一直夢想成為《憲政報》的記者，一名有鋼鐵般的口齒，眼睛如老鷹般銳利，能夠舉奸揭弊的記者。她要把掩蓋種族不平等的假面具撕開，揪出那些在貧民窟剝削榨血的惡劣房東，揭發軍火商的邪惡行徑。在編輯台寫了三年的無聊標題，編輯其他記者寫的新聞之後，她的機會來了——她獲得都會版記者的職位，第一個任務就是到勇士隊球場附近一間公寓大樓採訪槍擊案。

只不過他們沒跟她說這個案子牽涉到嬰兒。沒有，他們沒說。

等到採訪結束之後，她知道她無法再做同樣的事。也許她很懦弱，也許她一直都在自我欺騙，以為自己可以用男人的方式面對。但是一個男人絕不會崩潰大哭，也不會當場在警察面前嘔吐。她還記得電吉他的尖銳聲音，巨大的音量穿透整座停車場。那是個酷熱潮濕的七月夜晚，一個可怕的夜晚，直到現在，那一夜的景象有時還是會在她最恐怖的惡夢中出現。

後來她被改派到社交版，第一個任務就是去採訪希維坦團會（Civitans）的星條旗舞會。而她也接了。

蘿拉認識很多做這行的男男女女，他們都很稱職。他們可以擠到傷痛欲絕的空難罹難者親友身邊，將麥克風堵到他們面前。他們可以到停屍間，拉開冰櫃抽屜，細數屍體上的彈孔數目。他們可以在陰暗的森林裡守候，等著警察搜索命案受害人的屍塊。她看著他們日漸衰老，日漸憔悴，在生命的大屠殺之中追尋某種意義。而她，決定留在社交版。

那是一個安全的地方。隨著她年紀漸長，蘿拉更體認到安全的地方不容易找，而且如果待遇一樣好，這裡不就是最好的落腳之處嗎？

她穿著深藍色的套裝，跟餐廳裡其他商界女士穿的差不多，只不過她的衣服是量身訂做的孕婦裝。她那輛銀色寶馬就停在停車場上，結婚八年的丈夫在亞特蘭大市中心的美林證券擔任經紀人，兩人的薪水加起來，一年有十萬美元以上的收入。她用雅詩蘭黛的化妝品，在巴克海區時髦的小精品店買衣服與配飾。她到特定的店裡做美甲和修腳，又到另外一家店裡做蒸氣浴和按摩。她會去看芭蕾舞、聽歌劇，會去逛藝廊，參加博物館的晚宴，不過都是一個人去。

道格被工作綁得死死的。他開的賓士車裡有車用電話，回到家裡也是不停接電話、講電話。當然，那只是一種偽裝。他們兩人都知道，工作背後有更大的問題。他們關心彼此，就像兩個曾經同甘苦共患難的老朋友，但是他們之間的關係並不能稱作愛情。

「道格還好嗎？」凱若問。她老早就知道這個真相了。這種事情很難瞞得過凱若敏銳的眼睛，反正他們也認識很多相處模式像金融夥伴一樣的夫妻。

「他還好，工作很忙。」蘿拉又吃了一口濃湯。「除了星期天早上之外，他幾乎都不見人影。他現在星期天下午都會去打高爾夫球。」

「可是寶寶一出生，很多事情都會變得不一樣吧，妳不覺得嗎？」

「我不知道吔，或許吧。」她聳聳肩。「他對寶寶的到來也很興奮，可是……我想他也會害怕吧。」

「害怕？怕什麼？」

「害怕改變吧，我猜。害怕我們生活中突然多了一個人。那種感覺很奇妙，凱若。」她一手放在隆起的肚子上，未來就在肚子裡面。「知道有個人在我的肚子裡，而且會——老天保佑——在我跟道格都死了之後還活在這個世界上，而且我們還得教導這個人如何思考、如何生活。這種重責大任很嚇人吔。就好像……我們一直都在玩家家酒，扮演大人，直到現在才變成真的。妳能體會嗎？」

「當然可以。所以我才不要生小孩。養小孩累死人了！只要不小心犯個錯，砰！一個愛哭鬼或小暴君就誕生了。天哪，我真不知道這年頭大家怎麼還有辦法養小孩。」她又猛灌了一大口夏多尼。「反正我也不是做母親的料。見鬼了，我連條小狗都養不好！」

此話一點也不假。凱若那隻博美狗對波斯地毯一點也不尊重，看到捲起來的報紙也不會害怕。「我希望我是一個好母親。」蘿拉說，她覺得自己愈來愈逼近內心深處的暗礁。「我真的很希望是。」

「妳一定是啦。這點妳就不必操心啦。妳絕對是當母親的料。」

「妳說得簡單，我自己都沒那麼肯定。」

「我當然確定啊。妳不就像老媽子一樣整天罩著我嗎？」

「也許吧。」蘿拉認同。「可是妳這個人啊，就是需要有人不時在妳屁股後面踢一腳。」

「聽著，妳會是一個很棒的母親，會當選年度模範母親。見鬼了，搞不好是世紀模範母親哩。妳會成天在尿布堆裡打滾，而且還樂此不疲。妳等著看好了，等寶寶出生之後，看看道格會有多少改變。」

此處正是暗礁，會讓希望之船撞成碎片的暗礁。「這我也想過。」蘿拉說。「不過我想讓妳知道，我並不是為了把道格留在身邊才生這個孩子的，絕對不是。道格有他自己的生活，而且他的工作讓他感到快樂。」她在沛綠雅起霧的玻璃瓶上畫了金錢的符號。「有天晚上，我一個人在家裡看書，道格去紐約出差，而我隔天預定要去採訪玫瑰舞會。忽然間我覺得好孤單。妳去百慕達度假，我又不想跟蘇菲亞講這些，因為她不喜歡聽人說話。我打了電話給四、五個人，但是他們全都不在家，所以我就一個人在那棟房子裡，你知道我突然頓悟了什麼嗎？」

凱若搖搖頭。

「我什麼都沒有。」蘿拉說。「沒有什麼東西是真正屬於我的。」

「是喔。」凱若嘲弄的說。「妳有一棟價值三十萬美元的豪宅，一輛寶馬轎車，還有一整座衣櫃的衣服，全都是我哈得要死的名牌衣！妳還需要什麼？」

「生活的目標。」蘿拉回答。她朋友臉上的嘲諷笑容逐漸消失。

服務生送上她們的主餐。不久之後，三個女人走進餐廳，其中一個還推著娃娃車，她們坐的位子和羅拉凱若隔了幾張桌位。蘿拉看著那個母親，她有一頭金髮，看上去還比她小十歲，煥發著年輕人才有的清新氣息，她正低頭看著她的小嬰兒，臉上的笑容和太陽一樣燦爛。蘿拉覺得她自己的孩子在肚子裡動了一下，可能是手肘或膝蓋在推擠。她想像著他的長相，想像著他蜷曲著四肢擠在膨脹的粉紅色子宮裡，而他的身體就靠一條聯繫著母子倆的血肉管子攝取養分。她覺得很不可思議，在她肚子裡藏著一個身體，裡面有一個渴望知識的大腦，有肺、有胃、有裝載他全身血液的血管、有生殖器官、有眼睛和耳朵鼓膜。這一切和其他更多東西都是她體內創造出來，而且是全然信任的託付給她。一條新生命即將誕生在這世上，一個全新的人，全靠她體內的汁液餵養。這是比奇蹟還要神奇的奇蹟，有時候連蘿拉自己都不敢相信這真的要發生了。可是事實擺在眼前，再過兩個星期就是預產期。她看著那年輕媽媽撫平嬰兒臉龐周圍的白色毛毯，然後抬起眼來，兩人正好四目相望，她們對彼此會心一笑，一種能體會過去和即將到來的辛勞的笑容。

「生活的目標。」凱若重覆她的話。「如果妳要一個目標，大可以來幫我粉刷公寓呀！」

「我是認真的。道格有他的目標，就是賺錢，替他自己和他的客戶賺很多很多錢，而且他也做得很好。可是我有什麼呢？拜託，別跟我說報社。我在那裡的發展已經差不多到頂了。我知道我的待遇很好，工作又很輕鬆，可是——」她突然打住，試著將自己的感受轉化為字句。「那是任何人都能做的事。就算我不進辦公室，那個地方也不會垮。」她邊說邊切下一塊鮭魚，卻留在盤子上沒有動。「我需要被人需要。」她對凱若說。「那種別人都無法取代的需要。妳了解嗎？」

「大概吧。」她對這番私密的心情告白顯得不太自在。

「這跟錢和財產都沒有關係，跟房子、車子、衣服或其他任何東西也都沒有關係，而是想要有個人日日夜夜都需要你，那才是我要的。而且謝天謝地，我馬上就要擁有了。」

凱若繼續猛攻她的沙拉。「我還是要說。」她叉起一塊蟹肉。「養一隻小狗便宜多了。而且小狗也不會突發奇想，要把頭髮全都剃掉，只留後腦勺一撮小辮子。牠們也不會喜歡龐克搖滾和重金屬音樂，不會亂追女孩，更不會在練習踢足球時摔斷門牙。噢，天哪，蘿拉！」她的手伸過桌面抓住蘿拉的手。「拜託妳發誓，絕對不會替他取名為波或布巴什麼的！我絕對不要當一個會嚼菸草的小孩的教母！妳發誓，好嗎？」

「我們已經取好名字了。」蘿拉說。「叫做大衛，是以我祖父的名字命名。」

「大衛。」凱若又唸了好幾次。「不是大維或達維，是吧？」

「對，就叫大衛。」

「不錯，我喜歡。大衛克萊波恩。喬治亞大學學生會主席，一九……天哪，那會是哪一年班哪？」

「妳連哪個世紀都搞錯了，應該是二〇一〇年吧」

凱若倒抽一口冷氣。「那我不成了老古董！」她說。「乾枯老朽的古董貨！我得多拍幾張照片，讓大衛知道我也曾經年輕貌美過！」

對凱若這種歡樂的恐懼，蘿拉也忍不住笑了出來。「我想妳還有很多時間可以慢慢做這件事。」

她們轉移話題，從即將到來的新生命談到辦公室裡的事。同樣在《憲政報》社交版跑新聞的凱若，跟蘿拉說了更多戰壕裡的慘況，然後她的午休時間就差不多到了，凱若得回去工作。代客泊車的服務生把車開過來時，她們在餐廳門口互道再見，然後蘿拉開車回家，迎著冰冷的毛毛細雨，冬日的天空一片灰沉。她住的地方離雷諾克斯廣場只有十分鐘車程，就在西步碼頭的莫爾磨坊路，是一棟白色磚造房屋，門前栽植了一排松樹，面積並不大，房價卻高得驚人。道格一直說他想住得離市區近一點，所以他們透過朋友的朋友介紹看到這棟房子時，當下就同意付這筆錢。蘿拉將車子停進雙車位的車庫，然後撐著傘回頭去拿郵件，信箱裡有六封信，最新一期的《大西洋月刊》，還有薩克斯百貨公司和巴諾書店寄來的最新目錄。蘿拉回到車庫，按了安全警衛系統的密碼，打開通往廚房的門。她脫掉雨衣，開始翻閱信件，電費單、水費單，有一封信上面寫著「克萊波恩先生太太，恭喜您贏得完全免費的迪士尼世界之旅！」，她將繳費單和這封熱切邀請他們去佛羅里達沼澤地遊玩的廣告信放到一邊，拿起其他三封信，沿著走廊走進自己的小書房，按下答錄機的按鍵聽留言。

嗶。「喂，我是克雷門屋頂排水溝修繕服務公司的比利海瑟威，回您的電話，我想您不在家吧。我的電話是555-2142。謝謝。」

嗶。「喂，蘿拉，我是麥特。我只是想確定妳收到書了。所以妳今天跟凱若吃午餐，是嗎？妳是有被虐待狂還是怎的？妳決定以我的名字替小孩命名了嗎？晚點再聊。」

嗶。喀喇。

嗶。「克萊波恩太太，我是亞特蘭大遊民扶助中心的瑪麗葛欣。我要謝謝妳的善心捐獻，也要感謝妳派記者來替我們做宣傳。我們真的很需要所有能得到的奧援。所以，再次謝謝妳。再見。」

就這些。

蘿拉走到音響旁邊，將一捲蕭邦鋼琴前奏曲的帶子推進去，然後舒舒服服的在椅子上坐定，聆聽第一個閃亮的音符奏起。她拆開第一封信，是「協助阿帕拉契組織」寄來的求助信函，第二封信是「美國原住民基金」寄的，第三封則來自「庫斯托協會」。道格說她是理想主義的傻瓜，還說她名列各個組織的全國郵寄名單上，這些組織會讓你覺得若是不寄支票去支持他們的志業，這個世界就會一夕崩解。他深信這些基金和協會大多已經很有錢了，這一點從他們用的信紙和信封品質就可以看出端倪。道格曾經跟她說，也許有百分之十的捐款會花在原來的用途上，至於其他的部份，他說，全都拿去支付會計費用、工作人員薪水、房屋租金和辦公室設備之類的。所以妳為什麼還要繼續寄錢給他們呢？

因為啊，蘿拉跟他說，她只是做她覺得該做的事。也許她捐的錢有一部份確實被騙了，也許不然，但是她不會後悔捐這些錢，而且這些錢全都是用她在報社賺來的薪水支付。

可是她捐錢給慈善團體還有另外一個原因，或許那才是最重要的原因。說起來非常單純，她就只是覺得內疚，這個世界上還有那麼多人在受苦受難，而她卻能擁有那麼多。而且更糟糕的是，她很享受她的指甲美容、她的蒸氣浴，還有她的華麗服飾，畢竟這些都是她努力工作換來的，不是嗎？她應該得到這些享受吧。反正她從來沒吸過古柯鹼，沒買過動物皮毛大衣，而且她也把手上那家在南非做很多生意的公司股票全都賣光了，還因此大賺了一筆。老天爺！她已經三十六歲了！三十六吔！難道她不能享受一些她辛苦工作換來的好東西嗎？

應得，她心想。誰又真的應該得到什麼呢？遊民就應該在暗巷中瑟縮？豎琴海豹就應該被亂棒敲死，慘遭屠殺？同性戀者就應該得愛滋病，或是貴婦就應該擁有一件價值一萬五千美元的名牌服飾嗎？「應得」真是個危險的字眼，蘿拉心想。這個字會製造階級壁壘，會讓錯誤看似正確。

她把這些信放到小桌子上，就放在她的支票簿旁邊。

有個小包裹隨著昨天的郵件一起寄到，裡面有四本書，是《憲政報》的麥特坎德納寄給她的，她必須看過這些書，然後大約在下個月替「藝文休閒」版撰寫書評。她昨天坐在壁爐旁邊大致看了一遍，當時外頭的雨勢正強。有一本是安東尼伯吉斯（Anthony Burgess）寫的新小說，一本講南美洲的非文學作品，一本講好萊塢的小說，叫做《地址》。最後一本非文學類的作品，立刻引起她的注意。

那本書就在她的椅子旁邊，上面還放了一張書籤。蘿拉拿起那本書，是本很薄的書，只有一百七十八頁，而且印製得不太好，書的封面已經扭曲變形，紙張的品質也很差。雖然是一九八九年出版的書，聞起來卻已經有一股淡淡的霉味。這本書是一家叫「山巔」的出版社出版的，書名叫做《燒了這本書吧！》，作者是馬克特雷格。書的封底沒有作者的照片，只有另外一本書的廣告，講的是可食用的野菇與野花，作者同樣也是馬克特雷格。

翻閱《燒了這本書吧！》，再度勾起了她在漁市餐廳吃飯時心中浮現的那些感覺。根據這本薄薄的回憶錄記載，馬克特雷格在一九六四年正好是柏克萊大學的學生，在那個嬉皮盛行的年代，他就住在舊金山的海特艾許柏里，當年流行的愛情至上、免費迷幻藥、風起雲湧，還有人民公園（People's Park）裡和警察之間的小規模衝突，他都沒有錯過。他語帶憂鬱的寫到，他們在大麻煙霧繚繞的臨時住所裡親密的心靈交流，高談闊論艾倫金斯堡（Allen Ginsberg）的詩和毛澤東思想，全融合成一種虛無的上帝與自然哲學。他也談到焚燒徵兵召集令和反對越戰的大遊行。他描述到催淚瓦斯的氣味與刺痛時，讓蘿拉也忍不住熱淚盈眶，喉嚨乾痛。他讓那個消失的年代變得浪漫，是一群亡命之群為了共同的和平理想奮戰不懈的年代。不過，以後見之明來看，蘿拉知道當時製造動盪的各個派系之間的權力鬥爭，其實不下於抗議民眾與國家體制之間的鬥爭。以後見之明來看，那個年代其實並沒有那麼浪漫，反倒有些悲哀。蘿拉覺得那是黑暗時代來臨之前，人類文明的最後一次吶喊。

馬克特雷格也談到艾比霍夫曼（Abbie Hoffman）、學生爭取民主社會組織、艾爾塔蒙音樂節（Altamont Free Concert）、花的力量（Power of flower）、芝加哥七人幫、殺人魔查爾斯曼森（Charles Manson），還有披頭四的《白色專輯》、黑豹黨和越戰的終結。寫到後來，他的文字風格愈來愈混亂，也漸漸失去焦點，彷彿他已經耗盡力氣，就像愛的世代一樣，聲音愈來愈小。到了一半，他還呼籲無家可歸的遊民組織起來，站起來抵抗大企業與五角大廈的勢力。美國的象徵再也不是美國的星條旗了，他說，而是一片十字架田裡的金錢符號。他倡議要反對信用卡公司和在電視上傳福音的傳道人，他相信他們都是一丘之貉，聯手讓美國陷入麻木的昏睡。

蘿拉闔上《燒了這本書吧！》，暫時擱在一邊。或許有人會注意到這本書，不過它最可能的命運，還是在某個嬉皮餘黨經營的小書店裡漸漸腐朽。她從未聽過山巔出版社，不過從他們出版的成品外觀看來，可能只是一家地區性的小出版社，沒什麼經驗，也沒什麼經費。這本書受到主流出版社青睞的機會也微乎其微，這種東西絕對不屬於流行範圍。

她把手放在肚子上，感受生命的律動。等大衛長到她這個年紀，這個世界會變成什麼樣子？

到那個時候，臭氧層可能早就消失殆盡，森林也被酸雨啃噬一空。誰知道毒品戰爭會變得多慘烈？黑道又會以什麼形式的古柯鹼荼毒街頭？讓一個孩子誕生到這麼惡劣的世界實在不是好事，為此她也內疚不已。她閉上眼睛，聆聽輕柔的鋼琴聲。齊柏林飛船曾經是她最愛的樂團，但是天堂之梯已然毀壞，誰還有時間搞一整個完滿的愛（Whole Lotta Love）？現在的她只想要和諧與平靜，只想要一個新的開始，可以讓她真切抱在懷裡的事物。經過放大的吉他聲讓她想起那個炎熱的夏夜，在球場附近的公寓裡，她親眼目睹一個吸食古柯鹼過量而瘋狂的女人拿槍頂著嬰兒的頭，一槍轟碎了嬰兒的大腦，像是下了一場鮮紅的驟雨。

蘿拉雙手交疊放在肚子上，在鋼琴和弦聲中睡著了。外面的雨勢愈來愈大，屋頂的排水溝還沒有修好，雨水一下子就漫了出來。不過屋子裡溫暖又安全，警報系統已經啟動，此時此刻，這個小小的世界就是她的避難所。波奈特醫生的電話號碼就在手邊，等時候到了，她就會去三公里外的聖詹姆士醫院生產。

我的孩子就要來了，她想。

我的孩子。

我的。

大雨開始傾瀉，咚咚敲打著屋頂，蘿拉靜靜的歇息，讓另一個時空的音樂銀光閃耀的流瀉在整間屋子裡。

……

在六旗主題樂園附近的一家凱馬特超市裡，一名店員站在運動器材部門的櫃台後方，正要把一支名為「小牛仔」的兒童用步槍賣給一名穿著髒污連身工作服、頭戴「紅人菸草」帽的顧客。

「我喜歡這把槍的造型。」戴帽子的人說。「我相信柯瑞也會喜歡。他是我兒子。這個星期六是他的生日。」

「我希望我小時候也有一把像這樣打松鼠的槍。」那店員說著，將步槍連同兩盒子彈和一支小型瞄準鏡打包起來。「沒什麼比一場林子裡的小狩獵更好玩的事了。」

「那倒是。我跟你說，我們住的地方到處都有森林，還有很多松鼠。」柯瑞的父親——名叫路易士彼得森——在支票簿上寫下正確的金額。他有一雙像木匠一樣粗糙的手。「是啊，我想一個十歲的小傢伙已經可以操作這種大小的步槍了吧，你說呢？」

「是啊先生，這槍很漂亮。」店員抄下必要的資料，然後將資料卡收進櫃台後方的一個小金屬盒。「小牛仔」被放進槍盒包裝妥當之後，就交到櫃台另外一邊的路易士彼得森手上。店員說。「喏，祝你兒子生日快樂。」

彼得森將包裹夾在腋下，拿著收據給門口的警衛檢查，然後走出超市，走進午後的濛濛細雨中。這個星期六，他知道，柯瑞一定會樂得蹦蹦跳。那孩子一直想擁有一把自己的槍，簡直要想瘋了，而這把步槍正適合他用，一把適合初學者的槍。

他坐進他的小貨卡，後車窗的架上也有一把獵槍。他發動引擎，擋風玻璃上的雨刷呼啦呼啦的刷起來。他一邊開車回家，覺得很得意，心情好的不得了，因為他兒子的生日禮物正安安穩穩放在他旁邊的座位上。

第二章 謹慎的顧客

一名穿著漢堡王制服、身材高大的女人，正推著購物車走過小豬超市的走道。她人在梅伯頓購物中心，距離她的公寓大約四百公尺遠。她的上衣別著一個黃色笑臉胸針，頭髮沾染了一整天的燒烤油煙，油亮亮的垂散在肩頭，臉上神色沉著冷靜，沒有什麼表情。她選購了湯罐頭、鹹牛肉餅和蔬菜，又在冷凍食品區拿了幾份電視餐和一盒低卡軟糖。她的移動方式有條不紊而又謹慎，彷彿體內有個緊繃的彈簧在驅動。她在肉品展售區前暫停一會，呼吸一下冷冽的空氣，因為她覺得店裡的空氣太濃濁了，她的肺受不了。她聞到的是屠宰肉品新鮮的血腥味。

然後恐怖瑪莉繼續往前走，不斷檢視商品的價格與成份，就像個謹慎的顧客。食物裡可能都有毒。她避開那些外表有刮痕的紙盒或是有凹陷的罐頭，還不時停下腳步，回頭看看有沒有人在跟蹤她。聯邦調查局的那些混蛋都戴著人皮面具，可以隨時撕下來又戴回去。他們可以任意變換自己的外貌，或老或少，可肥可瘦，甚至變高或變矮。他們潛伏在每個角落，像髒屋子裡的蟑螂一樣。

不過她覺得今天沒有人跟蹤她。有時候，當她感覺頸背會刺痛，手臂上起雞皮疙瘩，她就知道那些豬玀接近了。可是今天只有家庭主婦和幾個看似農夫的人在買菜，她的警報系統並沒有響。不過誰知道呢？所以她的皮包永遠都放著一把小巧的警用手槍，重量只有七百八十公克，配備四發點三五七的麥格儂子彈，以備不時之需。她在葡萄酒區暫停一會兒，拿了一瓶便宜的西班牙氣泡甜酒，接著又拿了一包蝴蝶餅，一盒麗滋餅乾。下一站是隔壁的走道，罐裝嬰兒食品的貨架就在那裡。

瑪莉推著購物車轉過角落，前面有一個媽媽帶著寶寶在買東西。那個女人——嚴格來說只是個女孩，大約才十七、八歲，她把孩子綁在購物車上的一個嬰兒搖籃裡。她有一頭紅髮，臉上還有雀斑，她的寶寶也有一撮淡紅色的細髮。那孩子穿著萊姆綠的連身服，吸著奶嘴，用一雙湛藍的大眼睛看著這個世界，雙手雙腳揮舞著，像是在跟彼此打仗似的。穿著粉紅色毛衣和藍色牛仔褲的母親，正從嘉寶牌的架子挑選嬰兒食品。瑪莉也喜歡那個牌子。

瑪莉推著購物車靠近，年輕的媽媽說了一句。「喔，不好意思。」然後把她的購物車稍微往後拉。瑪莉假裝在找某種特定的食品，其實是在看那個紅髮嬰兒。那女孩注意到她在看小孩，瑪莉立刻擠出笑容。「好漂亮的小寶寶啊。」她一邊說，一邊伸手到車子裡，那孩子立刻抓住她的食指。

「謝謝。」那女孩也報以微笑，但神情有些疑慮。

「寶寶總是帶來歡樂，不是嗎？」瑪莉說。她注意到那女孩穿的運動鞋磨損得很厲害。那寶寶抓著瑪莉的食指，然後鬆開，然後又抓緊。

「是啊，我想是吧。可是等妳有了孩子，生活也就只有這樣了，不是嗎？」

「什麼怎樣？」瑪莉揚眉問。

「妳知道啊，小孩子會佔據妳好多時間。」

又是一個帶著孩子的小孩，瑪莉心想。她可以看到那個年輕媽媽眼神深處的黑洞。妳不配擁有這個寶寶，瑪莉心想，妳付出的還不夠多。但她臉上仍然維持著笑容。「弟弟叫什麼名字？」

「是妹妹。她是個女孩，她叫亞曼達。」那女孩選了好幾種不同食品，放進她的購物車內。瑪莉掙脫寶寶的手。「很高興跟妳聊天。」

「我家孩子喜歡這種濾過的梨子泥。」瑪莉說著，從架上拿了兩罐下來。她可以感覺到兩頰肌肉笑得發痛。「我有一個很乖、很健康的男孩。」

那女孩已經推著車子走開了。直到那車推到走道盡頭往右轉走之前，瑪莉還能聽到寶寶吸奶嘴的啾啾聲，濕答答軟綿綿的聲音。瑪莉忽然有一股衝動，想要追上去抓住她的肩膀，要她認真聽好，她會告訴她，這個世界充滿了黑暗與邪惡，會把紅頭髮的小女嬰一口吞噬。她會告訴她，美國大魔神派出的特務就藏匿在每個角落，會從妳的眼珠裡把妳的靈魂吸乾。告訴她，當妳走過最美麗的花園時，要仔細聆聽蝴蝶的尖叫聲。

小心啊，瑪莉心想，要小心啊。她知道一些不能跟別人說的秘密。漢堡王裡也沒有人知道她的孩子，這樣最好。她控制好自己，就像把瓶蓋緊緊鎖上，又挑了幾罐不同口味的食品，放在購物車裡，然後往前走。她的食指上還殘留著小嬰兒握住她的感覺。

她在雜誌架前暫停腳步。最新一期的《滾石雜誌》已經上架，封面是一個年輕女子樂團，叫做「手鐲合唱團」。她沒聽過她們的音樂。《滾石雜誌》已經不是從前那份刊物了，他們以前有中間折頁，有杭特湯普森的文章，還有一個叫史戴德曼（Ralph Steadman）的怪咖畫的插畫，他畫的人物總是在噴嘔憤怒的黑色汽油。她對那些抓狂又暴躁的畫作很有共鳴。現在的《滾石雜誌》只有一堆滑溜溜的油印廣告頁，政治版只會忙著吸中產階級的老二。她甚至還看過艾瑞克克萊普頓拍的一個啤酒廣告，如果她手上有一瓶啤酒，她會砸破酒瓶，用玻璃碎片割斷他的喉嚨。

但她最後還是把《滾石雜誌》放進購物車。雖然她不認識那些新的音樂和樂團，至少還能拿來打發時間。從前《滾石雜誌》還是廉價小刊的時候，她會一本接一本的讀，像是要把紙頁吃下去似的。當時英雄們都還在世，他們都是很年輕就燃盡了生命，所以才會被稱為明星。他們都年紀輕輕就死去，只有她還活著，活著然後衰老。有時候她會覺得自己被耍了，好像她錯過了一班永遠不會再回來的火車，而她怎麼找都找不到車站，手上還拿著沒有打孔的車票。

收銀檯前是一名新來的收銀員，臉上還有青春痘。她拿出支票簿，上面的名字是金潔寇爾斯。小心哪，把槍收好放在皮包最底下。寫了正確的金額。該死，他媽的日用品都快超出預算了。簽名。金潔寇爾斯。「喏！」她對那女孩說，將簽好的支票和駕照推過去。駕照上的照片是她滿面笑容的臉，頭髮全部向後梳，髮型比現在稍短一點。她有一張剛毅的臉，狹長挺直的鼻樑，額頭高聳，而她眼珠的顏色會隨拍照時的燈光和她當天所穿的衣服變化，呈現出淺綠到霧灰之間的各種色調。她看著收銀員在支票背面寫下她的駕照號碼。「在哪裡工作？」那女孩問。瑪莉才說出「優比——」又連忙打住，她的每種身份在腦子裡打轉，像個小小的宇宙。不對，不是優比速快遞。那是一九八四到八六年間的工作，她在坦帕市的優比速貨運倉庫做過兩年，用的是另一個名字。「對不起。」她對收銀員說，對方正茫然的盯著她看。「那是我以前的工作。我現在是漢堡王的日間助理經理。」

「哦，是嗎？」那女孩眼睛一亮，好像有點興趣。「是哪一家？」

一記冷槍穿過瑪莉的心臟。她覺得臉上的笑容消失了一點點。「在諾克羅斯。」她說。這不是真的，其實她是在貝萊辛罕路那一家，離這裡有九公里路。

「我剛到這裡工作。」收銀員說。「可是這裡的薪水好少。妳負責招募新人嗎？」

「沒有。」青春痘可能是偽裝的，瑪莉心想，這女孩可能不像她的外表那麼生嫩愚蠢。「那是經理負責的。」她的手伸了一半到皮包裡，指尖可以感受到手槍的冰涼金屬。

「我不喜歡站著不動，我喜歡走來走去。你們那裡需要人嗎？」

「沒有。我們人手都夠了。」

那女孩聳聳肩說。「好吧，反正我還是會去填個申請表什麼的。你們那邊有免費的漢堡可以吃對不對？」

瑪莉感覺到了。有人從她身後逼近。她聽到一種細微的聲音，像是手槍從上了油的皮革槍套裡抽出來的聲音。她的呼吸中止了。

她猛一轉身，皮包裡的手已經握住槍柄，只差一點點就要掏出槍來，眼前看到的卻是那個紅髮的年輕媽媽，購物車停在她身後，車上那個小女嬰仍然吸著奶嘴，眼睛咕碌碌的轉個不停。

「妳還好嗎？」收銀員問。「小姐？」

恐怖瑪莉臉上的笑容已經完全消失。在那短短的一瞬間，年輕媽媽覺得自己好像看到了什麼，讓她本能的把購物車往後拉，用一隻手護在嬰兒的胸前。她實在形容不出自己到底看到了什麼，因為那畫面一閃即逝，卻留下了異常清晰的印象——眼前這個高大的女人緊緊咬著牙關，眼睛瞇成一條縫，透出像貓一樣的綠色瑩光。在那被延長的幾秒鐘，那女人就像一座壓迫在她頭頂的巨塔，而且全身的皮膚散發出一種冷酷的氣息，像是冬天的寒霧。

可是轉眼間，一切都消失了。緊繃的齒頰與瞇成縫的眼睛都不見了，恐怖瑪莉的臉又變回平淡溫和的樣子。

「小姐？」收銀員問。

「好漂亮的小寶寶。」瑪莉對那年輕媽媽說，而對方還沒意識到剛剛經歷的到就是恐懼。瑪莉的眼睛快速掃視過收銀檯的周邊區域，她得盡快離開這裡。「我沒事。」她對收銀員說。「這樣就好了嗎？」

「對。稍等一下，我幫妳裝起來。」她把東西分裝成兩個紙袋。最危險的時刻，瑪莉想著。如果他們真的要來抓她，一定會等到她兩手都捧著購物袋的時候。她將駕照收好，皮包揹回肩膀上，但沒有拉上拉鏈，以便緊急時可以伸手掏槍。

「我叫東妮。」收銀員說。「也許我會過去填個申請表什麼的。」

如果再看到這個女孩子，瑪莉心想，我就得殺了她。以後她得去高速公路對面的巨人超市買菜了。她雙臂抱起紙袋，往出口走去。有個穿著獵鹿人迷彩裝的男子正從滂沱大雨中穿過停車場。瑪莉一邊留意他，一邊謹慎的往她的小貨卡快步走去，可是他連一眼都沒有瞧她。她把紙袋放在乘客座的地板上，就放在阿特與賴瑞玩具店的袋子旁邊。車上有一把鋸斷槍柄的長槍，用金屬扣固定在儀表板上。她坐進駕駛座，鎖上兩邊車門，發動引擎，繞路開回自己的公寓。她的雙手一直緊緊握住方向盤，目光不時瞄一下後照鏡，咬著牙嘶聲說。「該死！該死！搞砸了！天殺的，搞砸了！」她臉上罩著一層閃亮的汗水，深深吸一口長氣。「穩住！慢慢來，別急！沒有人認識妳，沒有人，沒有人，沒有人認識妳。」她像唸經似的重覆了好幾次，就這樣一路開回她的紅磚公寓。公寓的一邊是拖車停車場，另一邊則是專修卡車引擎的機械工廠。

瑪莉把車子開進自己的停車位停好，正好看到一張灰白的臉從窗戶後面偷窺她。又是住在她隔壁那個老頭子。薛克雷將近七十歲了，他除了偶爾到公路邊撿拾鋁罐，幾乎不出門。他晚上也咳得很兇。有一天晚上，她檢查他丟到外面的垃圾，找到一個波本威士忌的空酒瓶、一份電視晚餐的空盤子、一本《騎士雜誌》和從雜誌裡剪下來的廣告，還有一封撕碎的信。她在強光燈下，把碎紙拼湊起來，是一個叫做寶拉的女人寫來的信，瑪莉還記得一些片段：我真的很想來看看你，可以嗎？比爾說他無所謂。我們談過這件事，不懂你為什麼不肯過來跟我們一起住。開店存了那麼多錢，結果卻過這樣的日子，你真該覺得羞愧才對。不要假裝你沒有。我知道，媽都跟我說了，就是這樣。不管怎樣，凱文每天都會問他外公在哪裡。

瑪莉拉起手剎車，發現薛克雷已經離開窗邊，躲進他公寓深處的黑暗中。他總是偷看她進進出出，也會偷看住在她樓上的黑人女子，還有住在瑪莉隔壁另外一間的年輕鄉下夫妻。要不是他早在瑪莉搬來之前就已經在這間公寓住了很久，她肯定會懷疑他的身份。不過，她還是不喜歡有人監視她，甚至刺探她的行蹤或是批評她。如果哪天她決定要搬走，她可能會給這個薛克雷老爺一點教訓。

瑪莉拿起兩包雜貨抱進屋子裡。公寓裡還是充斥著塑膠燒焦的氣味。前端的房間有松木鑲板裝飾，還是保持得乾淨整齊。她一直沒用那個房間。熔岩燈投射出藍色的光線，燈內的物質緩慢的融合又分解，讓她聯想到追逐卵子的精蟲。她將兩包雜貨放在廚房流理台上，合成樹脂做的台面傷痕累累。她順手掃掉一隻死蟑螂，然後又回頭去接她的新寶寶。

她還沒走到公寓大門，就聽到卡車乘客座的車門打開的聲音。那扇車門的鉸鏈有問題，會發出一種特殊的尖銳聲音。她的心猛地一跳，血液全往臉上衝。一定是薛克雷！他在搜她的車子！我的寶寶！她立刻邁開強勁的大步伐，快速衝出門。

有人鑽進了乘客座。瑪莉一把抓住車門，往那個不速之客身上用力撞下去，立刻聽到一聲哀嚎。

「噢，老天！」他從卡車裡爬出來，雙手扶著側腰，痛得眼睛泛出水氣來。「妳是想打斷我的肋骨嗎？」

不是薛克雷，而是高第鮑爾斯，不過她相信薛克雷一定躲在窗子後偷看這場好戲。高第今年二十五歲，一頭淡褐色長髮披在肩上，像人類的希望一樣枯瘦，一張憔悴的長臉，臉頰和下巴都佈滿鬍渣，穿著褪色的牛仔褲和法蘭絨襯衫，外面套著一件老舊的黑色皮夾克，上頭上釘滿了鉚釘。「老姊！」他說。「妳差點把打得我屁滾尿流欸！」

「只不過是給你個警告。」她說。「你想偷什麼？」

「才沒有哩！我剛到的時候，碰巧看到妳拿了那些雜貨出來，想說幫妳把另外一包拿進去！」他離開卡車，抿起薄唇冷笑著說。「這就是我好心幫忙的下場啊？」

瑪莉往左瞄了一眼，看到高第的銀色馬自達跑車就停在隔幾個車位的地方。她說。「謝啦，不過我可以自己來。」她從車子地板上拿起另一包東西，他看到袋子上有「阿特與賴瑞玩具店」的字樣。

「妳買那個幹嘛？」高第問。「玩遊戲啊？」

瑪莉砰一聲關上車門，走進她的公寓裡。高第也跟著進來，她知道他會跟過來。他總算是來了。昨天晚上她下了訂單，就在羅比變壞之前。「有一股怪味。」高第說，把房門關起來門上。「什麼東西燒焦啦？」

「對，我的晚餐。」瑪莉把包裹拿進臥房，收到衣櫃裡，然後隨手打開電視，轉到CNN頻道，一如平常的習慣。琳恩羅素正在報新聞。她喜歡琳恩羅素，因為她看起來也是個大尺寸的女人。電視畫面切換為一輛閃著藍燈的豬玀車，有個人在電視上講有人被殺了什麼的，擔架上有個人形，被單上也沾了血跡。那畫面有催眠的作用，是生命殘酷的脈動。有時候，瑪莉會連續好幾個鐘頭不停的看新聞，完全無能也沒有意願做其他事情，就只能躺在床上，像一隻吸取人類痛苦而存活的寄生蟲。有時候她嗑迷幻藥嗑得很茫，這些場景會變成3D立體，從電視裡擠出來佔據整個房間，那可真是沉重的旅程啊。

她聽到紙袋的窸窣聲，然後是他的聲音。「嘿！金潔！妳買這麼多嬰兒食品要做什麼？」

等她走到廚房，已經想好了答案。「有一隻貓偶爾會跑來，我會餵牠。」

「貓？貓會喜歡嬰兒食品？老姊，我討厭貓。牠們讓我覺得毛毛的。」高第那兩隻褐色的小眼珠老愛到處亂看，侵犯別人的隱私。它們發現了爐子上融化的塑膠殘渣，為這個現象做個註記，然後又轉開。「這裡有蟑螂。」他說。瑪莉把買回來的東西一一擺好，高第則在廚房走來走去，在一張裝框的雜誌照片前停下腳步，照片裡是一個笑容滿面的嬰兒。「妳很喜歡嬰兒喔？」

「是啊。」瑪莉說。

「那妳怎麼沒有小孩呢？」

要保密，瑪莉心想。高第是一隻在老虎牙縫裡找殘渣吃的小老鼠。「就是沒有生啊。」

「妳知道，說來好玩，嗯，我跟妳做生意……有多久啦？五、六個月有了吧？但我對妳還是一無所知。」他從襯衫口袋裡掏出一根牙籤，開始剔他小小的黃板牙。「連妳是從哪裡來的都不知道。」

「地獄啦！」

「哇嗚。」他故作驚慌的揮動雙手。「妳別嚇我啦，老姊。不過，我不是在開玩笑。妳到底是打哪來的啊？」

「你是要問我在哪裡出生的嗎？」

「是啊。妳一定不是這附近的人，因為妳沒有喬治亞州的口音。」

她會決定跟他說，或許只是因為很久都沒有說了吧。「維吉尼亞州的佛蒙特。」

「那妳怎麼會跑到這裡來？怎麼沒有留在維吉尼亞？」

瑪莉把電視晚餐一盒盒疊起來，塞進冰箱的冷凍櫃，腦子裡忙著編故事。「幾年前婚姻出了問題。我丈夫逮到我跟一個小夥子在一起。那個混球可嫉妒了，說他要把我開膛剖肚，然後丟到森林裡，讓我流血流到死，永遠都不會有人發現。他說，就算他自己不動手，也會有朋友替他動手。所以我就跑了，再也沒有回頭，一直開車，這裡住一陣子，那裡住一陣子，可是我到現在還沒找到一個可以安頓的地方。」

「把妳開膛剖肚？」高第啣著牙籤，咧嘴笑說。「我才不相信。」

瑪莉盯著他。

「我是說……妳是個孔武有力的女士，那得要多強壯的男人才能撂倒妳啊？」

她把一罐罐的嬰兒食品收進櫥櫃。高第啣著牙籤大聲吸了一口氣，像是嬰兒在吸奶嘴的聲音。「你還想知道什麼嗎？」她關上櫃門，轉過身來面對他。

「有啊，像是……妳幾歲？」

「老到可以不管這些狗屁倒灶的事情。」她說。「我訂的東西你帶了嗎？」

「我一直『放在心上』。」高第手伸進外套內側口袋，拿出一個玻璃紙袋，裡面是一片四方形的蠟紙。「我想妳可能會喜歡這個設計。」他把小袋子遞給瑪莉，她可以看到紙上的圖案。四個小小的黃色笑臉，工整均勻的畫在蠟紙的四個角上，跟她衣服上別的胸針一模一樣。

「我朋友是個貨真價實的藝術家。」高第說。「幾乎什麼設計都做得出來。那天有個顧客要一架飛機，還有一個人要美國國旗，那些顏色都要多花一點錢。不過呢，反正我朋友很愛這種差事。」

「你的朋友做得很好。」她拿起蠟紙對著光看。笑臉是檸檬口味的黃色食用色素，眼睛的兩個小黑點則是廉價但強效的迷幻藥，由亞特蘭大附近一家實驗室製造。她從皮包裡拿出錢包，同時把麥格儂手槍拿出來，放在流理台上，然後數了五十美元給她的中間人。

「漂亮的小東西。」高第說著，用指尖輕撫著手槍。「當然，也是我替妳談了好價錢。」他一手接過錢，立刻塞進牛仔褲裡。

這把麥格儂手槍是她九月時跟他買來的。她是透過某個酒保找上高第的，在中城區一家叫「紫色食人魔」的酒吧。她抽屜裡那把點三八手槍和鋸掉槍柄的獵槍，則是過去幾年來陸續跟其他中間人買的。不管她走到哪裡，總會特別費心找人提供她最愛的兩樣東西，迷幻藥和槍。她一直對槍械有種迷戀，它們的氣息和重量，還有它們的陰鬱黑暗之美，都令她興奮顫慄。「羨慕陽具的女性主義者」，以前他都這樣形容她，傑克勛爵，他的話語穿透記憶的灰色迷霧對她說。

迷幻藥和槍讓她和過去保持聯繫，一旦少了它們，她的生命就像她的子宮一樣空虛。

「好啦，就這樣囉，對吧？」高第把嘴裡的牙籤取下，又放回口袋裡。「下次再說囉？」

她點點頭。高第走出廚房，瑪莉跟著他走出去，手裡拿著笑臉迷幻藥。等他走了之後，她就要去生產。嬰兒已經在她臥室的衣櫃裡，裝在盒子裡面。她會一邊舔著笑臉，一邊餵她的寶寶，透過CNN觀賞這個可恨的世界走向自我毀滅。高第伸手去拉開門閂，瑪莉看著他，好像在看慢動作似的。她這些年來吃了太多迷幻藥，讓她可以隨心所欲放慢眼前所有東西的速度，甚至能把連續動作分解成一幕一幕的停格。高第的手拉開門閂，馬上就要打開房門。

他是個瘦不拉嘰的小混混，是走私槍枝的毒販。不過他也是個人類，而瑪莉突然很渴望一雙人類的手來撫摸她。

「等一下。」她說。

高第停下來，門閂差點掉了。

「你待會兒還有什麼事情嗎？」瑪莉問。她已經準備好面對拒絕，準備縮回她的裝甲殼裡。

高第愣了一下，微微蹙眉。「事情？像是什麼事情？」

「像是吃飯啊。你要去什麼地方嗎？」

「再過幾個鐘頭我得去接我女朋友。」他看看腕上的手錶。「大概啦。」

瑪莉把黃色笑臉湊上他的鼻尖。「你想試試嗎？」

高第的目光從笑臉移向瑪莉，又移回來看笑臉。「我不知道吔。」他說。他聽出了這個邀約的弦外之音——不只是迷幻藥，還有點什麼別的——也許是因為她貼那麼近的關係，也許是因為她的頭朝著臥室的方向微微傾斜。不管是什麼原因，反正高第懂那種語言，但他得考慮一下。她是他的客戶，而跟客戶上床絕對沒好事。她也不是什麼大美女，又有點老，肯定超過三十歲了。不過，他以前從來沒有搞過身高一百八的女人，不知道在一團肉裡泅泳是什麼滋味。看起來她的胸前利器也不小，臉上如果化點妝，應該還蠻漂亮的。可是……她這個人就是有點怪怪的，看看牆上貼的那些嬰兒照片吧——

去他的！高第心想，有何不可呢？就算她是棵樹他也一樣搞得下去，只要樹上的洞夠大。

「行啊。」他說，慢慢咧開笑容。「試試看又何妨。」

「很好。」瑪莉伸手到他身後，把另一道門鏈鎖也掛上。高第聞到她頭髮上的漢堡味。她再次抬起眼來看他時，臉貼得很近，眼睛呈現一種介在綠與灰之間的色調。「我來做晚餐，然後我們就啟程吧。你喜歡蔬菜濃湯和火腿三明治嗎？」

「當然。」他聳聳肩。「什麼都好。」她剛剛說啟程。真是古老的用語啊。他只有在電視上聽過，就是那些講六〇年代和嬉皮什麼鬼的老電影。他看著她走進廚房，沒多久就聽到水沖進水壺裡的聲音。

「進來跟我說說話嘛。」她說。

高第瞄了門閂和門鏈一眼。想溜的話，現在還來得及。如果你不小心一點，這個大隻女人會把你連皮帶骨磨成粉末。他瞪著那盞熔岩燈，臉上罩了一層藍光。

「高第？」她的聲音很柔，好像在跟嬰兒說話似的。

「好，就來了。妳有啤酒嗎？」他脫掉皮夾克，丟在客廳裡的格子沙發上，走進廚房。恐怖瑪莉正在裡面準備濃湯跟三明治，兩人份。

第三章　關鍵時刻

「這是什麼垃圾東西？」

「什麼垃圾？」

「這個呀，《燒了這本書吧！》。妳在看這個喔？」

道格走進廚房，蘿拉剛好把焗烤洋蔥牛肉放進微波爐裡。他倚在白色的流理枱邊，唸著書裡的片段。「『就和任何疾病一樣，信用卡症也必須以淨化的藥物治療。第一劑藥物是個人的行動：拿起剪刀，剪掉卡片，所有的卡片。現在就做！不管別人如何請求勸阻，都要抗拒到底。老大哥企業正在看著你，而你可以好好利用機會，衝著他的眼睛吐口水。』」道格滿臉不悅的抬起頭來。「這是個笑話嗎？還是這個特雷格是共產黨員？」

「都不是。」她關上微波爐的門，設定好時間。「他六〇年代的時候是個運動份子。至於現在，我想他在追尋某種理念。」

「理念！我的天哪，如果大家真的這樣做的話，那經濟會垮掉！」

「不過大家都過度使用信用卡，這也是事實。」她經過道格的身旁，走到流理台邊，拿起台面上的沙拉盅，開始攪拌沙拉。「至少我們就是。」

「呃，現在全國都在往無現金社會發展，社會學家好幾年前就已經預測到了。」道格翻著那本書說。他身材修長，有金棕色的頭髮與褐色的眼珠，俊俏的臉上已經有工作壓力逼出的皺紋和眼袋。他戴一副玳瑁框眼鏡，穿著細條紋西裝和吊褲帶——現在都改稱為吊帶，而他的衣櫃裡有六種不同的上班領帶。他比蘿拉大兩歲，小指戴了一只鑽戒，襯衫上用花體字繡了他的名字縮寫，有一支筆頭鑲金的鋼筆，偶爾會抽上一根登喜路的蒙特克茲雪茄菸，最近幾年開始有咬指甲的習慣。「我們的刷卡刷得沒比大多數人多。」他說。「而且我們的信用狀況很好，這才是重點。」

「麻煩你幫我拿油跟醋好嗎？」蘿拉問。道格伸手到櫥櫃裡幫她拿醬汁，她倒了一些到沙拉裡，然後繼續攪拌。

「哦，真是太荒謬了！」道格搖著頭，闔上那本書。「像這種垃圾怎麼會有人出版呢？」

「是一家小出版社，在查塔努加。我從來沒聽過這家出版社。」她覺得寶寶又動了一下，只是很小的動作，可能是調整姿勢吧。

「妳該不會要寫它的書評吧，不會吧？」

「我不知道。我覺得換換口味也不錯。」

「我倒看看知道妳們廣告主的反應！這傢伙鼓吹大家組織起來抵制石油公司和大型銀行！他說這是『經濟的再教育』。」他嘲弄的冷哼一聲。「哼，再多掰幾句來聽嘛！妳晚餐要喝杯酒嗎？」

「不要，最好不要。」

「喝一杯沒有關係吧，來嘛！」

「不要，真的不要。你喝就好了。」

道格打開冰箱，拿出剩下半瓶的鹿躍酒莊的夏布利白酒，替自己倒了一大杯，然後拿起酒杯晃了一下，再啜飲一小口，這才從架子上把沙拉盤拿下來。「今天跟凱若吃飯還好嗎？」

「還好。她幫我簡報了辦公室最新近況的試煉與磨難。跟平常沒兩樣。」

「妳在那邊有沒有看到提姆史坎隆?他跟客戶去那裡吃午餐。」

「沒有，我沒有看到任何人。哦……我看到安艾柏娜提。她跟她們辦公室的某個人在一起。」

「真希望我也有兩個鐘頭的午休時間。」他的右手還不斷搖晃著酒杯裡的酒。「我們今年的業務很好，可是我跟妳說，帕克得多找一個合夥人才行。我的工作太多了，文件堆得滿桌都是，跟妳打賭，我得奮戰到八月能讓桌上的吸墨紙重見天日。」道格伸出左手放在她的肚子上。「他還好嗎?」

「他一直在踢。凱若說他以後會是個很棒的足球選手。」

「我一點也不懷疑。」他用手指頭在她肚皮上到處觸碰，尋找嬰兒的形狀。「妳能想像我變成個足球老爹嗎?帶著一個小毛頭跑遍全城去參加球賽?還有夏天的壘球，哦，我說的是樂樂棒球那種軟球。我發誓，我這輩子從來沒有想像過自己坐在露天看台替小孩子加油。」道格的臉上出現一絲愁容。「要是他不喜歡運動怎麼辦?萬一他是電腦宅男呢?不過那樣搞不好還能賺更多錢，比方說發明一台可以自學的電腦，怎麼樣?」他的愁容消散，臉上又漾開了笑容。「嘿，我想我感覺他在動了吔。妳有感覺嗎?」

「很接近了。」蘿拉說。她把道格的手壓在自己的肚子上，讓他感受到大衛的身體在黑暗中扭動。

他們坐在餐廳裡吃飯，那裡有一扇觀景窗，可以看到屋後一片和郵票差不多面積的樹林。蘿拉點了蠟燭，但是道格說他看不清楚自己在吃什麼，於是又把燈打開。屋外還下著雨，有時風強雨驟，有時又只有濛濛細雨。他們談論著當天的新聞，高速公路上的交通有多糟糕，還有房市遲早都會崩盤什麼的，而且一如往常，他們的話題最後總會繞回道格的工作。蘿拉發現道格的聲音變得緊張起來。她提到秋天去度假的事，道格答應說他會考慮看看。她從很久以前就知道，他們早就不是為了今天而活，而是為了一個虛幻的明天，到那個時候，道格的工作量會減少，市場的壓力會減輕，他們的生活會比較輕鬆有品質，夜晚也能成為兩人交心的時間。而她也很早就知道了，那一天永遠不會出現。有時候她會做一個惡夢，在夢境中，他們在跑步機上不斷的跑，後面有一台機器張著大嘴，露出森森利齒等著他們。他們不能停，不能放慢腳步，否則就會掉進機器的大嘴裡。這惡夢很可怕，因為夢境有真實的成分。這些年來，她看著道格從公司的基層爬到現在這個有權有責的地位，成為不可或缺的人物。這也是他的專用語，「不可或缺」。光憑他帶回家的工作量和講電話花掉的時間，就足以證明。他們以前會一起出去吃晚餐，每個週末去看場電影，還會去跳舞，去巴哈馬或是亞斯平之類的地方度假。現在呢，他們兩個能一起待在家裡一整天就算幸運了，即使看電影，也一定是在家裡看錄影帶。收入確實是增加了沒錯，他和她的薪水都增加了，但是他們什麼時候才有空享受自己辛勤工作的成果？她看著道格成天擔心別人的投資組合，擔心他們有沒有足夠的長期投資，或是國際政治會拉低美元的價值，如此一天天老去。他生活在市場波動的驚濤駭浪之中，只靠一條名為迅速決定的救生索活命。他事業的成功建立在紙張的價值或一連串可能一夜之間劇變的數字上。而她自己的成功則仰賴結識正確的人，藉此闢出一條道路，讓她得以踏進亞特蘭大社交圈的鍍金大門。可是他們卻失去了彼此，失去了自己原來的樣貌，蘿拉已經體認到這點，也讓她心痛，可是又會滿懷罪惡感，因為她現在擁有的一切物質，是那些在街頭上挨餓的人、在高架道路底下躲在紙箱中過活的人想要還要不到的。

她今天跟凱若撒了謊。她說她生這個孩子不是為了跟道格更親近，那是謊言。也許真的可能如此。也許他們兩人都會因此緩下來，恢復成從前的模樣。小寶寶可以幫助他們，一個由他們兩人結合創造的結晶，或許能讓他們再次找回真實的感覺。

「我在想，明天要去買槍。」道格突然說。

槍。自從隔兩條街那裡一戶人家在睡眠中遭到歹徒闖入搶劫之後，他們幾個星期來已經討論過好幾次。最近這幾個月，亞特蘭大的犯罪像潮浪一樣湧上來，愈來愈逼近他們的家門。蘿拉反對在家裡放一把槍，但是巴克海區的搶案愈來愈多，有時候道格晚上不在，她一個人在家裡，即使有保全警報系統，也會覺得惶惶不安。

「我想，寶寶就要生了，我最快趕快去買。」他一邊從焗烤盤裡舀食物，一邊說。「不會買很大支的槍啦。不會是麥格儂什麼的。」他緊張的笑了一下，談到槍枝讓他神經緊繃。「也許買一把小型的自動手槍之類的。我們可以放在床邊的抽屜裡。」

「我不知道吔。我真的不喜歡買槍這回事。」

「也許我們可以去上一堂槍枝安全之類的課，這樣會讓妳比較安心，我也會覺得好一些。我想賣槍的店或是警察局應該都有這種課程吧。」

「好極了。」她略帶嘲諷的說。「我們可以安排在如何為人父母的課程之後，去學習如何使用槍枝。」

「我知道在家裡擺一把槍會讓妳覺得不舒服，我也一樣啊。但是我們必須面對現實，這個城市很危險。不管我們喜不喜歡，都應該要有一把槍來保護大衛。」他點點頭，討論已然定案。「明天，我明天就去買——」

電話鈴響起。道格在晚餐前關掉了答錄機，因此急忙起身去接聽廚房的電話，匆忙之中打翻了沙拉盤，一些油醋醬濺到他的細條紋西裝褲上。「喂？」他說。「我就是。」蘿拉跟著他走進廚房，說。「你把褲子脫掉。」

「什麼？」道格掩住話筒。「嗯哼？」

「你的褲子。脫掉。如果不馬上處理，油漬會洗不掉。」

「好。」他拉開拉鏈，解開吊帶，長褲應聲落到他的腳踝。他穿著有菱形圖案的襪子和一雙翼尖鞋。「我在聽。」他對來電的人說。「嗯哼，是的。」他的聲音很緊張。他脫下鞋子和褲子，然後交給蘿拉。她走到水槽邊，打開冷水的水龍頭，把濺到油醋的地方沾濕，輕輕的搓揉。這個問題可以交給乾洗店解決，但是如果她先做好緊急處置的話，至少不會留下永久的污漬。「今天晚上？」她聽到道格難以置信的問。「不可能！文書作業要到下個星期才能完成！」

噢，不會吧，她想。她的心往下沉。是辦公室打來的，那是她永恆的情敵。道格今天晚上又泡湯了，該死！他們就不能有一天不要來煩他，至少讓他有足夠的時間可以——

「我不能去。」道格說。「不行，絕對不行。」他暫停一下，然後又說。「我在家吃晚飯，艾瑞克，你就饒了我吧，不行嗎？」

艾瑞克派克，道格在美林證券的上司。這不是好兆頭。

「唉，好吧。」她看到他的肩膀垮了下來。「好吧，給我——」他抬頭瞄一眼牆上的鐘。「三十分鐘。待會兒見。」他掛上電話，吐了一口長氣，然後轉身跟她說。「唉，是艾瑞克打來的。」

她也無話可說。有太多晚上，只要一通電話，就把他從家裡偷走。偷竊的次數跟搶案一樣，也愈來愈多。「該死。」他低聲說。「這件事今天晚上一定得處理好，我會盡快趕回來——」他又瞄了牆上的敵人一眼。「我會在兩個鐘頭內趕回來，最遲不會超過三個鐘頭。」

那就表示四個鐘頭，蘿拉心想。她低頭看著他細瘦的雙腿。「那麼你最好去穿條褲子。這裡我來收拾就好了。」

道格回到主臥室，而蘿拉則抱著沾了油的褲子走到廚房旁邊的洗衣間。她在污漬上塗一點洗衣精，然後把褲子放在烘衣機上，再折返餐廳繼續吃晚餐。過了一會兒，道格換上卡其褲、淺藍色襯衫和一件灰色線衫回來了。他坐下來，狼吞虎嚥的吃完焗烤牛肉。「真的很抱歉。」他幫蘿拉把碗盤端到廚房時說。「我會盡快趕回來，好嗎？」

「好。」

他親吻她的臉頰，彎腰靠過去時，還將一隻手放在她的肚子上。然後他走出廚房到車庫去。她聽到賓士車引擎發動的聲音，車庫門打開，道格倒車出去，車庫門又砰一聲關上。就這樣了。

只剩下她跟大衛了。

「好吧。」她說。她看著道格留在流理台上的那本《燒了這本書吧！》，決定今天晚上把書看完，明天開始看那本講好萊塢的書。她把盤子刮乾淨，然後放進洗碗機裡。道格的工作害他累得跟狗似的，這太不公平了。雖然他本來就是工作狂，壓力只是讓他的症狀更嚴重。下雨天的晚上還要加班到這麼晚，她不知道艾瑞克派克的太太瑪西會對她丈夫怎麼說。金錢什麼時候成了上好，再掛回去。

帝了？算了，煩惱這些也沒有用。她走進洗衣間，把褲子摺起來，掛在木頭衣架上。褲子的縐褶沒有完全對齊，像這種不完美的細節，如果不立刻改正會讓她抓狂。蘿拉將褲子拿下來，重新摺好，再掛回去。

有個東西從褲子口袋裡飄出來。

是一張綠色的小紙片，就掉在蘿拉左腳旁邊的油布地磚上。

她低頭一看。

是張票根。

蘿拉手上拿著掛到一半的褲子，站在那裡不動。一張票根。她應該要撿起來看，但是那需要很緩慢的動作和微妙的平衡。她靠過去，一手扶著烘衣機的角落，一手去拿票根。等到她站直身子，下半背的肌肉就開始抱怨了，它們在說：我們對妳一直都很好，別太過份囉！蘿拉正要把票根丟進垃圾筒，手卻在半空中停住了。

那張票是做什麼用的？

票上有戲院的名稱，坎特伯里六號。一定是購物中心裡的電影院，她想。那種大型多廳放映的電影院。票還很新，綠色的票根還沒褪色。蘿拉看看掛在衣架上的褲子，伸手到一邊口袋裡翻找，除了線頭之外，什麼都沒有。然後又掏掏另一邊口袋，找出一條還剩三分之一的瑟特薄荷糖，一張五美元紙鈔，還有第二張票根，上面也寫著坎特伯里六號。

她這輩子從來沒聽過坎特伯里六號，甚至不知道在什麼地方。

蘿拉手裡拿著兩張票根，走回廚房。雨點敲打在窗玻璃上，聲音很粗暴。她努力回想她跟道格最後一次到戲院看的電影，那是好幾年以前的事了。她想，應該是《紫屋魔戀》吧！現在HBO和Showtime頻道都已經播到快爛掉了。所以，這兩張票根怎麼會在道格的口袋裡呢？

她翻開電話簿找電影院，坎特伯里六號是在市區另外一頭的一家購物商場。她撥了電影院的號碼，聽到預錄的訊息告知她現在播映的片子，都是些青少年的性愛喜劇、外星人大戰和模仿藍波的電影。她放下聽筒，站在那裡，盯著廚房牆上的時鐘。

為什麼道格去電影院卻沒跟她說？他幾時有時間去看電影了？她知道自己是在繞著真正的危險地區打轉——他是跟誰去看的？

太傻了，她想。這一定有個符合邏輯的答案，一定會有。他帶客戶去看電影。沒錯。大老遠跑到市區另一頭去看一部爛片？等一等，她跟自己說。別再胡思亂想了，以免把自己搞瘋掉。這沒有什麼啊！不過是兩張票根而已。那又怎麼樣呢？

那麼……道格為什麼不跟她說呢？

她打開洗碗機。機器還很新，沒有什麼噪音，只有低沉的運轉聲。她拿起《燒了這本書吧！》，準備到她的小書房裡看完馬克特雷格的哲理與高見，可是不知怎地，她發現自己竟然又走到電話旁邊。電話這玩意真是個討厭的東西，它總是低聲召喚你去聽一些最好別聽到的事情。可是她想知道這兩張票是怎麼回事，這兩張票在她腦子引起的疑惑比兩座聖母峰加起來還要高，就擋在她眼前，除了崎嶇的山巒之外，看不到其他任何東西。她必須要知道。於是她撥了道格辦公室的號碼。

響了一聲、兩聲、三聲、四聲、五聲，響了十聲。然後響到第十四聲，有人接起來說。「喂？」

「喂，我是蘿拉克萊波恩。請問道格到了沒有？」

「誰？」

「道格克萊波恩。請問他到了沒？」

「沒人在這裡啊，女士。就只有我們。」

「你是哪位？」

「我是威伯。」那人說。「就只有清潔人員在這裡。」

「派克先生一定在吧？」

「誰？」

「艾瑞克派克。」她惱怒起來。「你不知道誰在辦公室裡上班嗎？」

「現在這裡什麼人都沒有，就只有我們，女士。我們只是來打掃的，如此而已。」

這太瘋狂了，她想。就算道格還沒有足夠的時間趕到辦公室，艾瑞克派克也一定在那裡的呀！他是從辦公室打電話來的啊，不是嗎？「等道格克萊波恩到了辦公室之後。」她說。「請他打個電話給他太太，好嗎？」

「好的，女士。我們一定會轉達。」那清潔工答道。蘿拉跟他道謝之後，掛上電話。

她拿著《燒了這本書吧！》走進她的小書房，放了一捲莫扎特的室內樂，坐在安樂椅上。十分鐘過去了，她還是盯著同一頁，她假裝自己在看書，其實心裡是在想：坎特伯里六號兩張電影票道格現在應該已經辦公室了為什麼還沒有打電話回家他人在哪裡？

漫長的五分鐘又過去了，然後是十分鐘，好像永遠不會結束。道格受傷了！她想。他可能在雨中出了車禍！她一站起來，就感覺到大衛在她肚子裡抽搐了一下，彷彿能感受她的焦慮。回到廚房，她又撥了辦公室的號碼。

電話響了又響，響了又響，但是這一次沒有人接。

蘿拉走回書房，然後又回到廚房，漫無目標的打轉。她又試著撥了一次電話，這一次讓電話鈴聲響翻了屋頂，還是沒有人接。她看看時鐘。也許道格跟艾瑞克出去喝兩杯。可是如果他們還有那麼多工作要做，為什麼要去喝酒呢？好吧，不管發生了什麼事，等道格回來之後，一定會跟她說。

就像他會跟她說那兩張票是怎麼一回事吧？

蘿拉翻了一下旋轉式的名片架，找到艾瑞克派克家裡的電話號碼。

到了明天她一定會覺得自己很蠢，道格會跟她說，他跟艾瑞克只不過出去跟客戶碰面，或是他們只是決定在工作的時候不接電話之後，她會巴不得在地上挖個洞鑽進去，因為她竟然會認為——雖然只有一下下——道格會欺瞞她。

她不敢撥那通電話。那股細小的恐懼又開始騷動，掐住她了的喉嚨。她拿起話筒，按了前四個號碼，然後又放回去。她又第三次打到辦公室，響了至少二十聲之後，還是沒有人接。

關鍵時刻到了。

蘿拉深呼吸一口氣，打到艾瑞克派克的家裡。

電話響到第三聲，有個女人接起電話說。「喂？」

「嗨，瑪西？我是蘿拉克萊波恩。」

「哦，嗨，蘿拉。我想妳差不多快生了吧？」

「對啊，快了。差不多再兩個星期吧。我們已經準備好嬰兒房了，所以現在就只是在等時候到而已。」

「我跟妳說，妳要好好享受這段等候的時光。等寶寶來了，妳的生活就會有一百八十度的大轉變。」

「其他人也是這樣說。」蘿拉遲疑了一下，她必須堅持下去，可是真的好難。「瑪西，我在找道格。他們是出去跟客戶見面，還是他們就只是不接電話，妳知道嗎？」

對方沉默幾秒鐘，然後說。「對不起，蘿拉。我不懂妳的意思？」

「艾瑞克從辦公室打電話給道格，妳知道，要他去完成一些工作。」

瑪西又沉默不語，蘿拉覺得自己的心跳得好快。

「蘿拉……呃…艾瑞克今天早上去查爾斯頓了，他要到星期六才會回來。」

蘿拉覺得兩頰血氣上湧。「不對，艾瑞克剛剛才從辦公室打電話給道格。大約一個鐘頭之前。」

「艾瑞克在查爾斯頓。」瑪西派克不安的笑了一下。「也許他打長途電話？」

「也許。」蘿拉覺得頭重腳輕。雨聲像是敲在屋頂的緩慢鼓點。「我跟妳說……瑪西，我……我不該打這通電話，我不該來煩妳。」

「不會啦，沒有關係。」瑪西的聲音很不自在，急著想要掛電話。「我希望寶寶一切平安。我是說，我知道他一定會平安，可是……唉呀，妳知道。」

「我知道，謝謝妳。妳多保重。」

「再見了，蘿拉。」

蘿拉掛上電話。

她突然發現音樂停了。

她坐在自己小書房的安樂椅上，看著雨點從窗戶滑落。她的右手握著兩張綠色票根，一家她從未去過的戲院的票，另一隻手則放在肚子上，想要感受大衛的溫暖。她的大腦裡好像長滿了刺，只要一思考就會疼痛。道格接了一通電話，打給他的人叫做艾瑞克。他去辦公室加班，不是嗎？如果不是，那他去了哪裡？握著票根的掌心開始冒汗。如果艾瑞克在查爾斯頓，那道格現在跟誰在一起？

蘿拉閉上眼睛，聽著雨聲，遠方傳來警報聲，聲音逐漸加強，然後又減弱。她已經三十六歲，再過兩個星期就要生第一胎，然而她發現自己一直都沒有長大，當小孩當得太久了。這個世界遲早會擊潰你，讓你流淚，讓你悔恨。這個世界遲早都會獲得勝利。

這個世界對一個初降世的孩子來說，實在太險惡了，可是這裡又是唯一存在的世界。蘿拉的眼眶濕了。道格對她說謊。他站在那裡，當著她的面撒謊。去死吧！她肚子懷著他的孩子，可是他卻背著她不知道在做什麼！怒氣膨脹著，然後崩解成悲哀，然後又聚集起來。去死吧！她想，叫他去死吧！我不需要他！我不需要忍受這種鳥事！

蘿拉站起來。她拿了雨衣和皮包，走到車庫，堅強的抿緊嘴唇，坐進她的寶馬，開車出去，在黑暗中尋找一個有人、有噪音、有生命的地方。

第四章　魔咒先生來了

她嚐著嘴裡的味道，他的味道像苦杏仁。

她做第一次是因為她想要，因為她懷念那種感覺。做第二次則是為了換到價格更優惠的迷幻藥。現在她站在浴室裡刷牙，濕漉漉的頭髮披在肩膀上。她的目光順著肚子上的疤痕網絡一路往下看，看到兩腿之間隆起的傷疤組織。怪怪的，高第剛才說，看起來真他媽的像是地圖，不是嗎？她脫掉衣服的時候，就已經冷起心腸等著看他的反應。如果他取笑她或露出嫌惡的表情，她可不知道自己會幹出什麼事來。她需要他，需要他替她帶東西，可是有時候她的怒火一來，就像眼鏡蛇出擊一樣猝不及防。她知道她可以在一瞬間勾起手指挖他的眼珠，在他還搞不清楚狀況的時候，用另一隻手擰斷他的脖子。她看著鏡子裡的自己，滿嘴都是牙膏泡沫，一雙眼睛深沉黑暗，正是她未來的景象。

「嘿，金潔！」高第在臥室裡喊她。「我們現在要試迷幻藥了嗎？」

瑪莉把泡沫吐進水槽裡。「我以為你要去接女朋友？」

「噢，她可以等一下，等一下又不會死。我剛剛還不錯吧，欸？」

「妙不可言。」瑪莉說完，用水漱漱口，又吐在水槽裡。她回到臥室，高第躺在糾結成一團的床單裡抽菸。

「妳說話怎麼那個樣子？」高第問道。

「什麼樣子？」

「妳知道啊，『妙不可言』這種說法，好像嬉皮。」

「可能因為我以前就是嬉皮吧。」瑪莉走到放在房間另外一邊的梳妝檯，高第晶亮的目光穿透藍色的煙霧緊跟著她。那一排笑臉迷幻藥就放在梳妝檯上，她用一把小剪刀剪下兩個笑臉。她可以感覺到高第在盯著她看。

「少來啦！妳當過嬉皮？就是配掛愛的串珠什麼鬼的嬉皮？」

「就是配掛愛的串珠什麼鬼的嬉皮。」她答道。「很久以前的事了。」

「簡直就是上古史囉。沒別的意思。」他朝著空中吐出一個煙圈，看著那壯碩的女人走到音響旁邊。她走路的方式讓他想起什麼——想起來了，像一頭母獅子，電視播過一部關於非洲的紀錄片，裡面的母獅安靜卻絕對致命。「妳年輕的時候是運動健將嗎？」他天真的問。

她微微一笑，將一張門戶合唱團的唱片放到轉盤上，然後打開電源。「高中的時候我是田徑選手，也是游泳隊的隊員。你對門戶熟嗎？」

「樂團嗎？熟啊，他們有好幾首暢銷曲，對吧？」

「主唱的名字叫做吉姆莫里森。」瑪莉忽略他的愚昧，自顧自說下去。「他就是天神。」

「他現在死了，對吧？」高第問。「天哪，妳的屁股真漂亮！」

瑪莉放下唱針。〈五比一〉（Five to One）的第一段鼓音斷奏開始，然後刺耳的貝斯低音加入，接著是吉姆莫里森粗礪而充滿危險的嗓音，從音箱裡怒吼而出：五比一啊，寶貝／五分之一／這裡沒有人能活著出去／你得到你要的，寶貝／而我也將得到我的……

歌聲使她被記憶的狂潮淹沒。她看過門戶合唱團的現場表演，看了好幾次。也曾經近距離看過吉姆莫里森，就在好萊塢大道上，當時他正要走進一家夜店。她從人群中伸出手臂，碰到了他的肩膀，他溫暖的力量立刻從她的手臂蔓延到肩膀，就像觸電一樣，讓她的心飛散成一片光芒無盡的金色國度。他還回眸看了她一眼，在他們目光對視的那瞬間，她感受到他的靈魂，像是一隻囚禁在籠子裡的美麗蝴蝶。蝴蝶開始對她尖叫，要她放他自由，然後有個人過來一把抓住吉姆莫里森，把他從洶湧的人潮中帶走了。

「這歌的節奏還不錯。」高第說。

恐怖瑪莉將音量調高一個刻度，然後拿著迷幻藥走向高第，遞給他一個黃色笑臉。「好——耶！」高第說，在床邊的菸灰缸捺熄香菸。瑪莉開始舔黃色圓圈，高第也照做。短短幾秒鐘之後，笑臉糊了，黑色的眼睛也不見了。然後瑪莉爬到床上，雙腿盤起打坐，雙手放在膝上，閉上眼睛，聆聽神的歌聲，等待藥效發作。她肚子上的皮膚有些搔癢，原來高第的食指正順著她的傷疤撫摸。

「妳一直都沒說這些是怎麼來的。妳發生過什麼意外嗎？」

「對。」

「什麼樣的意外？」

小男孩啊，她想，你不知道自己離懸崖邊緣有多近哪！

「一定很嚴重。」高第鍥而不捨。

「車禍。」她撒了個謊。「被玻璃和金屬割得亂七八糟。」後一句倒是不假。

「哇，重量級的傷害吔！妳是因為這樣才沒有小孩嗎？」

她睜開眼睛。高第的嘴跑到了額頭上，兩眼全是血絲。她的眼皮又蓋下來。「你是什麼意思？」

「我在想，因為那些嬰兒照片啦，我想……妳知道……妳一定很喜歡小孩子。妳應該還能生小孩吧？我是說……那場車禍不至於把妳全毀了吧，不是嗎？」

瑪莉再次睜開眼睛。這次高第多了一顆頭，就長在他的左肩上，像是一團長滿了疣的肉塊，鼻子和下巴才剛要冒出芽來。「你問太多了。」她對他說，她的聲音聽起來回音重重，像是從一個深不見底的地洞裡傳來的。

「媽呀！」高第突然大叫起來，睜開血紅的眼睛。「我的手變長了吔！天哪，妳看！」他大笑起來，笑聲像一串急促的鼓聲，和門戶的音樂融在一起。「哇，整個房間都他媽的是我的手！」他扭動手指頭。「妳看！我摸到牆壁了吔！」

瑪莉看著高第肩膀上那顆頭逐漸成形。雖然五官仍然模糊不清，但是那團肉球生出了細絲狀的皮膚，伸過去一圈又一圈的包圍高第的臉，使得那張臉不斷萎縮。隨著高第的臉愈縮愈小，那張新生的臉脫離原位，一路滑過肩膀，爬上他的頭顱，就這樣附著在上面，還發出溼答答的吸吮聲。

「我的手臂愈來愈長了！」高第說。「媽呀！少說有三公尺長！」

音符充溢在空氣中，喇叭不斷紡出漫天飛舞的金銀絲線。高第頭顱上那張新的臉變得愈來愈清晰，鬃毛般的棕髮波浪從頭皮竄生而出，垂散在肩頭上。銳利的顴骨也向外突起，緊緊繃住皮膚，惡棍般冷酷的嘴唇噘了起來。漆黑的眼睛也從低壓的怒眉下漸漸浮現。

瑪莉猛吸一口氣。那是天神的臉，而他說了。「你得到你要的，寶貝，我也將得到我的。」吉姆莫里森的臉佔據了高第的身體。至於高第去了哪裡，她不知道，也不在乎。她讓自己被牽引過去，用嘴唇去探尋那訴說過歲月真理、總是微微噘起的雙唇。「哇！」她聽到他低呼一聲，然後他們的兩張嘴就緊緊密合。

她感覺到他慢慢滑入她的身體，她的靈魂。房間的牆壁變得又濕又紅，他們的順著鼓聲的節拍律動。他更往內深入她時，她忍不住張開嘴巴，吐出一條長長的銀色絲帶，在空中盤旋，愈升愈高。空氣在震顫，她感覺到音符像尖銳的小刺戳著她的肉體。他放在她身上的雙手，像火燙的金屬融化滲進她的皮膚。她用手指勾畫著他的肋骨，而他伸長的舌頭像一具破城鎚，穿破了她的口腔，舔舐著她的大腦。

他的力量將她撕裂，連身體的原子都化為碎片。他一路直搗黃龍，深深鑽進她的體內，彷彿整個人都要蜷縮到她傷痕累累的肚皮底下。在一片黃火赤焰之中，彷彿整個宇宙都在燃燒，她又看到了他的臉。它開始變化、融解、重新塑形。深金色長髮取代了波浪般的褐髮，天神的眼睛被擠出了眼窩，取而代之的是一雙鑲著綠邊的凶猛藍眼。鼻樑拉長，下巴變得銳利如矛尖，金色的鬍渣從兩頰冒出來，逐漸蔓生會合，長成鬍髭，那張嘴裡吐出渴求的喘息聲。「我要妳！我要妳！我要妳！」

是他。他終於來了。是傑克勛爵，他來到屬於他的地方，來到她身邊了。

她的心臟不停的狂跳擰絞，彷彿就要從紅色的血管上掙脫。傑克勛爵那張美麗的臉龐就在她之上，眼睛像熱帶海洋上的太陽一樣閃耀。她親吻他的時候，可以聽到兩人口中唾液交融的聲音，就像油脂在炙熱的烤盤上滋滋作響。他充盈在她體內，讓她的腹部鼓脹起來，她緊緊攀住他，天神在為他們歌唱。然後她一個翻身騎到他身上，緊抓著他岩石般堅挺的地方，感覺到裡面的血管在她手中挪移，宛如蒼白大地下蠕動的蟲。她用嘴含住，深深的吸吮他，他發出的呻吟聲就像遠方的雷鳴。她緊緊掌握住他，任憑他的身軀在她底下扭動掙扎，然後她突然鬆手，傑克勛爵的身體一陣抽搐，幾顆晶瑩的露珠抖落到他平坦的腹部上。她就這樣看著他在銀光曳流的空氣中爆發。

他釋放出小嬰孩，嬌小、完美成形的小嬰孩，粉紅色的小小軀體都蜷縮著。數以百計的小小嬰孩漂浮在空中，像是某種奇異的花朵綻放出來的精巧豆莢。她伸手去抓，可是他們卻在她的掌心消融，從她的指縫間流逝。她非抓住他們不可，沒有什麼比這更重要的。如果她連一個都抓不住，傑克勛爵就不會再愛她了。小嬰孩在她的指尖閃閃發亮，然後在她的掌心融解。她瘋狂的想要拯救他們，至少要救到一個，她看到傑克勛爵結實的肉體開始萎縮退化，這景象把她嚇壞了。「我會救到一個的！」她的聲音在耳中爆裂。「我發誓，我會救到一個！好不好？好不好？」

傑克勛爵沒有回答。他只是仰躺著，躺在一片被蹂躪殆盡的慘白田野中。她可以看到他瘦削的胸膛上下起伏，像是軟弱無力的風箱。

她低頭看著自己的雙手，手上有血，暗紅濃稠的鮮血。

她突然感到一股錐刺般的劇痛，低頭看看自己的肚子，看到傷疤又被撕裂了，黑紅色的邪惡液體汩汩流出她的肚腹。

鮮血從她體內湧出，淹沒了荒蕪的田野。她聽到自己的聲音尖叫道。「不要！」傑克勛爵試著坐起身，她瞄到他的臉，那不再是傑克勛爵，而是一張陌生人的蒼白面孔。「不要！不要！」瑪莉尖叫道。那陌生人喘息呻吟，然後又躺回去。她看看四周，紅色的牆壁在顫抖，音樂刺痛她的耳朵。她看到一扇敞開的門，門後有一座馬桶。浴室！她想著，心思開始蹣跚的向現實爬去。可怕的旅程！可怕的旅程！

她掙扎著爬起來，鮮血從愈裂愈大的傷口泉湧而出。她往浴室摸索過去，但是雙腿發軟，雙腳又絆到糾纏不清的床單，摔了一跤，把唱機上的唱片撞得跳針。她站不起來，只好咬著牙，在一片鮮血紅潮中往浴室慢慢爬過去。

她拖曳著身子爬過磁磚地板，瘋狂的感覺像一群烏鴉在她的腦子裡撲擊著翅膀。她用血紅的手指攀住浴缸邊緣，撐起身體翻進浴缸。她使勁扳開水龍頭，冷水從蓮蓬頭裡沖出來，打在她的皮膚上。她蜷縮在水柱底下，全身發抖抽搐，牙齒打顫，鮮血從排水孔流走了，一直流下去，流下去……

可怕的旅程，她想。噢……真他媽可怕的旅程……

恐怖瑪莉摸摸肚子上的傷疤，傷口又癒合了，血都被沖走了之後，水也不再艷紅了。淋浴間的牆上開出一朵朵的花，都是結滿冰霜的白花。瑪莉屈起雙腿，膝蓋抵住下巴，冷得直打哆嗦。有幾隻像蝙蝠一樣的黑色物體在盤旋飛行，但是它們很快就被水霧打下來，一起流進了排水孔。瑪莉抬起臉迎向水柱，水流進她的眼裡，她的嘴裡，從她的頭髮流過去。

她關掉水龍頭，坐在浴缸裡，牙齒像骰子一樣咔啦咔啦響。不會有事的，她跟自己說。從幻覺走出來吧，不會有事的。牆上的花開始凋零，不久就飄到浴缸裡，在她周圍的水面漂浮，然後像肥皂泡沫一樣消失無蹤。她閉上眼睛，想起她的新寶寶，還在衣櫃裡等著出生呢。她要給他取什麼名字呢？就叫傑克吧，她決定。以前也有好幾個傑克，好幾個吉姆、羅比、雷伊和約翰，都是根據天神和他的樂團成員名字取的。這個傑克會是最好的傑克，而且長得跟他老爸一模一樣。

等到她準備好了，才從浴缸裡站起來，仍然發著抖。撐住，再等一下。她走出浴缸，從架上拿起一條毛巾擦乾身體。浴室牆上有什麼歪歪扭扭的小玩意兒在蠕動，像是塗了螢光漆的渦紋變形蟲。不過她就要脫離幻覺了，不會有事的。她一路扶著牆壁，踉踉蹌蹌的走回臥室。音樂已經停了，唱針還磨擦著唱片的標籤。癱在床上的人是誰啊？她知道他的名字，可是一時想不起來，好像叫高什麼的，噢，對了，高第。她的大腦像是燒焦了一樣，覺得臉上的神經和肌肉在微微抽動，嘴裡有股噁心的怪味。她雙手扶著牆壁，勉力往廚房走去，雖然雙腿隨時都可能發軟跪下去，但她終究還是走到廚房了，沒有跌倒。

到了廚房，她的視線罩在一圈黑影中，彷彿從隧道裡往外望。她打開冰箱，拿出冰塊，用力搓揉在臉頰和眼窩上，慢慢的，她的視野恢復正常了。她又從冰箱裡拿出一罐啤酒，拉開拉環，狠狠灌了一大口。她看到身邊閃現好幾道青紅色的電光，好像她就站在雷射秀的正中央，閃電持續了好幾秒，然後又慢慢消失。瑪莉喝完啤酒，把空罐子放在一邊，伸手撫摸肚子上的傷疤，仍然縫合得密不透風，可是剛剛真他媽的把她嚇個半死！以前也發生過好幾次，都是些可怕的旅程，她明知道不是真的，感覺卻再真實不過。她想念她的寶寶，該把高第趕走了，這樣她才能去生產。

《滾石雜誌》還在流理台上，封面也仍然是那個手鐲合唱團。她從冰箱裡取出最後一罐啤酒，又開始喝起來，她的嘴裡像沙漠一樣乾燥。習慣使然，瑪莉翻到《滾石雜誌》後面的分類廣告，看看他們又要賣什麼東西。邦喬飛的T袖、雷朋的 Wayfarer 太陽眼鏡、牛頭㹴 Spudz MacKenzie 的海報、超級麥克斯（Max Headroom）的面具等等的。她的目光睃巡到個人留言欄。

我們愛你，羅伯帕瑪。你的超級大粉絲，琳達與泰瑞。

需要搭便車。從麻州的安默斯特到佛州的勞德岱堡。2/9，願意分擔所有費用。請在晚上六點以後撥 413-555-1292。葛瑞格。

嗨，呆子！

尋找性感的丹妮絲。12/28 在「金屬製品」的演唱會上見到妳。妳到哪裡去了？喬伊。加州新港灘郵政 101B 信箱。

義勇騎兵隊萬歲！瞧，我就說我們辦得到吧！

麗莎，生日快樂！我愛妳！

魔咒先生來了。小姐——

瑪莉愣了一下，喉嚨忽然緊縮起來。她滿嘴都是啤酒，要嚥下去可不容易。她放下啤酒，目光再次回到這則留言的開頭。

魔咒先生來了。小姐還在哭泣。還有人記得嗎？到時候見。2/18，1400。

她看著最後的四個數字。1400。那是軍方表示時間的用語。二月十八日，下午兩點鐘。她又看了那則留言，已經是第三次了。魔咒先生指的是吉姆莫里森，是從一首叫〈洛城女人〉（L.A.

Woman）的歌出來的。至於哭泣的小姐則是——

一定是，一定是。

她以為迷幻藥的藥效還沒過，腦子還不清楚，於是走到冰箱，又抓了一把冰塊，狠狠洗了一把臉。她拿起《滾石雜誌》再看一次，又再次渾身發抖，但是並不是因為寒冷。留言還是一樣沒變，魔咒先生。哭泣小姐。還有人——

「我記得。」恐怖瑪莉低聲說。

高第睜開眼睛，看到一個巨大的陰影籠罩著他。「怎模啦？」他的嘴像是生了鏽一樣，很難張開。

「你滾吧。」

「啊？我才想——」

「滾。」

他眨眨眼。金潔站在床邊，居高臨下的瞪著他，赤裸的身體像一座肉山。超大的布袋奶，高第心想。他微微一笑，腦子裡還開滿了花朵，伸手要去摸她的胸部。她一把攫住他的手，像是捉著掉入陷阱的小鳥。

「我要你離開。」那女人說。「現在就走。」

「現在幾點啊？哇，我的頭好暈！」

「已經快十點半了。快點，高第，快起來。我是說真的，老兄！」

「嘿，趕什麼呢？」他試圖掙脫她的手，可是那女人的指頭跟鐵鉗一樣緊，力量之大，讓他開始感到害怕。「妳是想扭斷我的手還是怎樣？」

她放開他的手，後退一步。有時候她的力氣就是不受控制，但現在可不是失控的好時機。「對不起。」她說。「可是你必須離開。我喜歡一個人睡。」

「我的眼珠像著了火似的。」高第用手掌按壓眼窩，用力搓揉，漫天星星與風車在黑暗中爆開。「媽呀，那玩意兒還真厲害啊，是不是？」

「我還有更厲害的東西呢。」瑪莉拿起高第的衣服，往床上一扔，丟在他的旁邊。「起來穿衣服。快點，動作快！」

高第對她露齒一笑，嘴唇乾裂，滿眼血絲。「妳以前當過兵啊？還是什麼其他的訓練？」

「其他的。」她答道。「不要又倒回去睡了！」她等著，盯著他穿上襯衫，開始扣鈕扣，這才披上睡袍回廚房去。她的目光又回到那則留言上，一顆心在胸膛撲通撲通跳。除了暴風戰線的成員之外，沒有人會寫這種東西。只有暴風戰線的核心份子才會知道哭泣的小姐，而這十個人當中，有五個已經被豬玀處決，一個在安堤卡的暴動中陣亡，其他三個都跟她一樣，成了沒有家國的逃犯。她盯著紙上的字，彷彿透過一個鑰匙孔窺探著過去，那些人的名字和臉孔在腦子裡轉個不停：貝蒂莉亞摩斯、蓋瑞萊斯特、欣欣歐瑪拉、詹姆斯薩維耶涂姆斯、艾基塔華盛頓、珍妮特史諾登、桑克雷門薩、愛德華佛迪斯，還有總指揮傑克嘉迪納，也就是「傑克勛爵」。她知道誰死在豬玀的槍下，誰還堅守著地下化的信仰，可是這則留言是誰寫的呢？她拉開抽屜摸索，尋找家具店寄來的一份廣告月曆。找到了，每一天都是一個個相連的白色小方格。今天是一月二十三日，這個月有三十一天，所以還有八天。到時候見。2/18，1400。她算不清楚，殘留的藥效加上她的激動情緒，讓她腦袋一片混亂。冷靜，冷靜。她的手心濕黏。還有二十六天才會見面。二十六、二十六，她大聲吟誦出來，像是某種撫慰人心的經文，但也是催熟一切潛在危機的經文。可能就是傑克本人，是暴風戰線的最後一次召集令。她可以在腦海中看到他的形象，一頭金髮在狂風中翻騰，眼睛閃動著正義的火光，一手一個汽油彈，槍帶彈匣就纏在腰間。可能是傑克在召喚她，召喚她，召喚她……

她要回應他的召喚，即使要走過煉獄才能親吻到他的手，她也在所不辭。沒有什麼能阻攔她回應他的召喚。

她愛他。他就是她的心臟，卻活生生的被剝了出來，就像她替他懷的孩子一樣，從她的子宮裡被剝奪而出。他是她的心臟，少了他，她只是一具空殼。

「嘿，《滾石》裡有什麼？」一隻手從她身後伸過來，拿走臺面上的雜誌。恐怖瑪莉一個迴身。她感覺有什麼東西從她心底冒上來，像是火山噴發出來的沸騰岩漿。她知道那是什麼，因為她幾乎一輩子都在跟這玩意打交道。她曾經愛過它、哺育它、擁抱它，甚至以它維生，它的名字叫做「憤怒」。她還來不及思考，一隻手就已經攫住高第瘦弱的喉嚨，大姆指緊壓住他的氣管，猛力將他壓制在牆上，幾幅珍愛的嬰兒照片還被震得從掛釘上掉下來，乒乒乓乓的落在地上。

「嘎啊！」高第哀嚎一聲，臉色漲紅，眼珠子快要從眼窩裡跳出來。「老天嘎啊放開喀啊我……」

她不想殺他。未來她還得仰仗他辦事呢。十分鐘前她還只是一條蟲，滿腦子閃爍著迷幻燐光，現在她內心最深處那部分甦醒了，渴望著鮮血和火藥的氣味，正透過沉重眼皮下的灰色眼眸凝視世界。她從他手中搶回《滾石雜誌》，鬆開他的喉嚨，在他蒼白的皮膚上留下紅色的指印。

高第嗆咳喘息了好幾秒，倒退著離開廚房，離她遠遠的。他已經穿好衣服，但是還打著赤腳，襯衫也還沒紮進長褲裡。等他好不容易恢復正常的聲音，就開始吼道。「妳瘋啦！真幹他媽的瘋了！妳幹他媽的想殺死我啊？妳這賤女人！」

「並沒有。」這個問題倒是不難回答，她心想。她覺得渾身毛孔都在冒汗，知道自己已經瀕臨邊緣。「對不起，高第。真的，我不是故意的——」

「妳差點掐死我了吔，小姐！他媽的！」他又咳了一下，揉揉喉嚨。「妳平常都是這樣掐著別人玩嗎？」

「我在看書。」她撕下她想要的那一頁，然後把雜誌其他的部份給他。「喏，你拿去。可以了嗎？」

高第遲疑了一下，好像怕他一伸手去拿《滾石》，這女人就會咬斷他的手似的。但他還是伸手拿了，然後用粗嘎的聲音說。「好吧。媽的，妳的大姆指差點就掐進我喉嚨裡。」

「對不起。」這是她最後一次道歉，不過她還是勉力擠出冷靜的笑容。「我們還是朋友吧，是嗎？」

「是啊。」他點點頭說。「還是朋友，什麼鬼嘛。」

高第的大腦跟汽車引擎差不多，瑪莉心想。這樣也不錯，只要她一轉動鑰匙，他就會發動。走到大門口時，瑪莉看著他的眼睛說。「我希望會再見到你，高第。」

「當然囉。下次妳還想要什麼好東西，再打電話給我就是了。」

「不是啦。」她別有用心的說，而且還故意讓話在嘴裡停留一會兒才說出來。「我不是那個意思啦。我是希望你能過來，我們可以花點時間在一起。」

「噢。呃……那個啊，好啊，可是……可是我有女朋友了。」

「你也可以帶她一起來呀。」瑪莉說，看著高第眼中閃現出油膩膩的光芒。

「我……呃……我再打電話給妳。」高第對她說，然後就衝進惱人的毛毛細雨中，坐進他的馬自達，開車離去。等車子遠離了她的視線，瑪莉才關上房門鎖好，深呼吸一口氣。她點燃一個草莓口味的薰香，放進焚香爐裡，站在爐前，讓嬝嬝升起的一縷藍色輕煙飄過她面前。她閉上眼睛，想著傑克勛爵，想著暴風戰線，想著《滾石雜誌》裡的留言，還有二月十八日。她想起了槍枝和穿著藍色制服的豬玀，想起一灘灘的血泊和一堵堵的火牆。她想起了過去，以及時間如何緩慢的從現在蜿蜒到未來，像一條遲滯的河流。

她會回應那個召喚。她會到那裡去，在指定的日期與時間，到哭泣的小姐那裡。還有好多計劃要做，還有好多瑣事必須處理。高第可以替她準備必需的物品，其他就得靠她的機智、本能和臨場反應了。她走進廚房，從抽屜裡找到一支筆，在二月十八日的那個小方格裡做個記號，一顆星星，指引她明路方向的星星。

她好高興，高興得快要掉下眼淚。

回到臥室，瑪莉躺在床上，用枕頭靠著背，雙腳打開。「用力。」她告訴自己，然後開始用力吸吐，發出呼嚕呼嚕的聲音。「用力!用力!」她的雙手用力壓在傷痕累累的肚皮上。「用力!快一點，用力!」她用盡力氣大喊，一臉齜牙裂嘴的痛苦表情。「哦，天哪!」她緊咬牙關，大聲喘氣。「哦，天哪！哦，天哪！哦——」她渾身顫抖，大聲呻吟，大腿肌肉一陣抽筋，伴隨著一聲大吼，她伸手到另外一個枕頭底下，拿出新的寶寶，讓他從雙腿間滑出來。

是個漂亮健康的小男孩。她要叫他傑克。可愛乖巧的傑克。他像小貓咪一樣的叫了幾聲，但是他是個乖寶寶，不會打擾她的睡眠。瑪莉把他抱得更緊，輕輕的搖著，臉上和胸前都是汗水。「真是個漂亮的寶寶。」她低聲吟唱著，臉上笑容燦爛。「噢，真是個漂亮的寶寶。」她伸出指頭，就像她在超市裡對購物車上那個小嬰兒做的一樣，但是他並沒有抓住她的手指頭，讓她有點失望，因為她渴望那種溫暖的觸感。好吧，傑克還有好多要學。她將他抱在懷裡輕輕搖擺，頭靠著枕頭休息。他躺在她的懷裡，幾乎沒有動，但是她可以感覺到他的心跳，像是溫柔的鼓聲。她在沉沉睡去之際，還依稀看到傑克勛爵的臉，他在笑，牙齒好白，像是老虎的牙齒，正在召喚她回家。

第五章　凶手倒地

蘿拉看完畢雷諾斯的電影回到家，發現答錄機裡有一通留言。

嗶。「嗨，蘿拉。我跟妳說，工作拖得比我們預期得要長，我要到午夜左右才會到家，別等我。真的很抱歉。明天晚上，我帶妳出去吃飯，好嗎？餐廳隨便妳選。得回去工作了。」咔啦。

他沒有說我愛妳，蘿拉心想。

一股強烈的哀傷迎面襲來，她可以感覺到那股沉重懸在她的頭頂。他從哪裡打的電話？肯定不是辦公室，或許是某人的公寓吧。艾瑞克在查爾斯頓，光這點他就沒有說實話，他還說了什麼謊呢？

他沒有說我愛妳，蘿拉心想，因為旁邊還有另外一個女人跟他在一起。

她想要打電話到他的辦公室，但是又放下電話。這有什麼意義呢？這一切又有什麼意義呢？她在屋子裡閒晃，沒有任何確定的方向，只是繞過廚房、餐廳、客廳、臥室，一路巡視家裡的東西。牆上的狩獵圖，這裡一個瓦德福的水晶花瓶，那裡一張威廉斯堡的沙發，還有滿滿一書櫃的暢銷書，全是文學公會推薦，但是他們倆都沒有時間看。她打開兩人的衣櫃，看著他的布魯克斯兄弟西裝，還有成排的上班領帶，再看看自己的名牌服飾和各式各樣的鞋子。她離開臥室，走到育嬰房。

嬰兒床已經備妥，牆壁漆成淡藍色，一名巴克海區的藝術家在天花板底下一點點的地方，繞著房間畫了一圈彩色小氣球，色彩鮮豔亮麗。房裡還殘留著新油漆的氣味，嬰兒床頭吊著一排塑膠魚，等著被人撥弄，發出叮噹的聲響。

道格跟別的女人在一起。

蘿拉無意識的走進浴室，在殘酷的燈光下，看著鏡子裡的自己。她拆開夾在頭髮上的金色髮夾，讓一頭棕栗色的瀑布傾瀉而下，散落在肩膀上。她的眼睛看著自己的眼睛，眼眸的淡藍色像四月的天空，眼角周圍已經出現許多細紋，正預言著未來的發展。現在看起來最淺的魚尾紋，假以時日就會變得像耕耘機犁過的溝畦。還有黑眼圈，她的睡眠始終都不夠。如果看得更仔細一點，還會發現頭髮裡夾雜著太多灰白。她已經將近四十歲，眼看就快到需要綁上黑氣球哀悼的年紀，也已經過了可以全然信任別人的年紀，足足有六年。她端詳自己的臉，鼻子很尖，下巴剛毅，有一對濃黑的眉毛和高高的額頭。她當然也希望自己能夠擁有模特兒般高聳的顴骨與凹陷的臉頰，而不是因為懷了孕，雙頰圓鼓鼓的像隻花栗鼠，但她其實本來就是這樣的長相。她一直都不是那種讓人驚豔的絕世美女，事實上她的相貌在十六歲之前，用老派點的說法，一直是純樸型的。沒有什麼約會，卻有很多書讓她打發時間，做著旅行的夢，還夢想成為替天行道的記者。她如果化上妝會很有魅力，若是少了粉底與彩妝，她的五官就顯得不夠細緻，尤其是她的眼睛，如果沒有眼線與眼影修飾，就會變得陰沉疏冷，眼中的淡藍變成冰塊的顏色，而不是春日的天空。這雙眼睛的主人意識到時光的流逝，不斷流入過往的黑洞，就像追逐兔子的愛麗絲。

她揣想那個女孩子的長相，揣想她喚著道格的名字時，聲音聽起來會是如何。

蘿拉坐在戲院裡，大腿上放了一大盒奶油爆米花，突然驚覺，原來她這幾個月來一直刻意忽略某些線索，像是西裝外套上一根捲曲成問號的金色長髮，陌生的香水味，襯衫袖口的一抹彩妝。她跟道格談到小孩時，他經常神遊四海，還有不知道他在夢裡見到了誰？他像個包紮在繃帶裡的隱形人，如果她膽敢拆開繃帶，可能會發現裡面什麼都沒有。

道格跟別的女人在一起，而大衛在她的肚子裡挪動。

她輕輕嘆了口氣，關掉浴室裡的燈。

在黑暗中，她小哭了一會兒，然後擤擤鼻子，擦乾眼淚，決定對今天晚上的事情隻字不提。她會等，等著然後觀望，任由時間的絲線拉扯自己，讓她像個傻瓜一樣手舞足蹈。

她換掉衣服，準備上床睡覺。窗外的雨勢斷斷續續，時而強勁，時而輕柔，像是兩種不同的樂器輪流演奏。她躺在床上，盯著天花板，床頭櫃上擺了一本育嬰書，就在她的旁邊。她想起今天中午跟凱若吃飯的情況，還有那個曾經是她的憤怒嬉皮。

蘿拉突然發現，她已經忘了和平標誌是什麼樣子。

三十六歲了，她想，三十六歲。她把手放在裝著大衛而隆起的肚皮上。真有意思，這麼多人都說：年過三十之後就再也不要完全相信任何人，真的很有意思。

他們說的還真準哪。

蘿拉關燈，尋找睡意。

過了大約二十分鐘之後，她找到了，然後夢境也來了。夢中有個女人，她掐著一個小嬰兒的後頸，嬰兒在尖叫。那女人對著汪洋大海般的藍色警示燈大喊。「來啊，來啊！你們這些豬玀！來啊！我再也不要拍你們的馬屁了！再也不用拍任何人的馬屁了！」她拎起孩子，像拎著一面破爛的旗幟，用力的甩動。蘿拉身後那棟房子的屋頂上，有個狙擊手用無線電對講機說他無法瞄準那個女人，一定會打到孩子。「來啊，你們這些混球！」那女人吼道，露出森森發光的牙齒。她衣服上的黃花沾染了斑駁的血跡，頭髮是鐵的顏色。「來啊，幹你媽的，你們聽到了嗎？」她又甩甩嬰兒，嬰兒的尖叫聲讓蘿拉忍不住退縮，躲到警車的保護之下。有人從她身邊擦身而過，叫她不要擋路，另外一個人則拿起大聲公，對著那個站在陽台上的女人說話，隔著悶熱的住宅區，那聲音聽起來像是雷鳴。陽台上那女人跨過腳邊一個男人的屍體，他的頭遭到槍擊，像陶土花盆一樣炸得稀巴爛。她手上還拿著槍，指著嬰兒的頭顱。「來啊，來抓我啊！」她吼道。「來啊，我們一起下地獄去吧，要不要？」然後她開始狂笑，是古柯鹼的笑聲，一種絕望的笑聲，而慘絕人寰的悲劇，就在蘿拉的周遭上演，讓她忍不住卻步。她撞到其他的記者，是螢光幕前會看到的電視記者。他們無情而有效率，不過蘿拉卻從他們眼中看到一絲黑暗的喜悅，她沒辦法看著他們的臉而不感到羞愧。「那個賤人瘋了！」有個人喊道，是這個住宅區的居民。「把孩子放下！」另一個人說，是個女人的聲音。「快把她給殺了，免得她殺了那個孩子！誰快殺了她！」

可是陽台上那個瘋女人找到了她的舞台，開始在舞台上踱步，手上的槍管依然瞄準嬰兒的頭顱，而她的觀眾則群眾在樓下的停車場上。「我絕對不會放棄他！」她吼道。「絕對不會！」在聚光燈下，她的影子變得好大，飛蛾在熱騰騰的燈光下振翅撲拍。「我絕不會放棄屬於我的東西！」她又喊道，聲音粗嗄嘶啞。「我跟他說了！跟他說了！沒有人能夠搶走屬於我的東西！我對天發過誓！我跟他說過了！」突然傳出了啜泣聲，蘿拉看到那女人的身體在顫抖。「絕不！哦，天哪！我絕不放棄屬於我的東西！幹！」她對著聚光燈、警車、電視攝影機、狙擊手和蘿拉畢爾狂吼。「幹！」另外一棟公寓裡有人開始彈起電吉他，音量大到震耳欲聾，大聲公、無線電對講機、記者、旁觀群眾和那個瘋女人忿怒的嘶吼，全都融合成一種恐怖的聲音。蘿拉永遠都不會忘記這個聲音，她覺得這就是惡魔的聲音。

陽台上那女人抬頭看著天空，張開嘴巴，發出有如動物的尖叫。

一名狙擊手開火了。砰的一聲，像是引擎逆火。

那女人的後腦爆開，她手上的槍也砰的一聲，走火了。

蘿拉覺得有什麼濕濕熱熱的東西掉在她臉上，她倒抽一口氣，掙扎著在夢境中向上泅泳。

道格的臉孔就在她的眼前，燈已經點亮，他在微笑，眼睛有點浮腫。她這才發現他剛剛吻了她。

「嗨。」他說。「對不起，搞到這麼晚。」

她一時無法開口說話，因為在她的腦子裡，她仍然在那個炎熱的七月夜晚，仍然在那個住宅區，看著警察衝進建築物裡，看著飛蛾在燈光下振翅飛舞。兇手倒地，兇手倒地，她聽到一名警察對著無線電對講機說。報告隊長，上面有三具屍體，她殺了那個孩子。

「妳不給我一個吻嗎？」道格問。

她吻了他一下，在臉頰上，又聞到那股不屬於她的香水味。

「外頭一直下雨。」道格說著，解開領帶。「塞車塞得很厲害。」

蘿拉閉上眼睛，聽著道格在臥室裡走動。衣櫃開了又關，沖了馬桶，在洗臉槽裡放水，刷牙，咕嚕咕嚕，一切如常。他什麼時候才會發現票根的事？她忍不住想。還是他已經過了那個在乎的階段？

她雙手交疊，放在肚皮上，手指緊扣纏繞。

她又睡著了，這一次沒有做夢，謝天謝地。

大衛在她的子宮裡，靜靜的沒動。道格把手貼在蘿拉的肚子上，感受到寶寶的溫度，然後坐在床緣，低頭看著自己的手，想起這隻手剛剛去了哪裡。混蛋，他對自己說，愚蠢又自私的混蛋。他覺得自己食言而肥，太多的謊話快要撐爆他的身體，他要如何面對蘿拉，他自己也不知道。不過他是倖存者，又有一張能說善道的嘴。這個世界上，在你還能拿的時候，當然是能拿多少就拿多少，他不過是做了他非做不可的事情罷了。

他覺得嘴裡的口氣難聞，於是離開臥室，走進廚房，打開冰箱取出一盒柳橙汁，替自己倒了一杯。就在他快喝完的時候，赫然看到兩張票根就放在電話旁邊，他的眉心彷彿遭到一拳重擊。幾天前他帶雪柔到市區另一頭去看湯姆克魯斯演的電影，回來的時候忘了把票根丟掉。他差點被柳橙汁嗆到，還差一點連玻璃杯都一起咬碎吞下去。兩張票根，就放在那裡。從他的褲袋裡找出來的。就是他先前脫掉的那條褲子。噢，太棒了！蘿拉發現了。真他媽的該死！她沒事幹嘛去搜他的口袋？男人好歹該有隱私權吧！等一等，別發慌！先穩住。他拿起票根，回想起他是什麼時候塞進褲子口袋的。那天看完電影之後，雪柔帶他去一家簡餐店吃特大號的可樂和焦糖巧克力。他的目光在票根與電話之間來回睃巡，他不喜歡腦子裡想的事情，可是為什麼票根會放在電話旁邊呢？他覺得臉上開始發熱，正要把票根丟進垃圾桶裡，突然停住。不對，不對，應該留下來，留在原地不要動。喝完果汁，上床睡覺，好好想想，編一個故事出來。對了，對了。編個故事。

就說有客戶進城，想去看電影。嗯哼，就說電影公司要出售有限的股份，所以客戶要親自去看看這場電影。對，沒錯，才怪。

蘿拉並不笨，這一點無庸置疑，所以她若是問起來的話，他得編得像樣一點才行。如果她沒問呢……他就什麼都不說。

道格把票根放回原位，喝掉剩下的柳橙汁，喝到後來都是苦的。然後，他回到臥室。他的太太躺在床上睡著了，而他的兒子正蜷縮在她的肚子裡，等著出生。他在睡著之前，想起佛洛伊德說過的一句話──沒有人真的忘記任何事情。他設好鬧鐘，明天還得早起，然後在黑暗中躺下來，聽著蘿拉的呼吸，心想，從交換誓詞與戒指的那一刻起，他們是怎麼走到現在的？最後睡意終於征服了他。

兩個世界的距離只有十公里。瑪莉泰瑞爾也擁著她的新生兒睡著了，她的公寓離他們家只有十公里那麼遠，或著說只有那麼近。她輕輕呻吟了一下，手垂下來壓在她的傷疤上。那嬰兒以彩繪的眼珠看著這個世界，身體沒有一絲熱度。

雨水不斷敲打著屋頂，無論是正義或是不正義的人，無論是神聖或是不神聖的人，無論是活在和平裡或是在苦難折磨中掙扎的人，都聽著同樣的雨聲，而明天將從最黑暗的時刻展開。

第二部 無名戰士

第一章　惡報

太陽高掛半空中，恐怖瑪莉在森林裡。

她在荒野裡跑到兩腿抽筋，嘴裡呼出的氣息在冷冽的空氣中形成白霧，身體不斷冒出熱氣，滲入她身上穿的灰色運動衣。她太久沒有跑步了，雙腿已經耐不住這樣的操勞，她覺得很生氣，怎麼會讓自己的身體墮落到這種地步？這是心靈軟弱的表徵，是意志力的潰敗。這座位於喬治亞州的森林距離她公寓約五公里遠，陽光篩過樹葉形成斑駁的光影，她在林子裡跑步時，右手始終握著柯爾特點三八口徑的手槍，食指扣在扳機護環裡。雖然她只以輕鬆的步伐跑了五百公尺，卻已經滿臉是汗，肺部也開始吃不消了。高低起伏的地形對她的膝蓋負荷很大，但她是在自我鍛練，於是她咬緊牙關，像擁抱舊情人一樣承受這股痛苦。

現在是星期天，還不到下午兩點，而她發現《滾石雜誌》上的留言是在四天前。她的小貨車停在一條舊的伐木林道盡頭，她很熟悉這片林地，經常到這裡來練習射擊。她會想到要練習跑步，讓自己流點汗，讓已經生鏽的肺活動起來，是因為往哭泣小姐的路就在眼前。她知道那條路有多麼危險，知道她走在這個腦殘國度無所遮蔽的道路上會有多麼脆弱，因為有各種各樣的豬玀在路上巡邏，尋找殺戮的機會。為了達到終點，她必須要夠強悍、夠聰明，況且她已經在金潔寇爾斯這個鄉巴佬的繭裡蟄伏了這麼久，沒有時間讓她慢慢來了。她的身體想要休息，但是她強迫自己繼續往前跑。她跑上一座丘頂，看到遠方亞特蘭大的公路，一輛輛加速的車子，車窗玻璃和車身金屬反射出刺眼的陽光。然後她繼續下坡，穿過一片松林，茂密的樹葉徹底擋住了陽光，地面只剩一整片樹蔭，她覺得空氣好像在她的肺裡燃燒，臉上全都是熱氣。再快一點！她激勵自己。再快一點！她的雙腿想起了高中田徑比賽時那種速度的快感，她當時不斷加速超越對手，率先衝向終點線。再快一點！快一點！她跑過谷底的森林，強迫自己再加把勁。就在這個時候，她的左腳絆到一根斷枝，整個人撲倒在地，肚子壓在枯葉與樹藤上。她呼嚕呼嚕的喘息，下巴因為撞到地面而擦傷了，一時只能趴在地上喘氣，聽著附近一隻松鼠在樹上憤慨的吱吱喳喳叫。

「真他媽的！」瑪莉說。她坐起來，伸手摸到下巴，只是表皮擦傷，沒有流血。她試著想要站起來，但是雙腿不聽使喚。她在那裡坐了一會兒，用力喘氣，眼前有深色的塵埃在冷冷的斜陽中飛旋。跌倒是訓練的一部分，她知道。跌倒是宇宙的良師。傑克勛爵以前常常這樣說。如果你知道如何跌倒，你就會知道如何站起來。她躺在地上喘氣，想起以前的突擊隊訓練。暴風戰線的總部所在的林子就和這裡很像，不過在那裡可以聞到西風送來海洋的氣息。傑克勛爵是個嚴格的老師，有時候他會在凌晨四點鐘低聲叫他們起床，有時候又在午夜要他們開槍射擊。然後他會叫士兵跑障礙訓練，不但用碼錶計時，還不斷對他們怒吼，夾雜著鼓勵與威脅。瑪莉也還記得當時的軍事演習，他們分成兩隊，在林子裡搜尋對方的人馬，用裝了漆彈的手槍互相追蹤。有時候會是一對一的追蹤，那是她最喜歡的遊戲。傑克指派她參加的每一場單人對抗賽，她從沒吃過一顆子彈。她最喜歡繞過對手，悄無聲息的追蹤他們，然後發出致命一擊，結束這場比賽。從來沒有人在追蹤比賽中擊敗過她。從來沒有。

瑪莉強迫自己站起來。疼痛的骨骼在提醒她，她已不是燃燒著烈焰的年輕火把，煤炭才能悶火慢燒。她又開始跑步，這一次的步伐比較長，也比較穩定。她的大腿和小腿都在痛，不過她把感受痛苦的那部分心智關閉了。跟痛苦做朋友吧，傑克勛爵曾經說過。擁抱它、親吻它、愛撫它，愛上痛苦，你就會贏得勝利。她跑步的時候，手裡的槍始終放在身側。有一隻松鼠從樹叢竄出來，往她右邊一株橡樹狂奔而去。她停下來，在落葉中滑了一步，集中精神，讓松鼠的動作慢下來，像是閃光燈下分格的慢動作。那松鼠爬上樹幹，正準備跳到更高的樹枝上。

瑪莉舉起手槍，雙手握柄，瞄準，扣扳機。

槍聲響起，松鼠的頭應聲爆裂，身子落到枯葉上，抽搐了一下，然後就一動也不動了。

她繼續跑，火藥的甜美氣味鑽進她的鼻腔，手裡的槍枝還熱熱的。

她的目光搜尋著陰暗的森林，左邊有豬玀！她想像，立刻檢查眼前的路徑，蹲下來一個轉身，舉槍瞄準一株凹凸不平的松樹。然後她又繼續跑，跑上一座小丘又跑下來。右邊有豬玀！她整個人趴到地上，揚起一片煙塵，以腹部向前滑行並瞄準另外一棵樹，開槍，射斷一根樹枝，還嚇得一對藍鵲尖叫著振翅往空中飛去。然後她又站起來——快點，快點！——繼續往前，網球鞋在地上鑿出了印痕。有一隻松鼠正在太陽下打瞌睡，被她的腳步聲驚醒，立刻從她眼前竄過去。她追蹤牠，追進一小片密集的松樹中。這隻跑得很快，恐懼促使牠死命的逃。就在牠躍上一棵樹幹時，她朝牠開了一槍，準頭往左偏了幾公分，沒射中，但是下一顆子彈就命中牠的脊椎。她射擊完畢繼續往前跑時，還聽到牠吱的叫了一聲，樹皮上留下血漬的印記。

右邊有豬玀！她再次蹲伏下來，瞄準想像中的敵人。烏鴉在森林盡頭彼此叫喚。她再次邁步向前，聞到了柴火的煙味，她想附近一定有住家。她走進一片枝葉糾結的灌木叢，汗水沿著頸背向下流，枯葉掉在她的頭髮上。她用前臂撥開茂密的樹枝，在樹叢間奮力前行，又想起了傑克以前拿著碼錶吹哨子敦促她向前的情景。一定是他從地下寫來訊息，她很確定。經過了這麼多年，他終於又要把暴風戰線的成員召集在一起。他終於又召喚了她，召喚他的真愛。這次召集令的背後一定有什麼目的。這個腦殘國家仍然到處都是豬玀，每一次的革命只是讓他們愈來愈邪惡。如果暴風戰線能夠再度崛起，而傑克勛爵重掌紅色旗幟，她就會是全世界最快樂的人。她生來就是要與豬玀奮戰，要將他們踩在腳底輾碎，然後一槍轟掉他們可憐的腦袋瓜。那是她的人生，那才是真實世界。等她回到傑克勛爵的身邊，等暴風戰線再度開始運作，那些豬玀光是聽到恐怖瑪莉的名號，就會嚇得渾身發抖。

她終於從樹叢中鑽了出來，臉上都是被棘刺刮傷的痕跡。左邊有豬玀！她想，立刻撲倒在地，肩膀撞上黏土地面，從雜草間滾過去，身子向左一屈，拿起手槍，瞄準——

一個小男孩。

他站在大約十五公尺外，沐浴在陽光下。他穿著膝蓋有補釘的藍色牛仔褲，套著一件迷彩防風夾克，頭上戴著深藍色的羊毛帽，瞪著一雙又大又圓的眼睛，手裡還拿著一把兒童尺寸的步槍。

恐怖瑪莉躺在原地不動，手槍仍然瞄準小男孩的方向。時間似乎不斷在延伸，直到小男孩開口說話才中斷。

「小姐，妳還好嗎？」

「我跌倒了。」她一邊說話，一邊在腦子裡想著該怎麼辦。

「嗯，我看到了。妳沒事吧？」

瑪莉向四周張望一下。這孩子自己一個人嗎？視線所及沒有其他人。她問：「你跟誰出來的？」

「就只有我。我家就在那邊。」他轉頭指向遠方，不過那男孩的家約在八百公尺外，在山丘另一邊，她看不到。

瑪莉站起來，發現那孩子的目光盯著她手上的左輪手槍看。大概只有九歲還是十歲吧，他氣色紅潤，兩頰凍得紅通通的，手上的步槍是點二二口徑，還有一個小小的瞄準鏡。「我沒事。」她一邊對他說，目光再次察看樹林，小鳥在鳴叫，遠處的公路上有車輛呼嘯而過，恐怖瑪莉單獨跟這個小男孩在一起。「我絆倒了。」她說。「很笨吧，是不是？」

「妳這樣突然從林子裡衝出來，差點把我嚇死了。」

「對不起，我不是故意的。」她抬起頭，嗅著那股柴火煙味，或許這孩子的家裡有座燒柴的壁爐，她想。

「妳在這裡做什麼啊？這裡離道路有點遠呢。」他的步槍始終指著地面。他父親教他的第一課：絕對不要拿槍指著別人，除非你想開槍射他。

「只是來爬爬山。」她注意到他又看著她的手槍。「順便練習打靶。」

「我聽到一些槍聲，我猜大概就是妳吧。」

「是我沒錯。」

「我在獵松鼠。」那孩子說著，咧嘴一笑，露出一排有缺口的牙。「我的生日禮物就是這把新槍，妳看！」

她以前從未在這裡遇過任何人。她不想遇到任何人，一點都不想。自己一個人帶著槍出來獵松鼠的小男孩，不，她不喜歡。「怎麼沒有人陪你一起來？」她問。

「我爸爸必須去工作，他說，如果我小心一點的話，就可以自己出來，可是我不能離家太遠。」

她覺得口乾舌燥。雖然還是很喘，但是臉上的汗已經開始乾了。她不喜歡這樣。她可以想像這個男孩回家跟他的父母說：我今天在林子裡遇到一個女人。她手上拿著一把手槍，說她出來爬山。她是一個很高大的女人，我還可以畫一張圖告訴你們她長什麼樣子喔。

「你爸爸是警察嗎？」瑪莉問。

「不是，女士。他是蓋房子的。」

她還問你是不是警察吔，爸爸。她可以想像這孩子會怎麼說。我還記得她的長相，她為什麼要問你是不是警察啊，爸爸？

「你叫什麼名字？」她問他。

「柯瑞彼得森。昨天是我的生日，妳看，我拿到這把槍。」

「這樣喔。」她看到那孩子的目光又回到她的點三八口徑手槍上。她為什麼會有手槍啊，爸爸？她又不住在這附近，為什麼一個人跑到林子裡來？「柯瑞。」她笑著對他說。陽光下很溫暖，但是冬天仍舊蟄伏在陰暗處。「我叫做瑪莉。」她跟他說。她當下決定這件事非做不可。

「很高興認識妳。呃，我想，我得走了。我說過，不能走太遠。」

「柯瑞？」她說。他遲疑了一下。「可不可以給我看看你的步槍？」

「可以啊，女士。」他開始朝她走來，靴子踩在枯葉上，嘎吱作響。

她看著他走近，心跳得很快，但是卻很冷靜。如果她放他走，這孩子可能會跟蹤她，可能會一路跟到她的小貨車那裡，甚至可能記住她的車牌號碼。他可能比外表看起來要聰明得多，而且他父親很可能認識警察。她馬上就要離開這裡了，等到一切準備就緒之後就走人，如果不把這些小事處理乾淨，恐怕以後還要擔心這個小鬼。爸爸，我在林子裡看到這個女人，她有一把手槍，她的名字叫做瑪莉。

等柯瑞走到她身邊，她一把抓住槍管。「可以讓我拿一下嗎？」她問。他點點頭，放開槍。那把槍拿起來幾乎沒有什麼重量，但是她對那個瞄準鏡很感興趣。有了這個東西，如果她將來買一把長距離射程的步槍，或許可以省一筆錢。「真的很不錯。」她說。她臉上始終保持笑容，不露絲毫的寒意或是緊張情緒。「嘿，你知道嗎？」

「什麼？」

「我剛剛看到一個地方有好多松鼠，就在那裡。」她朝著剛剛走過來的那座密林微微頷首。「不是很遠，如果你想去看的話。」

「我不知道吔。」他說著，回頭往家的方向看，然後又抬起頭來看她。「我想我最好還是回家了。」

「真的，不是很遠。不用幾分鐘就可以看到了。」她心裡想的是覆蓋著枯葉與樹藤的谷底。

「不用了，謝謝。我可以拿回我的步槍了嗎？」

「你是想給我找麻煩是嗎？」她問，覺得臉上的笑容開始消失。

「什麼？」那孩子眨眨眼，一雙深褐色的大眼睛露出疑惑的神色。

「我不介意就是了。」瑪莉說著，舉起柯爾特手槍，槍管頂著柯瑞彼得森的額頭正中央。

他張大嘴，嚇得目瞪口呆。

她扣下扳機，隨著一聲槍擊，那孩子的頭向後仰，依然大張著嘴，還可以看到牙齒裡小小的銀粉補綴。他的脖子震了一下，整個身子向後傾，倒退了幾步，額頭正中央的小孔流出深紅色的液體，腦漿噴出來灑在他身後的地上。他的眼皮開闔了幾次，小臉蛋依然看著瑪莉，好像準備要打噴嚏似的。他發出一聲細微的松鼠似的吱叫，彷彿被人掐住喉嚨而發不出聲，然後整個人向後仰倒，倒在冬季冰冷的碎石上。他的雙腿抖了幾下，好像還想站起來似的。他就這樣睜著眼睛、張著嘴巴，死了，陽光依舊在他的臉上閃爍。瑪莉站在他身邊，確定他的肺部不再起伏。沒有必要把屍體拖去藏起來了。她的目光在林子裡來回掃視，用全身感官搜索任何一絲風吹草動。槍聲把林子裡的鳥都嚇走了，她只聽得見自己的心跳，還有血滴在枯葉上的聲音。附近一個人也沒有，她很滿意的離開屍體，回頭再度往密林裡推進。一走出密林，她就開始朝著來時的方向奔跑，一手拿著點三八口徑的手槍，另外一隻手則握著兒童用的步槍。

她開始冷汗直冒，剛剛做的事情，現在才產生副作用，讓她腳步蹣跚。不過她依然保持平衡，緊抿著雙唇，兩眼直盯著遠方的地平線。那孩子會遇上她，只是因果惡報，她心想。那孩子會出現在那裡，並不是她的錯，一切都是命中註定，就只是這樣。那孩子只是整個大計畫中的一個小環節罷了，她必須專注於更大的目標。他爸爸可能會起疑心，怎麼會有個女人在星期天下午拿著手槍在森林裡跑步。他爸爸可能會認識什麼豬玀，甚至聯邦豬玀，只要一通電話，就足以啟動整個豬玀的機器，而她已經蟄伏了夠久，也夠聰明，不可能讓這種事情發生。那孩子必須被滅口，就是這樣。

她心裡還是湧起一個小小的怒火漩渦。真該死！她好氣。真他媽的！那孩子為什麼要在那裡？這是一個考驗，她心想，一個命運的考驗。跌倒了，就再站起來，不管發生什麼事，都要繼續前進。她真希望此刻是春天，這樣林子就會有花，如果林子裡有花，她就可以摘一些花放在那孩子的手上。

她知道她為什麼要殺他。她當然知道。因為那孩子看到沒有戴面具的恐怖瑪莉，作為處刑的緣由是綽綽有餘了。

她無法全程跑回停車的地方，到了最後三百公尺，她改用走的。她喘得好厲害，全身衣服都已經濕透。她把步槍斜靠在座椅上，手槍則放在車地板上，就在雙腳之間。地上還有其他車輛留下的輪胎印，所以她不必擔心留下痕跡。豬玀可能會發現一兩個鞋印，但是那又怎樣？他們會認為那是男人的鞋印。她發動引擎，倒車離開伐木小徑，回到柏油路面。那裡有個標語寫著「禁止傾倒垃圾」，卻滿地都是垃圾。瑪莉開車回家，她知道她還需要很多訓練，但是她還寶刀未老，這點她很有自信。

第二章　朋友的留言

蘿拉拉開道格衣櫥最上層的抽屜，翻開他的運動衫，看著放在底下的槍。

真是個醜惡的東西。一把點三二口徑自動手槍，黑色的金屬槍管，黑色的槍柄。道格曾經教過她怎麼用：有個小小的玩意兒——道格說那叫做彈匣——可以裝七顆子彈，然後塞進槍柄。你必須用大姆指推開安全裝置，子彈才能上膛準備擊發。另外還有一盒額外的彈匣，上面有「裝填快速」和「堅固耐用」的字樣。這把槍此刻並沒有裝填子彈，彈匣就放在旁邊。蘿拉摸摸槍柄上的粗糙顆粒，槍枝聞起來有機油的味道，她擔心機油會漏出來，沾到道格的運動衫。她的手指頭輕撫著冷冰冰的金屬，這是一隻危險而邪惡的野獸。蘿拉可以體會為什麼男人會喜歡槍，因為槍有一股力量，等著釋放爆發。

她用手握住槍柄，把槍拿起來。握起來並沒有外表看起來那麼重，但是拿在手上還是沉甸甸的。她握著槍，伸直手臂，手腕幾乎要開始顫抖。她的視線沿著槍管一路瞄準到牆壁，食指自動找到了扳機誘人的曲線。她的手往右移，看到梳妝檯上她跟道格那幀鑲框的結婚照，瞄準道格的笑臉，說。「砰！」

小小的謀殺結束了，蘿拉把手槍放回道格的運動衫底下，關上抽屜。她走出臥室，來到自己的小書房，能照到陽光的那個角落有一張書桌，她的打字機就放在書桌上。她那篇《燒了這本書吧！》的書評寫了一半。她打開電視，轉到 CNN 頻道，坐下來工作，肚子正好頂到書桌的邊緣。她又寫了幾句話之後，聽到電視上的聲音。「……星期天晚上在亞特蘭大市郊林地被人發現……」她轉頭去看。

今天一整天都在播這個新聞，昨天晚上有個男孩在梅伯頓附近的林子裡遭到槍擊死亡。蘿拉先前看過這個片段，被白布覆蓋的屍體送上救護車，藍色燈光閃爍，一個叫做歐丁傑的警長正對著鏡頭說明，那男孩的父親和鄰居大約七點鐘發現屍體云云。現場有一群記者蜂擁上前，團團圍住一名穿著連身工作服、頭戴「紅人菸草」帽、滿臉悲戚的男子，還有一名模樣纖弱的鬈髮女子，她那空洞的黑眼睛寫滿了驚駭。那男人叫路易士彼得森，也就是男孩的父親。他伸手推開記者，與妻子雙雙走進他們那棟白色木造房屋，紗門砰的一聲在他們身後關上。

「……毫無道理的兇殺案。」歐丁傑還在說。「目前我們沒有找到任何嫌犯或是作案動機，但是我們會盡一切所能，找出殺害這名男孩的兇手。」

蘿拉轉過頭來，繼續工作。看到亞特蘭大地區這麼多犯罪案件，擁槍自重似乎言之成理。她永遠都不敢相信自己會這樣想，因為她痛恨槍枝，但是這個城市的犯罪已經失控了。呃，整個國家的犯罪都失控了吧，不是嗎？甚至整個世界都是一樣。這個世界愈來愈野蠻，到處都有野獸在覓食。就拿那個男孩來說吧，一樁毫無道理的兇殺案，連警察都這樣說。那孩子就住在附近，說不定去過那座林子上千次，偏偏在那一天遇上了某個人，那人莫名其妙就把一顆子彈送進他的額頭。又是一隻覓食的野獸，在尋找新鮮的血肉。那個星期天，小男孩跟野獸狹路相逢，結果野獸贏了。

她又回去專心寫她的書評。馬克特雷格和六〇年代的回聲。有些段落文風散漫，有些段落又很敏銳，把約翰甘迺迪之死視為美國黑死病的預兆。愛情至上成了愛滋病，迷幻藥之旅成了現在的古柯鹼，至於海特艾許柏里、派蒂赫斯特（Patty Hearst）、提摩西李瑞（Timothy Francis Leary）、艾比霍夫曼、地下氣象員、復仇之日大遊行（Days of Rage）、暴風戰線、胡士托和艾爾塔蒙音樂節，則都成了和平運動的天堂與地獄。蘿拉寫完書評，將《燒了這本書吧！》評為有趣但有些不必要的煽動意味的作品，書評最後打上「30」，把打字紙從皇家牌打字機裡抽出來。

電話響了。響了兩聲之後，她自己的聲音接起電話。「喂，這裡是道格拉斯與蘿拉克萊波恩的家。謝謝您打電話來，請在嗶聲後留言。」

嗶。咔啦。

就這樣，沒有了。蘿拉又在打字機裡捲了一張紙，準備開始寫《地址》的書評。她停下動作，聽電視的氣象報告：未來會有更多雲層，氣溫也會更低。就在她開始寫書評的第一句話時，電話又響了。她繼續工作，讓預錄的訊息告知來電的人留言。

嗶。「蘿拉，我是一位朋友。」

蘿拉的手停了下來。那聲音聽起來不太清楚。她想，一定經過偽裝。

「去問問道格，是誰住在希蘭達爾公寓的 5E。」咔啦。

就這樣。

蘿拉坐在那裡，愣了半晌。她起身走到答錄機旁，把留言重播一次。是女人的聲音嗎？對方可能是把手帕壓在話筒上說話。她又按一次重播鍵。沒錯，是個女人的聲音，但是她聽不出來是誰。她的手在顫抖，覺得雙腳發軟。第三次播放留言時，她在紙上寫下希蘭達爾公寓5E。然後翻開電話簿，找到那棟公寓大樓的地址，位在城東，而且非常靠近坎特伯里六號電影院。原來如此。

蘿拉刪除答錄機裡的留言。的確是個朋友。是跟道格一起工作的人嗎？有多少人知道這件事？她的心臟狂亂的突突亂跳，大衛又忽然在她肚子裡踢了一腳。她強迫自己緩慢的深呼吸，一隻手壓在肚子突起的地方。她一時無法決定，應該去廁所吐嗎？還是等這種噁心的感覺過去？她緊閉著眼睛等待，冷汗從臉頰上流下來，那種噁心欲嘔的感覺還真的就過去了。她再次睜開眼睛，盯著手上那張紙片上的地址，視線似乎變得模糊，兩邊太陽穴像是被老虎鐵鉗夾住似的，她得先坐下來，以免昏倒在地。

她沒有跟道格提起那兩張票根的事，卻把它們放在最顯眼的地方，而道格也什麼都沒說。第二天晚上，道格帶她去一家叫岩窟的義大利餐廳吃飯，她很喜歡那個地方，但是他跑到鄰壁桌去跟一名客戶打招呼，還在那邊跟那個人聊了十五分鐘，把蘿拉一個人留在那裡喝冷掉的義大利蔬菜濃湯。他很刻意要獻殷勤，視線卻四處游移，顯然覺得很不自在。他知道我知道了，蘿拉心想。她曾經抱著一絲微弱的希望，希望這一切都不是真的，希望他跟她解釋這兩張票是怎麼來的，跟她說艾瑞克當天從查爾斯頓趕了回來。再怎麼微不足道的藉口，她都有可能接受。但是道格卻只是把玩手中的銀器餐具，不敢和她眼神接觸。她知道他有外遇。

她坐在書房裡，陽光從百葉窗的縫隙透進來，憤怒與悲痛兩種情緒在她心裡交戰。如果她起身抓個什麼東西往地下摔，感覺會好一點嗎？她很懷疑。等她生了寶寶，她父母就會立刻到亞特蘭大來看她，一開始的時候還不會有問題，但是到最後，她跟母親一定會對彼此失去耐性，然後就是戰火四射。在這種情況下，她母親一點幫助也沒有，而她父親也只會哄她。她想從椅子上站起來，但是覺得好累，而且大衛的重量讓她難以動彈，於是她坐在原地不動，一手握著公寓的號碼，另一手緊緊抓著椅子扶手。突然間，淚水湧上來燒灼她的雙眼，蘿拉咬緊牙關，說。「不行，可惡。不行，不行，不行。」但她無法抑止自己，最後淚水還是一顆顆滑落臉頰。

一連串問題像鋤頭一樣痛擊著她，她無處可躲：我哪裡做得不好？我做錯了什麼？他從一個陌生人身上可以得到什麼我不能給他的？

沒有答案，只有更多的問題。「這個混蛋。」蘿拉哭完之後，低聲說道。她紅著眼眶，兩眼浮腫。「噢，混蛋。」她抬起手，看著手上那顆兩克拉的訂婚鑽戒和黃金婚戒在陽光下閃耀。這些東西一點價值都沒有，她心想，因為它們沒有任何意義，只是空洞的象徵，就像這棟房子，像她和道格共同建構出來的生活。她可以想見凱若會開什麼玩笑。「所以道格那條老狗真的去找了一隻肚子裡沒有養小雞的母雞，是吧？早跟妳說了吧？妳絕對不能信任男人！他們是從另外一個星球來的！」也許是吧，但是道格仍然是她的世界的一部份，也會成為大衛那個世界的一部份。所以真正的問題是，現在要怎麼辦？

她知道第一步該怎麼走。

蘿拉站起來，關掉電視，拿起汽車鑰匙。她看了地圖，找出一條能最快抵達希蘭達爾公寓的路線。

那個公寓社區離蘿拉家大約二十分鐘車程，裡面有網球場，還有一個被黑布覆蓋著的游泳池。蘿拉開著車子在外圍繞圈子，尋找E棟樓，繞了好大一圈之後，總算找到了。她將寶馬汽車停好，下車去查看信箱上的名字。

5E的信箱上有張小紙片，用彩色筆寫著詹森兩個字，顯然是女性的簽字，潦草的曲線，收筆處還有一點花俏。

這是年輕人的簽字，蘿拉想，心頭上像是被人殘忍的掐了一下。她站在門口，大門上有個褐色的塑膠牌，上頭寫著「5E」。她想像道格跨過門檻的景象。大門正中央有個貓眼窺視孔，金絲雀可以躲在門後偷窺門外的貓。她看了看門鈴，伸出手指頭，放在門鈴上……

……卻什麼事都沒做。

開車回家的路上，蘿拉替自己找藉口，心想：反正這個姓詹森的人可能也不會在家，星期一下午三點鐘，這位詹森一定在別的地方工作，除非——可怕的想法——道格在包養她。蘿拉搜索枯腸，拼命想著道格辦公室裡有沒有一位她認識的人叫詹森，可是她沒聽過這個名字。不過確實有人認識這個女孩子，一定是有人同情蘿拉，所以打這通電話告訴她。蘿拉愈想，就愈肯定那個聲音一定是瑪西派克。她得想想現在要怎麼辦，現在就拿她已知的事情去質問道格？還是等孩子生下來再說？她不喜歡衝突的場面，而且她現在承受的壓力已經夠大了，當面對質的戲碼會讓她血壓飆高，甚至可能會傷及大衛，蘿拉不能冒這個險。

等到大衛生下來，她會去問道格這個詹森究竟是誰。然後他們再看接下來要怎麼走下去，無論最後的終點會在哪裡。她知道那是一條崎嶇危險的道路，可能會有淚水和激憤的言語，自尊的衝撞可能會摧毀他們虛構出來的祥和假象，但是蘿拉的心裡始終有個無可動搖的信念：道格有他要保護的人，而我不久之後也就要有了。

她緊握方向盤，握得指節發白，開到半路，她在加油站停下來，進了廁所，忍不住流下淚來，然後她開始嘔吐，吐到胃裡什麼都不剩，只剩下嘴裡苦澀的味道。

第三章　更黑暗的心

恐怖瑪莉在黑暗中醒來，夢境也跟著消散。在夢中，她走向一棟兩層樓的木造房屋，那房子漆成天空的藍色，有山牆、煙囪和露天迴廊。她認得那棟房子，也知道在什麼地方——就在起始之處。她走上台階，經過前廊，走進屋子裡，熾白的陽光穿過窗戶照耀著松木地板。她在那間有廣角窗、面對著大海的房間找到了他。傑克勛爵披著雪白的袍子，一頭金髮散在肩膀上，若有所思的看著她走向自己，目光炯炯。她在他面前停下腳步，他光是站在那裡，就讓她忍不住顫抖。

「我召喚妳。」他對她說。「我要妳來，因為我需要妳。」

「我聽到了你的召喚。」她說。她的聲音輕柔微弱，在這個大房間裡迴盪，她可以聞到牆壁散發的海水鹹味。「我也需要你。」

「我們要再來一次，瑪莉。全部從頭再來一次。我們要喚起死去的人，把迷失的人全都召集起來，我們要確定這一次一定會贏。」

「這一次我們一定會贏。」她跟著重覆一次，伸出手想要拉他的手。

「我的孩子呢？」傑克勛爵說。

瑪莉的手停在半空中。

「我的兒子呀。」他說。「我的兒子在哪裡？」

「我……我不……不知道。」

「妳懷了我的兒子。」他說。「他在哪裡?」

瑪莉一時說不出話來。她聽著海潮打在礁岩上碎成浪花的聲音,雙手壓著自己的肚子。「我……受傷了。」她跟他說。「你知道我受了傷。孩子……我失去了孩子。」

傑克勛爵閉上眼睛。「我想要一個兒子。」說完他向後仰頭,她看到淚水從他的臉頰滑落。「妳知道我想要一個兒子,替我傳宗接代。我的兒子呢?我的兒子在哪裡?」

這大概是她這輩子最難說出口的三個字。「他死了。」

傑克勛爵睜開眼睛,從他的雙眸望進去,彷彿能看到宇宙的核心,星辰與眾星座、水瓶年代的符號與意象全在他的腦海中運行。「我兒子必須要活著。」他的聲音輕柔,但是充滿痛楚。「他必須活著,我的香火必須傳承下去,妳懂嗎?我給了妳最好的禮物,瑪莉,可是妳卻搞丟了。是妳殺了他,是不是?」

「沒有!我沒有!孩子死了!我受了傷,孩子死了!」

他舉起細長的手指,放在嘴唇上。「我召喚妳來,是希望妳把我兒子帶來給我,他是所有行動的一環。如果我們要喚起死去的人,把迷失的人全都召集起來,他也是很重要的一環。噢,瑪莉,妳讓我好心痛啊!」

「不!」她的聲音嘶裂沙啞,還聽到牆裡傳來陰鬱的笑聲。「我們可以再生一個孩子!就是現在!就在這裡!好不好?我們可以再生一個孩子,就跟之前那個一樣好。」

他那雙如宇宙般深邃的眼睛看著她,目光穿透她的身體,望進另一個次元。「我要妳把我的兒子帶來給我,瑪莉,妳跟我一起生的孩子。如果妳不帶孩子一起來,就不能留在這裡。」

他說這段話時，四面牆開始消失，傑克勛爵也開始消失，像逐漸黯淡的燈光。她想抓住他的手，可是那隻手像霧一樣盤旋消散。「我沒有……我沒有……」她的喉嚨因為恐懼而緊縮。「我沒有別的地方可去！」

「妳不能留在這裡。」他又說了一次，像是披著白袍的幽靈。「帶我的兒子來見我，不然就乾脆別來！」

房子消失了，傑克勛爵也消失了，只剩她一個人孤伶伶的聞著大海的味道，聽著海浪打在崎嶇礁岩上的聲音。就在這個時候，她醒了。

寶寶在哭，尖銳高亢的哭聲像電鑽一樣往她腦子裡鑽。她臉上殘留著晶瑩的汗珠，還可以聽到公路上傳來卡車如雷鳴的噪音。「不要再哭啦！」她無精打采的說。「現在就給我停。」可是傑克不肯停，恐怖瑪莉只得下床，走到厚紙板搭出來的嬰兒床邊，寶寶就躺在裡面。她摸摸嬰兒的皮膚，冷冷的，跟橡膠一樣，這種觸感讓她的憤怒砰砰跳動，像是第二顆更黑暗的心。孩子是夢的殺手，她想。他們許下對未來的承諾，然後就死掉了。

瑪莉抓住寶寶的手，把她的手指頭塞進去，但是傑克沒有像那個購物車裡的嬰兒一樣握住她的指頭。「抓著我。」她說。「抓著我。」她愈來愈大聲，聲音裡充滿了怒氣。「我說，抓著我！」寶寶還是不停的哭，像是絕望的聲音，仍然不肯握住她的手指頭。他的皮膚好冷，非常的冷。這孩子有問題，她知道。這不是傑克勛爵的兒子。這團愛哭又冰冷的肉不是從她肚子裡出來的骨血。「不要哭啦！」她大吼，抱起小孩用力搖晃。「我是說真的！」

孩子似乎嗆到了，用力咳嗽，然後又恢復高頻率的尖叫啼哭。瑪莉的頭痛得不得了，這嬰兒的哭聲快把她逼瘋了。她更使勁的搖晃孩子，只見他的頭在黑暗中晃來晃去。「不要哭！不要哭！不要哭！」

傑克不聽她的話，瑪莉覺得血液全往她臉上衝。這孩子壞了，一定有什麼問題，他的皮膚冷冰冰的，又不肯握住她的手指頭，而且他哭起來像是快要窒息似的。沒有嬰兒肯聽她的話，失去控制的感覺讓她抓狂。她生下他們，深愛他們，餵他們吃飯——即使在他們不想吃的時候——還替他們擦嘴、換尿布，可是這些孩子都不是真的，現在她知道為什麼了，就在她做了那個夢之後，她知道了：因為他們都不是傑克勛爵的兒子，所以沒有一個能活下來。「別再哭啦！該死！」瑪莉吼道，但是那嬰兒卻在她手中繼續哀嚎、扭動，小小的橡膠身軀一步步朝著毀滅邁進。傑克不會接受這個孩子，她心想。不會，不會，即使她帶這個孩子去見他，他也不會把她留在身邊。這孩子有問題，有很嚴重的問題，渾身發冷，摸起來像是橡膠，必須要死。

哭聲重擊著她兩邊的太陽穴，嘴裡一聲尖叫幾乎要脫口而出。她已經到了爆發的臨界點，於是發出一聲像是動物的低吼，抓起傑克的腳跟，把他用力往牆上甩去。哭聲中斷了片刻，但是馬上又火力全開。「閉嘴！」她怒吼道，再一次抓著他的頭往牆上摜。「閉嘴！」再摜一次。「閉嘴！」再來一次，這次她聽到什麼東西碎裂的聲音，哭聲終於停了。瑪莉最後一次把冰冷的嬰兒往牆上甩，感覺到他小小的身軀在她手上抽搐抖動。砰，有人在搥牆壁。

「閉嘴！瘋女人！我要報警了！」

是隔壁那個老頭薛克雷。瑪莉鬆開手，冰冷的嬰兒掉到地板上。絕望如潮水般淹沒她，在那一瞬間，沸騰的怒吼嘶喊化成一股狂潮，而薛克雷仍然繼續搥打牆壁。「妳是個瘋子，聽到了嗎？

瘋子！」他停下來，瑪莉走到房間另外一頭的衣櫥旁邊，拉開最底層的抽屜，拿出她射殺柯瑞彼得森的那把點三八口徑手槍，彈膛裡只剩一顆子彈，瑪莉又找出一盒子彈，塞進彈膛，然後咔噠一聲闔上彈膛，走到她跟薛克雷房間之間的那堵牆邊，把耳朵貼在廉價的隔間板上。她可以聽到薛克雷在隔壁走來走去，然後是關門聲，水流聲，是在浴室嗎？瑪莉將點三八手槍的槍口貼在牆上，對準她認為是水聲來源的位置。她的心跳緩慢而穩定，神經狀態也很冷靜，但是她已經受夠了這個老傢伙的奚落與恐嚇。今天晚上，她又殺了一個嬰兒，頭顱破裂的屍首就躺在兩公尺遠的地方。傑克不會接受她的，除非她帶著孩子——他的兒子一起去，但是這些嬰兒都不肯接受她的愛。「快點出來吧。」瑪莉低聲說道，等著隔壁傳來開門的聲音。水流聲停了，她聽到薛克雷又咳了幾聲，吐了一口痰，又過了一會兒之後，傳來沖馬桶的聲音。她扳開柯爾特手槍的擊錘，準備讓彈膛裡所有的子彈都射穿牆壁，然後重新裝滿，再清空，只留最後一顆子彈。如果她不能去找傑克勛爵，就沒有別的地方可以去，她沒有家、沒有國、沒有身份。她什麼都不是，只是一具行屍走肉的空殼，而她已經準備好迎向謎題的終結。

「快點出來吧。」瑪莉又說一次，然後聽到浴室房門的鉸鏈發出嘎吱聲。

她的手指已經扣在扳機上。

砰砰。

不是槍聲，而是拳頭打在門上的聲音。瑪莉的指頭鬆開扳機。又敲了一次，這一次更大聲，也更堅決。她這才發現是她的大門傳來的。她走到另一個房間，手上仍然拿著柯爾特，偷偷從窗戶向外張望。兩隻豬玀站在門外，一輛警車停在停車場上。她站到門邊，用冷酷的聲音問道。

「誰？」

「警察。麻煩請開門，好嗎？」

慢慢來，她想，不要失控，不要失控。豬玀找上門來了，不要失控。瑪莉扭動門鎖，解開鎖鏈，打開大門的時候特地把握著槍的手藏起來，然後從門縫中向外窺看著兩隻豬玀，一黑一白。

「有什麼事嗎？」

「我們接到有擾亂治安的報案。」那隻黑豬說，他打亮筆型手電筒，照在瑪莉的臉上。「一切都還好嗎，女士？」

「好啊，很好。」

「有鄰居打電話報警。」白豬對她說。「說妳的公寓裡傳出大吼大叫的聲音。」

「我……呃，我做惡夢。可能叫得很大聲吧，我猜。」

「可以麻煩妳把門打開一點嗎？」黑豬問。瑪莉毫不遲疑的把門縫開得大一點，握槍的手依然藏在身後。黑豬又拿起手電筒照她的臉。「請問貴姓大名，女士？」

「金潔寇爾斯。」

「就是她！」薛克雷在他的公寓裡隔著走道大喊。「她是瘋子！真的，我跟你說！你們應該把她抓去關起來，以免她傷害任何人！」

「先生？請你小聲一點，好嗎？」黑豬對白豬小聲的說了些什麼，然後白豬就走到薛克雷的門口。瑪莉可以聽到薛克雷還在嘟嘟噥噥的咒罵，但是她的目光盯著黑豬的眼睛看。他從外套口袋裡掏出一包薄荷口香糖，遞了一片給她，但是她搖頭婉拒。他塞了一片到自己嘴裡，開始嚼起來。「惡夢是個奇怪的東西喔，是不是？」他說。「我是說，感覺起來好真實。」

在測試我，瑪莉心想。「是啊，你說得對。有時候我真的會做一些很可怕的惡夢。」

「如果讓妳叫得那麼大聲，那一定很可怕吧。」手電筒的燈光又從她的的臉上掃過。

「我在越南當過護士。」瑪莉說。

手電筒突然停住，光柱在她的右臉頰頓了幾秒，然後咔噠一聲關掉了。

「對不起。」那頭黑豬說。「我太年輕了，沒能親身經歷，可是我看過《前進高棉》。那裡的情況一定很慘，是吧？」

「每天都很慘。」

他點點頭，把筆型手電筒收起來。「這裡沒我們的事了，菲爾！」他對那頭白豬說。「對不起，打擾你了，女士。」他對瑪莉說。「我希望妳能體諒為什麼鄰居會去報案。」

「是的，我可以理解。我通常會吃安眠藥，但是這次還沒有去拿處方箋。」

「她是瘋子！」薛克雷堅稱，他的聲音仍然很刺耳。「先生？請你不要再大聲嚷嚷了，好嗎？這位女士可是越戰老兵呢，你應該要考量到這個因素吧？」

「這是她跟你說的嗎？鬼哩！叫她拿出證明來！」

「你要安靜呢，還是要跟我們去一趟警察局？」

一段好長的緘默。瑪莉等著，手裡仍然緊握住點三八手槍。她聽到那頭黑豬跑去跟薛克雷說話，但是她聽不到他們在說些什麼。然後他用力關上房門，兩頭豬又回到她這邊。「我想大家都了解這裡的狀況了。」黑豬對她說。「晚安，女士。」

「晚安，真的很謝謝你，警官。」她說。她關上門，重新鎖好，再拉上鎖鏈，然後靠在門後，咬著牙說。「幹！幹！幹！」她看著窗外，等到豬玀車開走，才又走到她跟薛克雷公寓之間的那堵牆邊，把嘴貼在隔板上說。「等我要走的時候，再來整治你！我要好好的整治你，聽到了嗎？我要挖掉你的眼珠，塞進你的嘴裡，你聽到了嗎？你這個老廢物！」

她聽到薛克雷在臥室以咳嗽聲回應，發出刺耳的喘息聲，然後又是沖馬桶的聲音。瑪莉走回自己的臥室，點亮燈，站在那裡低頭看地上的死嬰。

他的頭顱凹陷破裂，但是沒有血，也沒有溢出腦漿。玩偶，她想，終究還是個玩偶。她抓住他的一條腿，拎起來丟進衣櫃裡的「天堂箱」。她站在那裡良久，低頭看著其他破損的玩偶，右邊太陽穴一陣劇烈脈動，眼睛像是結了一層冰。

他們全都是玩偶，不是真正的血肉之軀，只是塗上眼睛的橡皮和塑膠而已。他們無法愛你，因為他們不是真。原來如此！她怎麼會到現在才想通。不管她多希望他們是真的，不管她多麼辛苦的生下他們、撫養他們，給他們愛，他們終究不是真的。沒錯，她可以在自己的腦子裡想像他們是真正的嬰孩，但是她最後都把他們一一殺了，因為她自始至終都知道，他們只是橡皮塑膠。

傑克勛爵要一個孩子，一個兒子。他曾經賜給她一個孩子，但是她弄丟了這份禮物。如果她沒有帶著孩子去看傑克勛爵，他會拒她於千里之外，這就是剛剛那場夢要傳達的訊息。但是其中有個致命的缺陷，就像時間的裂隙——傑克的孩子死了。她在巴爾的摩附近一個加油站的廁所裡，奮力將那個孩子的屍體擠出她體外，她的肚子被玻璃和金屬撕扯得一蹋糊塗。她把那一小團肉用紙巾包裹起來，送進水流中沖走了。他是個男孩，恰如傑克的希望，是個男孩，可以替他延續香火。可是傑克的兒子已經死了，被水流沖走了，她要如何帶他兒子去見他？

瑪莉坐在床沿，手裡仍然握著槍，擺出了羅丹雕塑沉思者的姿勢。如果，她盯著一隻仰躺在地板上死掉的蟑螂，如果。

如果她真的有個孩子可以帶去給傑克呢？

一個真的小男孩，真正的血肉之軀。如果是真的呢？

瑪莉起身，手裡握著柯爾特手槍，在房間裡來回踱步，從一面牆走到另外一面牆，再走回來，不斷思索著。一個真的小男孩。她要到哪去找一個真的小男孩呢？她想像自己去領養機構，坐下來填寫申請表格，「我殺了六隻豬玀，殺了一名大學教授，一個以為自己可以拍攝暴風戰線紀錄片的傢伙，以及林子裡那個男孩。不過我很想要一個小男孩，真的。」

不可能的事。那麼，她還可以到哪裡去找到小男孩呢？

她停下腳步。你可以去每個母親獲得小孩的地方找你的小孩啊，她想，你可以到醫院裡找小孩啊。

是喔，她諷刺的想著，當然可以，我就大大方方走進去，朝著醫院開幾槍，然後從產房抱一個小孩出來。

等一等。

我在越南當過護士。

那當然是謊言。她以前撒過這個謊，對那些豬玀始終管用。你只要一提到越南，就可以把他們騙得團團轉。她又開始踱步，翻挖著腦中肥沃的田地。護士，護士。

到服裝店就可以租到護士服了，不是嗎？

沒錯，可是每一家醫院的護士都穿同一種顏色的制服嗎？她也不知道。如果她要做的話，首先得找一家醫院，然後親自去看一看。她打開電話簿，翻到醫院那一頁。像電話簿這樣，把診所和健康中心都列進去，看起來還真不少呢。梅伯頓就有一家，可是瑪莉認為不夠大。在亞特蘭大西區還有一家，大約兩三公里遠，那還可以，她心想。可是她的目光又落到另外一家醫院，她說。「就是這家了。」

那是聖詹姆斯醫院。這是個好兆頭，瑪莉心想，一家跟吉姆莫里森同名的醫院。她又查了一下地址。聖詹姆斯在巴克海區，是高級住宅區，離她的公寓也有一段距離，不過這說不定還對她有利，那邊不可能有人會認出她是誰，而那些有錢人也不會來吃華堡餐。她拿起筆，把聖詹姆斯醫院圈起來。她嘴裡有股帶血的金屬味，那是危險的味道。就跟以前在擬訂作戰計劃一樣，想到要從聖詹姆斯醫院的產房偷抱一個小孩出來，就讓她的心狂跳不已，兩腿之間熱血澎湃。而且還是那些有錢的賤女人生的小孩，更讓她覺得愉悅。

但是她不知道這樣行不行得通。她得先去一趟醫院，看看那裡的產房，主要是察看安全措施，樓梯在哪裡，護理站和出口的相關位置如何，還要去看看護士的制服長得什麼樣，以及病房裡有多少護士在工作。另外還有其他的事項，必須等她親自到了現場才會想到，如果行不通的話，她會再想別的辦法。

那不可能是傑克的孩子。傑克的孩子已經死了。可是如果她能夠帶一個全新的小男孩奉獻給傑克勛爵，他不是也會一樣高興嗎？也許更高興呢，她認為。她可以跟他說，那個在她撕裂的肚子裡死掉的孩子是個女娃兒。

瑪莉把槍收好，躺下來，想要睡個覺，可是她太興奮了。還剩二十天就要到哭泣的小姐那裡去見面了。她起來，穿上灰色運動服，走進寒冷的午夜裡，開始跑步，邊跑邊思考。

第四章　星期四的孩子

二月一日，星期四晚上，吃過晚飯之後，道格把報紙推到一邊，說。「我辦公室還有點事要做。」

蘿拉看著他起身，走進臥室。他們這頓晚飯吃得很安靜，兩人都沉默的像石頭一樣。她到希蘭達爾公寓去已經是星期一下午的事，從那天開始，她覺得道格做的每一件事、說的每一句話，好像都充滿了愧疚。道格問她有什麼地方不對，她只是說她覺得不太舒服，好像隨時都準備要卸貨。這當然也是事實啦，不過只是一部份的事實。過去這幾天，道格似乎開始依照本能在行動，像聽從雷達警報器一樣，而蘿拉則埋首閱讀或是看錄影帶，為即將到來的大事儲備體力。

「我去去就回來，只要……」道格一邊穿上外套，一邊瞄時鐘。「我也不知道，反正我做完了就回來。」

她強忍著不說話。今天晚上，大衛在她的肚子裡顯得格外沉重，也踢得特別厲害，讓她很不舒服。她覺得自己龐大又笨重，而且這一兩天晚上睡得很不安穩，一直做惡夢，夢到陽台上的那個瘋女人，實在沒有心情跟他玩遊戲。「艾瑞克還好嗎？」她問。

「艾瑞克？我想他很好吧，為什麼這樣問？」

「他也跟你一樣很少在家嗎？」

「別鬧了。妳知道我有很多事情要做，白天的時間根本不夠用。」

「晚上也不夠吧，不是嗎？」她問。

道格扣鈕扣的手突然停了下來，眼睛盯著她看，眼中似乎閃過一絲恐懼。「是啊。」他答道。「是不夠。」他的手指又繼續完成工作。「妳知道養一個小孩直到送他去唸大學得花多少錢嗎？」

「很多。」

「沒錯，很多。少說要十幾萬，那還是現在的費率。等到大衛要上大學的時候，天知道得花多少錢！那是我晚上去加班時唯一想到的事。」

她不知道自己該笑還是該哭，或許是哭笑不得。她的臉很想垮下來，但是她憑著意志力撐出冷靜的表情。「那你半夜以前會回來嗎？」

「半夜?當然囉。」他拉起領子。「如果會晚一點回來，要我先打電話嗎？」

「那樣最好。」

「好。」道格靠過去，吻了她的臉頰，蘿拉發現他臉上沾了英式皮革古龍水。他的嘴唇輕輕刮過她皮膚，然後就離開。「晚點見。」他說完拿起公事包，朝車庫的門走去。

說點什麼吧，她心想。阻止他。不要讓他往那扇門走，就是現在。可是一陣恐慌襲上心頭，因為她不知道該說什麼，更糟的是，她怕不管她說什麼都無法阻止他離開。

「寶寶。」她說。

道格放慢腳步，但是沒有停下來，只是在陰影中回頭看了她一眼。

「我想就是這一兩天了。」她跟他說。

「是啊。」他緊張的笑了一下。「我想妳的情況很好，也準備好了，不是嗎？」

「留下來陪我？」蘿拉問道，她可以聽出她聲音裡的顫抖。

道格深呼吸一口氣。蘿拉看到他環顧四面牆壁，臉上流露出痛苦的神情，好像囚犯在丈量牢房的長寬高。他往她這裡走了兩步，然後又停了下來。「妳知道，有的時候……這實在很難說清楚。」他停頓了兩秒鐘，然後又繼續。「有時候我看著我們現在擁有的東西，想到我們已經走了這麼遠……我心裡真的覺得很奇怪，就好像……就這樣了嗎？我是說……難道人生就是這樣了嗎？然後現在，妳又即將要生下這個寶寶……好像是什麼事情走到了終點的感覺。妳能體會嗎？」

她搖搖頭。

「我們的兩人世界就要結束了。」他接著說。「道格與蘿拉的世界結束了。妳知道我上個星期做了什麼夢嗎？」

「不知道。你跟我說。」

「我夢到我變成老頭子，坐在那張椅子上。」他下頦微微一抬，指向一張椅子。「我挺著個啤酒肚，禿了頭，什麼都不想做，只想坐在電視機前面睡覺。我不知道妳跟大衛到哪裡去了，就只有我一個人，所有一切都已經過去，然後我……我開始哭起來，因為那真的很可怕。我很有錢，住在一棟很漂亮的房子裡，但是我卻在哭，因為——」他不知道該怎麼說，但最後還是強迫自己說出口。「因為人生的重點是這趟旅程，是過程中的奮鬥，而不是旅程的終點，一旦你走到了終點……」他愈說愈小聲，然後聳聳肩。「我猜這沒什麼道理，是吧？」

「過來，坐下。」她敦促他。「我們好好談談，好嗎？」

道格開始往她這邊走。她知道他想過來，因為他的身體似乎在顫抖，彷彿想要掙脫某個拉扯他的力量，可是他的身體向她這邊傾斜了寶貴的幾秒鐘後，他抬起手臂，看看腕上的勞力士錶。「我得走了。明天一早還有個重要的客戶，還有一些文書工作要做。」他的聲音又恢復原來公事公辦的僵硬語氣。「我們明天再談，好嗎？」

「隨時奉陪。」蘿拉說。她的喉嚨好緊。道格轉身離開，手裡拿著公事包，走出房子。

蘿拉聽到賓士的引擎怒吼，然後車庫的門打開，同時在車庫門還沒放下來之前，她就已經站了起來，才一起身，忍不住皺起眉頭，一手撐住下半背——從今天早上開始，下半背就一直隱隱作痛——勉強走到小書房，一路上都覺得骨頭痛得快要散掉似的，好不容易從小銀盤拿起寶馬的鑰匙，再走到衣櫃去拿她的外套和皮包，然後往車庫走——不如說是把自己一步步拖過去——坐到方向盤後面，發動引擎。

她已經下定決心要跟蹤道格。如果他真的是去加班，那就沒問題，他們可以開誠佈公的討論未來的事情，再決定以後的路要怎麼走。如果他是去希蘭達爾公寓，那麼她明天一早就打電話給律師。她的車子從車庫開出來，轉到莫爾磨坊路，往公寓大樓的方向前進，心裡抱著最大的希望，卻也擔心最壞的情況會發生。

她的車子開上快速道路時，她才驚覺到自己在做什麼，好像正從遠處看著自己，而此行的魯莽大膽，讓她嚇了一大跳。她不知道她心中還有這麼一絲強悍殘留著，她還以為自己的鋼鐵意志早在那個酷熱的七月夜晚，在那場謀殺的烈焰火爐中燒熔殆盡。但是，像跟蹤罪犯一樣的跟蹤道格，還是讓她羞愧難當，於是她開始放慢車速，準備在下一個出口下匝道，繞路回家。不行，她心想。心裡有個堅決的聲音命令她繼續跟蹤下去。道格確實是罪犯，就算他還沒有殺死她的心，但也已經把她的心刺成重傷，把他們共有的生活蠻橫的破壞掉，變得支離破碎，讓他們許下的誓言成了嘲諷的笑話。他是罪犯，所以理應遭受罪犯一般的待遇。

蘿拉的腳往油門一踩，加速經過出口。

到了希蘭達爾公寓，蘿拉在詹森住的公寓外面繞行，在停車場上尋找道格的車子；沒看到賓士車，只有年輕人愛開的那種低底盤、花俏的跑車。蘿拉在那棟公寓旁邊找到一個空的停車位，於是將車子停進去，坐在車子裡等著。他不在這裡，而且也不會來，她心想。他比我早出門，如果他是到這裡來的話，應該早就到了。所以他是去加班，就跟他說的一樣，他真的是去加班。鬆了一口氣的感覺湧上心頭，那感覺好強烈，讓她幾乎要把頭抵在方向盤上痛哭一場。

燈光從車旁掃過。蘿拉回頭一看，右邊有輛賓士開過去，像一隻巡游狩獵的鯊魚。她倒抽一口冷氣，發出輕微的驚呼聲。賓士車開進了距離蘿拉十一個車位遠的停車格裡，她看著車燈熄滅，有個人走出車外，開始往詹森住的公寓走去；蘿拉立刻認出那人的步伐，那種半是蹣跚搖晃、半是昂首闊步的姿態。道格的手上沒有公事包，取而代之的是六罐裝的啤酒。

她這才想到，原來他先去買酒，所以才會比她晚到。怒火從她體內竄出，她可以嚐到嘴裡有燒焦的味道，像是打火機油燒到煤炭上的氣味。她的手指頭緊緊握著方向盤，手背上青筋畢露，像是浮雕。道格正要去看他的情人，而且手裡還拎著六罐裝的啤酒，像是興奮的高中男生一樣。

蘿拉伸手到門把上，打開車門；她不能讓他走進那間公寓，以為他又再一次騙過了愚蠢而滿腹怨言的老婆。見鬼了！絕對不能！她要將他撲倒在地，像是一袋水泥壓扁地上的蛞蝓，等她修理過他之後，那位詹森還得用上鏟子，才能像鏟狗屎一樣把他從地上鏟起來。

她站起來，臉上燃燒著怒氣。

她的羊水破了。

溫熱的液體從她兩腿之間流出，沿著雙腿一路流到了腳踝，她的腦子裡才意識到驚嚇和恐慌。她一整天感到的背痛和不時的痙攣，原來是第一階段的陣痛。

她的寶寶就要出生了。

她看著道格繞過轉角，走出她的視線。

蘿拉站在原地，她的內褲已經濕透，而第一次真正的子宮收縮才正要開始。那種壓力直達疼痛的核心，就像一隻強而有力的手，緊緊捏住了深度瘀青的傷口。蘿拉閉上眼睛，等著收縮的痛楚慢慢漲到最高點，然後開始緩和。淚珠滾下她的臉頰。替收縮計時呀，她心想。看錶啊，妳這個笨蛋！她回到寶馬車上，就著車內的燈光看錶。第二次收縮在八分鐘後開始，強度讓她緊咬住牙關。

此地無法久留。道格有了別人，她得靠她自己了。

她發動引擎，倒車出停車格，駛離她的丈夫和希蘭達爾公寓。

兩次收縮之後，蘿拉開下快速道路，在某個加油站停下來打電話。她打給波奈特醫生，結果接到他的語音服務，告知會以傳呼機呼叫他。她手持話筒等著，等另一次的陣痛來襲，那痛楚上達背部下至雙腿，然後波奈特醫生上線了，聽她說剛剛發生的事，他說她應該儘快到聖詹姆斯醫院。「我會到那邊等妳和道格。」波奈特醫生說完就掛上電話。

醫院在亞特蘭大的北邊，是一棟座落在公園式院地的巨大白色建築。蘿拉在急診室填完所有文件，然後被送進產房時，史蒂芬波奈特醫生穿著一身燕尾服出現了。她跟他說這個場合不需要盛裝打扮。他一邊看著顯示蘿拉子宮收縮情況的監視器，一邊解釋說他剛剛在參加歡迎醫院新院長的晚宴。反正也沒有什麼好玩的，他說，在場的每個人都帶著傳呼機，此起彼落的傳呼聲，讓那地方像是擠滿了蟋蟀似的。

「道格人呢？」波奈特醫生問道，蘿拉也早料到有此一問。

「道格……無法趕來。」她答道。

波奈特醫生透過他那副玳瑁鏡框的眼鏡盯著她看了幾秒，然後跟一名護士交待了一些事情，就離開產房，準備去換裝刷手。

打止痛劑的靜脈注射扎在蘿拉的手背上，小小的尖銳刺痛。她穿著綠色的病人袍，手腕上用膠帶綁著各種電線連接到監測器上。她坐在一張會讓全身重量往前傾的床上，醫院裡消毒藥水的氣味鑽進了她的鼻腔。護士的動作很快也很有效率，他們會跟蘿拉閒聊，但是她無法專心，根本不知道他們在說些什麼，周遭的一切都變成模糊的聲音與動作，她看著監測器螢幕上的嗶嗶聲，體內的收縮漸漸漲到高潮，變成痙攣抽筋，然後又慢慢消褪，直到下一次收縮開始，又重來一遍。有名護士開始談到她剛買的新車。鮮紅色的，她說，一直想要買一輛鮮紅色的車子。「放鬆呼吸。」另一名護士將一隻手放在蘿拉的肩上對她說。「就像他們在課堂上教妳的一樣。」蘿拉的心跳好快，另一個監測器的螢幕上出現不規則的線條。那收縮就像是困在她體內的雷電一樣，穿透她的身體，預告一場暴風雨的來襲。「第一胎啊？」買了鮮紅新車的護士一邊看著她的病歷，一邊問。「天哪，天哪。」

波奈特醫生再次出現，這一次換上了專業的綠袍。他分開蘿拉的腿，檢查她子宮頸擴張的程度。「妳很努力了。」他對她說。「不過還有一段距離。很痛嗎？」

「嗯，有一點。」蘋果被人挖芯時會不會覺得痛呢？「會，會痛。」

「好。」他對那位紅車護士下達什麼東西幾西西的指示，蘿拉心想：這下子要拿出大針了，是吧？波奈特醫生走到一張桌子旁邊，回來的時候手裡拿著一個像是原子筆芯裡的小彈簧，尾巴還拖著一根電線，和一台高科技的白色機器相連。「會有一點不舒服。」他很快的笑了一下，然後用戴了手套的指頭伸進她的體內。那個像彈簧的小東西是子宮內胎兒監測器，那也是她上課時學到的。波奈特醫生找到胎兒的頭，然後把監測器塞到它底下，高科技的機器開始吐出一長條的紙條，記錄著大衛的心跳和生命跡象。蘿拉感覺到下背部一陣刮搔，是護士在準備做脊髓麻醉。至少她不必親眼目睹那根針。現在，收縮的力道愈來愈強，像是拳頭打在她已然瘀傷的脊椎。「放鬆呼吸，放鬆呼吸。」有人對她說。「現在會有一點點刺痛。」波奈特醫生告訴她，然後她感覺到針頭戳進來了。

也許對他來說只是一點點刺痛，對她來說卻是痛徹心扉。好不容易結束了，針頭抽了出來，蘿拉覺得下背部的皮膚癢癢的。波奈特醫生再次檢查她擴張的進度，然後又檢查胎兒的訊號和她本身的情況。又過了一陣子，她嘴裡彷彿可以嚐到醫院的味道。她希望脊髓麻醉可以奏效，因為收縮的力道愈來愈猛，她感覺到滿臉都是汗。紅車護士替她擦擦眉毛，對她微微一笑。「等了那麼久，就為了這一刻。」那護士說。「這一切真的很奇妙喔，是吧？」

「對，是很奇妙。」噢，真痛啊。天哪，現在真的很痛！她可以感覺到她的身體像一朵花一樣被撐開。

「時候到的時候就是到了。」那護士接著說。「寶寶想要出來的時候，他就會讓妳知道。」

「妳去跟他說。」蘿拉勉強吐出一句話，護士和波奈特醫生都笑了。

「再忍耐一下。」波奈特醫生對她說，然後又離開產房。蘿拉突然感到一陣恐慌。他去哪裡？萬一寶寶在這個時候出來怎麼辦？她的心跳在監測器的螢幕上跳躍，一名護士握著她的手。體內的壓力愈來愈高，讓她非常確定自己就要當場爆炸了。她怕自己會像一顆熟透的香瓜一樣爆裂開來，熱淚幾乎要灼傷她的眼睛。可是在這個時候，壓力又再次消褪了，蘿拉可以聽到自己急促的粗聲呼吸。「放輕鬆，放輕鬆。」那護士說。「星期四的孩子要走遠路。」

「什麼？」

「星期四的孩子呀，妳知道。那是古老的傳說啦。星期四的孩子要走很遠的路。」那護士抬頭瞄了一下牆上的時鐘，快要九點十五分了。「可是他可能會等到星期五才出來，然後他就變得漂亮又美麗。」

「是優雅有教養吧。」紅車護士說。

「不對，星期五是漂亮又美麗。」另一個反駁說。「星期六才是優雅有教養。」

蘿拉一點也不關心她們爭論的內容，因為子宮持續收縮，像是體內有洶湧怒濤，激浪打在崎嶇的礁岩，然後又退潮。還是會痛，但是不像先前那麼痛，脊髓麻醉終究還是生效了，真是謝天謝地，不過劑量還不足以鎮壓住所有感覺。痛楚雖然稍緩，但是那種像是打在瘀青上的壓力還是紮紮實實。到了九點半左右，波奈特醫生又走進產房來檢查。「進展得還不錯。」他說。「蘿拉，妳可以幫我們用力推一下嗎？」

她照做，或者說是盡可能照做。快要爆開了，她心想。噢，天老爺！呼吸，呼吸！為什麼在課堂上學的都是那麼整齊有秩序，在這裡卻像是錄影帶快轉？

「再推一次，這一次多用點力，好嗎？」

她又試了一次，但是卻愈來愈明白，這絕不會像課堂上教的那麼簡單。她的腦海中浮現凱若的臉。後悔也來不及了，小姐，她一定會這樣說。

「用力推，蘿拉，讓我們看看他的頭頂。」

就在她閉起眼睛使勁，感覺到身體中心的壓力開始升高時，腦海中浮現出另一張臉。是道格的臉，還有他的聲音在說：我們的兩人世界就要結束了。道格與蘿拉的世界結束了。她看到希蘭達爾公寓，還有道格的車子開進停車格裡。她看到他拎著六罐裝的啤酒離開她，漸行漸遠。我們的兩人世界就要結束了。結束了。

「用力，蘿拉，用力。」

她聽到自己發出輕微的呻吟聲，體內的壓力實在太大了，幾乎要她的命。大衛像是緊抓著她的五臟六腑，不肯鬆手。可是她還是繼續努力。她全身顫抖，在腦海的陰暗處看到道格繼續往前走，往前走，愈走愈遠，愈走愈遠，每多走一步，面容就變得愈陌生，像是遙遠而模糊的影像。她喊得更大聲，好像身體裡有什麼東西破碎了，不是被大衛捏碎的，而是更深層的感覺。她咬緊牙關，覺得熱熱的淚水滑下了面頰。她知道她跟道格已經結束了。

「好了，好了。」紅車護士替她擦拭臉頰說。「妳做得很好，別擔心。」

「好了，放輕鬆點。」波奈特醫生像父親一樣拍拍她的肩膀，不過他其實還小她三、四歲。「我們已經看到寶寶的頭，可是還沒完全準備好。現在放輕鬆，放輕鬆點就好了。」

蘿拉專心的規律呼吸，紅車護士替她擦臉時，她盯著牆壁的鐘看，時鐘的指針一會疾速飛轉，一會又像烏龜爬，是她的期待與神經緊張在耍弄她。到了十點鐘，波奈特醫生又叫她開始用力推擠。「用力一點，繼續用力，蘿拉，用力一點。」他指導她。她使勁捏住紅車護士的手，覺得那女人強健的手指都要被她捏斷了。「呼吸，然後推。呼吸，然後推。」

蘿拉已經盡全力配合。兩腿之間與後腰背部的壓力，是一首酷刑的交響曲。「就是這樣，妳做得很好。」另一個護士說，她站在紅車護士的背後，從她肩膀後方看著她。蘿拉全身發抖，肌肉痙攣。她自己一個人絕對辦不到，一定有什麼機器可以替她做這件事，可是並沒有，儘管旁邊圍繞著監測器與高科技設備，蘿拉還是只能靠她自己。她緊握著紅車護士的手，深呼吸一口氣然後用力推，深呼吸一口氣然後用力推，汗珠從她臉上滾下來，波奈特醫生則一直鼓勵她再努力一點，再努力一點。

到了十點四十分，波奈特醫生終於說。「好了，小姐們，咱們把克萊波恩太太推進去吧。」在眾人協助之下，蘿拉被抬上輪床，送進另外一個房間，覺得兩腿之間好像夾了一個人肉砲彈。這個房間的牆上貼著綠色磁磚，裡面擺了一張有腳鐙的不鏽鋼桌，一排高瓦數強光燈從天花板向下照。有名護士拿著一條綠色的布罩在桌上，蘿拉就被抬到桌上仰躺著，雙腿架在腳鐙上。燈光照著一盤可能在嚴刑拷問犯人時會派上用場的工具，蘿拉瞄了一眼，很快又轉移視線。她已經覺得筋疲力竭，用盡了全身的力氣，跟擰乾的毛巾沒什麼兩樣，但是她知道生產過程最費力的部份還沒上場呢。波奈特醫生在桌尾的一張凳子上坐下來，那盤工具就在他手邊。他在檢查她和肚子裡寶寶的位置時，竟然還吹起口哨來。「我知道那首歌。」一名護士說。「我今天下午有聽到收音機在放，一聽就烙印在腦子了，對不對？」

「槍與玫瑰。」波奈特醫生說。「我兒子愛死他們了，成天倒戴著棒球帽走來走去，還嚷嚷著要去刺青。」他的手指頭換了位置，蘿拉可以感覺到他的手指頭在她體內探索，但是她下面那裡完全麻木，好像裡面塞滿了濕棉花似的。「我跟他說，你敢去刺青，我就擰斷你的脖子。可不可以請妳把屁股抬高一點，蘿拉？對，這樣就行了。」

紅車護士啟動三腳架上的攝影機，鏡頭對準了蘿拉的兩腿之間。「我們要開始囉，蘿拉。」波奈特醫生說，讓一名護士替他戴上一副乾淨的手術用手套。「妳準備好要做點苦工了嗎？」

「準備好了。」她說。其實不管有沒有準備好，她心想，她都得要做。

那護士替波奈特醫生戴上手術用口罩，遮住他的口鼻。「好啦。」他說。「咱們來吧！」他又在凳子上坐下來，蘿拉的綠袍拉到她的膝蓋上。「蘿拉，我要妳現在開始用力推，一直推，直到我說停為止，然後休息幾秒鐘。寶寶的頭初露的情況很好，我相信他也想要出來跟我們在一起，可是妳必須助他一臂之力，好嗎？」

「好。」

「好，現在開始用力。」

她開始用力。可惡，要是沒有槍與玫瑰的曲調一直在她腦子裡盤旋就好了。

「用力，用力，放輕鬆。用力，用力，用力。」有人拿布替她擦臉。用力呼吸。大衛還沒出來。他怎麼還不出來？「用力，用力。很好，蘿拉，很好。」她聽到工具碰撞的叮咚聲，可是只感覺到很輕微的拉力。「用力，蘿拉，繼續用力，他想要出來。」

「妳做得很好。」紅車護士對她說，還捏捏她的手。

「他卡住了。」蘿拉聽到自己在說，真蠢啊。波奈特醫生一直叫她用力，她咬緊牙關，照著他的話做，雙腿因為用力而顫抖。

到了將近十一點十分，蘿拉可以感覺到大衛開始要擠出來了，雖然只有五公分左右的進度，卻讓她激動不已。她全身是汗，濕透的頭髮披散在肩膀上。有個人要從她體內生出來的感覺，讓她覺得好奇妙。她還是持續用力，直到她覺得全身肌肉都氣力用盡，這才休息一下，然後又繼續奮戰。她的大腿和後背都因為痙攣而抽搐。「噢，天哪！」她低呼道，全身緊繃而疲憊。

「妳做得很好。」波奈特醫生說。「再來！」

她心裡一股怒氣驀然升起。她在聚光燈下奮戰的時候，道格在做什麼？叫他去死吧！等這裡的事情結束之後，她要打離婚官司，把他告到死！她漲紅著臉，用力推、用力推。大衛好像又向前進了三公分。紅車護士忙著替她擦拭額頭，她的雙腳抵著腳鐙用力踢，覺得自己肯定會把腳鐙給踢斷掉。

哐啷哐啷，是波奈特醫生手上的工具，哐啷哐啷。

時間剛過十一點半，波奈特醫生說。「出來了。」

蘿拉感覺到她的寶寶離開她的身體，她鬆了好一大口氣，可是又摻雜著巨大的焦慮感，因為在濕淋淋的用力推擠和監測器的嗶嗶聲中，蘿拉意識到她的身體即將要和那個在裡面生長的生物告別了。大衛正呱呱落地，而且從這個時候開始，他就跟其他所有人一樣，全靠自己的命運擺佈了。

「繼續推啊，不要停。」波奈特醫生敦促她說。

她用力擠，背部的肌肉開始抽搐。然後她聽到一個濕黏黏的啵吱聲，抬起浮腫的雙眼，瞄一下牆上的鐘，十一點四十三分。紅車護士和其他護士都上前協助波奈特醫生，什麼東西咯嚓一聲剪了下來。「再用力推一下。」醫生說。她照做，然後大衛的重量消失了。

啪，啪，然後很快的第三聲啪。

他開始哭了，尖細高昂的聲音，像是接電發動的引擎。蘿拉的眼中盈滿淚水，她深呼吸一口氣，放掉所有的力氣。

「這是妳的兒子。」波奈特醫生對她說，將一個痛哭的小東西交給她。他身上全都是紅紅藍藍的污漬，像是變形三角錐的頭上，有張像青蛙的小臉。

她從未見過這麼漂亮的小男生，臉上的笑靨像是穿透雲層的陽光。風暴過去了。

波奈特醫生把大衛放在蘿拉身上，她湊得更近一點，感受他的體溫。他還在哭，但是那聲音聽起來好美妙。她可以聞到鮮血混合羊水的濃郁腥味。大衛的身體在她的手指下輕輕蠕動，母子之間仍然有一條青青紅紅的臍帶相連。這個小東西看起來好脆弱，有小小的手指腳趾、小小的鼻頭和淡粉紅色的小嘴，但是他的哭聲可一點也不脆弱，像波浪一樣起伏有致，充滿了堅決的怒氣。他在宣佈自己降生吧，蘿拉心想，讓這個世界知道大衛克萊波恩來了，要這個世界讓出一個空位給他。臍帶剪斷綁好之後，大衛的身子微微一顫，儘管有滿腔的怒氣，但他的哭聲終於還是漸漸平息。蘿拉用手指頭輕撫著寶寶光滑的背，說。「噓，噓。」她摸著小小的肩胛骨和脊椎，骨骼、神經、血管、腸胃和大腦一應俱全，他是一個完整的生命，是屬於她的小生命。

然後，她感覺到他輕輕踢了一下，正如其他生過小孩的女人跟她說的一樣，有一股暖流穿透她的身體，漲滿了她的整顆心，撲通撲通跳個不停。她立刻知道那就是母愛。她輕撫著寶寶，感覺到大衛開始放鬆，因為憤怒而僵硬的身體順從的柔軟下來。哭聲也變成低低的嗚咽，最後終於像嘆息似的，咕嚕一聲，完全停了下來。「我的寶寶。」蘿拉說著，抬起婆娑的淚眼來看著波奈特醫生和護士。「我的寶寶。」

「星期四的孩子。」那護士看了一下鐘說。「要走遠路。」

等蘿拉回到醫院二樓的婦產科病房時，已經過了午夜。她覺得筋疲力竭，同時又精力充沛。她的身體想要睡覺，但是她的大腦卻想要一再重播生產的精彩過程。她撥了家裡的號碼，拿著話筒的手忍不住顫抖。

「喂，這裡是道格拉斯與蘿拉克萊波恩的家。謝謝您打電話來，請在嗶聲後留言。」

嗶！

她想要在答錄機停下來之前開口，卻一時語塞。道格還沒回家，他還在希蘭達爾公寓，跟他的情人在一起。

結束了吧，她心想。

「我在醫院。」蘿拉勉強擠出一句話。「跟大衛一起。他有三千七百克重。」

喀喇，機器掛了電話，變回沉默的耳朵。

蘿拉躺在床上，一顆心空蕩蕩的，想著未來——那是一個危險的地方，但是有了大衛，一切都還可以忍受。她的未來裡會不會有道格，她也不知道。她雙手緊握，擱在空空的肚皮上，終於在醫院這個寧靜的子宮裡昏昏沉睡。

第五章　孱弱的老頭子

恐怖瑪莉的公寓裡，天神的聲音正以每分鐘三十三又三分之一的轉速歌唱。她坐在床上，用深藍色的麥克筆在特大號的白色制服上塗色，這是她星期五下午從亞特蘭大服裝店租來的。聖詹姆斯醫院婦產科病房的護士制服，在領口和胸前口袋有深藍色的滾邊，帽子也有深藍色的飾條。這套制服用的是釘扣，不像真正的護士服用的是鈕扣，可是以她的尺寸，就只能找到這件了。

現在是星期六早上將近七點，外面的風愈來愈強勁，吹得烏雲往市區的上空聚集。已經是二月三日了，她心想，還有十五天就要到哭泣的小姐那邊重會了。她很有耐心也很小心的做著手上的工作，確保墨水不會溢出來或沾到其他地方。她手邊擺了一罐修正液以防出錯，不過她的手很穩。床邊的桌上放了一個深藍色的塑膠名牌，上面用白字寫著「珍妮特萊斯特」，紀念兩位捐軀的同志。那是她在諾克羅斯一家專賣塑膠名牌和其他新奇小物的店裡買到的，現場製作，而且「立等可取」，跟聖詹姆斯醫院的護士用的名牌是相同顏色。她也從同一家服裝出租店租到了十號加大的白鞋，另外又在瑞奇百貨公司買到了白色長襪。

她昨天已經去過醫院了。下班後，她換掉漢堡王的制服，換上牛仔褲和運動衫，再套上寬鬆的防風夾克，搭電梯直達婦產科病房，四處繞了一下，還到那塊大片玻璃窗前去看那些小寶寶。她很小心，沒跟任何護士有眼神接觸，但是腦子裡詳細記住了他們制服的深藍色滾邊，藍底白字的塑膠名牌，還特別注意到，電梯門一打開就正對著護理站。在婦產科病房沒看到安全警衛，可是瑪莉在大廳看到一隻豬玀拿著無線電對講機講話，另外還有一隻在停車場那裡巡邏，也就是說，停車場不能用，她得把小貨卡停到其他地方去，而且不能太遠，必須能夠走路往返醫院。瑪莉也檢查了樓梯間，發現婦產科病房長廊的兩端各有一座樓梯，南翼的樓梯就在供應室旁邊，很可能不小心就碰到人，所以只能用北翼的樓梯，不過這裡也有一個問題，樓梯間門口上方有個標示寫著「緊急逃生梯，打開此門會觸動警鈴」。她無法檢查這座樓梯通往何處，所以根本不知道從樓梯下來會到哪裡。她不喜歡這樣，光是這一點就足以取消所有行動，可是後來她看到一名清潔工人伸手推開那扇門，大剌剌的走出去，警鈴連響都沒響。是那一天警鈴剛好關閉了嗎？或是那個標示根本是假的？還是有什麼方式可以騙過警鈴？也許警鈴出了什麼問題，所以他們就關掉了？值得冒這個險嗎？

她決定再考慮一下。瑪莉隔著玻璃看著育嬰室裡的小寶寶，有的在睡覺，有的張大嘴在無聲的哭，心裡知道她不可能從這裡抱走小孩，離護理站太近了，只有二十步。有些嬰兒車上有名字，但是裡面是空的。那些小孩都跟媽媽一起在病房裡。長廊在護理站與北翼樓梯之間轉了個彎，幾乎每一間病房門口都掛著一個紅色或是藍色的絲帶，但是樓梯旁邊那四扇門看起來最有希望，四個絲帶裡有三個是藍色的。如果小孩在病房裡跟母親在一起，護士有什麼理由可以進去呢？寶寶該吃奶了。不行，媽媽應該都會知道小孩吃奶的時間，更何況乳房是做什麼用的？需要檢查一下寶寶。不行，媽媽一定會想要知道更明確的細節。寶寶量體重的時間到了。

對，這個或許行得通。

瑪莉走到北翼的樓梯，又走回長廊轉彎的地方。其中一間病房裡傳出女人的笑聲，另外一間則是嬰兒的哭聲。她特別注意掛著藍色絲帶的病房號碼：二十一、二十三、二十四。二十一號病房的房門突然打開，一個男人走了出來。瑪莉趕緊轉身，走向附近的飲水器。她看著那個人朝反方向往護理站那裡走去。他有一頭金棕色的頭髮，穿著寬鬆的灰色休閒褲、白襯衫和深藍色的毛衣，腳下一雙黑色翼尖皮鞋擦得晶亮。她一邊喝水，一邊聽著他的鞋子在塑膠地板上磨出嘎吱嘎吱的聲音。有錢的混球，富小子的爸爸，她想。然後她又回到樓梯間門口，看著那個警告標誌。如果要下手的話，她就必須知道這座樓梯通到哪裡，因為她不能搭電梯上來。別無選擇了。

瑪莉用手掌推開門，就跟那個清潔工人一樣，但是警報並沒有響。她看到門的彈簧鎖被人用黑色電氣膠布封死，立刻知道有人覺得與其苦等電梯，不如欺騙警鈴。這是個好兆頭，她想。她走進樓梯間，隨手關上門。

她開始往下走。隔壁門上寫著一個大大的紅字「一」。樓梯一路往下，瑪莉沿著樓梯走到底，有一扇沒有標示的門，透過小玻璃，可以看到一條兩側都是白牆的長廊。她慢慢的、小心翼翼的打開門，同樣沒有觸動警報，門的另外一側也沒有任何警告標誌，她打開所有的感官探索環境。長廊的交叉口上有個標示指出不同的地點：電梯、洗衣部、維修部。空氣中有一股新油漆的氣味流連不去，天花板上垂吊著各色管線。瑪莉朝著洗衣部的方向一直走，過了一會兒，她聽到有人在哼歌，然後就看到一名高大精壯、剪個小平頭的白髮黑人男子從角落裡走出來。他推著一個有輪子的水桶，桶子裡還插著一支拖把，身上穿著灰色的制服，一看就知道是醫院維修部門的員工。瑪莉立刻戴上面具——緊繃的五官以及冷酷的眼神。這個面具透露的訊息是：她應該出現在這裡，而且有某種程度的權威。一名維修工人肯定不會認識在醫院工作的每個人。他們兩人愈走愈近，他的歌聲嘎然而止，他也盯著她看。她微微一笑說：「對不起，借過。」然後就從他身邊走過去，好像要趕著去什麼地方——可是不算太趕。

「是的，女士。」維修工人說，將水桶拖到一旁。等到她走過牆角，就聽到他又開始哼起歌來了。

又是一個好兆頭，她想著，緊繃的臉也稍微鬆懈。她從很早以前就知道，只要你目光直視前方，一直往前走，裝出一副很有權威的樣子，你就可以去很多你不應該去的地方。像這麼大的一個地方，通常都有很多主管，而一般工作人員多半只關心自己手邊的工作。

瑪莉來到一個地方，看到好幾個洗衣籃擋在路中間。幾個女人的聲音逼近。瑪莉想，如果只有一個女人，或許不會多問什麼，但是如果是一群女人，就可能有人會問東問西。於是她躲進另一個角落等著，身體貼在門上，直到她們的聲音走遠才出來。然後她繼續往前走，專心記憶她走來的路線，等等才能順利回到那個樓梯間。她經過一個房間，裡面都是蒸氣熨斗、洗衣機和乾衣機。三個黑人女子在裡面，圍著一張長桌子折床單。房間裡的洗衣機發出辛勤運轉的轟隆聲，但她們一邊聊天，一邊工作，完全不受噪音影響。她們背對著瑪莉，也沒看到她邁著有力的步伐，快步從她們身後走過。又走到另外一扇門，她毫不遲疑的推開門，發現自己到了聖詹姆斯醫院後面的裝卸貨區，有兩輛廂型貨車停在那裡，還有兩台手推車棄置在一旁。

她隨手關上房門，聽到門鎖喀喇一聲鎖了起來，門上有個標語寫著。「按鈴開門。非請莫入。」她看到門把旁邊有個白色的按鍵，上面沾滿髒兮兮的指紋。她走下混凝土台階，來到人行道上，然後繞遠路走到停車上，一路上警惕著有沒有安全警衛。

她心裡高興得唱起歌來。

計畫行得通。

她一邊修改制服，一邊開始想著她的小貨卡。那輛車在這裡開開還好，但是要長途旅行就不行了。她需要一輛可以讓她停在路邊、躺在裡面睡覺的車，像是廂型車。她可以在二手車商那裡找到合適的廂型車，然後用她現有的貨車交換，但是她需要更多錢，因為這番交易肯定需要貼點錢。或許她可以賣掉手邊的一把槍。不行，她的槍沒有任何一把有合法的文件。高第會願意出錢跟她買那把麥格儂嗎？可惡，她以前從來沒想過錢的問題。她的銀行戶頭裡還有三百多塊，公寓裡也有大約一百塊的現金，可是萬一她要跑路，這點錢可撐不少多久，更何況車子還要加油，寶寶也需要食物和尿布。

她起身走到臥房的衣櫃旁，打開衣櫃，取出她從柯瑞彼得森那裡拿到的兒童用小牛仔步槍和望遠瞄準鏡。也許這個可以賣個一百塊，她心想，七十塊也行。說不定高第會買這把步槍和麥格儂。不好，麥格儂還是留下來好了，畢竟是一把適合夾帶隱藏的武器。不過他可能會想買那把鋸斷槍管的獵槍。

瑪莉回到床上時，在灰暗的燈光下，看到有個人影走在公路上，是穿著風衣的薛克雷，衣擺在狂風中亂舞。他在路上撿拾壓扁的鋁罐，放進垃圾袋裡。她知道他的日常作息，他會在外面待幾個鐘頭才回來，然後在牆壁另一邊咳嗽，好像要把肺給咳出來似的。

存了那麼多錢，結果卻過這樣的日子，你真該覺得慚愧才對。

寶拉說過，就在瑪莉從薛克雷的垃圾筒裡翻出來又重新拼貼起來的那封信裡這樣說過。

存了那麼多錢。

瑪莉看著薛克雷彎腰撿起一個罐子，走幾步，又撿一個罐子。一輛卡車從他身邊呼嘯而過，捲起的旋風讓薛克雷踉蹌了幾步，跟垃圾袋奮戰了一會兒，然後又撿了一個罐子。

那麼多錢。

不過，一定都存在銀行吧，不是嗎？還是這個老傢伙是不信任銀行的那種人？也許他的錢都是用橡皮筋綁起來，塞在床墊底下或是鞋盒裡？她又端詳了他一陣子，思緒不停翻湧，像是要把一隻有趣的昆蟲從石頭底下拉出來。薛克雷從未有過訪客，而寶拉——應該是他女兒吧——一定是住在別州。如果他真的發生了什麼事，可能要過很久之後才會有人發現。她可以輕而易舉的解決他，而且她抱走小孩之後，也沒打算要在此地久留。好吧。

瑪莉走進廚房，打開抽屜，取出一把有鋸齒的銳利長刀，應該是用來殺魚的吧，她心想。她把刀放在流理台上，然後回到臥室，繼續修改護士服。

她完成手邊的工作，過了很久之後，才聽到薛克雷的咳嗽聲從她門口經過，鋁罐彼此碰撞，哐啷哐啷的響。他還拖著那只垃圾袋。瑪莉站在門口，身上穿著牛仔褲、褐色運動服和她的防風夾克，頭上還戴了一頂毛帽。她聽著薛克雷掏出鑰匙，叮叮咚咚的找出正確的那把，插入鎖孔。這時候她才開門，走到門外的酷寒之中，右手拿著那把點三八手槍，殺魚刀則插在腰際，用防風夾克遮住。

薛克雷是個孱弱的老頭子，滿臉坑疤，一頭白髮被風吹得七零八落，皮膚龜裂得像是老舊的皮革。薛克雷根本還沒能注意到有人接近，槍管就已經抵住他的腦門。「進去。」瑪莉對他說，然後領他走進打開的房門，同時將鑰匙抽出來，順手把裝滿鋁罐的垃圾袋也一起拎進門。薛克雷驚惶的瞪著她，一雙淡藍色的眼睛眼眶發紅，充滿了驚恐。

瑪莉關上門，鎖上門閂。「跪下。」她命令他。

「你聽我說……聽我說……等一下，好不好？這是什麼玩笑嗎？」

「跪下。跪在地板上。照我的話做！」

薛克雷頓了一下，瑪莉正在考慮要不要朝他的膝蓋狠狠踹一腳，薛克雷先是嚥了一口口水，巨大的喉結滑動了一下，然後就在這個狹窄的小房間裡跪了下來，跪在薄薄的褐色地毯上。「雙手放在腦後。」瑪莉命令他說。「現在！」

薛克雷照做。瑪莉可以聞到這老傢伙渾身的皮膚散發出恐懼的氣味，聞起來像是啤酒與阿摩尼亞的味道攙和在一起。窗戶的窗簾已經拉起，瑪莉擰開電視機上的燈。這房間看起來像是一隻沉悶乏味的老鼠居住的窩，報紙雜誌堆在架上，電視晚餐的餐盤散落各處，脫下來的衣服也都留在原地沒有收拾。渾身顫抖的薛克雷突然一陣劇咳，伸手摀著嘴，但是瑪莉將柯爾特的槍管頂住他的前額，直到他把雙手再次放回腦後。

她退後一步，迅速瞄一眼手錶，九點零七分。她的動作得快一點，才能趕在換上制服開車前往聖詹姆斯醫院之前，先去二手車商那邊找一輛好車。

「好嘛，就算我叫了警察，那又怎麼樣？」薛克雷顫抖著聲音說。「如果妳聽到隔壁有人鬼吼鬼叫，也會做同樣的事！這又不是個人恩怨。我以後不會了，我發誓，好不好？」

「你有錢。」瑪莉冷漠的說，「在哪裡？」

「錢？我沒有錢！我很窮的，我發誓！」

她拉開柯爾特的撞針擊錘，槍口對準薛克雷的臉。

「妳聽我說……等一等……這是怎麼回事？妳跟我說是怎麼一回事，說不定我可以幫得上忙？」

「你有錢藏在這裡，在哪裡？」

「我沒有！妳看看這個地方！妳想我會有錢嗎？」

「寶拉說你有錢。」瑪莉跟他說。

「寶拉？」薛克雷的臉唰的一下慘白。「寶拉跟這個有什麼關係？天哪，我從來沒有傷害過妳啊，有嗎？」

瑪莉厭倦了浪費時間，深呼吸一口氣，揚起柯爾特，朝薛克雷的臉甩下去。他大叫一聲，側身斜躺在地，痛得渾身打顫。瑪莉蹲在他的旁邊，槍口壓在他起伏不定的太陽穴上。「閒扯淡的時間結束了。」她說。「把錢給我，你聽到了沒有？」

「等一下……等一下……噢，妳打爛我的臉了……等一下……」

她揪住他的頭髮，一把將他拉起來，又回復跪姿。薛克雷的鼻樑被打斷了，皮下出血的地方開始變成青紫色，鼻孔裡也流出鮮血，兩行清淚滑落薛克雷滿是皺紋的老臉。「下一次，我就打掉你的牙齒。」瑪莉說。「我要你的錢。你愈拖延時間，就會受愈多的苦。」

薛克雷眨著眼睛望著她，眼眶開始濕潤起來。「噢，天哪……求求妳……求求妳……」瑪莉再次揚起柯爾特槍，這次是往他的嘴巴敲下去，老傢伙往後一縮，哀嚎起來。「不要！求求妳，不要！在衣櫥裡！最上層的抽屜，藏在襪子裡！我所有的錢都在那裡了！」

「拿給我看。」瑪麗站起來，退後一步，穩穩握著槍，看著薛克雷跌跌撞撞的起身。他穿過走廊，走到臥室，她則緊跟在他的背後。臥室看起來像是剛遭到龍捲風的肆虐。床上沒有床單，牆上掛著泛黃的鑲框黑白照片，是年輕的薛克雷跟一名深色頭髮的動人女子。櫥櫃枱面上還有一張照片，是薛克雷跟一群大肚腩的兄弟會成員的合照，他戴著有流蘇的土耳其毛氈帽，每個人都笑靨逐開。「打開抽屜。」瑪莉說，她的胃糾在一起，像緊縮的彈簧。「動作慢一點，慢一點。」

薛克雷拉開抽屜，因為恐懼而動作緩慢，鮮血從鼻子滴下來。他開始伸手進去掏東西，瑪莉向前跨了一步，拿槍管頂著他的頭，同時看著抽屜裡的東西：除了四角內褲和捲起來的襪子之外，什麼都沒有。「我沒看到錢。」

「在這裡，就在這裡。」他碰碰那些捲起來的襪子說。「不要再傷害我了，好嗎？我的心臟不好。」

瑪莉拿起他指出來的襪子，關上抽屜，又把襪子交給他。「拿給我看。」

薛克雷用顫抖的手打開襪子，裡面藏了一捲鈔票。他拿起來給她看。她說。「數一數。」

他開始數鈔票。有兩張百元鈔，三張五十元，六張二十元，四張十元，五張五元，還有八張一元紙鈔，總共是五百四十三元。瑪莉一把從他手中奪過鈔票。「不只這些。」她說。「其他的呢？」

薛克雷伸手摀住鼻子，浮腫的雙腫閃爍著恐懼的目光。「都在這裡了。那是我的社會保險。是我在這個世界上僅有的東西了。」

滿嘴胡說八道的混球！她差點就要再一槍揮過去，可是必須讓他保持清醒。「站到一邊去！」她說。他乖乖的照做，然後她將抽屜一個個拉開，把裡面的東西全都倒在床上，用不了幾分鐘，抽屜就全部清空了。床上那堆東西則有薛克雷的T袖、運動衫，幾本《騎士雜誌》、《珍品雜誌》和《國家地理雜誌》，還有手帕、一整瓶的威士忌，另外還有一瓶已經喝掉一半。其他的就只是獨居生活中會出現的零星事物，除了幾枚錯置的零錢之外，沒看到任何錢。

恐怖瑪莉轉身面對老頭子，他已經整個人癱在牆上。她說。「寶拉認為你存了很多錢，是真的還是假的？」

「妳又知道寶拉什麼？妳連我女兒的面都沒見過！」

瑪莉走到衣櫃前面，打開衣櫃仔細搜查，而薛克雷則不停追問她怎麼知道他的女兒。瑪莉掀開床墊，然後將整個床架都翻過來，但是在床底下除了電視晚餐的餐盤和舊報紙之外，什麼都沒有。她把臥室的藥櫥整個搜過一遍，然後又去搜括廚房裡的櫥櫃，等搜索結束之後，她意識到薛克雷的女兒了解他的程度還不如自己。

「都沒有了，是嗎？」她拿起柯爾特指他問。

「我說了都沒有啦，妳看看妳，把我的房間搞成這樣！」

「把你的皮夾給我！」

薛克雷從褲袋裡掏出來遞給她。裡面沒有信用卡，只有一張五元和三張一元的紙鈔。「妳聽著。」薛克雷看著她將現金塞進口袋，把皮夾丟到一旁時說。「我現在已經把每一毛錢都給妳了，妳怎麼還不走呢？」

「沒錯，我愈快離開，你就愈快打電話給那些豬玀，是不是啊？」

薛克雷低頭看著那把槍，然後又抬起頭來正視瑪莉的臉，再低頭去看那把槍，喉結上下滾動。

「我不會跟任何人說。」他說。

「把衣服脫掉。」瑪莉喝斥道。

「什麼？」

「你的衣服。脫掉。」

「我的衣服？妳幹嘛要我——」

他還來不及說完，瑪莉就已經來到他面前，槍起槍落，那老頭又跪倒在地，這一次他下頦骨折了，多損失了三顆牙齒。他一邊痛苦的呻吟，一邊脫掉身上的衣服。等他脫光，露出瘦骨嶙峋的蒼白裸體，瑪莉說。「站起來。」他照做，雙眼凹陷，整個人嚇壞了。「進去浴室。」她對他說，然後又跟著他進來。「你四腳著地，跪在浴缸裡。」他突然猶豫不前，開始求她離開，不要找他麻煩，他不會跟任何人說，不會跟任何人說。她將槍口壓在他一節節宛如階梯的脊椎骨上，他只好跨進浴缸，遵照她的命令擺好姿勢。

「頭低下，不要看我。」她說。薛克雷瘦削的胸膛上下起伏，開始劇咳起來，大概有好幾分鐘。她等到他的咳嗽聲停止，才從腰際抽出那把刀。

「我發誓絕對不會跟任何人說！」他的胸膛又劇烈起伏，這一次是因為啜泣。「天哪，拜託妳不要傷害我。我從來沒有對妳怎麼樣。我不會跟任何人說。我一定會守口如瓶。我發誓——」

瑪莉從水槽隨手拿了一條毛巾，塞到薛克雷的嘴裡。他喘息哽噎，然後瑪莉靠到他赤裸的身上，一刀刺進薛克雷的喉管側面，她的指節磨擦到他粗糙的皮膚。薛克雷還來不及理解到她做了什麼，那把有鋸齒的刀就已經割斷他的喉嚨，從一邊的耳朵一直割到另一邊耳朵，鮮紅的血像湧泉一樣噴到半空中。

薛克雷想要從塞著毛巾的嘴裡喊叫。就在鮮血從他割斷的頸動脈噴到浴缸之際，他伸出一隻手摀著喉嚨，試圖想要跪坐起來，但是瑪莉一腳踩到他的後背腰際，又將他踩下去。他的身子在瑪莉的壓制下不斷的扭動掙扎，鮮血像是從有脈搏的水龍頭裡流出來，不斷流進浴缸。「我叫瑪莉泰瑞爾。」在他快要流血至死時，她對他說。「是暴風戰線的戰士。是為這個腦殘國度裡那些沒有人權的人奮戰到底的自由鬥士。是專殺豬玀的劊子手。」他又試圖想要站起來，他對死亡的認知給了他最後一股力量，讓她必須更用力將他壓下去，直到幾秒鐘之後，他的腎上腺素停止分泌了，整個人扭曲著躺在浴缸裡，好像在自己的鮮血裡游蛙式。「是正義的守護者，弱者的保護者，愚昧心智的終結者，信仰的保護者。」

以一個孱弱的老頭來說，他的血還真不少。

瑪莉坐在浴缸邊緣，看著他死去。他的樣子讓她聯想起胎兒在母體子宮的羊水內，游過一片血海，朝著有光的終點前進。他臨終時沒有顫抖、呻吟或是最後一次無助的扭動，只是變得愈來愈虛弱、愈來愈虛弱，直到最後虛弱殺死了他。他躺在那裡，任憑生命一點一滴流進排水管裡。他睜著眼睛，皮膚呈現死魚的顏色，瑪莉曾經在灰色的沙灘上看過一條肚皮腫脹、被海浪沖上岸的死魚。

瑪莉站起來，回到臥室，將床墊一刀割開，只是要確定裡面沒有藏錢。床墊裡的棉花擠出來，剛好清理刀刃。然後她離開薛克雷的公寓，關上房門，身上多了五百五十一塊美元和一些銅板。

制服做好了。她一邊沖澡，一邊聆聽天神的聲音從喇叭裡放出來，低音像是憤怒的拳頭一樣重重敲擊著牆壁。在今天結束之前，我就會成為母親。她用力刷掉手上的血跡，在蒸氣的籠罩下，忍不住微微一笑。

第六章　大手

星期六早上剛過十一點，道格在二十一號病房的窗邊，望著灰藍色天空中流動的雲層，想著蘿拉問他的問題。

這段外遇持續多久了？

她當然知道。他昨天就知道她已經知道了。他跟她說工作很忙，必須在辦公室待到星期五凌晨過後才走得開時，他就從她的眼神中看出來了。她的眼神穿透了他，好像他人根本就不在那裡。「我不想聽。」她說。然後她就陷入沉默。每次他想要跟她說話，就遭遇同樣一堵用語言堆砌的牆。「我不想聽。」他知道她不高興，因為大衛出生時他不在旁邊。這件事也讓他一直感到良心不安，像是有小食人魚在啃噬他，要把他吃得只剩一具白骨為止。可是後來他知道事情還不只如此。蘿拉知道了，他不知道她是如何得知的，總之她就是知道了。他還不確定她知道多少，不過光是她知道這件事，就已經夠糟糕了。昨天一整天，還有昨天晚上一整夜，她要不是說「我不想聽」，就是冷冰冰的沉默以對。昨天蘿拉的父母親連袂到亞特蘭大來看他們的外孫，也追著他問他跟蘿拉是怎麼了，說她什麼也不想說，就只想抱著大衛，對著他低聲哼唱。他也說不上來，因為他什麼都不知道。現在他知道了，但是他望著灰藍色的天空，希望能夠想出些什麼話來說。

「說實話。」蘿拉說，彷彿從他僵硬又不情願的肢體語言中看穿了他的心思。「那才是我想要聽的。」

「外遇?」他從窗邊轉身過來，嘴角掛著銷售員的笑容。「蘿拉，少來了!我不敢相信——」他嘎然而止，因為他的兒子就在走廊另外一頭的嬰兒房，這個謊他很難圓。

「多久了?」她追問道，臉色蒼白還帶有病容，眼神透露出疲憊。她覺得身體輕飄飄的，精神卻沉重得像鉛塊。「一個月?還是兩個月?道格，我想要知道。」

這會兒輪到他沉默了。他的腦子像是在黑暗中聽到腳步聲的老鼠一樣，到處尋找可以鑽的縫隙。

「她住在希蘭達爾公寓。」蘿拉接著說。「5E 公寓。星期四晚上，我跟蹤你到了那裡。」

道格張開嘴，張得很大，胸口吐出了一口氣。她看到他的雙頰脹得通紅。「妳……跟蹤我?妳真的……我的天哪，妳真的跟蹤我?」他不敢置信的搖著頭。「天老爺!我真不敢相信!妳跟蹤我，就好像……好像我是什麼……低級的罪犯還是什麼的!」

「不要再說謊了，道格!」她還來不及克制自己，雷聲就已經脫口而出。她向來不是愛吼的人，從來就都不是，可是怒氣就像滾燙的蒸氣一樣，從她周身的每一個毛孔噴發出來。「不要再說謊了，好嗎?就是不要再說謊了，就從現在開始!」

「妳小聲一點好不好?」

「見鬼了，我才不要!我才不要小聲一點!」道格臉上那種震驚憤慨的表情，就像是火上加油，讓她的怒火噴發得更高，完全失去控制。「我知道你在外面有女人，道格!我發現了那兩張票根!我發現艾瑞克打電話叫你回去加班的那天晚上，其實他人在查爾斯頓!有人打電話給我，跟我說了那個女人的地址!你最好相信我真的跟蹤你，老天，我還真的希望你不是去找她，可是你就是去了！就在那裡！怎麼樣，道格？啤酒好喝嗎？」她發現自己嘴角歪了一下，苦笑著說。

「你們倆還喜歡那半打啤酒嗎？我的羊水就是在那個停車場破的，就在你往她家門口走去的時候！我們的兒子——我的兒子——出生的時候，你還在城市的另外一邊跟一個陌生人胡搞瞎搞！很爽嗎，道格？來嘛，跟我說嘛，他媽的！你跟我說呀，爽嗎？真的、真的很爽嗎？」

「妳說完了嗎？」他緊抿著唇，強忍著不發作，可是她從他的眼中看到恐懼一閃而過。

「沒有！我還沒說完！你怎麼能做出這種事情？明知道大衛就要出生了？怎麼可以？你還有沒有良心？我的天哪，你一定覺得我是笨蛋吧！你以為我永遠都不會發現？是不是？你以為可以一輩子過這種秘密生活，而我永遠都不會發現？」淚水湧上眼眶，她眨眨眼硬逼回去，居然就消失了。「來嘛，說來聽聽嘛，咱們聽聽看你為什麼覺得可以在家裡吃一點，到外面又吃一點……」她實在說不出腦子裡想說的那個字。「跟你那住在希蘭達爾公寓的小情人，而我卻永遠都不會發現？」

道格臉上的紅暈褪色了，就只是站在那裡盯著她看，眼睛閃閃發亮像是兩枚偽幣。在她眼中，他看起來好小，似乎在那一分鐘裡整個人都縮水了，變成一具掛著卡其褲和 Polo 衫、以骨骼和謊言搭起來的架子。他抬起手，放在自己的額頭上，蘿拉注意到他的手在發抖。「有人跟妳說？」他問，就連他的聲音也跟著縮水了。「誰跟你說的？」

「一個朋友。這事有多久了？你要跟我說呢，還是不要？」

他吸了一口氣，又慢慢吐出來，像是一顆正在洩氣的氣球。他臉上變得毫無血色，黯淡蒼白，說起話來好像很費力的樣子。「我跟……她是……是在九月認識的。我從……從十月底……開始跟她在一起。」

耶誕節。整個耶誕節道格都跟另外一個女人睡在一起。整整三個月，當大衛在她體內成長時，他都忙著往來希蘭達爾公寓。蘿拉說。「哦，我的天哪！」然後伸手摀住嘴巴。

「她是一家房地產經紀公司的秘書。」道格接著說，細聲細氣的凌遲她。「我替他們公司裡一個房地產經紀人工作時遇見她，她看起來……我也不知道，算是可愛吧，我想。我邀她出來吃午餐，她說好。她知道我已經結婚了，但是她並不在乎。」道格轉身背對蘿拉，目光再度望向天上的雲。「事情進展得很快。連續兩次午餐之後，我邀她去吃晚餐，她說要在她的公寓裡做飯給我吃。開車過去的路上，我在路邊停下來，坐在那裡想。我知道自己在做什麼，我知道這樣做對不起妳和大衛，我知道。」

「可是你還是做了。想得還真周到啊你。」

「我還是做了。」他說。「我沒有別的理由，只有一個老掉牙的理由。她只有二十三歲，我跟她在一起的時候，覺得自己又像是一個小孩子，人生才要開始，沒有責任，沒有老婆，也沒有即將要出生的小孩，沒有房貸，沒有車貸，只有眼前一片湛藍的未來。這聽起來很狗屁不通，是吧？」

「對。」

「也許是，可是這卻是事實。」他看著她，臉龐因悲傷而蒼老。「我想要跟她分手。這本來應該只是逢場作戲，但是……卻一發不可收拾。她在準備房地產經紀人的考試，所以我幫她溫習功課。我們一起喝酒，看老電影。妳知道，跟那個年紀人的聊天就像是跟另外一個星球來的人說話一樣。她從來沒有聽過好迪杜迪秀或是史蒂芬野狼，她也沒有聽說過太空飛鼠、約翰嘉菲爾德、鮑里斯卡洛夫，或是……」他聳聳肩。「或許我只是想要重新塑造自己，讓自己變得年輕一點，回到我還不知道這個世界是怎麼一回事之前的那個自己。她眼中的我，是一個妳不認識的人哪，蘿拉。妳能理解嗎？」

「那你為什麼不讓那個人出來給我瞧瞧呢？」她問。她的聲音嘶啞粗嘎，但是她強忍住不讓淚水流下來。「我也想要看哪。你為什麼不讓我看？」

「妳知道真正的我啊。」他說。「要騙過她比較容易。」

蘿拉覺得一股絕望狠狠擊中她的胸口。她想要暴怒，想要尖叫，想要摔東西，但是她沒有。她只是小小聲的說。「我們確實曾經相愛過，對不對？這整個婚姻不是一段謊言吧，是嗎？」

「不是，這不是謊言。」道格答道。「我們確實曾經相愛過。」他用手背抹抹嘴，眼神呆滯失焦。「我們可以解決這個問題嗎？」他問。

有人敲門，一位紅色鬈髮的護士走進來，抱著一個裹在藍色的絨布毯子裡的小小人兒。那護士咧嘴一笑，露出大門牙。「小朋友來囉！」她興高采烈的說，然後將大衛抱給他媽媽。

蘿拉看著他，看著他粉紅色的皮膚，還有他頭上淡褐色的細毛——在波奈特醫生一雙溫柔巧手的調整之下，他的頭顱已經變成完美的橢圓形。他發出小貓似的咪嗚聲，眨著一雙淡藍色的眼睛。蘿拉嗅著他的氣味，一股奶油桃子的味道，正是他出生那天剛被洗乾淨送回她懷裡時的味道。他短胖的左踝上綁著一條塑膠帶，上面用打字寫著「男，克萊波恩，二十一號病房」。他的咪嗚叫聲變成抽噎聲，蘿拉將他抱在懷裡輕輕搖著說。「噓，不哭，不哭。」

「我想他餓了。」護士說。

蘿拉解開她病患袍的上半截，引導大衛的小嘴去含她一邊的乳頭。大衛的一隻小手貼在她乳房的肌膚上，嘴裡開始吸吮。那是一種美滿的感覺——沒錯，也有一種情欲的感受。就在兒子盡情吸吮母乳時，蘿拉忍不住嘆了一口氣。

「就是這樣。」那護士本來正朝著道格微笑，然後她看到他灰敗的臉色和凹陷的眼窩，硬生生收回笑容。「好吧，我讓他跟你們獨處一會兒。」她說著，離開病房。

「他的眼睛。」道格說著，靠在病床旁邊，低頭看著大衛。「跟妳很像。」

「我希望你離開。」她跟他說。

「我們可以從長計議吧，不是嗎？這些問題都可以解決。」

「我希望你離開。」蘿拉又說一遍，道格在她臉上看不到一絲憐憫。

他直起身子，還想要說些什麼，可是知道無濟於事。她根本沒在注意他，所有的心思都集中於她胸前懷抱著的小寶寶。過了大約一分鐘之後，沒有任何聲音，只有大衛的嘴吸吮著蘿拉乳頭的聲音，道格穿過病房房門，走出她的視線。

「讓你長大又長壯。」她對著兒子低聲吟唱，滿臉明亮的笑容。「沒錯，這樣會讓你長大又長壯。」

在這個冷酷無情的世界上，人們會讓愛情燒成煤渣，又將煤渣碾成灰燼。可是在這一刻，當母親緊緊抱著自己的孩子，輕聲細語對他說話時，就將世界上的冷酷無情全都排除在外。蘿拉不願去想道格，不想去思索他們以後的路該怎麼走，於是她就什麼都不想。她親吻大衛的額頭，品味著他甜美的肌膚，用指尖循著他頭顱裡的淡藍色血管一路撫摸下去。血管裡有血液流動，他的心臟跟著跳動，肺部也正常運作，奇蹟真的實現了！就躺在她的懷裡！她看著他眨眼睛，看著他淡藍色的眼睛探索感官的疆界。他正是她所需要的，他就是她需要的一切。

十五分鐘後，她的父母親回來了。他們兩人都已經滿頭銀髮，米莉安有堅毅的下顎和深色的眼眸，富蘭克林則心思單純，臉上永遠都堆滿笑容。他們似乎並不想知道道格到哪裡去了，或許是因為他們聞到了病房裡還殘留著她怒火的煙硝味吧。蘿拉的母親抱起大衛逗弄了好一會兒，可是他一開始哭起來，就立刻把他遞還給蘿拉。她父親則說大衛看起來會是個大男孩，有一雙大手，可以穩穩抓住足球。蘿拉抱著大衛，忍耐著她父母親，禮貌的笑著表示同意。大衛一會哭，一會靜，好像他身上有個小小的開關，可是蘿拉輕輕搖著他，對著他唱歌，小嬰兒很快就在她懷裡睡著了。他的心跳強健而穩定。富蘭克林坐下來看他的報紙，米莉安自己帶了針線繡花來做。蘿拉也睡著了，大衛依偎在她胸前。她夢到了陽台上的瘋女人和兩聲槍響，無意識的抽搐了一下。

一點二十八分，一輛橄欖綠的雪芙蘭小貨車停進聖詹姆斯醫院後方的裝卸貨區。車子右側的乘客座車門有鏽蝕的孔洞，左後方的車窗玻璃也有裂痕，從駕駛座下車的女人穿著護士制服，鑲著深藍色邊飾的白衣，胸前口袋上的名牌表明她是珍妮特萊斯特，名牌旁邊還別了一個黃色笑臉的胸針。

恐怖瑪莉花了一點時間，從臉部深處擠出笑容。她看起來像是才剛刷洗過，乾乾淨淨，兩頰撲紅，還特地抹上了透明唇膏。她的心撲通撲通的跳，胃部緊張得糾成一團，但是她深呼吸幾次，專心想著她即將帶去給傑克勛爵的小寶寶。他就在二樓，就在其中一間門口掛著藍色絲帶的病房裡等著她。等她準備妥當，就爬上通往裝卸貨台的階梯。一個洗衣籃和一台手推車放在那裡，她拿起洗衣籃來到門邊，按了鈴，然後等著。

沒有人應門。快點，快點！她心想著。她又按了一次。該死，要是沒有人聽到鈴聲該怎麼辦？要是警衛來應門該怎麼辦呢？要是來者立刻看穿她的偽裝，當面就把門關上，又該怎麼辦呢？她穿著正確的制服、正確的顏色、正確的鞋子啊。快點，快點啊！

門開了。

一個黑女人——洗衣工人的其中一個——從門縫往外窺探。

「我把自己鎖在外面了！」瑪莉說，她的笑容僵在臉上。「妳相信嗎？門就這樣關上，而我人還在外面！」她抱起洗衣籃，開始從門縫擠進去。有那麼一兩秒鐘，她還以為那女人不會讓路呢，於是她裝作興高采烈的說。「對不起！借過！」

「是的，女士，那麼進來吧。」那名洗衣工也堆滿了笑，退後一步，扶著門讓她進來。「外頭雨下得挺大的呢！」

「就是說啊，不是嗎？」恐怖瑪莉胸前抱著籃子，向前跨了三大步，聽到門在她身後喀喇一聲關上。

「妳一定是迷路了吧！」那洗衣工說。「怎麼會跑到底下來？」

「我是新來的，幾天前才來上班。」瑪莉抱著洗衣籃，沿著長長的走廊往前走，離那女人愈來愈遠。她可以聽到蒸氣的咻咻聲，還有洗衣機滾動的轟隆聲。「我對這裡還沒有自己想得那麼熟門熟路吧。」

「可不是嘛！在這麼大的舊房子裡，差不多得要帶著地圖才行呢！」

「好啦，謝謝妳啦。」瑪莉說。她走到洗衣間附近，就將手上的籃子放下來，跟其他的洗衣籃放在一起，然後加快步伐，往醫院的更深處走去。那名洗衣工說：「再見！」可是瑪莉沒有理她，只是專心走在通往樓梯間的路徑上。她輕快的走過走廊，蒸氣管線在她頭頂嘶嘶作響。

她剛繞過一個彎，就看到前面約二十步的地方有一隻拿著無線電對講機的母豬玀，跟她往同一個方向前進。瑪莉的心突的一跳，立刻閃到一邊，躲了一、兩分鐘，讓那隻母豬走遠一點。等到走廊上淨空了，瑪莉再度邁步往樓梯間走去。她的眼睛前前後後的來回掃視，檢查走廊兩側的每一扇窗戶。所有感官都處於高度警戒的狀態，全身的血液像是凍結了一樣。到處都聽到有人講話的聲音，卻沒有看到半個人影。最後她終於走到樓梯間，推開門，拾級而上。

她走到一樓，立刻面臨下一個挑戰——兩名護士從樓梯下來。她堆起滿臉笑容，那兩名護士也微笑點頭。瑪莉從她們身邊經過時，手心都汗濕了。然後走到一扇寫著大大的「二」字的門口，瑪莉推門進去，目光檢視那條貼住門閂、欺騙警報器的黑色膠帶。她到了婦產科病房，而且通往護理站的那條彎道和她之間沒有任何人。

瑪莉聽到一聲輕輕的鐘響，她想應該是呼叫某位護士的吧。嬰兒的哭聲穿透走廊，像是誘人的歌聲。就是現在，否則永遠就沒有機會了。她選中二十四號病房，開門走了進去，好像這家醫院是她開的。

年輕女人坐在床上，正在給她的新生兒餵母乳。一名男子坐在床邊的椅子上興味盎然的看著。他們兩人全都轉頭看著剛剛走進來的這個六呎高的護士，年輕女子夢幻似的笑了一下，說。

「我們都很好。」

那男人、女人和他們的兒子都是黑人。

瑪莉停下腳步。她說。「我看得出來，只是過來看看。」然後她轉身離開。不能帶一個黑人小孩去給傑克勛爵。她走到走廊對面的二十三號病房，發現一名白人女子躺在床上，生氣勃勃的跟另外一對年輕夫妻和一名中年男子談話，病房裡佈置了花束、氣球，充滿歡天喜地的氣氛。那女人的小孩並沒有跟她在一起。「嗨。」她對瑪莉說。「可以把我的小孩抱來給我嗎？」

「沒什麼理由不可以，我這就去抱。」

「妳長得好高噢，不是嗎？」那名中年男子咧著嘴問道，露出嘴裡一顆銀牙。

瑪莉報以微笑，但是她的眼神冷冽，轉身走出病房，來到掛著藍色絲帶、寫著二十一號的病房門口。

她很緊張。如果這一間也不行，她就得取消這次的任務。

傑克勛爵在哭泣的小姐那裡等著她，她告訴自己，然後走了進去。

母親睡著了，她的寶寶抱在胸前。一位留著雪白鬈髮的老太太坐在靠窗的椅子上，正在繡花。

「妳好。」坐在椅子上的婦人說。「妳今天好嗎？」

「很好，謝謝。」瑪莉看到母親的眼睛慢慢睜開，寶寶也開始蠢動，他的眼皮眨了又眨，瑪莉看到那孩子的眼睛是淡藍色的，就跟傑克勛爵一樣。她的心猛地一跳，這是命運的安排。

「噢，我睡著了。」蘿拉眨眨眼，試著看清楚站在面前的這名護士，一個身材高大的女人，難以描述的平凡面貌，褐色頭髮，制服上別著一個黃色笑臉胸針，名牌上寫著她叫珍妮特什麼的。

「現在幾點啦？」

「寶寶量體重的時間到了。」瑪莉說。她聽出自己聲音裡的緊張，立刻讓心情穩定下來。「只要一兩分鐘就行了。」

「爸爸呢？」蘿拉問她母親。

「他到樓下去買另外一本雜誌。妳知道他就是愛看書。」

「我現在可以帶寶寶去量體重了嗎？」瑪莉伸出手去抱小孩。

大衛開始要醒來了，他的第一個反應是張開小口，發出一聲高昂細微的哭聲。「我想他又餓了。」蘿拉說。「我可以先餵他嗎？」

不能冒險讓真的護士闖進來，瑪莉心想。她繼續保持笑容。「不會花太多時間。只是做完這件事，馬上就回來，好嗎？」

「好吧。」蘿拉說，雖然她很想給寶寶餵奶。「我以前沒見過妳。」

「我只有在週末才上班。」瑪莉答道，雙手依然向前伸出。

「噓，噓，別哭。」蘿拉跟她兒子說。她親吻他的額頭，聞著他身上那股奶油桃子的香氣。

「噢，你真是個寶貝！」她跟他說著，然後心不甘情不願的將寶寶交到護士的手上。才送出去，她立刻感受到一股強烈渴望，想要再將他抱回來。那護士有一雙大手，而且其中一根手指頭的指甲底下有深紅色的屑屑。她再瞄了一眼名牌：萊斯特。

「好囉。」瑪莉輕輕搖著懷裡的寶寶說。「咱們走囉，小寶貝。」她開始朝病房門口走。「我馬上就帶他回來。」

「好好照顧他啊。」蘿拉說。她需要先洗洗手吧，她心想。

「我一定會。」瑪莉幾乎已經走到門外。

「護士小姐？」蘿拉問道。

瑪莉在門口停下來，懷裡的寶寶仍然在哭。

「可以請妳幫我拿一點柳橙汁來嗎？」

「是的，女士。」瑪莉轉身穿過房門，看到二十四號病房的黑人父親正離開病房往護理站走去。她將食指塞進寶寶的嘴裡，不讓他哭，然後穿過樓梯間的門，開始往樓下走。

「她的手不乾淨。」蘿拉對她母親說。「妳發現了嗎？」

「沒有。不過那是我見過最高大的女人了。」她看著蘿拉坐起來，靠在枕頭上，好像突然吃痛，畏縮了一下。「妳還好嗎？」

「還好吧，我想。有一點點痛。」她覺得自己好像不是生過小孩，而是生了一大袋硬梆梆的水泥塊，身體到處都酸痛，背部和大腿的肌肉也很容易抽筋。肚子雖然消了，可是裡面還有液體，讓她覺得沉甸甸的，動作非常遲緩。波奈特醫生剪開了她的陰道口，讓大衛的頭有更多的空間可以鑽出來，後來又在她兩腿之間縫了三十二針縫合傷口，此刻正隱隱作痛。「我覺得護士應該保持雙手清潔才是。」她等自己舒服一點之後，忍不住又說。

「我叫妳爸爸到樓下去。」蘿拉的母親說。「我想我們母女應該好好談談，不是嗎？」

「談什麼？」

「妳知道。」她坐在椅子上，身子向前傾，目光變得銳利無比。「談談妳跟道格之間的問題。」她當然感覺得到，蘿拉心想。她母親的雷達絕少出錯。「那個問題啊。」蘿拉點頭道。「對啊，真的是有問題，沒錯。」

「說來聽聽。」

蘿拉知道她無法轉移話題，遲早都要把話說開。「道格從去年十月開始就有外遇。」她開始說，然後看到她母親的嘴微微一張。蘿拉開始跟她說明一切經過，而老太太也專注的聽著，在此同時，蘿拉的兒子正被人抱著走過長廊，廊頂的蒸氣管線如甦醒的蛇一樣嘶嘶作響。

恐怖瑪莉用食指堵住寶寶的嘴，邁開大步經過長廊，往裝卸貨區的門走去。在她走到洗衣間之前，在堆放洗衣籃的地方暫停了一下。其中一個籃子裡裝了一些毛巾，她把寶寶放在裡面，用毛巾蓋住他。小嬰兒發出嗝吱聲，還咪嗚叫了一聲，但是瑪莉抓起籃子，放在胸前繼續往前走。經過黑人女工工作的洗衣間時，又看到那個開門讓她進來的洗衣工人。

「妳還在迷路嗎？」那女人喊道，聲音壓過洗衣機和蒸氣熨斗的噪音。

「沒有，我現在知道要往哪裡走了。」瑪莉答道。她臉上閃過一絲笑容，然後繼續往下走。就在瑪莉快要到出口時，寶寶又哭了起來，不過哭聲很小，完全被洗衣的噪音蓋過去。她打開門，門外的風勢漸強，銀針般的雨點落了下來。她把洗衣籃推到裝卸貨的平台上，抱起裡面的嬰兒，仍然用毛巾包裹住，然後快步走下水泥台階，走到她的貨車旁——兩個鐘頭前，她才用她的舊小貨卡和三百八十元換來這部貨車，就在史麥那的友善厄尼二手車店。她將嬰兒放在乘客座的地板上，就在那支鋸掉槍管的獵槍旁邊，接著發動引擎。引擎發出老舊的轟隆聲，整輛車也隨之震動。

擋風玻璃上的雨刷前後擺動時，也會發出嘎吱嘎吱的怪響。

恐怖瑪莉倒車離開裝卸貨區，掉頭離開這家與天神同名的醫院。「現在給我安靜！」她對寶寶說。「你在瑪莉手上了！」嬰兒還是哭個不停。

他必須知道誰在當家作主。

瑪莉將醫院拋在腦後，車子開上高速公路，加入了大雨滂沱下的一片金屬車海之中。

第七章　空殼

「嗨。」一位臉頰上有雀斑的紅髮護士笑容燦爛的走進來。她的名牌上說她叫艾琳金曼。她瞄了一眼床邊空蕩蕩的嬰兒車。「大衛呢？」

「有人抱他去量體重。」蘿拉說。「我想應該是十五分鐘前的事了。我請她拿柳橙汁來給我，可是也許她太忙，忘了。」

「誰抱走的？」

「一個很高大的女人，叫做珍妮特的。我以前從沒見過她。」

「嗯哼。」艾琳點點頭，她的笑容仍在臉上，但是心裡已經開始忐忑起來。「好，我去找她，待會兒再來。」她衝出病房，留下蘿拉跟米莉安繼續說話。

「離婚。」老太太嘴裡說出這兩個字，有一點葬禮喪鐘的味道。「妳剛剛是這樣說嗎？」

「對。」

「蘿拉，不一定要走到離婚這一步。你們可以去找婚姻諮商顧問，把事情談開來。離婚會把事情搞得很麻煩、很棘手。況且，大衛也需要父親。別只想到妳自己，也替大衛想想。」

蘿拉知道接下來會聽到什麼話，於是一言不發的等著，床單下的拳頭捏得好緊。

「道格給妳很好的生活。」她母親以懇切的語調說，就像那些早早就以愛情換取舒適生活的女人一樣。「他一直都很顧家，不是嗎？」

「我們確實買了很多東西——如果妳是這個意思的話。」

「你們有共同的過去，共同的生活，現在又有了一個兒子。你們有一棟好房子，開好車，又什麼都不缺。所以離婚是最萬不得已的選擇啊，蘿拉。或許妳可以得到一筆優渥的贍養費，但是一個三十六歲的女人，又帶著一個小孩，自己一個人會很辛苦——」她停頓一下。「妳了解我的意思吧，是嗎？」

「不完全了解。」

她母親嘆了一口氣，好像蘿拉的腦子是木頭做的。「像妳這樣年紀的女人，又帶著一個孩子，也許很難找到另外一個男人。在妳冒然決定任何事情之前，要先想到這一點，這很重要。」

蘿拉閉上眼睛，覺得暈眩欲嘔。她緊閉著嘴，因為她不敢信任自己接下來會對母親說出什麼話來。

「我知道妳現在覺得我說得不對，妳以前也一直覺得我錯了。我這是為了妳的利益著想，因為我愛妳啊，蘿拉。妳現在必須找出道格會在外頭花的原因，還有妳能做些什麼來挽回。」

她睜開眼睛。「挽回什麼？」

「沒錯。我老早就跟妳說了，像道格這樣任性剛愎的男人需要很多的關注，但是同時也需要一點自由的空間，像是綁在鬆鬆的繩子上。就拿妳父親來說吧，我對他總是睜一隻眼閉一隻眼，這樣對我們的婚姻反而比較好。有些事情啊，女人必須從經驗中學習，沒有人能教妳。繩子放得愈鬆，婚姻反而愈緊密穩固。」

「我不能……」她找不出話說。再試一次，仍然像是胸口被揍了一拳而無法呼吸。「我不敢相信妳會說出這樣的話！妳是說……妳要我繼續跟道格在一起？撇過頭去假裝沒有看見，如果他決定要——」她用她母親的話說。「繼續到外頭花？」

「他會度過那個階段。」老太太說。「妳必須在旁邊陪伴他，他自然就會知道家裡擁有的才是無價之寶。道格是個顧家的男人，也會是一個好父親。在現在這個年代，這是非常重要的。妳必須考慮如何修補妳跟道格之間的傷口，而不是開口就要離婚。」

蘿拉不知道要說些什麼，她張開嘴，感覺到臉上熱血翻湧，肺部好像蓄足了力量準備尖聲大叫。她渴望看到母親在她的尖叫聲中震驚畏縮，看到她像以前那樣站起身來怒氣沖沖的衝出房門。她覺得道格變得好陌生，現在連她母親也一樣，她完全不認識這些口口聲聲說愛她的人。她想要當著母親的面大聲吼叫，但是卻不知道能說什麼。

她永遠也都不會知道。

兩名護士走進病房，其中一個是艾琳金曼，另外一個年紀較長，身材也較粗壯，後面還跟著一位穿著深藍色上衣、灰色休閒褲的男人，他有一張豐滿的圓臉，褐色頭髮的髮際線後退，露出高高的額頭和半顆像圓球般的頭頂。他戴著黑色的牛角框眼鏡，朝著蘿拉病床走過來時，腳下的皮鞋踩在地板上嘎吱作響。

「對不起。」年紀較長的那名護士跟蘿拉的母親說。她的名牌上寫著凱薩琳蘭娜。「可以麻煩妳跟金曼小姐出去一下嗎？只要幾分鐘就好了。」

「怎麼了？」蘿拉母親的雷達進入全面警戒狀態。「出了什麼事？」

「麻煩妳跟我來，好嗎？」艾琳金曼站在那老太太身邊。「只要到走廊上來就可以了。」

「怎麼了，蘿拉？這是怎麼一回事？」

蘿拉也說不上來。年長的護士和那個男人各據病床的一方，不祥的恐怖預感像冰冷的潮水淹沒蘿拉的身體。哦，天哪！她心想。是大衛！是大衛出了什麼事！

「我的孩子！」她聽到自己驚恐的說。「我的孩子呢？」

「麻煩妳到走廊上等一下好嗎？」那男人的語氣很決斷，意思是不管她要不要，都得照做。

「金曼小姐，出去的時候請順手關門。」

「我的孩子呢？」蘿拉覺得心在胸口狂跳，兩腿之間又是一陣劇痛。「我要見大衛！」

「出去！」那人對蘿拉的母親說。金曼小姐關上房門，凱薩琳蘭娜握著蘿拉的一隻手，那男人用比較低沉穩定的語調說。「克萊波恩太太，我叫比爾藍西。我是醫院的安全人員。妳還記得把妳孩子抱走的那名護士叫什麼名字嗎？」

「珍妮特什麼的，好像是萊什麼。」她不記得那人姓什麼，她的腦子在震驚之下有些遲鈍。

「怎麼了？她說她立刻就會把孩子抱回來。我現在就要把他抱回來。」

「克萊波恩太太。」藍西說。「在婦產科病房工作的護士沒有一個是叫那個名字的。」鏡片後方的那對眼睛，和他的鏡框一樣漆黑。脈搏在他左側光禿的太陽穴跳動。「我們想那個女人可能已經把妳的孩子抱離醫院了。」

蘿拉眨著眼睛，她的大腦拒絕接受他說的最後那幾個字。「什麼？抱離什麼？」

「抱離醫院。」藍西又說了一次。「我們的人正在檢查所有的出口。我要妳仔細回想一下，然後跟我說那個女人長什麼樣子。」

「她是護士。她說她只有在週末才上班。」血液在蘿拉的腦子裡沸騰洶湧，聽到自己的聲音彷彿是從隧道的遠端傳來的。我快昏倒了，她想。天哪，我真的要昏倒了！她用力捏緊護士的手，卻遭遇同樣強勁的壓力。

「她穿著護士制服，是嗎？」

「對，是制服。她是護士。」

「她叫做珍妮特，是她跟妳說的嗎？」

「是……是……是她名牌上寫的。旁邊還有一個笑臉。」

「妳說什麼？」

「就是……笑臉。」蘿拉說。「是黃色的。一個笑臉胸針。」

「那女人的頭髮和眼睛是什麼顏色的？」

「我不——」她的思緒像是被凍結了，臉上卻有一股熱潮湧上來。「褐色的頭髮，及肩的長度。她的眼睛是……藍色的吧，我想。不，是灰色的。我不記得了。」

「還有什麼特徵？鷹勾鼻？濃眉？雀斑？」

「高。」蘿拉說。「高大的女人。身材很高。」她喉嚨緊縮，昏花的眼前盡是黑色顆粒，全靠護士手上的壓力才讓她免於昏厥。

「多高？一七五？一七七？還是更高？」

「更高。一百八。也許還要更高。」

比爾藍西伸手到外套底下，掏出一只無線電對講機，打開。「尤金，我是藍西。我們要找一個穿著護士服的女人，外貌形容如下，及肩的褐色長髮，藍色或是灰色眼珠，大約一百八十公分高。等一下。」他又看看蘿拉，她臉色慘白，只有眼眶發紅。「體型壯碩，瘦長，還是中等身材？」

「壯碩，高頭大馬。」

「尤金？體型壯碩。名牌上的名字是珍妮特，姓氏是萊字開頭。收到了嗎？」

「收到。」對講機傳來沙沙的聲音。

「還有胸針。」蘿拉提醒他說。她感覺到一陣溫熱的反胃，幾乎就要嘔吐。「那個笑臉胸針。」

藍西再次按下對講機的通話鈕，跟尤金說了這個額外的訊息。

「我要吐了。」蘿拉對凱薩琳蘭娜說，滾燙的淚珠滑下臉頰。「麻煩妳扶我去浴室好嗎？」

護士攙扶她起來，但是蘿拉還沒走到浴室，就把剛吃的午餐全都吐了出來。蘿拉全身像是死屍一樣的冰涼，從那個女人手中滑下來，先跪倒在地，然後整個人癱在地板上，覺得兩腿之間縫合的傷口又撕裂開來，痛得錐心刺骨。他們找人來清理地上的穢物，又把蘿拉扶回病床上，但是她因驚嚇過度而渾身顫抖，茫然不知所措。藍西讓蘿拉的母親跟金曼小姐回到病房內，年輕護士已經把事情告知蘿拉的母親。藍西拉把椅子，坐在病床旁邊，又向她們提出更多的問題。她們兩人都不記得那個女人姓什麼。「萊易斯？萊根？」藍西提示她們。「萊森？萊史特？」

「萊史特。」蘿拉的母親說。「就是這個！」

「不對，不是這個。」蘿拉反駁道，「很接近萊史特的什麼東西。」

「再用力想想。試著在腦子看著那個名牌。妳看到了嗎？」

「就是萊史特！」老太太堅稱。「我確定就是這個！」她氣得滿臉通紅。「天老爺！你們醫院是這樣辦的嗎？這樣隨隨便便讓瘋子跑進來偷走小孩？」

藍西沒理她。「看著那個名牌。」他對蘿拉說。護士則用濕毛巾按壓在她的額頭上。「看著她的姓。像是萊史特的東西。是什麼呢？」

「是萊史特啦！天老爺！」米莉安堅稱。

蘿拉在腦子裡看到了那個名牌，藍色的底，白色的字。她看到她的名字，然後原來模糊的姓氏也開始變得清晰。「萊斯特，我想是了。」她拼出這個姓氏。「萊－斯－特－。」

藍西立刻拿起他的對講機。「尤金，我是藍西。立刻打電話到檔案室去查萊斯特這個名字。他也把姓氏拼出來。「查到了就印一份名單給我。市警局的人來了嗎？」

「正加速趕來。」沒有實體的聲音回答他。

「我要我的寶寶。」蘿拉說。她的眼睛汪著淚水，腦子裡還沒有真的意識到發生了什麼事。這一定是什麼可怕陰險的玩笑，一定是他們把大衛藏起來讓她找不到，他們為什麼這麼殘忍呢？她全靠著護士手上的壓力維持清醒。「拜託你把我的寶寶還給我。現在就還給我，好嗎？好嗎？」

「你最好把我的孫子找回來！」蘿拉的母親站到藍西的面前。「你聽到了嗎？如果你不把我的孫子給我找回來，我就要告你們，把你們告到倒！」

「警察馬上就來了。」他的聲音有點緊張尖銳。「事情都在掌控之中。」

「才怪！」老太太大吼道。「我的孫子呢？你們最好他媽的請到一個好律師！」

「安靜一點！」蘿拉厲聲道，但是她的聲音淹沒在她母親的怒氣裡。「拜託妳安靜一點！」

「你們這算哪門子的安全警衛啊？甚至連誰是護士、誰不是護士都搞不清楚？就這樣讓街上的任何人隨隨便便闖進來抱走小孩？」

「這位女士，我們已經盡力了，妳這樣一點幫助都沒有。」

「那你們就有幫助了嗎？天哪，你們連誰抱走我孫子都不知道！可能是任何一個瘋子吔！」

蘿拉開始哭起來，無助而痛苦的啜泣。她母親對著藍西大發雷霆，而藍西卻只是緊抿著嘴唇，看著雨點打在玻璃上。他的對講機響了。「我是藍西。」他對著對講機說，而米莉安也識相的停止咆哮。

那聲音說。「需要你到洗衣間來一趟，快來。」

「立刻就去。」他關掉對講機。「克萊波恩太太，我現在要離開一下。妳先生在醫院裡嗎？」

「我不……我不知道……」

「妳可以聯絡到他嗎？」他問她母親。

「這個我們來處理。你只要做好你的工作，找到那個孩子就可以了！」

「陪著她們。」藍西對著兩名護士說完，風也似的衝出病房。

「離我女兒遠一點！」蘿拉聽到她母親在發號施令。那護士鬆開她的手，蘿拉的手變得空蕩蕩的。她母親站在床邊。「不會有事的，妳聽到了嗎，蘿拉？妳看著我？」

蘿拉抬起頭來，透過模糊灼熱的淚眼看著她母親。

「不會有事的，他們會找到大衛。我們要告死這家醫院，要他媽的醫院賠償一千萬。我們就要這麼幹！道格認識一些好律師。我發誓要把這家醫院拆得片瓦不留，我們就要這麼幹！」她轉身離開蘿拉，拿起電話，撥了莫爾磨坊路的家裡電話。

是答錄機接的電話。道格不在家。

蘿拉躺在床上，懷裡抱著一個枕頭，整個人蜷縮成胎兒的形狀。「我要我的寶寶。」她低聲道。「我要我的寶寶，我要我的寶寶。」她的聲音嘶啞，再也說不出話來。她的軀體像是一具空殼，為她的孩子悲痛。她緊閉雙眼，擋住所有的光線，讓黑暗充滿她的心靈，巴望著上帝、命數或是運氣的垂憐。她緊緊蜷縮成一顆傷痛的球，她的孩子被偷走了，但是世界還是照常運行。蘿拉強忍著不要尖叫，以免尖叫聲將她的靈魂撕裂成一條條血紅色的絲帶。

但是她失敗了。

第三部　痛苦荒原

第一章 獵豬陷阱

妳百分之百確定從沒見過這個女人？

「是的，我確定。」

她有沒有叫妳的名字或是妳的姓氏？

「沒有，我不……沒有。」

她有沒有叫寶寶的名字？

「沒有。」

她講話有沒有口音？

「南方口音。」蘿拉說。「可是又不太一樣，有點不同。我也不知道。」她在鎮定劑的作用之下，迷迷糊糊的回答這些問題，警方那位蓋瑞克隊長說話的聲音，像是在回音重重的隧道內，在她的上方漂浮。病房裡還有另外兩個人，臉上坑坑疤疤的紐森，他是醫院安全主管，還有一位年輕的警員負責做筆記。米莉安在另外一間房接受詢問，而富蘭克林和道格則在較遠的辦公室。道格剛從辦公室附近的一間酒吧買醉回來了。

蘿拉必須很專心聽蓋瑞克在問些什麼。藥物在她身上產生了一種奇怪的作用，她的身體和舌頭很放鬆，但是腦子卻像失控的雲霄飛車，先是上坡，然後加速衝向低谷。

南方口音？怎麼樣不同？

「不是很南方的口音。」她說。「不是喬治亞州的口音。」

妳可以向警方的素描畫家描述她的長相嗎？

「我想可以。是的，我可以。」

第三名警察把紐森叫到門外，過了幾分鐘之後又轉回來，身邊跟著一個看起來有點孩子氣的男人，他穿著深色西裝和白襯衫，打著一條黑底小白點的領帶。他們窸窸嗦嗦的低聲討論了一番，蓋瑞克也從床邊的椅子上站起來，換那個新來的人坐下。「克萊波恩太太？我叫勞勃寇克蘭。」他拿出一張加了護貝的識別證。「我是聯邦調查局的人。」

這幾個字讓一股全新的恐慌穿透她全身，可是藥物的作用讓她維持著淡漠而恍惚的表情，只有眼中閃爍的淚光透露出她的恐懼。勒贖字條和被撕票的人質的畫面，像一個個邪惡的星座在她腦海中不停盤旋。「拜託你告訴我。」她說，她舌頭僵硬，滿嘴都是鎮靜劑的味道。「請你告訴我……她為什麼要抱走我的孩子？」

寇克蘭頓了一下，手中的筆在黃色記事本上停留。他的眼睛，蘿拉覺得那雙眼睛好像單向的藍色玻璃，完全看不透玻璃後面有些什麼東西。「那個女人不是這家醫院的護士。」他對她說。「醫院裡的員工沒有人叫珍妮特萊斯特，唯一一個在這裡工作過又姓萊斯特的人，是一九八四年在放射科工作的技師。」他看了一下先前寫的筆記。「黑人男性，三十三歲，現在住在科尼爾斯的橡港大道2137號。」他那單向玻璃般的眼睛又再次抬起來看著她。「我們正在調查其他醫院的記錄，她可能曾經做過護士，也可能只是買或租了一套護士制服。我們也在調查制服和服裝出租店，如果她真的租了那套衣服，而店裡的店員又有記錄她駕照上的地址，而且地址還是正確的話，我們就走運了。」

「那樣你們很快就可以找到她，是不是？你們可以找到她和我的孩子？」

「我們一有消息，就會盡快展開行動。」他又看了一下筆記。「現在對我們有利的消息是那個女人的體型和身高，二者都比常人要大了許多。可是妳也要記得，那套制服很可能是她的，所以她未必會在出租店的顧客名單上。也可能是她在一年前就買下來的，或是在外地租來的。」

「可是你們一定會找到她，是不是？你們不會讓她逃跑，對不對？」

「對，女士。」寇克蘭說。「我們不會讓她逃掉。」他並沒有跟她說，是一名洗衣工人開門讓那個女人進到醫院裡來，而且顯然她是把嬰兒藏在洗衣籃裡偷渡出去。他也沒有跟她說沒有人能夠描述她開的是什麼車，而那名洗衣工人也不記得那女人的長相，不過她對兩件事情倒是印象深刻——那女人身高有一百八，還有她胸前口袋別了一個黃色笑臉的胸針。這讓寇克蘭想到，她可能是故意別上那個笑臉胸針，轉移別人的注意力，人們就不會留意她的面貌。而且她行動很快，完全知道自己在做什麼，絕對不是一般臨時起意的犯罪。他的筆記上記載著：她穿著有深藍滾邊的白色制服，跟真正的護士穿的衣服一模一樣。那件制服絕對是他們必須偵查的方向。她的舉止，就如米莉安畢爾所形容，好像這裡由她「負責」似的。那名洗衣工人也說。「她看起來像個護士，一舉一動也像護士。」那女人一定事先調查過這家醫院，因為她知道如何在匆忙間進出。可是還有一點很有意思：那女人也去過二十三和二十四號病房。她是專為克萊波恩的孩子來的嗎？還是隨機挑選的？她是不是一定要男孩子？這一點是不是很重要？如果是的話，又是為了什麼？

寇克蘭又花了二十分鐘詢問蘿拉，問來問去，都是同樣的問題。他知道她無法提供任何更新的訊息了，而且又因為驚嚇過度，有時會前言不搭後語，過程中還哭了兩次。寇克蘭叫紐森去找她的丈夫過來。

「不要！」她兇狠堅決的聲音讓他嚇了一大跳。「我不要讓他過來！」

寇克蘭開車回辦公室的途中，他的車用電話響了。「請說。」他接起電話說。

是另外一名偵辦此案的探員。星期五下午，亞特蘭大服裝店的店員出租了一套全白沒有藍邊的特大號護士制服，租給一名「身材壯碩的女人」。喬治亞州駕照上登記的地址是梅伯頓的鋸木廠路4408號，六號公寓。登記的名字是金潔寇爾斯。寇克蘭說。「幫我申請一張搜索令，然後派後援到那裡等我。」他掛上電話，福特車轉向，雨刷拼命的刷去不斷落下的雨點。

四十分鐘之後，寇克蘭跟其他兩名調查局探員已經準備要走進梅伯頓這間陰暗公寓大樓的六號房。時間已經是下午四點半多，天空佈滿了低沉的烏雲。寇克蘭檢查一下他的左輪手槍。他剛剛一直在停車場上觀察六號公寓，沒有看到任何動靜，小心駛得萬年船，一個疏忽就可能要你的命。「走吧。」他透過無線電對講機說，然後下車，跟其他兩名探員冒著大雨往六號公寓走去。

寇克蘭先敲敲門，等了一會。再敲一次，還是沒有回應。他試試門把，當然是鎖著的。誰會有鑰匙?公寓管理員?「我們試試這一間。」他說著就走到隔壁。敲門，等著。再敲一下，這一次稍微大聲一點。沒有人在家嗎?他試試門把，赫然發現門竟然沒鎖。

「哈囉?」他對著黑暗的房裡叫道。「有人在家嗎?」然後他聞到了銅味，絕對是血腥味。他沒有這間公寓的搜索令，冒然走進去，一定會引來很多麻煩。不過他可以看出這個地方有過一番騷動，而且一眼就能看到臥室內部，床墊被掀開來，棉絮飛得到處都是。「我要進去了。」他手緊握著槍柄，走了進去。

不到三分鐘之後，勞勃寇克蘭出來了，看起來像是老了好幾歲。「叫重案組過來。有個老人死在浴缸裡，喉嚨被人割斷了。」這下子麻煩大了，他心想。「我們需要鑰匙！快點給我去找管理員！快點！」

管理員也不在家。六號公寓深鎖的房門瞪著寇克蘭。寇克蘭回到車上，打電話給市警局，然後又撥了一通電話給聯邦調查局在亞特蘭大的總部，要求找一位金潔寇爾斯的資料。電腦上一無所有。珍妮特萊斯特這個名字底下也是一片空白。兩個都是化名嗎？他心想。除了逃犯之外，還有誰需要化名？死在浴缸裡的老人，跟巴克海區的聖詹姆斯醫院裡被偷抱走的小男嬰又有什麼關聯？

這下子麻煩大了，他心想。

接下來的一個鐘頭，市警局的員警詢問公寓大樓裡的其他住戶，特別小組成員在一片廢墟中尋找指紋和其他證據。這個時候，風愈來愈大，橫掃過垃圾筒，從垃圾堆底端吹起一張被揉皺的嬰兒照片。風把照片吹得離警察和調查局探員愈來愈遠，隨著冷風一路往北飄，最後落在一片松林裡。

他們從一位剛回家的住戶口中得知，公寓管理員在附近一家商場裡的金妮鞋店工作。兩名員警受命去找他回來。五點半左右，管理員在兩名員警的戒護之下回到公寓，發現裡裡外外全是穿著深色雨衣的警察。他用顫抖的手打開了金潔寇爾斯公寓的門鎖，帶著迷你攝影機的記者立刻蜂擁而上，像是凌空而降，爭食死屍的兀鷹。

「你退後。」寇克蘭對他們說，然後轉動門把，打開房門。

就在門打開那一刻，寇克蘭聽到小小的一聲喀喇。

他立刻知道是怎麼回事，甚至還有萬分之一秒的時間讓他想到：這下子麻煩大了——設計在門把上的鐵絲陷阱發揮了作用。鋸斷槍管的獵槍放在椅子上，槍口特地略微朝上，門板被鐵絲牽動而拉下扳機時，發出砰的一聲槍響，鉛彈的力道幾乎將勞勃寇克蘭炸成兩半。子彈同時穿過第二名調查局探員的喉嚨，還把公寓管理員的右肩膀炸碎，在迷你攝影機面前留下一片血肉骨骼模糊的景況。寇克蘭向後踉蹌兩步，雖然少了心和肺，但是其他部份仍讓他撐了一會兒，才扭曲癱倒在地。警員紛紛趴倒在濕漉漉的人行道上，記者也尖叫吶喊著向後退，但是又不敢跑太遠，怕拍不到鏡頭。這時候，有人開始對著公寓裡開槍，另外一名嚇壞了的警察也開槍，剎時間，槍林彈雨射穿了六號公寓的大門與窗戶，灰泥木屑漫天飛舞，直到他們的彈匣清空為止。「停止射擊！停止射擊！」僅存的一名調查局探員大喊道，槍聲這才慢慢停歇。

最後，兩名英勇的——或者說是愚蠢的警員衝進彈痕累累的公寓裡。一盞熔岩燈被射中，燈內的熔岩噴得滿牆壁都是。廚房的櫃子門全都打開，也全都是彈痕，裡面空無一物。屋子裡還有一套音響和電視，也有一些唱片。如果警方知道要怎麼找的話，應該會發現裡面少了門戶合唱團的專輯。牆壁上留有掛畫的痕跡，但是卻沒有看到任何畫。在壁櫥裡找到一個紙箱，裡面全都是手腳殘缺的塑膠和橡膠玩偶，箱子後還可以看到一把兒童用的長槍。衣櫥裡沒有衣服，五斗櫃也全都清空。

救護車已經在趕來的路上。有人拿了一件雨衣蓋在寇克蘭的屍體上，他的血開始積在人行道上的坑洞裡，雨衣底下伸出了一隻手臂，手指彎曲成爪，指向空中。記者爭先恐後的搶佔最好的拍攝角度，CNN 也已經準備在梅伯頓這間公寓開始現場直播新聞。

在亞特蘭大東北方一百五十多公里遠的地方，一輛橄欖綠的小貨車正以八十公里時速噗噗噗的開在州際公路上。她的新生兒裹在藍色毛毯中，躺在地板上的一個紙箱裡，睡得正香甜，恐怖瑪莉一邊低聲哼唱著〈水瓶年代〉，一邊在想，不知道哪隻豬玀會掉進她在門口準備好的獵豬陷阱。她身上穿的已經不是那套護士制服，她回公寓換過衣服，把制服裝進垃圾袋，從橋上丟進灌木茂密的小溪裡。至於名牌，則丟在城外三十公里遠的地方。不過豬玀應該很快就會找到她租衣服的那家店，找出她使用的金潔寇爾斯這個名字和地址。這也是沒有辦法的事，因為她沒有時間去弄一張假的駕照。不過沒有關係，她在那裡留了一個馬蜂窩，而且她有了她的寶寶，等到她在哭泣的小姐那裡見到傑克勛爵之後，一切都會變得再美好不過。

警笛聲。警車閃燈。瑪莉的心猛跳了一下，開始踩剎車板，但是公路巡邏車從她旁邊呼嘯而過，消失在前頭的滂沱大雨與迷濛濃霧中。

她還有好長一段路要走。手掌大小的麥格儂和她的柯爾特，還有她的衣服雜物全都放在後座。還有很多尿布、很多嬰兒奶粉，還有一個保溫瓶讓她小便，這樣她就不必停車休息。很亂，但是應有盡有。離開亞特蘭大時，她已經加滿了油，也檢查過輪胎。她的花呢紋衣服別著她的笑臉胸針，現在的她好得不得了。

不知道誰會掉進那個獵豬陷阱呢？又是什麼時候？她心想。如果能夠幹掉一隻真的夠肥、夠大的豬玀，把胸前掛著勳章的超級大豬公轟得粉身碎骨，那麼損失一把獵槍也就值得了。她低頭看了一眼躺在紙箱裡的粉紅色小東西，說：「我愛你。媽咪愛寶寶，是的，媽咪愛你。」

車輪在濕漉漉的州際公路上滾動，恐怖瑪莉謹守所有的速限與交通規則，緩緩前進。

第二章　配備武器，極度危險

在芝加哥的那個人睡不著。

他看看手錶，螢光指針指著零點七分。他在床上多躺了一會兒，可是下顎的金屬片卻發出無線電般的噪音。他張開嘴巴，幾乎可以聽到搖滾吉他在裡面琤琮作響。今晚又要難受了。

最後他認命了。除了把自己灌醉之外，沒有別的辦法，於是在黑暗中起身。

屋外的風呼呼的吹，從東北部吹來的冷氣團橫掃過整個中部大平原，木造房屋在風中顫抖呻吟，彷彿也因為這股氣流而徹夜難眠。那人的前胸後背都長滿了灰白的毛髮，他穿著睡褲走進冰冷的廚房，打開冰箱。微弱的燈光照亮他骷髏般的臉孔，雙頰瘦凹，還有深陷的眼窩，左眼有些毛病，下顎也歪七扭八。他的呼吸很緩慢，還會發出粗嘎沙啞的聲音。他拿出塑膠繫帶上僅剩的四罐百威啤酒，全部拎回他的房間。

回到他鑲著胡桃木飾板的避難所，牆上掛著他的保齡球獎牌，架上立著射擊比賽的獎盃，像是希臘雕塑一樣。他打開電視，一屁股坐到格子花紋的活動躺椅上，坐墊部份的呢布已經磨損殆盡了。他用遙控器轉到ESPN，兩支澳大利亞的球隊在踢他們所謂的足球。他把大半罐啤酒都灌進嘴裡，再分好幾次慢慢嚥下去。他的嘴裡彷彿有人在水底唱歌，頭也砰砰砰的響個不停，酷刑凌遲般的劇痛從他光禿的頭顱開始，像滾燙的水銀一樣沿路流下他的頸背。他是頭痛的鑑賞行家，就像有人懂酒，有人懂蝴蝶，而他最懂的則非頭痛莫屬。他的頭痛會讓他飽嚐美味的痛楚，最後還留下火藥煙硝和金屬的味道。

他喝掉了第二罐啤酒之後，認定澳洲人根本不知道怎麼踢足球，於是指節粗大的手又挪到遙控器上，這會兒他轉到了電影世界。這一台播的是《非洲皇后》，那一台播的是《逍遙騎士》，第三台播的則是《哥斯拉大戰美甲龍》。然後他又闖入談話性節目的叢林，有人在賣生髮霜，向那些絕望的男人承諾他們的頭髮會再長出來。轉到下一台，GLOW 在播女子摔角。他停下來看了一會兒，因為他被頭顱裡的恐怖份子擊倒了。他又繼續轉台，一邊搜索這片電子荒原，一邊聽著他的腦子大唱特唱，頭顱也隨著貝斯的重低音震動。

他轉到頭條新聞頻道，不耐煩的手指頭暫時停了下來，看著貝魯特的一些神經病把自己炸成碎片。他正準備要轉到下一台，進入宗教領域，突然聽到播新聞的人說。「今天在亞特蘭大市郊發生了一起奇特的案件，警方人員和聯邦調查局探員誤闖了一名女子設下的陷阱，而這名女子還涉嫌在一所地區醫院偷走了一名嬰兒。」

第三罐百威停在他的唇邊。他看著搖晃的攝影機鏡頭拍下這場大屠殺的場面——砰的一聲槍響。應該是獵槍，他聽起來像是獵槍。大夥兒尖叫著向後退，有人倒地，痛苦的扭動身體。拿著攝影機的人，不管是誰，也同樣跪倒在地。更多的槍響，這次是手槍。「他媽的，趴下來！」有人大喊。攝影機的角度跟人行道平行，雨點打在鏡頭上。

「聯邦調查局指出。」播報員繼續說道。「嫌犯的名字是金潔寇爾斯，她涉嫌於星期六下午兩點左右從聖詹姆斯醫院抱走一名男嬰。聯邦調查局探員和警方在她的公寓觸動了由鐵絲牽引的獵槍扳機，三十二歲的聯邦調局探員勞勃寇克蘭不幸罹難，另外還有一名聯邦探員和一名年輕男性受到重傷。」

坐在椅子上的男人輕輕哼了一聲。畫面上有具蓋著床單的屍體被送上救護車。

「嫌犯還有另外一位化名，叫做珍妮特萊斯特。現在可能仍然藏匿在亞特蘭大地區。」

萊斯特，那人沉吟著，珍妮特。噢，天哪！他突然坐直身子，忘了頭痛，任由啤酒從罐子裡流到地毯上。

「寇爾斯同時涉嫌殺害一名鄰居，現年六十六歲的葛瑞迪薛克雷。警方認為她身上配備武器，極度危險。我們會隨時為您插播最新的進展。接下來，請繼續收看體育新聞。」

萊斯特。珍妮特。這個姓和這個名字他都認識，可是分別屬於不同的人。他的右眼跳了一下。蓋瑞萊斯特。珍妮特史諾登。沒錯，這兩個才是他認識的名字，兩名陣亡的暴風戰線成員。噢，天哪！可能嗎？可能嗎？

他一直坐在原地不動，直到三十分鐘之後，又播了一次同樣的新聞。這一次，他準備好錄影機，把這則新聞錄了下來。房子在冬季狂風的侵襲之下嘎吱顫抖，可是那人全神貫注在電視機裡的暴力慘劇上。播完之後，他倒帶重看一次。誤觸陷阱。鐵絲觸動獵槍扳機。金潔寇爾斯。珍妮特萊斯特。抱走一名男嬰。可能還在亞特蘭大地區。配備武器，極度危險。

你可以拿你的命來打賭了，坐在格紋活動躺椅上的男人心想。

他的心狂跳不已。用鐵絲觸動獵槍扳機看起來就像是她會做的事，沒錯。只要花一點點功夫，就能幹掉第一個開門走進來的人。可是仍然在亞特蘭大地區？這一點他就高度懷疑了。她向來是夜行者。即使在這個時間，她都可能還在路上奔馳。可是要去哪裡呢？又為什麼要帶著小孩？

他伸手到椅子旁邊，拾起一條電線，電線的一端有分岔的接頭，另一端則連接著一只裝有擴音器的黑色小盒子。他將分岔的接頭插進喉頭一個肉色的插座，右手拿著黑盒子，啪噠一聲啟動之後，發出低沉的嗡嗡聲。

「是妳嗎？是不是，瑪莉？」擴音器裡傳出金屬的聲音。那人的嘴唇只是微微翕動，但是喉嚨卻隨著字句抽搐收縮。「是妳。瑪莉。瑪莉，瑪莉，真不巧，妳的花園長得如何啦？」

他再次倒帶，又看了第三次，興奮之情愈來愈熾烈。

「有了獵槍子彈，便成人間煉獄，死屍成行。」他說完。

他拔掉喉頭的插座節省電池的電力。電池很貴，而他的生活費有限。他的眼中噙著淚光，晶瑩的、喜悅的淚珠。他張開嘴想笑，但是卻只能發出有如雷鳴的沉重金屬聲響。

第三章　蠟燭熄滅後

「準備好了嗎？」紐森問道。

蘿拉點點頭，哭得紅腫的雙眼藏在太陽眼鏡後面。紐森抓住她輪椅後背的把手。

電梯來到一樓，藍西一直按著關門鍵，可是他們可以聽到電梯門後的竊竊私語。紐森深呼吸一口氣說。「好了，咱們走吧！」然後藍西將按著電梯鈕的手指鬆開。

電梯門徐徐開啟，紐森推著蘿拉走進記者群中。

時間是星期天下午，距離大衛被偷抱走，幾乎已經整整二十四小時。蘿拉沒有帶他一起離開醫院，她雙腿間縫合的傷口仍不時滲出血絲，而且五臟六腑早被哀慟撕裂成碎片。今天早上還很早的時候，大約凌晨三、四點吧，她的痛苦突然變得像洪水猛獸般難以抵禦，如果她有藥物或槍枝的話，甚至可能會結束自己的性命。即使到現在，她的每一個動作，甚至連呼吸都讓她痛苦難挨，彷彿地心引力成了她最大的敵人。雨已經停了，但是天空仍然烏雲密佈，寒風也變得惡毒冷冽。攝影機閃爍的燈光彼此交火，讓她陷入閃光燈的槍林彈雨之中。蘿拉低著頭逃避鏡頭，紐森則說。「拜託，請給她一點空間。請稍微讓一讓。」大廳的安全警衛則試圖擋在她和記者中間。

「克萊波恩太太，請往這邊看一下。」有人大喊。她不理會。「蘿拉，看這邊！」有人還不死心的在喊。各種問題排山倒海而來。「蘿拉，妳收到了勒贖字條了沒有？」「妳覺得金潔寇爾斯是不是在跟蹤妳？」「妳要控告醫院嗎？」「蘿拉，妳會不會擔心孩子的安危？」

她沒有回答，而紐森只管繼續推著輪椅。雖然她身上已經少了大衛的重量，但是她這輩子從未感受過如此的沉重。攝影機的馬達咻咻咻的捲動帶子。「克萊波恩太太，抬頭看一下！」左邊有人喊道。右邊則是一台攝影機推到她的面前。「我說了，後退一點！」紐森喝斥。蘿拉仍然低頭看著地面。紐森和她的律師都指示她不要回答任何問題，可是這些問題卻蜂擁而至，像嘰嘰喳喳的小鳥在她耳邊吵個不停。「妳知道那個裝嬰兒的盒子嗎？」有個記者的聲音壓過嘈雜的噪音。「妳知道那些被燒燬的洋娃娃嗎？」

燒燬的洋娃娃？她心想。什麼被燒燬的洋娃娃？她抬頭看看紐森，他的臉就像一塊石頭，完全不露任何情緒，只顧推著她穿過人海。

「妳知道她在抱走妳的小孩之前，割斷一個老人的喉嚨嗎？」

「妳現在的感覺怎麼樣，蘿拉？」

「傳聞她是撒旦教派的成員，是真的嗎？」

「克萊波恩太太，妳有沒有聽說她是不是瘋了？」

「退後！」紐森咆哮一聲。他們終於走到醫院大門，道格的賓士車就在門外等著，他正大步往她這裡走來，因為失眠而顯得滿臉倦容。她的父母親在車上等她。門外有更多記者等著她，他們聚集成群，彷彿就要往她身上撲來，像是看到獵物而面露喜色的惡狼。道格伸手要扶她起身，但是蘿拉不理他，直接爬進後座跟她母親坐在一起，道格則坐上駕駛座，用力踩下油門，一組美國廣播公司的記者還得跳開來，才沒有被迎頭撞上。賓士車噴出來的廢氣，甚至吹掉了一個男人的假髮。

「家裡也全都是記者。」道格說著，加速駛離醫院。「這些混蛋甚至從梯子爬進來。」

蘿拉注意到母親穿了一套黑衣，戴著珍珠項鍊。她是穿著喪服嗎？蘿拉心想。還是為了上電視才特地打扮？她閉上眼睛，可是一閉上雙眼就看到大衛，只好再睜開眼皮。她覺得體內在流血，覺得愈來愈虛弱。引擎的嗡嗡聲讓她昏昏欲睡，夢鄉是甜美的避難所，也是她唯一的避難所。

「再過大約一個鐘頭，聯邦調查局的人會拿一些照片過來。」道格對她說。「他們把妳協助警方繪製的素描放到電腦裡，跟他們的資料照片比對過，或許妳可以指認出那個女人。」

「她也許不在他們的檔案裡。」米莉安畢爾說。「她很可能是從精神病院逃出來的瘋子。」

「別說了！」她父親說。說得好啊，蘿拉心想。然後他又說。「親愛的，我們別再讓蘿拉更難過了，好嗎？」

「別讓她難過？蘿拉已經擔心的快要發瘋了！這樣又對她有什麼幫助？」

就這樣大剌剌的討論我，好像我根本不在場似的。我是隱形人，走啦，再見。

「妳不需要對我發火嘛，親愛的。」

「那你就別光坐在那裡告訴我該做什麼，不該做什麼！我的天，這可是天大的危機啊！」

蘿拉的腦子裡有黑暗的東西在翻攪，像是什麼猛獸要從泥淖中脫困而出。「燒燬的洋娃娃是怎麼回事？」她問道。她的聲音沙啞，像是磨破了皮。

沒有人回答。

這不太妙，蘿拉心想。噢，天老爺，這真的很不妙，很糟糕！「我想要知道，請跟我說。」

還是沒有人接受這個挑戰。假裝我並不知道自己在說什麼，蘿拉心想。「道格？」她說。「你跟我說燒燬的洋娃娃是怎麼回事。如果你不說，我就去找圍在家裡的記者問個清楚。」

「那沒什麼。」她母親開口了。「他們在那個女人的公寓裡找到幾個洋娃娃。」

「哦，天老爺！」道格猛一拳打在方向盤上，賓士車微微偏離了車道。「他們在櫃子裡找到一整箱的玩偶！他們全都殘缺不全，有些被火燒過，有些……被壓得粉身碎骨什麼的。好啦，妳不是想知道嗎？就是這樣！」

「所以……」她的大腦又自動關閉，為了自衛。「所以……警方……認為她可能……燒掉我的寶寶？」

「我們的寶寶！」道格惡狠狠的糾正她。「大衛是我們的孩子！我也有份，不是嗎？」

「結束了。」她說。

「什麼？」他從後照鏡看著她說。

「道格與蘿拉的世界結束了。」她說完，然後就不再開口。

她母親冰冷的手指握住她的手，但是蘿拉掙脫了。

記者都在家門外等著，採訪車排了一整排，全都蓄勢待發，不過警察也在那裡維持秩序。道格一路按喇叭開道，回到車庫。車庫門慢慢滑下來，他們到家了。

米莉安帶蘿拉回臥房休息，道格則檢查電話答錄機。所有他想得到的聲音都在裡面，國家廣播公司、美國廣播公司、哥倫比亞廣播公司、《人物雜誌》、《新聞周刊》，還有其他的報紙與雜誌。他們的聲音全都錄進了警方在他們家設置的錄音機內，他們是為了監控可能打來的勒贖電話。可是也有一個道格沒有料到的聲音，只有簡短的兩個字。「回電！」雪若的聲音也錄到錄音帶裡了。

他抬起頭，看到蘿拉的父親正盯著他看。

蘿拉站在育嬰室裡，米莉安說。「來吧，咱們送妳上床休息去。快點來吧。」

育嬰室裡有鬼，蘿拉聽到嬰兒鬼魂在說話的聲音。她伸手撫摸吊在嬰兒床上的彩色轉盤玩具，玩具輕輕轉了起來。她又哭了，淚水刺痛她龜裂的臉頰。她也聽到大衛的哭聲，他的聲音飽滿，充斥在小小的房間裡。嬰兒床上的填充玩具也對著她齜牙裂嘴的笑，她拿起泰迪熊，緊緊擁在胸前，對著它褐色的絨毛默默啜泣著。

「蘿拉！」她母親站在她背後說。「現在就回到床上去！」

就是這個聲音。就是這個聲音。我說什麼妳照做就對了。跳啊，蘿拉，跳啊！要成功啊，蘿拉！嫁個有錢、有地位的人！不要再穿那些可怕的紮染長裙和藍色牛仔褲了！去整理一下頭髮，有女人味一點！長大吧，蘿拉！看在老天爺的份上，長大吧！

她知道自己已經被拉扯到極限，如果再用力一拉，即使只有輕輕一拉，她就會被繃斷。大衛落到一個叫做金潔寇爾斯的瘋婆子手上，她在星期六早上割斷了一個老人的喉嚨，星期六晚上又殺害了一名聯邦調查局的探員。在這兩件事之間，蘿拉將她的孩子親手交給兇手。她還記得那女人指甲縫隙的紅色污漬。當然一定是血，那老人的血。光是想到這一點，就足以讓她精神錯亂，被人半拖半扶的送進瘋人院。穩住，她心想。上帝幫幫我，堅持下去！

「妳聽到我說的話沒？」米莉安的聲音又刺了她一下。

蘿拉停止啜泣，擦掉滴在泰迪熊身上的淚水，轉身面對她的母親。「這是……我家。」她說。

「是我的房子，妳是來做客的。在我的房子，我什麼時候愛做什麼，就做什麼。」

「現在不是妳做傻事的時候——」

「妳給我聽好！」她尖叫道。米莉安被女兒聲音裡的力道嚇得倒退好幾步，好像是臉上被她揍了一拳。「給我一點呼吸的空間！妳這樣掐著我的脖子，我無法呼吸！」

老太太當然不甘示弱，立刻恢復冷靜本色。「妳失控了。」她說。「我可以理解。」道格和富蘭克林全都擠到走廊上來。「我想妳需要一點鎮靜劑。」

「我需要我的寶寶！他是我唯一需要的東西！」

「她瘋了。」她以實事求是的口吻對她丈夫說。

「出去！給我出去！」蘿拉一把推開母親，而她母親似乎被突如其來的肢體接觸嚇得目瞪口呆，然後蘿拉當著他們三個人的面，砰一聲關上育嬰房的門，鎖上門閂。

「要我打電話給醫生嗎？」她靠在門上，聽到道格在問。

「我想你最好去打。」富蘭克林答道。

「不要，讓她去吧。她想要一個人，我們就讓她一個人靜一靜吧。天老爺，我一直都知道她脾氣不穩定！好啊，我們就讓她一個靜一靜！」她故意提高音量讓她女兒聽個仔細。「富蘭克林！打電話去凱悅飯店訂個房間！我們不要住在這裡，以免逼得她喘不過氣。」

她幾乎就要拉開門閂。幾乎，可是沒有。這裡好安靜，好恬適。讓他們去住凱悅吧！讓他們去生悶氣吧！她需要空間，即使是這四面牆所圍成的鬼魅空間也好。

蘿拉抱著泰迪熊坐在地板上，微光從百葉窗的縫隙照了進來。她親手將大衛交給殺人兇手。

她將自己的孩子交到沾滿鮮血的手上。她閉上眼睛，在心底尖叫吶喊，除了她自己之外，沒有人聽得到。

過了大約一個鐘頭之後，門外有人試探性的敲門。

「蘿拉？」是道格。「聯邦調查局的人拿照片過來了。」

她起身，花一點時間讓血液回流到雙腿，然後打開育嬰室的門，走出去的時候，泰迪熊仍然挾在腋下。到了書房，她看到一名中年男子，穿著細條紋西裝，一頭褐黃色的頭髮，兩鬢剃得極短。他有一雙溫暖的褐色眼珠，笑容也很誠懇。蘿拉注意到他很快的瞥了泰迪熊一眼，卻假裝沒有看到。她父親還在家裡，但是母親已經搬到凱悅去了。一場意志之戰已然展開。

那名調查局探員的名字叫做尼爾卡索。「是卡通的卡。」她在椅子上坐下來時，他對她說。他手上有些照片，有彩色也有黑白，要她仔細看看。他用不擅於細膩動作的粗大手指打開一只牛皮紙袋，拿出六張照片，在茶几上攤開來，就放一本講野獸派畫家馬諦斯的書旁邊。這些全都是女人的照片，有些是正面大頭照——就是在警局拍的犯人照片——其他的則是側面照。其中有一張是一名體格魁梧的女子拿著長槍瞄準一名銀行行員。另一張則又是一個高大健壯的女子，她正要登上一輛黑色雪芙蘭大黃蜂跑車，回眸凝視著鏡頭，手上拿的槍閃閃發亮。

「這些都是我們通緝要犯名單上的女人。」卡索對她說。「其中有六個符合金潔寇爾斯的身高、年紀和體型。我們將警方的素描畫像輸入電腦，再加上一些變數之後，就得到這些結果。」

其中一名金髮女子穿著喇叭褲，腰繫美國國旗的皮帶，上身則是一件變形蟲渦紋短衫，她手上拿著一枚手榴彈，咧著嘴笑得很開心。「這些照片都很舊了。」蘿拉說。

「沒錯。有些已經有……呃……大約二十年了。」

「你們找這些女人已經找了二十年？」富蘭克林從蘿拉的背後看著照片說。

「其中一個確實是。有一個是從七〇年代末到現在，一個是從一九八三年，其他三個則是從一九八五年到現在。」

「她們都犯了些什麼罪？」富蘭克林鍥而不捨的問。

「各式各樣的罪。」卡索說。「克萊波恩太太，請妳仔細的看清楚。」

「在我看起來，她們都長得很像。都是一個樣子，同樣的體型，什麼都一樣。」

「她們的姓名和資料都在背面。」

蘿拉翻開那名銀行搶犯的照片背面：瑪姬康明絲，又名瑪姬葛萊姆，又名琳達凱薩澤，又名葛玟貝克。身高一七八，褐色頭髮，藍綠色眼珠，出生於肯塔基州歐倫市。她又翻開黑色大黃蜂跑車的照片背面，珊卓瓊恩麥克亨利，又名蘇珊佛斯特，又名瓊恩佛斯特。身高一七四，褐色頭髮，灰色眼珠，出生於佛羅里達州勞德岱堡。

「你們為什麼覺得她會是這些女人之中的一個？」富蘭克林問。「難道不可能只是……像是……一個瘋婆子或是什麼你們根本不認識的人？」

「市警局正在整理他們自己的嫌犯照片，他們那裡會有本地的逃犯。我們會想到從通緝要犯的檔案裡尋找嫌犯的原因，主要是因為那把獵槍。」

「又怎麼了？」

「金潔寇爾斯知道我們會找到她的公寓，所以她設下了陷阱，殺害第一個進門的人。這表示她有某種……該怎麼說呢？……某種習性，會做出這類事情的傾向。她把公寓洗刷得相當徹底，所有的門把、抽屜把手都擦得乾乾淨淨，連照片都一張張擦過。不過我們在櫥櫃裡的來福槍上找到了部份的指紋，另外在蓮蓬頭上也找到一枚完整的大姆指指紋。」

「所以那枚指紋跟這些女人有吻合的嗎？」道格問。

「我不知道。」卡索說。「他們還沒跟我說。」

蘿拉又翻開另外一個女人的照片。黛博拉葛瑟，又名黛比史密斯，又名黛博拉史塔克。身高一八〇，紅褐色頭髮，藍色眼珠，出生於路易斯安納州紐奧良市。她仔細看著那張臉，跟金潔寇爾斯長得有點像，但是她的上唇有一道小疤痕，讓她的笑容像是在譏笑別人。「可能是……這一個。」她說。「但是我不記得有那道疤。」

「沒關係。妳慢慢來，仔細看。」他並沒有告訴她其實他在測試她。這其中有三名女子，包括那個黛博拉葛瑟，已經被判刑入獄，現在正在聯邦監獄服刑。第四個，也就是瑪姬康明絲，則早在一九八七年就死了。

蘿拉翻開穿著喇叭褲的那名女子的照片。瑪莉泰瑞爾，又名恐怖瑪莉。身高一八〇，褐色頭髮，灰藍色眼珠，出生於維吉尼亞州里奇蒙。「這裡說她是褐髮，可是照片裡的人卻是金髮。」

「那是染色的。」卡索說。「背景資料是根據家庭記錄，所以她們在照片上的樣子可能會有點不同。」

蘿拉看著瑪莉泰瑞爾的臉。那女人面容清新，看起來有點天真無邪的樣子，她以一根手指勾著手榴彈，輕鬆的露齒而笑。「這一張是最舊的？」她問。

「對。」

「金潔寇爾斯……看起來比較冷酷。這女人也很接近，可是……我不知道。」

「想像一下，在這個女人的臉上加上二十年艱苦生活的風霜。」卡索建議她。

「我不知道，看不太出來。」

「一個女人怎麼能躲聯邦調查局一躲就是二十年？」富蘭克林拿起那張照片，蘿拉又拿起下一張。「似乎不太可能。」

「這是一個超大的國家，而且還要把加拿大和墨西哥算進去。人可以改變頭髮、穿著，可以創造新的身份，學習如何以不同的方式走路、說話。你如果知道某些逃犯是如何偽裝逃脫法網的話，可能會嚇一大跳：我們曾經找到一個人在黃石公園擔任管理員長達七年。另外一個則是在密蘇里州的銀行擔任副總。我還知道有第三個人成為佛羅里達礁岩群島上的漁船船長，而且是在競選西礁島市長時被我們抓到。你看，一般人並不會真的留意其他人。」他在蘿拉對面的一張椅子坐了下來。「一般人都太輕易相信別人。如果有人跟你說了什麼事，你可能就會相信是真的。在每一個城市裡，都有人會為了錢替你偽造新的駕照、出生證明或是任何你需要的東西，什麼問題也不問；所以你可以去那些不會問太多問題的地方工作，像聰明的小地鼠一樣在地底下挖個洞藏起來。」他雙手交疊，看著蘿拉再次開始翻看那些照片。「這些通緝要犯的腦袋後面都長了眼睛，他們學會聞風辨色，學會聽鐵軌的聲音。他們夜裡也許都睡不安穩，不過感官會始終敏銳。大部份的人，包括執法的官員在內，都有一大弱點，他們會忘記。但是聯邦調查局永遠不會忘記。我們有電腦隨時刷新我們的記憶。」

「背景裡這個人是誰？」道格看著瑪莉泰瑞爾的照片問道。

卡索拿起來看，蘿拉也仔細端詳。瑪莉泰瑞爾站在一片如茵的綠草之中，腳下趿著一雙厚底涼鞋，頭頂是一片有點褪色的湛藍天空，攝影師瘦長的身影也倒映在草地上。在照片上方的綠色小丘上，有個模糊的人影，彎著一隻手臂準備要拋擲飛盤。

「我不知道。看起來這張照片是在——」

蘿拉從卡索手中拿過照片。先前她一直在看那個女人的臉，沒有注意到這一點。不過仍然是一片模糊，很難看出什麼端倪。「我需要放大鏡。」

道格起身去拿。卡索也靠過去，瞇著眼睛看。「妳在看什麼？」

「這裡。飛盤。有沒有？」

「對啊，怎麼啦？」

「就在這裡，你可以看到飛盤的頂面，有個角度，有沒有？」她的心蹦蹦跳著。道格替她拿了放大鏡來，她拿起放大鏡，對準那個黃色的飛盤。她調整放大鏡的距離，直到照片中的景物放到最大，放大到幾乎快要完全失焦的地步。「這裡。」她說。「就是這裡。你看！」

卡索定睛一看。「我看到了。」他說。

飛盤上面有兩個像眼睛的小黑點，一個半圓的弧線，正是一張笑臉，準備隨著飛盤一起丟向未知的終點。

蘿拉拿著放大鏡挪到瑪莉泰瑞爾的臉上，仔細端詳著。

她知道她的敵人是誰了。

沒錯，時光改變了這個女人的容貌，讓她的體重增加，也破壞了她光滑的肌膚，像一把利刃刮掉她的美麗，留下殘酷的傷口。真正相似之處在她的眼睛，那一雙灰藍色的靈魂之窗。你得用放大鏡才能看清楚，可是即使用上放大鏡，也還是得非常仔細的看，才能看出那雙眼睛裡熾熱的死亡仇恨，和她那一頭嬉皮式的金色長髮、牙膏廣告般的燦爛笑容完全格格不入。蘿拉將自己的寶寶交到那雙沾滿血跡的手上時，正是同樣的這雙眼睛居高臨下望著她。沒錯，沒錯。是同樣的一雙眼睛，只不過老了一點。沒錯，完全一樣。

「是她。」蘿拉說。

卡索立刻跪到她旁邊，從蘿拉的角度看著那張照片。「妳確定？」

「我……」絕對沒錯。那雙眼睛。那雙大手。還有背景的那張笑臉。絕對錯不了。「她就是金潔寇爾斯。」她說。

「妳現在指認瑪莉泰瑞爾就是抱走妳嬰兒的女人？」

「是的。」她點頭道。「是的，就是她，就是這個女人。」她覺得心中的疑惑落地碎成千萬片，既鬆了一口氣，同時也覺得恐懼。

「可以借用一下電話嗎？」卡索拿起照片，走進廚房。過了一會兒，蘿拉聽見他說。「我們確認了嫌犯的身份。你聽好，別嚇壞了。」

卡索回來的時候，蘿拉臉色灰敗的坐在原位，雙臂緊抱著自己，富蘭克林站在後面撫著她的背。至於道格則站在房間另一端的窗邊，像是遭到放逐似的。「好啦。」卡索重新坐定之後，把照片放在茶几上。「我們會把瑪莉泰瑞爾的檔案資料全都蒐集起來，包括所有可以拿到的照片、肖像、家人的下落、親戚朋友什麼的，全都一網打盡。不過我想有些事情必須讓妳知道，一些我現在可以跟妳說的事。」

「只要找到我的寶寶就好了，拜託你。我只想要我的寶寶。」

「我知道。可是我還是得告訴妳，瑪莉泰瑞爾，也就是恐怖瑪莉，最近似乎在梅伯頓附近的林子殺害了一名十歲幼童。她拿走了他的槍，我們跟賣槍的商家比對過槍枝的序列號碼。所以，她已經取走了三條人命，這還不包括其他的人。」

「其他的人？什麼其他的人？」

「就我記憶所及，還有六、七名警察，一個大學教授跟他太太，以及一個拍紀錄片的人。這些命案都發生在六〇年代末，七〇年代初。瑪莉泰瑞爾是暴風戰線的成員，妳知道那是什麼嗎？」

蘿拉曾經聽過這個名字，是啦，是一個武裝恐怖團體，就跟共生解放軍（Symbionese Liberation Army）一樣。馬克特雷格在那本《燒了這本書吧！》中曾經談到這個組織。

「事情發生的時候，我還在調查局的邁阿密分局，可是我後來一直都在追蹤這個案子。」卡索接著說。「瑪莉泰瑞爾是政治殺手，相信自己是為社會大眾行刑的劊子手，他們那群人都是那副德性。妳也知道他們以前是什麼樣子，一群成天嗑迷幻藥的嬉皮，聽一些奇奇怪怪的音樂，然後他們遲早會開始覺得，殺個人來取樂應該蠻好玩的。」

蘿拉茫然點著頭，不過內心有一部份的她回想起自己也曾經是個嬉皮，也吃迷幻藥和聽奇怪的音樂，可是她從未想過要殺任何人。

「我們局裡從七〇年代初就在通緝她，但是她現在為什麼突然跑出來，還偷抱走妳的小孩，我也不清楚。我想也許我講得太快了，因為我們必須等到指紋比對的結果出爐之後才能確定是她，但是我必須跟妳說，瑪莉泰瑞爾非常、非常的危險。」他並沒有告訴她，瑪莉泰瑞爾是個令人聞風喪膽的人物，聯邦調查局在寬提科的靶場裡，甚至還有一個射擊練習的目標人偶是以她的模樣製作的。他也沒有告訴她，在他離開辦公室前不到一個鐘頭，華盛頓分局已經有了四點指紋比對的結果——在蓮蓬頭上的指紋跟瑪莉泰瑞爾右手大姆指的指紋一致。可是他要蘿拉指認照片才能確認。奇怪，他從來就沒有注意過那個有笑臉的飛盤。這下子該如何行動，華盛頓那邊得傷腦筋了，尤其是有一名探員不幸罹難。「我們一定會盡全力逮到她，妳相信嗎？」

她又點點頭。「我的寶寶。她不會傷害我的寶寶吧，對吧？」

「我想不出她有任何理由傷害他。」他將那一箱被截頭斷腳的洋娃娃趕出腦海。「她抱走妳的孩子，一定有她的理由，但是我想她應該沒有計劃要傷害他。」

「她神經不正常嗎？」蘿拉問。

這個問題很難回答，卡索在椅子上換了個姿勢，想了一下。那一箱洋娃娃可能證明她瘋了，就像在洞裡住太久的動物開始啃咬老骨頭。「妳知道。」他低聲說。「我常常在想六〇年代的那些人，妳知道我說的是哪些人。他們痛恨每一件事、每一個人，他們想要毀掉這個世界，然後照他們自己的形象重新塑造世界。他們躲在閣樓和地窖裡焚香燒蠟燭，靠仇恨度日，靠仇恨生存，如此日以繼夜。可是我在想，蠟燭熄滅之後，他們的仇恨要怎麼辦？」

卡索開始將照片收起來，闔上牛皮紙袋。「我想我應該出去面對記者了。我不會跟他們透露太多訊息，只要剛好夠刺激他們的食慾就行了。妳替《憲政報》工作，是嗎？」

「對。」

「那妳應該知道我是什麼意思。我不會要求妳跟我一起出去，那留待以後再說。我們讓媒體關注的興趣維持得愈久，找到瑪莉泰瑞爾的機會就愈大。所以我們必須跟他們玩點遊戲。」他微微一笑。「人生就是這樣。克萊波恩先生，你願意跟我一起出去嗎？」

「為什麼要我出去？你們甚至沒有人當我在這個房間裡！」

「沒錯，但是你會是人情報導很好的切入點，而且你也無法真的回答任何問題，所有的細節都交由我來處理，好嗎？」

「好吧。」道格心不甘情不願的說。

卡索起身，道格也準備迎敵。有個問題蘿拉非問不可。「等……等你們找到她的時候……大衛不會受到傷害吧，對吧？」

「我們會把妳的孩子抱回來給妳。」卡索說。「這一點妳放心。」然後他跟道格從前門走出去，來到記者聚集的地方。

蘿拉的父親握著她的手，輕聲跟她保證不會有事，可是蘿拉幾乎沒有聽到他在說些什麼。她只想到一個瘋婆子抱著嬰兒站在陽台上，還有霹靂小組的狙擊手，瞄準她準備開火。她閉上眼睛，回想起那兩聲槍響，砰！砰！小嬰兒的頭爆裂開來。

不能讓大衛發生這樣的事。

不能。

絕對不能。

不能。

她心都碎了，雙手摀著臉，眼淚泉湧而出，而富蘭克林只能乾坐在一旁，不知道該怎麼辦。

第四章　那是希望啊，媽媽

在里奇蒙一間建於一八五三年的紅磚大宅裡，電話鈴聲響起。

時間是星期天晚上接近九點的時候。一名大骨架的銀髮老婦坐在一張高背皮椅上，臉上滿是皺紋，鷹勾鼻勾得像是南軍的彎刀。她那雙冷峻的灰色眼眸正看著她老邁的丈夫。電視上正在播最新一季的《輪椅神探》，老婦人和她丈夫艾德加都很喜歡看雷蒙德布爾。老先生坐在輪椅上，藍色絲質睡衣下的身軀萎縮，頭也歪到一邊，吐出半截粉紅色的舌頭。自從六年前中風之後，他的聽力已經大不如前，不過老婦人知道他可以聽到電話鈴聲，因為他的眼睛張得更大，身體也顫抖得比平常更厲害。

他們心裡都知道是誰打來的電話，就一直讓它響著。

電話鈴聲暫停，但是隔了不到一分鐘之後，又再次響起。

鈴聲充斥著整棟大宅，在二十三個房間裡迴盪，像是暗夜裡的哭聲。

娜塔莉泰瑞爾說了一句。「噢，天老爺！」然後起身，走過黑紅相間的波斯地毯，來到電話桌旁。艾德加試圖以目光尾隨她，但是他的脖子超過某個角度之後就轉不過去了。她用皺紋滿佈、戴著鑽石戒指的手拿起話筒。「喂？」

沒有回答，只有呼吸聲。

「喂？」

然後傳來了她的聲音。「嗨，媽。」

娜塔莉僵了一下。「我不想跟——」

「別掛斷。拜託別掛，好嗎？」

「我不想跟妳說話。」

「他們在監視房子嗎？」

「我說了，我不想跟——」

「他們在監視嗎？我只是想要知道。」

老婦人閉上眼睛，聽著她女兒的呼吸聲。自從葛蘭特在十七歲那年自殺之後，當年才十四歲的瑪莉就成了他們唯一的孩子。娜塔莉在對與錯之間掙扎許久，可是什麼是對的，什麼又是錯的？她再也不知道了。「街上停了一輛廂型車。」她說。

「在那裡多久了？」

「兩個鐘頭，也許還要更久。」

「他們有監聽電話線嗎？」

「我不知道。至少沒有從房子裡裝。我不知道。」

「有人騷擾你們嗎？」

「今天下午有個本地報紙的記者來過。我們談了一會兒，他就走了。我沒有看到任何警方或是聯邦調查局的人，如果妳是要問這個的話。」

「調查局的人在那輛廂型車裡，妳可以確信這一點。我人在里奇蒙。」

「什麼？」

「我說我人在里奇蒙，在公用電話亭。我上電視了嗎？」

娜塔莉一隻手扶著額頭，覺得有些暈眩，得靠在牆上才不至於昏倒。「有。各大電視網都有。」

「他們比我預期的還要早發現，跟以前真的很不一樣了。他們現在有筆記型電腦什麼的。現在真的是有老大哥的時代了，是不是啊？」

「瑪莉？」她的聲音顫抖，瀕臨破裂。「為什麼？」

「命運。」瑪莉說，簡單明瞭。

一陣緘默。娜塔莉泰瑞爾從電話裡聽到嬰兒的微弱哭聲，整個胃擰絞不已。「妳瘋了。」她說。「徹頭徹尾的瘋了！妳為什麼要偷別人的小孩？天哪，妳還算是個人嗎？」

還是緘默，只有嬰兒的哭聲。

「孩子的爸媽今天上了電視。他們拍到母親離開醫院，她受到太大的驚嚇，連話都說不出來。妳在笑嗎？這樣會讓妳開心嗎，瑪莉？妳回答我！」

「我很開心。」瑪莉冷靜的說。「因為我有了自己的孩子。」

「他不是妳的！他的名字是大衛克萊波恩！他不是妳的小孩！」

「他的名字叫做鼓手。」瑪莉說。「妳知道為什麼嗎？因為他的心跳跟鼓聲一樣，而且鼓聲聽起來像是自由的呼聲。所以他現在叫做鼓手！」

從娜塔莉的身後，她丈夫發出含糊不清的呼喊，充滿憤怒與痛苦。

「那是老爸嗎？他聽起來不太好。」

「他是不好。都是妳害的。這也應該讓妳開心才對。」他中風之後大約八個月，瑪莉突然打電話回來，娜塔莉跟她說發生了什麼事，瑪莉聽著，然後一言不發的掛上電話。一個星期之後，一張祝早日康復的慰問卡寄到家裡來，沒有回郵地址，也沒有簽名，郵戳在休士頓。

「妳錯了。」瑪莉的口吻很平靜，絲毫不帶感情。「老爸是自作自受。他害了那麼多人，最後那些不好的果報讓他的腦袋爆掉，就像是一盞老舊的燈。他賺了那麼錢，有讓他覺得好些嗎？」

「我不想跟妳說話了。」

瑪莉靜靜的等著。娜塔莉並沒有掛上電話，在那短短幾秒之中，她聽到女兒溫柔的逗弄著嬰兒，跟他說話。

「放那孩子走吧。」娜塔莉說。「拜託妳，就算是為了我吧。這樣下去，情況只會更糟。」

「妳知道嗎？我都忘了這裡會這麼冷？」

「瑪莉，放那孩子走吧，我求求妳。妳父親跟我再也無法忍耐下去了。」她的聲音哽咽，熱淚滾了下來。「我們到底做了什麼讓妳這麼痛恨我們？」

「我不知道。妳去問葛蘭特。」

娜塔莉泰瑞爾砰一聲掛上電話，淚眼模糊中，她聽到輪椅壓過波斯地毯的嘎吱聲，原來是艾德加用盡那單薄身體的所有力氣，自己推著輪椅過來了。她看著他，看到他扭曲的臉孔，嘴角還淌著口水，又很快撇過頭去。

電話又響了。

娜塔莉站在那裡，頭顱和身體都垮了下來，像是壞掉的傀儡玩偶吊掛在釘子上。淚水從她臉頰滑落，她用雙手摀住耳朵，可是電話鈴聲還是響個不停……響個不停……響個不停。

娜塔莉再次拿起話筒，聽到瑪莉說。「我想見妳。」

「不行，絕對不行。不行。」

「妳知道我要去哪裡，是吧？」

剛剛提到了葛蘭特，所以她知道。「是的。」

「我要去聞一聞水的味道。我記得那裡的水總是有股乾淨的氣息。不如妳到那裡去跟我見面吧？」

「我不行。不行。妳是……妳是罪犯。」

「我是自由鬥士。」瑪莉糾正她母親說。「如果為自由奮鬥也是犯罪，那麼好吧，我承認有罪。可是我還是想見妳。我們已經……天哪……已經有十幾年沒見了吧，是嗎？」

「十二年。」

「好驚人啊。」然後她轉向跟嬰兒說。「噓！媽媽在講電話！」

「我不能去那裡。」娜塔莉說。「我就是不能。」

「我會在這裡待上幾天。也許吧。我有一些事要做。如果妳能來看我的話，我會……我真的會覺得很好，媽。我們不是敵人嘛，不是吧？我們始終都了解彼此，而且可以像真正的人一樣說說話。」

「我說話，妳從來不聽。」

「像真正的人一樣。」瑪莉繼續說。「妳瞧，我現在有了自己的寶寶，有好些事情要做。我知道那些豬玀在追我，但是我還是得繼續下去，因為本來就是這樣啊，事情本來就是這樣。現在我有自己的寶寶，讓我覺得……覺得好像我又屬於這個世界了。那是希望啊，媽媽，妳知道希望是什麼吧，不是嗎?還記得我們談論過希望，善惡，還有其他的東西嗎？」

「我記得。」

「我想見妳。但是妳不能讓豬玀跟蹤妳，媽。絕對不行，聽著，因為我有自己的孩子，我不能讓那些豬玀帶走我和我的鼓手。我們可以一起去見天使，但是豬玀不能帶我們走。妳搞明白了嗎？」

「我懂。」老婦人緊握著聽筒說。

「得幫鼓手換尿布了。」瑪莉說。「再見，媽。」

「再見。」

喀喇。

娜塔莉像是躲避毒蛇一樣，倒退著遠離電話，還撞到艾德加的輪椅。他對她說了些什麼，口沫橫飛。

或許過了三十秒吧，電話又再次響起。

娜塔莉沒有動。

電話響了又響，最後，娜塔莉終於上前一步，伸手去拿話筒。她的臉色立刻變得慘白。

「我們全都錄下來了，泰瑞爾太太。」白色廂型車內的一名聯邦探員說。她想應該是兩名探員中比較年輕的那位，就是把追蹤電話來源的設備拿給她看的那一個，那個玩意可以自己印出來電者的號碼。「電話確實是從市區的公用電話打來的，沒錯。我們正在調查確切的位置，不過等我們的車子趕到那裡，妳女兒可能早就已經走了。妳知道她要去哪裡嗎，泰瑞爾太太？」

娜塔莉覺得如鯁在喉，再三吞嚥口水，都嚥不下去。

「泰瑞爾太太？」年輕探員催促她說。

「是的。」她費力的回答。「是的，我知道。她……要去我們在海邊的房子。在維吉尼亞的海邊。地址是……」她喘不過氣來，必須停一下。「地址是海格尖路2717號。是一棟有褐色屋頂的白屋子。這樣就夠了嗎？」

「妳有那裡的電話號碼嗎？」

她把號碼告訴他。「可是瑪莉不會接電話。」

「妳確定她會去那裡嗎？」

「是的。」又是那種喘不過氣的感覺。「我確定。」

「為什麼？」

「她提到了葛蘭特，她的哥哥。他在那間海濱的房子裡自殺。她還說她要去聞一聞水的味道。」娜塔莉覺得像是有把尖刀刺進她的心口。「她小時候，我們常帶她去那裡。」

「是的，女士。麻煩妳稍等一下。」暫停了好長一段時間。應該是要討論一下吧，她猜測。然後年輕探員又回到線上。「好的，這樣就可以了。謝謝妳的合作，泰瑞爾太太。」

「我——」她的喉嚨一緊。

「是的，女士？」

「我……哦，天哪，我不……不希望那個孩子受到任何傷害。你也聽到她說的話，她說她會跟那孩子同歸於盡，她就是這個意思。你也聽到她說的話了，不是嗎？」

「是的，女士。」

「那你們打算怎麼做呢？闖進去逮她嗎？」

「不會，女士。我們會先監控那間屋子，然後等到天亮，再試圖找到她和孩子在屋子裡的確切位置。如果必要的話，我們也會淨空附近所有房子。我們不會像妳在電影裡看到的那樣直接衝進屋裡去，那樣只會造成人命損失而已。」

「我不希望我的手上沾到那嬰兒的血。你聽到了嗎？如果我覺得自己害死了那個孩子，那我也活不下去了。」

「我知道了。」年輕探員的聲音冷靜，充滿同情。「我們會先監視那棟房子一會兒，看有什麼可以做的。我們只能向上帝禱告，希望妳的女兒決定講理，自己放棄。」

「她從不放棄。」娜塔莉說。「從來沒有。」

「我希望這一點妳說錯了。我們會在這裡多待一會兒，打幾通電話，所以如果妳又想到什麼事情，隨時打電話來，妳知道我們的號碼。還有一件事，妳介意我們繼續監聽妳的電話嗎？」

「不會，我不介意。」

「再次感謝。我知道這不是一件容易的事。」

「的確不是，一點也不容易。」她掛上電話，她丈夫又呀呀唔唔的不知道在說些什麼。

十點三十分，娜塔莉把艾德加送上床安頓好。她親吻他的臉頰，把他的嘴擦乾淨。他虛弱無力的對著她笑了一下。她將被子拉到他的頸間，心想，他的生命力到哪裡去了？

白色廂型車在十一點過後不久離開。娜塔莉躲在樓上房間，從一片漆黑的窗戶裡看著車子開走。她猜現在應該有另外一組探員在監視那棟海濱房子。她又多等了一個鐘頭，確定他們真的離開了。

然後，娜塔莉穿上大衣抵禦嚴寒冷風，離開屋子，走進車庫。她坐上灰色的凱迪拉克老爺車，發動引擎，緩緩駛入夜色中。她在里奇蒙的街上開了十五分鐘，雖然路上幾乎沒有其他的車輛，但是她仍然維持緩慢的車速，遵守每一個交通號誌。她在紀念碑大道上的殼牌加油站暫停一下，加滿了油，還買了低卡飲料和糖果棒鎮定她緊張的胃。離開了加油站之後，她又在附近繞了好幾圈，一路上都在注意後照鏡。

她把車子開到工廠和鐵道林立的地區，然後讓凱迪拉克在一道上了鐵鍊鎖的欄杆前停了下來，看著一列貨車呼嘯而過。她的目光掃過黑暗的街道。就她所見，並沒有人跟蹤他。

他們相信她。為什麼不相信呢？畢竟她在一九七五年跟其他通緝要犯的家人一起接受迪克卡維特的電視訪問時，曾經慷慨激昂的說，她希望警方把她女兒關進籠子裡，然後把鑰匙丟進大西洋，因為那裡是她唯一該去的地方。

這段話曾經上過好幾家報紙，聯邦調查局知道她會盡一切所能幫助他們，其實她還是覺得自己會幫他們，只不過現在的情況出現重大的轉變，瑪莉有孩子了。

大約一點左右，娜塔莉泰瑞爾的凱迪拉克開上了九十五號州際公路，朝北往森林茂密的山區前進。

第五章 陷入漩渦

很可怕，那場惡夢很可怕。

在夢中，蘿拉將大衛交到那名女兇手的手中，還看到鮮血從她指尖滴下來，像是紅葉飄過十月的天空，灑落在崎嶇起伏的白色床單上，一片被白雪覆蓋的惡地。她交出了大衛，女兇手和大衛就化成影子，遁入淡綠色的牆裡。可是她好像換來了什麼東西，有什麼東西在蘿拉的右手。她攤開手指，看到黃色的笑臉釘在她的掌心肉裡。

然後場景一變，在一個濕熱的夜晚，她在停車場上，警車的藍燈在她身邊迴旋，大聲公不斷吐出嘶吼的聲音。她聽到彈匣裝進自動步槍的喀喇聲，在刺眼的白色光束中，可以看到陽台上站著一個女人，她一手握著手槍，另外一手掐著大衛的後頸。那女人穿著綠色的渦紋上衣和喇叭褲，腰間繫著美國國旗腰帶。大衛被她凌空抓著，猛力搖晃，那女人口中還大聲怒罵著。蘿拉聽不到他的哭聲，卻可以感覺到他在哭，就像一片剃刀割過她私處的皺褶。「我要我的寶寶！」她對一名從身邊經過有如幽靈般的員警說，但是他並沒有回應。「我的寶寶！我要我的寶寶！」她隨手抓住另外一個人，他茫然的看著她。她認出那人正是卡索。「求求你！」她乞求道。「別讓我的寶寶受到傷害。」

「我們會把妳的孩子抱回來給妳。」卡索說。「這一點妳放心。」

卡索掙脫她的手，消失在陰影的漩渦之中。蘿拉看到狙擊手就定位，這才赫然驚覺，卡索並沒有承諾會讓大衛活著回來。

「等我的信號再開火。」有人透過大聲公指揮道。他看到道格坐在一輛警車的引擎蓋上，低著頭，半閉著眼睛，彷彿一切對他都沒有任何意義。一道閃光引起了她的注意。她抬頭看著屋頂的角落，勉強看出一個人影拿著步槍瞄準恐怖瑪莉。她覺得那個人好像是禿頭——光溜溜的腦袋——而且臉上好像有什麼不對，但是她無法確定。她覺得好像認識那個人，可是也難以確認。那人舉起步槍瞄準，他不等指揮官的信號，就要對恐怖瑪莉開槍，而他的子彈可能會刺激那個瘋婆子開槍，轟掉大衛的腦袋。

「不要！」她尖叫道。「不要開槍！」她開始朝狙擊手所在的大樓跑，但是腳上的混凝土卻像剛鋪上的瀝青一樣，黏住她的腳，阻礙她前進。她聽到他的步槍喀喇一聲，子彈裝進彈膛。她聽到恐怖瑪莉瘋狂的咆哮，還有她兒子驚恐倉惶的哭叫聲。大門就在眼前，她努力要穿過大門，和面前的塵土奮戰，就在這個時候，兩條筋骨健壯的巨犬，瞪著火紅冒煙的眼睛，從暗地裡朝她飛撲而來。

在那電光火石的瞬間，她聽到兩聲槍響。

尖叫聲開始從她體內湧出，淹沒她的喉嚨，從口中噴發而出，然後有人在她上方說。「蘿拉？蘿拉，醒來！醒來！」

她回到燠熱的黑暗之中，滿臉是汗。床邊的燈依然亮著，道格坐在床上，就在她身邊，憂慮讓他臉上多了許多皺紋。道格身後站著他的母親，當晚稍早才剛剛從奧蘭多的家裡過來。

「沒有關係。」道格說。「妳只是做了一場惡夢而已。沒有關係。」

蘿拉環顧房間，眼中儘是驚恐。太多陰影了，太多了。

「道格，我可以幫得上什麼忙嗎？」安潔拉克萊波恩問道。她是一位高挑優雅的女性，滿頭銀絲，穿著深藍色的皮耶卡登套裝，領口還別了一枚鑽石胸針。道格的父親是一位倫敦的投資銀行家，在他十來歲時就跟他母親離異了。

「不用，我們還好。」

蘿拉搖著頭。「我們不好，我們不好。」她不斷重覆這句話，掙脫道格的擁抱，又縮回毛毯底下。她可以感覺到雙腿之間濕濕黏黏的，縫合的傷口又滲出血來了。

「妳想談一談嗎？」他問。

她搖搖頭。

「媽，妳可不可以讓我們獨處一下？」安潔拉離開之後，道格起身，走到窗戶旁邊；他從百葉窗的縫隙向外張望，看著黑暗的雨夜。「我沒看到記者了。」他對她說。「也許他們也回家休息了。」

「現在幾點？」

他不需要看錶。「快兩點了。」他回到她身邊，她聞到他身上一股酸臭味。自從大衛被人偷走之後，他就沒有洗過澡，不過話說回來，她也沒有。「妳如果有話想說，是可以跟我說的，妳知道嗎？我們還住在一個屋簷下。」

「沒有。」

「沒有什麼？沒有，我們並沒有住在一個屋簷下？還是沒有，妳不能跟我說話？」

「就只是……沒有。」她說。這兩個字像是一堵從她嘴裡生出來的牆。

他靜了一會兒，然後用一種冷靜的聲音說。「我搞砸了，是不是？」

蘿拉懶得回答。她緊張的神經還沒有從惡夢中復原，像一隻貓似的緊緊抓著毯子不放。

「妳什麼都不必說，我知道自己搞砸了。我只是……唉……我想我能說的都已經說了。只有……真的很對不起。我不知道要怎麼樣妳才會相信。」

她閉上眼睛，不想看到他。

「我不希望……事情變成這樣。我是說，我們之間的事。」他隔著毯子撫摸她的手臂。她沒有躲開，也沒有回應，就只是躺在那裡，一動也不動。「我們可以一起解決這個問題。我對天發誓，絕對可以。我知道我搞砸了，我很抱歉，真的很對不起。我還能說什麼呢？」

「什麼都不必說。」她不帶感情的說。

「妳願意給我第二次機會嗎？」

她覺得好像有什麼東西被丟下船，被拋入怒海中，在浪濤中浮沉翻騰，最後在崎嶇的礁岩上擱淺。他在她需要他的時候背棄了她。她則親手將她的兒子——她的兒子——交到女兒手的手上，現在她只想關閉大腦，免得自己發瘋。上帝會給她第二次機會，讓她再抱抱自己的孩子嗎？現在她只能朝這個目標前進，這是她唯一的目標，至於其他的一切，都只是暴風雨過後的殘骸罷了。

「聯邦調查局會找到大衛的。他們會解決所有的問題，不會太久的。他們現在已經查出她的名字，而且她的照片也已經登上了各大電視。」

蘿拉很想要相信這是真的。卡索和另外一名調查局探員在七點左右又到他們家來，蘿拉聽著卡索對她說，她指認出來的女人叫做恐怖瑪莉，一九四八年四月九日出生在維吉尼亞州的里奇蒙，父母家裡很有錢。她父親經營火車貨運業，有一個哥哥，但他在十七歲那年上吊自殺。她曾經就讀亞伯尼斯中學，是品學兼優的模範生，也是學生會裡的活躍成員，還擔任校刊編輯。後來在賓州大學唸了兩年書，主修政治，也同樣在學生會裡很活躍，有證據顯示她曾經吸毒，也有激進的傾向。離開賓州大學之後，她在紐約市重出江湖，這次是到紐約大學的戲劇系註冊，有證據顯示她積極參與紐約大學與布蘭迪斯大學的激進學生運動。然後，她橫越美國，從東岸到西岸的柏克萊，參加地下氣象員組織的活動，在那裡認識了柏克萊的激進份子傑克嘉迪納，他又介紹她加入從地下氣象員分裂出來的組織「暴風戰線」。一九六九年八月十四日，瑪莉泰瑞爾夥同暴風戰線的其他三名成員，闖入了柏克萊大學一位保守派的歷史學教授家中，刺殺了他跟他太太。一九六九年十二月五日，暴風戰線製作的一枚炸彈，炸毀了 IBM 舊金山分公司執行長的車子，也炸斷了他的雙腿。一九七〇年一月十五日，第二枚炸彈在太平洋瓦斯電力公司的大樓大廳爆炸，殺害了警衛和秘書。兩天後，第三枚炸彈炸死了一名奧克蘭的律師，他當時正在替一名釀酒廠老闆打一場牽涉到移民勞工的民權官司。

蘿拉的頭垂得愈來愈低，卡索卻說。「還有呢。」

一九七〇年六月二十二日，兩名舊金山警察在車內遭人槍殺，目擊者看到瑪莉泰瑞爾和另外一個名叫蓋瑞萊斯特的暴風戰線成員出現在犯案現場。一九七〇年十月二十七日，一名顯然正在拍攝地下武裝組織的記錄片製作人遭到利刃割喉，被棄屍在奧克蘭的垃圾車裡。從攝影機拉出來曝光的膠卷上，採集到兩枚瑪莉泰瑞爾的指紋。一九七〇年十一月六日，警方偵辦暴風戰線案件的專案小組組長在離開舊金山的家裡時遭到襲擊，被獵槍射擊致死。

「然後，暴風戰線就開始往東移。」卡索跟她說。厚厚的檔案夾放在他們之間的茶几上。「一九七一年六月十八日，一名警察被人發現遭到割喉，雙手被綑綁起來吊在釘子上，棄置在新澤西州友聯市的一間廢棄倉庫裡。他的襯衫口袋裡還有暴風戰線出版的公開宣言。」他抬起頭來看著她。「他們要向——對不起，我要說不好聽的話了，向他們所謂『腦殘國家的豬玀』全面宣戰。」他繼續報告他們的恐怖行徑。「一九七一年十二月三十日，一枚土製炸彈在友聯市地方檢察官家裡的信箱爆炸，炸瞎了他十五歲的女兒。三個月又十二天後，四名警察在新澤西州貝昂市的一家餐館吃午餐，遭到槍擊致死。事後有一捲預錄的暴風戰線公開宣言——錄音帶上是傑克嘉迪納的聲音——寄到當地的各個廣播電台。一九七二年五月十一日，新澤西州伊莉莎白市的助理警察局長遭到土製炸彈攻擊，斷了一條腿，事後他們又寄發了一捲錄音的公開宣言。然後我們就逮到他們了。」

「你們逮到他們？」道格問。「暴風戰線？」

「在新澤西州的林登市。一九七二年七月一日的晚上，發生了槍戰、爆炸和大火，瑪莉泰瑞爾、傑克嘉迪納和另外兩名成員在濃煙中趁隙逃逸。他們住的那棟房子簡直就是一間軍火庫。他們囤積了各式武器、彈藥和製作炸彈的原料及工具。顯然他們正在籌畫要幹一票大的，也許會害死很多人。」

「像是什麼？」道格一直在把玩一只迴紋針，幾乎快要把它拗斷了。

「我們永遠都不會知道。我們認為他們計劃在七月四日國慶日的時候行 動。總之，從一九七二年開始，聯邦調查局就一直在緝捕瑪莉泰瑞爾、傑克嘉迪納和其他兩名成員。我們曾經有一些線索，但是他們都逃逸無蹤。」他闔上檔案夾，只留下瑪莉泰瑞爾的照片放在茶几上。「一九八三年，我們差一點就找到她。當時她化名為瑪麗安雷奇在一所中學擔任清潔工，可是等我們查到地址，她就已經逃之夭夭了。那所中學裡有位老師是柏克萊畢業的，她雖然有認出她來，但還是慢了一步。」

「都這麼久了，你們怎麼還是沒抓到她呢？」蘿拉的父親從椅子上站起來，拿起桌上的照片。「我還以為你們都是專業的呢！」

「我們盡力了，畢爾先生。」卡索微弱的笑了一下。「但是我們並非無所不能，總是會有漏網之魚。」他的注意力重新回到蘿拉身上。「一九七二年那天晚上，我們有一名在現場的探員近距離看到瑪莉泰瑞爾，他說她懷孕了，而且受了重傷，肚子流了很多血。」

「好吧，那他為什麼不當場開槍打死她算了？」富蘭克林問。

「因為。」卡索平靜的說。「她先開槍打中了他。一顆子彈命中面門，一彈打中喉嚨。他因為傷殘提前退休。總之，我們以為瑪莉可能爬到什麼地方死了，可是一個月後，有一封蓋著蒙特婁郵戳的信寄到《紐約時報》，是傑克嘉迪納寫的：他自稱是『傑克勛爵』。他說瑪莉泰瑞爾和其他兩名成員都還活著，還說暴風戰線的殺豬戰爭並未結束。這是最後一份公開宣言。」

「始終都沒有人找到傑克嘉迪納？」道格問。

「沒有。他好像被大地吞噬了似的，其他人也是。我們以為他們一定是暫時分開來避風頭，一定已經事先安排好信號，以便將來重新召集會合，但是一直都沒有發生。我將這些背景資訊告訴你們的原因，是因為你們以後每天都會在電視上聽到這些事情，所以我想先由我來跟你們說。」他看著蘿拉。「聯邦調查局會把資料給各大電視網、CNN和各大報紙。也許今天的夜間新聞裡就會聽到這些事情。我們讓媒體的維持興趣的時間愈久，有人看到瑪莉泰瑞爾，引導我們去找到她的機會就愈大。」說著他揚起眉毛。「這樣妳了解嗎？」

……

「他們會捉到她。」道格坐在床上，就在蘿拉身邊說。「他們會把大衛找回來。妳必須要相信這一點。」

她沒有回答，只是瞪著一雙大眼睛，沒有看任何東西。惡夢的陰影在她的腦海裡匯聚。聽了卡索的話之後，她知道恐怖瑪莉絕對不會投降，一定會有一番惡戰。像這樣的人心裡，是沒有投降這回事的。她不會投降，她會選擇在槍戰中像殉道者一樣遭到處決。可是在那樣的槍林彈雨之中，大衛會怎麼樣呢？

「我想睡了。」她說。道格在房裡多陪了她一會兒，卻無法安撫她沉默的怒氣與悲傷，於是他就離開了。

蘿拉不敢睡覺，害怕可能在夢裡等著她的東西。雨點打在窗戶上的聲音，像是敲打著白骨。她起床想到浴室倒一杯水，卻發現自己走到五斗櫃前，拉開放槍的那只抽屜。

她拿起槍。邪惡的機油氣味鑽進她的鼻孔。一個小小的死亡工具，就在她的手上。恐怖瑪莉對槍枝一定懂得很多。恐怖瑪莉是為槍而生，也會死在槍下。可是大衛呢？只能求上天保佑了。

那天晚上，第一聯合衛理公會教會的牧師到家裡來探望他們，還帶領他們一起禱告，可是蘿拉幾乎一個字也聽不進去，她的腦子裡仍然受到驚嚇恐懼的轟炸。可是此刻她真的需要禱告，她需要一點什麼東西帶她度過今天晚上。想到她可能永遠都沒有機會再抱抱自己的孩子，就讓她哀傷得快要發瘋。想到那女人的手在撫摸著他，就讓她忍不住緊緊握住槍柄，握到指節發白。

她以前從未想過自己會殺人，從來都沒有。可是現在，她手上握著一把槍，而恐怖瑪莉依然在逃，她想她可以毫不猶豫的扣下扳機，連眼睛都不眨一下。

感覺很可怕，這種殺人的欲望。

蘿拉將手槍放回去，又緊閉抽屜。然後她跪下來禱告，祈求三件事——祈求大衛安全回來，祈求聯邦調查局快點逮捕到那個女人，祈求上帝原諒她想要殺人的念頭。

第六章　舞會之花

蘿拉在亞特蘭大禱告的時候，里奇蒙西北方約九十五公里的地方，有輛灰色的凱迪拉克老爺車緩緩開進了林間道路。那輛車從主要道路彎進一條狹窄的小徑，又繼續開了八百公尺之後，車頭燈照到一棟小屋的窗戶，小屋建在懸崖上，周邊被松木林和老橡樹環繞。窗裡一片漆黑，白色的石砌煙囪裡也沒有冒出炊煙，電話線和電線則一路高低起伏，直拉到遙遠的公路上。娜塔莉泰瑞爾在門廊台階前停車，然後下車走進刺骨寒風中。

半輪明月從烏雲後方露臉，在安娜湖上灑落點點銀光。小屋的位置剛好能俯瞰湖泊，屋前還有另一條小路，沿著山麓蜿蜒而下，通往湖畔的船屋與碼頭。娜塔莉沒看到其他車輛，但是她知道，她女兒就在這裡。

她顫抖著走上門廊台階，試試門把，大門應聲而開。她走進屋內，避開外面的寒風，伸手要去開燈。

「別開。」

她的手停在半空中，心裡陡的一跳。

「妳一個人嗎？」

娜塔莉努力想要看清她女兒在屋子哪個角落，卻怎麼樣都看不到。「是的。」

「他們沒有跟蹤妳吧？」

「沒有。」

「不要開燈，關上門，離門邊遠一點。」

娜塔莉照她的話做。她看到一條人影從椅子上起身，人影從她旁邊經過時，她不禁背貼著牆壁，不敢動彈。瑪莉從窗戶窺探外面的路。光憑那高壯的身形，就足以讓娜塔莉感到恐懼，彷彿一隻水蛭吸附著她的胃壁。她女兒足足比她高出十公分，肩膀也厚實寬闊得多。就在她盡力把自己縮小，以避開女兒身上那股壓迫感時，瑪莉在黑暗中一動也不動，目光緊盯著窗外。

「他們為什麼沒有跟蹤妳？」瑪莉問。

「他們……到別的地方去了。我誤導他們……」恐懼讓她哽噎，讓她說不出話來。「把他們引到海邊的房子去了。」

「他們竊聽電話。」

「對。」

「我猜他們有那種追蹤電話的新玩意，所以我才沒有從這裡打電話。就像我說的，老大哥全面啟動了，是吧？」

瑪莉轉身面對她母親，娜塔莉看不清她的五官，卻感覺到她臉上有種殘酷的表情。「所以，妳為什麼沒有跟他們說我到這裡來了？」

「我不知道。」娜塔莉答道。這是實話。

「媽。」瑪莉說著就走向她母親，在她臉頰印上冰冷的一吻。

娜塔莉忍不住打個寒顫。她女兒身上有一種骯髒的氣味，她感覺到瑪莉的手放在她肩膀上，手裡還緊抓著什麼東西。娜塔莉立刻驚覺，瑪莉手上拿的是一把槍。

瑪莉後退一步，母女倆在黑暗中彼此凝望。「好久不見。」瑪莉說。「妳老了。」

「當然。」

「呃，我也是。」她又晃到窗前，向外窺探。「我沒有想到妳會來。我以為妳會派豬玀來捉我。」

「那妳為什麼要打電話？」

「我想妳。」瑪莉說。「還有老爸。妳沒有帶豬玀一起來，我很高興。我看到妳的車開進來，我知道豬玀不會開凱迪拉克。我的車停在山下的船屋那邊，如果我發現有人跟蹤妳，我就會帶著孩子從湖邊的路溜走。」湖邊的路其實只是一條小徑，沿著安娜湖畔連接到主要的大馬路。每年這個時候應該有一道門封鎖這條小徑，不過瑪莉早就破壞了鐵門鉸鏈，以便可以快速逃逸。

我的孩子，瑪莉曾經說過。「孩子呢？」娜塔莉問。

「在後面臥室。我用毛毯把他包起來，讓他覺得舒舒服服的。我不想生火，可能有會有人聞到煙味。管理站還是在往北幾公里那個地方吧，是嗎？」

「對。」這棟湖畔小屋是在夏天避暑用的，屋子裡沒有暖氣，但是有三座壁爐，夜裡冷的時候可以升火。此刻屋子裡冷得跟墳墓一樣。

「所以妳為什麼沒有帶豬玀來？」

娜塔莉可以感覺到女兒正盯著她看，像一隻戒心十足的野獸。「因為我知道如果他們找到妳，妳也不會投降。我知道他們非殺死妳不可。」

「可是那不正是妳想要的嗎？妳在報上說了，就算我死了，妳也不會掉一滴眼淚？」

「沒錯。可是我是為了孩子著想。」

「噢。」她點頭道。她母親一直都很愛小寶寶，可是一旦他們長大了，她就會無聊的轉身離開。瑪莉賭了一把，而且還賭贏了。「好吧，我懂了。」

「我想知道妳為什麼要從他母親那裡把他偷走。」

「我就是他母親。」瑪莉斷言道。「我跟妳說過了。我替他取名為鼓手。」

娜塔莉從屋角走出來，在粗石砌成的冰冷壁爐旁停下腳步，瑪莉的目光一路尾隨著她。「偷小孩是妳的新把戲，是不是？殺人、炸彈和恐怖活動對妳來說已經不夠了嗎？所以妳必須偷走一個出生還不到兩天的無辜幼兒？」

「廢話，廢話，廢話。」瑪莉說。「妳還是老樣子，盡說些廢話。」

「妳最好聽我說話，可惡！」娜塔莉厲聲道，聲音比她預期的大了許多。「天老爺！他們會為了這件事追殺妳到天涯海角！他們會殺了妳，還會拖著妳的屍體遊街示眾！我的老天，妳到底在想些什麼？怎麼會做出這種事來？」

瑪莉沉默了一會兒，然後將柯爾特手槍放在桌上，放的不遠，如果真有需要的話，隨時都可以拿到，不過眼下的危機已經解除了。此刻豬玀正在他們家的海濱小屋嗅來嗅去。「我一直想要一個小孩。」瑪莉對她說。「我是說，我自己的小孩。從我肚子裡生出來的小孩。」

「所以妳就去偷抱別的女人生的小孩？」

「又在說廢話。」瑪莉斥喝母親，然後又說。「我差一點就能擁有自己的孩子，在我受傷之前。那已經是很久以前的事了，可是……有時候我仍然可以感覺到孩子在肚子裡踢我。也許是他的鬼魂，對吧？鬼魂還在我的體內想要出來。所以啦，我就讓鬼魂出來啦。我給他骨骼、皮膚，還有一個名字，鼓手。現在他就是我的孩子，全世界沒有人能他媽的將他從我身邊帶走。」

「他們會追殺妳。他們會找到妳，然後殺了妳。妳也心知肚明。」

「放馬過來吧，我已經準備好了。」

娜塔莉聽到一個聲音，讓她惱怒的幾乎反胃——從客房裡傳來嬰兒細微的哭聲。瑪莉說。「他是個乖孩子。不怎麼哭。」

「妳不去把他抱起來嗎？」

「不用。過一會兒，他又會睡著。」

「他餓了！」她冰涼的臉頰因憤怒而脹紅。「妳是要讓他餓死嗎？」

「我替他買了嬰兒配方奶啦。媽，妳還不懂嗎？我愛鼓手。我不會讓他發生任何……」

「鬼扯！」娜塔莉說著大步越過她女兒身邊，來到走廊上，伸手找到電燈開關，打開頭頂電燈。有好幾秒鐘，燈光刺痛她的雙眼。娜塔莉聽到瑪莉又拿起手槍，不過她繼續往前走，一直走到客房，打開檯燈，一個裹在粗糙灰色毛毯裡的寶寶就躺在床上，一張小臉蛋哭得通紅。她沒有心理準備看到這麼小的嬰兒，心頭立刻揪得發疼。這孩子的母親——他們說她叫蘿拉克萊波恩——大概可以準備進瘋人院了。她抱起哭泣的小嬰兒，抱在胸前。「乖，乖。」她說。「沒有關係，一切都不會——」

瑪莉走進房間，娜塔莉看到她女兒眼中那動物似的狡猾和警覺，多年的艱苦生活在她臉上留下了痕跡。瑪莉曾經是美麗活潑的年輕女孩，是里奇蒙社交圈的舞會之花，如今她看起來像是住在鐵路高架橋下、用破鍋子吃飯的乞婦。娜塔莉立刻撇開目光，不忍心目睹時光對人類的摧殘。「孩子餓了，妳從他的哭聲就可以聽得出來。而且他也需要換尿布！該死，妳根本不知道該怎麼照顧小孩，是不是？」

「我練習過。」瑪莉說著，看著她母親輕輕搖著鼓手。

「嬰兒配方奶呢？我們得熱些嬰兒奶來餵這個孩子，現在就要！」

「在車上。妳會跟我一起去拿吧，是嗎？」這是命令，不是請求。娜塔莉痛恨那棟船屋。葛蘭特就是在那裡的屋椽上吊的。

拿了配方奶回來之後，娜塔莉立刻打開廚房的爐子，熱了一瓶嬰兒配方奶。瑪莉坐在小桌子旁，看著母親給剛換好尿布的鼓手餵奶，柯爾特槍就在手邊。燈光照到她母親手上的鑽戒，引起瑪莉的注意。「對，這樣就對了，這樣就對了。」娜塔莉嘰哩咕嚕的說。「寶寶在吃晚飯囉，是不是啊？是啊，他在吃晚飯囉！」

「妳以前也是這樣抱我嗎？」瑪莉問。

娜塔莉不作聲。寶寶大聲吸吮著奶嘴。

「那葛蘭特呢？妳也是像這樣抱他嗎？」

奶瓶從寶寶的嘴裡滑出來，他小小聲的哭了一下，是需求的聲音。於是娜塔莉再次將奶瓶塞到他嘴裡，微彎的小嘴像是邱比特的弓。她心想，如果她就這樣抱著大衛克萊波恩跑掉，離開這個房子，瑪莉會怎麼樣？她的目光盯著柯爾特槍看了一會兒，然後又移開。

瑪莉看穿她的心思。「我要帶走我的孩子了。」她說著便起身，從她母親懷中抱起鼓手。鼓手仍然在吃奶，瞪著一雙迷濛的藍色大眼睛看著她。「他是不是很漂亮呢？我差點因為看他而出車禍呢！他好漂亮噢，是不是啊？」

「他不是妳的兒子。」

「盡說些廢話。」瑪莉對著鼓手嘰哩咕嚕的說。「盡說些廢話、廢話、廢話，沒錯，她盡是說些廢話。」

「拜託妳聽我的話！這樣做不對！我不知道妳為什麼要做這種事，或者妳……心裡在想些什麼，但是妳不能留下這個孩子！妳一定要把他交出去！妳聽到了沒有？」瑪莉轉身背對她，但她還是繼續說下去。「我求求妳！不要讓這個孩子陷入險境！妳聽到了沒有？」

一陣緘默，只有孩子的吸吮聲。「聽到了。」

「妳把他交給我。我會把他交給警方。然後妳可以愛到哪裡就去哪裡，我不在乎妳就此消失或是藏到地下，只要妳讓我把這個孩子帶到他原本屬於的地方。」

「他已經屬於這裡了。」

娜塔莉又看了手槍一眼，就在桌上，還差兩步路。她敢嗎？手槍裡有子彈嗎？還是沒有？就算她拿到了槍，在必要時，她能開槍嗎？她的腦子已經有了決定。

瑪莉一手抱著孩子，一手去拿槍，塞進她已經褪色的牛仔褲腰際。「媽。」她說著，用冷峻的眼神看著娜塔莉，臉上盡是冰冷的恨意。「我們不是活在同一個世界的人，從來都不是。我以前還會遵守你們的遊戲規則，在我還能忍受的範圍，但是後來我知道，如果我不起來反抗，你們的世界就會毀滅我，會把我輾得粉身碎骨，逼我穿上結婚禮服、戴上鑽石戒指，和餐桌對面某個愚蠢的陌生人乾瞪眼，日復一日聽著不公不義的吶喊，可是到了那個時候，我就已經虛弱到無力反擊。到時候，我會住在里奇蒙的豪宅裡，牆上掛滿獵狐狸的圖畫，每天只會擔心找不到好的傭人。也許我會認為，我們應該用核子彈攻擊越南，也許我一點也不在乎警察用警棍毆打街上示威的學生，或是這個腦殘國家是靠著剝削沒有唸書的廣大群眾而致富。你們的世界會殺死我啊，媽，妳還不能了解嗎？」

「那些都是過去的歷史了。」娜塔莉答道。「那些街頭抗爭都已經過去了。學生的反抗運動、抗議……全都已經過去了。妳為什麼不能放手呢？」

瑪莉微弱的笑了一下。「沒有過去。大家只是忘了而已。我會讓他們想起來。」

「要怎麼樣讓他們想起來？殺更多人嗎？」

「我是個戰士，我的戰爭還沒有結束，永遠都不會結束。」她親吻鼓手的額頭，她母親忍不住畏縮。「他是下個世代的一部份，他會繼續奮戰下去，我會告訴他，我們如何為自由奮戰，他會知道戰爭還沒有結束。」她對著寶寶的臉笑著。「我親愛的、親愛的鼓手。」

二十多年來，娜塔莉泰瑞爾一直以為她女兒只是心理不平衡，但是眼前的殘酷事實讓她明白，此刻跟她一起站在廚房裡，正拿著配方奶在餵嬰兒的是個瘋女人。這個女人根本無法講道理，因為她根本碰不得，因為她住的世界裡只有扭曲的愛國主義和午夜殺戮。娜塔莉生平第一次感到害怕，怕自己性命不保。

「所以妳把他們騙到海邊的房子去了。」瑪莉仍然看著鼓手說。「妳還真是有母性啊。不過，他們很快就會發現我不在那裡，到時候，那些豬玀可不會對妳太客氣喲，媽。妳可能會嚐到鞭子的滋味。」

「我這樣做是因為我不想看到孩子受到傷害，而且我希望——」

「我知道妳希望什麼。妳希望把我放在掌心，雕塑成妳想要的樣子，就像妳雕塑葛蘭特一樣。噢，不要，不要，我不要被雕塑成那個樣子。我想我在這裡也不能待太久吧，是嗎？」

「不管妳走到哪裡，他們都會找到妳。」

「噢，到目前為止，我都做得還不錯啊。」她看著母親，看到她臉上的恐懼，這讓她感到很得意，又很難過。「我要跟妳拿一個戒指。」

「什麼？」

「跟妳拿一個戒指。我要有兩顆鑽石並排的那個。」

娜塔莉搖著頭說。「我不知道妳要——」

「把戒指拔下來放在桌上！」瑪莉說。她的聲音變了，又恢復成戰士的聲音，不再有女兒的偽裝。「現在就拿下來！」

娜塔莉看著瑪莉說的那個戒指。那個戒指價值七千美元，是一九六五年艾德加送給她的生日禮物。「不行。」她說。「不行，我不能給妳。」

「如果妳自己不拔，我就替妳拔。」

娜塔莉抬起下巴，像是戰艦的船首。「好啊，妳來拔啊。」

瑪莉左手的臂彎仍抱著鼓手，但她的動作很快，娜塔莉還來不及後退，她就已經來到面前。

瑪莉抓著她母親的手用力一扯，一陣刺痛，手指的皮擦破了，差一點連手指都脫臼。而戒指已經不見了。

「妳該下地獄去！」娜塔莉厲聲說道，揚起右手，往恐怖瑪莉的臉頰摑下去。

瑪莉微微一笑，臉頰上出現五指掌紋。「我也愛妳，媽。」她說著，將那個有兩顆鑽石的戒指放進口袋裡。「妳幫我抱一下我的孩子，好嗎？」她把鼓手交給娜塔莉，然後堅定的走進書房，拆下牆上的電話，然後用力一擲，電話機就在牆上砸得粉碎，而娜塔莉只能淚眼汪汪的抱著孩子站在原地。瑪莉從她母親身邊經過往大門走的時候，還不忘對她微微一笑。走到門口，她拿出手槍，第一槍打中凱迪拉克的左前輪輪胎，第二槍則是右後輪。回來的時候，手上的槍口還在冒煙。剛才她們走到船屋去拿嬰兒配方奶時，瑪莉刻意讓她母親站得遠遠的，所以娜塔莉無從得知她開的是一輛廂型車，而不是「轎車」，更不知道是什麼廠牌的車子或是什麼顏色。這樣最好，因為等她母親回到文明社會時，她一定會像煮沸的水壺一樣，對警方鳴笛示警。瑪莉從娜塔莉顫抖的手中抱回鼓手，她母親滿臉疲憊蒼白。「妳會乖乖留在屋子，還是我必須拿走妳的鞋？」

「妳要怎麼做？把鞋子從我腳上扯下來嗎？」

「對。」瑪莉說，而她母親也相信她會。娜塔莉在書房的椅子坐下來，聽著凱迪拉克車輪洩氣的嘶嘶聲。瑪莉將奶瓶裡的最後一滴奶擠進寶寶嘴裡，然後把他抱到肩頭上，輕輕拍他的背，想讓他打嗝。

「要低一點。」娜塔莉低聲說。瑪莉的手放低一點，但是還是繼續拍著。過了幾秒鐘，鼓手打嗝了，裹在毛毯裡打個哈欠，又睏了。

「如果是我的話，就不會漏夜走到管理站。」瑪莉建議她說。「妳可能會扭到腳。我會等到明天太陽出來再說。」

「謝謝妳的關心。」

瑪莉輕輕搖著鼓手。這個動作對她和嬰兒來說，似乎都有安撫的作用。「我們不要像敵人一樣告別，好嗎？」

「每個人都是妳的敵人。」娜塔莉說。「妳痛恨每個人、每件事，不是嗎？」

「我痛恨一切想要在肉體上或精神上殺死我的東西。」她停頓一下，想到什麼話要說，不過她得走了。「謝謝妳幫我照顧鼓手。抱歉，我必須要拿走戒指，但是我確實需要錢。」

「是啊，槍和子彈都很貴，是吧？」

「還有汽油也是。到加拿大還有好長一段路呢。」必須餵豬玀吃點東西，她想，或許就不會對她緊追不捨。「妳替我問候老爸，好嗎？」她開始轉身，準備從後門往外走。她就是從那裡進來屋子裡的，她知道鑰匙一直都藏在門楣上。她猶豫了一下，還有一句話要說。「媽，其實妳應該為我感到驕傲才對。我從來都沒有放棄我的信念，永遠都不會放棄，這一點總算有點價值吧，不是嗎？」

「這句話寫在妳的墓誌銘上正好。」娜塔莉說。

「再見了，媽。」

然後她就走了。

娜塔莉聽到後門嘎吱一聲打開，又砰一聲關上。她留在原地不動，雙手交疊放在腿上，彷彿在正式晚宴時等著湯品上桌。大約過了五分鐘之後，那女人的喉頭發出啜泣的聲音，她低下頭哭了起來，淚珠滑落臉頰，落在手上，閃閃發亮，像是一顆顆假鑽石。

恐怖瑪莉坐在廂型車的方向盤後面，暖呼呼裹在襁褓中的鼓手躺在地板上。她從後照鏡看了屋子裡的燈光最後一眼，直到骷髏般的樹木遮住了她的視線。她覺得好累、好虛弱，她母親總是有辦法讓她筋疲力竭。不過沒有關係了。現在什麼無所謂了，只要在十八號下午兩點趕到哭泣的小姐那裡，把鼓手交給他的新父親就好了。她可以想像傑克勛爵容光煥發的笑容。

今天是五號星期一。她還有十三天，還有時間在路上找到一間廉價的汽車旅館，蟄伏一段時間，易容改裝。她必須時時注意風向，確保豬玀沒有靠近。她必須消失一陣子，讓風頭過去。她對著熟睡的鼓手說。「媽咪好愛你。媽咪好愛她親愛的、親愛的寶寶。現在你是我的了，你知道嗎？是啦，你是我的啦。永遠永遠都是屬於我的。」

瑪莉微笑著，儀表板的燈為她的臉染上一層綠光。行進中的廂型車微微震動，就像是搖籃一樣。嬰兒與母親都很平靜，至少目前是如此。

車子加速前進，輪胎磨擦著黑暗的地面向前滾動。

第四部　重逢

第一章　碎片

二月十五日當天發生了兩件事。一架載有兩百四十六人的環球航空公司客機在日本東京上空爆炸。一名瘋子拿著 AK-47 步槍在威斯康辛州拉克羅司市的一家購物中心掃射，造成三人死亡、五人受傷後，躲進了潘尼斯百貨公司。這兩則新聞讓一度沸沸揚揚的恐怖瑪麗竊嬰案打入冷宮，送進廣電新聞和報紙所謂的「棺材角」——死掉的新聞。

十五日早上，蘿拉克萊波恩大約十點鐘醒來，又是一夜難眠。她在床上多躺了一會兒，確認自己是真的醒了。有時候她以為自己醒了，其實只是在作夢，安眠藥就是有這種副作用，讓所有事情都變得令人迷惑而不可信，現實和幻想全都糾纏在一塊。她鼓起勇氣，準備面對接下來的一天，那可是艱鉅的任務。她起床，從百葉窗的縫隙向外窺探，太陽很大，天空很藍，外面風也很強，看起來似乎很冷。當然，外面已經沒有記者了。隨著時間過去，記者的人數一天比一天少。聯邦調查局舉行的記者會——其實只是為了維持這個案件的新聞價值——也不再有記者感興趣，到最後連記者會都沒了。恐怖瑪莉像是人間蒸發，而大衛也跟著她一起蒸發。

蘿拉走到浴室，但是並沒有抬頭看鏡子裡的自己，因為她知道那會是非常恐怖的景象。自從大衛被偷走之後，她覺得短短十二天內自己已經老了十歲。她的關節像老太太一樣腫脹疼痛，而且還有持續不斷的頭痛。那是壓力造成的，醫生曾經跟她說，在這樣的情況下完全可以理解。看到這顆粉紅色的藥丸了沒？一次吃半顆，一天兩次，如果有需要就打電話給我。蘿拉朝臉上潑一些冷水。她的眼皮浮腫，身體也浮腫，行動非常遲緩。她覺得兩腿之間有點濕濕熱熱的，伸手往下一摸，指頭上有紅色的液體。縫合的傷口又裂開了。自從寶寶失蹤之後，已經沒有任何東西能將她縫合起來了。

真正讓她痛苦的，是那種什麼都無法得知的沉重壓力。大衛死了嗎？會不會已經遭到毒手，被丟棄在路邊的雜草堆中？還是被她帶到黑市去變賣換成現金？或者她打算在某種邪教儀式上用他當獻祭？尼爾卡索和聯邦調查局都想過這些問題，但是始終沒有答案。

有時候，那種想要痛哭的衝動突然來襲，讓她難以招架，只好強迫自己臥床。此刻她就感覺到那股衝動要來了，而且愈來愈強烈。她緊抓著面盆，低著頭。大衛小小的身軀躺在雜草叢中的景象劃過她的腦海。「不要！」第一顆淚珠灼熱她眼眶時，她說：「不要！可惡！不要！」

她渾身顫抖，咬緊牙關，咬到下頜發疼，但是她度過這次的風暴，那種難以忍受的哀傷過去了，但是仍然在地平線另一端翻騰不已，蠢蠢欲動。蘿拉離開浴室，穿過沒有整理的房間，穿過書房，來到廚房。赤腳踩在地板上，感覺冰冰涼涼的。她的第一站當然是電話答錄機，沒有留言。她打開冰箱，拿起盒裝的柳橙汁，直接對著嘴喝起來。她拿起醫生建議她吃的一整排維他命，一顆接一顆吞下肚。這麼多藥丸，連馬都會被噎死。然後她站在廚房的正中央，眨著眼睛看著燦爛的陽光，無法決定要吃葡萄乾穀片還是燕麥。

第一件，先打電話給卡索。剛開始的時候，他的秘書還很貼心，聲音聽起來像喬治亞州的水蜜桃一樣甜美。後來，因為她有時候會一天打十幾通電話，那聲音就變得比較尖銳，還帶有一點檸檬的酸味。她說卡索不在辦公室，要到下午三點以後才會回來。沒有，目前沒有任何進展。是的，妳會是第一個知道的。蘿拉掛上電話。是葡萄乾穀片還是燕麥呢？似乎是個艱難的抉擇。

最後她選全麥麥片，而且還是站著吃，不小心把一些牛奶濺到地板上，差點又哭了。不過她想起古老的諺言，於是就停止哭泣，只用腳抹掉地板上的幾滴牛奶。

她的父母親在前一天早上回去了。蘿拉知道，這是她跟她母親之間漫長冷戰的開端。兩天前，道格的母親也回到奧蘭多去了。道格也開始回去上班，總得有人工作賺錢才行，他跟她這樣說，反正光是坐在這裡等也沒有用嘛，不是嗎？

前天晚上，道格說了一些話讓她怒不可遏。他看著她，《華爾街日報》就擺在桌上。他說。「就算大衛死了，也不會是世界末日。」

這句話像是一把炙熱的剃刀劃過她的心臟。「你覺得他死了嗎？」她粗暴的問他。「你是這樣想的嗎？」

「我不是說他已經死了，我只是說，不管發生什麼事，日子還是得繼續過下去。」

「我的天哪，我的天哪。」蘿拉的手摀著嘴巴，胃裡因恐懼而翻騰。「你真的覺得他死了，是不是？噢，我的天老爺，你真的這樣想！」

道格撐著沉重的眼皮看著她，蘿拉從他眼中看到了真相。接下來的風暴讓道格離開這間屋子，開著他的賓士走了。蘿拉撥了詹森家裡的號碼，有個女人來接電話，蘿拉尖酸的說。「他在路上了。妳可以擁有他，我希望妳喜歡妳得到的東西。」說完立刻掛上電話，她本來以為自己會摔話筒，但是並沒有。道格不值得她這樣做。有時候，在午夜降臨之前，她會發現自己坐在床上，拿著剪刀剪碎他們的結婚照。看著腿上的記憶碎片時，她會猛然驚覺——她真的有失心瘋的危險！然後她會把碎片集中起來，在梳妝檯上堆成一座小丘，接著吃兩顆安眠藥，尋求一夜安穩的休息。

該怎麼辦呢？該怎麼辦呢？她還沒有準備好要回去工作。她可以想像自己採訪社交活動時，整個人崩潰趴倒在鵝肝醬裡。她放上咖啡壺，在廚房裡閒晃，把原本已經擺正的東西擺正。經過電話時，又想打個電話給尼爾卡索，也許有什麼消息了也說不定。她拿起話筒，放回去，又拿起來，最後終於下定決心放下它。

去整理書房吧，她想。是的，書房需要整理一下。

蘿拉走進書房，花了幾分鐘整理籃子裡的雜誌。她挑出一些過期兩三個月的雜誌，堆在一起準備丟掉。啊，不行、不行，這一本不能丟，裡面有篇文章是講餵母乳的事。這一本也不能丟，裡面有篇文章講到嬰兒對音樂的反應。她從雜誌轉移到書架，把架上的書一本一本排好，讓每一本書的書背都排得整整齊齊。一些特大號的書還讓她手足無措了一會兒，不知道拿它們如何是好。接著，她看到了一本書，讓她一直不曾停下的動作暫停了。

那本書的書名是《燒了這本書吧！》。

她把書拿下來。馬克特雷格，那個嬉皮時代的遺緒。沒有作者的照片，山巔出版社，田納西州的查塔努加，只有一個郵政信箱。她翻開書，尋找特雷格講到地下氣象員和暴風戰線的段落。找到了，在七十二頁。「愛的世代，慘遭武裝嬉皮文化的傷害而變得千瘡百孔，血流不止，最後可說是在一九七二年七月一日那天晚上宣告死亡。當天晚上，新澤西州林登市警方在一個市郊的住宅區圍堵暴風戰線的恐怖份子，四名暴風戰線成員在交火中死亡，一人受傷落網，還有四個人逃逸，其中包括他們的首領『傑克勛爵』嘉迪納。豬玀們找了很久，都沒有找到。有人說加拿大——美國政治犯的天堂收容了他們，讓他們躲在森林深處。即便到了今天，只要你的耳朵調到正確的頻道，還是可以聽到他們的聲音，暴風戰線仍然在那裡。他們也許像躲在洞穴裡的熊一樣，舔舐著他們身上的傷口。也許年華老去的長髮嬉皮依然團聚在一起，品嚐以前收藏的大麻與迷幻藥，一起竊竊私語，一起作夢。很久以前，早在烈焰焚燬花朵之前，我認識一個暴風戰線的成員。她是個從愛荷華州西達弗斯市來的好孩子，一名農家女孩。你們能體會嗎？我想對她說，堅持妳的信念，愛那個跟妳在一起的人。」

蘿拉的目光瞟回書頁的上方。「我認識一個暴風戰線的成員。」

不是瑪莉泰瑞爾，她出生在里奇蒙。那麼是誰？

或許有人可以協助聯邦調查局找到她的孩子？

蘿拉拿著書走到電話旁邊，撥了卡索的號碼，倉皇間還撥錯號碼，只得重撥一次。響了兩聲之後，他的秘書，那個酸檸檬賤女人接起電話。沒有，克萊波恩太太，卡索先生還沒回來。我跟妳說過了，他要到三點以後才會回來。沒有，對不起，我沒有可以找到他的電話。克萊波恩太太，妳這樣一直打電話來，對誰都沒有好處。對於妳的情況，我真的感到很遺憾，但是我們已經做了任何可能找到妳的孩子的事情——

鬼扯。蘿拉掛斷電話。

她踱回廚房，一顆心蹦蹦直跳。她還能跟誰說這件事？誰能幫她？她又在電話旁邊停住腳步，這一次她撥了查塔努加的查號台。

接線生沒有山巔出版社的電話，但是當地有兩位姓特雷格的人，一個叫菲立普，另外一個名字的縮寫是M.K。她抄下後者的電話，撥了號碼，胃裡緩慢的在翻攪。

響了四響。「喂？」一個女人的聲音。

「請找馬克特雷格。」

「馬克在工作，妳要留話嗎？」

蘿拉嚥了一口口水，喉嚨好乾。「這位……馬克特雷格，是寫書的那一位嗎？」

對方停頓了一下，然後小心翼翼的說。「是。」

謝天謝地！她緊握住話筒問。「請問妳是他太太？」

「請問妳是哪位？」

「我叫蘿拉克萊波恩，從亞特蘭大打來。有沒有什麼號碼可以找到特雷格先生？」

又停頓了一下。「沒有，對不起。」

「拜託妳！」這句話說得太急，又洩漏太多情緒。「我必須找到他！拜託妳跟我說要怎麼樣才能找到他！」

「他那裡沒有電話。」那女人說。「蘿拉克萊波恩。我好像知道這個名字。妳是馬克的朋友嗎？」

「我從未見過他，但是卻一定要找到他。這非常重要。拜託妳，請妳幫幫我！」

「他要到五點才會回來。妳要留話給他嗎？」

五點，感覺跟永恆一樣久遠。蘿拉沮喪的說。「非常謝謝妳！」這一次，她真的摔電話了。

她站在原地好一會兒，雙手摀著臉，試圖決定下一步該怎麼辦。大衛躺在雜草堆裡的畫面又浮現出來，她用力甩甩頭，以免這個畫面深深凝結在腦中。

查塔努加在亞特蘭大西北方，沿著七十五號州際公路走，約有兩個小時的車程。蘿拉看看鐘。如果她現在出發，大約一點鐘就可以到。我認識一個暴風戰線的成員。特雷格對暴風戰線的了解或許比他書裡寫的要多。兩個小時的車程，她可以在一個小時又四十五分鐘內趕到。

蘿拉走到臥室，換上藍色牛仔褲，她的身材還有一點腫，穿起來很緊。然後又套上白色短衫和米黃色的麻花針織毛衣。她忽然想到，可能要在查塔努加過夜，於是她開始打包行李，多帶了一條牛仔褲和深紅色毛衣，還有換洗衣物和襪子，另外也帶了牙膏牙刷，最後決定連洗髮精和吹風機都一起帶著。還有錢，她想到，必須在路上到銀行暫停一下，兌換支票。帶了威士卡、萬事達卡、美國運通卡。必須把寶馬的油箱加滿。留一張字條給道格——噢，不必了。必須檢查輪胎，一個孤身女子在這個嚴酷的世界中闖蕩，爆胎可不是一件好事。

現在她知道，暴力可能會從四面八方來襲，不會事先警告你，只會留下悲劇。她走到五斗櫃，打開最上層的抽屜，拿起道格的毛衣，取出自動手槍與子彈。去他的射擊課程，如果必須使用武器，她會學得很快。

蘿拉迅速梳理一下頭髮，強迫自己看著鏡裡的倒影。她的眼睛閃爍著一種朦朧的光芒，但是她一時看不出來那是因為興奮還是瘋狂。但是有一件事情她非常確定，日復一日坐在這間屋子裡苦等寶寶的消息，肯定會讓她精神崩潰。馬克特雷格或許不知道暴風戰線其他事情，或許也不會有任何能幫助她找到孩子的訊息，但她還是要去查塔努加找他，沒有任何人或事可以阻止她。

她穿上黑色的銳跑運動鞋，然後把自動手槍、那盒子彈連同她的梳子一起塞進行李箱裡。

她看到那一堆剪碎的照片。

她用手刀將碎片全都掃進垃圾筒裡，然後拎起行李箱，穿上褐色大衣，走進車庫。寶馬的引擎啟動，發出低吼般的咆哮。

蘿拉開車駛出莫爾磨坊路的房子，再也沒有回頭。

第二章　吹笛人

查塔努加似乎是個在時間長流中停滯不前的城市，像是美國內戰時南方叛軍留下來的一只生鏽懷錶。廣濶的田納西河蜿蜒繞過這座城市，州際公路貫穿市中心，鐵路讓此地的倉庫工廠與外地的倉庫工廠相連接。然而河川、公路和鐵路進入查塔努加之後又離開，把查塔努加拋在背後，像是年華老去的待嫁淑女，等待著早已死亡入土的情郎來求婚。她對現代不屑一顧，只一心一意為永不再回來的過往暗自哭泣。

龐然的瞭望山就在查塔努加旁俯瞰整個城市，像是年老淑女佝僂的背脊。蘿拉在還沒看到這座城市之前，最先映入眼簾的也是這座瞭望山。第一眼望去，這座山看起來像是地平線上一個紫色的巨大陰影，讓蘿拉放在寶馬油門的腳踩得更重。一個鐘頭又十八分鐘之後，她在德國城路下了州際公路，找到一個有電話簿的公用電話，查尋特雷格的地址。電話簿上登記的地址是希禮雅路904號。蘿拉在加油站買了一本市街地圖，找到希禮雅路，然後請加油站的工作人員指出最佳路徑。接著，她再次上路，在明亮的午後陽光下，往查塔努加的東北方前進。

那個地址是一棟木造房屋，旁邊也是類似的房舍，就座落在一間購物中心對面。房子外觀漆成淡藍色，小小的一片草坪鋪上卵石步道，變成了石頭庭院。郵箱是塑膠製品，上面有一隻紅鳥。門前樹上吊了用繩索和輪胎做成的鞦韆，車道上停著一輛白色的Yugo汽車，車身已經有鏽蝕的污漬。蘿拉把車子停在房屋前面，走下車，寒風吹亂了她的頭髮，也吹得掛在前廊屋椽下的六、七個風鈴叮咚作響。

隔壁鄰居的狗開始狂吠起來。她注意到上了鎖鏈的圍籬後方有一條褐色的大狗。她走上前廊，按了門鈴，四周都是此起彼落的風鈴聲。

裡面的門開了，但是外面的紗門仍然關著。一個瘦小的女人謹慎的向外窺看，一頭褐色的頭髮綁成兩條辮子。「有什麼事嗎？」

「我叫蘿拉克萊波恩。我不久前有從亞特蘭大打過電話給妳。」

那女人只是盯著她看。

「我是十一點的時候打來的。」蘿拉接著說。「我來找妳先生談話。」

「妳就是……打電話來的那個小姐？妳從亞特蘭大過來？」她眨著眼睛問道，彷彿在消化這些資訊。

「沒錯。我沒有辦法跟妳說明這件事有多重要，但是我一定要跟妳先生見面。」

「我知道妳是誰。」那女人點點頭。「妳就是小孩被人偷走的那個人。馬克跟我聊過這件事。我就知道我聽過妳的名字！」

蘿拉站在那裡等著。那個女人回過神來說。「哦！請進。」她打開紗門的門閂，敞開大門迎接蘿拉。

蘿拉在唸大學的時候，去過很多學生宿舍和嬉皮公寓，就連她自己住的地方也相當「嬉皮化」，或者說，在喬治亞大學，那樣的程度就算是嬉皮了。這間房子立刻讓她想起當年的日子，裡面充斥著廉價的家具，用木箱權充書架和唱片架，一個巨型的橘色懶骨頭上面繡著 UT 兩個字母，還有一張米黃色的沙發看起來好像有人在上面睡了好幾年。屋子裡擺了好幾個插著乾燥花的花瓶，牆上則掛著貨真價實的夜光海報，一張是占星學的星座圖，另外一張則是襯著滿月背景的三桅帆船。有面牆上掛著一塊木雕匾額，上面刻著「順其自然」。蘿拉確信她聞到草莓焚香和煮扁豆的味道。櫃子枱面上擺放著燒了一半的粗大蠟燭——就是那種設計繁複，外面還綁著彩色緞帶的蠟燭——就放在書的旁邊，其中包括卡里紀伯倫和羅德麥昆的作品。蘿拉一眼就可以看到走廊的盡頭，另一端的牆上也貼了海報，上面寫：戰爭對小孩和其他生物都不健康。

要不是地板上散落著變形金剛玩具，還有電視機上的任天堂遊樂器，這種回到過去的感覺或許會更強烈。綁著辮子的女人一把撈起地板上的玩具。「小孩子喔。」她咧著嘴，露出牙齒笑著說。「總是到處亂丟東西，是不是啊？」

蘿拉看到一個芭比娃娃，穿著閃閃發亮的白色小禮服，靠在收藏唱片的木板箱旁，箱子裡的唱片封套看起來都已經破爛不堪。「妳有兩個孩子？」

「妳猜對了。小馬克十歲，貝佳才剛滿八歲。抱歉，這個地方亂得不像樣。有的時候啊，早上送他們去上學就像龍捲風過境似的。妳要喝點茶嗎？我剛泡了一些木槿茶。」

蘿拉已經十年沒有嚐過木槿茶了。「好。」她說著，尾隨那名婦女走進狹窄的廚房。冰箱上頭用鮮艷顯眼的顏色畫滿了和平的標誌，小孩子用蠟筆畫的圖也貼在冰箱門上，其中一幅上面寫著「我愛妳，媽」。蘿拉趕緊撇過頭去，因為喉頭又哽咽了起來。

「我叫珞絲。」那女人說。「很高興認識妳。」她伸出手來，蘿拉跟她握了握手。然後珞絲忙著去拿茶杯，從褐色的陶壺倒出新沏的茶。「我們只有粗糖。」她說，蘿拉跟她說沒有關係，粗糖就好了。珞絲把茶端過來，蘿拉看到她腳下一雙勃肯涼鞋，嬉皮的標準配備。珞絲特雷格穿著膝頭有補丁的褪色牛仔褲，身上則是寬鬆的毛衣，而且肘部似乎再磨個幾次就會破掉的感覺。她只有一百五十公分高，走起路來很有活力，有矮個子特有的那種鳥兒般的輕盈靈敏。在廚房的陽光下，蘿拉注意到珞絲特雷格的鬢角有些許銀絲，她的臉嫵媚開朗，鼻頭和臉頰有點點雀斑，一雙深藍色眸子，不過唇邊和眼尾的細紋說明了她的日子並不輕鬆。「喏。」珞絲說著將粗陶杯遞給蘿拉，杯子雕塑成長下巴、大鬍子的嬉皮臉。「要加點檸檬嗎？」

「不用了，謝謝。」她啜飲著茶。生命中絕少有什麼是始終不變的，木槿茶就是其中之一。

他們坐在客廳裡，周圍盡是過往歲月的遺緒，看著這些東西，蘿拉幾乎可以聽到鮑伯狄倫演唱〈隨風而逝〉的聲音響起。她感覺到珞絲正看著她，緊張的等著她開口。「我讀過妳先生的書。」蘿拉說。

「哪一本?他寫過三本書。」

「《燒了這本書吧！》。」

「噢，是的。這本賣得最好，幾乎賣了四百本。」

「我在《憲政報》替這本書寫書評。」不過那篇書評從未刊登出來。「很有意思的一本書。」

「我們有自己的出版社。」珞絲說。「山巔出版社。」她笑著聳聳肩。「呃，其實只是一台排版機和一些堆在地下室裡的東西。我們大多是透過郵購賣書，賣給大學裡的書店。不過班哲明富蘭克林也是這樣開始的，是吧？」

蘿拉坐在椅子上，身子向前傾。「珞絲，我必須跟妳先生談一談。妳知道我發生了什麼事吧，對不對？」

珞絲點點頭。「我們在新聞上看到，報紙上也有寫。我們都深感震驚。可是妳跟照片上看起來不太一樣。」

「我的寶寶被人偷抱走了。」蘿拉說，全憑著意志力才沒讓淚水湧出眼眶。「他叫做大衛，出生才兩天。我……我非常想要回孩子。」小心點，她心想。她覺得雙眼灼熱。「妳知道是誰抱走我的小孩，對不對？」

「是啊，是恐怖瑪莉。我們都以為她已經死了。」

「恐怖瑪莉。」蘿拉覆誦著這個名字，目光盯著珞絲的臉。「聯邦調查局正在找她，但是他們找不到她。都已經十二天了，她就這樣帶著我的孩子消失得無影無蹤。妳知不知道十二天有多長？」

珞絲沒有回答，只是撇過頭去不看蘿拉，因為那女人嚴厲的眼神讓她感到不安。

「每一天都不斷延伸，不斷延伸，你會覺得這一天好像根本不會結束。」蘿拉接著說。「你會以為時間就這樣停滯了。到了晚上更是可怕，在夜深人靜的時候，你幾乎可以聽到自己的心跳……我家裡有一間空的育嬰室，我的兒子卻在瑪莉泰瑞爾的手中。我看了妳先生的書，看到書裡寫到暴風戰線。他認識暴風戰線的其中一名成員，對不對？」

「那是很久以前的事了。」

「我知道。但是他跟我說的任何事情，都可能對聯邦調局有幫助啊，珞絲。任何事情。到目前為止，他們都只是在空轉而已。我實在無法再等下去了，我無法再多等幾天，等他們打電話來告訴我，跟我說我的大衛到底是死是活。妳可以理解嗎？」

珞絲長長的吐出了一口氣，點點頭，低垂著視線。「是的。我們聽到這個消息的時候，也曾經長談過。我們在想，若是有人抱走了小馬克或是貝佳，我們會覺得如何。那肯定是一條沉重的道路，這點無庸置疑。」她抬起頭來。「馬克確實認識一個女的，她曾經隸屬於暴風戰線，但是他並不認識恐怖瑪麗，也不知道任何可以幫妳找回孩子的事情。」

「妳怎麼能這麼肯定呢？也許妳先生知道什麼事情，他或許覺得不重要，卻可能真的很有價值。我想我不必跟妳說我有多麼絕望。妳也是為人母親的人，妳知道會有什麼感覺。」她看到珞絲皺起眉頭，加深了臉上的紋路。「求求妳。我必須找到妳先生，問他一些問題，不會佔用他太多時間。妳可以告訴我要去哪裡找他嗎？」

珞絲咬著下唇，不斷攪拌著杯裡的木槿茶，然後說。「好，好吧。他們那裡確實有電話，但是我沒有跟妳說，因為他們那裡不喜歡叫管理員去接電話。我是說，那裡地方很大，不好找人。」

「妳先生在哪裡工作？」

珞絲跟她說了什麼地方，還有要如何去到那裡。蘿拉喝完了茶，跟她說謝謝，然後離開那棟房子。珞絲送她到大門口，祝她一路平安，風鈴仍然在寒風中叮咚作響。

岩石城座落在瞭望山巔，不是查塔努加的市郊，而是一條觀光步道，蜿蜒在眾多風蝕的奇岩巨礫之間，經過一道從懸崖峭壁上傾瀉而下的瀑布，其間還有一些岩砌公園，裡面有石凳供疲乏的旅客休息。畫成大鬍子精靈的指標，指出入口與停車場的方向。像這麼冷的天，即便陽光普照，停車場上也是空空蕩蕩的。蘿拉在一棟建築裡付了錢，那裡還兼售一些印地安人的弓箭和南軍的帽子。工作人員跟她說馬克特雷格可能在「搖晃吊橋」附近清掃步道，於是她出發沿著步道前進，繞來繞去，有時候還從巨岩的正中心穿過去，那些大石頭正是瞭望山裸露在外的脊樑。她輕鬆的穿過一個叫「胖子愁」的狹窄隘口，這時才確知自己真的已經甩掉了懷孕時增加的體重。步道又帶她走過冰冷的岩間陰影，再次回到陽光底下，終於看到了前方的「搖晃吊橋」，但步道上還是沒有任何人。她又繼續走過吊橋，這橋真的會搖來晃去，而且還發出嘎吱聲響，腳下就是二十公尺深的峽谷。她雙手插在大衣口袋裡，繼續往下走，但是仍然不見半個人影。可是她注意到一件事——步道真的非常乾淨。就在這個時候，她繞過一個彎道，聽到了一個聲音，像鳥鳴一樣高亢的哨笛聲。

蘿拉循聲而去，沒多久就找到他了。他盤腿坐在一塊大石上，耙子和掃把都倚在石頭旁邊，正專心吹著哨笛，同時凝望著一大片廣濶的松林與藍天。

「特雷格先生？」她站在大石頭底下問道。

他繼續吹著，那音樂聽起來很舒緩、輕柔，又帶有一點悲傷。蘿拉心想，哨笛是馬戲團裡臉頰上畫淚珠的小丑所吹的樂器。「是特雷格先生嗎？」她又叫了一次，這次大聲了一點。

音樂停了。馬克特雷格從嘴邊拿開哨笛，往下看著她。他留著深褐色夾雜著一點白鬚的長鬍子，長髮垂在肩上，頭戴一頂棒球帽。同樣夾雜的白毛的濃眉底下是一雙熠熠發亮的淡褐色大眼，目光透過老式的金絲框眼鏡直視著蘿拉。「有什麼事嗎？」

「我叫蘿拉克萊波恩。我從亞特蘭大來找你。」

馬克特雷格瞇著眼睛看她，好像視線不是很清楚。「我不……我想我不認識……」

「蘿拉克萊波恩。」她又說。「十二天前，恐怖瑪莉偷走了我的孩子。」

他張著嘴，但是沒有說話。

「我看過《燒了這本書吧！》。」她接著說。「你談到了暴風戰線。你說你認識一個人，以前是這個組織的成員。我是來——」

「哦。」他說。孩子氣的聲音跟白髮並不相襯。「哦，哇噢。」

「請你幫忙。」蘿拉終於說完了。

「我在電視上看過妳。老太婆跟我都看到妳！我們昨天晚上還談到妳咧！」他手腳俐落的從大石頭上爬下來，身上穿著棕色制服，還有一件背心，胸前的口袋有一邊印著「岩石城」，另外一邊則寫著「馬克」。特雷格的身高有一百九，但是瘦得像蜘蛛猴似的，臉上全是鬍子，兩叢眉毛也很濃密，眼鏡後方的雙眼微微凸出。「哇！真是辛苦！我發誓，我們昨天還談到妳的事哩！」

「我見過珞絲了。她跟我說到這裡來找你。」那個茶杯，她想到，杯子上那張臉就是他。

「妳去過我家？哇！」

「特雷格先生？請聽我說，我需要你的協助。你認識一個曾經是暴風戰線的成員，對不對？」

他臉上的傻笑開始褪去，眨了眨眼，恢復平靜。「哦。」他說。「妳是為了這個來的？」

「是的。我看了你最新出版的那本書。」

「我的書，噢，沒錯。」他點點頭，把哨笛塞進褲子後面的口袋裡。「這樣……很抱歉，可是我必須回去工作了。」他伸手拿回耙子跟掃把。「我不能在這裡坐太久。他們會不高興。」他邁開大步走開。

蘿拉跟在他後面。「等一等！你沒聽到我說什麼嗎？」她伸手抓住他的肩頭，阻止他笨拙的步伐。「我在請你幫忙啊！」

「我幫不上忙。」他平淡的說。「對不起。」說完又邁開大步走人。

蘿拉也大步跟上，一股怒氣冒了上來，臉頰也泛起紅光。「特雷格先生！等一下，拜託你！只要給我一分鐘就好了！」

他繼續走，愈走愈快。

「等一等！你聽我說嘛！」

還是愈走愈快。

「我說等一等，可惡！」蘿拉大喊道，伸手抓住馬克特雷格的左臂，使盡全力把他轉過來，砰的一聲，他的背壓上一塊光滑的大石頭。他輕哼一聲，鬆手放掉手上的耙子、掃把。他瞪著一雙大眼睛，像被驚嚇的貓頭鷹一樣。

「拜託。」他說。「我最受不了暴力。」

「我也是！可是我對天發誓，我兒子被一個殺人兇手偷走了，你一定要你把我想要知道的事情告訴我！」她用力搖他。「你聽懂了嗎？老兄？」

他沒有回答，然後低聲的說。「我懂。」

「好。」蘿拉放開他，但是堵住他的去路，讓他無處可逃。「你認識一位暴風戰線的成員，是誰？」

特雷格四處張望一番。「好吧，少來了！豬玀藏在哪裡？妳把他們都帶來了，對不對？」

「沒有警察。什麼人都沒有，就只有我。」

「唉，反正也無所謂了啦。」他聳聳肩。「我不在乎妳有沒有戴竊聽器。我確實有好幾個月跟貝蒂莉亞摩斯參加過同一個公社，她的朋友都叫她蒂蒂。但是那又怎麼樣呢？我沒有跟暴風戰線的人搞在一起，妳可以跟那些豬玀說，叫他們去查。」

「貝蒂莉亞摩斯後來怎麼了？她在新澤西州的槍擊中死了嗎？」

「沒有。她逃跑了。我跟妳說，我就只知道這些了。我在六九年的時候曾經跟蒂蒂和其他八個人一起參加同一個公社，那是在她加入暴風戰線之前的事。我們都在南加大唸書，交往了四個月後分手，因為大家都對當地的豬玀動不動就來搜查很感冒。就是這樣。」

「你不是在柏克萊認識她？」

「嗯哼，不是。她沒有唸過柏克萊。她是到了紐約之後才跟暴風戰線搞在一起。我跟妳說，對於她這個人，我就只知道這麼多了，好嗎？」

「後來你就再也沒有她的消息了？」

「沒有。」特雷格彎下他頎長的身軀，撿起地上的耙子、掃把。「妳把身上的竊聽器音量開大聲一點，讓那些豬玀聽得更清楚一點。妳聽仔細了，沒有。」

「那瑪莉泰瑞爾呢？有沒有什麼關於她的事情，你可以跟我說的？」

「有啊。」他摘下眼鏡，從襯衫裡拉出一條手帕，開始擦拭鏡片。「可是妳都已經知道了。她發瘋了，瘋得夠徹底。她不會向豬玀屈服。他們非得殺死她不可。」

「然後她就會殺掉我的寶寶。你是不是這個意思？」

「我沒有這樣說。」他把眼鏡又戴回去。「妳聽著，克萊波恩太太，對於這一切，我感到很遺憾，真的很遺憾。可是我對暴風戰線所知道的事情，沒有什麼是那些豬玀——我是說警察和聯邦調查局——還不知道的。很抱歉讓妳這麼大老遠的白跑一趟，但是我真的幫不上忙。」

蘿拉有一度以為自己要昏倒了。她心裡曾經燃起了一線希望——希望什麼呢？她自己也不確定——現在希望破滅了，又陷入了困境。

「妳看起來臉色不大好。」特雷格說。「妳要坐下來嗎？」她點點頭，於是他攙扶著她到石凳上。「妳要不要喝罐可樂？我可以幫妳去買。」她搖搖頭，奮力對抗那種噁心欲嘔的感覺。她知道如果她在這裡吐了，特雷格就必須清理那些穢物。管他的，說不定值得一試，就算只是製造一點混亂也好。不過她沒有，她只是微微抬起頭來，迎向冷風，覺得冷汗開始乾了。

她用沙啞的嗓音說。「還有沒有別的事情嗎？你知不知道瑪莉泰瑞爾可能會在哪裡？」

「我不知道。我也不知道蒂蒂在哪裡。那都是很久以前的事了。」他在石凳上挨著她坐下來，兩條長腿張開來。他穿著紅色的愛迪達運動鞋，鞋面上有星星。「那個公社啊。」他回想道。「哇，好像是另外一個世界的事情了。唉，其實也是啦，不是嗎？」他在陽光下瞇起眼睛，看著老鷹在山上盤旋。「都過了這麼久囉。」他說。「我們曾經有過一段美好的時光，住在小農場上，養了幾頭牛、幾隻雞，不會打擾到任何人，只是一心想要找到涅盤極樂世界。妳知道後來豬玀為什麼把我們抓起來嗎？」他等蘿拉搖搖頭之後才說。「沒有營業執照。是這個樣子。蒂蒂會做一些東西，她會做一些陶器，把東西拿到鎮上去賣，也做得很不錯喲，然後突然間，哇，你沒有營業執照。媽的，我實在搞不懂，像你們那樣用紙，我們怎麼還會有樹呢？我是說，歷史上用了這麼多的紙，我們怎麼還有森林呢？再想想其他的木造家具、房屋和其他所有用木頭做的東西，我們怎麼還會有森林呢？」他用瘦峭的肘骨推推她。「是不是啊？」

「我不知道。也許你應該寫一本書講這個問題。」

「對呀，也許我會寫喲。」他說。「可是這樣一來，不就要用更多的紙嗎？不是這樣嗎？妳懂嗎？就是一個惡性循環。」

他們靜靜的坐了一會兒。冷風漸強，蘿拉聽到隨風傳來老鷹的叫聲。馬克特雷格站了起來。「妳既然來了，就應該去看看岩石城的其他地方。這裡還不錯，在每年這個時候都很安靜，會讓妳覺得好像自己一個人擁有整個地方。」

「我現在還沒有心情觀光。」

「嗯，我想也是。好吧，我得回去工作了。妳自己可以找得到路出去吧？」

蘿拉點點頭。她要去哪裡？出去了之後，又要做什麼呢？

特雷格拿著他的耙子和掃把，站在原地遲疑了一下。「我跟妳說……這樣說可能也沒有用，可是對於妳發生的事，我真的覺得很遺憾。我以為瑪莉泰瑞爾已經死了，埋在某處某個沒有名字的墳墓裡。我想，你永遠都不知道會碰到什麼人吧，是不是啊？」

「是啊，你永遠都不會知道。」她同意道。

「好吧，那妳多保重了。很可惜，妳大老遠地跑了這麼一趟，什麼都沒有。」他還是流連不去，瘦長的影子落在她腳邊。「我希望他們會找到妳的寶寶。」他說。「祝妳和平。」他比出手勢，終於轉身走開。

她沒有攔他。畢竟那有什麼用呢？最後，等她確定自己不再頭暈想吐之後，這才站了起來。現在怎麼辦呢？回亞特蘭大？不要，不要，今天下午她不想開車。也許她去找一間汽車旅館，買一瓶廉價的紅酒，狠狠把自己灌醉，也許要兩瓶才夠。管他的哩！

在岩石城內蜿蜒的小徑上，她跟著自己的影子走，那是一道瘦長的女人身影，是一個被困在過去與未來中間，被夾得粉身碎骨的女人，不論往哪個方向看過去，都看不到希望。

第三章　毀滅前夕

夜幕低垂。盒子似的小房子一個個亮了起來，從窗戶透出電燈和電視機的光線，像是一排排發亮的方格子，一路延伸到遠方。夜色中有數以千計的小方格，代表著數以千計的生命，而恐怖瑪麗開著廂型車，在林登市的大街小巷穿梭時，這些生命就在她的身邊，就在磚砌木造的屋子裡過著他們的日子。剛吃飽也換過尿片的鼓手正躺在他的新搖籃裡，放在車廂內的地板上，安安靜靜吸吮著奶嘴。車子的暖氣出了一點毛病，費力的喘息著。瑪莉開到一個十字路口，先放慢速度，然後繼續向前，更深入記憶的核心。刺骨的寒風吹得報紙和垃圾在車燈的燈光下飛舞，兩名行人穿著厚重大衣、戴著附耳罩的帽子，快速穿越馬路。瑪莉看著他們走開，走出車燈範圍，然後繼續前進，尋找卡拉薩雷的雜貨店。她記得它就在蒙哥馬利大道和查爾斯街的交會處，可是現在那裡卻是一家叫做尼克的上空酒吧。她繞行市街，尋找過往的記憶。

恐怖瑪莉已經易容改裝了。她剪短了頭髮，染成淡褐色，還有一些紅色的挑染。她也把眉毛染成淡褐色，還用眉筆在鼻翼兩頰點上一些雀斑。除了減肥之外，她沒有別的方法改變體型，不過她換穿了新衣服，比較暖和的衣物——褐色燈芯絨長褲、藍色法蘭絨襯衫和羊毛襯裡的外套，腳下則是一雙全新的棕色靴子。華盛頓風化區裡一家當鋪裡的西裔男子，以兩千五百美元買下她母親那只價值七千美元的戒指，沒有問任何問題。自從跟母親分手之後，瑪莉跟鼓手住過好些廉價旅館，堪稱是貨真價實的「蟑螂旅店」。一個清冷的早晨，瑪莉在德拉瓦州威明頓附近一家優眠旅館醒來，赫然發現好幾隻蟑螂爬過鼓手的臉。她將蟑螂撣掉，然後一隻隻把它們捏死。到了他們第二天住的地方，櫃檯裡那個皮膚黝黑的女人給她不好的感覺。她不喜歡那女人看著鼓手的樣子，好像她燒焦的腦袋瓜裡有個燈光的開關快要打開似的。瑪莉在那裡停留不到一個鐘頭，立刻又抱起鼓手繼續上路。他們住的地方都只收現金，不要求看身份證件，而且大多數時候都只有妓女跟他們的恩客，還有一些吸毒的人和騙子才會上門。晚上睡覺時，瑪莉會用椅子頂住門，槍也一直都放在枕頭底下，而且她一定都會先確認過最快的逃亡路徑。

可是有一次，在新澤西州翠登市一家蛋捲店發生了驚險的場面，讓瑪莉捏了一把冷汗。當時她正在吃煎餅——當地人稱之為薄餅，鼓手躺在搖籃裡，就放在她的旁邊，這時有兩隻豬玀走進來，坐進她後面的雅座，點了特大號的超值早餐。然後，鼓手開始哭了起來，讓人惱怒的聲音，而且怎麼安撫都不肯安靜。接著，他的哭聲變成了尖叫，最後終於有一隻豬玀忍不住探頭過來，看著鼓手說。「嘿，你早上沒吃飽嗎？還是怎麼啦？」

「她早上總是很難搞。」瑪莉裝出客氣的笑容跟那隻豬玀說。他怎麼會知道鼓手是男生還是女生？她把鼓手抱起來，輕輕搖著，嘖嘖嘖的對著他說話，他的哭聲這才慢慢停下來。瑪莉的腋下全都濕透了，背脊也因為緊張而隱隱刺痛。小型的麥格儂就在她新買的大背包裡。

「肺活量還真不錯。」那隻豬說。「長大後應該去大都會歌劇院唱歌，是不是啊？」

「也許吧。」瑪莉答道。然後那隻豬轉身過去，不再多說什麼。瑪莉強迫自己吃完煎餅，卻完全食不知味。吃完後，她起身去付帳，抱起鼓手走出餐廳，到了停車場還不忘在豬玀車的擋風玻璃上吐一口口水。

卡拉薩雷的雜貨店到底在哪裡呢？這附近全都變了。「都過了二十年了。」她對鼓手說。「我猜什麼都變了吧，是不是啊？」她等不及想看到鼓手長大跟她說話。噢，想想她跟傑克能教給他的東西！他會成為軍事政治與哲學的活動堡壘，不必聽任何人對他指指點點。她右轉進入錢伯斯街，前頭有警示號誌燈閃爍，表示又是一個路口。是伍德隆大道吧，她心想。沒錯！我就是要在這裡左轉！又過了一會兒，她看到標誌，轉角那棟建築物就是卡拉薩雷雜貨店的原址。現在那裡還是一家雜貨店，不過改名叫做駱華雜貨店。她又往前開了兩條街，然後把車子停在還沒到路口的位置。

就是這裡了。他們又把房子蓋回去了，看起來灰撲撲的，需要粉刷一下。其他的房子也都蓋得很近，結構全都擠在一起，一點也不尊重空間與隱私。她知道房子後面有一個小庭院，四面用圍籬圈住，圍籬外是狹窄的巷弄，供清潔隊員收取垃圾。噢，沒錯，她對這附近的地理環境很熟悉，幾乎是瞭若指掌。

「就是這裡了。」她用虔誠的口吻對鼓手說。「就是這裡了。這裡就是你媽咪誕生的地方。」

她記得很清楚，一九七二年七月的第一個晚上，暴風戰線就在這間屋子裡，為即將在哭泣小姐展開的任務做準備。蓋瑞萊斯特，一個土生土長的紐約人，用化名租下了這間屋子。傑克勛爵在保加利亞認識了一個傢伙，他會把雪茄的菸草挖空，在裡頭塞滿古柯鹼，裝進原本的盒子裡寄來美國。暴風戰線就是利用兩批這樣的貨，在紐華克的黑市買到各式各樣的自動手槍、鎮暴霰彈槍、手榴彈、塑膠炸彈，還有十幾支新鮮的炸藥和兩把半自動的烏茲機關槍。這棟當年漆成淡綠色的房子，可以說是暴風戰線的火藥庫，他們從這裡追蹤那些被他們認定為腦殘國家機器走狗的豬玀、律師和曼哈頓企業界人士。暴風戰線成員一直保持清白和低調，連音樂都不敢開太大聲，大麻菸也少抽許多。鄰居們都以為住在艾德曼街 1105 號那棟房子裡的孩子，無非是一群有白人、黑人還有東方臉孔的怪異組合，不過那正是電視節目「我們都是一家人」最盛行的時候，全世界的亞契邦克都只會坐在自家扶手椅上咆哮抱怨，只會自掃門前雪。暴風戰線成員還刻意跟鄰居保持友好的關係，像是幫年長的住戶粉刷房屋或是洗車等等。瑪莉曾經替隔壁街上一對義大利夫婦照顧小孩，賺些零用錢。在柏克萊主修數學的欣欣歐瑪拉替鄰居小孩擔任家教，教他們代數。桑丘克雷門薩是墨西哥裔的詩人，會講四國語言，曾經在卡拉薩雷的雜貨店做過店員。至於十六歲時就殺過第一隻豬玀的詹姆斯薩維耶涂姆斯，則曾經在伍德隆大道上的皇家快餐店擔任廚師。總之，暴風戰線成員完全融入鄰里，在尋常的世界中把自己偽裝掩護起來，沒有人猜得到他們在暗地裡籌畫暗殺、爆炸行動，靠著他們最甜美的藥物——憤怒——獲得刺激與快感。

可是，在七月一日的傍晚，珍妮特史諾登與愛德華佛迪斯出去買披薩回來，倒車時不小心撞到了一輛豬玀車。

「沒有問題，不要緊張。」愛德華與珍妮特拿著冷掉的披薩進門時，還對其他人說。「一切都沒事。」

「笨蛋！」傑克勛爵衝著愛德華那張憔悴的大鬍子臉吼叫，同時像隻獵豹一樣從椅子上跳起來。「蠢得跟豬一樣！他媽的你開車怎麼不會看路哪？」

「沒有問題的啦！」個頭嬌小、像鞭炮一樣好辯的珍妮特也站了起來。「我們出了差錯嘛，好嗎？我們也承認我們做錯了嘛。只是撞凹了一點點，不過就是這樣而已嘛。」

「是啊。」愛德華也附和道。「我們撞爛了車尾燈，但是豬玀車毫髮無傷。他們本來就不應該把車子停得那麼靠近我們的屁股。」

「愛德華？」欣欣以她那冷靜的東方腔調說，她的臉孔像是鑲在漆黑秀髮裡的一個黃色貝殼浮雕。「他們有要求看你的駕照嗎？」

「有啊。」他說著又迅速瞥了傑克勛爵一眼。瑪莉坐在角落的一張搖椅上，雙手交疊放在她愈來愈大的肚子上，撫著肚子裡傑克的孩子。「可是沒有問題啊。」愛德華接著說。他的駕照是偽造的，和其他幾個人一樣。愛德華把他長長的褐色馬尾撥到腦後。「那隻豬玀甚至笑著說，他上個星期也撞爛了自己的車，還說他老婆到現在還在嘮叨呢。」

「豬玀有跟蹤你們嗎？」艾基塔華盛頓問。他是個胸肌健壯的黑人，脖子上總是佩戴著非洲的珠飾和護身符。他一邊說著，一邊走到窗邊窺探外面的街道。

「沒有啦，見鬼了，才沒有啦。他們為什麼要跟蹤我們？」愛德華的聲音裡有一絲絲顫抖。

「因為。」瑪莉坐在角落的搖椅上說。「有些豬玀有第六感。」她有一頭閃亮的金髮，長髮披肩，顴骨高聳，看起來尊貴而平和——像是亡命天涯的聖母瑪莉亞。「有些豬玀可以嗅到你的恐懼。」她的頭歪向一側，眼神冷靜而嚴厲。「你覺得那些豬玀有沒有聞到你的恐懼，愛德華？」

「妳不要煩他了！」珍妮特吼道。「豬玀並沒有識破我們，好嗎？他們只是查看了愛德華的身份證，然後就讓我們走了，就是這樣！」

傑克勛爵開始在屋子踱步，這不是什麼好兆頭。「也許真的沒事吧。」蒂蒂摩斯說。她坐在地板上清理左輪手槍，那雙靈巧的手指也能捏塑陶土，製成精美的陶藝品。她是很甜美的年輕女子，有一雙綠色的眼睛，紮成辮子的紅髮像南軍旗一樣紅，又有愛荷華人的結實骨架。「也許沒有什麼大不了的。」

桑丘悶哼一聲，吐出一口大麻煙。蓋瑞萊斯特則迫不及待的開始吃起披薩。詹姆斯薩維耶涂姆斯啣著煙斗，坐著不動，腿上還擺了一本俳句的書，臉上絲毫不動聲色，活像一尊黑色的佛像。

「我不喜歡這樣。」傑克說。他走到窗邊，向外望出去出，然後又踱回來。「我不喜歡這樣。」他繼續在屋子裡踱步，而其他人則已經開始大啖披薩。「史諾登？」他終於開口。「到樓上去，去臥室的窗口看看。」

「為什麼要我去？我總是被分派到一些爛工作？」

「快去！」傑克咆哮道。「然後愛德華，你給我滾到樓上的火藥庫去看著。」他們的武器彈藥全都藏在某間房間的牆壁裡。「快去！現在就去！不是要你等到他媽的下個禮拜才去！」

他們各自上樓去了。傑克那可以看穿人心的藍色眼睛望向欣欣。「妳到卡拉薩雷那裡去買份報紙。」他跟她說。她放下吃了一半的披薩，什麼問題都沒問就出門去了，她知道他是要她去外面聞聞看有沒有豬玀的臭味。然後傑克走到瑪莉身邊，手貼在她的肚子上。她握著他的指頭，抬頭望著他熱切俊美的臉龐，看著他一頭金色長髮披在肩頭，還有他右邊耳垂的耳環上吊掛著的一根老鷹羽毛。瑪莉才要開口說我愛你，立刻又縮回去。傑克勛爵不相信語言文字，世人所說的愛，他說，只是這個腦殘國家的工具而已。他相信兄弟姊妹願意為彼此、為共同理念犧牲性命的勇氣、真相與忠誠。他認為，一對一的「愛情」是這個僵化謬誤的世界的產物，只有食古不化的老頑固和他們手下那些像機器人一樣、被修剪得整整齊齊的奴隸才會相信。

可是她就是忍不住愛他，只是不敢說出口而已。他的怒火會像閃電雷擊一樣劈落，只留下滿地灰燼。

傑克的手揉著她的肚子，眼睛卻看著艾基塔。「到後院去看著。」艾基塔點點頭就去了。「蓋瑞！你到自助洗衣店去一趟，帶一兩塊錢去機器裡換些銅板回來。」自助洗衣店離這裡有兩條街，正好在卡拉薩雷雜貨店的反方向。瑪莉知道傑克是在佈署防禦陣地。蓋瑞走進安靜濕熱的夜晚。有人在自家院子裡燒烤漢堡，香味飄進屋裡來。遠處有狗吠聲，也有一兩隻對面鄰居養的狗跟著唱和。

傑克站在前廳的窗邊，揉著指節。他說。「我沒聽到佛洛多的聲音。」

詹姆斯薩維耶涂姆斯從俳句書中抬起頭來，嘴裡仍然啣著煙斗，一小縷藍煙從唇邊逸出來。

「佛洛多。」傑克的聲音很輕、很低。「佛洛多怎麼沒叫？」

佛洛多是一條矮胖的白色雜種狗，是他們同一條街上隔兩戶的吉安傑洛家裡養的寵物。吉安傑洛家裡的人叫牠「西撒」，但是傑克替牠取了個綽號叫「佛洛多」，因為那隻狗有毛茸茸的巨爪。佛洛多的叫聲很特別，是一種從嗓子深處發出來的低沉吠聲，只要附近有其他狗在吠，牠就會跟著一起叫，就像規律的機器一樣。傑克看著其他的暴風戰線成員，伸出舌頭，像蜥蜴似的舔著下唇。「佛洛多好安靜。」他說。「為什麼呢？」

沒有人說話。屋內有一股電流，大夥兒都忘了披薩的存在。瑪莉不再搖椅子，雙手緊緊抓著扶手。詹姆斯薩維耶涂姆斯將俳句的書放回藏書豐富的書架上，另外拿了一本厚厚的紅皮書，書名叫做《危機中的民主》，他翻開書，從挖空的書頁中取出他的點四五口徑自動手槍。他拉出彈匣來檢查時，發出清脆的喀喇聲。詹姆斯薩維耶涂姆斯是個寡言的人，但他突然開口說。「有麻煩！」

瑪莉站起身，肚子裡的孩子也跟著動起來，彷彿也準備要展開行動似的。「我到樓上去看著。」她說著，拿起兩片披薩往樓梯走。貝蒂莉亞摩斯拿出她的左輪手槍，到後院守著東南角。桑丘負責看守西南角，涂姆斯和傑克勛爵留在前廳。瑪莉先去找了愛德華與珍妮特，兩人都沒看到任何可疑的蛛絲馬跡。然後瑪莉走到俯瞰門口街道的小房間，關上燈，在窗邊的椅子坐下來。隔著艾德曼街正對著他們的那棟房子也沒有開燈，不過這也沒什麼奇怪的就是了。住在對面的史坦菲爾德老夫婦七點以前就會上床睡覺，而現在已經過了八點。史坦菲爾德先生患有肺氣腫，而他太太則有尿失禁的問題，必須穿成人紙尿褲。換尿布也會是瑪莉以後的工作，她想，只要習慣了，應該不至於太糟糕吧。更何況，那是傑克的孩子吔，會是一個完美無瑕的孩子，說不定一出生就知道怎麼控制屎尿呢。是喔，她在黑暗中一邊想著，臉上露出一抹微笑。繼續作夢吧。

欣欣買了報紙回來。沒有豬玀，她跟傑克說，一切都很安靜。

「妳在街上有沒有看到任何人？」他問她說，她說沒有，他又叫她到樓上的彈藥庫去，要愛德華跟珍妮特開始拿槍械，裝填彈藥。為了謹慎起見，他們要暫時離開這棟房子，到北部去躲個幾天。

蓋瑞回來了，那條紫色紮染牛仔褲的口袋裡鼓鼓的，全都是硬幣。沒有問題，他說。

「沒什麼不一樣？」傑克追問道。「什麼都沒有？」

蓋瑞聳聳肩。「有個乞丐倒在自助洗衣店的門口，我要進去時他跟我要錢，我出來的時候給他一枚二十五分的硬幣。」

「你以前見過這個人嗎？」

「沒有。這沒什麼吧，老兄。他只是個乞丐而已。」

「你認識那家店的老闆娘。」傑克提醒他說。「你幾時看過那個吝嗇的老賤人讓乞丐駐紮在她店門口要錢？」

蓋瑞想了一下。「沒有。」他說。「從來沒有。」

到了九點四十二分，欣欣回報說，一輛沒有記號的老舊小貨車緩緩開過後面的巷子。又過了大約半個鐘頭，艾基塔說他聽到了像是金屬磨擦的無線電噪音，但不確定是從哪裡來的。將近十一點時，瑪莉仍然坐在一片漆黑之中，覺得她好像看到史坦菲爾德家樓上漆黑的窗戶裡有什麼動靜，她向前靠一點，仔細觀察，一顆心蹦蹦跳個不停。真的有什麼東西在動嗎？還是沒有？她等著，看著，時間一秒接一秒的過去。

她看到了。

一個小小的紅點，在黑暗中閃了一下，很快又消失了。

是香菸，她想，有人在那裡抽菸。

那間屋子裡有個罹患肺氣腫的老人，竟然有人在抽菸。

瑪莉起身。「傑克？」她喊道。她的聲音微微顫抖，讓她為自己感到羞愧。「傑克？」

一道強光忽然從窗戶照進屋內，發生的太快，讓瑪莉幾乎無法呼吸。她身上感受到強光的熱度，趕緊離開窗邊。接著，第二道強光、第三道強光紛紛照過來，第一道是從史坦菲爾德家裡照出來的，其他兩道則分別從 1105 號兩邊的房子照進來。「媽的！」她聽到愛德華大喊一聲，然後是有人從樓梯衝上來，還有其他人趴在地板上的聲音。幾秒鐘後，屋內的燈光全熄，有一名暴風戰線的成員切斷了保險絲。

讓瑪莉擔心了許多年的聲音終於出現了。豬玀用電子擴音器放大音量的聲音。「住在艾德曼街 1105 號的人請注意！這是聯邦調查局！請將雙手放在腦後，走出來到燈光下！我再說一次，請走出來到燈光下！只要你們遵照我們的指示，就不會有人受傷！」

傑克手裡拿著手電筒和半自動烏茲機槍衝進房間。「這些混蛋把我們圍住了！媽的，得離開這間房子！我們甚至不知道他們來了！快來吧，拿起你們的武器！」

在彈藥庫裡，槍枝都已經裝填了子彈，在手電筒的光照下傳遞。瑪莉拿了一把自動手槍，回到臥室的窗邊。珍妮特也加入她的陣營，她手裡拿著一把獵槍，腰間還掛著三顆手榴彈。擴音器又開始狂吠。「我們不希望流血！傑克嘉迪納，傑克嘉迪納，你聽到了嗎？」樓下的電話開始響了，一直響到傑克扯斷電話線才停。「傑克嘉迪納！讓你自己和其他人出來投降吧！讓任何人受傷都沒有意義！」

他們是怎麼被逮到的？瑪莉不知道。過了好幾月後她才發現，原來豬玀早就清空了附近的建築物，一直監控他們的房子長達五個鐘頭。跟豬玀車擦撞的意外，是因為跟蹤愛德華與珍妮特的林登市警員操之過急，想要近距離看看暴風戰線成員的模樣。在強光照射下，瑪莉的兄弟姊妹全都蹲伏在地板上瞄準目標時，她心裡只想著一件事——毀滅前夕終於來臨！

詹姆斯薩維耶涂姆斯一槍打掉了第一道強光，蓋瑞打掉了第二道，但是在有人打掉第三道強光之前，豬玀已經啟動輔助燈光，同時開始對綠色房屋開火。

子彈射穿牆壁，打到管線，在他們頭頂上嘶嘶作響。「絕不投降！」傑克勛爵大喊道，聲音壓過所有的噪音。「絕不投降！」艾基塔覆誦一遍。「絕不投降！」欣欣歐瑪拉附和著。「絕不投降！」瑪莉聽到自己也跟著說。珍妮特的聲音則淹沒在暴風戰線槍聲裡，替他們發出死亡的呼喚。豬玀們也朝著他們開火，在短短幾秒鐘內，綠色房屋所有的窗戶都被震碎，玻璃碎屑漫天飛舞，形成一片鋒利的迷霧。珍妮特的獵槍轟隆隆響，而瑪莉也瞄準她剛剛看到有抽菸火花的窗戶，射出一發又一發的子彈。在槍砲齊發的短暫間隙中，瑪莉聽到無線電的沙沙聲，還有豬玀的叫囂聲。樓下有人在大叫，蓋瑞萊斯特的胸膛遭到子彈射穿，倒在血泊中扭動身軀。珍妮特不斷往獵槍裡送子彈，再以最快的速度將子彈打出去，空彈殼也毫不間斷的飛到半空中。她只暫停了一下，從腰際掏出一枚手榴彈，拉開插鞘，站起來，往對街的房子丟過去。手榴彈打到停放在路邊的車底，彈了一下，下一秒鐘，整輛車就被炸飛起來，側面著地，砸得粉身碎骨，同時冒出一團火光，流出來的汽油讓整個人行道陷入火海之中。在閃爍的火光中，可以看到豬玀的身影四處竄逃，瑪莉朝其中一個影子開槍，看到他一個踉蹌，倒臥在史坦菲爾德家的前廊。

豬玀的下一波子彈打垮了綠色房屋的地基，同時在桑丘克雷門薩後腦勺打出了一個拳頭大的洞，也打斷了詹姆斯薩維耶涂姆斯的兩根手指頭。瑪莉聽到傑克勛爵在喊著。「絕不投降！絕不投降！」一名暴風戰線成員丟出一枚炸彈，炸彈上還連著火星四射的引線，不多久，隔壁的房子爆炸了，火光、木屑、玻璃噴發出來，像是火山爆發似的。有車輛沿著街道駛來，是一輛裝甲車，瑪莉看著它，心底冒出一絲恐懼。機關槍的槍口噴發出曳光彈，彈頭像流星一樣穿透千瘡百孔的牆壁。其中兩枚子彈打中了廚房廢墟裡的艾基塔華盛頓，他的血灑得整台冰箱都是。又一枚炸彈丟出來，在一聲霹靂雷鳴聲中，史坦菲爾德的家化為一片火海，火舌高漲，吐出一波又一波的滾滾黑煙，籠罩住整個社區。裝甲汽車停在街上，像一隻黑色的甲蟲，機關槍口仍然不斷吐出火光。瑪莉聽到珍妮特在啜泣。「混蛋！這群混蛋！」然後在閃爍的紅色火光中看到珍妮特站起來，拉開第二枚手榴彈的抽鞘，手臂向後拉，準備將手榴彈從窗戶拋出去，眼淚從臉頰流下來。忽然間，房間裡全都是飛揚的木頭碎片和彈跳的曳光彈，珍妮特史諾登整個人被震得向後退，手榴彈也從她的指間落下，瑪莉看著手榴彈從散佈血跡的地板滾過去，像是在發高燒的夢中一樣無法動彈。

大概有一兩秒的時間，瑪莉的大腦完全停滯。要伸手去拿手榴彈？還是他媽的快逃？珍妮特的身體躺在地板上抽搐，手榴彈還在滾動。

快逃！

腦子裡大喊著這個念頭。瑪莉站起來，壓低身子，往門口跑，全身的三萬六千個毛孔都在冒汗。

她聽到手榴彈啪噠一聲撞到踢腳板，在那一瞬間，她舉起雙手護住臉，卻突然驚覺應該要護住肚子裡的孩子才對。

出乎意料之外的是，她並沒有聽到手榴彈爆炸的聲音，只感覺到一股熱浪侵襲過她的身體中段，像是某個特別炙熱的日子裡無情的陽光。她也有種輕飄飄的感覺，好像靈魂出竅，向上竄升，然後地心引力的又將她拉下來，讓她的背重重摔在地上。她睜開眼睛，發現自己躺在二樓走廊的一片火海中，臥室牆壁已經被大火燒出一個大洞，大部份的天花板也著火塌陷。有人在幫她，要拉她起來，她看到一張憔悴、滿是鬍鬚的臉，還有一個馬尾。是愛德華。「……來，起來！」他在說話。鮮血從他的額頭、臉頰流下來，像是漆彈遊戲裡的油漆。她的耳朵嗡嗡作響，幾乎聽不到他在說些什麼。「妳站得起來嗎？」

「老天爺。」她說，三秒鐘後，老天爺立刻回應，讓她全身疼痛難捱。她開始哭泣，鮮血從嘴角滴下來。她用雙手壓著腹中的胎兒，但是她的手指卻陷入一灘鮮紅的沼澤中。

是仇恨讓她站了起來，也只有仇恨能讓她咬緊牙關，站穩腳跟，任由鮮血從她兩腿之間流下去，滴到地板上。「傷得很重。」她對愛德華說，但他還是拉著她穿過火焰，她雖然憤怒不已，也只能乖乖跟著他走。子彈仍然不斷穿透已經被打成蜂窩乳酪的牆壁，空氣中也充滿濃濃的黑煙。瑪莉的槍不見了。「槍。」她說。「槍。」愛德華隨手從地板拿起一把左輪手槍，就在蓋瑞萊斯特伸長的手邊。她緊緊握著還溫熱的槍柄，腳下不知道踩到什麼東西。是欣欣歐瑪拉的屍體，原本如貝殼浮雕的臉孔現在幾乎不成人樣。詹姆斯薩維耶涂姆斯也蜷伏在地板上，用八根手指頭摀著肚子上的傷口，同時用呆滯迷濛的眼神看著他們，瑪莉好像聽到他在低聲說。「絕不投降！」

「傑克！傑克呢？」她依附在愛德華身上問。

他搖搖頭。「必須出去才行！」他拿起詹姆斯薩維耶涂姆斯的手槍。「從後門走。妳準備好了嗎？」

瑪莉只能嗯一聲，表示準備好了，她滿嘴都是血。樓上的火藥庫裡已經有些彈藥開始爆炸，聲音聽起來像是國慶日的煙火。後門也已經打開，有隻死豬仰躺在樓梯口。傑克已經從這裡出去了。蒂蒂呢？還在屋內嗎？她沒有時間去考慮其他人了。濃煙從焰火燃燒中的屋子裡不斷冒出來，遮住了視線，能見度只有幾公尺而已。瑪莉可以看到手電筒的光，像白色的舌頭舔著濃密的黑煙。「妳能跟我來嗎？」愛德華問她，她點點頭。

他們越過後院草坪，穿過低垂的濃煙。槍聲依然不斷傳來，曳光彈穿透濃密的煙霧。愛德華先翻過圍牆來到後巷，再把瑪莉拉過去。身體的痛楚讓她以為自己就要喪失勇氣，但是她別無選擇，只能繼續往前走，和試圖拖慢她腳步的黑暗思想不斷拉鋸。他們一起踉踉蹌蹌的走過後街小巷，警車的藍燈閃爍，警笛響徹雲霄。他們又翻過另一堵圍牆，跌進垃圾筒裡，然後背貼著另一棟房子的牆壁，瑪莉痛得渾身打顫，幾乎要失去知覺。「別動，我馬上就回來。」愛德華向她保證，然後就往前衝出豬玀的封鎖。

瑪莉伸長了腿坐著，吐出一聲呻吟，但是她咬緊牙關，不讓自己尖叫出聲。傑克到哪裡去了？他是生是死？如果他死了，她也活不成。她弓起身子嘔吐，吐出胃裡的血和披薩。

然後她聽了磨擦聲，往右邊一看，看到一雙擦得發亮的黑色皮鞋。

「瑪莉泰瑞爾。」那男人說。

她抬頭看著他，他穿著深色西裝，打著藍色條紋領帶，有稜有角的臉在煙霧中看不出表情，不過領口有一枚閃閃發亮的徽章。他右手拿著一把點三八口徑的短柄手槍，槍口指著他們兩人之間的某個地方。

「站起來。」那隻豬玀喝令道。

「你去死吧。」她說。

他伸手要抓她的手臂，但她的手仍然深陷在肚子上的那灘血水中。

她讓他用骯髒的豬手抓住她，就在他試圖將她拉起來時，一陣劇痛讓淚水從她眼中流下來，她趁機舉起一直藏在身邊的左輪手槍，朝他的臉上開了一槍。

瑪莉看著他的下巴被轟碎，真是美妙啊！他的槍枝走火，子彈從她耳邊擦過，只差幾公分就會打中她的臉。他的手完全失去控制，手上的槍也亂揮，發射出更多的子彈，一顆打中地面，兩顆飛向半空中。瑪莉再次朝他開槍，這一次擊中他的咽喉。她看到他眼睛裡有那種動物本能的恐懼，也聽到他的哀鳴，血水和空氣雙雙從他的傷口逸出。他跌跌撞撞的向後退，一心想要瞄準她，但是手指頭卻不停抽搐，最後連槍都握不住。豬玀跪倒在地，瑪莉則已站起身，拿起左輪手槍，用槍口頂住他的額頭，然後扣下扳機。她看著他渾身顫抖，像是遭到電擊棒刺中似的，但是槍枝發出喀喇一聲，沒有子彈了。

豬玀破碎的臉上出現一抹血淋淋的扭曲笑容，下頦的一側還懸在臉頰旁邊，連著一條血紅的強健筋肉。她想去撿他的槍，卻痛得不能動，連一拳朝他鼻樑打下去的力氣都沒有。她集中嘴裡鮮血淋漓的口水，朝他臉上用力一吐。

「瑪莉？我想我找到——」愛德華嘎然而止。「天哪！」他看到那人破碎的臉，立刻舉起槍，準備要扣扳機。

「不要。」瑪莉說。「不要開槍。讓他多受點罪。」

愛德華停了一下，然後把槍放下。

「受罪。」瑪莉低聲說道，然後弓身向前，在豬玀的額頭輕輕一吻。他頭上的褐髮已經稀疏，就快要禿了。那隻豬玀喘著氣，破裂的喉頭只能發出嘶嘶聲響。「我們走吧。」愛德華催促她。

瑪莉轉身離開豬玀，跟著愛德華步履蹣跚的鑽進濃煙裡，一隻手始終壓著肚子，彷彿要守住內臟以免它們掉出來。

「受罪。」恐怖瑪莉說。她跟鼓手一起坐在橄欖綠的廂型車上。她搖下車窗，嗅著車外的空氣，濃煙和火燒屋的氣味早就不在了，但是她的記憶還很鮮明。她跟愛德華在濃煙掩護下，從一輛停著的豬玀車旁邊爬過去，不到三公尺外就站著有幾隻豬玀，手持霰彈槍，正大肆說著要踢爛嬉皮的屁股。往北走四條街，就在雜草叢生的公園邊緣，有個廢棄的特許攤位，他們掀開鬆脫的木板躲進去，在裡面待了超過二十六個鐘頭。他們一直在睡覺，不過偶爾必須醒過來，踢走那些聚攏過來吸瑪莉鮮血的老鼠。後來愛德華跑出去打公用電話，找到一些在曼哈頓專門販賣軍事類書籍的朋友。兩個鐘頭後，瑪莉在一間公寓裡醒來，聽到有聲音在爭辯說她的血沾得到處都是，不能留在那裡等等。有人拎著醫藥袋進來，裡面有殺菌棉、皮下注射針筒，還有閃閃發亮的工具。她聽到他一面用鑷子清除傷口裡的彈殼和木屑，一面說著。「真他媽的一塌糊塗。」

「我的孩子。」瑪莉低聲說。「我就要生孩子了。」

「是啦，是啦。愛迪，再給她喝一口蘭姆酒。」

她痛飲一口像火一般的烈酒。「傑克呢？跟傑克說，我就要生他的孩子了。」

愛德華的聲音。「瑪莉？瑪莉，妳聽我說。我有個朋友要帶妳去一個地方，帶妳到一間屋子去，妳到那裡可以好好休息，好不好？」

「好。我就要生孩子了。噢，好痛，好痛。」

「妳不會痛太久的。妳聽好，瑪莉。妳要在這間屋子裡待到妳可以起來活動為止，但是妳不能在這裡停留太久。只能待大約一個星期，好嗎？」

「地下鐵路（Underground Railroad）。」她閉著眼睛答道。「我可以理解。」

「我現在就得走了。妳可以聽得到我說話嗎？」

「可以。」

「我必須走了。我朋友會照顧妳。我已經給他一些錢。不過我現在非走不可，好嗎？」

「好。」她說完就陷入昏迷，那也是她最後一次看到愛德華佛迪斯。

在巴爾的摩附近有一個加油站，瑪莉曾經在那裡的廁所，從她那亂七八糟縫了三百六十二針的肚子裡生出一個死掉的女嬰。後來她在馬里蘭州的波恩斯住了一個星期，住在戰鬥溪松柏沼澤邊緣的一棟小房子裡。瑪莉每天以扁豆湯果腹，屋子裡還有一男一女，但是他們從來不曾交談。每天晚上，她都會聽到小動物遭到沼澤吞噬時的尖叫聲，在她耳裡彷彿是嬰兒的哭聲。

那對夫妻給她看了《紐約時報》對那天晚上槍擊事件的一篇報導，她幾乎看不下去。愛德華、傑克勛爵和貝蒂莉亞摩斯逃逸。詹姆斯薩維耶涂姆斯落網，還活著，可是受了重傷。瑪莉知道，他絕對不會供出哭泣小姐的事。詹姆斯薩維耶涂姆斯心裡有個洞穴，他可以躲進去，蓋上蓋子，就在他心裡的避難所背誦俳句。

不過最難過的，還是她夢見自己為傑克勛爵生了一個男孩的那天晚上。那真是可怕的經驗，因為當夢境一結束，她又是孤伶伶一個人。

「我就是在這裡出生的，你知道？」瑪莉拎起鼓手的嬰兒籃。可是鼓手睡著了，粉紅色的眼皮微微跳動，一張小嘴依然吸吮著奶嘴。她親吻了他的額頭，比她給那隻受罪豬玀的吻要溫柔多了，然後又把嬰兒籃放回地板上。

艾德曼街1105號有陰魂不散的鬼魅。她可以聽到他們在唱愛與革命的歌曲，歌聲永遠年輕。詹姆斯薩維耶涂姆斯後來在安堤卡的暴動中遇難。她心想，不知道他的鬼魂會不會回到這裡來，跟其他長眠的孩子作伴？一九七二年七月一日，新澤西州林登市。誠如名主播華特克朗凱說的，事實就是如此。

她覺得自己好老。但是明天她又會覺得年輕起來了。她回頭開了二十五公里路，回到皮斯卡特維鎮外的麥克阿德爾旅店。沒有任何人看到她在偷偷哭泣。

第四章　陶杯裂痕

大門一開，蘿拉將喝掉半瓶的西班牙氣泡甜酒往馬克特雷格的臉上一送，說。「喏，我送禮給你來了。」

他眨眨眼睛，愣在那裡。在他身後的珞絲也從懶骨頭椅子上站了起來——她原本坐在那裡看電視。兩個孩子都在地板上玩，女孩兒玩芭比娃娃，男孩兒玩變形金剛，不過一看到她，兩人都停了下來，瞪大眼睛看著這位不速之客。

「你們不請我進去坐嗎？」蘿拉問道，渾身都是甜酒的味道。

「不了，妳請走吧。」他開始要關上房門。

蘿拉伸手擋住。「我在這兒誰也不認識。一個人喝酒很悶吔，不要這麼沒有禮貌嘛，好嗎？」

「我沒有什麼事情可以跟妳說的了。」

「我知道。我只是想找個人陪，有這麼糟糕嗎？」

他低頭看看錶，是那種指針上有米老鼠的卡通錶。「已經快要九點了。」

「對啊。正是要認真喝酒的時候。」

「如果妳不走的話。」特雷格說。「我就只好叫警察來了。」

「你真的會報警嗎？」她問他。一段冗長的緘默，蘿拉知道他不會。

「哦，你就讓她進來嘛，馬克？」珞絲站在他身後說。「有什麼關係呢？」

「我想她喝醉了。」

「沒有，還沒有。」蘿拉淡淡的笑著說。「不過我還在努力。好啦，我不會待太久，我只是想找人說說話而已，好嗎？」

珞絲特雷格一把推開丈夫，打開門，讓她進來。「我們家向來不讓人吃閉門羹，也不打算從現在開始。進來吧，蘿拉。」

蘿拉拎著酒瓶，跨過門檻。「嗨。」她跟孩子們打招呼，小男孩也跟她說。「嗨。」但是小女孩只是瞪著她看。「把門關上，馬克。你把冷風都放進來了！」珞絲跟他說，他深埋在大鬍子裡的嘴嘟嘟噥噥一番，然後關上大門，把夜色關在門外。

「我們以為妳已經回亞特蘭大去了。」珞絲說。

蘿拉癱坐在沙發上，鬆脫的彈簧頂著她的屁股。「回去也沒有事做。」她打開瓶塞，就著瓶口喝酒。她上一次這樣直接就著瓶口喝酒，是她還在唸喬治亞大學時喝半價啤酒的時候。「我以為我想一個人靜一靜，但是我猜我錯了。」

「不會有人擔心妳嗎？」

「我留話給我先生了。他不一在一家，出去了。」蘿拉又灌了一口酒。「我也打了電話給凱若，跟她說我在哪裡。凱若是我的朋友。謝天謝地，我還有朋友，不是嗎？」

「好啦，小朋友。」特雷格對孩子說。「該上床囉。」他們立刻嚶嚶唔唔的抗議起來，但是特雷格還是逼他們起身離開。

「妳就是那個小孩被偷走的小姐嗎？」小男孩問她。

「是的，我是。」

「小馬克！」老馬克說。「好啦，去睡覺啦！」

「我爸爸說妳身上有戴竊聽器。」小男孩對她說。「妳看到我的變形金剛了嗎？」他拿起玩具給她看，但是他老爸卻抓著他往走廊走去。「晚安！」小馬克還是趁空跟她道了晚安。然後房門就砰一聲關上了。

「這孩子好聰明！」蘿拉跟珞絲說。「不過我並沒有，我是說，我沒有戴竊聽器。我為什麼要戴呢？」

「馬克對人都有點懷疑。我猜這跟他在柏克萊那段時間有關。妳知道，豬玀總是在一些孩子身上裝竊聽器和麥克風，然後叫他們假扮成激進份子，混進學生團體，趁開會時錄下他們說的話。聯邦調查局就是靠這招蒐集到很多資料。」她聳聳肩。「我對政治倒是沒那麼熱衷啦，我大多只是跟他們混在一起，在裡面編繩結。」

「我很熱衷政治。」蘿拉又啜飲了一口酒，覺得舌頭上好像長了一層苔。「我覺得可以靠花朵和蠟燭改變這個世界，還有靠愛。」她說話的語氣好像不太確定這個字是什麼意思。「那還真他媽的愚蠢啊，不是嗎？」

「以前在那個年代，我們就是那個樣子。」珞絲說。「還真是一場奮戰哪！」

「我們輸了。」蘿拉答道。「隨便找份報紙來看，你就會知道我們輸了。可惡……如果費了那麼大的勁兒還不能改變這個世界，那就沒有什麼能改變了。」

「對啊，說來很傷心。」珞絲伸手來搶酒瓶，蘿拉也讓她拿走。「古老的歷史跟紅酒不搭，我去幫妳泡點茶吧，好嗎？」

「噢，好啊。」蘿拉點點頭，覺得頭暈暈的。珞絲起身，往廚房走。

過了一會兒，馬克特雷格回到客廳，蘿拉正在看電視上播放的電影，珍芳達和勞勃瑞福主演的《裸足佳偶》——那是在她反越戰前的作品。特雷格在她對面的椅子上坐下來，蹺起又瘦又長的腿。「妳應該要回家。」他跟她說。「妳留在查塔努加沒有什麼意義。」

「我明天一早就回去，等我休息夠了之後。」她知道這幾乎是不可能的事，因為她只要一閉上眼睛，彷彿就會聽到嬰兒的哭聲和警笛聲。

「我真的幫不上忙。我希望我可以，但是沒有辦法。」

「我知道。你已經跟我說了。」

「我再跟妳說一次。」他把兩手的指尖相抵，瞪著貓頭鷹似的大眼睛望著她。「如果有什麼是我能替妳做的，我一定會去做。」

「好。」

「我是說真的。我不喜歡這種幫不上忙的感覺。可是，我跟妳說……我只是一個管理員，偶爾寫些反文化運動的書，或許有上千人看過。」特雷格的目光仍然盯在她身上。「我只是一個小鼈三，沒什麼出息。」

「一個什麼？」

「我父親總是說，我長大之後肯定是個小鼈三，走到哪裡都處處吃鼈。我現在就是這樣啊，不管我喜不喜歡。」他聳聳肩。「也許我吃鼈吃得太久了，甚至喜歡上這樣感覺。我想說的是，我現在的生活還不錯——我們兩個都是。我們沒有太多的物質需求，也沒有什麼慾望，只想要言論和寫作的自由，還有在岩石城上吹吹哨笛和冥想就夠了。我覺得生活過得很好，妳知道為什麼嗎？」他等她搖搖頭之後才繼續。「因為我沒有期望。」他說。「我的人生哲學是順其自然。我會像小草一樣隨風折腰，但是卻不會折斷。」

「禪。」蘿拉說。

「對。如果你試圖跟風抗衡，一定會折斷背脊。所以我就坐在太陽下，吹奏我的音樂，寫幾本書，談論幾乎沒有人還有興趣的主題，然後看著我的孩子長大，擁有這份平靜。」

「我會向上帝祈求一樣的生活。」蘿拉說。

珞絲從廚房回來，將陶杯遞給蘿拉。就是雕塑著她丈夫的臉的那只陶杯。「還是木槿茶。」珞絲說。「我希望這——」

「不要用那個杯子！」蘿拉的手指頭剛握上把手，馬克特雷格驀然起身說。「天哪，不要！」

蘿拉眨著眼睛，看著他伸手過來把杯子拿走。珞絲也向後讓開，退了幾步。「我是說，杯子裂了啦！」特雷格說著，嘴角露出傻笑。「杯底會漏！」

蘿拉沒有鬆手。「今天下午還好好的。」

他的笑容有些扭曲，目光掃到珞絲，然後又回到蘿拉身上。「請把那個杯子給我，好嗎？」他說。「我另外替妳拿一個。」

蘿拉看著陶杯上特雷格的臉孔，臉上也有同樣的傻笑。是手工雕塑的杯子，她想。也許是某位藝術家的作品也說不定。她小心翼翼的舉起杯子，不讓裡面的茶水濺出來，然後看看杯底有沒有漏水的痕跡，這時候，聽到特雷格緊張的聲音。「杯子給我！」

杯底沒有裂痕，不過卻有藝術家的簽名：有兩個字母的縮寫和日期：DD，八五。

DD。蒂蒂？

是貝蒂莉亞的那個蒂蒂？

蒂蒂會做一些東西，特雷格說過，她會做一些陶器，然後把東西拿到鎮上去賣。

蘿拉覺得心頭突的一跳。她避開特雷格的眼神，捧起杯子啜一口木槿茶。珞絲站在稍遠處，和她丈夫離了兩公尺，臉上是一種知道自己把事情搞砸了的表情。勞勃瑞福和珍芳達還在電視上閒聊，門外的風鈴叮咚作響。蘿拉深深吸了一口氣。「她在哪裡？」她問道。

「我要妳現在就走。」特雷格說。

「貝蒂莉亞摩斯。蒂蒂。這個杯子是她做的吧，是嗎？一九八五年？她在哪裡？」她覺得面熱耳赤，目光死盯著特雷格的臉。

「我真的不知道妳在說些什麼。我要請妳現在就──」

「你告訴我怎麼聯絡上她，我願意付你一千塊錢。」蘿拉說。「我對天發誓，我真的沒有戴竊聽器，也沒有跟──」那個字很自然的脫口而出。「豬玀合作。就只有我而已。我不在乎她以前做了什麼。我只想要找到她，因為她或許可以幫我找到瑪莉泰瑞爾和我的寶寶。如果要我求你，我也會照做。拜託你跟我說她人在哪裡？」

「我跟妳說，我真的不知道這是怎麼一回事。就像我跟妳說過的，我不──」

「馬克？」珞絲的聲音沙啞。

他很快的瞟了她一眼。

珞絲看著蘿拉，抿著嘴角。

「拜託你。」蘿拉說。

珞絲再次開口，聲音極低，彷彿擔心會喚醒死去的亡魂。「密西根。」她說。「密西根的安娜堡。」

珞絲嘴裡才剛剛吐出這幾個字，特雷格就咆哮道。「噢，我的天！」他一張臉脹得通紅。「噢，我的老天爺！妳給我聽好！我說我要妳離開我的房子！」

「安娜堡。」蘿拉覆誦著這個地名，站起來，手裡仍然緊緊握著那個茶杯。「她用什麼名字？」

「妳聽不懂英文嗎？」特雷格喝叱道，星點唾沫沾到他的鬍了上。他大步走到門邊，打開大門，刺骨的寒風立刻灌了進來。「出去！」

「馬克？」珞絲說。「我們必須幫她。」

他用力猛搖頭，一頭長髮甩動飛散。「不行！絕對不行！」

「她沒有跟豬玀合作，馬克。我相信她。」

「是喔，是喔。妳希望連我們兩個也被抓嗎？那些豬玀會把我們釘得死死的！」他那副老派眼鏡後面的雙眸充滿痛苦，直直看著蘿拉。「我不希望惹出任何麻煩。」他的聲音裡有懇求的意味。「請妳離開，好嗎？」

蘿拉站在原地不動，頭暈的感覺早就消失了，雙腳像生了根似的扎在地板上。「如果你讓我聯絡上她，我願意付你兩千塊錢。」她對他說。「聯邦調查局不需要知道這件事，就只是你我之間的私事。我對天發誓，我絕對不會跟任何人透露貝蒂莉亞摩斯的下落。我不在乎她以前做了什麼事，也不在乎你為了藏匿她做了什麼事，我只想要把我的兒子找回來！現在對我來說，這是全世界最重要的一件事了！如果你的孩子失蹤，難道你不會有這樣的感覺嗎？」

一段漫長的緘默，只有門外的風鈴在叮咚作響。蘿拉等著，每多過一秒，她的神經就多耗損一分。

最後，珞絲終於說。「把門關上吧，馬克。」

他略微遲疑，太陽穴的血管青筋搏動，臉上的紅潤褪色，換成一片慘白。

他關上大門，門板咔噠一聲鎖上時，蘿拉注意到他畏縮了一下。

「噢，天哪。」馬克輕輕的說。「把妳的茶喝完吧。」

她坐在彈簧鬆脫的沙發上聽他講述經過，非常努力壓抑自己內心的期望。原來在他們的公社解散之後，馬克還一直跟貝蒂莉亞摩斯保持聯繫。他也曾試圖說服她脫離暴風戰線，但是套句他的說法，當時她「正在興頭上」。她跟暴風戰線成員在一起的時候，大部份時間都在吸食迷幻藥，而且她也一直都是那種需要屬於某個團體的人，不管是公社或是一群武裝恐怖份子。暴風戰線在新澤西州的林登市遭到圍剿槍擊之後大約三個月，馬克突然接到蒂蒂打來的電話，說她需要一些錢改造她的臉，鼻子和下巴都需要動點手腳，於是馬克寄了一些錢給她，「支持他們的志業」。這麼多年來，蒂蒂會持續寄各種陶藝品給他和珞絲，馬克杯、花盆、抽象雕塑等等，馬克把大部份的作品都拿去賣掉，可是有些卻保留下來，像是上面有他那張臉的杯子。「我最後一次跟她說話，大概是在五、六個月前。」他說。「她過得還不錯，在安娜堡賣她自己做的東西，甚至還教一兩堂陶藝課。我可以跟妳說一件千真萬確的事，蒂蒂沒有問題。她已經不是以前那個人了。她現在已經不再吃迷幻藥，也絕不可能去偷抱別人的小孩。我想除了新聞報導出來的那些事情之外，她對恐怖瑪莉的事情也一無所知。」

「這點我會自己查清楚。」蘿拉跟他說。

馬克坐在那裡，雙手托腮，眼神迷離的沉思了好一會兒。然後他看了珞絲一眼，她點點頭。他起身，走到電話旁邊，拿了一本破破爛爛的小電話簿，撥了電話，等了一會兒。「她不在家。」電話響了十聲之後，他說。「她住在一棟安娜堡市郊的房子裡。」他看看米老鼠卡通錶。「她通常不會那麼晚睡……或者說她不習慣。」他放下電話，過了十五分鐘之後，又再撥了一次。「沒人接。」他說。

「你確定她還住在那裡？」

「去年九月的時候還在。她打電話來跟我說她教課的情況。」馬克去替自己泡了一杯茶，留下珞絲跟蘿拉說話，然後又撥了第三次。還是沒有人接。「怪了。」馬克說。「我很確定她不是夜貓子啊。」

將近午夜時分，馬克又撥了一次。電話響了又響，響了又響，還是沒人接聽。

「帶我去找她。」蘿拉說。

「噢噢，那可不行。」

「為什麼不行？如果我們明天一早就走，星期一就可以趕回來。我們可以開我的車去。」

「到密西根去？哇塞，那可遠的咧！」

蘿拉打開皮包，拿出支票簿，她的手在發抖。「我會支付所有的費用。」她說。「而且只要我們找到貝蒂莉亞摩斯，我會立刻開一張三千塊錢的支票兌換成現金給你。」

「三千塊錢？小姐，妳是太有錢呢，還是瘋了？」

「我有錢。」蘿拉說。「錢不是問題。我只想找到我兒子。」

「對啦，我知道啦。可是我有……我還有……明天還要上班啊。」

「打電話去請病假。我想，你不會想要放著三千塊錢不賺，去岩石城度周末吧，是不是？」

馬克的手指撫著鬍鬚，開始在屋子裡踱步，還不時偷瞄一下蘿拉與珞絲。他停下腳步，又撥了一次電話，這一次讓它響了十幾聲後，才說。「她一定是出門去了。像是出去玩或什麼的，說不定一整個周末都不在家。」

「三千塊錢。」蘿拉揚起那本寫著現金二字的支票簿。「只要帶我去那裡。」

珞絲清清嗓子，在座椅上挪動一下。「那可是很大一筆數目吔，馬克。我們需要錢修車子。」

「這我也知道。」他繼續低著頭踱步，踱了一會兒之後又停下來。「沒有豬玀？妳對天發誓，沒有豬玀？」

「我發誓。」

馬克皺著眉頭，一時無法做決定。他看著珞絲，但是她也只是聳聳肩，不表示意見。一切都得看他。「讓我考慮一下。」他對蘿拉說。「妳明天早上再打個電話給我，大約八點鐘。如果到時候還找不到蒂蒂……我再決定要怎麼做。」

蘿拉知道，目前最多也只能這樣了。現在已經是半夜十二點半，也該去睡一下了——如果她睡得著的話。於是她起身，謝謝馬克和珞絲的款待，離開的時候也不忘將支票簿一起帶走。她走進冰冷的夜色中，彎著腰抵抗強勁的寒風，但是她的背脊可沒有那麼容易被折斷。在上床睡覺前，她會跪下來禱告，唯有這些跟上帝的對話才能讓她免於瘋狂，不管祂有沒有聽到。她要祈求大衛再多得一夜平安，祈求她夢中的警笛與狙擊不會成真。

蘿拉坐上寶馬，把車子開走。

特雷格家的燈光也是徹夜通明。馬克在無聲電視前的地板上打坐冥想，閉著眼睛，對著他自己的神祇禱告。

第五章　合情合理

二月十七日，星期六晚上。

明天，在哭泣的小姐那裡，傑克勛爵會等著她和鼓手的到來。

寶寶睡著了，裹在毯子裡，躺在另外一張床上。這家在新澤西州西考克斯的汽車旅館叫做卡蜜歐汽車旅店。房間裡有個小小的廚房，有面向公路的景觀，還有斑駁龜裂的天花板，因為外頭不遠處就是通往紐約市的公路，往返出入的貨運卡車經常造成震動。還不到十一點的時候，恐怖瑪莉拿出蠟紙包裝的笑臉舔了一下，然後親吻鼓手的臉頰，接著就坐在電視前面。

電視上正在播放一部怪物恐怖片，一群死人從墳墓裡爬出來，混在活人之間。他們個個面目骯髒猙獰，笑的時候露出森森的利齒和滿嘴蟲蛆。恐怖瑪莉完全了解他們的渴求。她知道墳墓裡那種令人毛骨悚然的寂靜和腐敗的氣味。她低頭看著自己濕漉漉的手心。是恐懼，她心想，我為明天感到恐懼。我變了，變老了，變胖了，萬一他不喜歡我現在的樣子呢？萬一他以為我還是那個身材苗條的金髮女子呢？那我一定會從他臉上看出來，噢，我一定會從他臉上看出他不要我了，那我一定會死掉。不會，不會。我把他的兒子帶來給他。我們的兒子。我在黑暗中替他帶來光明，他會說瑪莉，我愛妳，我始終都愛妳，我一直在等著妳，哦，等了好久好久。

一切都會順順利利的，她想。明天就是大日子了。下午兩點，還有十四個鐘頭。她伸出手來，看著她的雙手，她的手在顫抖。我真的反常了，她心想，她看著濕潤的掌心開始變紅，好像她毛孔裡汨汨流出的是鮮血。怪了。流出來的汗都變成了血。不對，不對，那是迷幻藥的作用。穩住，我會安全度過這一關，安全度過這場風暴，噢，沒錯……

有人在尖叫。尖叫聲讓瑪莉感到慌亂。她看到電視上有個女人在逃跑，尖叫著想要逃離腳步踉蹌、半腐爛的活屍。那個女人絆了一跤，跌倒在地，怪物就朝著電視螢幕撲過來。

電視機螢幕突然碎裂，發出像是手槍走火的聲音，那個活死人的頭赫然從碎玻璃中伸出電視機。瑪莉在恍惚中，半是驚恐半是好奇的看著那個半腐爛的東西從電視裡鑽出來，他的肩膀卡住了，不過他的身體全是骨骼與裸露的肌理。過了幾秒鐘，他奮力一撐，整個身子就穿過電視機的螢幕。

他一出現，房間裡充斥著墳墓的霉味。活死人就站在恐怖瑪莉的面前，幾綹黑色的長髮懸在乾枯的骷髏頭後方，瑪莉看到他皺得像乾枯蘋果的臉上有兩個杏仁大小的眼睛。他張開大嘴，空氣呼啊呼的從嘴裡冒出來，形成了幾個字。「妳好啊，瑪莉。」

她知道這是誰，是誰在死了之後還來探望她。「妳好啊，欣欣。」

冰冷的指頭碰觸她的肩膀，她往左邊一瞧，有另一個從墳墓裡爬出來的怪物站在那邊，身上穿戴著積滿塵土的非洲護身符飾品。艾基塔華盛頓消瘦成皮包骨似的一根竹竿，原本黑得發亮的肌膚，現在一片灰敗慘白。他伸出兩根骨瘦如柴的指頭，說。「和平，姊妹。」

「和平，兄弟。」她一邊答道，一邊也比劃出同樣的手勢。

第三個人站在房間的角落，骷髏般的頭顱歪向一側。這個人生前原本是個頭嬌小的女生，死後卻腫脹得像是快要爆開似的，原本應該裝著內臟的地方，因為地心引力的關係，流出黑黑亮亮的東西。「瑪莉。」她用蒼老的聲音說。「妳這個潑婦啊，妳。」

「嗨，珍妮特。」瑪莉答道。「妳看起來好可怕。」

「死掉對你的容貌沒什麼幫助啊。」珍妮特同意道。

「妳聽好！」艾基塔繞過椅子，跟欣欣並肩站著。他的腿變成了兩根牙籤，原本應該是他生殖器的地方，現在成了白色蟲蛆盡情飽餐的盛宴。「妳明天要去那裡，一定要小心啊，姊妹。妳有沒有想過，《滾石雜誌》上的留言可能是豬玀設下的陷阱？」

「我想過。可是豬玀不知道哭泣小姐的事。只有我們才知道。」

「涂姆斯知道。」珍妮特說。「誰知道是不是他跟豬玀說的。」

「涂姆斯不會說，絕對不會。」

「說得容易，可是我們怎麼知道？」欣欣開口道。「妳又怎麼能那麼肯定那一定是傑克勛爵的留言？可能是豬玀在幕後操縱的也說不定啊，瑪莉。妳明天去那裡，很可能會掉進陷阱啊。」

「我不想聽這些話！」瑪莉說。「我現在有孩子了，我要把他帶去給傑克！一切都不會有問題！」

艾基塔轉頭看著她，他的眼珠子像溪裡的石頭一樣白。「妳最好小心一點，姊妹。妳無法確定這個訊息是誰留的。妳最好還是小心一點，一定要小心。」

「是啊。」珍妮特說著，走到房間另一端，將牆上一幅掛歪的畫擺正，在褐色地毯上留下一條漆黑的污漬。「豬玀很可能現在就在監視妳，瑪莉。他們可能已經在準備迎接妳了。妳想，妳會喜歡監獄嗎？」

「不會。」

「我也不會。我寧可去死也不想進監獄。」她終於把畫調到她想要的角度，珍妮特一向都喜歡整整齊齊的。「這個孩子妳要怎麼辦？」

「我要把他送給傑克。」

「不是，不是。」欣欣說。「如果豬玀在等著妳，妳要怎麼處置這個孩子？」

「他們不會。」

「啊。」欣欣露出鬼魅一般的笑容。「可是我們假設他們會好了，瑪莉。假設妳有什麼地方出了差錯，然後到了明天，豬玀就會像老鼠一樣吱吱吱的從箱子裡鑽出來。妳一定是全副武裝上陣吧，是不是啊？」

「是啊。」她會在皮包裡帶著麥格儂去。

「所以，假設豬玀在那裡等妳，妳又無路可逃，那要怎麼辦？　」

「我……我不知道……要——」

「妳當然知道。」艾基塔說。「妳絕對不會讓豬玀活逮妳，對不對？他們會把妳丟進深不見底的黑洞裡啊，瑪莉。他們會帶走妳的孩子，把他還給那個不值得擁有這個孩子的賤人。妳知道她的名字，蘿拉。」

「是的，蘿拉。」瑪莉點點頭。她看到電視，也看到報紙上的新聞。上個星期的《時代雜誌》也有她的照片，旁邊就是她自己的照片，是暴風戰線成員在柏克萊丟飛盤那天照的。

「鼓手現在是妳的孩子了。」珍妮特說。「妳不會放棄他吧，是嗎？」

「不會。」

「所以，萬一豬玀也在那裡，妳要怎麼辦？」欣欣又重覆一次。「而且無路可逃？」

「我會……會——」

「先射殺寶寶。」欣欣告訴她。「然後盡量的殺豬，殺得愈多愈好。這樣聽起來是不是很合情合理呢？」

「對。」瑪莉也認同。「很合情合理。」

「他們現在有各式各樣的新武器什麼鬼的。」艾基塔說。「妳殺小孩的動作必須要快，不能猶豫。」

「不能猶豫。」瑪莉附和道。

「然後妳就能來加入我們。」珍妮特咧嘴一笑，臉上乾枯的皮膚從下巴的關節處一片片剝落。

「我們可以一起享樂。」

「我得去找傑克。」瑪莉可以看到自己說的話飄浮在半空中，有淡藍色的輪廓，像是一團團的煙，然後慢慢的愈飄愈遠。「要去找傑克，把我們的孩子交給她。」

「我們會與妳同在。」欣欣承諾說。「兄弟姊妹，精神始終同在。」

「始終同在。」瑪莉說。

欣欣、艾基塔和珍妮特也開始散去，靜靜的散開，彷彿黏住他們骨頭的膠水融化了，整個人也跟著散掉似的。瑪莉興致盎然的看著他們碎裂成千萬碎片，像是在看一齣有趣的的娛樂節目。他們消散的身軀化作一團冒著藍煙的灰色迷霧，朝著恐怖瑪莉滾滾而來。她可以感覺到那團霧碰到她的嘴唇，鑽進她的鼻孔，沁涼得像是舊金山的晨霧，從她的口鼻鑽進她體內，一路凍進她的喉嚨。她聞到一股混合了草莓焚香、墳墓裡的霉味和槍枝火藥的氣味。

電視機的螢幕自動修復了。現在播的是另外一部電影《外太空九號計劃》，巨無霸拓爾和吸血鬼女王梅拉主演。恐怖瑪莉閉上眼睛，在腦海中看到哭泣的小姐，高舉著火炬，俯看著骯髒的港口。小姐的雙腳陷在混凝土，困在這個腦殘國家，已經哭了好長一段時間，但是她從來沒有真的掉下眼淚。暴風戰線本來都計劃好了，要在一九七二年七月四日這一天讓她掉下眼淚。他們要綁架五個總部位於曼哈頓的大企業總裁，以武力佔領哭泣小姐，要求豬玀派電視台攝影機來現場轉播，還要準備一百萬美元和一架噴射機，送他們到加拿大去。可是這件事始終沒有發生。七月一日的事情發生了，可是七月四日沒有。

現在已經是十八號了，瑪莉赫然驚覺。今天下午兩點，傑克就會在那裡等她。

可是，萬一他不在那裡，她要怎麼辦？

瑪莉在紫色的朦朧中猙獰的笑。那是欣欣說的。

可是，萬一豬玀在那裡呢？

先射殺孩子。然後盡量的殺豬，殺得愈多愈好。

合情合理。

瑪莉睜開眼睛，看著一公里長的雙腿，站了起來。她變成一顆會走路的心臟，血管裡血液奔流的聲音，就像是公路上奔馳貨車的噪音。她走到鼓手睡覺的地方，坐在床上看著他。她看到他皺起眉頭，彷彿嬰兒世界中來了一場風暴。鼓手忙著吸吮奶嘴，表情又再度恢復平靜。最近他總是在凌晨三、四點鐘的時候起來，哭著要吃奶。瑪莉現在餵奶和換尿布的動作很有效率了，她認定自己很適合做母親。

如果必要的話，她可以殺了他。她知道她可以。然後她會開始殺豬，直到豬玀撂倒她，這樣她就可以去那個愛的世代永遠不死的地方，跟鼓手和她的兄弟姊妹會合了。

瑪莉在鼓手的身邊躺下，緊貼著他，幾乎可以感受到他的體溫。她愛他勝過世界上的任何一切，因為他是她的。

如果他們必須一起離開這個世界，也只能這樣了。這是命運。事情本來就是這樣安排好了。

瑪莉昏昏沉沉的睡著了，迷幻藥讓她的脈搏慢了下來。她腦中最後想到的，是傑克勛爵接到她送他的禮物時，那張沐浴著冬日陽光而燦爛的臉龐。

第六章 熱門的小姐

在恐怖瑪莉跟死人說話的十個鐘頭之前，蘿拉在密西根州安娜堡西邊約六公里的地方，按了一棟紅磚房子的門鈴。那天出了大太陽，大片白雲在天空中慢慢飄動，可是空氣卻冰冷凍人。馬克雙手插在羊毛襯裡的外套口袋裡，嘴裡呼出白煙。蘿拉和馬克在星期五一早離開查塔努加，一路開到俄亥俄州的德頓市，在那邊過了一夜，然後又繼續他們的旅程。他們穿過幅員遼潤的密西根大學，在六〇年代末、七〇年代初，這裡曾經是異議學生運動的溫床，如今反倒以狼獾聞名。

門打開來，一個面容和善的老人出現。他臉上的皮膚看似飽經風霜，頭皮也開始出現陽光的曬斑。「找哪位？」

「你好。」蘿拉勉強擠出笑容。「我們想找黛安丹尼爾斯。請問你知道她在哪裡嗎？」

他盯著她看了她好久，又看了馬克良久，然後瞇著眼睛，望著道路的另外一邊，一直望到長長的黃土路盡頭，看著橡木和榆樹圍繞的那棟石砌小屋。「黛安不在家。」他跟她說。

「我們知道。我們只是想問一下，你知道她去哪裡嗎？」這房子和那棟屬於黛安丹尼爾斯──從前的貝蒂莉亞摩斯的房子，是這條長路上僅有的兩棟房子。

「出門旅行。」他說。「不確定去什麼地方。」

「她什麼時候走的？」馬克問。

「哦，星期四下午。我想是吧。她說她要去北邊，不知道這資訊有沒有用。」

蘿拉覺得喉嚨打了結，必須努力解開。已經這麼接近貝蒂莉亞摩斯，卻又找不到她，真是一種折磨。「她有沒有說什麼時候可能會回來？」

「她說就去一個周末。你們是黛安的朋友？」

「我是她的老朋友。」馬克說。

「哦，很遺憾你們沒找到她。有一點不知道有沒有用，我想她應該是去賞鳥。」

「賞鳥？」

「是啊。她跟我借了望遠鏡。你知道，我跟我太太都愛賞鳥，是一個協會的會員。」他說著抓抓下巴。「黛安是那種獨來獨往的女人，如果她有心要做的話，會是一個很好的賞鳥人。」

蘿拉心不在焉的點點頭，轉身又望了那棟石屋一眼。郵箱上有和平的標誌，石屋門前有一座抽象陶雕，全都是尖銳的角度和突出的邊緣。

「黛安突然變得好熱門啊。」那老人說。

「什麼？」

「真的很熱門。」他又說了一遍。「通常沒有什麼人來找黛安。偶爾她會過來跟我下棋，也常常殺得我片甲不留。不過昨天也有其他人來找她。」

「其他人？」馬克皺著眉問。「誰？」

「她的朋友。」他說。「那人的喉嚨不好，必須在脖子上插著小玩意兒，才能透過擴音器講話。可怕的東西。」

「黛安有沒有跟你說她可能會去找誰呢？」蘿拉問。她想把話題拉回正軌。

「沒有。只說她周末要出去，還說要去北邊。」蘿拉說。那老人祝他們愉快，然後關上門。

顯然這人不知道其他的事情了。「謝謝你。」蘿拉說。那老人祝他們愉快，然後關上門。

走回蘿拉的寶馬路上，馬克踢著一顆松果說：「聽起來很奇怪。」

「什麼？」

「那個喉嚨不好的人，聽起來很怪。」

「為什麼？也許是她陶藝班的學生。」

「也許。」馬克站在車子旁邊，聽著風掃過光禿禿的樹梢。「我只是覺得怪怪的，如此而已。」

他們從南方北上，這一路上，對蘿拉來說，就像是上了一門激進哲學與禪的課程。馬克特雷格對六〇年代的武裝鬥爭知之甚詳，他們長篇大談的討論約翰甘迺迪遭到暗殺是不是美國遭到毒害的開端。「我們現在要怎麼辦呢？」蘿拉發動引擎時，馬克問。

「我要等貝蒂莉亞摩斯回來。」她對他說。「你已經完成了你的工作。如果你要的話，我可以替你買一張機票回查塔努加。」

他們開往安娜堡的路上，馬克想了又想。「如果我不在的話，蒂蒂不會跟妳說話。」他說。

「她甚至不會讓妳進門。」他伸手把長髮往肩膀後面一撩，看著鄉間道路向後退。「不行，我最好還是留在這裡。」馬克決定。「我可以請珞絲在星期一打電話幫我請病假，沒有問題。」

「我以為你急著想要回家。」

「我是啊，可是……我猜我也想見蒂蒂一面。妳知道，老朋友了嘛。」

有件事蘿拉一直想問，現在似乎正是時候。「你在書裡寫了一段文字獻給蒂蒂，『堅持妳的信念，愛那個跟妳在一起的人。』你指的是誰？她現在跟誰一起住嗎？」

「是啊。」馬克說。「就是她自己。去年夏天，我費了好大的勁兒，才說服她不要割腕。」

他迅速瞄了蘿拉一眼，然後又轉過頭去。「蒂蒂背負著很沉重的包袱，早就已經不是以前的那個人了。我猜，過去的事讓她很不安。」

蘿拉看著自己握著方向盤的手，眼前的發現讓她大吃一驚。她沒有擦指甲油，而且指甲很髒。今天早上的淋浴，簡直就是戰鬥澡。此外，她的訂婚鑽戒——她跟道格之間的聯結——看起來也混沌無光。在發生這些痛苦折磨之前，她對自己的指甲挑剔到吹毛求疵，也力求戒指必須要亮晶晶的。但是現在，這些事情似乎都毫無意義。

「一個喉嚨不好的男人。」馬克低聲說。「要找蒂蒂。這讓我覺得毛毛的。」

「為什麼？」

「如果是她的學生，難道不會知道她周末要出城嗎？」

「未必。」

他哼了一聲。「也許妳說的對，但是我還是覺得怪怪的。」

蘿拉指著左邊一家日日旅店說：「這家好嗎？」馬克說他隨便，於是她就轉進停車場。她到房間之後的第一件事，就是打電話到亞特蘭大的聯邦調查局給卡索，問問他的進展。不過她沒有任何背叛馬克或是貝蒂莉亞摩斯的意圖。她知道在她有機會跟蒂蒂面對面交談之前，她的精神不可能放鬆。

蘿拉跟馬克在日間旅店準備登記時，一個憔悴瘦削的男人穿過森林，回到他的車上。他的靴子踩在枯黃的樹葉上，發出咔嗞咔嗞的聲響。他那輛藍色的別克就停放在距離貝蒂莉亞摩斯石屋約八百公尺遠的黃土路上。他穿著褐色長褲和灰色的連帽大衣，有助於他隱身在冬季的森林裡。他脖子上掛著一台有望遠鏡頭的美能達相機，肩膀上揹著迷彩袋子，裡面裝著碟型天線和耳機、迷你型錄音機，還有一把裝了子彈的點四五口徑自動手槍。那人的臉藏在帽子底下看不清楚，但是呼吸時會發出咕嚕咕嚕的聲響。

他走到車子旁邊，打開後車廂門，把相機和背袋丟進車內，就放在一個黑色的皮箱旁邊。皮箱裡是一把點三八口徑步槍，槍上有望遠瞄準鏡和九發子彈的彈匣。

他自己的房子在西北方約二十五公里遠的地方，在一個叫做地獄的小鎮。

他開著車子回去，戴著黑色手套的手緊握住方向盤，露出惡魔般的笑容。

第七章　豬玀惡魔

恐怖瑪莉的身後是紐約市，頭頂是雲層滿佈的灰色天空，腳下是渡輪甲板，載著一群觀光客橫渡寒風冷洌的海面，而目的地就在她的面前——自由島上的哭泣小姐。

瑪莉懷著抱著鼓手，站在鑲了玻璃的船艙內，避開寒風。哭泣小姐的身形愈來愈大，一手擎著火炬，一手捧書貼在胸前。船上的其他乘客大多是日本人，發了瘋似的拼命拍照。瑪莉輕輕搖著鼓手，低聲哄著他。隨著環狀線渡輪漸漸逼近終點，她的心也在胸口拼命重擊跳躍。她肩上揹著大型背包，裡面放著裝滿子彈的麥格儂。渡輪即將靠岸，瑪莉舔舔嘴唇，她看到很多人在哭泣小姐的腳邊走來走去，也看到混凝土碼頭上有人在餵海鷗。瑪莉看看手錶，一點五十二分。她忽然想到自由島這麼大，他們要在什麼地方碰頭呢？《滾石雜誌》的留言並沒有說。突如其來的驚恐開始侵襲她的鎮定，萬一她找不到傑克怎麼辦？萬一他在這裡等她，而她卻找不到他怎麼辦？不要慌，她跟自己說，相信命運，同時注意背後。

鼓手開始嚶嚶哭起來。「噓，乖，別哭。」她輕輕哄他，把奶嘴塞給他。她的眼睛底下有黑眼圈。她一直睡不安穩，夢裡充滿了豬玀的幽靈，他們帶著步槍與獵槍從四面八方向她逼近。她在排隊買票時已經觀察過同船的旅客，沒有一個聞起來像豬玀，也沒有人穿著發亮的皮鞋。可是到了這裡，暴露在室外，還是讓她覺得不太安全。她決定等她一踏上自由島，就立刻拉開背包的拉鏈，以便在匆忙中也可以迅速拿到她的槍。

船的速度開始放慢，眼前的哭泣小姐變得如此龐然。然後船員開始拋繩，船身漸漸與碼頭平行，活動的舷梯也放下來綁妥。「小心腳步，小心腳步！」有名船員提醒旅客注意腳下安全。旅客開始準備下船，興奮的吱吱喳喳說個不停。

還有時間。瑪莉等其他人全部下船之後，這才拉開大背包的拉鏈，抱著鼓手越過舷梯，踏上自由島的土地。

海鷗在冷風中嘶叫盤旋，瑪莉的目光左右睃巡，一對老夫妻在欄杆附近散步。一個體型魁梧的女人趕著兩個小孩。三名穿著皮衣的青少年男孩彼此推擠打鬧喧嘩，聲音很刺耳。一個穿著灰色慢跑服的男人坐在長椅上，茫然看著對岸的城市。還有一個穿著茶色大衣的男人，正對著海鷗拋擲花生。他穿著擦得晶亮的翼尖鞋。瑪莉立刻遠離他，頸背的汗毛都豎了起來。

穿著制服的導遊把那群日本觀光客召集在一起。瑪莉從他身邊經過，大步沿著海邊的步道前進。海面上泛著一團團油光，還有翻著腫脹白肚漂浮在海面上的死魚。有個女人朝她這邊走來。她身邊沒有同伴，身穿鮮紅色的大衣，一頭黑色長髮在風中飄揚。那女人走到距離她六步之處，突然停下腳步，面帶微笑，輕快的說。「嗨，你好。」

瑪莉正要回應，突然有一名黑髮的年輕男子越過她身邊。「嗨！」他回應那名女子的招呼，然後兩人手挽著手。「妳從我身邊溜走了喔，對不對？」他逗著她說，然後就轉過身去靠著欄杆。瑪莉也抱著鼓手走開了。

她經過另外一群日本觀光客，手上的相機對著哭泣的小姐閃個不停。她眼角餘光瞄到一枚徽章，立刻向右一看，一名穿著深藍色制服的豬玀正在漫步巡邏，距離她大約十公尺。她轉身退開，往欄杆走去，裝作在遠眺灰霧迷漫的城市，一隻手放在背包袋口，只要一伸手就能拿到麥格儂。她等了幾秒鐘，然後轉身過來，一顆心砰砰蹦蹦跳個不停。那隻豬玀開始移動，走到那群日本旅客後面，她看著他離開，吸進肺裡的空氣感覺好冰涼。不安全，她心想，這裡太空曠了。這時她猛然驚覺，傑克勛爵不可能選擇在這裡碰面，這裡沒有掩護，如果有人設了陷阱，也無路可逃。長椅上有個穿著尼克隊夾克的黑人盯著她看，她也狠狠瞪回去，直到他轉開目光。然後她又開始走動。瑪莉不喜歡這樣。這個地方不對勁，一點都不像傑克的風格。她回頭瞄了一眼，看到那名尼克隊球迷站了起來，走到欄杆旁邊，好像要讓她維持在他的視線之內。

陷阱，她心想。她內心的警報器開始尖叫，空氣中有豬玀的氣味。餵海鷗的那名男子突然映入眼簾，亮晶晶的皮鞋慢慢沿著欄杆走來，雙手插在大衣口袋裡。她知道帶槍豬玀的樣子，從這個混蛋走路的姿態，就可以看到槍枝的重量。憤怒的淚水湧進她的眼眶，腦子裡也高聲喊著警告聲：陷阱、陷阱、陷阱。

瑪莉開始大步離開那個尼克隊的球迷和穿著晶亮皮鞋的混蛋，鼓手含著奶嘴，也開始咿咿唔唔的發出聲音，或許是感受到瑪莉的緊張吧。「噓，噓，噓。」她對他說，聲音微微顫抖。「媽咪抱著寶寶喔。」

她的肩膀緊繃，等著吹哨的哨音或是無線電的沙沙聲——敵人向她包圍逼近的訊號。如果真的發生了，她知道該怎麼做，她會先開槍殺死鼓手，一槍正中額頭，然後拼命開槍殺死這些混球，直到他們撂倒她為止。完全合情合理。她就算要死，也要抓幾隻豬玀來墊背，就是他媽的不會讓他們活捉到她。

恐怖瑪莉突然停住腳步，嘴裡輕輕驚呼一聲。

他在那裡。

就在那裡，就在她眼前，靠在欄杆上，望著大西洋。他的身形依然削瘦年輕，一頭金色長髮披在肩頭，就像是金色的波浪。他穿著破舊的皮夾克、褪色牛仔褲和皮靴。他抽著香菸，風中的煙霧在他頭頂繚繞。

傑克勛爵，就在那裡，等著她和寶寶。

她無法動彈。一顆淚珠從她右頰滑落，不是憤怒，而是喜悅的淚水。她覺得有什麼東西哽住了喉頭，這樣她要怎麼說話呢？她向他跨了一步，全身像是在霧與火之間不停拉鋸。他將菸灰撣在欄杆上，看著海鷗在空中盤旋飛翔。瑪莉可以看到他鼻樑與下巴優美的線條；雖然他剃了鬍子，不過那絕對是他沒錯。噢，親愛的上帝，那真的是他，就在她的眼前。

瑪莉顫抖著朝他走去。他比她記憶中要小一號，不過他當然變小了，因為她比以前大了許多。「傑克？」她輕聲問道，但是出來的聲音卻完全不是那麼一回事。她深呼吸一口氣，等他轉過頭來看她時，她已準備好迎接他眼眸中的火焰。「傑克？」

他的頭轉過來。

傑克勛爵是個女孩。

是個十七、八歲的少女。一頭長長的金髮在風中飄揚，右耳垂戴著一個小小的銀色骷髏。她嘴裡叼著菸，眼睛盯著恐怖瑪莉，眼神銳利而充滿戒心。「妳在跟我說話嗎？」她問。

瑪莉停住腳步，雙腿僵在那裡。她覺得臉上的表情也僵住了，滿腔喜悅化成了一隻海鷗，乘風盤旋遠去。她發出了一個聲音，可是不確定自己在說什麼，也許只是一聲痛苦的呻吟吧。

「媽的瘋子。」那女孩嘟噥著，從恐怖瑪莉身邊走過，逕自走開了。

來了。就在她身後。那個聲音。

「瑪莉。」

不是問句。是肯定句。

她轉身，一手抱著鼓手，一手伸進背包裡，手指就放在麥格儂的槍柄上。

「瑪莉。」他又叫了一聲，面帶微笑，但是淡藍色的眼中卻汪著淚水。

是那個餵海鷗的男人。他留著褐色短髮，兩鬢有些許斑白，臉上戴著玳瑁框眼鏡。他的臉太瘦削，下巴太長、鼻子也太大，眼睛周圍有網狀的細紋，嘴邊還有兩道深深的法令紋。茶色大衣的衣擺被風吹動，瑪莉看到他穿的細條紋黑色西裝、白襯衫和紅底小白點領帶，又低頭瞄一眼那雙亮晶晶的黑色翼尖皮鞋。她的第一印象就是豬玀惡魔，而他剛剛開口叫了她的名字。

她不認識這張臉，也不認識他的眼睛。豬玀啟動陷阱了。他的手仍插在大衣口袋裡，她看到穿著制服的豬玀不疾不徐的朝他們這邊走來。尼克隊球迷仍然倚在欄杆上，望著灰色的海水。還有時間玩一場遊戲，不過這次是由她主導叫牌。瑪莉從背包裡抽出麥格儂，手指頭扣住扳機，槍管頂著鼓手的頭。寶寶抖了一下，眨巴著眼睛。

「不要！」那陌生人說。「天哪，不要！」他也眨著眼睛，跟鼓手一樣吃驚。「我是愛德華啊！」他說。「愛德華佛迪斯。」

騙子！她心想。骯髒污穢下流的騙子！他看起來一點也不像愛德華！豬玀愈走愈近，從那陌生人的背後靠近他們，大約只有十步的距離。瑪莉看著圈套就要收網，指尖更用力壓在扳機上。

「快收起來！」那人著急的說。「瑪莉，妳不認得我了嗎？」

「愛德華佛迪斯的眼睛是褐色的。」只要再壓上五公克的重量，手槍就會走火。

「我戴了藍色的隱形眼鏡。」他說。「眼鏡是假的。」

豬玀幾乎要走到他們旁邊了，再過一會兒，他就會看到槍。瑪莉舔著下唇，說。「我怎麼能相信你？」

「我救妳出來的啊，妳還記得我們藏在哪裡嗎？」他皺著眉頭，在腦子裡搜索記憶。「我們一整晚都在拼命踢老鼠。」他說。

老鼠。啊，對了，她記得那些老鼠，他們來舔她的血。

豬玀就在愛德華佛迪斯的正後方，愛德華也知道，於是猛地轉身面對他，擋在瑪莉前面。「這裡好冷喔，你說是不是啊，警官？」

「是啊，真他媽的冷。」豬玀說。他有一張飽經風霜的方臉。「好像在飄雪了呢。」

「今年的雪下得還不算太多，所以也差不多該下一些了。」

「你留在這裡享受那些白色玩意兒吧。我呢，我要到南方去過冬！」

瑪莉沒有時間多做爭辯，先將槍收進袋子裡，不過手仍然握著槍柄。

豬玀往旁邊跨了一步，看著鼓手。「你的孩子啊？」他問愛德華。

「是啊，我兒子。」

「別讓他在外面吹風啊，對小孩的肺不好。」

「我們這就帶他進去，警官，謝謝你啊。」

豬玀對著瑪莉點點頭，走開了。愛德華佛迪斯用變了顏色的眼睛看著她。「妳在哪裡看到留言的？」

是他留的訊息，不是傑克勛爵，是他。瑪莉覺得身邊一陣天旋地轉，必須靠著欄杆才不致於軟倒。「《滾石雜誌》。」她勉力回答。

「我到處登廣告，《瓊斯夫人》、《村聲》、《時報》，還有其他好幾十家報紙都有。我自己都不確定會有人看到。」

「我看到了，還以為……是別人登的。」

愛德華四處張望一下，他眼睛的顏色或許不對，但是仍然像老鷹一樣銳利。「我們最好趕快離開這裡，旅客準備要上船了。我來替妳抱小孩。」他說著伸出雙臂。

「不行。」她說。「鼓手是我的。」

他聳聳肩。「好吧。不過我得跟妳說，從醫院裡抱走那個孩子實在是太瘋狂了。」他看到她一聽到那個字眼，眼睛立刻冒出火光。「我是說……不是太聰明。」她比他高出十來公分，體重也多出他大約十公斤。光是她的體型，再加上她雙手、肩膀所展現的殘暴力量，就足以讓他畏懼。她臉上向來都有那種危險陰沉的特質，但是現在又多了一些兇猛的野性，像是一頭被關進籠子裡，還被愚蠢管理員奚落的母獅子。「電視上都是妳的新聞。」他說。「妳讓妳自己成為矚目的焦點。」

「也許吧，那也是我的事。」

這裡可不是辯論的好地方。愛德華翻起大衣的衣領，看著警察走遠。豬玀沒說錯，還真的在飄雪了。「妳有車嗎？」

「一輛廂型車。」

「妳住在哪裡？」

「西考克斯的一家汽車旅館。你呢？」

「我住在皇后區。」他跟她說。現在她終於放下了那把可惡的槍，他的神經才漸漸鬆懈下來，不過他仍然緊盯著那名警察。瑪莉下船之後，他花了好幾分鐘才認出她，她變了好多，就跟他自己一樣，他也知道，不過認出她是誰，仍然讓他大吃一驚。聯邦調查局的人一直對她窮追不捨，說不定現在就有人站在她身邊，讓他覺得自己就像靶場內的槍靶。「我們去妳那裡。」他決定了。「我們得好好敘敘舊。」他試圖擠出笑容，但不知道是因為太冷還是太害怕，嘴角竟然連動也不動。

他已經開始往船的方向走時，她突然開口說。「等一下。」他停下腳步。瑪莉向他跨近一步，他立刻覺得自己矮了一截。「愛德華，我現在不再聽命於任何人了。」她的心因為失望而糾結起來。傑克勛爵不在這裡，她要花好長一段時間才能釋懷。「我說，我們去你那裡。」

「不信任我，是嗎？」

「信任會讓你喪命。去你那裡，不然我就走人。」

他想了一下，臉上出現惱怒的表情，從他這個表情，瑪莉知道他真的是愛德華佛迪斯，因為那天傑克嘉迪納為了他倒車撞到警車的事情大發雷霆時，他臉上就是這種表情。

「好吧。」他同意道。「去我那裡。」

他讓步讓得太快了，瑪莉心想，讓她隱隱覺得有些不安。他的服裝、鞋子都是這個腦殘國家的東西，是敵人的制服。他值得她好好留意一下。

「你帶路。」她說。他開始往登船的地方走，瑪莉在他後面隔著幾步的地方跟著，一手抱著鼓手，另一手仍握著麥格儂的槍柄。

回到環狀線渡輪的停車場，一到了沒人看得見的地方，瑪莉就從背袋裡拔出手槍，槍口頂著愛德華的後腦勺。「停！」她低聲喝令道。他照做。「靠在車上，雙腳打開。」

「嘿，別這樣，姊妹！妳要做——」

「快點，愛德華。」

「媽的，瑪莉，妳別推我！」

「你去告狀哪。」她說著，將他推到車子旁邊，花了一分鐘搜他的身。沒有槍、沒有麥克風、也沒有錄音機。她搜出他的皮夾，打開來看，檢查他的駕照。紐約的駕照，名字是愛德華藍伯特，地址是皇后區古柏大道723號5B公寓。還有一張照片，裡面有個笑容滿面的年輕女子，還有一個遺傳了父親長下巴的小男孩。「太太跟小孩？」

「對。離婚了，如果妳也想知道的話。」他轉身，滿臉怒容，伸手從她手中搶回皮夾。「我一個人住。在一家海產公司擔任會計。我開八五年份的豐田汽車。我集郵，還用Charmin的衛生紙擦屁股。妳還想知道什麼？」

「有。」她用麥格儂的槍口抵著他的肚子。「你是不是想要出賣我？我知道我這顆頭上有標價。」確實的金額是一萬兩千美元，由亞特蘭大《憲政報》出資懸賞要捉她。「如果你在打這個主意，我告訴你，第一顆子彈就賞給你吃！聽懂了嗎？」

「懂了。」他點頭道。「我聽懂了。」

「那好。」她相信他，於是把槍收起來，不過背包並沒有闔起來。「現在我們又可以做朋友了，對不對？」

「對。」這話裡有一種新的敬意，或許也是恐懼吧。

「我跟著你走。我的車子停在那邊。」她指出方向。愛德華正要走向他停在附近那輛紅色豐田汽車，瑪莉突然抓住他的手臂。懷舊之情像一道溫暖的火芒從她心底燃起，多少安撫了傑克沒有出現所造成的傷痛。「我愛你，兄弟。」她說著，親吻了他刮得乾乾淨淨的臉頰。

愛德華佛迪斯看著她，半是困惑，半是因為搜身引起的憤怒。她瘋了，這一點再清楚不過。抱走那個孩子，還害他一起涉入險境，從頭到尾都很瘋狂。他突然有種心痛的感覺，希望自己沒有登那則廣告。可是瑪莉是他在戰場上的好姊妹，他們曾經一起出生入死，一起流血奮戰，而且她讓他想起了以往年輕反叛的歲月。他說。「我也愛妳，姊妹。」他回吻她，聞到了她的體味。她需要好好洗個澡。

他坐進豐田汽車，發動引擎，等她帶著小孩上她那輛廂型車。她叫他鼓手，但是愛德華知道那孩子真正的名字——大衛克萊波恩。他從新聞報導中知道了整件事，不過自從飛機在日本爆炸的事情發生之後，新聞就沒有怎麼報導瑪莉和孩子的事了。他將車子開出停車場，從後照鏡裡確定瑪莉有跟上。瘋狂又高頭大馬的老瑪莉，他沒有預料到恐怖瑪莉會從那艘船走下來。登廣告本來就是海底撈針，可是他知道這會兒他撈到了一條大魚，遠比他夢想著望過的目標還要大得多。

他的車子滙入開往威廉堡橋的車流時，他忍不住說。「一萬兩千美元？」他向後一瞥，她還緊跟在他後面。「小寶貝。」他說。「妳就要讓我變成百萬富翁了。」他咧嘴一笑，露出戴著牙套的門牙。

豐田車和廂型車跟著其他的車輛一起過了橋，而細小的雪花也開始從雲層中緩緩飄落下來。

第三部　殺手甦醒

第一章 瑕疵品

「我覺得有人在跟蹤我們。」瑪莉說，她站在愛德華佛迪斯的單房公寓窗口往下望，已經是第三次了。雪花在風中飄來飛去，古柏大道上有一堆垃圾袋爆開來，裡面的垃圾與廢紙沿著人行道紛飛。瑪莉正拿著嬰兒配方奶餵鼓手，那孩子吸吮著奶嘴，一雙藍色眼珠睜得大大的看著她。她左右掃視著無人的大道。「是一輛褐色的小型車。應該是福特吧，我想。」

「妳想太多了。」愛德華在廚房答道，他正在煮罐頭番紅椒。房子的暖氣不時呻吟幾聲怪響。「這個城市本來就有很多車，不要疑神疑鬼。」

「那輛車本來有機會可以超我們的車，但是卻放慢速度。」奶嘴從鼓手的嘴裡掉下來，瑪莉又塞回去。「我不喜歡這樣。」她說。不過多半是對著自己自言自語。

「別理他就是了。」愛德華回到前廳，讓番紅椒在爐子上沸騰。他脫掉大衣和西裝外套，裡面是紅色的吊褲帶，他們現在喜歡說「吊帶」。「妳要喝點什麼嗎？我有米勒淡啤酒，也有葡萄酒。」

「葡萄酒好了。」她說。她仍然望著窗外，尋找那輛褐色的福特小型車。她沒能看到駕駛的臉。她記得那個尼克隊球迷，他跟他們一起坐船渡海回來。還有那個穿著皮夾克的金髮女孩。還有其他一起渡海的人，那十幾個日本觀光客，那對老夫妻，總共二十幾個人。會不會其中有一個或好幾個是在跟蹤她的豬玀？當然還有另外一種可能，有人跟蹤的不是她，而是愛德華。那也不是什麼破天荒的事，對吧？

他替他倒了一杯紅酒，放在桌子，等她餵飽鼓手。「好啦。」愛德華說。「妳要跟我說為什麼妳要抱走這個孩子嗎？」

「不要。」

「如果妳什麼都不想說，那我們就沒什麼好談啦？」

「我想聽。」她說。「告訴我，你為什麼要在報紙上登那個留言。」

愛德華走到另外一扇窗戶向外窺探，沒看到什麼褐色的福特小型車，可是瑪莉堅稱有人跟蹤他們，也讓他覺得心裡毛毛的。「我不知道，我猜只是好奇吧。」

「好奇什麼？」

「哦……只是想看看有沒有人會出現。也許有點像是同學會。」他轉身離開窗邊，在潮濕的冬日光線下看著她。「我們一起經歷過的那些事情，感覺像是一百年前的事了。」

「並沒有，就只是昨天而已。」她說。鼓手喝完了嬰兒配方奶，她將他放在肩膀上，輕拍他的背，讓他打嗝。瑪莉已經仔細觀察過愛德華的公寓，他有一些蠻好的傢俱，跟這個地方格格不入。連他的穿著打扮都比他住的地方要氣派。所以她認為他曾經很有錢，但是現在錢已經花光了。他的豐田汽車排氣管會冒出藍色的煙，而且左後方的保險桿也有碰撞的痕跡。至於擦得發亮的皮鞋呢，則說明了他曾經走在很昂貴的地板上。「你是會計師啊。」她問。「做了多久啦？」

「三年了。工作還好啦，我閉著眼睛都能做。」他聳聳肩，幾乎像是認錯道歉的樣子。「我改名換姓之後，到紐約大學唸了一個商學學位。」

「商學學位。」她覆述一遍，臉上浮起淡淡的笑。「我看到你的時候就知道了。那些混蛋改造你啦，是不是啊？」

熟悉的怒容又閃過他的臉龐。「我們那時候都還只是孩子，有很多想法都太天真，也太愚蠢。我們那時候並不是生活在現實中。」

「你現在是囉？」

「現實就是。」愛德華說。「每個人都要工作才能活下去。天底下沒有白吃的午餐。妳到現在還搞不清楚嗎？」

「我的兄弟現在變成老大哥了嗎？」

「沒有！」他大聲反駁，也許太大聲了點。「見鬼了，才沒有！我只是說，我們那時候以為世上每一件事不是黑就是白！我們以為自己是對的，那麼別人都是錯的！好吧，那個時候我們太笨了，沒有看到世界上還有灰色。」他悶哼一聲。「我們沒有想過自己也會長大。可是妳無法跟時間對抗啊，瑪莉，那不是什麼可以用子彈解決或是用炸藥炸開的事情。情況變了，妳也必須跟著一起改變，如果妳不變……好吧，妳看看後來艾比霍夫曼變成什麼樣子！」

「艾比霍夫曼始終忠於他的志業。」瑪莉說。「他是累了而已。」

「霍夫曼被逮到販賣古柯鹼！」他提醒她。「他從一個革命家變成販毒的藥頭！請問他效忠的是哪門子的志業？老天，現在根本沒有人在乎艾比霍夫曼是哪號人物！妳知道這個世界上真正的力量來源是什麼？錢。現金。如果妳有錢，妳就是號人物，如果妳沒有，就跟著垃圾一起被掃掉。」

「我不想跟你談這些。」瑪莉搖著懷裡的鼓手說。「乖孩子，真是個乖孩子。」

「我需要喝點啤酒。」愛德華走進廚房，打開冰箱。瑪莉親吻了鼓手的額頭，他身上有味道，必須要換尿布了。她抱著他走進臥室，放在床上，就在她的背包旁邊，然後開始工作。尿布只剩下一塊了，她必須出去再買一包幫寶適才行。她在幫鼓手換尿布的時候，注意到房間裡有張小桌子，桌上擺著一台打字機。字紙簍裡有一堆揉掉的廢紙，像是一個個白色的拳頭。她拿起其中一個，攤開來，發現紙上有幾行字：我叫做愛德華佛迪斯，是一名殺手。我以自由為名殺人，那是很久以前的事了。我是暴風戰線的成員，不過在一九七二年七月一日那天晚上，我重生了。

鼓手開始哭鬧，他覺得又睏又不舒服。

愛德華的聲音在瑪莉身後響起。「出版社說我的第一段必須精彩有力，才能立刻吸引讀者的注意力。」

她從縐兮兮的紙張抬頭看著他。鼓手一直在哭，讓她頭痛欲裂。

愛德華啜飲著啤酒，眼睛似乎變得更深沉，神色也因為壓力而緊繃。「他們說內容必須夠血腥，要有很多動作場景，還說那可能會是一本暢銷書。」

瑪莉再次揉掉手上的紙，變成一顆硬梆梆的小球。她捏著紙球，拳頭握得死緊，而鼓手還一直哭個不停。

「妳不能哄他安靜嗎？」愛德華問。

殺手甦醒了。她覺得殺手在她心裡蠢蠢欲動，像是沉重的陰影。愛德華在寫一本關於暴風戰線的書，寫一本書向這個腦殘國家坦白一切。他要讓前鋒陣線的血汗、眼淚全都灑在木漿製成的紙張上，讓一群笨蛋混球去舔舐。同學會，他說，我只是好奇而已。

不對，那才不是愛德華佛迪斯在報紙、雜誌刊登留言的原因。「你想找到其他人。」她說。「是要我們幫你寫書。」

瑪莉伸手到背袋裡，拿出那把麥格儂對準他，那個穿著敵軍顏色的陌生人。

「把槍放下，瑪莉，妳並不想開槍射殺我。」

「我要把你他媽的腦袋轟個粉碎！」她喊道。「我不允許你把我們當成妓女一樣賣掉！絕對不允許！」

「我們始終都是妓女！賣給那些搞軍事新聞和煽風點火的人。我們做了他們夢想的事情，結果有什麼回報？妳變成了一頭野獸，而我則是四十三歲的鼈三。」他拿起啤酒瓶灌了一口，不過眼神始終盯著她的槍。「幾年前我是股票交易員。」他苦澀的笑著說。「一年賺幾十萬美元，住在紐約的上東區，是人生勝利組，有一輛賓士車，有老婆孩子。然後股市一下子破了底，我眼睜睜看著一切化為烏有。就像在林登市的那一夜，只不過更糟，因為被摧毀的是我親手搭出來的房子。完全無能為力，什麼都做不了。我從高處跌到現在這個地方，接下來要怎麼辦呢？我要一輩子替海皇算帳，然後在退休之後住進新澤西的老人之家嗎？還是我再豪賭一把，看看出版社會不會對暴風戰線的故事感興趣？那都是過往的歷史了，瑪莉。古老塵封……可是腥風血雨中的勇氣會賣錢哪！妳知道我們一起走過了那些腥風血雨啊，所以寫出來又有什麼大錯？瑪莉，妳告訴我？」

她無法思考。鼓手愈哭愈大聲，需要她的照料。她大腦裡的一切運作都失去了目標。只要輕輕一扣扳機，他就會化為塵埃。一切都是謊言，傑克勛爵不在這裡，無法來迎接他的兒子。只有眼前這個穿著腦殘國家制服的東西，不斷吐出腥臭難聞的垃圾。只不過有一個事實無法改變，在那個烈焰痛苦交織的漫漫長夜，他曾經救過她一命。

光是這一點，就讓她下不了手殺他。

「我找到一個經紀人。」愛德華接著說。「是業界的大咖。我寫好大綱，他替我爭取到出書的合約，手稿在今年八月底會出來。」

瑪莉的槍口仍然對準他，鼓手也仍然哭鬧不休。

「我不希望這只是我的故事。我希望這是我們所有人的故事——每一個死去和逃走的人。妳懂嗎？」

「我只知道眼前有一個叛徒。」瑪莉說。「應該被處死。」

「哦，鬼扯！不要這麼戲劇化了，瑪莉！這是金錢至上的真實世界！」他砰一聲把啤酒瓶摜在櫃子上，瓶裡的酒都灑了出來。「如果我們能靠那些親身經歷的煉獄賺一點錢，何樂而不為呢？我很樂意跟妳分享利潤，這點毫無問題。」

「利潤？」她說，好像吃到了什麼髒東西。

「天哪！妳不能讓那個孩子閉嘴嗎？」愛德華往鼓手那邊走，瑪莉用麥格儂抵住他頭顱的側面，同時一把抓住他的紅色領帶，阻止他繼續前進。她用力擰住他的領帶，愛德華的臉立刻脹紅。

「……掐……」他喘息道。「掐死……我……」

鈴——

電話，瑪莉心想。又響一次，鈴——。

「門……鈴。」愛德華勉強擠出幾個字。「樓下。有人……要進來。」

「你在等誰？」

「沒有。瑪莉，妳聽我說……妳快掐死我了。別這樣……放手……好嗎？」

鈴——

她看著他那雙湛藍得過份的眼睛，還有他脹得紅點斑斑的臉。他只是個小人，她想，一個輕言放棄又被這個腦殘國家收買的人。這種人太可悲了。她不想殺他，現在還不想。鼓手在哭，而有人想要進來。她鬆開愛德華的領帶，他連喘好幾口氣，然後是一陣劇咳。

瑪莉把奶嘴塞進鼓手的嘴裡，他氣得雙眼圓睜，斗大一顆淚珠從他臉頰滾下來。他的表情替她表達了她現在的感受。她把槍放在床上，就放在他的身邊，繼續換好尿布。

愛德華走到客廳，又咳了最後幾聲，這才按下對講機的按鍵。「喂？」

沒有回答。

「樓下有人嗎？」

沒有聲音。

他鬆開按鍵，心想，又是鄰居小孩在胡鬧。三秒鐘後，鈴——

他再次按下按鍵。「嘿，你給我聽著，你要想玩，就給我到街上去——」

「愛德華藍伯特？」

是個女人的聲音，聽起來很緊張。「我是，您哪位？」

「下樓來。」

「我沒有時間陪妳玩，小姐。妳想要賣什麼東西？」

「瑕疵品。」她說。「你下樓來。」咔噠一聲斷了線。

「是誰？」瑪莉站在臥室門口，剛換好尿布的鼓手抱在懷裡，麥格儂自動手槍握在右手。

「沒什麼。」他聳聳肩。「可能是遊民吧。到處都是遊民在討錢。」

瑪莉走到窗口往外看，外面飄著雪，天色一片昏暗迷濛。然後她看到有個人站在人行道上，向上望著這棟公寓大樓。風愈來愈強，吹著那人的灰色大衣。那人戴著一頂黑色的帽子，脖子上圍著同色的羊毛長圍巾。

瑪莉瞇起眼睛。她認得這個身影。她見過這個人。沒錯，她可以肯定，千真萬確，他也在那艘返航的船上。他一直站在船尾，雙手始終插在口袋裡，就在那個穿皮夾克的金髮女孩旁邊。瑪莉看著她，那人在強風中佝僂著腰，慢慢的離開大樓，走了幾步之後，一陣怪風襲來，將那人頭上的帽子吹走。

一頭紅髮披散開來。瑪莉才發現她是個女人。那女人在強風吹走帽子之前，伸手攔截下來，將一頭長髮塞回帽裡，又用力的壓下來戴穩。然後她繼續向前走，肩膀低垂，彷彿背負著千斤重擔。

紅髮，瑪莉心想，紅得像軍旗。

她從前認識的一個女人，就擁有那樣的髮色。

「哦，我的天哪。」瑪莉低呼道。

那名紅髮女子繞過轉角，從視線中消失，只留下身後滾滾雪花。

「幫我抱一下。」瑪莉跟愛德華說著，在他還來不及拒絕前就把鼓手塞進他懷裡。然後她將手槍塞進牛仔褲腰際，藏在寬大的毛衣底下，大步往門口走去。

「妳要去哪裡？瑪莉！妳到底要——」

她已經衝出大門，奔下兩層樓梯。她跑到街上，衝進刺骨的寒風與雪花之中，然後跑到紅髮女子剛剛轉過去的那個轉角。瑪莉可以看到她，在大約一條街的距離外，正準備打開一輛褐色福特小型車的駕駛座車門。

「等一下！」瑪莉喊道，可是強風迎面吹來，那女人聽不到。福特車駛離停車格，朝著瑪莉這個方向駛來，於是她走到街心，朝著車子走去。她舉起右手，做出和平的手勢，大步朝著車子走，眼看著人車就要撞到一塊。

透過擋風玻璃，她看到那個女人的臉。那也是一張她不認識的臉，就像愛德華的臉一樣陌生。那個女人瞪大眼睛，張開嘴大叫一聲，可是瑪莉聽不到。福特車一個打滑，停在閃閃發亮的人行道上。

那女人下車，強風再次吹走她的黑帽子，紅色的秀髮在肩頭紛飛。瑪莉放下比劃著和平標誌的手。這到底是不是她認識的人呢？那頭髮是同樣的顏色，沒錯，但是那張臉卻不一樣。貝蒂莉亞摩斯曾經有模特兒般的美貌，小巧優雅的鼻子，嘴唇和下巴的線條堅實，而這個女人的鼻樑卻歪歪斜斜，像是被無情的打斷過，又不曾好好修補矯正。她的頷骨厚實，下巴退到了層層肥肉後方。深刻的紋路從她的眼角散開，一路延伸到她的額頭。瑪莉可以看出她的身高大約一六五，腰粗肚圓，曾經美好的曲線早已消失殆盡。可是這女人有一對綠色的眼眸，綠得像是愛爾蘭的青苔。那是蒂蒂的眼睛，卻嵌在一張形似蟾蜍的臉上。

「瑪莉？」她用貝蒂莉亞的聲音說話，只是變得沙啞而蒼老。「瑪莉？」

「是我。」瑪莉答道，貝蒂莉亞還想開口說話，卻只能發出啜泣的聲音，而且被風吹得支離破碎。貝蒂莉亞摩斯向前衝進瑪莉的懷裡，兩人彼此擁抱，把瑪莉的手槍夾在中間。

第二章　痴人之夢

星期一凌晨兩點多的時候，蘿拉克萊波恩穿上她的厚外套，坐上她停在日日旅店停車場上的車子，發動引擎向西行，往蒂蒂摩斯位在林子裡的石砌小屋前進。

睡覺是不可能的事，夜裡充斥著幽靈。一彎弦月高掛空中，寶馬車燈照著空蕩蕩的路面，沒看到其他的車輛。蘿拉發著抖，等車子的暖氣熱起來。當天晚上十點，她跟馬克已經去過石屋一次，看蒂蒂摩斯是不是已經回家，只是沒有接電話而已。可是當時屋子裡還是一片漆黑。蘿拉想要出來開開車，至少有那種從某一點到另外一點的感覺，而不是停滯不前。她打電話給卡索探員，詢問調查的進度如何，但是他的秘書跟她說卡索出城去了，等他回來就會打電話給她。換言之就是「別再打電話來了，我們會打給妳」。

那樣不夠好，他媽的，怎麼說都不夠好。

蘿拉的車子經過了那間石砌小屋。還是一片漆黑。不管蒂蒂去什麼地方，她的周末旅遊已經又延長了一天。蘿拉覺得，如果她這麼大老遠的跑一趟卻沒有找到這個女人，她很可能會發瘋，甚至開始啃汽車旅館房間裡的牆壁。她已經停止服用安眠藥，因為她不想讓藥物作用蒙蔽她的大腦。可是停藥的副作用就是她一個晚上可能只有辦法睡三四個鐘頭，其餘時間都被腦中的景象糾纏，不斷看到陽台上的瘋女人和拿著步槍的狙擊手。蘿拉無法忍受看到鏡中的自己，她的雙眼似乎凹陷得更深，眼中閃爍著鋼鐵般的光芒，彷彿有什麼尖銳的東西就要破眼而出。

從小屋向西開了約一公里半的路之後，蘿拉在黃土路上迴轉回頭。去吃點東西吧，她想，找一家二十四小時營業的煎餅店，一家有很多熱咖啡的店。

她放慢車速，又靠近那棟石屋。在寶馬汽車慢慢逼近時，她朝屋子瞄了一眼。當然還是黑的。蒂蒂去賞鳥去了，那老人如是說。借了他的望遠鏡之後就走了。她的雙手緊緊握住方向盤。蒂蒂摩斯也許是她唯一的希望，讓她在大衛還活著的時候找到他。此刻大衛很可能已經死了，被肢解分屍，就像他們在瑪莉泰瑞爾公寓裡找到的那箱玩偶一樣。親愛的上帝啊，蘿拉祈禱著，請助我保持神智清楚啊。

燈光一閃。

燈光。

在蒂蒂摩斯那間石屋的窗戶裡。

蘿拉開過了頭，離那棟房子有一百公尺的距離的時候，才意識到要踩煞車。她逐漸放慢速度，不想讓輪胎發出磨擦的吱吱聲。她的一顆心幾乎要從胸膛跳出來。有燈光，雖然一閃即逝，也許只有一秒鐘。但那不是月亮或是她車頭燈的反光。

有人在那間房子裡，在黑暗中搜索。

蘿拉的第一個念頭是停車，打電話報警。不行，不行，她不想讓警察介入，現在還不想。她再次回頭，又從那屋子旁邊經過一次。這一次沒有看到燈光閃爍。不過她剛剛看到了，她知道她看到了。所以真正的問題是，她現在該怎麼辦？

她把車子開下路面，就停在枯草蔓生的路肩，熄掉車燈，關掉引擎。

她的皮包在她旁邊，但是她的手槍放在汽車旅館，在行李箱裡。隨著車內的暖空氣流失，夜色滲透進來，她開始發抖打顫。誰在貝蒂莉亞摩斯的家裡？是小偷嗎？偷什麼東西？她的陶藝品嗎？蘿拉知道她只有兩個選擇，一是坐在這裡胡思亂想，二是走進屋子裡。此刻，勇氣已不是問題，她心裡只剩下一種絕望的渴求。

蘿拉下車，打開後車廂，拿出換輪胎用的鐵橇，然後把大衣的鈕扣扣到頸際，開始往回走，沿著蜿蜒穿過森林的黃土路走了幾百公尺。石屋的窗戶不再出現閃光，附近也沒有看到其他的車。是她的想像嗎？或者不是？她握緊手上的鐵橇，沿著車道前行，攝氏零下八度的空氣，讓她的鼻孔和肺都快要凍傷了。

寶寶又在哭了。哭聲讓瑪莉從雲端城堡的夢境中驚醒，氣得她牙癢癢的。那是個美夢，夢中的她又變得年輕苗條，頭髮的顏色就像是夏日驕陽。那是一個她不願醒來的夢，可是寶寶又在哭了。小孩真的是夢的殺手，她從床上坐起來時忍不住想。她原本的夢想是把孩子交到傑克勛爵的懷裡，看到他美麗的笑容。然後傑克勛爵會再愛上她，世上的一切又將回復正軌。

可是傑克勛爵不在那裡。他沒有去哭泣的小姐那裡，沒有來見她。現在沒有，以後也不會出現。

寶寶還在哭，哭聲像一把剃刀在刮她的大腦。她滿懷絕望的起身，那股熟悉的怒氣又升上來，從她周身每個毛孔像蒸氣一樣冒出來。

「噓。」她說。「鼓手，安靜。」可是他不聽。他的哭聲會吵醒鄰居，然後豬玀就會上門來關切。為什麼孩子總是要背叛她？為什麼他們得到了她的愛，卻把她的愛打成仇恨的結？如果傑克根本不想要他，那麼鼓手還有什麼用？鼓手只不過是一團會哭鬧的肉，沒有什麼用處，也沒有存在的理由。她好恨他，因為就在這一刻，她意識到自己為了把他帶給傑克勛爵做出了什麼事。現在，一切都結束了，這個哭鬧不休又沒有用的小東西，傑克勛爵連看都不會看一眼。

「你為什麼哭個不停呢？」她在黑暗中坐在狹窄的床上問鼓手。她低聲的問，但是鼓手的回答卻是哭得更大聲。「好吧。」瑪莉說著，站了起來。「好吧，我會讓你再也哭不出來。」

她打開小廚房的燈，擰開一口爐子的開關，把火焰轉到最大。

蘿拉慢慢走上貝蒂莉亞摩斯家門前的台階，一隻陶貓蹲踞在門口，枯葉散落在前廊。蘿拉伸手握住門把，輕輕的左右轉動，鎖住了。蘿拉從大門口撤退，走下台階，繞到屋後。她緊握著鐵橇，握得太緊，加上天氣太冷，手指都凍僵了。屋後有間可以停一輛車的車庫，還有一間更大的石砌附屬建物，大門用鐵鍊和大鎖頭鎖住。她就是在這裡面做陶藝吧，蘿拉想。奇形怪狀的陶土雕塑散落在光禿禿的樹木之間，像是一群外星生物。現在天色很黑，蘿拉當然看不到，但是她跟馬克星期六初次來訪時卻看得很清楚，各式各樣花俏的陶藝品——餵鳥器、雕塑品和其他認不出是什麼的東西——全都掛在樹枝枝頭的鐵絲上。顯然這位貝蒂莉亞摩斯，或是以現在的黛安丹尼爾斯的身分，全心全意投入了她當年的老本行，也就是加入馬克他們的公社時做的工作。蘿拉走到後門，鞋子踩到枯枝和樹葉，發出咔嗞咔嗞的聲音。她也試了後門的門把。

轉得動。蘿拉的心頭突的一跳。她用手摸著門，發現門框上有一小片方形玻璃不見了，不是打破的，因為沒有玻璃碎片。是被人用玻璃切割器移除的。

她打開房門，站在門檻上。林子某處有貓頭鷹在跟月亮對話，冷風吹過樹梢，掛在鐵絲上的陶藝品彼此碰撞，叮咚作響。她忍不住打了個寒顫，站在門口用力朝黑暗的屋內凝視，什麼都看不到，只有幢幢交疊的黑影。星期六她跟馬克來的時候，曾經從門上的窗櫺向內張望，看到廚房正中央有一張桌子和一張椅子。星期六的時候，門上的玻璃都完好無缺，門也鎖得好好的。

她的心跳得好快。蘿拉拿起鐵橇，走進屋內。

瑪莉抱起嬰兒，她的動作很粗魯，嬰兒的哭聲暫停了一會，然後音量又向上攀升，變成一種讓瑪莉難以忍受的高頻哀鳴。「不要哭了！」她對著他哭得紅通通的小臉怒吼。「不要哭了，你這個小混球！」

寶寶還在哭。瑪莉的尖聲怒吼差點讓她嗆到。她怎麼會愚蠢至此，以為傑克勛爵會寫那則留言？笨到相信他在這麼多年之後還會要她跟孩子？相信他真的還在乎？沒有人在乎，根本沒人在乎。她偷走這個孩子，暴露了她偽裝的身份，讓自己陷入危機，可能遭到這腦殘國家的豬玀追殺……一切都只是為了愛德華佛迪斯那本背叛暴風戰線、洩漏機密的書。

在她走之前，她會收拾掉愛德華，把一顆子彈送進他的眉心，然後把他的屍體扔進垃圾桶。不過現在，她要先收拾這個嬰兒，這個哭鬧不休的小鬼。鼓手，她心裡想著，忍不住竊笑。「你喜歡哭嗎？」她用力搖晃他。「你喜歡哭嗎？」搖晃得更用力。他的哭聲變成悽厲的尖叫。「好，我就讓你哭個夠！」

她抱著他走到廚具旁邊，爐口的熊熊火焰燒得正烈，閃動的火光中可以看到上昇的熱氣。孩子哭得渾身顫抖，仍然不斷的哀號，雙腿用力猛蹬。她不需要這個小混蛋，不需要傑克，不需要任何人。她可以讓鼓手停止哭泣，讓他乖乖聽她的話，然後把他剩下的部份留給豬玀和那個叫蘿拉克萊波恩的女人。然後她會再次躲藏到地下，深埋在地底，沒有任何人或任何事可以碰她一根寒毛。她會再度背過身去，不再理會那個什麼愛與希望的痴人之夢。

「你哭吧！」她吼道。「哭吧！哭吧！」

她抓起孩子的後腦勺，用力把他的臉往紅色的爐火壓下去。

蘿拉在黑暗中仔細聆聽，但是她的心跳和喘息聲阻礙了她的聽覺。出去吧，她對自己說，妳不屬於這裡。妳離家很遠了，妳已經走得太遠了。如果有小偷在搜刮貝蒂莉亞摩斯的房子，那也不關妳的事。可是她沒有離開，她的手指摸索著電燈開關。她的手碰到什麼東西，發出愉悅的叮咚聲，讓她嚇了一大跳。又是另一個該死的陶藝雕塑。她發出來的噪音比一支軍樂隊還要多。

過了一會兒，她找到開關，打開電燈。

一股熱氣掃過她的頸背。

她向右一轉身，看到一個男人的臉，他就站在那裡。她張開嘴想要尖叫，一隻戴著黑色手套的手揚起來，像眼鏡蛇昂首一樣迅速，在她叫出聲之前就摀住了她的嘴。

寶寶的臉幾乎就要碰到爐火，他還固執的哭個不停，瑪莉準備要迎接他痛苦的哀嚎。

一聲尖叫。

「不要！」

有人從背後抱住她，將她和孩子推離火熱的爐子。「不要！天哪，不要！」有雙手飛撲過來，試圖搶走鼓手。瑪莉的手肘向後一拐撞上對方，她聽到一聲吃痛的悶哼。有個紅髮女子在跟她搶鼓手，可是瑪莉不認得那張臉。那女人在說。「瑪莉，不要這樣！不要這樣！拜託妳，別這樣！」她的手又伸過來搶鼓手，瑪莉將紅髮陌生人向後推擠到牆邊。這是她的孩子，她想做什麼就做什麼。她冒著生命危險才得到這個孩子，沒人能從她身邊搶走他。那女人又過來跟她搶鼓手，爐子還在她們身後冒出熾紅的火光，寶寶也仍然哭鬧不休。「妳聽我說！聽我說嘛！」那女人雙手抓住瑪莉的肩膀，不肯放手，堅決的向她懇求。瑪莉看到那女人露出白皙的喉頭，知道她該從哪裡下手壓碎她的氣管。「不要傷害孩子！求求妳，不要！」那女人說。她仍然不肯鬆手。「瑪莉，妳看著我！是蒂蒂！我是蒂蒂摩斯呀！」

蒂蒂摩斯？瑪莉的目光從脆弱的喉頭向上移，看著那女人厚實的頷骨和滿臉的皺紋。

「不是！」瑪莉的聲音壓過鼓手的哭聲。「不是。蒂蒂摩斯長得很美。」

「我動了手術呀。記得我跟妳說的嗎？我請整型醫師動了手術。別傷害孩子，瑪莉。別傷害鼓手。」

整型醫師。蒂蒂摩斯，她的臉用手術刀、矽膠移植變醜了，還用鐵鎚敲碎了鼻骨。我躲到地下時動了手術，她跟瑪莉和愛德華說。有個醫生替很多想要消失的人動過手術，我也請他幫忙。蒂蒂是真的付錢變醜，而那個醫生——他也是地下軍事組織的一份子——在聖路易替她動了手術。蒂蒂摩斯，雖然仍是碧眼紅髮，但是外貌已經截然不同。她在求她不要傷害鼓手。

「傷害……鼓手？」瑪莉低聲道。「傷害我的寶寶？」淚水湧上眼眶。她聽到鼓手在在哭，但是現在哭聲已經不像剃刀在刮搔她的大腦，而是一種無辜的需要。瑪莉將鼓手緊緊壓在胸前，驚覺她的怒火讓她做出什麼事來，忍不住啜泣。「哦，天哪！哦，天哪！哦，天哪！」她呻吟，而孩子則在她懷裡顫抖。「我病了，蒂蒂！我病得好重。」

蒂蒂關掉爐火。她的鎖骨還因為瑪莉剛才那一記拐子隱隱作痛，而且瑪莉將她壓制在牆上時，也差一點扭傷她的背。她說。「來吧，咱們坐下來談。」她要把瑪莉帶離爐邊，愈遠愈好。剛才看到她要把嬰兒的臉壓到爐火上那一幕，恐怖的程度遠超過她的想像。她小心翼翼拉著瑪莉的手臂，說。「來這邊，我的好姊妹。」

瑪莉在她的引導之下離開小廚房，淚珠滾滾而下，胸部也因為抽噎而起伏不定。「我病了。」她又說了一次。「我有毛病，我瘋了。哦，天哪！我絕不會傷害我寶貝的鼓手！」她將他抱得更緊，他的哭聲也漸漸弱了。他們在卡蜜歐汽車旅店，在瑪莉住的房間。蒂蒂和瑪莉在晚上八點離開愛德華的住處之後，就回到這裡來，兩個人喝了幾瓶酒，敘敘舊，然後瑪莉拉開沙發床讓蒂蒂睡，蒂蒂就是躺在那裡睡覺的時候，聽到瑪莉走出臥室到廚房去，然後又折回來抱走啼哭的孩子。至於後續的事情，就在千驚萬險之下勉強避開了。

瑪莉坐在椅子上，輕輕搖著鼓手，一雙眼睛又紅又腫，晶瑩的淚珠在她臉上閃閃發光。鼓手漸漸安靜下來，又睏了。蒂蒂坐在凌亂的沙發床上，神經依然緊繃著。

「我愛我的孩子。」瑪莉說。「妳看不出來嗎？」

「我看得出來。」蒂蒂答道。但是蒂蒂看到的是一個失心瘋的女人，抱著她從別人那裡偷來的孩子。

「是我的。」瑪莉低聲說。她吻著他的額頭，輕輕搓著他柔軟的深色髮絲。「他是我的，全都是我的。」

盜墓獵屍人。

那人的一側嘴角像是被凍裂開來，形成可怕的裂口，露出裡面的牙床和牙根。戴著黑手套的手摀住她的臉時，蘿拉驀然想到這個人長得很像盜墓獵屍人。嘴角微笑的那一側臉頰整個塌陷下去，下顎扭曲不成形，向外箕突，有如梭魚的戽斗下巴。他的眼睛是黑色的，但是受創的那半邊臉上，眼睛是嵌在凹陷黑洞裡的一顆玻璃珠。戰爭廢墟般的疤痕從裂開的嘴角向後延伸，一路橫越塌陷的臉頰。他的喉頭有一個肉色的裝置，上面有個三孔的插座。

眼前的景象十分駭人，但是蘿拉沒有時間害怕。她立刻揮出鐵橇，在絕望中使盡全力，雖然只是斜斜擊中那人的左肩，但也夠用力了，那人跌跌撞撞的向後退，張開不成形的嘴，發出痛苦的嘶嘶聲，活像是破裂的蒸氣管。

不過他立刻又朝蘿拉撲來，伸手攻擊她的喉部。蘿拉向後退一步，保持兩人之間的距離，同時再次揮出鐵橇。那人舉起手擋掉這一擊，兩人手臂相擊，碰撞的力道讓蘿拉的手幾乎麻痺，不過她的鐵橇沒掉，反倒是那人的小型手電筒掉在地板上，滾到廚房的餐桌底下。

他抓住蘿拉的手腕，搶奪她手上的鐵橇。那人身形高大，肌肉發達，穿著一身黑衣，戴著一頂黑色毛帽，臉色像月亮一樣蒼白。他抓住蘿拉用力一甩，讓她撞到流理台，台上一些陶製的小玩意兒噼哩哐啷的掉落地板。一個膝蓋飛來，正中蘿拉的兩腿之間，她痛得放聲大叫，但是卻咬緊牙關，緊握著鐵橇不放手。他們在廚房裡扭打，撞翻了桌子。那人一手揪住她的下顎，把她的頭往後扯，試圖扭斷她的脖子。蘿拉則摳住他的喉嚨，深深掐進他的肌肉。她的手指摸到了他喉頭的小裝置，立刻用力拉扯。

他倉惶後退，雙手摀著脖子，空氣從掠食者裂開的嘴裡宣洩出來。現在蘿拉佔了上風，露出瘋狂的眼神，舉起鐵橇，準備再給他重重一擊，要在他殺掉她之前把他敲個腦漿四溢。他的喉頭發出疑似憤怒的咆哮聲，然後在她鐵橇揮下之前朝她衝過來，一把抓住她的手臂，身體一扭，將她整個人拉離地面，然後用力甩出去，像個麵粉袋似的拋到廚房另一頭。她右肩著地摔到地板上，肺裡的空氣也被撞得擠壓到體外。

在昏迷中，時間亂了節奏，飛快的旋轉推移。蘿拉嚐到血的味道。肩膀隱隱作痛，手上的鐵橇也消失無蹤。等她好不容易集中力量坐起來，發現自己一個人待在貝蒂莉亞摩斯家的廚房裡，後門大開，枯葉被風吹了進來。蘿拉吐了一口口水，在地板上留下一道血跡，然後她的舌頭找到頰內受傷的地方，正是牙齒交會之處。我還好，她心想，我沒事。那個臉上掛著骷髏頭笑容的男人不見了，直到現在，她才禁不住顫抖起來，恐懼與反胃接踵而來。她還來不及爬到戶外，就在一個抽象雕塑的旁邊吐了起來，反嘔了好幾次，直到胃裡沒有任何東西可以吐了，這才離開那灘嘔吐物，爬到稍遠的地方坐起來，吸一口冷冽的空氣，直凍到肺裡。她的兩腿之間也隱隱陣痛，濕熱的感覺擴散開來。那個混蛋又害她撕裂了縫合的傷口，一股怒火油然而生。

她站起來，走回廚房。手電筒不見了，但是她的鐵橇還在。她心裡有一股想哭的衝動，讓她差一點就向這位殘酷的朋友投降。但是她認為自己一旦開始哭泣就不可能停得下來，於是她站在原地，用手壓住眼睛，直到這股衝動退潮為止。驚恐的感覺仍在她的後腦頻頻刺探，隨時都會爬過她的頭頂。現在這裡沒什麼可以做的，只有回到車上，開車回日日旅店。她的右肩明天會有一大片烏青瘀血，那人推她撞上流理台時正好撞到她的背，此刻也疼痛不已。

但是她沒有死，她勇敢的站起來跟那個人對抗——不管他是誰——而且還活了下來。在這一切發生之前，她可能會嚇得癱軟在地，哭得泣不成聲，但是現在情況不同了，她的心變得堅強，她的目光變得冷酷，暴力突然成為她生命的一部份，再也回不去了。

她會把這裡發生的事告訴馬克。喉嚨有個小裝置的男人，曾經向道路另一頭的鄰居詢問黛安丹尼爾斯的事情。他是誰？他在這個謎團中又扮演什麼角色？

蘿拉自己拿杯子到水龍頭裝水，漱漱口，把嘴裡的血水吐在水槽內。該走了。該離開光明，再次到黑暗中出擊了。她拿回鐵橇，想等自己不再顫抖之後再走，但是顫抖卻始終不曾稍息。她腦中有個念頭不斷盤旋，覺得那個臉上有恐怖笑容的男人會在外面某處等著她。她強迫自己不再去想，順其自然吧，她告訴自己。然後她熄了燈，關上後門，開始往她停車的地方走。任何一點風吹草動都會讓她受到驚嚇——不論是真實的或是她想像出來的聲音，讓她一路緊握住鐵橇不敢鬆懈，但是並沒有人在尾隨她。

蘿拉坐上寶馬汽車，發動引擎，點亮車燈。

這時候她看到了，有人用玻璃切割器在她的擋風玻璃上留了兩個反過來的字。「回去」。

她坐在那裡，愣了一會兒，看著她認為應該是警告的字樣。回去？回去哪裡？回亞特蘭大那棟房子嗎？那棟她跟一個叫道格的陌生人共有的房子？還是回到她父母親居住的地方，面對一群隨時準備好要對她的生活說三道四的人？

回去。

「沒有我兒子，絕不回去。」蘿拉暗中發誓。她將車子開出路肩，往安娜堡前進。

第三章　秘密

「有時候。」鼓手在瑪莉懷裡睡著時，她說。「我會變得很瘋狂，也不知道為什麼。我的頭很痛，完全無法思考。也許每個人有時候都會有那樣的感覺吧，是不是？」

「也許吧。」蒂蒂說，但是她心裡並不相信。

「是啊。」她對著同袍姊妹微微一笑，捉狂的風暴此時已經過去。「我好高興再見到妳，蒂蒂。我說不出來有多開心。我是說……妳看起來跟以前很不一樣，還有其他的改變，不過我真的很想妳。我很想每一個人。我想妳比較聰明，沒有在哭泣的小姐那裡現身。那可能是個陷阱，對不對？」

「對。」所以她才會帶著她跟鄰居查爾斯布爾借來的望遠鏡，提早在今天中午到自由島上，挑了一個有利的位置，可以看到每一位下船的旅客。她很快就認出了瑪莉，可是一直到愛德華佛迪斯靠近瑪莉時才認出他來。她從自由島一路跟蹤他們，看到他們走進公寓大樓，然後才去按愛德華藍伯特家的門鈴。那輛褐色福特車是租來的，她自己的車——灰色的本田掀背式旅行車，則停在底特律機場的停車場。「妳接下來要怎麼辦？」蒂蒂問。

「我不知道。逃到加拿大吧，我猜。再一次躲到地下，只不過這一次我有自己的小孩。」

她們還沒有觸及最艱難的話題。蒂蒂想知道。「妳為什麼要抱走他，瑪莉？妳為什麼不自己一個人來就好了？」

「因為。」瑪莉答道。「那是給傑克的禮物。」

蒂蒂搖著頭，表示不解。

「我把鼓手帶來給傑克。當我看到留言時，我以為那是他刊登的訊息。所以我才帶了鼓手一起來，要給傑克，妳懂嗎？」

蒂蒂了解。她輕聲一喟，視線從恐怖瑪莉身上移開。瑪莉的精神異常已經太明顯了。沒錯，瑪莉仍然精明狡猾，像是一隻逃避獵捕的動物，但是這些年來的艱困考驗，還有她近乎幽禁的獨居生活，已經讓她的精神耗損到極端危險的狀態。「妳帶了孩子來給傑克，但是他卻沒有出現。」現在她可以理解瑪莉何以有如此憤怒的表現，但是她的解釋還是夠瘋狂的了。「我很遺憾。」

「我不需要他！」瑪莉突然暴跳如雷。「妳也不必替我感到遺憾！不必！現在我有自己的孩子，我會活得好好的！」

蒂蒂點點頭，心裡卻想著廚房裡的爐火。如果不是她在場及時阻止，那孩子的臉可能早就燒得從頭顱上剝落下來了。總有一天——也許就在不久的將來，瑪莉會突然從瘋狂的陣痛中清醒過來，到時候就沒人能夠拯救這個寶寶了。蒂蒂知道她這輩子做了很多壞事，那些人那些事都會在午夜夢迴時來找她算帳，淌著血對著她呻吟。他們像陰魂不散的鬼魅在夢裡追著她，甚至在她拿出剃刀，將手腕浸到溫水裡時，還在一旁笑得齜牙裂嘴，吱吱喳喳的鼓勵她。她是做過很多壞事，但是她從未傷害過小嬰兒。「也許妳不應該帶著孩子一起走。」她說。

瑪莉盯著蒂蒂看，她的臉像是一塊磐石。

「妳帶著孩子，行動比較不方便。」蒂蒂接著說。「他會拖累妳。」

瑪莉不說話，輕輕搖著懷裡的孩子。

「妳可以把你放在教會，留一張字條說明他是誰，他們就會把他帶回他母親的身邊。」

「我就是他母親。」瑪莉說。

危險地帶，蒂蒂心想，她踏進了地雷區。「妳不希望鼓手受到傷害吧，對不對？如果警察找到妳，會發生什麼事呢？鼓手可能會受傷吔，妳有沒有想過？」

「當然想過。如果豬玀找到我，我就先殺了寶寶，然後盡可能殺光他們，愈多愈好。」她聳聳肩。「這樣才合情合理。」

蒂蒂詫異的猛眨眼睛，在那一刻，她看到了恐怖瑪莉的靈魂黑暗面。

「我不能讓他們活捉到我們。」瑪莉說著，又恢復了笑臉。「我們現在是一體的，就算要死，也要死在一塊，如果非得如此不可的話。」

蒂蒂看著她的雙手緊緊交握放在腿上，那是一雙大地之母的手，手掌寬濶、手指粗壯。她想到那雙大地之母的手拿著槍，子彈穿透無數軀體。她想到電視新聞的畫面，在亞特蘭大，那孩子的母親離開醫院時，滿臉的擔憂痛苦，好像被千斤重擔壓彎了腰。她想到了那個秘密，一件她已經猜疑了長達五年的事。她自己的人生是一條充滿背叛和險惡的扭曲道路，她一手毀了父母親，讓她的母親酗酒，讓她的父親在一九七三年心臟病發暴斃。如今家裡的農場早就不在了，被銀行沒收查封，母親則住進了療養院，整天胡言亂語，尿濕床鋪。對貝蒂莉亞摩斯來說，那句話真是惡毒的實話——你再也無家可歸了。

她在一月號的《瓊斯夫人》看到那則留言。起初她根本不打算在二月十八日那天到自由島去，但是這個念頭卻一直在她心裡縈繞。她也不確定為什麼最後決定要來，也許純粹只是好奇吧，也許是因為暴風戰線才是她真正的家人。她買了美國航空的來回機票，在星期四晚上離開底特律。

她回底特律的班機是下午一點三十分。本來她也沒打算在瑪莉的房間過夜，但是這個房間比她在曼哈頓西五十五街住的旅館要乾淨得多，而且現在她也很慶幸自己決定留下來，因為那個孩子。然而，看到恐怖瑪莉的內在本性，卻讓她高興不起來，聯邦探員遭到獵槍陷阱槍殺的新聞，對她來說應該已經是個預警了。蒂蒂在腦子裡翻來覆去想著那個秘密，像是旋轉著魔術方塊似的。

瑪莉看到蒂蒂失神的目光。「妳在想什麼？」

「在想愛德華的書。」蒂蒂謊稱。在瑪莉嘲諷的堅持之下，愛德華終於跟她說了他的寫作計劃。「我不認為傑克會高興。」

「他會下令要處死愛德華。」瑪莉說。「叛徒不需要同情。他以前常常這樣跟我說。」

蒂蒂看著瑪莉懷裡的孩子。無辜的孩子，她心想，他根本不應該在這裡。瑪莉的手臂緊緊環抱著他，像是一條纏繞著他的毒蛇。「妳說……妳要把這個孩子送給傑克。」

「我想要送他一份禮物。傑克一直想要個兒子。我受傷那天晚上，肚子裡懷的就是他的兒子。」這到底是真是假？她自己也不記得了。

「所以妳要再一次藏入地下？」喀喇、喀喇、喀喇，大腦裡的魔術方塊繼續轉動。

「明天，等我收拾了愛德華之後，然後我就前往加拿大。我跟鼓手一起走。」

蒂蒂頓悟了，她會殺掉愛德華。但是她什麼時候會再發作，害得那嬰兒終生殘廢甚至死亡呢？喀喇、喀喇，還要好幾步，魔術方塊繼續轉動。也許愛德華是死有餘辜，但是他終究還是同袍兄弟啊，難道那不算什麼嗎？那孩子就更不用說了，根本不該遭逢眼前的命運。喀喇、喀喇，蒂蒂看著她那雙大地之母的手，想到還有更多人的生命，操縱在她的手上，任她擺佈。「瑪莉？」她輕聲說。

「什麼事？」

「我——」她停頓一下。那個秘密她守了太久，不願意在此刻曝光。可是有兩條人命——愛德華和那個嬰兒的死活，都仰仗她的抉擇。「我……我想我可能……知道傑克在哪裡。」她說。

瑪莉坐在那裡，動也不動，嘴唇微啟。

「我不確定。但是我想傑克可能在加州。」

瑪莉沒有反應。

「在北加州。」蒂蒂接著說。「一個叫做自由岩的小鎮，就在舊金山北方約八十公里的地方。」

瑪莉動了一下，一種激動的顫抖，彷彿全身的血液又突然灌回她體內。「很靠近那棟房子。」她說，聲音很緊張。「雷鳴之家。」

蒂蒂從未去過雷鳴之家，但是她聽其他的暴風戰線成員提過。雷鳴之家位在舊金山以北，藏在環繞德瑞克斯灣的那座森林裡。那裡也是暴風戰線的誕生地，第一批成員在那裡簽下了血書，立下忠誠契約，宣誓為理想和志業效忠。蒂蒂知道那是一間廢棄了三十年的狩獵小屋，名字的由來是因為海水不斷拍打德瑞克斯灣內崎嶇的礁岩，會發出雷鳴似的潮浪聲。雷鳴之家是暴風戰線的第一個總部，也是他們的「智庫」——所有在西岸的恐怖行動，都是在那裡醞釀出來的。

「自由岩。」瑪莉覆誦一遍。「自由岩。」她的眼睛像酒精燈似的亮起來。「妳為什麼覺得他在那裡？」

「我是山嶽協會的會員。五年前，會務通訊裡報導了一群人控告自由岩鎮公所的新聞，抗議他們在一個鳥類保育區附近傾倒垃圾，還刊登了他們在鎮議會開會的照片。我想，其中有一個人可能就是傑克嘉迪納。」

「妳不確定？」

「不確定。那張照片只拍到他的側面。可是我剪下照片，保存起來。」她的身子微微前傾。「瑪莉，我記得人臉。至少我的手記得。妳跟我到安娜堡來，看看我做的頭像，然後妳再跟我說是不是他。」

瑪莉默不作聲，蒂蒂可以看到她的腦子在轉。

「別殺愛德華。」蒂蒂說。「帶他跟妳一起來。為了他的書，他也會想要找到傑克。如果傑克真的在自由岩，那麼妳可以帶愛德華和寶寶一起去見他，再由他來決定要不要處死愛德華。」替愛德華爭取一點時間，她心想，也替她自己爭取一點時間，再想辦法從她身邊把孩子抱走。

「加州，流著奶與蜜的土地。」瑪莉說。她點點頭，喜孜孜的笑了。「沒錯。那確實是傑克會去的地方。」她用力抱著鼓手，將孩子從夢中驚醒。「哦，親愛的鼓手！我親愛的寶貝！」她的語調輕快、聲音高亢。「我們要去找傑克囉！要去找傑克囉！他會永遠愛我們兩個，對，他會！」

「我的飛機在一點半起飛。」蒂蒂跟她說。「我先走。你跟愛德華隨後跟著我來。」

「對。跟著妳。我們一定會跟著妳。」瑪莉容光煥發，像個興奮的女學生。看到她這樣，讓蒂蒂心都碎了。鼓手又開始哭鬧。「他也很開心哪！」瑪莉說。「妳聽到了嗎？」

蒂蒂再也無法忍受多看瑪莉一眼。在她那癲狂的喜悅之中，有某種死亡的意味，有某種殘暴而令人恐懼的成分。難道這就是我們奮戰的成果？蒂蒂自問。沒有從壓迫中掙脫的自由，只有深夜裡的瘋狂？「我還是回我的旅館好了。」她說著從沙發床上站起來。「我把家裡的電話留給妳。等妳到安娜堡之後，再打電話給我，我會告訴妳要怎麼走。」她在卡蜜歐汽車旅店的便條紙上寫了她的電話號碼，瑪莉接過紙條，跟尿布、嬰兒配方奶和她那把麥格儂手槍一起塞進她的背包裡。

蒂蒂走到門口，又停下來。風雪停了，靜止的空氣裡有種沉重的冷冽。蒂蒂強迫自己再次轉向那壯碩高大的女子，看著她鋼鐵般的眼睛。「妳不會傷害那個孩子吧，對嗎？」

「傷害鼓手？」她用力抱一下他，他發出輕微的啼哭聲，抗議被人如此粗暴的喚醒。「我怎麼樣都不會傷害傑克的孩子！」

「妳會讓傑克決定如何處置愛德華？」

「蒂蒂。」瑪莉說。「妳擔心太多了。不過這也是我為什麼那麼愛妳的原因，一部分啦。」她親吻了蒂蒂的臉頰。蒂蒂感覺到她溫熱的唇貼上她的肌膚，忍不住打了個寒顫，然後推開她。

「妳自己小心。」瑪莉說。

「妳也是。」蒂蒂又瞟了嬰兒一眼——無辜幼兒落入受到詛咒的人手中——然後轉身，穿越停車場，走到她的車子旁邊。

瑪莉看著蒂蒂離開，然後關上房門。在門後，她抱著孩子，樂得手舞足蹈，同時天神還在她的腦子裡高唱著〈點燃我的火〉。

窗外已近黎明，又是嶄新的一天。

第四章　十字路口

「哦，天哪！」貝蒂莉亞摩斯站在門口，看著飽受摧殘的廚房，忍不住驚呼。

午後陽光從窗戶斜射進來。房子裡很冷，蒂蒂看到後門少了玻璃的窗格。枯葉散落一地，那張古董餐桌翻倒，兩條腿斷裂了。顯然有人闖了進來，但是遭到搜索和破壞的地方似乎就只有這裡。當然，她還沒有去檢查陶藝工作室，不過從窗戶望出去，可以看到大鎖和鐵鏈依然完好無缺。她沒什麼值錢的東西，音響還在客廳，攜帶式的小型電視也還在。她也沒有什麼珠寶，只有那些她在旋轉盤上創作出來的東西。那麼闖空門進來的人倒底要找什麼呢？

恐懼湧上心頭。她穿過短短的走廊，來到她的臥室，顧不得打開行李箱，就直接扔在床上，然後立刻拉開五斗櫃最底層的抽屜，抽屜裡裝著舊皮帶、襪子和幾條破舊的喇叭牛仔褲。看到這些東西，她重重嘆了一大口氣，放下心頭重擔。牛仔褲底下藏著一本相簿，蒂蒂翻開相簿，裡面都是發黃的舊報紙，還有一些成像粗糙的照片，全都用玻璃紙包得好好的。「暴風戰線在新澤西槍戰」，其中一份報紙的標題寫道。第二份報紙大聲疾呼「聯邦調查局追緝在逃恐怖份子」，第三份報紙的標題是「暴風戰線份子在安堤卡暴動中喪生」。還有暴風戰線所有成員的照片，全都是他們年輕時拍攝的舊照片。她在自己的那張照片裡依然美麗輕盈，跨坐在馬背上對著攝影鏡頭揮手。那是她父親幫她拍的照片，當時她只有十六歲。瑪莉泰瑞爾的照片上則是一名身材高挑的金髮美女，沐浴在夏日的陽光下。看著照片讓她覺得心痛，因為她現在知道了事實真相。

蒂蒂小心翼翼翻到相簿的最後面，最後幾篇報導想必是瑪莉綁架大衛克萊波恩的新聞，不過在此之前，則是她五年前從山嶽協會通訊剪下來的一篇報導和照片，標題是「公民團體搶救鳥類保育區」。那篇報導只有五段文字，照片則是一名女子在議會中站在講台上說話，後面坐了一排人。其中一個男人把頭偏向右側，好像在跟隔壁的人說話，又或是故意避開攝影機——蒂蒂第一次看到的時候是這樣想的。鏡頭還是捕捉到他一部份的側臉，髮線、額頭和鼻樑。他們自稱是「自由岩六人幫」，分別是珍奈兒柯林斯、狄恩沃克、凱倫歐特、尼克哈德雷，以及凱斯與珊卡瓦納夫婦。報導中說，他們全都是加州自由岩鎮的鎮民。

蒂蒂向來很會認人，像鼻子的曲線、眉毛的寬度、頭髮落在額頭上的樣子等等。這些都是臉部特徵的細節，注意細節向來就是她的專長。

而她幾乎可以確認那三個男人——沃克、哈德雷和卡瓦納，一定有一個就是以前的傑克嘉迪納。

她將相簿放回原處，又關上抽屜。抽屜沒有遭到破壞的痕跡，所以相簿應該沒被人發現。她走到前廳，在電話旁邊繞圈子。要報警嗎？要通報有竊案嗎？但是到底是什麼東西失竊呢？她在屋子裡走來走去，檢查櫥櫃與抽屜。平常用來放手邊現金的小金屬盒依然安在，裡面的兩百美元也沒有人碰過。她的衣服——全都是席爾斯或潘尼斯百貨公司的平價成衣，也都還好好的掛在衣架上。沒有任何東西失蹤。就連那片從門上切割下來的窗玻璃，也放在廚房的流理台上。她從小屋的這個房間走到另一個房間，腦子裡的魔術方塊喀喇喀喇的轉來轉去，卻怎麼樣都轉不出解答。

電話響了，蒂蒂在前廳接起來。「喂？」

短暫停頓後。「蒂蒂？」

不只是她的心，連她的胃都蹦上了她的喉頭。「是哪位？」

「是我，馬克特雷格。」

「馬克？」他們有六個月不曾通過電話了。向來都是她打給他，而不是反過來，這是他們的默契之一。可是有一點不對勁，她可以聽到他聲音裡濃濃的緊張情緒，於是立刻又問。「有什麼事？」

「蒂蒂，我在這裡。在安娜堡。」

「安娜堡。」她重覆，一陣暈眩。喀喇、喀喇、喀喇。「你在這裡做什麼？」

「我帶了一個人來見妳。」馬克在日日旅店的房裡，看了一下站在他旁邊的蘿拉。「我們一直在等妳旅行回來。」

「馬克，到底是怎麼一回事？」

她很緊張，馬克心想，好像整個人都要驚跳起來。「妳相信我，好嗎？我不會傷害妳。妳能相信我嗎？」

「有人闖進我家，砸爛了我的廚房，天哪。我不知道到底發生了什麼事！」

「妳聽我說，好嗎？妳先鎮定下來，仔細聽好。我絕對不會傷害妳，我們都認識這麼久了。我只是帶一個需要妳幫忙的人來見妳。」

「是誰？你在說些什麼啊？」

蘿拉一步向前，馬克還來不及開口說任何話，她就一把奪過電話。「貝蒂莉亞？」她說，電話另一端的女人倒抽了一口氣，因為聽到陌生的聲音喊她的名字。「拜託妳，別掛斷！只要給我幾分鐘就好了，我只有這麼一點要求！」

蒂蒂沒有說話，可是她顯然非常震驚。

「我叫蘿拉克萊波恩。馬克帶我來見妳。」蘿拉意識到蒂蒂即將掛斷電話，頸背上寒毛直豎。「我沒有跟警方或聯邦調查局合作。」她說。「我發誓，真的沒有。我只是想找到我的寶寶而已。妳知道瑪莉泰瑞爾抱走了我的孩子？」

還是沒有回答。蘿拉擔心她已經失去了貝蒂莉亞摩斯，電話隨時都會斷線，然後等她開車趕到小屋時，早已人去樓空。

沉默的時間不斷延長，蘿拉覺得她的神經也跟著被拉緊。

蘿拉的腦子裡，有個尖叫的種子開始成形，像是一顆黑暗的種子。但是她有所不知的是，貝蒂莉亞摩斯的腦子裡也有一顆相同的種子在慢慢成形。

最後，那種子終於發芽了。不是尖叫，而是從種子長出來的一句話。「是的。」

謝天謝地，蘿拉心想。她原本緊閉著眼睛，等著蒂蒂掛斷電話，現在又睜開了。「我可以過去跟妳談談嗎？」

蒂蒂思索的時候，又是一陣緘默。「我幫不上忙。」她說。

「妳確定嗎？妳知不知道瑪莉泰瑞爾可能會去什麼地方？」

「我幫不上妳的忙。」蒂蒂又重覆一次，但是並沒有掛上電話。

「我只想把我的孩子找回來。」蘿拉說。「我不在乎瑪莉泰瑞爾到了什麼地方或是發生什麼事，我只想找回我的孩子。我甚至不知道他現在是不是還活著，這讓我痛苦萬分。拜託妳，我求求妳，妳真的一點都幫不上忙嗎？」

「妳聽著，我並不認識妳。」蒂蒂答道。「依我看，妳很可能是臥底的聯邦調查局探員。我才剛旅行回來，發現有人趁我不在家時闖進我家。是妳嗎？」

「不是。但是我看到一個男人進去。」她的身體當然還記得那頓扭打，在她白色上衣和麻花針織毛衣底下，她的右肩有一大片瘀青，藏在牛仔褲內的右臀也有一塊瘀青。

「有個男人。」蒂蒂的聲音變得尖銳起來。「什麼男人？」

「讓我去見妳吧。等我到了，再慢慢跟妳說。」

「我不認識妳！」那已經近乎是恐懼和絕望的吶喊。

「妳很快就會認識了。」蘿拉堅定的說。「我現在要把電話交給馬克。他會跟妳說我是可以信任的人。」她說著將話筒交給他，而他聽到蒂蒂說的第一句話就是。「你這個王八蛋！你背叛我，你這個王八蛋！我要殺了你！」

「殺了我？」他低聲的問。「妳不是說真的吧，蒂蒂，是嗎？」

她苦惱的啜泣起來。「你這個王八蛋。」她低聲道。「你在背後搞我。我以為我們就像兄妹一樣。」

「我們是啊，什麼都沒有改變。可是這個女人需要幫助。她是乾淨的。讓我們去看妳吧。」馬克說。「我以一個哥哥的身份求妳。」

蘿拉暫時走開，拉開窗簾，看著窗外寒冷的藍天。她可以看到她的車子停在停車場，擋風玻璃上還有那個「回去」的警告。她在痛苦中等候，直到馬克放下話筒。

「她願意見我們。」他跟她說。

開車去蒂蒂家的路上，馬克說。「要堅強。不要情緒崩潰或是一開口就求她。那樣沒有幫助。」

「好。」

馬克伸手摸摸刻在擋風玻璃上的字。「那個混蛋傷了妳吧，是不是?我就知道那個傢伙有問題。脖子上有個插座。」他悶哼一聲。「不知道他到底在找什麼?」

「我不知道，也不希望再看到他。」

馬克點點頭。他們離石屋還有幾里路。「我跟妳說。」他說。「有些事情，我必須先告訴妳。我跟妳說過蒂蒂動過整型手術，記得嗎?」

「記得。」

「蒂蒂以前很漂亮，但是現在卻不是。她動了整型手術讓她變醜。」

「讓她變醜，為什麼?」

「她想要改變，我猜她不想再做以前的自己。所以妳看到她的時候，不要太訝異。」

「我會保持鎮定。」蘿拉說。「他媽的，我會非常鎮定。」

她放慢速度轉彎，讓寶馬開上小屋前面的黃土路。蘿拉的車子開到小屋門前時，看到前門是開著的，一名身材臃腫，穿著深綠色毛衣和卡其長褲的婦人走了出來。她有一頭紅色鬈髮，像波浪般披在肩膀上。蘿拉的掌心冒汗，神經緊張。要鎮定，她告訴自己，然後就停車熄火。這一刻終於到了。

貝蒂莉亞摩斯站在門口，看著蘿拉和馬克下車走向她。蘿拉看著她醜陋如蟾蜍的面容和歪七扭八的鼻樑，心想，有哪個整型醫生會同意做這樣的手術啊？又是什麼樣的心境，讓貝蒂莉亞摩斯痛苦到願意頂著這樣一張刻意塑造得醜惡無比的臉？

「你這個小鼈三！」她對馬克說，口氣很冷漠，也沒有等他們就自顧自折返屋內。

回到小屋整齊的前廳，蒂蒂坐在可以看到窗外道路的那張椅子上，沒有請蘿拉或是馬克就座，目光始終盯著馬克，因為她還記得在電視新聞上看到蘿拉那張充滿痛苦的臉，實在不忍心看她。「蒂蒂，妳好。」馬克勉強擠出一個微笑說。「好久不見。」

「她給你多少錢？」蒂蒂問。

馬克微弱的笑容頓時蒸發。

「她真的給你錢了？我這顆項上人頭值多銀幣？」

蘿拉說。「馬克是我的朋友，他——」

「他以前也是我的朋友。」蒂蒂瞟了她一眼，又很快的挪開視線。蘿拉克萊波恩的雙眼深陷，眼神卻像是兩團烈焰。「你捅了我一刀啊，馬克。她收買了你，所以你就出賣我，對不對？好吧，我人就在這裡。」蒂蒂強迫自己轉頭去盯著蘿拉看。「克萊波恩太太，我殺過人。我跟其他三名暴風戰線成員走進餐廳，持槍射殺了四名警察，他們沒犯什麼罪，純粹只是因為他們穿著藍色制服、戴著警徽。我還幫忙設置了土製炸彈，炸瞎了一名十五歲的小女孩。傑克嘉迪納持刀割斷一名警察的喉嚨時，我也在一旁歡呼吶喊。我還曾經抱起屍體，讓艾基塔華盛頓和瑪莉泰瑞爾把他的手綁在屋樑上。我就是母親警告她們的孩子長大之後絕對不要變成的那種女人。」蒂蒂臉上浮現冷冰冰的笑容，枯樹枝光禿禿的影子映在她臉上。「歡迎光臨寒舍。」

「馬克不肯帶我來，我一直逼他，他才答應。」

「這樣會讓我覺得好過一些嗎？還是覺得安全一點？」她的雙手指尖相抵。「克萊波恩太太，妳完全不知道我活在什麼樣的世界裡。沒錯，我是殺過人，那是我的罪，但是沒有任何法官或陪審團需要判我入獄服刑。從一九七二年以後前，我過的每一天都是在服刑。我無時無刻不是提心吊膽，擔心會有什麼人從我背後襲來，每天都嚇個半死。到了晚上，也許只能睡個三個鐘頭，那還算是好的咧。有時候，我一睜開眼睛，發現自己瑟縮在衣櫃裡，卻不記得是什麼時候跑進去的。就連走在街上，也不時覺得有十幾個人看穿了我這張臉，認識以前的那個我。我呼吸的每一口氣，都在提醒我，我曾經奪取別人的性命，殺了他們，甚至還在燭光下，在迷幻藥的作用下，慶祝他們的死亡。」她點點頭，一雙綠色的眼眸因痛苦而顯得迷濛。「我不需要監獄的牢房，因為我身上就揹著牢房。如果妳要把我交給警方，我可以跟妳說，他們也拿我莫可奈何，因為我根本不在這裡，我已經死了，而且已經死了很久。」

「我不會把妳交給警方。」蘿拉說。「我只是想問妳幾個關於瑪莉泰瑞爾的問題。」

「是恐怖瑪莉才對。」蒂蒂糾正她。「她——」一個瘋字幾乎脫口而出。「她太傻了，才會抱走妳的孩子。太傻了。」

「自從她到里奇蒙去看過她母親之後，聯邦調查局就失去她了的蹤跡。她母親跟他們說她到加拿大去了。妳知道她可能去什麼地方嗎？」

問題來了，蒂蒂心想。她瞪著自己的手看。

蘿拉看了馬克一眼，尋求支援，但是他只是聳聳肩，在沙發上坐了下來。「如果妳願意告訴我關於瑪莉泰瑞爾的事，任何一點小事情都可能很重要。」她對蒂蒂說。「妳能想到她會跟任何人聯絡嗎？過去認識的人？」

「過去？」蒂蒂冷笑一聲。「世界上沒有這個地方，只有他媽的一條從那裡到這裡的路，你每多走一里，就多死掉一點。」

「瑪莉泰瑞爾有沒有暴風戰線以外的朋友？」

「沒有，暴風戰線就是她全部的生命，我們就是她的家人。」蒂蒂深深吸了一口氣，再次看著窗外，預期警車隨時都可能出現。如果真的發生這種事，她也不會反抗，因為對她來說，反抗的日子早就已經結束了。她的目光再次回到蘿拉身上。「妳說，妳看到一個男人闖進我家？」

蘿拉說起那天晚上她看到手電筒的光。「我走進來，打開廚房的燈，他就在那裡。他的臉——」想到這裡，她忍不住打顫。「他的臉全毀了，臉上全是疤，像是咧著嘴在笑，而且笑容好像凍結在那裡。深色的眼睛，不是深褐色，就是黑色。他的喉嚨還有一個像是電器插座的東西。就在這裡。」她把手指頭放在自己的喉頭比劃給蒂蒂看。

「住在對面的人也看到他。」馬克插了一句。「說那人把擴音器插在喉嚨上說話。」

「等一等。」蒂蒂的內建警報器狂響不已。「那人去見了布爾先生？」

「對呀，他問妳到什麼地方去了，還說他是妳的朋友。」

「他問的是我的名字？黛安丹尼爾斯？」她還沒有拿望遠鏡去還，所以也還未得知這回事。馬克點頭時，蒂蒂覺得肚子上彷彿挨了一記重拳。「我的天哪。」她說著站了起來。「我的天哪，還有別人知道了。你這個王八蛋，一定有人跟蹤你！」

「等一等！沒有人跟蹤我們。再說，那人是在我們到安娜堡之前就在問妳的事了。」

蒂蒂覺得自己逐漸失去控制。闖進她家的那個人什麼東西都沒拿。他知道她的新名字，知道她住在哪裡。他問布爾先生她去了哪裡。她有一種繩圈套在脖子上逐漸收緊的感覺。有其他人知道她是誰。

「拜託妳仔細想一想。」蘿拉不死心的追問。「有任何人是瑪莉泰瑞爾可能會去求助的嗎？」

「沒有！」蒂蒂的表情扭曲，精神近乎崩潰。「我說過我幫不上妳的忙！妳走吧，不要煩我！」

「我希望我可以。」蘿拉說。「我也希望瑪莉泰瑞爾沒有抱走我的小孩。我希望知道我的孩子是死是活。我不能不煩妳，因為妳是我最後的希望。」

蒂蒂雙手摀住耳朵。「不是！我不想聽這些！」

她知道些什麼，蘿拉心想。她走向蒂蒂，抓住她的手腕，將她的手拉離耳邊。「妳必須要聽！」蘿拉斬釘截鐵的說，兩頰因怒火而脹紅。「妳聽我說！如果妳知道關於瑪莉泰瑞爾的事情，任何事情都好，妳一定要告訴我！她已經發瘋了，妳知道嗎？就算她現在還沒有下手，她也隨時可能殺死我的孩子！」

蒂蒂猛搖頭，瑪莉把嬰兒的臉壓上爐火的景象就在眼前。「求求妳！不要來煩我！我只想一個人靜一靜！」

「而我只想找回屬於我的東西！」蘿拉仍然沒有鬆手，兩個人就這樣互相瞪視對方，兩個不同世界的人，卻在同一條軌道上相撞。「難道妳不想幫我救我的孩子一命？」

「我……不能……」蒂蒂開口，聲音卻結巴顫抖。她看看馬克，又轉頭回來看著蘿拉，她知道如果她沒有助這個女人一臂之力的話，那些啃噬她靈魂的鬼魂，牙齒會磨得更尖，咬得更深。可是她跟瑪莉是同袍姊妹啊！暴風戰線就是她們的家庭！她不能出賣瑪莉！

可是她認識的瑪莉泰瑞爾早就不在了，取而代之的是一頭殘忍的野獸，沒有什麼崇高理想，一心只想殺戮。恐怖瑪莉遲早都會抓狂，而這個女人的孩子也會在尖叫中死去。

蒂蒂說。「拜託妳，放手吧！」蘿拉遲疑了幾秒鐘，鬆開蒂蒂的手腕。蒂蒂走又窗邊，站在那裡看著外面的天寒地凍。喀喇、喀喇，她腦子裡的魔術方塊還在轉動，但是解答就在眼前。「她……給那孩子取名叫鼓手。」蒂蒂說。她的心好痛。在一片震驚的沉默中，她可以聽到蘿拉克萊波恩的呼吸聲。「我昨天才看到瑪莉和妳的孩子。」

「哦，天哪！」那是馬克低沉而驚訝的聲音。

「他還好。」蒂蒂接著說。「瑪莉很照顧他，只不過……」她的聲音愈來愈低，幾乎說不出來。一隻手像鐵鉗似的抓住她的肩膀，蒂蒂抬頭看著蘿拉的臉，看到了熊熊燃燒的地獄之火。「只不過什麼？」蘿拉問道，幾乎難以開口。

「只不過……瑪莉很危險。對她自己和妳的寶寶都很危險。」

「這是什麼意思？告訴我！」

「瑪莉說……如果警察找到她……她會先殺了孩子──」蒂蒂看到蘿拉像是挨了一拳似的向後退縮。「──然後她會不斷開槍殺人，直到警察殺死她為止。她不會投降的。絕對不會。」

熱淚灼痛了蘿拉的眼。那是鬆了一口氣的眼淚，因為她知道大衛還活著，可是那也是恐懼的眼淚，因為她知道貝蒂莉亞摩斯說的是事實。

其他部份也必須說出來。蒂蒂鼓起勇氣，繼續說下去。「瑪莉會到這裡來。她跟愛德華佛迪斯──他也是暴風戰線的成員，他們正在從紐約到這裡來的路上，應該明天就會到了。」

「哇噢。」馬克低呼道，鏡片後的一雙眼瞪得老大。「太詭異了。」

蘿拉覺得有點站立不穩，好像整個房間開始繞著她緩緩旋轉。「他們到這裡來做什麼？」

蒂蒂覺得背叛一旦開了頭，就像一群蝗蟲一樣難以遏止，會不斷啃噬，直到一切都被吃得精光為止。「我拿給妳看。」她說著從大門旁的掛鈎拿起鑰匙圈。

蘿拉和馬克跟著蒂蒂從後門走出小屋，來到蒂蒂充當工作室的石砌建築。她解開大鎖，拉出鐵鏈，打開房門，一股濃濃的陶土味從冷冽的黑暗中撲鼻而來。蒂蒂點亮頭頂大燈，他們看到清掃得非常乾淨的工作室，裡面有兩個拉坯轉輪，架上有整排的釉彩油漆，木樁板上掛著各式各樣的陶雕工具。另外一個架上則展示著各個不同階段的成品，優雅的花瓶與植栽盆、碗碟、杯子與菸灰皿。其中一個拉坯輪旁邊的地上擺了一只大甕，表面雕成像是樹皮的花紋。蒂蒂打開小型的電熱器，說。「這些是我做來賣的東西，後面是自己保留的作品。」她說完，朝著工作室後方一個被布簾遮住的地方點點頭。

蒂蒂走過去，拉開布簾，後面的小隔間裡有另一個壁架，展示的成品跟她以黛安丹尼爾斯的名義創作的東西迥然不同。

薩拉看到一個陶土人像，是一個年輕女子，有一頭飄逸的長髮，她張大嘴巴像是在尖叫，還有十幾條蛇從她的頭頂竄出來。她不認識這張臉，但是馬克認得，那就是從前的蒂蒂，她手術之前的模樣。另外一尊人像則是一名男子，頭顱被劈開一半，劈開的裂口裡有另一張魔鬼般可怖的臉，彷彿就要從裡頭鑽出來。一隻陶塑的手，沒有身體，手上握著一支精雕細琢的左輪手槍，但是五根手指的指甲全都變成一個個咧著嘴笑的頭顱。地上有一個大型的作品，仍然是女性，馬克看得出來，那也是年輕時的貝蒂莉亞摩斯，她跪在地上，高舉雙手祈求上蒼，蟑螂從她嘴裡竄湧而出。牆上掛著顯然是死者的面具，沒有表情的人臉，佈滿了手術縫線、拉鏈和參差不齊的傷疤。在薩拉看來，這些像是緘默的受難者，煉獄世界裡的聖人，她意識到了，她眼前看到的正是蒂蒂摩斯最深沉的夢魘。

蒂蒂拎起一個用黑色塑膠袋包裝的東西，然後小心翼翼的放到其中一個拉坯轉輪上，開始撕開外層的塑膠袋。她的動作很虔誠，花了一兩分鐘才完成，接著後退一步，讓薩拉和馬克看到那樣東西的全貌。

那是個真人大小的男性頭像，面貌英俊，態度安詳，像是在凝思，彷彿長眠中的王子。陶土沒有上釉，也沒有上漆，模型上沒有任何顏色，但是蒂蒂用手指在頭皮上畫出波浪般的鬈髮。鼻樑的線條優雅，額頭高挑的向上傾斜，看似寡情的薄唇好像就要開口說話。眼神中有一股尊貴的自信，彷彿所有人在他眼中都低他一等。這張臉的主人，薩拉心想，一定是個嚐過權力滋味的男人。

蒂蒂輕輕碰了一下轉盤，頭像也緩緩轉動起來。「我在照片上看到一張臉的某個部份，據以做了這個模型。」她說。「我先做出照片上看得到的部份，然後再自己完成其他的部份。你們知道這是什麼人嗎？」

「不知道。」蘿拉答道。

「他的名字是——以前是——傑克嘉迪納，我們都叫他傑克勛爵。」

「暴風戰線的領袖？」

「對。他是我們的父親、我們的兄弟、我們的守護者，同時也是我們的撒旦。」轉盤停了，蒂蒂又轉了一次。「我們為他做的事情……實在是說不出口。他玩弄我們的靈魂，就像是拉小提琴。他讓我們對他唯命是從，就像一群訓練精良的動物。但是他很聰明，而且他的眼睛會讓你覺得，他好像能看穿你想掩飾的所有秘密。傑克嘉迪納讓瑪莉泰瑞爾懷了他的孩子，一九七二年七月的時候她就要生產了。就在那時候，我們的天塌了下來。」蒂蒂抬起眼睛來看著蘿拉。「瑪莉失去了她的孩子。在一個加油站的廁所裡生了一個死胎。所以她才抱走鼓手，妳的孩子，要去送給傑克勛爵。」

「什麼？」這讓人倒抽一口氣。

蒂蒂接著跟他們說了她在《瓊斯夫人》以及瑪莉在《滾石雜誌》上看到的留言。「她以為傑克在等她，於是抱走了妳的孩子帶去送給他。但是那個留言是愛德華佛迪斯刊登的，他想寫一本關於暴風戰線的書，所以想知道有誰會出現。現在，瑪莉和愛德華正在趕往這裡的路上。」她又再度向秘密逼近。忠誠在她內心扭絞，像是滾燙灰燼裡的蛇。可是她又是對誰忠誠呢？一個死去的自由理想？從一開始就不是真實存在的理想？她覺得自己好像經歷了一段漫長疲憊的旅程，現在突然來到抉擇的十字路口。一條路通往她原本要去的方向，直直往前走，穿過無止盡的夢魘之地，古老的哀傷像陰魂不散的幽靈糾纏著她。另一條新的道路，則是眼前的一片陌生荒野，再過去是什麼，沒有人知道。

兩條路都變化莫測，在陰暗的天空下，兩條路也同樣閃著血光。問題是要走哪一條路，才救得了那孩子的性命？

蒂蒂看著那個陶土人像的臉，她年輕時曾經崇拜過這個人，等到年華老去，卻開始恨起這個人。她決定要走哪一條路了。「我想……傑克嘉迪納可能在加州。所以，瑪莉和愛德華離開這裡之後，就會去那裡。」她心裡的那條蛇蜷縮起來，在餘燼中抖動一下，死掉了。蒂蒂幾乎要哭出來，可是她沒有。昨日已經過去了，再多的眼淚也無法讓時鐘倒轉。「就是這樣。」蒂蒂說。「現在要怎麼辦？你們要報警嗎？」

「不行。等瑪莉到這裡之後，我要見她。」

馬克張大了嘴，如果不是頷關節還連著，他的下巴可能早就掉到地板上了。「喔哦。」他說。「不行！」

「我不會讓她像一陣風似的從這裡吹過去。」她怒道。「我不要警察介入。如果恐怖瑪莉看到警察，我的孩子肯定小命不保。所以我還有什麼選擇呢？」

「她會殺了妳。」蒂蒂說。「她身上至少有兩把槍，也許還有什麼我沒看到的東西。她會毫不猶豫的轟掉妳的腦袋。」

「我願意冒這個險。」

「妳連一點機會都沒有，妳不明白嗎？妳根本不是她的對手！」

「是妳不明白。」蘿拉堅定的說。「我別無選擇。」

蒂蒂還想抗議，但是她能說什麼呢？這女人說得對。她跟恐怖瑪莉正面衝突當然是必死無疑，蒂蒂絕不會懷疑這點。但是除此之外，她還有什麼機會呢？「妳瘋了。」蒂蒂說。

「對，我是瘋了。」蘿拉答道。「我如果沒有發瘋的話，現在就不會站在這裡。如果我必須跟恐怖瑪莉一樣瘋狂，那也只能這樣了。」

「說來簡單。」馬克悶哼道。「唯一的差別是妳不會殺人。」

蘿拉沒有理他，所有的心思都放在貝蒂莉亞摩斯身上。現在已經無路可退，既不能打電話向道格求助，也不能報警讓他們把蓄勢待發的狙擊手帶來。想到即將來臨的暴力，以及暴力可能讓大衛捲入什麼樣的風暴，讓她覺得口乾舌燥。「我還要求妳幫我一件事。瑪莉到這裡來的時候，妳要讓我知道。」

「我不希望妳的血濺到我家牆上。」

「如果是我兒子的血濺到妳的手上呢？妳希望這樣嗎？」

蒂蒂深深吸了一口氣，然後吐出來。「不，我不希望。」

「那妳就要讓我知道。」

「我無法阻止她殺妳。」蒂蒂說。

「好。妳也不必在我的葬禮上落淚。妳會讓我知道嗎？」

蒂蒂猶豫了一下。她曾經殺過不想死的人，如今卻要幫忙謀殺一個一心求死的人。但是只要瑪莉離開這裡前往加州，把寶寶活著救出來的機會，不管這個機會多麼渺茫，都將跟著一去不復返。蒂蒂一直低著頭，可以感覺到蘿拉熱切的眼神一直盯著她看。「他們到了安娜堡之後，應該會打電話給我。」她終於說。「我跟瑪莉說過，打電話來，我就會告訴她怎麼到我這裡來……天哪，幫幫我吧……但是我若是有她的消息，會立刻通知妳。」

「我們住在日日旅店。我在一一九號房，馬克在一一二號。我會守在電話旁邊等。」

「妳是說，妳會守在妳的墳墓旁邊等吧？」

「也許吧。不過現在就要把我埋了，還嫌太早了點。」

蒂蒂抬起眼睛向著蘿拉。她善於辨識人臉，人臉總是吸引她的注意。這個女人的五官透露出她從前的嬌生慣養，過著相對富有而安逸的生活。但是她所承受的痛苦也全都寫在臉上，就寫在她的黑眼圈、額頭的皺紋與愁苦交織的嘴角。此外，她臉上還有些別的東西，是剛剛才產生的特質，也許可以稱之為希望吧。蒂蒂看得出來，蘿拉是個戰士，是倖存者，絕對不會害怕一面倒的賭注。其實多年以前，蒂蒂也是這樣的人，就在暴風戰線將她捏塑成一個盛滿苦惱的容器之前。

蒂蒂說。「我會通知妳。」就這麼短短五個字，原來簽署一張死亡保證書是如此容易。

他們繞過小屋，走回蘿拉的車子。蒂蒂看到擋風玻璃上刻的回去兩個字。她等會兒要把望遠鏡拿去還給布爾先生，順便問問那個打聽她的男人到底是什麼模樣。如果在五年前，像這種事情可能會讓她立刻收拾行李，開車上路。可是現在她知道真相了——沒有任何地方可以讓你永遠躲藏，過去欠下的債，總是會回來追討。

馬克一邊上車，一邊嘟噥著不滿。蘿拉上車之前，她目光炯炯地盯著蒂蒂看。「我兒子叫做大衛。」她說。「不叫鼓手。」然後她坐上寶馬，發動引擎，揚長而去，留下貝蒂莉亞摩斯一個人站在長長的影子上。

第五章　穿越地獄的路線圖

星期四下午三點三十九分，電話鈴聲響了。蒂蒂的心糾成一個冰冷的拳頭。她原本坐在燈下閱讀一本進階陶藝技術的書，聽到鈴聲，起身走到電話旁邊，在響了第三聲之後拿起話筒。

「我們到了。」恐怖瑪莉說。

蒂蒂推測，他們應該是前一天早上從紐約出發，然後兼程趕路，開了一天一夜的車。如果能接近傑克，瑪莉連一分鐘都不會浪費。「愛德華跟妳在一起嗎？」

「是。他就在這裡。」

「你們在哪裡？」

「在殼牌加油站的公用電話亭，就在——」瑪莉停頓一下，然後蒂蒂聽到背景裡愛德華的聲音在說。「休倫公園大道。」接著話筒裡又傳來嬰兒的哭聲。瑪莉說。「你揉揉他的耳朵後面，他喜歡那樣。」那是給愛德華的指示，說完又對著話筒。「休倫公園大道上。」

蒂蒂開始跟她說要怎麼走。她可以聽出自己聲音裡的緊張，也試著講慢一點，但是一點幫助也沒有。「妳還好嗎？」瑪莉打岔道。她知道了，蒂蒂心想。可是當然不可能。「妳吵醒我了。」蒂蒂說。「我剛剛在睡覺，做了個惡夢。」

寶寶還是哭個不停，瑪莉發火了。「噢，媽的！給我抱啦，你聽電話！」愛德華接過電話，聽起來筋疲力竭的樣子，蒂蒂又重覆一遍剛剛的話。「好。」他邊打哈欠邊說。「在第二個紅綠燈右轉。」

「不是。是第三個紅綠燈右轉，然後到了第二個紅綠燈再右轉，之後的路會有一點向左彎。」

「知道了，我想是吧。開車時有個小孩在耳邊尖叫個不停，妳知道有多折騰嗎？而且只要我的車速一超過一百公里，瑪莉就緊張的對我大發雷霆。天哪，我累斃了！」

「你可以到這裡來休息。」蒂蒂跟他說。

「走啦，走啦！」瑪莉在後面說，小孩也不哭了。

「右手邊的石頭小屋。」愛德華說。「待會兒見。」

「待會兒見。」蒂蒂說完，掛斷電話。

靜默彷彿在尖叫。

蒂蒂讓他們繞遠路，如果愛德華沒有因為恍神而迷路的話，他們應該十五到二十分鐘之內就會到了。蒂蒂的手放在話筒上，時間一秒秒的流逝。忠誠的蛇又從灰燼裡昂首吐舌，對她發出嘶嘶的警告聲。這是抉擇的關鍵點，過了這裡就再也不能回頭了。

她感覺到背後的幽靈又開始集結，個個在腕骨上磨利牙齒，迫不及待的想往她的頭顱啃下去。她答應人家了。在一個充滿欺瞞的世界，難道這不是唯一真實的事情嗎？

蒂蒂拿起話筒，撥了她早在電話簿裡查到的號碼，請職員接到一一九號房。響了兩聲，然後是蘿拉的聲音，很快的說。「我準備好了。」

蘿拉身上依然穿著同一套牛仔褲和麻花針織毛衣。她勉強斷斷續續睡了幾次，每次都只有十五分鐘，就被想像中的電話鈴聲驚醒。她仔細聽著蒂蒂對她說的話，然後掛上電話，走到衣櫃旁邊，從上層衣架上取出道格買的那把點三二口徑自動手槍。她把七顆子彈的彈匣塞入槍柄，然後掌心用力一拍，咔噠一聲扣緊，手心隱隱作痛。她前後拉拉保險栓，掂一下裝填子彈後的重量，試試手感。手槍聞起來仍有機油臭味，看起來也依然邪惡，但是她現在需要這樣的重量與力道，無論最後是否會派上用場，終究是值得信賴的護身符。她將手槍塞進皮包裡，然後穿上大衣，緊緊扣起來禦寒，胃裡突然一陣反嘔，她立刻衝進浴室等著，但是什麼都沒有。她覺得臉上發燙，汗珠從臉頰冒出來。現在可不是暈倒的時候啊！等到她確認自己不會嘔吐也不會暈倒，才又回到衣櫃旁，多拿了一排彈匣塞進皮包裡，增加這個護身符的力道。

此刻的她，就如同史蒂芬史提爾斯在胡士托對群眾所說的，嚇得屁滾尿流。

蘿拉離開她的房間，皮包揹在肩膀上。冰涼的空氣撲面而來，像是令人愉悅的迎頭一擊。她走到馬克的房間，握起拳頭準備要敲門。

她站在門口，掄起緊握的拳頭，突然想起珞絲特雷格和兩個孩子。一陣風在她身邊捲起，她彷彿聽到風鈴的叮咚聲在召喚馬克回家。她給了他三千美元，他也帶她來找貝蒂莉亞摩斯，他們之間的協議已經履行，她不能再把馬克拖進眼前的事。於是她放下拳頭，鬆開。

這個世界上需要有更多作家不理會什麼該死的暢銷排行榜，只是專注的創作他們的心血。

蘿拉默默祝他一切順利，然後轉身離開他的房間門口，往自己的車子走去。

她開車離開日日旅店，往蒂蒂家的方向前進。她雙手緊握住方向盤，恐懼像老鼠一般在她的胃裡奔竄。

在安娜堡西方約六公里處，蒂蒂坐在前廳的椅子上，檯燈的光芒照著她紅髮間的幾綹銀絲。

她在等待，看看命運讓誰先到她的家門前。她的心情很平靜，腦子裡的魔術方塊也不再轉動。她既然選擇了她的路，心裡的那條蛇也就死了。

她看到車燈穿透樹林。

蒂蒂站起來，雙腿疲軟彷彿無力支撐。她的脈搏開始猛烈跳動，像是死神的拳頭敲打在門鎖的房門上。車燈照在門前的車道上，兩道強光後方是一輛破舊的橄欖綠厢型車，磨損的剎車皮發出吱的一聲，車子停在大門附近。蒂蒂走出來，身上寫著褪色牛仔褲和舒適的灰色毛衣，毛衣的手肘處還有兩塊補丁，這是她的工作服，牛仔褲上沾著油漆，毛衣上也沾黏了斑斑點點的陶土。她看著瑪莉從乘客座那一側下車，手上拎著嬰兒搖籃。疲憊至極的愛德華則從駕駛座下來。「找到了！」愛德華說，「我沒有那麼糟糕嘛，是不是？」

「進來吧。」她退後一步，讓他們進屋裡來。瑪莉從她身旁經過時，蒂蒂又聞到她身上那種沒有盥洗的動物氣味。愛德華腳步蹣跚的走進來，脫掉身上的羽毛夾克，整個人癱倒在沙發上。「媽呀！」他瞪著那雙失神的假藍眼珠說。「我的屁股都麻了！」

「我去煮點咖啡。」蒂蒂說著，走進重新整理過的廚房，後門少了一片玻璃的窗格子，暫時用報紙糊了起來。

「得幫鼓手換尿布。」瑪莉跟她說。她將孩子放在地板上，從背包裡拿出麥格儂手槍，然後再拿出濕紙巾和紙尿布。寶寶在地上舞動著手腳，很不安份，皺起臉來好像想哭，但是又沒有哭出聲來。

「這小鬼還挺可愛的，不是嗎？」愛德華靠在沙發上，踢掉腳上擦得晶亮的便鞋，抬起雙腳。

「我終於可以這樣說，因為現在他沒有在我的耳邊大叫了。」

「他是個好孩子，媽咪的好孩子，對呀，他是啊。」

蒂蒂在廚房裡把水倒進咖啡機的時候，愛德華看著瑪莉替鼓手換尿布。他看得出來，瑪莉對這個孩子很熱衷。昨天早上七點鐘，她打電話給他，說他們要開車到安娜堡的時候，他說她腦子大概有根螺絲鬆了吧，他可不想跟一個被聯邦調查局追緝的女人一起開車到密西根咧——管她是不是什麼兄弟姊妹。可是她跟他說了傑克嘉迪納的事，讓他有了新的想法。如果傑克真的在加州，而蒂蒂又真的能帶他們找到他，那麼，還有什麼比一篇傑克勛爵的專訪更能讓他那本暴風戰線的書暢銷呢？當然，他不知道傑克對此事的感覺如何，可是瑪莉似乎認為這是個不錯的主意。她說，她為了那本書對他大發雷霆是她的錯，因為她讓情緒淹沒了理性。她跟他說，如果能讓這個世界知道暴風戰線還存活著，也未嘗不是一件好事。其實愛德華心裡想的是《人物雜誌》的封面，而不是發表什麼政治宣言。可是瑪莉答應會幫他說服傑克接受訪問。如果蒂蒂說得沒錯，而且如果傑克真的在加州的話——那是兩個很大的「如果」，不過還是值得他跟海皇海產公司請兩天假，探個究竟。

瑪莉拿著髒尿布到廚房去找垃圾筒，結果發現蒂蒂盯著窗外的道路看。「妳在看什麼？」

蒂蒂嚇了一跳，全憑意志力才沒讓自己驚跳起來。「沒什麼。」她說。「我在等咖啡煮好。」她剛剛看到一輛車慢慢駛過，從視線中消失。

「別管咖啡了。我想知道傑克的事。」瑪莉站到蒂蒂身邊，也朝窗外望過去，除了一片黑暗之外，什麼都看不到。可是蒂蒂還是很緊張，從她的聲音裡就聽得出來，而且蒂蒂始終沒有正眼看她。瑪莉的警戒雷達立刻啟動。「拿給我看。」她說。

蒂蒂放著咖啡壺繼續煮，走到臥室去拿相簿。等她回到前廳時，瑪莉已經抱著孩子坐下來，愛德華仍然躺在沙發上伸展筋骨。背包就在瑪莉的身邊，小巧的麥格儂就擱在一堆嬰身配方奶、尿布、濕紙巾和嬰兒玩具之間。「喏，就是這個。」蒂蒂把報導和照片遞給瑪莉，愛德華也掙扎著從沙發上爬起來看。

「就在這裡。」蒂蒂指著照片上那個男人的臉。

瑪莉仔細端詳照片。「那不是傑克。」愛德華看了兩分鐘之後認定。「那傢伙的鼻子太大了。」

「人老了，鼻子也會跟著變大。」蒂蒂跟他說。

愛德華又看了一眼，搖搖頭，半是失望半是輕鬆，因為他不必再跟恐怖瑪莉同行了。「不是，那不是傑克。」

蒂蒂將加了膠膜的相簿一頁頁往前翻，像時光機器一樣，新聞剪報的日期回溯到過去。她停在一張傑克嘉迪納年輕時自大狂笑的照片，他穿著嬉皮的長袍，容光煥發，一頭金色長髮披瀉在肩膀上。新聞的標題是「暴風戰線首領，聯邦調查局通緝要犯」，日期是一九七二年七月七日。「那麼。」蒂蒂說著，又把相簿翻回山嶽協會通訊的報導。「這樣看，你還看不出來相似之處嗎？」

愛德華往前翻到比較新的照片，然後又翻回舊照片。瑪莉只是抱著孩子坐在那裡，眼神深沉而難以捉摸。「好吧，就算他看起來有點像傑克。」愛德華說。「也許吧。看不太出來。」他又看得更仔細一點。「不是，我想不是。」

「幫我抱一下鼓手。」瑪莉把孩子交給愛德華，他臉上略顯不悅的接過來，然後瑪莉拿起相簿，開始前後翻閱，比對兩張照片。她看到另外一頁剪報，突然停下來。「媽的。」她輕輕的說。「這個混蛋還活著。」

「什麼？」蒂蒂從她的肩膀後看過去。

「那天晚上在房子外面被我射中的混蛋豬玀。」瑪莉說著，拍拍那張剪報上的塑膠紙，報導的標題是「聯邦調查局探員遭槍擊逃過一劫」。照片上是一個人躺在擔架上，臉上戴著氧氣罩，被送上救護車。「你還記得他嗎，愛德華？」

愛德華看了一眼。「噢，記得啊，我以為妳幹掉他了。」

「我也以為是。朝著喉嚨開槍，通常都會致命。」

蒂蒂覺得全身血液都凍結了。「朝著……喉嚨開槍？」

「是啊，我打中他兩次。一次在臉上，一次在喉嚨。我本來要一槍轟爛他的腦袋，但是沒有子彈了。愛德華，這上面說他的名字叫做厄爾范戴佛，三十四歲，住在新澤西州的橋水鎮，有一妻一女。」她低聲笑了一下，恐怖的笑聲。「你聽著，他女兒的名字叫做瑪莉。」

蒂蒂也在看這篇報導。她已經忘記自己剪下了這篇報導，那是在林登市槍戰之後幾天從費城的報紙剪來的。她把能找到的關於暴風戰線的東西，全都留了下來，那是她自己的記憶書，也是穿越地獄的路線圖。報導上說厄爾范戴佛已經脫離險境，但是臉部和喉部受到重創。

噢，我的天哪！蒂蒂心想。

「我記得他。」瑪莉說。「我敢打賭他也記得我。」她繼續向前翻到那篇山嶽協會通訊的報導和照片。她以為這很簡單，以為她會一眼就認出傑克，但是這張照片只拍到一個金髮男子的側臉。她又看看報導中的人名，狄恩沃克、尼克哈德雷、凱斯卡瓦納。沒有一個名字對她有任何意義，沒有那種魔幻般的連繫感。她的心頭像鉛塊一樣向下沉。鼓手開始發出貓叫般的哭聲，那聲音讓她心痛。「我看不出來。」她說。

蒂蒂從她手上接過相簿。蘿拉和馬克到哪裡去了？這會兒，他們早該到了才對啊！她的胃緊張得糾結成一團。「來看看我做的東西。」她說。「然後告訴我你們怎麼想。」

到了工作室，打開電燈泡，瑪莉繞著仍然放在拉坯轉盤上的陶土人樣看。蒂蒂把相簿放在人像旁邊，翻到那張照片。小孩的哭聲漸大，愛德華已經盡全力安撫他。瑪莉停下腳步，盯著傑克勛爵的臉看。

「我照著照片做的。」蒂蒂說，聲音裡又出現緊張的顫抖。「看起來像傑克。老了一點，我知道，可是我覺得就是他。」

瑪莉心頭的鉛塊裂開來，變成了一隻鳥，朝著太陽飛去。那是傑克，老了一點，沒錯，但是依然英俊，依然尊貴。她掀開相簿上的塑膠紙，拿出報紙和照片。可能嗎？過了這麼多年之後？傑克真的在加州的自由岩嗎？攝影師真的拍到了他的側臉嗎？她非常渴望相信這是真的。

嬰兒的哭聲變得刺耳，要求別人的關注。愛德華輕輕搖著他，但是他卻不肯安靜。蒂蒂的神經近乎崩潰。「給我抱吧。」她說。愛德華把小孩遞給她，她也輕輕搖著他，而瑪莉依然專注的看著照片和陶土人像。嬰兒被白色的羽絨毯包裹著，暖暖躺在她的懷裡，她可以聞到嬰兒配方奶和嬰兒細嫩肌膚的香味。「噓。」她說。「噓。」他眨著藍色的眼睛看著她。「好孩子，大衛是個好孩——」

話一出口，就收不回來了。飄到空氣中，飄進了恐怖瑪莉的耳裡。

儘管工作室裡很冷，但是蒂蒂卻覺得汗珠沿著她的頸背往下流，像針在刺。瑪莉再次繞行陶土人像，將那篇通訊報導折成小方塊，收進她褐色燈芯絨褲的口袋裡。她再次抬起頭來看著蒂蒂時，瑪莉臉上浮現淡淡的微笑，眼睛卻像槍管一樣的危險。「我兒子的名字叫做鼓手，妳知道的。妳為什麼叫他大衛？」

沒有什麼好說的。瑪莉帶著有如剃刀般的笑容走向蒂蒂。「蒂蒂，請把鼓手還給我。」

蘿拉站在工作室外，聽到恐怖瑪莉踩到一塊陶土，土塊在她鞋底應聲碎裂。她的心跳如雷鳴，臉上因恐懼而緊繃。她右手拿著手槍，保險栓拉開。就是現在了，她想，上帝啊，請助我一臂之力！她踏入迴廊，走進從門口溢出的燈光之中，拿起手槍，瞄準偷走她兒子的那個粗壯女人。「不行。」她聽到自己以陌生的粗嘎聲音說。

瑪莉看到她，大概花了四秒鐘才意識到發生了什麼事。瑪莉的大腦像是掉進陷阱裡的老鼠一樣拼命打轉。她把背包和麥格儂都留在屋子俚，她的柯爾特則放在廂型車的駕駛座底下。可是她還有兩項武器。

瑪莉一手伸出去，勒住貝蒂莉亞摩斯的脖子，擰著她，擋在她自己和蘿拉的槍口之間。然後她用另一隻手摀住寶寶的口鼻，切斷他的空氣，寶寶開始掙扎想要呼吸。

「手指鬆開扳機。」瑪莉喝令道。「槍口指向地面。」

第六章　光好刺眼

蘿拉沒有。她的手在發抖，槍也在發抖。大衛的臉脹得發紅，雙手在空中亂抓。

「再過幾秒，他就會窒息。然後我就來對付妳。媽的，妳根本不知道殺人是怎麼一回事。」怒氣鞭笞著蘿拉。那女人的大手緊緊蓋住了大衛的口鼻，蘿拉可以看到他驚恐的瞪著一雙大眼睛。蒂蒂的脖子也被瑪莉的另一隻手勒住，無法動彈。愛德華叨叨絮絮的說。「等一等，等一等。」可是也搞不清楚他是對什麼人說話。

「手指鬆開扳機。」瑪莉再說一次，口氣鎮定得令人毛骨悚然。「槍口指向地面。」

蘿拉別無選擇，只好照做。

「愛德華，去把槍拿過來。」他遲疑了一下。「愛德華！」瑪莉的聲音像鞭子一樣揮了下來。「去把槍拿過來！」

他向前走了幾步，抓住自動手槍，武器離開了蘿拉的手。兩人的眼神短暫交會。「對不起。」他說。「我不知道。」

「給我閉嘴，愛德華。」瑪莉的手離開了嬰兒的臉，他先是張開嘴大口喘息，然後從嘴裡迸出一聲淒厲的尖叫，幾乎摧毀了蘿拉最後一絲理智。「把槍拿給我。」瑪莉說。

「聽我說，我們不必——」

「拿給我！」

「好，好！」他把手槍交到瑪莉的手上，她用槍口頂在蒂蒂的一頭紅髮，然後單手從她懷裡抱走孩子。瑪莉向後退，離開蒂蒂，手上的孩子依然高聲哭叫。接著她將槍口對準蘿拉。「妳跟誰在一起？」

她幾乎要說警方。不行，不行。瑪莉一定會殺死大衛。「沒有人。」

「騙人！豬玀在外面嗎？」

「如果他們在的話，我還會在這裡嗎？」蘿拉不再感到害怕了，她的恐懼已經蒸發殆盡。現在沒有時間害怕，她滿腦子只想著要如何搶回大衛。

瑪莉說。「去靠牆站好。蒂蒂，妳也去跟她一起，快去！妳這個賤東西！」

蒂蒂在蘿拉旁邊站好，低著頭，滿臉淚水，等著槍決的子彈。蘿拉則緊盯著恐怖瑪莉，看著那女人強壯的下顎、殘暴的臉龐，永遠印在她的腦海中。

「愛德華，到屋子裡去拿我的皮包和搖籃，放到車上去。我們要閃人了。」愛德華照她的話做。孩子仍然在哭，不過瑪莉的注意力全放在兩個女人身上。「妳去死吧。」她對蒂蒂說。「膽敢出賣我！」

「瑪莉……請妳聽我說。」她的聲音因為氣管被擠壓過而變得沙啞粗糙。「放那孩子一馬吧。他不屬於——」

「他是我的！我跟傑克的！」瑪莉脹紅了臉，雙眼冒著火說。「我信任妳！妳是我的姊妹！」

「我不是以前那個我了。我想要幫妳，瑪莉。拜託妳，把大衛留下來。」

「他叫做鼓手！」瑪莉怒吼道。拿槍的手依然穩定，槍口對準蘿拉與蒂蒂的中間。

瑪莉突然咧嘴一笑，一道殘酷的笑容。她橫越工作室走到蘿拉面對，自動手槍的槍口幾乎貼上蘿拉的鼻尖。蘿拉得用盡全身力量，才能壓抑住伸手去搶大衛的衝動，強迫自己的雙臂放在身體兩側，讓目光與瑪莉的眼神正面衝突。「夠勇敢啊。」瑪莉說。「這個小東西還真勇敢。我會幹掉妳，把妳沖進陰森森的馬桶裡。怎麼樣？妳覺得如何？」

「我覺得……妳什麼都不是，只是一個騙子，抱著一個不是自己親生的孩子，去找一個早就忘了妳的男人。」蘿拉看到瑪莉的眼中燃起憤恨的怒火，像是燃燒彈爆炸，不過她繼續深入烈焰之中。「妳什麼都不是，也什麼不都相信。不過最大的謊言卻是妳對自己撒的謊，以為只要妳把大衛抱去給傑克嘉迪納，自己又可以回復青春。」

瑪莉無法忍受傑克的名字從這個女人的嘴裡說出來。在一陣激動的情緒下，她揚起手中的槍，用槍柄往她的臉上揮過去，發出不知道什麼碎裂的聲音，然後蘿拉跪倒在地，頭部隱隱作痛，鮮血從鼻孔滴到地面，鼻樑幾乎要被打斷。蘿拉臉上出現一塊烏青，但是她沒有出聲，只覺得眼冒金星。

「把她扶起來。」瑪莉跟蒂蒂說。「我們還有事情要做。」

蒂蒂扶起腳步蹣跚的蘿拉，瑪莉把她們趕出工作室，愛德華已經在廂型車旁邊等著。她把自動手槍交給他，然後從駕駛座底下抽出柯爾特槍。「走到林子裡去。」瑪莉單手抱著小孩說。「離馬路遠一點。走！」

「也許妳可以找個地方把她們關起來。」他們一邊走，愛德華邊說。「妳知道吧？把她們鎖起來，不要理她們。」

瑪莉沒有回答。他們繼續走著，穿過橡木與松林，落葉與枯枝在腳下咔嗞作響。「妳不必殺她們。」愛德華再試一次，呼出的氣在嚴寒的空氣中結成白霜。「瑪莉，妳有沒有聽到我說話？」

她聽到了，但是沒有回答。等他們走到離小屋約一百公尺的地方，瑪莉說。「停！」她的眼睛現在比較適應林子的黑暗，一把扯下蘿拉的皮包，打算搜刮一些現金和信用卡。「轉過來面對我。」她對兩個女人說，接著往後退了幾步。

「求求妳……不要這樣做。」蒂蒂懇求她。

喀喇。瑪莉拉開柯爾特的撞針擊錘。寶寶很靜，從鼻孔呼出兩道白霧。

「瑪莉，不要。」愛德華說著站到她旁邊。「不要，好嗎？」

「還有什麼遺言？」瑪莉問。

蘿拉的側臉已經腫了起來，她開口說。「妳下十八層地獄去吧！」

「很好。」瑪莉將手槍瞄準蘿拉的頭，手指頭就扣在扳機上。只要兩下，這世界又少了兩個混帳東西。

她準備要扣扳機。

砰！很快的一聲槍響，回音響徹森林。

愛德華倒在她身上，撞上她的手臂，柯爾特砰的一聲走火，子彈射進樹幹裡，就在蘿拉頭頂。濕濕熱熱的東西濺到瑪莉臉上，噴了她一肩膀，還濺到了寶寶身上。白色的毯子多了深色的斑駁污漬。她抬頭一看愛德華，可以看見他的頭顱有好大一塊不見了，向外流出的腦漿還冒著白色的蒸氣。

「哦。」愛德華張大口，滿臉是血。「光好刺眼。」

又一聲槍響。她看到火光是從她右邊的林子裡冒出來的，子彈嵌進瑪莉身後的樹幹，掉落的樹皮刺痛了她的頭皮。愛德華抓著她的手臂。「媽媽？媽媽？」淌著血的嘴唇突然啜泣起來。「小愛德是好寶寶。」

瑪莉將他推開，這個時候，第三顆子彈從愛德華的胸膛跟著溫熱的鮮血一起射出來，她可以感覺到彈頭擦過她的背脊時被毛衣勾住。愛德華應聲倒下，嘴裡冒出鮮血，像是溢流的排水管。她拋掉蘿拉的皮包，朝著槍火的方向開了兩槍，柯爾特的槍聲驚動孩子，鼓手受驚又開始嚎哭。火力強大的步槍，她心想。是豬玀的槍，至少也是個狙擊手。她拋下蘿拉和蒂蒂，轉身回頭往小屋跑，手裡仍然抱著孩子，臉上也仍然掛著愛德華佛迪斯的血肉。

步槍又響，射中了離瑪莉頭頂不到十五公分的樹枝。她也回敬了一槍，還看到子彈擊中石頭跳開時的火花。然後她開始逃命，腳下枯葉滑動，留下嬰兒的哭聲在她身後迴蕩。

有人開槍了，蘿拉心想。有人對著恐怖瑪莉開槍。大衛還在她手上。大衛在子彈的路徑上。她看到槍口的火光一閃，然後又閃了一次，子彈往瑪莉的方向飛去。她的槍還在愛德華手上。蘿拉三大步上前，撲倒在他仍扭動不已的身軀旁邊，抓住手槍，用力從他指間扯下來。

然後她起身，瞄準狙擊手藏身的黑暗，扣下扳機。後座力幾乎讓她握不住手槍，槍響彷彿要震裂她的鼓膜。不過她沒有停，繼續開槍，開了第二槍、第三槍，槍聲劃破夜色。那把槍停了。在槍聲之中，蘿拉聽到恐怖瑪莉發動廂型車的聲音。「她要逃了！」蒂蒂喊道。汽車鑰匙！蘿拉想到。於是她攫起地上的皮包，開始往屋子跑。

恐怖瑪莉的廂型車打進倒車檔，在車道上倒退。鼓手躺在地板上的搖籃裡，放聲痛哭。她從後照鏡看到一輛寶馬汽車停在路上，正好擋住車道。她用力一踩油門，廂型車的車尾正好撞上寶馬乘客座那一側，發出金屬與玻璃被擠壓的碎裂聲。寶馬雖然顫抖呻吟，卻不肯讓路。瑪莉滿頭大汗，唇邊還可以嚐到愛德華鮮血的味道。她用力打到一檔，車子往前衝了一小段路，準備再倒車一次，想把寶馬擠到路外。可是車燈照出去的地方，已經可以看到蘿拉朝她這邊跑來，手裡還拿著槍，貝蒂莉亞摩斯則緊跟在後。不能再浪費時間了。瑪莉牙齒一咬，再次打進倒車檔，轉動方向盤，讓廂型車開出車道，撞倒了幾棵小松樹，也把蒂蒂的一座抽象陶雕作品撞得稀爛。廂型車擦過寶馬的前保險桿，然後瑪莉猛打方向盤，車身打直，再次用力踩油門，廂型車的輪胎磨擦地面，發出吱的一聲尖叫，往西邊的方向加速衝去。

蘿拉趕到她的車旁，就在廂型車繞過彎道之前，正好看到車尾的尾燈——兩個紅色燈罩都破了——然後就消失不見了。她聽到蒂蒂在她身後喘息，於是轉身，拿槍指著蒂蒂的臉。「上車！」

「什麼？」

「上車！」她試圖打開乘客座的後車門，但是車門卡住了。蘿拉抓著蒂蒂的手臂，將她推到車子另外一邊，打開駕駛座的車門。蒂蒂不願意上車，想要掙脫蘿拉，但是蘿拉用槍管抵住她的下顎，反抗的意志頓時消散無蹤。蒂蒂上車之後，蘿拉也坐到方向盤後面，然後從血漬斑斑的皮包裡掏出鑰匙，發動引擎。引擎蓋下不知什麼東西發出嘎吱咔嚓的怪聲，但是儀表板上的警示燈沒有亮。蘿拉猛力一踩油門，受創的車子在路面留下兩道輪胎痕，足以跟廂型車的足跡媲美。

車速表指針超過九十五公里，蒂蒂那邊的車窗玻璃破了，刺骨的寒風跟著呼嘯而入。蘿拉以一百公里的時速繞過彎路，整輛車偏離到左側車道。眼前看不到紅色尾燈，但是又有一個彎道在等著她。蘿拉的腳並沒有移到剎車板上，反而緊催油門，轉過彎道，車身飄離到路肩，幾乎要撞進森林裡，所幸她即時矯正方向，回歸正路。蘿拉瞟了一眼車速表，指針已經超過了一百一。蒂蒂整個人陷在座位裡，一頭紅髮在風中飛揚，被儀表板綠色螢光照耀的臉滿是驚恐。

第三個彎道幾乎讓寶馬撞到樹，可是蘿拉緊緊握著顫抖的方向盤，穩住車身。接著是一段直路，兩道白色車燈照在路上。蘿拉用前臂擦掉鼻血，讓車子持續加速，引擎轟隆隆的運轉著，車速表的指針顯示一百二。可是前頭的廂型車也跑得很快，老舊毀壞的排氣管冒出黑煙。道路兩側盡是光禿禿的樹木，在一片模糊的夜色中不斷向後退。蘿拉追得很近，近得足以看到喬治亞車牌上的車號。然後尾燈一閃，瑪莉在減速，有個向右的急轉彎道。蘿拉也必須減速，車輪緊緊抓住路面，她猛力一扭，先是向右，然後向左，接著前頭又是一段直路。此時，瑪莉也在加速，廂型車咻一聲向前衝，車子甩尾搖晃，讓蘿拉倒抽一口冷氣，幾乎在肺裡結冰。如果廂型車衝出路面，大衛可能會死掉，她知道她也不能衝撞廂型車，強迫它停到路肩，或是朝著輪胎開槍。任何一件事都可能導致恐怖瑪莉的車子失控。瞄準輪胎的一顆子彈可能會射穿廂型車的車身，射中油箱，大衛可能會在烈焰中喪命，和恐怖瑪莉的子彈一樣無法倖免。蘿拉放慢車速，讓廂型車拉開距離，車速表的指針也開始下降，降到一百一……一百……九十五……九十。瑪莉則加速到一百一，然後廂型車漸行漸遠，只看到車尾冒出的黑煙。然後蘿拉看到右邊的路標寫著。「九十四號州際高速公路，十公里」。

高速公路往西，她心想。

自動手槍的槍管抵著蘿拉右側的太陽穴。

蒂蒂從她身邊拿走了槍。「停車。」蒂蒂說。

蘿拉還是繼續開車，不過車速始終保持在九十五。

「停車！」蒂蒂再說一次。「我要下車！」

蘿拉沒有回答，只是全神貫注看著道路和前面的廂型車。恐怖瑪莉會走州際高速公路，因為那是到加州的最快路線。

「我說停車！」蒂蒂頂著強風喊道。

「不行！」蘿拉說。

蒂蒂坐在那裡，整個人愣住了，無助的握著手上的槍。

蘿拉的鼻孔被凝固的血塞住了，她用力一擤，強忍住穿透她顴骨的劇痛，把血水擤在手上，然後在牛仔褲上把暗紅色的穢物擦掉。「我不能跟丟瑪莉。」

蒂蒂的情緒如風中旗幟一般起伏不定。「妳不停車的話，我會殺了妳！」她尖叫。「我會一槍打爛妳該死的腦袋！」

蘿拉的腳沒有離開油門踏板。「妳已經不是殺手了。」她甚至沒有轉頭看蒂蒂。「一切都結束了。再說，妳想回去跟警方解釋愛德華佛迪斯為什麼會陳屍在森林裡嗎？」

「我說，停車。」蒂蒂的聲音變得微弱許多。

「如果我停車，妳要去哪裡？」

「我會找到地方！不用妳來操心！」

蘿拉覺得頭痛得像是有人拿鐵鎚在敲打，鼻孔裡的血開始凝固，如果她想要空氣的話，就得張嘴呼吸才行。那個賤人把她打得有夠慘，她心想。「我需要妳。」她說。

「我已經為了妳毀掉我的生活！」

「那妳就沒有什麼好擔心的了！我需要妳幫我把孩子搶回來。我要跟著恐怖瑪莉到加州，就算是地獄我也會跟去！」

「妳瘋了！她寧可殺掉那孩子，也不會讓妳搶走！」

「咱們走著瞧。」蘿拉說。

蒂蒂正要命令她停車讓她下車時，後照鏡裡反射出兩道強光。蒂蒂回頭一看，看到一輛車從後方快速追上她們。「天老爺！」她說。「我想是警察。」她把槍從蘿拉的太陽穴放下來。

蘿拉看到那輛車逼近，那可惡的東西簡直是用飛的，車速少說也有一百三。沒有警笛，也沒有閃藍燈，可是蘿拉的一顆心幾乎跳到了喉頭。她不知道該怎麼辦，要踩油門呢？還是踩剎車？那車很快就追上來了，車燈在後照鏡上反射，像陽光一樣刺眼。蘿拉讓寶馬稍稍閃到右側，讓那輛車跟她們並肩而行，然後呼嘯而過。那是一輛深藍色或黑色的大型別克，也許開了六七年，但是保養得無微不至，從她們旁邊經過時捲起的強風，幾乎把寶馬掃到路邊去。別克車衝過去，又切進右側，擋在蘿拉前方，繼續向前走。車上掛的是密西根的車牌，後保險桿上貼著一張貼紙，上面寫著「槍枝如果不合法，就只有非法之徒擁槍自重」。

回到廂型車上，恐怖瑪莉也注意到這輛新到的車。鼓手依然哭鬧不休，他的搖籃在行經一個彎道時翻覆了。是豬玀，她想，殺千刀的豬玀來了。愛德華的血還黏在她臉上，他的一些顱骨碎片和腦漿也濺在她的衣服上。那輛大車離開右側車道，開始拉近距離與她並排行駛，她拉起柯爾特的扳機，搖下車窗。

「來吧！」她對著強風喊。「來吧，小豬玀來吧！」

那輛車追上她，兩車在蠻荒的公路上幾乎是並行著狂飆，車速始終維持在一百一左右。瑪莉沒有看到警察或聯邦調查局的標誌，也看不到駕駛的臉。突然間，那車向右一歪，撞上了廂型車，發出金屬碰撞的聲音。瑪莉尖聲咒罵著，手裡方向盤一抖，車頭偏向右邊的路肩。瑪莉奮力抵抗這股力量，黑暗的森林似乎伸出雙臂要擁抱她和鼓手，但是瑪莉終究還是讓廂型車重新回到路上。那輛大車又朝她這邊撞過來，像一頭憤怒的公牛，硬是要把她擠出公路。那車又撞了第三次，火星夾帶著金屬碎片飛到半空中。廂型車的方向歪到一邊，方向盤幾乎要脫離瑪莉的掌控。她往左邊一看，看到對方右側乘客座的車窗搖了下來，是平順流暢的電動窗。那輛車又多追上一點，駕駛幾乎與她平行，然後一聲響亮的砰，火光一閃，廂型車後方發出金屬碎裂的聲音。

子彈，瑪莉意識到，是手槍。這個狗娘養的竟然對她開槍。

在電光火石之間，她突然想到，不管這輛黑色別克的車上是什麼人，一定就是殺死愛德華的混蛋。這不是豬玀的行動程序，這個狗娘養的只想要她的命，毋須懷疑。

她再次猛踩油門，飛速通過「九十四號州際高速公路，三公里」的路標。大別克車始終與她並肩而行。又是一聲砰和另一次火光閃爍，她聽到子彈貫穿廂型車的咻咻聲。別克車一直如影隨行，車速飆到了一百三。瑪莉用一隻手穩住方向盤，朝著那輛車開了一槍。子彈沒有命中，但是讓別克車減速落後了幾公尺。不過它立刻又迎頭趕上，再次衝撞廂型車的側身，把廂型車往路肩擠壓。廂型車的輪胎滾過路面的碎石，車尾也開始左右搖晃。瑪莉一度以為車子要翻覆了，可是過了兩秒鐘之後，車輪又回到路面上，瑪莉硬生生嚥下已經來到唇齒間的一聲尖叫。車身右側已經刮毀的別克車再次趕上瑪莉，瑪莉的腳已經踩到底，碰觸到地板，廂型車的馬力也到了極限。別克車追上來了，傷痕累累的長車頭伸過來。瑪莉丟掉柯爾特，伸手到背包裡，取出小巧的麥格儂。

她還來不及開槍，寶馬已經從後面追上來，切到左側車道，往別克的後保險桿撞上來。撞擊扯動了她扣在扳機上的手指，一顆子彈咻的從廂型車側面穿過去，距離恐怖瑪莉的後腦勺只有十五公分。

瑪莉拿起麥格儂朝下開槍，爆裂聲和後座力穿透了她的前臂和肩膀。別克的右前輪爆胎，車上的駕駛緊急剎車，蘿拉也握緊寶馬的方向盤往右一扭，驚險的閃過別克，前保險桿緊跟在加速的廂型車後方。別克的右前輪爆成碎片，車身橫越整個左側車道，跌落路面，撞上一堆灌木小樹叢。

「後退！後退！」蒂蒂大喊道。瑪莉踩了剎車，蘿拉也照做。保險桿像刀劍似的鏘鏘作響。蘿拉的車子往左一偏，看到州際高速公路的交流道就在前面，顯然恐怖瑪莉正準備右彎上去，車尾排氣管不斷吐出黑煙。路標寫著「九十四號州際高速公路，西行方向」。瑪莉突然轉向，從交流道上了高速公路，同時伸手到右側下方，將鼓手的搖籃翻正，他還在號啕大哭，可能得要哭累了才會停下來。她往後照鏡一瞄，看到寶馬在後方約五十公尺的地方，車速慢了下來。她也跟著減速到九十五左右。不管別克車上是誰，他都得更換輪胎才行，到那個時候，她早就已經遠走高飛。

可是蘿拉克萊波恩還在後面那輛車上，說不定貝蒂莉亞摩斯也跟她在一起。這個叛徒，她心想。賞她吃一顆子彈還不夠呢，她應該碎屍萬段，五臟六腑都挖出來餵烏鴉，像一隻被車子輾斃在路上的低等動物。

寶馬始終保持一段距離跟在後面。瑪莉將麥格儂放回背包裡。她還在發抖，不過很快就克服了。在早上的這個時候，州際公路上幾乎是空的，只有幾輛貨運卡車呼嘯而過。瑪莉開始放鬆心情，可是目光仍然注意著寶車的車燈。我是不是該找個機會打爆它的輪胎？她想，那個賤女人為什麼不帶豬玀一起來呢？為什麼一個人單槍匹馬？笨嘛，這就是為什麼。又笨又軟弱。

「妳要做什麼？」她對著車燈問。「跟我去加州嗎？」她笑了一聲，粗嘎緊張，有如狗吠。

「他叫做厄爾范戴佛。」蒂蒂對蘿拉說。「是聯邦調查局探員。一九七二年在林登市的槍戰中，瑪莉朝著他的喉嚨開了一槍。我想他發現我是誰，但是他要找的人不是我。」她朝著前面的廂型車點點頭。「他要的人是瑪莉。」

蘿拉把暖氣開到最強，但是寶馬車內仍然冷得讓人坐不住，冷風還是圍繞著她們呼呼的吹。現在也沒有別的事情好做，除了緊盯著前面那輛廂型車的尾燈之外。遲早瑪莉都得停下來加油，她會睏、會餓、會渴，遲早她終究必須靠邊停車，到那個時候……又怎麼樣呢？

蘿拉檢查了一下油表，只剩下不到半箱油。如果她必須先停車加油的話，瑪莉立刻就脫離她的視線，她可能下州際公路，找個地方躲起來，直到她確定蘿拉找不到她為止。可是瑪莉只有一個目的地，也只有一個方向，而從這裡到她的目的地還有三千兩百多公里路，誰知道在這可怕的漫漫長路上會發生什麼事？

「我要退出。」蒂蒂說。「我不要跟妳去。」

蘿拉沒有說話。她的鼻孔被血塊堵住，臉頰的傷口也瘀血烏青。

「我對天發誓！」蒂蒂對她說。「我絕不跟妳去！」

蘿拉沒有回答。今天早上，她已經目睹一個人被殺，她的皮包還濺滿了他的血，車子裡也瀰漫著死亡的氣息。她感覺到那種恐懼，她目睹的事情似乎已經開始吞噬她的心智，讓她偏離了一開始設定的任務。可是她做了此刻唯一能做的事情，不再去想愛德華佛迪斯，將他扭動的身軀拋到記憶最深處，沒有那麼容易召喚的地方。她必須只想著一件事，唯一的一件事，大衛，在前面那輛廂型車上，而開車的是恐怖瑪莉。她身上攜帶武器，極度危險，正要開過三千里路去見一個可能是也可能不是傑克嘉迪納的男人。

「我要退出！到了第一個加油站就放我走！」

才剛過幾分鐘，他們就經過一個燈火通明的加油站。

廂型車沒有停，時速始終維持在一百公里。

蒂蒂沉默著。她用雙手摀住耳朵，擋住強風的尖叫。

妳總是要在什麼地方停車，蘿拉心想。也許再走十公里，也許五十公里，但是妳終究得停車，只要妳一停下車，我就在會妳後面。

她瞄了一眼自動手槍，蒂蒂把槍放在座位上。槍柄沾了乾涸的深紅色污漬。她的注意力又回到前方破損的車尾燈，不再去想那個惱人的問題——她怎麼可能從恐怖瑪莉的手中搶回大衛，而不讓那個女人朝他頭上開槍？

蘿拉幾乎要哭出來，但是強忍著不掉淚。她的臉感覺像是撐開來放在熱熨斗上的皮，可是眼淚並不能減輕痛苦，也無助於讓大衛活著回來。她絕不需要一雙紅腫的眼睛，她很確定。

「妳瘋了。」蒂蒂說。這是最後一次嘗試。「妳會害我們兩個都送命，還有寶寶。」

蘿拉還是沒有回答，不過這句話卻像刺一般戳進她心裡。蘿拉專注的跟前車維持大約五十公尺的距離，沒有必要刺激瑪莉，讓她在車上覺得舒舒服服，有兩把槍和一個她稱為鼓手的孩子作伴就好。

他會以大衛之名長大成人，蘿拉發誓，除非她死了。

初次相逢就把彼此撞得不成樣的廂型車與寶馬，在安靜的州際公路上向西行。恐怖瑪莉檢查一下油表，不時看看後方蘿拉的車，注意她的位置。鼓手的哭聲漸息，瑪莉開始用低沉恍惚的嗓音唱起〈點燃我的火〉。

跟著我，她心裡想著，目光又瞟到了寶馬的車燈。這樣就對了。跟著我，好讓我殺了妳。

廂型車和小轎車繼續開著。大約三十分鐘之後，在他們上高速公路的匝道入口附近，厄爾范戴佛鎖緊了最後一個車輪鋼圈的螺帽，放掉充氣式千斤頂的空氣。他戴著黑色毛線帽，穿著綠褐相間的迷彩連身服，瘦削蒼白的臉上有枝葉刮傷的痕跡。他將工具收好，放回後車廂的小方格內。後車廂裡放著他的狙擊步槍和幾盒彈藥，還有竊聽天線與錄音機。他從後車廂取出一個手掌大小的黑盒子，用雙面膠布貼在儀表板的下方，然後將電源線插進點菸器，再發動引擎，最後擰開黑盒子上的開關。黑盒子上亮起了一閃一閃的藍燈，但是顯示螢幕上還沒有數字出現。他的後擋風玻璃上裝了一具天線，像是車用電話的天線，可是卻有不同的功能。范戴佛又拉了一條線，將天線插在黑盒子上。仍然沒有數字，不過沒有關係。他在恐怖瑪莉的廂型車前輪輪艙裡安裝的導引裝置，必須等到他進入方圓六公里的範圍內才能接收到訊號。這是他的預防措施，為的就是像現在這樣的情況。

在他的座椅底下有個抽屜，就是他藏著布朗寧自動手槍的地方，可以輕易的拉出來。他可以利用它來解決恐怖瑪莉。

如果那兩個女人妨礙他的話，她們也必死無疑。

厄爾范戴佛讓別克倒車跨越路堤，回到州際公路的交流道上。西行往加州去，他心想。去找傑克嘉迪納。這些全被錄在錄音帶上了，他們的聲音，經由貝蒂莉亞摩斯前廳的一個陶瓶裡的無線電竊聽器，再透過天線收錄了下來。去加州，那是個到處都是嬉皮瘋子與同性戀的地方。

也是個殺死夢魘的好地方。

別克的車速一直維持在一百一和一百二之間，路面在新換的輪胎底下歌唱。范戴佛，一個等待執行任務已久的劊子手，正飛馳奔向他的目標。

第六部　風暴線上

第一章 開心赫曼

太陽快要出來了，準備升上灰濛濛的天空。寶馬的油表警示燈開始閃爍，蘿拉試著不管它，試圖用意志力讓它消失，可是警示燈依然閃得刺眼。

「快沒油了。」蒂蒂頂著強風說。

暖氣嗚啊嗚的吹，吹暖了她們的腿和腳，但是腰部以上卻快凍僵了。不過往好處想，有寒風在蘿拉跟蒂蒂的耳邊演奏著預知死亡的交響曲，她們絕對不會打瞌睡。蒂蒂的雙手始終插在口袋裡，但是蘿拉卻必須不時鬆開握住方向盤的雙手，讓血液回流，然後再放回去，換另外一隻手做同樣的動作。橄欖綠的廂型車就在她們前方大約五十到六十公尺的地方，車身左側的烤漆全被刮掉了，露出金屬的底色，車尾則像是被大鐵鍾敲過。州際公路上的車流漸增，有更多的卡車出沒，從他們旁邊呼嘯而過，完全無視於速限。大約二十分鐘後，蘿拉看到一輛巡邏警車閃著藍燈，掠過中央分隔島的另一側。不知道恐怖瑪莉看到這輛警車是不是也跟她一樣嚇了一跳呢？瑪莉的廂型車前頭，天空仍是一片不祥的漆黑，彷彿到了黎明的邊緣，黑夜仍頑強抵抗，不肯退卻。

「快要沒油了。」蒂蒂說。「妳聽到了嗎？」

「聽到了。」

「好啊，那妳打算怎麼辦？等到我們必須推著這個該死的玩意走再說嗎？」

蘿拉沒有回答，老實說，她也不知道該怎麼辦。這實在是一個得靠臨場應變的情況。如果她停車下來加油，恐怖瑪莉可能會在最近的出口下九十四號州際公路。如果她再多等一會兒，汽油就會耗盡，她們就無法動彈了。這情況有某種黑色喜劇的成份，像是瑞奇到好萊塢拍片時，瘋狂的露西與艾瑟兒在追逐名人的情境。是《唐璜傳》吧？瑞奇到好萊塢拍的就是這部片子吧？還是《卡薩諾瓦傳》？不對，是《唐璜傳》才對，她很確定。這是老化的第一個徵兆，忘記細節。布朗德比餐廳裡坐在露西隔壁雅座的是誰啊？是威廉荷頓嗎？她是不是把湯灑到他的頭上？又或者是沙拉而不是湯——

身後一聲喇叭巨響，幾乎讓蘿拉從椅子上驚跳起來，也讓蒂蒂像隻小狗似的狂吠一聲。她用力一扭方向盤，回到她偏離出去的車道上，一直緊跟在她後方的大卡車則轟隆隆的從她旁邊竄過去，像是不耐煩的大恐龍。

「幹！」蒂蒂對卡車司機大罵一聲，還比出中指。

蘿拉的心開始蹦蹦跳。

恐怖瑪莉開始減速，準備要從前方約四百公尺遠的出口下交流。

蘿拉眨眨眼睛，不確定自己是不是又在幻想。

天空出現異象。馬克特雷格可能會說是業報的徵兆。路邊一座高架廣告牌上掛著一個巨大的黃色笑臉，旁邊寫著「開心赫曼！加油！餐飲！雜貨！下個出口就到了！」

噢，沒錯，蘿拉心想。那正是恐怖瑪莉要去的地方。也許她需要加油，也許她需要什麼提神的東西。無論如何，開心赫曼的笑臉就是一座燈塔，指引著恐怖瑪莉開下州際公司，如同嬉皮受到嬉皮聚會的吸引一樣。

「她要去哪裡？」蒂蒂激動的問。「她要下去了。」

「我知道。」蘿拉換到右側車道，交流道出口就在前面。恐怖瑪莉下了交流道，讓廂型車向右轉，繞過好大一個彎道。蘿拉一路緊隨，也跟著放慢車速。

開心赫曼在左邊，是一棟黃色煤渣磚建築，集雜貨店、漢堡速食店和加油站於一體，有人工加油，也有自助加油。窗戶上畫了一個大大的黃色笑臉。在柴油加油機那邊有兩輛大卡車，而高級無鉛汽油的自助加油機那邊則有一輛掛著俄亥俄州車牌的旅行車。瑪莉的廂型車開到黃色的塑膠遮雨篷底下，她的前輪壓過水泥地上的一條橡膠管時，一聲尖銳的鈴聲響起。她在人工加油機旁停下來，油箱口正對著一般無鉛汽油的加油機。她坐在那裡，從側面的後照鏡看著寶馬開進加油站，停在約十公尺外的自助加油機旁。蘿拉克萊波恩下車，受傷的那半邊臉烏青腫脹，頭髮也被風吹亂。她手上有槍嗎？瑪莉看著那個女人朝她這裡走來，然後一個男人滿是皺紋的老臉出現在車窗外。他敲敲車窗玻璃，瑪莉很快的在後照鏡裡檢查一下自己的臉，確認愛德華留在她臉上的血已經全被沾著口水的指頭擦掉了。髮際還有一點血污，可是那也沒辦法了。她搖下車窗。「加滿嗎？」那人問。他戴著一頂開心赫曼的黃色工作帽，上面沾滿污漬，同時還用力嚼著一根牙籤。

瑪莉點點頭。那人離開窗戶旁邊，瑪莉繼續盯著蘿拉看，她站在不到十呎遠的地方，雙手是空的，沒有拿槍。在她身後，蒂蒂正在替寶馬加油。蘿拉向前走了兩步，可是她一看到瑪莉倚著車窗上的手臂，立刻又停住，因為她的臂膀被血跡斑斑的白色嬰兒毯覆蓋，毯子下露出了幾公分的柯爾特槍管。

看到染血的白色毯子，讓蘿拉嚇得不敢輕舉妄動。她的目光緊盯著毯子，覺得一股反胃的熱潮湧上喉頭。然後她看到瑪莉另外一隻手，還有大衛——還活著，正吸吮著奶嘴。柯爾特的槍管移動了幾分，瞄準嬰兒的頭顱。

加油機的幫浦嗡嗡作響，數字愈跳愈多。

開心赫曼的工作人員還沒回來，瑪莉就已經感覺到了，於是她把手放下來，把槍貼著大腿放好。他朝車內望一眼，看了寶寶幾秒鐘。「有人不喜歡妳。」他跟瑪莉說。

「什麼？」

他用臼齒咬著牙籤。「妳的車上有彈孔。有人不喜歡妳。」

「我在公家拍賣會上買到的。」她面無表情的說。「原本是毒販的車。」

那人看著她，仍然嚼著牙籤。「哦。」他說。然後他在擋風玻璃上噴了清潔劑，拿起橡膠清潔器開始洗玻璃，而汽油仍然咕嚕咕嚕的灌進油箱。

蘿拉克萊波恩已經不在那裡了。

她站在濕漉漉的女廁所裡，裡面沒有黃色的笑臉，唯一黃色的東西只有廁所裡的水。她瞄了一眼鏡子，看到一張駭人的臉孔。她用水槽裡的水沾濕紙巾，用力擦拭被血塊堵住的鼻孔。手指一碰到臉，就有一股刺痛的電流穿透她的顴骨，但是她沒有時間慢慢來。等她好不容易清理完畢，眼淚已經讓視線變得模糊。她將沾了血跡的紙巾揉成一團，丟進垃圾筒裡，然後解放膀胱裡的壓力。她發現雙腿之間也有幾滴血，是被厄爾范戴佛的膝蓋踢裂的傷口縫線。完事之後，蘿拉再次回到冰冷的寒風中，看到恐怖瑪麗抱著大衛走進雜貨店，背包就掛在手臂上，也許兩把槍都在裡面。

工作人員已經替廂型車加滿了油。蘿拉走過去打開駕駛座的車門，裡面都是恐怖瑪莉的味道，一種濃烈的動物氣息殘留不散。點火器上當然沒有鑰匙。蘿拉伸手到儀表器底下，抓出一大把電線。只要用力一扯，然後……然後怎樣呢？她問自己。情況還是不會改變。也許廂型車發動不了，但是瑪莉還是控制了大衛，也還是有槍，如果警察來的話，她也還是會殺掉大衛。如果大衛終究會死，讓她的車子無法發動又有什麼意義呢？

「可惡！」她放開電線後低聲的說。大喊大叫只是白費力氣而已。

她看看廂型車前座椅後方。那裡有幾個皮箱和幾個大型紙袋，蘿拉伸手到紙袋裡去搜索，找到一些東西，像是整包的洋芋片、裝甜甜圈和餅乾的紙盒、一包紙尿布、一些嬰兒配方奶，還有紙杯和半罐塑膠瓶裝的百事可樂之類的。旅行的糧食，她心想。應該是瑪莉和愛德華佛迪斯為他們的旅途準備的糧食。在廂型車後座的雜物中，還有一個枕頭和一條毛毯。她拿了毛毯和一包裝著垃圾食物、紙杯和可樂的紙袋，把尿布和配方奶留在原地。這時她注意到另一樣東西，在乘客座椅上有個安撫奶嘴。她拿起來，想要留下，因為上面有她寶寶的口水，還有他的味道。可是不行，不行，如果大衛沒有安撫奶嘴，他的哭聲可能會讓恐怖瑪莉抓狂，那麼……

蘿拉把安撫奶嘴放回去。那可能是她這輩子做過最艱難的事。

蘿拉抱著戰利品回到自己車上，這才發現油箱蓋已經關上，加油機也停了，而貝蒂莉亞摩斯則不見了。

在雜貨店裡，恐怖瑪莉付了油錢，買了一盒免瞌睡咖啡因口服錠，一罐純水和一包垃圾袋，也看到蘿拉在搜她的車。她不敢破壞引擎或輪胎的，她心想。那賤人知道如果她膽敢動手腳的話，會有什麼後果。

「就這樣嗎？」收銀檯後方的女人問。

「是的，我想——」她的話突然打住。收銀檯後方有個玻璃碗，碗上用黑色奇異筆寫著「別擔心！要開心！」，碗內則是數以百計的黃色笑臉小胸針。如果不是因為看到了這個標誌，讓她覺得自己在這個標誌下所向無敵，她也不會在開心赫曼加油站停車，而且又再一次證明她是對的。蘿拉克萊波恩不敢動她一根汗毛。「那個多少錢？」

「一個二十五分。」

「我要兩個。」瑪莉說。「一個給我的寶寶。」她在鼓手淡藍色的毛衣上別了一個胸針，那是她在新澤西替他買的衣服，然後也把另外一個別在自己的毛衣上，就在一塊看起來像是乾掉的燕麥粥污漬旁邊，不過她後來發現，那其實是愛德華的一塊大腦殘渣。

「有人受傷嗎？」那女人收了錢之後問道，同時滿臉噁心的看著圍在鼓手身上那條毛毯的深紅色污漬。

「流鼻血。」這答案來得既快又順。「我到了冬天總是會這樣。」

她點點頭，一邊將瑪莉買的東西裝進紙袋裡。「我呢，就是腳踝會腫。看起來像是有兩根樹幹在屋子裡走來走去。像現在就腫得不得了。」

「很遺憾。」瑪莉說。

「那就表示暴風雨快要來了。」那女人跟她說。「氣象預報員說什麼會往西邊去。」

「我相信。祝妳一天愉快啊。」瑪莉一手抱起紙袋，一手抱著鼓手，離開雜貨店，往她的廂型車走去。她想尿尿，可是又不想讓車子離開她的視線，所以她必須忍到不能忍再說。她把鼓手放進乘客座地板上的搖籃裡，迅速的檢查蘿拉拿走了什麼東西。一包雜貨和一條毯子。沒什麼大不了的，瑪莉心想，然後將新買的東西和背包一起放在廂型車後座。她從背包裡拿出柯爾特槍，放在駕駛座底下，接著打開免瞌睡口服錠的盒蓋，拿起瓶裝水吞服了兩顆，這才爬上駕駛座，插入鑰匙發動車子，引擎發出低沉的怒吼。

然後她看看那輛寶馬，蘿拉克萊波恩站車旁，盯著她看。

她不喜歡那個女人的臉。妳什麼都不是，只是一個騙子，她記得她這樣說過。

瑪莉伸手到座椅底下，握住柯爾特，拿出來的時候還順手拉開撞針保險，穩穩握在手上，瞄準蘿拉的心臟。

蘿拉看到槍管暗沉的反光，深深吸了一口氣，冰冷的空氣刺痛她的鼻腔。現在不是輕舉妄動的時候，她全身僵硬，等著槍響。

寶寶開始哭了，想要吃奶。

瑪莉從側面的後照鏡看到有輛車開進她後方的加油機。那可不是什麼普通的車子，而是密西根州的公路巡邏車。她放下柯爾特，鬆開撞針保險，沒有再多瞧蘿拉一眼，逕自駛離加油站，回頭上路，繼續由九十四號州際公路向西行。

蘿拉瘋狂的尋找蒂蒂，但是卻怎麼也找不到那個女人。她離開我了，蘿拉心想，又回到她那個假面假名的灰色世界。她不能再等下去，恐怖瑪莉就要走遠了。於是她上了車，發動引擎，正準備要走，一個女人喊道。「嘿！嘿！妳啊！等一下！」

收銀員跑出來，對著她大吼大叫。身材魁梧，戴著煙煙熊帽子的巡警，正全神貫注看著那輛寶馬。「妳還沒有付油錢哪！」收銀員喊道。

噢，可惡！蘿拉心想。她再次打上停車檔，伸手到後座去拿皮包。她原本放在那裡，可是現在不見了！她眼角餘光看到巡警正朝她這裡走來，那個收銀員也怒氣沖沖的跑到屋外的冷風中。巡警幾乎已經走到她車子旁邊，蘿拉這才驚覺那把自動手槍就放在地板上一眼就可以看見的地方。該死的皮包到哪裡去了？她所有的錢、信用卡，還有駕照，全都不見了。

蒂蒂幹的好事，她想。

蘿拉只剛好來得及把自動手槍塞進座椅底下，巡警就已經靠近往車子裡看，煙煙熊的帽沿下是一雙嚴厲的眼睛。「我相信妳還欠人家一點錢。」他的聲音聽起來像是鏟子往碎石堆裡挖掘。

「多少錢哪？安妮？」

「十四美元六十二分！」那收銀員說。「她還想跑掉哩，法蘭克！」

「是這樣嗎，小姐？」

「沒有！我只是——」快想辦法擺脫他們吧，她心想，恐怖瑪莉要走遠了！「我有個朋友剛剛還在這裡。她拿走了我的皮包。」

「實在不是什麼好朋友吧，是嗎？我猜，那也表示妳沒有駕照囉？」

「在我的皮包裡。」

「我想也是。」巡警又看看擋風玻璃，蘿拉知道他在看玻璃上刻的「回去」二字。然後他又看看她臉上的瘀青，想了幾秒鐘之後，說。「我想妳最好下車。」

苦苦哀求他也沒有什麼用了。巡警後退兩步，一隻手放到臀部後面，靠近他黑色槍套裡那把珍珠色槍柄的大槍。我的天哪！蘿拉心想，他認為我很危險！蘿拉熄掉寶馬的引擎，打開車門，走下車。

「請妳走到我的車那邊。」巡警說。簡潔易懂的命令。

接下來，他會問她的姓名，蘿拉邊走邊想著。他停下來看看車牌，默記下車號，然後又跟到她背後。「喬治亞？」他說。「妳離家很遠呢，是嗎？」

蘿拉沒有回答。「妳叫什麼名字？」他問。

如果她隨口編造一個名字，他也很快就會查出來。只要用無線電對講機要求查驗車號，他就會知道了。他媽的該死！瑪莉已經走遠了！

「請問妳的名字？」

反抗也沒有用。她說。「蘿——」

「怎麼啦，妹妹？」

那個聲音讓蘿拉停住。她往左邊一看，貝蒂莉亞摩斯站在那裡，皮包就掛在她的肩膀上，手裡還拿著一個油滋滋的紙袋。「出了什麼問題嗎？」蒂蒂一臉無辜的問。

巡警嚴厲的看了她一眼。「妳認識這個女人？」

「當然，她是我妹妹。有什麼問題嗎？」

「想要偷十四美元六十二分的汽油，這就是問題！」收銀員答道。她腫脹的腳踝在寒風中隱隱作痛，口鼻呼出來的都是白煙。

「哦，錢在這裡。我到那邊去買我們的早餐。」蒂蒂朝著開心赫曼的漢堡速食店點點頭，那裡有個招牌宣傳著他們的卡車司機特別餐，有香腸跟餅乾。她拿出皮夾，點了一張十元、四張一元的紙鈔，還有兩個二十五分和兩個一角硬幣。「不用找了。」她說著把錢交給收銀員。

「哦，真的很抱歉。」那女人擠出緊張的笑容。「我看到她要把車開走，就以為……好吧，有時候真的會發生這種事。」她接過現金。

「哦，她可能只是要移車而已。我要去一趟廁所，我猜她可能是去接我。」

「對不起。」收銀員說。「法蘭克，我覺得自己好蠢。你們也放輕鬆吧，小心要變天了。」她開始往雜貨店走，在冷冽的寒風中瑟縮著。

「準備好要上路了嗎？」蒂蒂輕快的問蘿拉。「我買了咖啡和吃的。」

蘿拉看到蒂蒂眼睛深處閃爍著恐懼的光芒。妳想逃，是嗎？蘿拉心想。「我準備好了。」她簡潔的說。

「等一下。」巡警擋在她們和車子之間。「小姐，這也許不關我的事，可是看起來好像有人痛扁了妳一頓。」

好長一陣沉默。然後蒂蒂開口。「是有人，她的丈夫——如果你想知道的話。」

「她丈夫？他把妳打成這樣？」

「我妹妹和她丈夫從喬治亞到這裡來找我。昨天晚上，他突然發瘋打了她一頓，我們正要去伊利諾州，回我們媽媽家。那混蛋還拿鐵鎚砸了她的新車，打破車窗，又刮花了擋風玻璃。」

「老天。」那巡警眼中嚴厲的神色消失了。「有些男人還真是他媽的混蛋，對不起，請原諒我說髒話。也許妳應該去看看醫生。」

「我們的父親就是醫生。在喬利埃。」

蘿拉若不是緊張得快要暈倒，幾乎要笑出聲來。蒂蒂真的很會撒謊，畢竟她練習了好多年。

「我們現在可以走了嗎？」蒂蒂問。

巡警抓抓下巴，看著漆黑一片的西邊。然後他說。「不是所有的男人都是混蛋。我來幫妳們吧。」他走到他的車子旁邊，打開後車廂，取出一塊透明的的藍色塑膠防水布。「到裡面去拿一捲膠帶。」他指著雜貨店跟蒂蒂說。「應該在靠後面的五金雜貨架上。跟安妮說，記在法蘭克的帳上。」

蒂蒂把早餐交給蘿拉，大步走開。蘿拉很想大聲尖叫，每多浪費一秒，恐怖瑪莉就走遠了一點。法蘭克拿出筆刀，開始割下一塊大小相當的藍色塑膠布，等蒂蒂拿著銀色膠布回來之後，法蘭克說。「到喬利埃還有好長一段路，妳們兩位小姐可不能凍著了。」他打開寶馬的車門，從駕駛座這邊爬過去——那把自動手槍就座椅底下——然後把藍色塑膠布貼到車窗窗框上。他貼得很仔細，銀色膠布一條又一條像蜘蛛網似的牢牢固定住塑膠布。蘿拉喝著黑咖啡，在一旁緊張的踱步，蒂蒂則是興味盎然的看著法蘭克完成他的工作。等法蘭克終於從車子裡鑽出來，膠帶只剩下原來的一半。「好了。」他說。「希望妳們一切順利。」

「我們也希望。」蒂蒂答道。她先上車，然後蘿拉也上去，她這輩子第一次因為能夠坐上駕駛座而如此滿懷感激。

「小心開車哪！」法蘭克提醒她們。他揮揮手，看著打上補丁的寶馬開走，加速開上往西的九十四號州際公路。真好玩，他想。喬治亞來的那個小姐說是她的「朋友」拿走了她的皮包。她為什麼不說是她「姊姊」呢？好吧，姊妹也可以是朋友吧，不是嗎？可是……他還是忍不住質疑。有必要打電話去查一下車牌嗎？剛剛應該要查驗她的駕照，他想。他向來容易受到悲慘故事的欺騙。唉，算了吧，他應該要追查超速的車子，而不是什麼受虐婦女。他轉身背對西邊，打算替自己買杯咖啡。

「我們落後了十五分鐘。」蘿拉看著車速表的指針超過一百一。「她多走了十五分鐘。」

「十三分鐘才對。」蒂蒂糾正她，然後開始大啖香腸和餅乾。

寶馬的車速飆到一百三，蘿拉甚至超過了那些大卡車。風吹得塑膠布撲撲作響，但是法蘭克把膠布黏得很牢。「妳最好慢一點。」蒂蒂說。「被攔下來開罰單，不會有任何好處。」

蘿拉還是維持同樣的速度，比一百三多一點點。車子有些搖晃，因為乘客座的車門凹陷，破壞了車身的空氣動力平衡。蘿拉極目眺望，在昏暗的晨光中尋找那輛橄欖綠的廂型車。「妳為什麼沒有走？」

「我走了啊。」

「可是又回來。為什麼？」

「我看到他要搜查妳。我又拿走了妳的皮包。對妳來說等於一切都完了。」

「那又怎麼樣？妳為什麼不讓他逮捕我，然後妳就一走了之？」

蒂蒂嚼著乾硬的香腸，用一口熱咖啡送進喉嚨裡。「我能去哪裡？」她低聲說。

這個問題一直縈繞不去，一個沒有答案的問題。

寶馬朝著鐵灰色的西方加速前進，而太陽從東方冉冉升起，像一個燃燒的天使。

第二章　可怕的事實

蘿拉看到另外一輛州警巡邏車往東行，不得不再次減速到一百左右。她們開了幾近半個鐘頭，還是沒有看到恐怖瑪莉的廂型車。「她下去了。」蘿拉說。她聽到自己聲音裡的絕望愈來愈高。「她從出口下去了。」

「可能是，也可能不是。」

「換做是妳，妳不會嗎？」蘿拉問。

蒂蒂想了一下。「我可能會下高速公路，找個地方等一陣子，等妳超越我。」她說。「然後我再回到高速公路，隨便什麼時候都可以。」

「妳覺得她是不是也這樣做？」

蒂蒂看著前方，車流愈來愈多，但是完全沒有看到那輛尾燈破裂的橄欖綠廂型車。她們幾公里前就已經過了往卡拉瑪祖的幾個交流道出口。如果恐怖瑪莉從任何一個出口下了高速公路，她們可能永遠都找不到她了。「是的，我想她是。」蒂蒂回答。

「可惡！」蘿拉掄起拳頭，往方向盤用力一敲。「我就知道如果眼睛不盯著她看，就一定會追丟！現在我們要怎麼辦？」

「我不知道。是妳在開車。」

蘿拉還是繼續向前，前面有一個長長的彎道。也許過了這條彎道，就會看到那輛廂型車。車速又緩步上升，她強迫自己稍微放鬆油門。「我還沒有跟妳說謝謝，對吧？」

「謝我什麼？」

「妳知道謝什麼。謝謝妳帶著我的皮包回來。」

「噢，沒有，妳還沒有謝我。」蒂蒂挑著指甲下的髒東西，她的指甲剪得又短又方，手指像工具一樣粗壯。

「我現在說了，謝謝妳。」她瞄了蒂蒂一眼，視線又回到公路上。在她們身後，太陽從交錯的雲層縫隙中露臉，散發出橘紅色的光芒，雲層呈現出瘀血般的顏色。然而她們前方的天空仍然戴著黑暗的面具。「也謝謝妳幫我這個忙。瑪莉來的時候，妳大可以不打電話給我。」

「我幾乎沒打。」她看著自己的手。她的手從來都不漂亮，不像蘿拉從前的纖纖玉手，她的雙手是用來工作的，從來就不曾柔軟過。「也許我已經厭倦為一個死亡志業效忠了，也許根本就沒有什麼志業可以效忠。暴風戰線。」她悶哼一聲，有點挖苦的說。「我們只不過是一群拿著槍、抽大麻吃迷幻藥的小孩，自以為可以改變這個世界。不對，說真格的，連那個也算不上。也許我們只是喜歡引爆炸藥、扣下扳機的力量。真他媽的。」她搖搖頭，睜著因記憶而迷濛的雙眼。「那個時候，還真是瘋狂的世界。」

「現在還是一樣。」蘿拉說。

「不，現在是精神錯亂。這其中還是有差別的。不過從那樣變成這樣，我們也都貢獻了一己之力。我們長大之後，變成了我們以前痛恨的人，喋喋不休的談論著我們這個世代如何如何。」

蒂蒂用一種輕柔宛如歌唱的聲音說。

她們繞過彎道，還是沒有看到廂型車，也許開到前面就可以看到她。「妳現在打算怎麼辦？」蘿拉問。「妳不能回安娜堡去了。」

「不行。可惡。我在那裡過得還不錯呢！有一間好房子，一個很棒的工作室，一直都還過得很好。我跟妳說，妳最好不要提這件事，否則我可能會把妳罵個臭頭。」她看看錶，一支老舊的天美時。剛過七點。「有人會發現愛德華。我希望不是布爾先生。他一直想把我跟他孩子送作堆。」她重重嘆了一口氣。「唉，愛德華。過去的歷史終於找上他了，不是嗎？也找上我了。妳知道，妳的膽子真的很大，竟然這樣找到我。我還是不敢相信妳能說服馬克幫妳，馬克固執的跟石頭一樣。」蒂蒂把手放在塑膠防水布上，感受風的震動，現在風被擋在外面，暖氣讓車內像是烤箱一樣。「謝謝妳沒有把馬克帶到我那裡去。」她說。「那不是他該去的地方。」

「我不想讓他受到傷害。」

蒂蒂轉頭看著蘿拉。「妳膽子真的很大耶，妳知道嗎？膽敢那樣頂撞瑪莉。我對天發誓，我真的以為我們兩個都要完蛋了。」

「我什麼都沒有想，只一心想要回我兒子，那是我唯一在乎的事。」

「如果妳找不回他，要怎麼辦？妳會再生一個嗎？」

蘿拉一時無法回答。車子的輪胎在路面上唱歌，載著木材的卡車切出她的車道。「我先生……跟我之間，已經結束了。這一點我很肯定。我不知道還會不會想住在亞特蘭大。有好多事情我現在都還不知道。我猜我終究會度過這些關卡，等我——」

「慢一點。」蒂蒂打岔道，上半身向前傾，專注看著載木材的卡車變換車道後在前方出現的車輛。「就在那裡！妳看到了嗎？」

沒有廂型車啊。蘿拉說。「看什麼？」

「那輛車在這裡。那輛別克。」

蘿拉確實看到了。深藍色的別克，右側車身受損，露出金屬的原色，後保險桿也凹陷下去。是厄爾范戴佛的車。

「慢一點。」蒂蒂提醒她說。「別讓他看到我們。那個混蛋可能會把我們撞出路面。」

「他追的是瑪莉，不是我們。」話雖如此，蘿拉還是減速了，維持在別克車右後方約一百公尺的地方。

「如果有任何人在我可以聽到的地方開槍，我都不信任。他還是什麼聯邦調查局探員哩，不是嗎？他根本不管子彈會不會打到大衛。」

蘿拉心想，這正是可怕的事實。厄爾范戴佛是在追捕瑪莉沒錯，但是他並不是要逮捕她歸案，而是要予以槍決。至於他會不會波及大衛，對他來說，並沒有任何差別。他的子彈固然是瞄準瑪莉，但是只要瑪莉抱著大衛，隨便一顆子彈都有可能穿透他的身軀。蘿拉遠遠跟在別克後面，過了幾里路之後，看著它開到路邊，往右側的交流道出口前進。

「下去了。」蒂蒂說。「可以擺脫他。」

蘿拉的寶馬也放慢速度，跟著范戴佛往出口走。「妳在搞什麼鬼啊？」蒂蒂問道。「妳不是要下去吧，是嗎？」

「對，我就是要下去。」

「為什麼？我們可能還趕得上瑪莉吔！」

「我們還是可以趕上。」蘿拉說。「可是我不想讓這個王八蛋先趕上她。如果他在加油站停車加油，我們就要拿走他的鑰匙。」

「哦，是哦！妳去拿走鑰匙吧！媽的，妳是自己上門討子彈吃！」

「咱們走著瞧！」蘿拉說著，跟在范戴佛的車子後面也下了交流道。

在別克車上，厄爾范戴佛看著儀表板下方的螢幕，有個一閃一閃的小紅點，顯示電磁波定位。液晶螢幕上顯示出羅盤航向方位「SSW 208 2.3」，主機跟導航器之間有好幾里的距離。他從交流道繞了一個大彎下高速公路之後，看到螢幕上的數字變成「SW 196 2.2」。他從九十四號州際公路下來之後，沿著公路往南走，經過了一個路標，上面寫著「勞頓市，五公里」。

「他沒有停下來加油。」蒂蒂說。范戴佛經過了一家殼牌加油站，還有公路另一側的艾克索加油站，但是都沒有停。「他走的是觀光路線。」

「那他為什麼要下高速公路？如果他這麼急著想要抓到瑪莉，為什麼要下來？」她在跟車時，讓一輛轎車和一輛小貨車保持在他們中間。大概走了三公里左右，蘿拉看到左邊有棟藍色的建築物，屋頂是鮮艷的橘色，招牌上寫著「國際煎餅之家」。別克的剎車燈閃了一下，轉彎的燈示也一直亮著，不久，范戴佛轉進了國際煎餅之家的停車場。

范戴佛殘酷的笑臉抖了一下。那輛左側車身刮傷的橄欖綠廂型車就停在停車場上，夾在一輛破舊老車和一輛密西根電力公司的小型貨車之間。范戴克將別克停在靠近建築物的停車格裡，在那邊，可以看到建物的出口。他熄掉引擎，拔掉螢幕插頭，此刻的讀數是「NNE 017 0.01」。

夠近了，他想。

范戴佛戴上他的黑色手套，手指又瘦又長。然後他從座椅底下取出布朗寧自動手槍，拉開保險栓，拿著放在右腿上。他靜靜等著，黑色的眼睛盯著國際煎餅之家的大門。幾秒鐘之後，門開了，兩名穿戴著藍色外套和棒球帽的男子走出來，往密西根電力公司的小型貨車走去，他們的呼吸在早晨的空氣中凝結成霧。快點，快點！他心想。都過了這麼多年，他以為自己會很有耐性，可是他的耐性已經磨光了，所以才會這麼急著開第一槍，擊中了愛德華佛迪斯而不是恐怖瑪莉的頭顱。

他頸背的汗毛豎了起來，范戴佛意識到左後方有動靜。他的頭往那個方向一轉，拿著槍的手也抬了起來，一顆心如鐵鎚重擊。

他看到手槍的槍口壓在車窗玻璃上，槍後站著一個女人。他第一次看到她，是在亞特蘭大的電視新聞裡，後來又在貝蒂莉亞摩斯的廚房裡見過一次。

她不是殺人的料。她是亞特蘭大《憲政報》的社交專欄作家，嫁給一名股票經紀人。直到她的孩子被人綁架之前，她從未感受過那種錐心刺骨之痛，她從未受過罪。厄爾范戴佛知道這些事情，所以在他舉槍準備透過窗玻璃射擊她的時候，已經衡量過輕重。他認為，他這一槍會比較快，也比較有殺傷力，因為她沒有冷血殺人的勇氣。

可是他並沒有開槍。他之所以沒有開槍，是因為他在蘿拉克萊波恩烏青瘀血的臉上看到的不是絕望，不是乞求，也不是脆弱，而是迫切與忿怒，是他再熟悉不過的情緒。他可能會先開第一槍，但是她也絕對會報以第二槍。貝蒂莉亞摩斯突然從蘿拉身後出現，在范戴佛按下門鎖之前，一把拉開車門。「把槍放下。」蘿拉說，聲音嚴厲緊繃。如果有必要的話，她會開槍嗎？她不知道，也向上帝禱告，但願她永遠都不必知道。范戴佛坐在那裡，用那張凝結的笑臉瞪著她，黑色的眼眸像響尾蛇一樣警戒著。「放下！」蘿拉又說一次。「放在地板上！」

「先把彈匣抽出來。」蒂蒂補了一句。

「對，照她的話做。」

范戴佛看著蘿拉手上的自動手槍，看到槍口微微顫抖，但是她的手指就扣在扳機上。范戴佛移動時，兩個女人都退縮了一下。他將彈匣退出布朗寧，放在掌心，然後將手槍放在地板上。「鑰匙拔起來，下車！」蒂蒂跟他說，而他也照著做。

蘿拉看了恐怖瑪莉的廂型車一眼，又回頭看著范戴佛。「你怎麼知道她在這裡？」

范戴佛沒有說話，只是用他深不可測的眼睛盯著她看。他脫掉頭上的毛線帽，頭頂光禿禿的，只有幾綹白色長髮貼著頭皮，頭顱周圍有少許白褐相間的頭髮。他的身型修長結實，應該有一七七，看上去絕不是粗壯的那一型，但是蘿拉從痛苦的經驗中知道他的力氣有多大。厄爾范戴佛是仇恨砌成的筋骨城牆。

「這個天線是做什麼用的？」蒂蒂問，她已經檢查過別克車內。「沒有車用電話。」

沒有回答。「這個王八蛋沒有喉嚨插頭不能說話。」蒂蒂突然意識到。「你的插頭呢？屎蛋？你可以用比的吧，不是嗎？」還是沒有反應。蒂蒂說。「把槍給我。」她說著，從蘿拉手中奪過手槍，上前一步，槍口朝下抵著厄爾范戴佛的睪丸，直視他冰冷的眼睛。「你到安娜堡來找我，是不是啊？你在那邊做什麼？監視我的房子嗎？」她把槍口壓得更緊一點。「你是怎麼找到我的？」范戴佛的臉像是戴著沒有表情的面具，可是左側太陽穴有一條彎彎曲曲的血管似乎跳得更厲害了。蒂蒂看到在國際煎餅之家後面有台垃圾車，還鋪了一塊木板斜坡通往排水溝。「從這傢伙身上，我們什麼屁也問不出來。他什麼都不是，只不過是一個——」她的臉更逼近他。「沒有用的老豬玀！」她講到豬玀兩個字時，還有一點唾沫噴到范戴佛的臉上，讓他忍不住眨眨眼。

「走吧！」她推著他往垃圾車走，槍口改壓著他的背。

「妳要怎麼做？」蘿拉緊張的問。

「妳不想讓他跟蹤瑪莉，不是嗎？我們就把他帶到林子裡去，開槍射他。朝他膝蓋打一槍，應該就可以解決問題了。他用爬的，也爬不了多遠。」

「不要！我不想那樣做！」

「我想。」蒂蒂說著，推著范戴佛往前走。「這個王八蛋殺了愛德華，還差點殺了我們兩個，還有寶寶。走啊，你這個混蛋！」

「不行，蒂蒂！我不能這樣做！」

「妳不必做！我只是替愛德華算帳而已。我說走啊，你這個混帳豬玀！」她用槍管朝著他的後背腰部狠狠打下去，他悶哼一聲，踉蹌的向前走了幾步。

厄爾范戴佛舉起手，然後指指喉嚨，再移動手指頭，指向別克車的後車廂。

「這會兒他想講話了。」蒂蒂說。在衣服底下，她已經出了滿身冷汗。如果有必要，她會開槍射他，但是想到要使用暴力，還是讓她一陣胃痙攣。「打開！」她對他說。「你得慢慢來，很慢很慢。」他打開後車廂時，她的槍始終貼著他的背。蘿拉和蒂蒂看到竊聽器的碟型天線、錄音機和狙擊步槍。范戴佛打開一只灰色的小塑膠盒，拿出一條電線，電線的一頭是插頭，另外一頭則是小型擴音器。他熟門熟路的將插頭插在喉嚨的插座上，然後打開擴音器的開關，調整音量，最後才把擴音器拿到蒂蒂的面前。

他的嘴型動了一下，喉嚨的血管青筋暴起。「最後一個叫我豬玀的人。」沙啞的金屬聲音說。「從樓梯上跌下去，跌斷了脖子。妳知道他使用的其中一個名字，雷蒙費萊契。」

這個名字讓她驚呆了幾秒鐘。雷蒙費萊契醫生替她動了臉部的整型手術。

「走到那輛車去。」蒂蒂砰一聲關上別克的後車廂蓋，推著范戴佛往寶馬走去。范戴佛跟蒂蒂並肩坐進後座，她的槍口始終對準他，蘿拉則坐進駕駛座。蒂蒂說。「好，給我說清楚，你是怎麼找到我的？」

范戴佛看著國際煎餅之家的大門，聲音從他手上的擴音器傳出來。「我有個警察朋友在邁阿密臥底，追查費萊契替那些想消失的人動手術的事。費萊契自稱雷蒙巴尼斯，有很多客戶是黑手黨或是聯邦罪犯。我朋友是電腦駭客，他駭入巴尼斯的電腦檔案，在裡面挖掘資料。可是所有的資料都有加密，可能要花五個月才能破解。巴尼斯保存了所有的資料，連他在七〇年代剛開始做這行時的資料都有。妳的名字就在裡面，還有妳在聖路易動的手術。我就是從這個時候開始介入這個案子，當然是非正式的。」他的黑眼珠盯著蒂蒂看。「等我到了邁阿密，我朋友的屍體已經浮在比斯肯灣，整張臉被轟得稀巴爛。所以我就去找這位好醫生，到他的辦公室裡好好長談了一會兒。」

「他不知道我在哪裡！」蒂蒂說。「我換了臉之後，搬過三次家！」

「妳是帶著一位前地下氣象員組織成員的推薦信去找巴尼斯，史都華麥克葛文。史都華住在費城，教授陶藝課。手術工具能做的事情，真的很驚人喔，是不是？」

蒂蒂嚥了一大口口水。「史都華怎麼了？」

「哦。」擴音器裡的聲音說。「他在浴缸裡淹死了。他的口風很緊。不過他太太……嗯，她一定是在發現他之後，朝自己的腦袋開了一槍自殺的吧。」

「你這個狗娘養的！」蒂蒂大喊一聲，將槍口壓在他喉嚨的插座上。

「小心喔。」擴音器的聲音警告她。「我這裡很敏感。」

「你殺了我的朋友，我應該一槍轟掉你他媽的腦袋！」

「妳不會。」范戴佛冷靜的說。「也許妳會把我打瘸，但是妳已經不會殺人了。貝蒂莉亞，妳是怎麼說的？『我不需要監獄的牢房，因為我身上就揹著牢房。』貝蒂莉亞，我在妳的房子裝了麥克風竊聽器。我已經監視妳的房子長達四年之久了，貝蒂莉亞。我甚至從新澤西州搬到妳這裡來。」

「如果史都華什麼都沒跟你說，你是怎麼找到我的？」

「他太太還記得妳啊。妳寄了一套盤子給他們。很精緻喲。她還寄了一張支票給妳，訂了六個杯子要搭配盤子。她還保留那張註銷的支票，開給一個叫黛安丹尼爾斯的人，支票背面蓋了安娜堡第一銀行的章，還有妳的簽名。我第一次看到妳的時候，貝蒂莉亞，我高興得幾乎要唱起歌來。妳知道那種對一個人又愛又恨的感覺嗎？」

「不知道。」

「我知道。妳聽好，妳始終都只是個踏腳石，如此而已。妳是我找到恐怖瑪莉的希望——不管希望有多麼薄弱。我看著妳來來去去，檢查妳的信箱，甚至在妳家外面的森林裡紮營露宿。當妳出門旅行時，我就知道一定有什麼重要的事情，因為妳以前從未離開過安娜堡。新聞上都是瑪莉，我知道。我知道。」擴音器裡傳出來的聲音很可怖，厄爾范戴佛的眼睛泛著晶瑩的淚光。「我的人生就只是為了這個活著的，貝蒂莉亞。」他說。「為了處決恐怖瑪莉。」

蘿拉聽著他說話，既入神又恐懼，就在那個時候，她看到范戴佛的目標抱著大衛的搖籃，從國際煎餅之家走出來。

「瑪莉。」范戴佛低聲說，一行清淚從臉頰流下來，直流到他嘴角凹凸不平的疤痕組織。「就在那裡。」

瑪莉剛剛才飽餐一頓，吃了煎餅、雞蛋和馬鈴薯餅，還喝了兩杯熱呼呼的黑咖啡。她也餵飽了鼓手，在洗手間替他換了尿布，此刻鼓手正心滿意足躺在溫暖的襁褓中，吸吮著奶嘴。「好孩子。」瑪莉說。「你是個好男孩，是不是啊——」然後她抬頭，看著寶馬停在停車場上，離她的廂型車不遠，雙腿立刻止步。她看到蘿拉克萊波恩坐在方向盤後面，蒂蒂跟另一個她不認識的男人坐在後座。「可惡！」她怒叱道。他們是怎麼找到她的？她一手抱著鼓手，一手伸進背包裡摸到了柯爾特，還有更底下埋在眾多嬰兒用品裡的麥格儂。打破輪胎！她滿腔怒火的想著。朝那個賤人的臉上開槍！連蒂蒂也一起幹掉！她邁開大步，朝寶馬的方向走了幾步，然後嘎然而止。槍聲會讓國際煎餅之家裡面的人跑出來看，有人可能會看到她的車牌。不行，她不能在這裡開槍，這樣太愚蠢了，況且她現在終於知道傑克會在哪裡等她。於是她面帶微笑走向寶馬，蘿拉克萊波恩也下了車。

她們相隔約六公尺，像兩隻全神警戒的動物在對峙，狂風在她們身邊捲起，冷冽刺骨。蘿拉看到瑪莉的毛衣上別著一個笑臉胸針，就在她的心口。

瑪莉把柯爾特拿出來，槍口頂著鼓手的身子，因為她看到蒂蒂手上有一把槍。「妳一定有很棒的雷達吧。」她對蘿拉說。

「如果必要的話，我會一路跟蹤妳到加州。」

「妳會有這樣的必要。」她看著擋風玻璃上「回去」二字的刮痕。「有人給了妳很好的建議。妳應該要在受傷之前趕緊回去。」

蘿拉看到那女人滿眼血絲，疲憊的臉上佈滿皺紋。「妳不可能一直開車都不睡覺。遲早妳會在開車的時候打瞌睡。」

瑪莉本來打算在抵達伊利諾州時找間汽車旅館小睡。免瞌睡和黑咖啡暫時讓她提神，但是她知道再過幾個小時，就非得休息不可。「我曾經有兩天兩夜都沒有睡覺，當我——」

「年輕時？」蘿拉打岔道。「妳不可能一路開到加州。」

「妳也不可能一路跟蹤我。」

「我有副駕駛。」

「我有個漂亮的小男孩。」瑪莉的笑容可掬。「妳最好禱告我不會把車子開出路面。」

蘿拉又靠近一步。瑪莉瞇著眼睛，可是她沒有撤退。「妳給我聽清楚。」蘿拉的聲音因為怒火而粗嘎沙啞。「如果妳膽敢傷害我的孩子，我就殺了妳。就算這是我在這個世界上做的最後一件事，我還是會殺了妳。」

在停車場上浪費時間彼此對峙，一點用都沒有，瑪莉心想。她必須回到州際公路上，繼續向西行，稍後再想辦法甩掉跟在她後面的人。她開始倒退往自己的廂型車走，槍口仍然抵著鼓手，孩子的臉頰在酷寒中被風吹得紅咚咚的。

「瑪莉？」

是個男人的聲音，是坐在蘿拉車上後座的男人。可是那聲音有點奇特，像是金屬的聲音，像一個機器人的鋼喉發出聲音。

她看到那個人正盯著她看。他的臉被切成蒼白殘破的笑靨，眼睛是午夜的顏色。「瑪莉？」那個機器人的聲音又再次響起。「妳害我受了多好罪。」

瑪莉後退的步伐停了下來。

「妳害我受了好多罪。妳還記得嗎，瑪莉？那一夜在林登市？」

那聲音在不斷橫掃的狂風中，幾乎聽不出方向，虛無飄渺，讓恐怖瑪莉頸背冒起雞皮疙瘩。

「我殺了愛德華。」他說。「其實我瞄準的是妳。經過了這麼多年，我還是好激動。我終究會逮到妳，瑪莉。」音量突然提高，速度突然加快，像是沒有靈魂的吶喊。「我會逮到妳，瑪莉！」

她快步退回自己的廂型車，蘿拉則坐到寶馬的駕駛座上。瑪莉放下鼓手，發動引擎。寶馬的引擎也立刻跟著發動，轟隆作響。瑪莉倒車駛離停車格，咖啡還不小心灑在肚皮上，然後加速往九十四號州際公路西行的方向走。蘿拉對蒂蒂說。「拿走他的鑰匙，然後趕他下車。」

蒂蒂從范戴佛的手中奪走鑰匙，自動手槍始終緊緊貼著他的腰側。「沒有我，妳們絕不是她的對手。」范戴佛說。「在今天結束之前，她就會取走妳們兩人的性命。」

「趕他下車！」

「妳如果趕我下車。」他說。「我要做的第一件事，就是打電話給密西根州的公路巡警，然後再打給聯邦調查局。他們會在她趕到伊利諾州之前設好路障攔她。妳以為瑪莉會輕易放棄妳的孩子，不做半點困獸之鬥？」

蘿拉伸手到後座，抓著電線，從范戴佛的喉嚨一把扯掉擴音器的插頭。「下車！」她跟他說。

「他還是可以寫字。」蒂蒂說。「我們必須打斷這個混蛋的手指。」

沒時間爭辯了。蘿拉鬆開剎車，追著恐怖瑪莉而去。范戴佛發出驚呼聲，他本來打算告訴蘿拉，他們可以利用他車上電磁追蹤器和接收器，可是來不及了。蘿拉猛踩油門，離開國際煎餅之家，追著廂型車跑。蒂蒂的手槍仍然抵住范戴佛的腰際，不過那無所謂，因為她遲早都會鬆懈，這兩個女人有柔軟白皙的喉頭，而他有雙手與利齒。

沒有任何人或任何事可以阻止他殺死恐怖瑪莉，就算他必須幹掉這兩個女人才能控制這輛車，那也是沒有辦法的事情。現在的他沒有任何規範準則，只有滿腔復仇的怒火，不管是任何人，只要膽敢擋在怒火之前，都註定會燒成灰燼。

蘿拉看到廂型車就在前方，減速準備開上九十四號州際公路往西行的交流道。她也跟上去，然後立刻切換到同一個車道，緊緊跟在瑪莉後面，同時加速到一百。兩輛車維持大約五十公尺的間距，高速公路上漸漸出現晨間尖峰時段的車流。瑪莉從廂型車側面的後照鏡看著寶馬撞扁的保險桿，想起那個金屬聲音，仍然讓她不寒而慄。妳害我受了好多罪，那聲音說，那一夜在林登市。

妳還記得嗎，瑪莉？

她當然記得。一顆子彈撕裂豬玀的臉頰，第二顆子彈扯爛他的喉嚨。

受罪。

這太不尋常了，她想。離奇得不可思議。她在蒂蒂的相簿裡看到這隻豬玀的報導，但是她不記得他叫什麼名字了。不過，反正也無關緊要。如果他自以為可以阻止她，那麼他肯定跟蘿拉一樣瘋狂。她要帶著鼓手，一路跋涉到加州，沒有人可以活著阻止她。她會注意車速，在公路巡邏的豬玀面前扮演乖乖女，然後再想辦法一口氣解決掉蘿拉克萊波恩、從良的貝蒂莉亞，還有那個受罪者。

她繼續向前走，沿著灰色的高速公路，往上帝許諾的樂土前進，還有一輛寶馬在後面緊追不捨。

第三章　乖孩子

九十四號州際公路到了芝加哥南方市郊，變成了八十號州際公路，不過高速公路仍然向西橫越伊利諾州的廣大平原。瑪莉到了喬利埃附近一個加油站時，不得不停下來，蘿拉也跟在她後面開進加油站加滿油箱，寶馬的油箱警示燈在最後十五公里一直是亮著的。而蒂蒂則始終拿槍對著厄爾范戴佛。「我需要去上廁所。」范戴佛透過他的擴音器說。蒂蒂說。「當然可以。」然後遞給他一個紙杯。

蒂蒂去洗手間時，蘿拉換到後座，坐在范戴佛的旁邊。接著就換蒂蒂開車。不到十五分鐘之後，兩輛車又重新回到高速公路上，維持一百公里的時速與五十公尺的間距。范戴佛閉上眼睛睡著了，嘴裡不時發出輕微的呼聲。蘿拉也終於有機會放鬆一下，不過只是身體上的鬆懈，而不是心理上的輕鬆。里程表不斷向上攀升，出口也一個個過去。橫向的強風吹過她們的車子時，蒂蒂可以感覺到車身微微顫抖。

到了下午兩點，距離伊利諾州的莫林市還有三十公里。天空呈現濕棉花的顏色，幾束飄移的黃光穿透雲層的縫隙照射下來。瑪莉雖然體內灌飽了咖啡因，卻也免不了開始疲倦。鼓手又餓又累，一直哭個不停，哭聲細微尖銳，讓她無法隔絕於耳外。她觀察跟在後面的寶馬，看到日內西奧市的出口就在前方，當下就決定要採取行動。她維持在左線車道，沒有任何跡象顯示她打算在下一個出口下高速公路。等到幾乎來不及改變方向時，她突然猛踩剎車，從一輛布魯克磨坊的麵包車前面竄出去，連續跨越兩個車道，麵包車的司機用力猛按喇叭，罵了一連串的髒話，然後瑪莉加速從出口引道下高速公路，而寶馬車早就錯過了出口。

「哦，該死！」蒂蒂大叫一聲，猛踩剎車。蘿拉從不安穩的半夢半醒中驚醒，她在夢中似乎看到屋頂上的狙擊手瞄準了陽台上的恐怖瑪莉與大衛，醒來後赫然發現蒂蒂正在跟方向盤搏鬥，而廂型車已經不在她們前面，她立刻知道發生了什麼事。感官和獵犬一樣敏銳的范戴佛也睜開眼睛，他回頭一瞧，看到廂型車右轉從出口下了交流道。「她要跑了！」金屬的聲音大吼著，音量開到最高。

「不會，她跑不了！」蒂蒂不顧一切的穿越好幾個車道，輪胎磨擦地面發出嘰——的聲音，其他車輛也紛紛按著喇叭閃避她。蒂蒂把寶馬車開進緊急車道，打進倒車檔，開始向後退，往日內西奧的出口走。沒一會兒工夫，她已經加速開上交流道口，一個向右的急轉彎，讓范戴佛壓到蘿拉身上，把蘿拉擠到了門邊。然後她沿著郡道穿越平原向北奔馳，公路兩旁是一片枯黃的冬季田野，不時就有幾棟群聚的房舍，遠方還有一座工廠，煙囪冒出來的灰煙從地平線冉冉升起。蒂蒂超越了一輛速霸陸，差點把那輛車擠到路外。她看到廂型車就在前方約八百公尺處，於是繼續猛催油門，兩車之間的距離立刻縮短。

瑪莉看到寶馬逼近，廂型車的馬力不足，不可能跑得比那輛車快，而且在這條又直又平的路上，根本無處可躲。鼓手又一直哭鬧不休，瑪莉怒火高漲，就像營火堆中冒出的火花。「閉嘴！閉嘴！」她對著寶寶大吼，但是他不肯安靜。她看到左邊有個標誌寫著「文治兄弟木材廠」。一個紅色箭頭指著一條狹窄的小路，貯木場就在一片枯黃的田野中央。「好吧，來吧！」瑪莉大吼著，轉了一個大彎，同時從背包裡拿出柯爾特手槍，放在乘客座上。

她從一對敞開的鐵門中間開進去，門上有個標誌寫著「小心！內有惡犬！」貯木場大約有兩公頃寬，一堆堆木材原料像迷宮似的堆放在場內，差不多都有一到三公尺高。場內有個貨櫃拖車，貨櫃拖車前面停放著一輛小貨車，還有一輛起重機和一輛奧斯摩比的褐色卡特拉斯汽車，兩側車身都已生鏽。瑪莉開著車子，更深入木堆迷宮之中，車輪在沒有鋪設柏油的路面上揚起一陣煙塵。最後她在一棟漆成綠色的長形煤渣磚建築旁邊停車，建物的高聳玻璃窗都蒙著一層灰。她下車，手裡拎著鼓手的搖籃和柯爾特左輪手槍。她在尋找合適的殺人場所，塵土圍繞著她和哭鬧不休的寶寶。她一繞到房子後方，就遇到榴彈砲般的狗吠連發攻擊，有兩隻精壯的鬥牛犬被關在蓋著綠色塑膠布的狗籠裡，一隻是深褐色，另一隻則有灰白色的斑點。牠們朝著狗籠的鐵絲網撲來，露出森森的白牙，全身因激憤而顫抖。在狗籠後方則有更多木材堆，一堆堆的防水布和其他零星雜物。

「喲，我的老天！」有個男人從一堆木料後面走出來，大聲說著。「你們兩個男孩是怎麼回事呀？」他挺著一個大肚腩，穿著連身褲和一件紅色的花格絨布外套，在狗籠邊站住時，看到瑪莉手上拿的槍。

瑪莉朝他射了一槍，幾乎是像心跳一樣的本能反應。子彈擊中他，就像胸口挨了一拳似的，整個人向後傾，一屁股坐在地上，臉上的血色開始消失。

槍聲和男子倒地的暴力讓兩條鬥牛犬的兇性大發，在籠子裡跑來跑去，彼此衝撞，然後又彈開。牠們吠聲兇狠，兩顆小眼珠緊盯著瑪莉和小嬰兒。

蒂蒂一看到廂型車，腳下立刻猛踩剎車，寶馬嘎然而止。蘿拉率先下車。她聽到粗嘎短促的狗吠聲，於是緊握手中的自動手槍，往聲音的來源衝過去。

蒂蒂跟范戴佛一起下車，范戴佛留意到鑰匙還插在車上。蘿拉走到煤渣磚房後面，看到狗籠和一名男子倒臥在地，鮮血從他鎖骨下方的胸膛汩汩流出，他呼吸急促，雙眼因震驚而呆滯。兩條暴怒的鬥牛犬關在鐵絲籠內，在牠們的勢力範圍內跑上跑下。蘿拉還注意到，地上散落著牠們上一餐留下來的牛肉骨頭。蘿拉小心翼翼的走在堆高的木料之間，目光搜索著瑪莉的蹤影。她突然停下腳步，側耳傾聽，狗吠得很大聲，可是她好像聽到了大衛的哭聲。她繼續往前走，每一步都戒慎恐懼，握著槍柄的手指，指節都發白了，厚重大衣的下擺在風中飛揚。

而在車子附近，范戴佛有些遲疑的讓蒂蒂走在前面。恐怖瑪莉的廂型車停在房子旁邊，貝蒂莉亞摩斯站在范戴佛和廂型車之間。雖然她手上沒有武器，可是她曾經是殺人不眨眼的暴風戰線成員。只要一擰脖子，他心想，就可以讓她得到該有的懲罰，然後他就可以繼續籌畫要如何從蘿拉手中搶到手槍。他下定決心，只要三秒鐘，就能同時完成法官、陪審團和行刑劊子手的工作。

他一個大步逼近蒂蒂，伸手去抓她，從他喉嚨插座垂下來的擴音器也隨之晃動。

他抓住她的頭髮。她才大喊。「你要——」另一隻手臂就已經從她身後纏繞住她的脖子，蒂蒂立刻掙扎反擊，左右擺頭，讓他手臂無法施力收緊。

恐怖瑪莉帶著鼓手的搖籃從房子另一邊走出來，連開了兩槍，給他們一人一槍。

第一顆子彈擊碎了厄爾范戴佛的右肩，頓時肉屑、骨頭和鮮血齊飛。蒂蒂因為猛力掙扎著搖頭，救了自己一命，子彈沒有轟爛她的腦袋。她聽到子彈的尖嘯聲，還感覺到一陣像是黃蜂叮咬的刺痛，但是並不知道她的右耳已經被削掉了一大塊。蒂蒂尖叫一聲，范戴佛跪倒在地，蘿拉聽到聲音立刻穿過木材堆，順著原路奔回去看個究竟。

蒂蒂狂奔尋找掩護。瑪莉喊道。「叛徒！」然後又開了第三槍。這顆子彈擊中一堆木料，打得碎木屑漫天亂舞，可是蒂蒂此時已經趴下來，在木材堆迷宮的迴廊裡爬行躲藏。

於是瑪莉瞄準跪在地上的男人，他摀著支離破碎的右肩，臉上痛苦的汗珠閃閃發亮。他的擴音器從喉頭插座鬆脫，掉在身邊，只能咧嘴笑著看瑪莉，一種鬼魅驚悚的笑容。她走向他，看著熱氣從那人的臉龐和光禿禿的頭皮上冒出來，在冰冷的空氣中凝結成水蒸氣。瑪莉停下腳步。受罪，她想。「哦，沒錯。」她說。「我記得。」她拉開撞針擊錘，準備一槍打爛他的笑臉。

「不要開槍！」蘿拉大叫一聲。她躲在瑪莉的廂型車後面，舉槍瞄準這個壯碩的女人。「把槍放下！」

瑪莉微微一笑，深色的眼眸充滿恨意。她將柯爾特的槍口轉向，對準了寶寶的頭。「妳把槍放下。」她說。「放在腳邊，現在。」

在屋後，胸部中彈的男人坐了起來，張著嘴喘息。籠裡的狗嗅到了屠殺的氣息，幾乎要抓狂了。他血淋淋的手上拿著一樣東西，是他從口袋裡掏出來的一串鎖匙，他正準備使用其中一把小鑰匙。「乖孩子。」他勉強說道。「有人把老爹打得好慘。」他將鑰匙插入狗籠的鎖孔。「去把他們的屁股咬爛，好嗎？乖孩子！」鎖頭喀喇一聲開啟，他吃力的拉開狗籠鐵門。「去咬他們！」他命令。兩條鬥牛犬咆哮著衝出鐵籠，激動得渾身發抖。褐色那一條一馬當先衝了出去，雜色的那一條狗卻先停下來舐舐主人的胸口，幾秒鐘之後才跟著衝出去尋找獵物。

「放下來！」瑪莉又說一次。「快點！」

蘿拉沒有。「妳不會傷害他。不然傑克會怎麼說呢？」

「妳不會開槍打我，否則可能會射中寶寶。」瑪莉決定，再過五秒鐘，她要突然跪下來，讓蘿拉大吃一驚，再射光槍膛裡的子彈。她開始數，一……二……三……

她聽到殘暴的咆哮聲，看到蘿拉的臉因驚恐而扭曲。

有個東西像一列迷你貨運火車撞擊瑪莉的右側，力道之大，害她連鼓手的搖籃都抓不住，瑪莉跌倒時，寶寶的搖籃也跟著落地，掉在她的身邊，鼓手從搖籃裡滾出來，脹紅了一張小臉，張口憤慨的哭喊著。

有什麼東西像老虎鐵鉗似的緊緊夾住瑪莉的右前臂，讓她痛得放聲尖叫，手指痙攣大張，柯爾特也脫手而出。是褐色鬥牛犬的雙顎咬住了她的手臂，眼睛瞪著她看，露出殺人的兇性。那野獸的頭突然開始用力左右搖晃，幾乎要將她的手臂齊肘折斷。瑪莉五指箕張，直取那狗的雙眼，但是牠的利齒穿透了她的褐色毛衣，深入肌理骨骼，劇痛沿著手臂直竄向肩膀。

蘿拉嚇僵的腿可以活動了，立刻飛奔去救她的孩子。瑪莉痛苦的尖叫著，一手被那惡犬緊咬住，另一隻手還試圖去拿柯爾特。此時蘿拉看到灰白相間的鬥牛犬從屋後竄出來，猛然轉向，讓蘿拉的心幾乎結冰。

牠朝著大衛跑去！

她不敢開槍，害怕會射中孩子。那鬥牛犬幾乎要跑到他身邊，已經張開血盆大嘴，準備要大咬珍饈。蘿拉聽到自己大喊一聲。「不要！」那聲音力道極強，連野獸都歪頭朝她這邊看了一眼，眼神中露出飢渴嗜血的火光。

她跑了兩大步，用盡全力朝著那狗的肋骨狠狠一踹，硬是把牠從大衛身邊踢開。那鬥牛犬吃痛撤退，在暴怒中繞了一圈，對著半空中狂吠，然後再次向嬰兒衝刺，這一次速度極快，讓蘿拉沒有餘裕瞄準牠踢第二腳。牠的利齒咔嚓一聲，咬住了寶寶身上那件沾滿愛德華佛迪斯乾血漬的白毯子，然後那鬥牛犬甩動身子，開始拉著毯子向後退，裹在毯子裡的大衛也跟著被拖過滿地的鋸木屑。

瑪莉的手指頭戳入褐色鬥牛犬的雙眼，那野獸半是呻吟、半是咆哮，更猛烈的搖晃頭顱，牙齒也更深入她的肌肉。牠以極大的力道拉扯她的手臂，連她肩膀的肌肉都快撕裂，眼看著手臂就要被扯斷了。瑪莉伸手去拿柯爾特槍，手指才碰到槍身，那鬥牛犬又猛力一扯，新的一股劇痛在全身流竄。在那野獸拉扯她時，她發瘋似的往牠的頭顱猛搥。鬥牛犬暫時鬆口，退後一步，又再次撲上來，露出森森的利齒尖牙。這次牠咬住了她的右腿，牙齒刺穿她的燈芯絨牛仔褲，用足以壓碎骨骼的力量咬住她腿上的肌肉。

蘿拉縱身往拉著大衛的惡犬撲過去，緊抓著牠肌肉糾結的脖子不放。那鬥牛犬鬆開大衛的毯子，轉身朝她的臉咬下去，全身因用力過度而顫抖。牠往她的臉頰用力一咬，發出類似捕熊陷阱的咔嚓聲。她舉起左手護臉，狗的雙顎找到了新目標，立刻緊咬不放。

她聽到木柴斷裂似的清脆聲響。一股駭人如電流般的痛楚從手指傳來，經過手腕一路竄到前臂。手斷了！她知道，但是仍然跟那惡犬奮戰不懈，不讓牠接近她的孩子。這頭畜生咬斷了我的手！鬥牛犬殘暴的扭她的手，她的手指、手腕感到更劇烈的疼痛，幾乎可以感覺到牙齒在她的骨骼上磨擦。她不確定自己有沒有痛得尖叫，她的大腦像是即將爆裂的唇疱疹。她舉起自動手槍抵住鬥牛犬的側身，連續扣了兩次扳機。

那惡犬受到槍擊，身子抖動了一下，但是仍然沒有鬆口，傷口開始流血，嘴裡冒出白沫，牠的爪子卻仍深陷在鋸木屑裡，試圖拉扯她。蘿拉的手腕幾乎要被扯斷了。她再次扣扳機，這一次是朝著鬥牛犬結實的頭顱開槍，那惡犬的下顎應聲爆開，噴出骨骼碎片和模糊的血肉。

三公尺外的瑪莉也在為自己的性命搏鬥。她使盡全身僅剩的力氣，抬起膝蓋朝褐色鬥牛犬的頭顱猛撞一下，第二下、第三下，可是那惡犬的牙齒仍然緊咬著她的大腿不放，撕裂出巨大的傷口。她把一隻手指插進那狗的眼睛裡，挖出一顆白葡萄似的眼珠，鬥牛犬這才鬆開她的大腿，痛得滿地打轉，只剩下一隻眼睛的狗頭也前後晃動，同時對著半空中咆哮哀嚎。瑪莉爬著去拿柯爾特，想要握住槍身，但是手指卻痙攣得無法控制，受傷的手臂肌肉和神經全都不聽使喚。她抬起頭來，看到那鬥牛犬再次朝她撲來，她大叫一聲，舉起雙臂護臉。

那狗猛力撞上瑪莉的肩膀，將她撞倒在地，撞得連她骨頭都瘀青了。接著牠卻瘋狂咆哮著轉向攻擊蘿拉。

垂死的狗仍然掛在蘿拉左手上，而獨眼鬥牛犬則緊咬住她右手外套的袖子，開始撕裂衣服。她槍口的角度無法瞄準惡犬，只能又踢又叫，任憑獨眼野獸困住她的右手，而另外一隻雖然下顎粉碎，牙齒卻仍然死鉗著她的手。

瑪莉往哭泣的嬰兒爬過去，用左臂將他抱起來，然後掙扎著想要站起來。鮮血從她腿上的傷口汩汩流出，整條腿的褲子都浸濕了。兩條惡犬把蘿拉夾在中間，那女人還奮力的想要掙脫。瑪莉看到柯爾特就在地上，但是她的右手仍在抽筋，鮮血還不斷從指尖滴下來。她心裡閃過一陣恐慌，她傷得很重，幾乎要暈厥，如果她倒下來，那狗就會轉回來攻擊她跟鼓手……

她決定不理槍，跛著腿往廂型車走，也不管那個被她槍擊的男人。瑪莉將鼓手換到右手，用左手拉開駕駛座的車門，這時候，蒂蒂從木料堆中抽出一根五乘十公分裁切的木板條，從她身後敲過來。瑪莉看到她的攻擊，彎腰躲過，那木條直接打在廂型車的車身上。然後瑪莉一個箭步上前，屈起膝蓋往蒂蒂的肚子一頂，蒂蒂大叫一聲，整個人彎下腰來。瑪莉再用左手給蒂蒂的背部一擊，幾乎把她肺裡的空氣都擠了出來，整個人跪倒在地。

蒂蒂呻吟著，那一頭軍旗般艷紅的頭髮散落在臉上，一副戰敗的模樣。瑪莉這才發現她有好多白髮。蒂蒂抬起頭來，眼中盈滿痛楚的淚水，那是一張老婦人的臉，一個飽經世事滄桑的老婦人。

「來吧。」蒂蒂說。「殺了我吧。」

蘿拉將垂死的鬥牛犬從她快要斷掉的手上踢掉，那野獸在地上踉蹌的繞著圈子。可是另一隻狗仍然咬著她破爛的外套袖子，利齒幾乎就要啃到她的肉。她還是射不中牠，除非……

她丟掉手中的槍，從大衣袖子裡抽出手臂，那狗的牙齒仍然咬住衣服。然後她迅速撿起自動手槍，槍管頂住鬥牛犬的喉嚨，扣下扳機。

恐怖瑪莉聽到槍聲，忍不住畏縮了一下。她的腿上血流成河，滿頭鋸木屑的蒂蒂則跪在她的眼前。蒂蒂看到瑪莉的眼中出現原始的恐懼。瑪莉的右手還在痙攣，前臂傷口裡撕裂的肌肉仍然抽搐，而鼓手仍然在她耳邊尖叫。這個世界就要變天了。瑪莉抱著鼓手上車，砰一聲關上車門，然後倒車遠離房子，準備要讓蒂蒂命喪輪下，可是蒂蒂已經看出她的陰謀，爬到木材堆旁躲了起來。瑪莉讓廂型車轉個方向，朝著大門開去，揚起了漫天的煙塵。

五秒鐘過後，蒂蒂聽到另一輛車的車門開啟又關閉的聲音，她從藏身處出來，正好看到寶馬車的引擎啟動，厄爾范戴佛坐在駕駛座上，臉上滿是齜牙裂嘴的可怖神情。范戴佛強忍著肩傷疼痛轉動方向盤時，蒂蒂還看到他張開嘴發出一聲無聲的尖叫。寶馬車追著恐怖瑪莉揚長而去，右前輪輾過他的擴音器，把它壓成了碎片。

蒂蒂站起來，看到雜色鬥牛犬躺在地上，蘿拉跪在旁邊，右臂上支離破碎的大衣袖子已經不見了。那隻褐色鬥牛犬站在兩公尺外面對著她。蒂蒂拾起木板條，往那隻野獸走去，耳朵還隱隱刺痛。

她還沒走到那裡，那隻鬥牛犬遭子彈撕裂的喉嚨就發出一聲低沉的呻吟，然後就倒地不起，眼睛還死盯著開槍射牠的女人。

痛苦的淚珠在蘿拉的臉頰閃閃發亮，可是她的臉卻因為震驚而顯不出任何情緒。她望著自己烏青紅腫的左手，上面只剩下三根指頭和大姆指，小指從指節斷裂，早已不知所蹤。這隻手讓她想起被肉販的鐵鎚敲過、變得軟嫩可口的新鮮牛排。

「哦，我的天哪。」蒂蒂說。血滴從她右耳垂滴下來，像是一串紅寶石耳墜。「妳的……手……」

蘿拉的臉色慘白，一雙眼睛瞪著蒂蒂，眨了幾下，然後整個人倒下來，翻身側躺著。

蘿拉的皮包在車上，蒂蒂驀地裡想起，她的錢、信用卡……所有的一切都不見了。一切都結束了，瑪莉贏了。

「來人哪，救救我！」聲音從狗籠那裡傳來。「我在這裡快要死了！」

蒂蒂暫時離開蘿拉，走到屋後，看到那大肚腩的男子倚在狗籠上。他的情況看來很糟，但是他的血並沒有像噴泉一樣湧出，蒂蒂判斷子彈應該沒有打中動脈。他睜開朦朧的眼睛，試圖聚焦。

「妳是誰？」

「誰都不是。」她說。

「妳要殺我？」

她搖搖頭。

「妳聽好……聽好……叫救護車，好嗎？電話在辦公室。鎖著。」他遞給她那串血淋淋的鑰匙。「叫救護車。該死的肯尼今天提早走了。哦，好痛。拜託妳了，好嗎？」

蒂蒂接過鑰匙，看出其中一把是一輛通用汽車的鑰匙。「奧斯摩比是你的車？」

「對，對。那輛卡特拉斯。叫救護車。我快要流血過多死掉了。」

她覺得還不至於，如果真的是個垂死之人，她一眼就看得出來。眼下這個傢伙鎖骨斷裂，可能還有肺穿孔，但是他的呼吸還算正常。不過她還是得叫救護車來才行。「你安安靜靜留在這裡，不要亂動。」

「我還能做什麼？跳他媽的波卡舞嗎？」

蒂蒂趕回蘿拉身邊，她又勉強坐了起來。「妳還能走嗎？」

「我想……我快暈倒了。」

「我替咱們找到車子了。」蒂蒂說。

蘿拉抬起頭來，用紅腫的眼睛看著她的朋友。她斷掉的手抽痛不已，幾乎難以忍受，她想要躺在這裡，在寒風中蜷縮起身子哭泣，但是她不能，因為她的孩子仍然在恐怖瑪莉手中，而恐怖瑪莉仍在趕往加州的路上。蘿拉體內還有一絲力氣，她從心底最不為人知的深處找到了最後一絲力氣，人們就是從這個地方找到勇氣，咬牙面對生命的磨難，對抗生命中長滿利刃的巨輪。她必須堅持下去，絕不放棄，絕不投降。

蘿拉抬起右手，蒂蒂攙扶著她站起來。然後蒂蒂拿起自動手槍，兩人一起從死狗的屍體旁邊經過。

到了貨櫃拖車裡，蒂蒂撥了九一一，跟接線生說日內西奧附近的文治兄弟木材廠發生了槍擊案，有人受傷，需要救護車。接線生說救護車八到十分鐘內就會到達現場，要她留在線上。不過蒂蒂還是掛上電話。她注意到辦公桌上有個小鐵盒，她花了四十秒找到正確的鑰匙，打開鐵盒上的鎖。鐵盒裡有幾張支票用迴紋針夾著收據，還有一個銀行的存款信封，裡面有七十一塊三十五分的現金。她把錢拿走。

蒂蒂坐進卡特拉斯的駕駛座上，蘿拉則半昏迷的躺在後座，倒在漢堡包裝紙和揑扁的啤酒罐之間。後照鏡上掛了一對大型的紅色塑膠骰子，後車窗上則貼了一個花花公子的兔女郎貼紙，可能永遠都撕不下來。她轉動鑰匙時，奧斯摩比發出軋軋聲響，拒絕發動。蒂蒂覺得她好像聽到遠方的警笛聲愈來愈近，她猛踩油門，奧斯摩比仍然軋軋作響，但車身終於抖了起來，排氣管發出像砲彈射擊一樣的砰一聲，冒出濃濃黑煙。蒂蒂看了一下油箱指針，顯示只剩下四分之一的油。

蒂蒂倒車出去，轉動髒兮兮的方向盤，朝著大門開出去，卡特拉斯發出嘎嘎吱吱的呻吟，像是暴風雨中的驅逐艦。她可以感覺到右邊的輪胎好像快要飛掉了，決定最好還是別去檢查胎紋還有多深吧。然後她們穿過大門，再次朝著州際高速公路前進。卡特拉斯緩慢而穩定的加快速度，發出轟隆隆的噪音，像是磚頭掉進了混凝土攪拌器。有輛救護車從她們前方出現，穿過平坦的田野，愈走愈近，最後從她們旁邊經過，嗚呀嗚的鳴著警笛，趕著去救文治兄弟的其中一人。

那兩個女人則繼續向前，沿著八十號州際高速公路西行走了八九公里路之後，蒂蒂嘆了一大口氣，暗自啜泣，然後用污黑的袖子擦拭眼睛。

第四章　白色浪潮

過了密西西比河之後，八十號州際公路就直直穿過愛荷華市。厄爾范戴佛已經漸漸趕上那個摧毀他一生的女人。

廂型車的時速大約一百三，寶馬則逼近一百四，范戴佛用完好的那隻手操縱方向盤，另一隻手則垂在撕裂的肩膀底下，冰冷而毫無知覺。他的血流得整張座椅都是，連儀表板都沾到了血滴，甚至浸濕了腳下的地毯。他開始感受到冬天的威力，視線變得模糊，連方向盤都抓不太牢，寒風與虛弱聯合起來對付他。車輛紛紛駛離那兩輛車的車道，范戴佛後方響起了一連串的喇叭，他瞄了一下車速表，指針在一百四附近震顫。從他們離開日內西奧的出口之後，瑪莉的廂型車一直保持在一百三以上的時速，還不時會切換車道，讓他們兩車中間始終夾著其他的車輛。可是現在，從車尾排氣管冒出來的燃油藍煙看來，廂型車的引擎顯然已經筋疲力竭，她再也無法維持原來的速度。太好了，他不會再讓她跑掉了。這次絕對不會。

他一點也不後悔把蘿拉和貝蒂莉亞留在那裡，因為奪車的機會來了，絕不能讓瑪莉脫逃。她是隻禽獸，像是感染了狂犬病、口吐白沫的瘋狗，必須要處死。她一定非死不可。死、死、死。

至於那個孩子，他沒有任何情緒。小孩只是剛好在那裡。以前也有小孩死掉過，以後也永遠都會有小孩。如果能夠讓恐怖瑪莉這樣的禽獸伏法，死一個小孩又算得了什麼？他知道自己永遠都無法讓蘿拉克萊波恩理解他的生命目標，她怎麼能夠理解，每次他看著鏡子就會看到恐怖瑪莉的臉？她怎麼能夠理解那種午夜夢迴的忿怒，讓妻子和女兒都棄他而去？她又怎麼能夠理解，光是瑪莉這個名字就會讓他恨得抓狂，而他女兒的名字讓他在看著她時，眼中也充滿了仇恨？蘿拉克萊波恩失去了一個孩子，而他失去的則是自己，他掉進了一個漩攪不已的恐怖黑洞中，甚至讓他開始——親愛的上帝啊，夢到自己用槍管強姦瑪莉，啊，是的，啊，是的，可愛的、可愛的瑪莉，妳這個賤人，妳這個奪人靈魂的賤人。然後到了早上，他會心滿意足、大汗淋漓的醒來。

但滿足只是暫時的。

妳是我的，范戴佛心想，黑色的眼睛迷濛閃爍。

寶馬又往前六十公分，前保險桿撞上了廂型車的車尾，車身震動，讓他上下排的牙齒撞在一起。他逼著廂型車向右靠，試圖將它逼下高速公路，瑪莉奮力將廂型車矯正向左，輪胎發出嘰的一聲，冒出橡膠磨擦燃燒的臭味。她前面是一輛旅行車，後車窗用吸盤黏了一隻加菲貓玩偶。瑪莉的車子傾斜偏向時，擦撞到那輛旅行車，擦出一串火花，然後她超越旅行車，繞到一輛拖曳卡車前面，又回到左側車道。她看著後照鏡裡車頭凹陷的寶馬，還有方向盤上方那個男人齜牙裂嘴的詭異笑容。小豬玀想玩哪，她心想著，猛力一踩剎車。

寶馬剎車不及，一頭撞上廂型車的車尾，引擎蓋受到擠壓而隆起變形，玻璃與金屬碎片紛飛。范戴佛整個人從椅子上彈起來向前衝，安全帶則向後拉緊，收放之間，他的下巴撞到方向盤上。在突如其來的撞擊之後，他的身體緊繃，無法反應，但是瑪莉的腳已經再度踩上油門，一聲燃油逆火，廂型車再次拉開了兩車之間的距離，而寶馬仍然以一百一的時速前進。范戴佛渾身顫抖，肌肉尚未從衝撞的驚嚇中恢復過來，褲襠也濕了。他暫時不管廂型車，切進右側車道，突然看到前方約三十公尺一輛校車的車尾，方向盤一轉，心裡一陣無聲的驚呼，他從校車旁邊驚險的超車過去，只差四十公分就撞到了。他讓寶馬繼續全速前進，儀表板上有個紅燈在閃爍，撞凹的引擎蓋底下也飄出陣陣黑煙。

瑪莉看到他逼近。鼓手趴在乘客座的地板上，小手握緊又鬆開。瑪莉再次踩剎車，準備接受第二次衝撞，而寶馬也不負所望的撞上車尾，引擎蓋變形得更厲害，駕駛也再次向前衝撞，然後瑪莉又用力踩下油門。兩車之間的距離逐漸拉大，瑪莉的下半背因為撞擊的力道而隱隱作痛，牙齒也緊緊咬合在一起。被狗啃傷的大腿仍然鮮血淋漓，右前臂的撕裂傷也仍然開著口，從裂縫中可以看到肌肉組織的痙攣收縮。傷口冰冰冷冷的，沒有什麼感覺，但是她卻眼冒金星，油膩的汗珠從她臉頰和額頭冒出來，她感覺到驚嚇伸出濕黏的手指頭拉著她向下沉淪。如果她屈服的話，她就完蛋了。

寶馬很快又追上來。瑪莉開始踩剎車，但是寶馬突然閃過她切到右側車道，也就是鼓手那一邊。寶馬車撞上來的時候，廂型車顫抖著悶哼一聲，衝擊力讓鼓手在地板上滾了一圈，像一條軟綿綿的毯子，同時也差點讓瑪莉指節發白的手指從方向盤鬆脫。她不甘示弱，也開著廂型車去撞寶馬，兩輛車像是憤怒至極的野獸，在州際公路上以幾近一百三的時速彼此衝撞。寶馬損毀的引擎蓋底下冒出蒸氣白煙，引擎也發出金屬摩擦的嘎吱聲。范戴佛看到溫度表的指針已經超過了警示線，車子也開始不受控制的震動起來。後照鏡裡出現藍色閃光，范戴佛和瑪莉都看到巡邏警車呼嘯著向他們逼近。瑪莉從袋子裡掏出小巧的麥格儂，前臂傷口的疼痛像是突然甦醒過來似的，狠狠咬了她一口。

范戴佛絲毫不肯放鬆，繼續衝撞廂型車的側面，讓瑪莉的左側車輪開上了中央分隔島的草地。她開始感覺到恐懼的手爪掐住她的喉嚨，在她這個車道的前方是一輛看似某種油罐車的卡車。范戴佛又撞了上來，不讓她有切換車道的機會。巡邏警車也加速趕上范戴佛，藍燈閃個不停，警笛也響個不停。瑪莉前方的那輛油罐車——漆成乳牛毛皮的白底褐斑，底下還有一條軟管漆成粉紅色的乳房——試圖要切換到右側車道。她看到車身側面印著一行紅字，陽光谷牧場。

瑪莉放開方向盤，廂型車開始向中央分隔島滑行。她一腳踩住油門，整個身子探往乘客座的方向，拿著手槍抵著車窗玻璃，向下瞄準寶馬，然後扣下扳機，整張臉因為身體的拉長緊繃而扭曲。

駕駛座的車窗玻璃向內爆裂，炸到范戴佛臉上，滿頭鮮血遮住了他的視線。他張大嘴巴，發出無聲的尖叫，聽到他下巴裡那台接收警用無線電的金屬儀器發出幽靈般的靜電聲音。另一顆像雷電一樣炙燙的子彈射進他的右腿膝蓋，讓他肌肉痙攣，無法動彈。他將方向盤向右猛力一扭，試圖遠離那輛廂型車，可是當他覺得車身猛烈搖晃，在公路上左右蛇行時，擋風玻璃前面突然出現一台龐然大物，正是那輛運牛奶的貨車，他聽到那個幽靈收音機裡傳來一個可怕的聲音。「哦，老天！」

就在厄爾范戴佛的車子以一百二十五公里時速撞上牛奶貨車時，恐怖瑪莉正以全身的力量抵住方向盤，強迫廂型車開上中央分隔島。牛奶車的車尾就在她的右前方。要撞上了，她在內心尖叫著，準備承受撞擊的力道。要撞上了！

廂型車以不到三十公分的距離勉強閃過牛奶車，逃過撞車的命運，後輪也揚起漫天的綠草與泥巴。寶馬卻直接撞上了牛奶車的側面車身，整台車壓縮折疊，像是壓扁的手風琴。在金屬撕裂與玻璃粉碎聲中，紅色火焰竄得半天高，隨之而來的則是雪白冒泡的牛奶爆炸，因為牛奶車儲存槽的接縫處破裂，牛奶如洪水般傾瀉而出，一股白色浪潮射向空中，兜頭淋下，淹沒了正要停靠在路肩的巡邏警車。警車的輪胎失控打滑，車身打橫翻落路面，在翻下州際公路時撞破了護欄，滾了兩圈，在枯黃的豆田塵土中翻覆，冒出黑煙。

從寶馬撞車到巡邏警車翻覆，不過短短四秒鐘，恐怖瑪莉已經彎進車禍另一邊的左側車道。她瞄了一眼側面後照鏡，身後的空氣籠罩著牛奶燃燒冒出來的黑煙中，牛奶貨車也翻倒在地，貨車司機從駕駛座掙扎逃生。至於那輛寶馬，除了一個燒焦的輪胎向西滾了十公尺，然後翻倒在中央分隔島之外，她什麼都看不到了。

她身後的兩線車道都被大火和糾纏破碎的金屬擋住了。瑪莉抓著鼓手的連身衣後背，把他拉起來，他正在哭，淚水滑落他的面頰，鼻頭和左頰有輕微擦傷，鼻孔裡也流出小小的血滴。瑪莉舔掉他臉上的血，輕輕將他抱在胸前。「噓——」她說。「噓——媽咪抱著寶貝囉。一切都安好，沒有問題。」

可是並沒有。左邊的東向車道上，第二輛巡邏警車閃著藍燈從前方飛奔而來，從她旁邊經過，趕往車禍現場。時候到了，她應該暫時離開八十號州際公路，找個地方好好休息。她的體力已經到耗盡邊緣，眼皮如鉛錘一般重，而且身上的血腥味連她自己聞了都想吐。應該要找個洞穴好好的躲起來。

她從下一個出口離開高速公路，在一片平原中的某個十字路口，豎立著一個路標，一邊指向平原景，另一邊則通往梅斯村。遼闊的平原一路延伸到地平線，其間偶有幾棟農舍，煙囪裡冒出嬝嬝炊煙。瑪莉一直向前開，失血過多讓她有些渴睡。她開到平原景兩條主要街道和少數建築物的另一邊，把車子停在一條蜿蜒通往果園的泥土小路上，果園裡的蘋果樹全都禿了。她熄掉引擎，坐著車上，鼓手依偎在她的胸前。

她的視線漸漸模糊，這個世界彷彿要離她遠去。她不敢睡著，因為她可能再也醒不過來。她感覺到食指有壓力，原來是鼓手抓著她，用力捏著她的指頭。黑暗逐漸聚攏，引誘她走進去。她雙臂環抱著鼓手，蜷縮成保護的姿勢。睡一下下就好，她想，也許一兩個鐘頭，然後就回到州際公路上。只要一兩個鐘頭，她就會沒事了。

瑪莉閉上眼睛，寶寶的手指頭把玩著她的笑臉胸針。瑪莉夢到傑克勛爵坐在陽光普照的房間，跟天神討論著他何以會在巴黎的浴缸裡淹死。

在她西邊約二十公里的州際公路上，蒂蒂加入了因為車禍回堵的車流。後座的蘿拉依然意識模糊，但她不時會發出含糊驚恐的呻吟，讓蒂蒂聽得心碎。州警和消防隊員全力疏導交通，引導車流開上橫遭車輪肆虐的中央分隔島，繞過車禍現場。現場有輛新聞採訪車、迷你攝影機，還有直昇機在頭頂上嗡嗡盤旋。「發生了什麼事？」她龜速靠近車禍現場時，問其中一名消防隊員。

那人說。「牛奶車跟小轎車相撞。路上也都是黑煙。」

「你確定是小轎車？不是廂型車？」

「小轎車。」他說。「貨車司機說有個雅痞直接撞上他的車子，時速一定有一百三以上。」

「雅痞？」

「是啊，是一款雅痞車啊。來吧，我想妳現在可以過去了。」他揮手叫她過去。

蒂蒂開上了中央分隔島。清理現場的工作人員站在一堆燒焦的金屬裡面，試圖把車子的殘骸拉出來。消防隊員則朝著路面噴水降溫，空氣中瀰漫著熱鐵和酸牛奶的氣味。

她經過躺在枯黃草地上的一只輪胎，凹陷的輪胎蓋上有個圓圈，切割成藍白兩色的三角形，還有燒焦的字母寫著 BMW。

蒂蒂撇過頭去，彷彿這會刺痛她的眼似的。然後卡特拉斯加速，將死者留在後面。

第五章　蒂蒂醫生

黑夜降臨。

寒風掃過平原，雲層飄落片片雪花。在愛荷華市以東約十公里的自由汽車旅館裡，蘿拉躺在十號房的床上，裹在床單與粗糙的毯子裡，一會兒發抖，一會兒流汗。電視還開著，正播放著一齣家庭喜劇。蘿拉根本沒有心思注意在演些什麼，但是她喜歡有聲音。床邊桌上擺著她的晚餐殘骸，兩個麥當勞漢堡的塑膠盒、一包空的薯條、一杯喝了一半的可樂。有個裝滿冰塊的塑膠袋就放在她身邊，當手上的傷口痛到難以忍受時，就可以派上用場，麻痺傷口。蘿拉的視線盯著電視機，等蒂蒂回來。她出去找藥房，已經去了三十分鐘。她們已經達成共識，有件事一定得先做，而她也知道接下來要面對什麼。

她時不時就會咬住下唇，咬到皮開肉綻，但是她還是繼續咬。她可以聽到窗外的呼嘯的風聲，偶爾還以為聽到風中有嬰兒的哭聲。她曾經起床往向窗外張望，但是那一次起床用盡了她所有的氣力，後來就再也下不了床。所以她只能聽著風聲和嬰兒的哭泣，知道自己已經非常非常接近崩潰的邊緣，用不了多久，就會打開房門走出去，在飢渴的黑夜中遊蕩。

她們失去了恐怖瑪莉與大衛的蹤跡，這一點是確定無誤的。至於范戴佛究竟是怎樣撞上牛奶車的，蘿拉無從得知，不過瑪莉與大衛確實是跑掉了。然而瑪莉的傷勢很重，流了很多血，又很疲倦，甚至可能比蘿拉更疲倦，不可能跑很遠。那麼她會在哪裡停下來呢？一定不會是汽車旅館，她滿身是血，大腿還被咬成那樣，不可能去投宿。她可能隨便找個地方停車過夜嗎？不會，因為那樣她得讓引擎整夜開著，否則她跟大衛可能會凍死。所以就只剩下一個可能，闖進別人家裡去。對她來說一點也不難，尤其是這裡的農莊動輒相隔幾百畝地。瑪莉會向西走多遠才下州際公路呢？她在她們前面？還是在後面？蘿拉不可能會知道，但是她知道恐怖瑪莉的目的地。不管瑪莉人在何方，也不管她要休息多久讓傷口復原，遲早她都會帶著大衛回到路上，繼續朝加州的自由岩前進，尋找失落英雄的記憶。

而那也將是蘿拉的目的地，就算用爬的，也要爬到那裡，就算她少了一根指頭，心上的疤痕又厚了一分，她還是要努力把大衛找回來，至死方休。

蘿拉聽到鑰匙插入門鎖的聲音時，她以為自己要吐了，但是沒有，食物還好好的留在胃裡。蒂蒂一頭紅髮上綴著雪花，手裡抱著一大包東西走進來。

「我買了點東西。」蒂蒂說著，關上房門，把寒冷關在門外，同時上了兩道鎖。她沒有找到藥房，卻找到了凱馬特超市，她為兩人買了手套、羊毛襪、乾淨的內衣、牙膏、牙刷，還有其他的必需品。等蒂蒂把購物袋放下來時，蘿拉發現蒂蒂好像比離開汽車旅館時多了十公斤。蒂蒂脫掉毛衣，露出裡面增加的重量——在最外層的毛衣底下又有兩件厚毛衣。

「天哪。」蘿拉驚呼。「妳偷東西？」

「我不得不啊。」蒂蒂說著又脫掉一件毛衣。「我們只剩下大約三十五塊錢。」她微微一笑，眼睛周圍的紋路更深了。「當扒手不像以前那麼容易了。他們現在跟老鷹一樣盯著妳不放。」

「那妳為什麼沒有被逮到？」

「妳給一個穿著寧靜暴動合唱團夾克的小鬼一塊錢，叫他打翻滑雪衣的展示架，然後妳就從試衣間走出來，低著頭走開。當然，買點其他的東西也有幫助啦，這樣妳就可以從收銀檯出來，不必經過警衛，那些收銀員根本就不管妳。」她把其中一件毛衣丟到床上，蘿拉用右手拿起看。

「劣質品。」蘿拉說。綠色鑲邊的深灰色毛衣，上面還有像嘔吐物顏色的條紋。蒂蒂的新毛衣則是黃色的，胸前還有一隻紅雀鳥。「這些是囚犯縫的嗎？」

「乞丐沒得挑，小偷也不行。」事實上她還是有精心挑選過，選擇她能找到的最笨重的毛衣。到了內布拉斯加州和懷俄明州，那裡的嚴冬會讓愛荷華的氣候感覺起來像是和煦宜人的春天。蒂蒂繼續從購物袋裡拿出其他東西，最後終於拿出了木製壓舌板、紗布繃帶、一把小剪刀、一盒寬版的OK繃、一瓶優碘和一瓶雙氧水。蒂蒂用力嚥了一口口水，準備要做接下來必須做的事情。這就像是用圖釘蓋房子一樣，但是她們也沒有別的辦法。她看著蘿拉，勉強擠出一個微笑，那女人的臉色痛得慘白。「蒂蒂醫生來看診囉。」蒂蒂說著撇過頭去，以免她臉上的笑容支離破碎，透露她的情緒。

「先弄妳的耳朵吧。」

「什麼？那個擦傷？只是擦破皮而已，沒有什麼大不了的。」她受傷的耳朵藏在頭髮裡，已經結了一層厚痂皮，雖然痛的很厲害，可是蘿拉更需要照顧。「哦，我還有這個。」她從口袋裡拿出一瓶強效止痛錠，放在一旁。「多虧了我這雙靈巧的快手，才弄到這東西。」她希望這個會有醫院用藥的效果，因為她們兩人都需要很重的藥效才能度過這個夜晚。「抱歉，不能提供任何酒精飲品。」

「沒關係，我可以撐得住。」

「是啊，我知道妳可以。」蒂蒂走進浴室，打濕毛巾，拿出來給蘿拉。等到痛的不得了的時候，蘿拉需要一點東西咬住。「準備好了嗎？」

「好了。」

蒂蒂拿出壓舌板，比冰棒棍稍微寬一點。「好啦。」她說。「咱們來看看。」她掀開蓋在蘿拉手上的布。

蘿拉看著蒂蒂的臉，覺得她勇敢的不得了，看到這樣的傷口，臉上卻完全沒有畏縮的表情，連眉頭都不皺一下。蘿拉知道那傷口很可怕。可以叫做漢堡手吧，她想，被嚼爛的部分炙熱發燙，還不時劇烈抽痛，讓蘿拉幾乎無法呼吸，小指的殘根還在滴血，浸濕了墊在底下的毛巾和床單，另外三根手指和大姆指則蜷曲成爪形。

「不知道我的美甲師會怎麼說？」蘿拉問。

「妳應該要浸泡棕欖。」

蘿拉輕輕一笑，笑聲中帶有一絲緊張。蒂蒂嘆了一口氣，暗地希望有別人來做這件事。不過，情況可能更糟，那惡犬可能咬斷蘿拉的喉嚨，或是撕裂她的腿，或是嚼爛她的另一條手臂，甚至咬死孩子。蒂蒂看著她腫脹手指上的結婚戒指與訂婚戒，除了剪斷之外，沒有別的方法可以取下來。

「那顆鑽石。」蘿拉說。「妳能把它從底座上拔出來嗎？」

「不知道吔。」她碰碰隆起的鑽石，發現它已經鬆了，底座用來支撐鑽石的六根爪子已經斷了兩根。

「妳試試看吧，我可以忍得住。」

「妳為什麼要把鑽石拿出來？」

「我們只剩下三十五塊錢。」蘿拉提醒她。「除了我的鑽石之外，還有別的東西可以典當嗎？」

他們沒有。蒂蒂抓住蘿拉瘀青的手腕，動作儘可能放輕，然後拿起剪刀，試著把鑽石撬出來。蘿拉咬著牙，準備忍受即將到來的痛楚，但是卻沒有感覺。「那根指頭死掉了。」她說。過了幾分鐘之後，蒂蒂剪斷了第三根爪，鑽石有些搖晃，但是還沒有足夠的空間可以撬出來。第四根卡得很牢固。「快點，好嗎？」蘿拉的聲音很虛弱。又過了兩三分鐘，蒂蒂終於拗彎了第四根爪子，可以把剪刀尖插進鑽石底下，用力撬出來。鑽石應聲脫落，蒂蒂握在手心。「很漂亮的石頭。妳先生花了多少錢買的？」

「三千美元。」汗珠在蘿拉臉上閃閃發亮。「那是八年前的事了。」

「或許我們可以當個五百塊吧。如果沒有證件，正當的當鋪是不肯碰沒有鑲嵌的鑽石的。」她用 OK 繃把鑽石包起來，收進口袋裡。「好啦，準備好要做大事了嗎？」

「好了。咱們速戰速決吧。」

蒂蒂先用雙氧水清洗她的手，血紅的泡沫從狗咬的傷口冒出來，蘿拉先是呻吟，然後咬緊毛巾。這道手續蒂蒂得重覆三次，直到所有細砂都沖洗乾淨為止。蘿拉緊閉著眼睛，淚水從眼角滲出來。蒂蒂伸手去拿優碘。「呃。」她說。「這應該會有點痛。」蘿拉再次將毛巾塞進嘴裡咬住，讓蒂蒂開始做這件恐怖的工作。

有一種痛，蘿拉永遠都記得。那年她才九歲，踩著腳踏車，在鄉間道路上騎得飛快，突然間，腳下的車輪壓到鬆脫的碎石，車身一歪，她的膝蓋摔出血淋淋的傷口，手臂破皮，手肘流血，下巴也有撕裂傷。更慘的是她已經騎了三公里的路，沒有人聽得到她的哭聲，也沒有人能夠幫她。於是她站起來，再次坐上那輛背叛她的腳踏車，踩著踏板開始往回騎。那是唯一的辦法。「蘿拉！」她記得她母親尖叫道，「妳把自己摔成跛子了！」

不過並沒有，那些傷並沒有讓她跛腳。沒錯，她的傷口結痂、留疤，但是她也從那一天開始長大了。

現在這股痛楚讓她學到殘酷的一課。她的手好像插進了熱炭中，再浸到鹽水裡，然後又回到炭火中。她渾身顫抖，汗水從周身每個毛孔冒出來。所幸在蒂蒂開始這道手續的十秒鐘之後，蘿拉就失去意識了。等她甦醒，蒂蒂已經完成消毒工作，正要替她的無名指裝上夾板，先把手指拉直，再用繃帶把手指固定在一根壓舌板上。接下來就輪到中指了。

蒂蒂一碰到她的中指，蘿拉就痛得抽回去。「對不起。」蒂蒂說。「沒有別的辦法。」

她開始拉直指頭，蘿拉咬著毛巾尖叫。

蘿拉又暈過去了，這未嘗不是好事，因為這樣蒂蒂可以加快手腳，放好夾板，再用OK繃固定。她才剛做完食指，蘿拉的眼皮就開始翕動。蘿拉吐掉嘴裡的毛巾，臉色蠟黃蒼白。「想吐。」她喘息道。蒂蒂趕忙去拿垃圾筒，遞到蘿拉嘴邊。

苦難尚未結束。蒂蒂還得固定大姆指，又是一次酷刑，最後才用紗布繃帶把她整隻手包紮起來，壓力又再次讓蘿拉呻吟冒汗。「妳不想讓妳的手一輩子都變成雞爪吧？」蒂蒂邊問，邊剪斷紗布，然後又再包紮一層。蘿拉的每次呼吸都像是緩慢的怒吼，眼睛因為痛苦而變得空洞朦朧。「快要包好了。」蒂蒂說。「看起來應該會很好玩。」其實一點也不，真的，因為到了明天早上又得更換繃帶，傷口也要重新清理一次，她們兩人都心知肚明。

「露西。」蒂蒂包紮完畢時，蘿拉低聲的說。

「什麼？露西是誰？」

「露西與艾瑟兒。」她嚥了一口口水，喉嚨好乾。「有一次，她們在……在包裝蠟燭……可是輸送帶愈來愈快，蠟燭不斷被送出來。妳看過那一集嗎？」

「啊，有啊！真是太好笑了！」

「是個好節目。」蘿拉說。她的手痛得像一團火在燃燒，可是復原的過程也已經開始。「現在他們……都不做這樣的節目了。」

「我喜歡露西到拉斯維加斯那一集，她得戴著那頂超大的帽子從樓梯走下來，妳記得嗎？還有一集是她做麵包時放了太多酵母，結果麵包像貨車一樣從烤爐裡衝出來。那幾集都很棒！」她剪斷紗布，用幾塊OK繃貼住。「每次露西想要在瑞奇的戲裡軋一角，他就會用西班牙文對著她大罵，每次都讓我笑個半死！」蒂蒂將蘿拉包紮好的手放在冰袋上。「我跟我爸媽一起看節目。我們有一台圓形螢幕的電視，一天到晚秀逗。我記得我爸爸有一次跪在地上修電視，他說：『蒂蒂，如果有人知道怎麼樣讓這玩意正常運作，肯定會賺翻！』」

「為什麼？」蘿拉虛弱的問。

「什麼為什麼？」

「妳為什麼加入暴風戰線？」

蒂蒂把剩下的紗布捲起來，闔上OK繃的盒子，然後把剪刀和其他東西一起放在房裡廉價的梳妝檯上。她可以聽到窗外的寒風在高亢的呼嘯，像黃蜂的聲音。「妳要我怎麼說呢？」蒂蒂發現蘿拉還在看著她等她回答時，終於開口道。「說我從小就是壞孩子？說我會拔掉蚱蜢的腿、用棒球棍打小貓？不會，我不是那樣的孩子。在中學時，我是家政社的社長，每學期都上榮譽榜。我還在我們教會替少年合唱團彈鋼琴伴奏。」她聳聳肩。「我不是什麼怪物。只不過，有某種東西開始在我體內滋生。」

「是什麼？」

「一種渴望！」蒂蒂說。「想要與眾不同。想要知道一些事情。想要去一些我父母只有在書本上看過的地方。喏，妳剛剛講到露西，如果妳只能夜復一夜看著那些電視節目，不久妳就會開始覺得這個世界不過如此。我父母害怕真實的生活，也不想讓我去過真實的人生。他們說我只要留在家鄉，嫁給一個當地的年輕人就好了，離我娘家前院只有五六公里遠。我一定會是個好太太，而且等我生養一大群小孩之後，他們每個星期天還能過來一起吃燉肉。」蒂蒂拉開窗簾，看著窗外，雪花在燈光下旋轉飛舞，停車場上的車輛都蒙上了一層霜。「我說我要去唸大學時，他們都嚇了一跳。我說我要離開愛荷華去唸大學，也是漫長冷戰的第一天。他們無法理解我為什麼不願意留在家鄉。他們說我是傻瓜，說我傷了他們的心。唉，當時我不能理解，但是他們需要我，需要我留下來，否則他們之間就沒有任何共通點了。他們不希望我長大，可是等我真的長大了……

他們就再也不了解我，也不想了解。」她鬆手讓窗簾墜下來。「所以，我猜我離家的一部份原因，是想要找出到底是什麼東西讓我父母這麼害怕。」

「妳找到了嗎？」

「有，找到了。他們就跟任何一個世代的人一樣，害怕未來，害怕自己變得微不足道，然後被人遺忘。」她點點頭。「那是一種深層的恐懼，蘿拉。有時候我也有這種感覺。我從來沒有結婚——噢，那是中產階級的疾病！我也沒有孩子。我結婚生子的時間已經過了，等我死了以後，沒有人會在我的葬禮上掉淚，也沒有人知道我的一生。我會長眠在路邊雜草底下，陌生人來來去去，沒有人記得我說話的聲音，我頭髮的顏色，或是我在乎什麼。所以我才會一直留在妳身邊，蘿拉，妳能了解嗎？」

「不能。」

「我希望妳能找回妳的寶寶。」蒂蒂說。「因為我永遠都不會有自己的孩子。如果我能幫妳找回大衛……那也會有點像是我自己的孩子，不是嗎？」

「是的。」蘿拉答道。她可以感覺到自己隨著痛楚的浪潮浮沉，逐漸漂離這個世界。這將會是一個漫長可怕的夜晚。「也算是。」

「對我來說，這樣就夠了。」蒂蒂替蘿拉倒了一杯水，給她兩顆阿斯匹靈。熱汗又從蘿拉臉上冒出來，每當她那有如火炙的手又隱隱作痛時，她就忍不住呻吟。蒂蒂拉了一把椅子坐在床邊，看著蘿拉奮力與痛苦搏鬥。明天會發生什麼事，蒂蒂也不知道。這都得看蘿拉，如果她的身體狀況還好，她們應該儘早啟程，再次向西行。過了一會兒，蒂蒂起身，拿起塑膠袋，到外頭的製冰機裝冰塊。在那邊，她看到一台報紙的自動販賣機，於是用最後的一點零錢買了一份愛荷華市的《日報》。回到溫暖的室內，房間裡充斥著濃濃的優碘與嘔吐物的氣味。蒂蒂把蘿拉的手放在冰袋上，然後坐下來看報紙。

她在第三版找到八十號州際公路上的車禍新聞。那具男性屍體的身份仍然沒有查出來。「實在也沒有什麼可以檢驗的。」驗屍官如是說。不過那輛車子是最新款的寶馬，掛的是喬治亞州的車牌。蒂蒂知道他們應該已經追蹤到車籍資料，聯邦調查局也知道這輛車是誰的。跑警政新聞的記者會從舊新聞中聞到新的味道，不久之後，蘿拉的照片又會出現在報紙上，恐怖瑪莉的照片也是。厄爾范戴佛之死，很可能會讓瑪莉和小寶寶再次成為報紙頭版的新聞。

蒂蒂看著倦極入睡的蘿拉。就算報紙上出現任何一張蘿拉的舊照片，看起來都不會像是躺在眼前的這個女人，她的臉上有痛苦的猙獰，也有堅決的剛毅。然而，瑪莉和寶寶的照片倘若又大篇幅出現在新聞裡，就表示她被人認出來的機會變大了，某個自以為有男子氣概的巡警發現她，然後做出什麼蠢事害得大衛送命的機會也跟著變大。

她打開電視，儘量放低音量，收看十點鐘的愛荷華市地方新聞報導。電視上也播報了車禍的新聞，還訪問了牛奶車的司機。他的臉頰豐潤，額頭上綁著血淋淋的繃帶，呆滯的眼神說明他才剛從鬼門關前走一遭回來。「我看到一輛廂型車和這輛車過來，巡邏警車就在他們後面。」司機以顫抖的聲音說。「車速也許都超過一百三，三輛車都是。那廂型車朝我的車尾衝過來，我試著靠右，轉到右線車道，然後砰的一聲，那輛車撞上了我的車，就變成那副德性了。」播報員說高速公路巡警和州警都在追查一輛深綠色的廂型車，掛的是喬治亞州的車牌。

蒂蒂一邊聽著其他新聞，一邊拿起自由汽車旅館的便條紙，便條上還印著一個有裂縫的鐘。她用旅館的鉛筆在紙上寫下「恐怖瑪莉」，然後是「自由岩」，然後是三個她從很久以前就記下來的名字，「尼克哈德雷」、「凱斯卡瓦納」、「狄恩沃克」。她在這三個名字底下畫一個圓圈，裡面畫了兩個黑點眼睛和一道弧線嘴巴，一張笑臉，就像她在木材廠裡看到瑪莉毛衣上配戴的那個胸針一樣。

巡警應該已經開始全面追查瑪莉的廂型車，明天就會火力全開。不過，他們可能也會追查一輛後車窗貼了兔女郎貼紙的失竊奧斯摩比。把那個該死的玩意兒刮掉應該不費事吧，還有那個骰子吊飾也該丟了。另外，她如果得在寒冷漆黑的夜裡到外頭去，不妨順便把車牌跟外面隨便一輛車的車牌調換吧。有多少人在開車時會注意到自己的車牌，尤其是在天寒地凍的早上？剪刀可以用來鬆開螺絲，應該跟撬開訂婚戒指一樣容易吧。如果不行就算了。

蒂蒂撕掉寫了字的那張便條紙，折好，跟鑽石一起放進口袋，然後又撕掉底下的兩張紙，以免留下寫字的痕跡。她穿上第二件毛衣，戴上手套，檢查一下蘿拉的手——仍然有血從紗布裡滲出來，但是現在除了用冰塊冰敷之外，也沒有別的方法了。然後她走出去，把該做的事做一做，這些工作提醒著她，她依然保有暴風戰線成員的本能。

第六章　願望庇護所

豬玀在追查一輛掛著喬治亞州車牌的深綠色廂型車？

太好了，瑪莉心想。她坐在舒適的小窩裡，半打著盹，雙腳放在巴克朗傑躺椅上，面前的電視也開著。等豬玀發現那輛廂型車停在巧克力堅果棉花糖的穀倉裡時，她早就已經帶著鼓手遠走高飛了。

她的肚子吃得飽飽的。兩個火腿三明治，一大碗馬鈴薯沙拉，一杯熱熱的蔬菜湯，一罐蘋果泥，還有大半包奧利奧餅乾。她用爐子熱過嬰兒配方奶，把鼓手也餵得飽飽的，幫他拍背打了嗝，也幫他換好尿布，這才把他放下來睡覺。他躺在巧克力堅果棉花糖和櫻桃香草共用的床上，一下子就睡著了。

她透過半開半閉的眼皮看著電視。豬玀正在找她，愛荷華市十點新聞的播報員如是說。那座城市在西邊，離她擅闖進來的這座農莊約二十五公里。農莊的郵箱上寫著巴斯金。瑪莉以前常在亞特蘭大的巴斯金－羅賓斯買冰淇淋，三一冰淇淋中她最喜歡的口味就是巧克力堅果棉花糖。他看起來也像巧克力堅果棉花糖，黑色的頭髮，矮胖的身材，肚子上還有一圈肥肉，讓他看起來好鬆軟、好遲緩，哦，又好容易下手。他太太則是嬌小的金髮女郎，臉頰紅通通的，應該是櫻桃香草口味。至於那個十四歲男孩，跟他父親一樣也是黑髮，但是身材比較結實，她想，他若也是一種冰淇淋口味，應該是奶油軟糖吧。

鑲板牆面上掛著他們的家庭生活照，全都帶著笑臉。不過他們現在笑不出來了。車庫裡停著兩輛車，一輛褐色小貨車，後保險桿上貼著愛荷華大學的貼紙，另外一輛是深藍色的吉普查洛奇旅行車。查洛奇比較寬敞，而且油箱幾乎是滿的，她只要把她的行李箱、嬰兒用品和門戶合唱團的唱片從廂型車搬過去就行了，隨時都可以上路。還有個意外的收獲，她發現了巧克力堅果棉花糖的槍櫃，他有三把步槍和一把史密斯威森的點三八左輪手槍，還有這些槍枝使用的彈藥，存量相當豐富。等她把行李搬到查洛奇的時候，這把左輪槍就可以跟她自己的麥格儂作個伴。

瑪莉也洗了一個澡，洗了頭髮，用力刷洗臉部，還混合了外用酒精擦拭液與溫的肥皂水做成溶液，仔細清洗她的傷口，讓她痛得躺在浴室地板上喘息。前臂的傷勢看起來最嚴重，傷口邊緣都是血腫，結痂的乾硬血塊下幾乎深得見骨，而且她的手指還不時會痙攣收縮，彷彿伸手抓空氣似的。可是她腿上的撕裂傷也一直在滲血，痛得像是赤腳踩在刀梯上，膝蓋也腫了起來，變成深紫色的瘀青，而且瘀青整片延伸到臀部。瑪莉用棉花蓋住傷口，用藥櫃裡找到的繃帶包紮起來，最後再用床單撕成的布條把前臂和大腿牢牢綁住。然後她穿上巧克力堅果棉花糖的浴袍，又從冰箱裡拿出一瓶百威啤酒，舒舒服服坐在躺椅上，等著夜晚過去。

新聞過後是氣象時段。一名金髮女子站在地圖前方，她的頭髮盤在頭頂，用大量髮膠雕塑固定成一頂安全頭盔。她指著一個在加拿大西北部逐漸成形的暴風雪系統。應該會在三十六到四十八小時之內影響到愛荷華市和希達瑞比茲地區，她說。對滑雪勝地來說，是個好消息，她說，但是對用路人來說卻是壞消息。

瑪莉伸手到椅子旁邊，拿起她在奶油軟糖房間找到的地圖集。那本地圖集放在他的書桌上，就擺在地理作業旁邊，正好翻到美國地圖那一頁，標示出重要的州際高速公路。八十號州際公路是通往舊金山和自由岩的最直線路徑，直直穿過愛荷華和內布拉斯加，往北繞到懷俄明，再往南到猶他，穿過內華達之後，最後就可以到達北加州。如果她維持一百公里的時速，氣候應該不成問題，她可以在兩天之後趕到自由岩。至於她何時啟程，則得看她明天早上的情況如何，但她並不想在死人的房子裡多待一個晚上。自從她在六點鐘將他們一家三口趕進穀倉之後，電話鈴已經響了五次，這讓她有點緊張。巧克力堅果棉花糖可能是這地區的市長或牧師，櫻桃香草可能是鄉村社交圈的名媛，誰說得準呢？所以等她這把老骨頭受得了再度上路，最好儘可能早點離開這裡。

她好累，好痛。老囉，她想。這麼容易就向痛楚屈服，這麼容易就虛弱了。

要是十年前，她單手就能掐死貝蒂莉亞摩斯。實在應該拿一塊木板打死她，她心想，或是用麥格儂一槍讓她斃命，然後再開車撞死另一個賤人才對。可是那時候事情來得好快，她只知道自己受了傷，而內心深處又很害怕自己會昏倒，來不及帶著鼓手逃走。她料想那兩隻鬥牛犬應該會解決掉蘿拉克萊波恩，但是現在她希望能夠確認這一點。

我慌了手腳，她心想。我慌了手腳，竟然讓她們留了活口。

可是她們的車子被開走了。那狗也把蘿拉咬得夠慘的了，造成的傷害至少也跟她一樣嚴重。應該早就沒命了吧，瑪莉苦惱的想著。實在應該在離開現場之前開車撞死她。不對，不對，蘿拉克萊波恩應該已經死了。就算她還活著，也可能躺在什麼醫院的病床上苟延殘喘。受罪啊，她想。我希望妳受愈多罪愈好，誰叫妳來偷我的孩子？

可是她還是老了，她知道。老了，慌了，還留下破綻沒有收拾乾淨。

瑪莉緩緩的、痛苦的從躺椅上站起來，跛著腳去看看鼓手。他被乾淨的藍色毯子包得好好的，躺在床上睡得正熟呢，嘴裡還牢牢吸著奶嘴，天使般的臉上還留著被車內地毯擦傷的痕跡。她站在那裡看著他睡覺，感覺到大腿的傷口又有血滲出來，但是她一點也不在乎。他真是個漂亮的孩子，是個天使，是老天送給傑克的禮物。他真的很漂亮，而且他是她的。

「我愛你。」瑪莉暗自低呼道。

傑克也會愛他，她知道他會。

她從地板上拾起她那條血跡斑斑的牛仔褲，伸手到口袋裡。她把山嶽協會通訊的剪報帶出來了，現在都沾滿了血塊。然後她又跛著腳走到書房，找到了電話和電話簿，翻到她需要的區域號碼，撥到北加州的查號台。「自由岩。」她跟接線生說。「我要查一位凱斯卡瓦納的電話。」她還得把姓氏拼出來。

電話裡傳來機器的咯咯聲，是聽起來像是人聲的電腦語音。瑪莉在黃色筆記本上抄下電話，然後又撥了一次查號台。「自由岩。我要查一位尼克哈德雷的電話。」

第二個號碼也抄在第一個號碼旁邊。然後是第三通電話。「自由岩。狄恩沃克。」

「您所查詢的電話目前找不到。」電腦語音說。

瑪莉放下電話，在狄恩沃克的名字旁邊打了一個問號，沒有登記號碼？還是這個人根本就沒有電話？她坐在電話旁邊的椅子上，腿上的傷痛得很厲害。她看著凱斯卡瓦納的號碼。她敢撥嗎？如果她認出傑克的聲音，會怎麼樣？如果她兩個電話都打了，卻沒有一個是傑克呢？那就只剩下狄恩沃克了不是嗎？她再次拿起話筒，手指又開始抽搐跳舞，她只好放下話筒，直到一分鐘後痙攣結束為止。

然後她撥了區域號碼和凱斯卡瓦納的電話號碼。

響了一聲，兩聲，三聲。瑪莉的喉嚨好乾，心蹦蹦地跳。她要怎麼說？她能怎麼說？四聲，五聲。一直響個不停，還是沒有人接。

她掛斷電話。現在自由岩是九點剛過一點，打電話還不算太晚，畢竟都過了這麼多年。她又撥了尼克哈德雷的電話。

響了四聲之後，瑪莉聽到喀喇一聲，有人接起電話。她緊張得胃都打結了。

「喂？」是個女人的聲音，聽不太出來多大年紀。

「嗨。請問尼克哈德雷在嗎？」

「對不起，他不在。他去鎮議會開會了。你要留話嗎？」

「嗯……」她腦子裡拼命的轉。「我是尼克的朋友。」她說。「我好久沒見到他了。」

「真的嗎？請問貴姓大名？」

「蘿萍巴斯金。」她說。

「妳要尼克回電給妳嗎？」

「噢，不用……沒有關係。啊，我在找另外一位朋友的電話，他也住在自由岩。妳認識一位叫做狄恩沃克的人嗎？」

「狄恩？當然，大家都認識狄恩。我沒有他家裡的電話，不過妳可以打到狄恩沃克進口車行去找他。妳要那裡的電話嗎？」

「好的。」瑪莉說。「拜託妳了。」

那女人離開電話一陣子，回來之後，她說。「好，蘿萍，妳抄下來。」瑪莉抄下狄恩沃克進口車行的電話和地址。「不過，我想他應該沒有開到那麼晚。妳是從自由岩附近打的電話嗎？」

「不是。是長途電話。」她清清嗓子。「妳是尼克的太太嗎？」

「是的，我是。我可以把妳的電話給尼克嗎？議會開會通常不到十點就結束了。」

「哦，沒有關係。」瑪莉說。「我馬上就要離開這裡了。我還是等著給他一個意外的驚喜好了。還有一件事……是這樣的，我以前住在自由岩，那是很久以前的事了，跟那裡的人都失去聯絡。妳認識凱斯卡瓦納嗎？」

「哦，凱斯跟珊蒂啊，我認識呀。」

「我剛剛打電話給凱斯，可是沒有人在家。我只是想確定他還住在那裡。」

「哦，沒錯。他們家就在這條街上再過去一點點。」

「太好了，我也想順道去看看他們。」

「呃……我可以跟我先生說妳打過電話來嗎，蘿萍？」

「當然可以。」瑪莉說。「跟他說我過兩天會到。」

「好。」那女人的聲音開始聽起來有些疑惑。「我們見過面嗎？」

「沒有，我想沒有。謝謝妳的幫忙。」她掛斷電話，然後又撥了卡瓦納家裡的電話，還是一樣沒有人接。瑪莉站起來，她的腿又腫又燙。她跛著腳回到躺椅，繼續喝啤酒。再過兩天，她就會到自由岩。再過兩天，她就會找到傑克勛爵了。那是個可以讓人作夢的念頭。

瑪莉睡著了，燈還亮著，電視也沒關，還有窗外的冷風呼呼的吹。在她的希望庇護所裡，她跟傑克走過綠草如茵的廣袤山坡，海洋像一片藍綠色的地毯在他們眼前開展，浪頭打在岩石上，如雷的拍岸聲迴盪著。夢裡的她還年少清新，人生才要開始，充滿笑意的眼裡沒有人世的滄桑，而傑克穿著紮染的長袍，懷裡抱著鼓手，一頭流金般的長髮披瀉在肩上。瑪莉看到遠方有棟小屋，一棟美麗的兩層樓建築，屋頂有石砌的煙囪，在房屋底下，在太平洋海水親吻處長著青苔。她認識那棟房子，也知道在什麼地方，那是雷鳴之家，暴風戰線就是在那裡的儀式、蠟燭與歃血為盟之中誕生的。她在那裡第一次接受傑克勛爵的愛，也是她將自己的心永遠交付給他的地方。

那是她唯一稱之為家的房子。

傑克勛爵把他們的孩子抱得更緊一點，另一隻手臂環抱著他身邊高挑苗條的女孩。他們一起走過花叢，空氣中帶有鹹鹹的海洋潮氣，還有薰衣草香的霧氣從德瑞克斯灣飄過來。「我愛妳。」她聽到傑克在她耳際說。「我始終都愛著妳，妳了解嗎？」

瑪莉微笑著說她了解，一顆彩虹般的淚珠滑下臉龐。

他們帶著鼓手一起走向雷鳴之家，許下承諾，全新的開始就在眼前。

瑪莉在躺椅上睡得很沉，半是因為失血過多的虛弱，半是因為肉體上的疲憊。她睡得嘴巴半張，一條長長的唾涎從嘴角流到下巴，腿上和前臂的繃帶也都已經血跡斑斑。而在窗外，雪花從空中飄旋而下，覆蓋住荒蕪的田野，氣溫也降到了攝氏零下十度。

離她的夢土還好遠。

在瑪莉休息的地方西邊十六公里處，蘿拉也因為發燒冒汗而在呻吟。蒂蒂睡在狹窄的椅子上，不時驚醒來查看蘿拉的狀況，然後又閉上眼睛，因為她沒有任何辦法可以減輕另一個女人的痛苦，不只是肉體上的痛楚，還有心靈上的煎熬。剪刀已經證實了完全無法移除車牌上的螺絲釘，不過蒂蒂翻遍了卡特拉斯的後車廂，找到了一把很好用的螺絲起子。現在卡特拉斯改掛上內布拉斯加的車牌，後車窗的花花公子貼紙完全被刮除，紅色的塑膠骰子也丟進了垃圾筒。

睡意收服了受苦難的人，讓他們暫時免於創痛。可是午夜時分已過，寒冷的黎明即將到來，暴風雲層籠罩著鐵灰色的天空，從加拿大一路南下而來。那嬰兒在半夜驚醒，張著一雙藍色眼睛四處搜尋，嘴裡仍然吮著奶嘴。他看到陌生的形狀和不認識的顏色，聽到了刺耳的尖叫與隱約的悶哼，那是通往神秘恐怖世界的門檻。又過了幾分鐘，他沉重的眼皮再次闔上，又進入深邃的夢鄉，天真無邪，沒有一絲罪惡，雙手不斷張開又握住，想要握住不在身邊的母親。

第七部　火葬柴堆

第一章 愛的力量

喇叭震天價響。

瑪莉張開眼睛，眼皮沾黏浮腫。

有喇叭在響，就在屋子外面。

她的心猛的一跳，整個人從巴克朗傑躺椅上坐了起來，但是全身每一個關節似乎同時在尖叫，一聲疼痛的哀號從瑪莉的唇間逃逸而出。天色陰暗，喇叭聲穿透了冬日早晨的灰濛濛空氣。她就這樣開著電視亮著燈睡著了。螢光幕上有個理小平頭的男人在講黃豆產品。她想站起來，但是一陣劇痛穿透她的大腿，讓她幾乎無法呼吸。繃帶上都是硬硬的乾血塊，屋子裡瀰漫著血腥的銅味。她前臂的傷口熱辣辣的抽搐，可是卻麻麻的沒有感覺，右手也是一樣。她咬著牙，從椅子上站起來，牙縫中嘶的一聲吐出氣來，然後跛行到窗戶旁邊，看著屋子前方。

經過一夜之後，地上覆著一層薄雪，蓋住了整片田野。在距離農舍約六十公尺外停了一輛校車，就在覆蓋著白雪的道路上，車身寫著「希達郡立中學」。來接奶油軟糖去上學的，她知道。不過那孩子還沒準備好去學校，他在乾草堆下睡得正熟呢。校車又多等了十五秒，然後司機又洩氣的按了一次喇叭才開走，往趙條路的下一戶人家開去。

瑪莉找到了鐘，七點三十四分。她覺得全身虛脫，頭重腳輕，一直反胃欲嘔。她跌跌撞撞的走進一間浴室，趴在馬桶上乾嘔了幾次，但是什麼都沒吐出來。她看著鏡子裡的自己，眼睛深陷在浮腫的眼窩裡，臉色跟黎明一樣灰敗暗沉。死亡的顏色，她想。她看起來就像個死人。她的腿痛得像是在報復她似的。她搜遍浴室裡的櫥櫃，好不容易找到一罐止痛藥，立刻倒出三顆，放進嘴裡嚼碎，再打開水龍頭掬一捧水送進喉嚨裡。

她今天好想休息，好想在這間溫暖的房子裡再睡一覺，可是她該離開了。校車司機會覺得很奇怪，為什麼屋子裡燈是亮著的，奶油軟糖卻沒有去上學呢？他可能會跟別人說起這件事，然後他們也會開始覺得奇怪。慣常程序是這個腦殘國家裡很重要的一環，一旦程序遭到破壞，就像是縫衣服漏了一針一樣，所有的小螞蟻就開始蠢蠢欲動。到了動身的時候了！

鼓手開始哭了。瑪莉認得那是他肚子餓的哭聲，比受到驚嚇時的哭聲略低一兩個音調，而且沒有那麼緊張，比較像是從鼻子裡發出的嗡嗡聲，偶而還要暫停一下，以便呼吸。在她離開之前必須先餵飽他，還要替他換好尿布，一種迫切感逼得她開始動作。她先換繃帶，撕開乾掉的棉花時，她忍不住皺眉畏縮，但還是用乾淨的床單布條將傷口重新包紮好。然後她打開行李箱，換上乾淨的內衣，又從巧克力堅果棉花糖的衣櫃裡找到一雙法蘭絨毛襪。牛仔褲已經套不上她腫脹的大腿，於是她換穿一件寬鬆的厚棉褲——當然，還是承蒙過世的主人贈予，然後再用一條皮帶束緊。她穿上一件灰色的運動服，她從一九八一年穿到現在，本來是紫紅色的。接著將笑臉胸針別在胸前，最後才穿上她磨損的靴子。在巧克力堅果棉花糖的衣櫃裡，掛著各式各樣誘人的厚重外套與連帽大衣。她從衣架上拿了一件有羊毛襯裡的褐色翻領燈芯絨外套，先放在一邊，留到待會兒再穿，另外又選了一件綠色的鵝絨羽毛大衣，拉起拉鏈，可以充當鼓手的臨時搖籃。最後拿了一雙男人尺寸的皮手套，也是放到一邊，留到待會兒再戴。

瑪莉一邊替鼓手餵奶，一邊用右手捏著一顆網球，讓手臂的筋骨暖身。那隻手的手指冰冷麻痺，力氣只剩下原來的三分之二。神經受損了，她想。她可以感覺到前臂傷口的受創肌肉在抽搐，那條該死的畜生差點就咬斷了動脈，如果真給牠咬斷了，那她現在早就已經死了。不過真正嚴重的還是大腿的傷勢，至少需要縫個五六十針，還要有真正的消毒藥水，必須比她在巧克力堅果棉花糖浴室裡找到的替代品好上幾倍才行。但是只要乾血塊暫時還留著沒有掀開，她就能勉強走動。

她在替鼓手換尿巾時，電話響了，響了十二聲之後才停，安靜了五分鐘後又再次響起，這一次響了八聲。

「有人覺得奇怪囉。」她用濕紙巾幫他擦屁股時說。「有人想要知道那孩子為什麼沒有出去搭校車，或者巧克力堅果棉花糖為什麼還沒有打卡上班。沒錯，有人感到奇怪！沒錯，他真的覺得奇怪！」

她的動作變快了一些。

電話在八點四十分的時候再次響起，當時瑪莉正在車庫把東西裝上查洛奇旅行車。響了一陣子，又靜下來，瑪莉繼續未完成的工作。她裝了行李箱，一整個垃圾袋的糧食，都是從廚房裡搜刮來的，剩餘的火腿、一包粗香腸、一條全麥麵包、一瓶柳橙汁和幾顆蘋果、一盒燕麥穀片，還有一大包玉米片。另外她找到兩大罐的礦物質補充錠和綜合維他命，多到連馬都可能會噎死，她兩種各吞服了一顆，裝載完畢，正準備要帶著鼓手離開時，又決定多停留一分鐘，替自己泡了一大碗全麥穀片，又喝了一罐可樂。

她站在廚房裡，快要吃完穀片時，突然瞄到窗外有一輛豬玀車慢慢駛進車道。車子停在屋前，車身漆著「希達郡警察局」的字樣。一隻穿著深藍色連帽外套的豬玀下車。他可能才二十出頭吧，看起來還是個孩子。等到那隻豬玀走到前門按了門鈴時，瑪莉已經從槍櫃裡拿了一把步槍，同時裝好子彈。

她站到遠離前門的角落等著。那豬玀又按了一次門鈴，然後用戴著手套的拳頭敲門。「嘿，米契！」他喊道，在冰冷的空氣中形成白霧。「你在哪裡啊，老兄？」

走開，瑪莉心想。腿又開始痛了，是那種深入骨髓的痛。

「米契，你在家嗎？」

那豬玀向後退了幾步，站在那裡張望了一分鐘，雙手放在臀部上。然後瑪莉看到他開始向右邊走，她也移動到另一扇可以看到他的窗戶。他走到後門，從窗戶窺探進來，呼吸在玻璃上起霧。他又敲門，這一次敲得更大力。「艾瑪？有人在家嗎？」

這裡沒有你要找的人，她心裡說。

豬玀試試門把，左右各轉一圈，然後她看到他轉頭望向穀倉。

他喊道。「米契？」接著他開始離開房子，皮靴踩在結冰的雪上咔嗞咔嗞響，開始朝屍體與廂型車所在的地方走去。

瑪莉站在後門邊，手裡握著步槍。她決定讓他去發現米契與艾瑪。

豬玀打開穀倉的門，走了進去。

她等著，眼睛散發出某種飢渴的光芒。

瑪莉打開門，走進冷冽的空氣中。那豬玀看到她，腳下一滑，伸手到背後拿槍，槍套扣住了，豬玀戴著手套的手不太靈活，摸索著想要解開槍套扣，這時候瑪莉活動一下僵硬的手，舉槍瞄準，從十公尺外射中他的腹部。他中彈向後倒在地上，口鼻噴出白色霧氣，在他翻身想要跪起來時，瑪莉又開了第二槍，射掉了他大半塊的左肩，噴發出冒著蒸氣的熱血。他在鮮紅的雪地上爬行，第三槍又擊中了他的下背部。

他又扭動了幾下，像是吊在釣鉤上的魚，然後就臉朝下趴著不動了，雙臂張開，像是被釘在十字架一樣的姿勢。

瑪莉深深吸了一口冰冷的空氣，享受冷空氣刺痛肺部的感覺，然後又走回廚房，放下步槍，吃完最後兩湯匙穀片，喝光牛奶，再喝完最後一口可樂。她跛著腳走到臥室，穿上燈芯絨外套，戴上手套，然後抱起包裹在鵝絨外套裡的鼓手。「漂亮小孩，是的，你是漂亮的小孩！」說著，她把他抱回廚房。「你是媽咪的漂亮小孩！」她親親他的臉頰，一股愛意打心底油然升起，像是母性的光輝。她從後門再看一次，確定豬玀已經不會動了，這才將鼓手抱進查洛奇放好，拉開車庫門坐上駕駛座。

她把車子開出車庫，沿著車道經過豬玀車，然後向右轉開上向西行的道路，準備上八十號州際公路。她的背包放在地上，裡面裝滿了尿布和嬰兒配方奶，還有她的麥格儂以及新的史密斯威森左輪手槍，用來取代原本的柯爾特。今天早上她覺得好多了，還是很虛弱，沒錯，但是已經好多了。一定是維他命的功效吧，她認為。血液中多了一點鐵，就會有很大的差別。

又或者是愛的力量，她瞟著旁邊座位上她的漂亮寶寶，心裡想著。

寫著名字和電話的紙條在她的口袋裡，跟那張血跡斑斑的山嶽協會通訊剪報放在一起。西邊的天空是一片深紫迷濛，大地像和平鴿一樣雪白無瑕。

這是個充滿愛的早晨。

查洛奇朝著加州前進，車上裝滿了火藥與瘋狂。

第二章 把衣服脫光

退房時間是中午十二點。但是十點三十分，掛著內布拉斯加州車牌、車身鏽蝕的卡特拉斯駛離了自由汽車旅館的停車場。坐在駕駛座的紅髮女子開著車右轉，從交流道滙入西行的八十號州際公路。乘客座上坐著一個臉色蒼白的女子，手上綁著繃帶，眼裡燃燒著苦難的火焰，穿著綠色條紋的深灰色毛衣，她拿冰袋壓著左手，牙齒咬著已經受傷紅腫的下唇。

里程數不斷增加。灰暗的天空中飄下雪花，她們開了車燈，也啟動雨刷。卡特拉斯的雨刷動起來會發出嘎吱嘎吱聲，像是妖精在狂歡宴的尖叫狂笑，汽車引擎則像是裝了火星塞的鍋爐，一路軋軋作響。她們開十二公里路到了狄蒙恩，兩人在溫蒂漢堡停車吃飯，吃漢堡、薯條、沙拉和咖啡。蘿拉眼睛盯著時鐘，完全不顧吃相的狼吞虎嚥時，蒂蒂則先走到公用電話，在電話簿裡找當鋪資訊，然後撕下那一頁，這才回到蘿拉身邊一起吃完食物。

在麥金利大道上那家誠實老喬當鋪的店員戴上放大鏡檢驗鑽石，看了半天，要求看她們的身份證，她們拿回鑽石，立刻走人。在第九街的羅茜當鋪，那個女店員甚至連談都不跟她們談，除非她們能拿出所有權證明。到了軍郵路那家陰暗的垃圾當鋪——還真是名符其實，當鋪裡那個男人讓蘿拉覺得像是約翰卡拉定的頭塞在唐姆德路易斯的身體上，他看了鑽石一眼就笑起來，笑聲聽似電鋸。「小姐，別開玩笑啦！這是人造寶石啦！」

「謝謝！」蘿拉拿起鑽石轉身，蒂蒂也跟在她身後往大門走。

「嗨，嗨，嗨！別生氣走人啊！等一下嘛！」

蘿拉停住腳步。那個胖男人有一張瘦巴巴、皺兮兮像梅子乾的臉，他伸出戴滿戒指的手，請她回來。「別這樣嘛，咱們商量一下。」

「我沒時間跟你討價還價。」

「怎麼？妳趕時間啊？」他皺起眉頭，看了她紮著繃帶的手一眼。「我想妳在流血吔，小姐。」

斑斑血跡從繃帶裡滲出來。蘿拉說。「我割到手了。」她挺直腰桿，仰起頭走回櫃枱。「我先生花了三千多塊買這顆鑽石，八年前。我有證書，知道這不是人造的，所以不要跟我來這一套。」

「哦，是嗎？」他咧嘴一笑，牙齒比馬齒還要更大更黃。「那麼，證書拿來看看吧。」

蘿拉沒動，也沒有說話。

「嗯哼，那麼駕照拿出來看一下吧。」

「我的皮包被偷了。」蘿拉說。

「噢，是喔！」他點點頭，用手指敲著櫃檯。「妳們從哪裡偷來的戒指啊，小姐？」

「我們走。」蒂蒂催促道。

「妳們是臥底的警察，對吧？」那人問道。「想要來試探我嗎？」他哼了一聲。「我大老遠就可以聞到警察的味道！妳們還跑到這裡來假裝南方口音？你們這些人就是想讓我不得安寧，是嗎？」

「我們走。」蒂蒂抓著蘿拉的臂膀。

她幾乎要轉身，幾乎。可是她的手痛的要命，而且她們身上也沒有現金了，又碰到她這輩子從未見過的悲慘天氣，再加上恐怖瑪莉還帶著大衛不知道跑到哪裡去了。她覺得緊繃的神經瀕臨斷裂，一肚子火打心底各處竄出來，發現自己的手已經不自覺伸到毛衣底下，抓住牛仔褲褲頭外的自動手槍槍柄，一把拉出來指著那人的馬齒。

「我的鑽石賣你一千塊。」蘿拉說。「不跟你討價還價。」

那人的笑容還掛在唇邊凍結了。

「哦，天哪！」蒂蒂哀嚎道。「別殺他呀，邦妮，別像妳殺另外一個人那樣殺了他！別把他的腦袋轟個稀巴爛！」

那人顫抖著舉起雙手。他的袖扣看起來像是小金塊。

「打開收銀機！」蘿拉跟他說。「你剛剛買了一顆鑽石。」

他趕快照做，打開收銀機，開始數現金。「邦妮有時候會發神經病。」蒂蒂說著，走到門邊，將門口「營業中」的牌子翻過來，變成「抱歉，我們打烊了！」街上到處都看不到人影，風雪讓所有神智清楚的人都留在家裡。「昨天她在內布加斯州打穿了一個傢伙的腦袋。她就是這樣，碰到扳機就會抓狂。」

「妳們要大鈔？」那人喘息道。「要百元鈔嗎？」

「隨便啦！」蒂蒂答道。「快點，動作快點！」

「我只有……我只有……只有六百塊在收銀機裡。保險箱裡還有一些，在後面。」他朝著一扇掛著「辦公室」招牌的房門點點頭。

「六百塊錢夠了。」蒂蒂說。「拿錢走人吧，邦妮。夠我們到芝加哥了，不是嗎？」她從蘿拉手中拿走自動手槍，同時收起現金。「這裡還有其他人嗎？」

翁德珍在後面，她負責記帳。」

「好，你從這道門走進去，慢慢走，要很慢喲。」

那人開始往後面走，可是蘿拉說。「等一下。把鑽石帶走。你剛剛買的。」蒂蒂迅速給她一個不以為然的眼神，那男人嚇傻了，不知道該怎麼辦。「拿去吧。」蘿拉說。他總算拿走鑽石。

辦公室裡，一個留著白色短髮的乾癟女人正在抽菸，她坐在烟霧繚繞的屋子裡，一邊講電話，一邊看攜帶式電視機上播的連續劇。蒂蒂不需要多說什麼，那男人臉上的表情和她手上的槍就已經說明了一切。翁德珍啞著嗓子說。「媽呀，天哪，郝爾，我想我們被——」蒂蒂的手放在電話機上，切斷了電話線。

「翁德珍，妳給我閉嘴。」蒂蒂喝令道。「你們兩個，把衣服脫光！」

「見鬼了，我才不要！」翁德珍高聲喝道，她脹紅了臉，一路紅到髮根。

「她們已經殺過人了！」那男人說。「她們兩個都瘋了！」他開始解開襯衫的鈕扣，然後鬆開皮帶，肥肥的肚腩立刻蹦出來，像是固特異的氣球人。

蒂蒂要他們動作快一點，不到幾分鐘，兩人就脫得赤條精光，趴在水泥地上，蘿拉這輩子還沒見過更醜的屁股。蒂蒂拔掉牆上的電話線，撈起他們的衣服。「你們在這裡躺十分鐘。巴比在前門守著，如果不到十分鐘你們就跑出來的話就死定了！因為巴比甚至比邦妮還要瘋狂！你們聽到了嗎？」

翁德珍像牛蛙一樣不滿的嘟噥著，長著馬齒的男人則是緊緊握著新買的鑽石，像頭羊似的咩叫著。「好啦，我們聽到了！拜託不要殺我們好不好？」

「等我們下次經過這裡的時候，再回來探望你啦。」蒂蒂承諾他，然後推著蘿拉，要她先離開辦公室。

一走到店外，蒂蒂就把他們的衣服扔進垃圾筒，然後跟蘿拉兩人跑回停在同一條街上的卡特拉斯，離那間當鋪只有幾個店面而已。蒂蒂再次坐上駕駛座。她們回頭往八十號高速公路走，十分鐘後已經上路繼續向西行。這會兒她們身上少了一顆鑽石，卻多了六百塊錢。對現在的蘿拉來說，那顆鑽石不過是個累贅。

蒂蒂不斷查看後照鏡，沒有藍色的閃光，也沒有警笛。還沒有。時速表指針顯示速度比九十五多一點點，蒂蒂就維持這樣的速度。「不到一天的時間，就從順手牽羊的小偷變成持槍搶劫。」蒂蒂說著，憋不住嘴角的邪惡微笑。「妳真有天分啊。」

「什麼天分？」

「罪犯歹徒啊。」

「我沒有偷任何東西。我把鑽石留給他了。」

「沒錯，妳是給他了。不過那種感覺是不是很棒？看著他盯著槍看，嚇破膽的樣子？」

蘿拉看著雨刷跟雪花奮戰。在某種程度上，確實讓人覺得很興奮。這跟她平常熟悉的禮儀風度相差太遠，讓她覺得好像是別人套上了她的皮，用她的聲音說話，還拿槍威脅人。她不曉得道格還有她的父母親會怎麼說，不過她知道一個事實，而且讓她覺得可以自豪——或許她不是歹徒，但是她確實是個從苦難中活下來的人。「把衣服脫光。」她說著，費力的笑起來。「妳是怎麼想到的？」

「只是多爭取一點時間而已。我想不出來還有什麼方法可以讓他們在辦公室裡多待一會兒。」

「妳為什麼一直叫我邦妮？妳還說我們要往芝加哥去？」

蒂蒂聳聳肩。「豬玀會去找兩個往芝加哥去的女人。其中一個叫做邦妮，有南方口音，她們可能有一個男性同夥叫做巴比。總之，這會讓豬玀往我們要去的反方向找。而且他們也會搞不懂怎麼會有人拿著槍用價值三千塊的鑽石去換六百塊錢。」蒂蒂淡淡一笑。「妳聽到我說的話了嗎？『豬玀』，我已經好久都沒有認真的用這個字眼了。」她的笑聲也變得興奮起來。「妳看到我叫他們脫光衣服時，翁德珍臉上的表情了嗎？我以為她會跟我拼老命哩！」

「還有，那個男的肚子彈出來的時候，我以為他的肥肉會掉到地上呢！我還以為狄蒙恩要發生地震了哩！」

「那傢伙需要穿束腹啦！哦，見鬼了，他可能找不到夠大的束腹！」

她們兩人哈哈大笑起來，笑聲沖淡了她們剛才的行動所帶來的緊張氣氛。蘿拉大笑時，讓她暫時忘記了手上和心頭的傷痛，那真是寶貴的時刻，真是一種慈悲啊。

「他需要鯨魚的束腹！」蒂蒂繼續說。「還有，妳有沒有看到他們兩個人的屁股？」

「像兩個大月亮！」蘿拉笑得眼淚都流出來。

汗毛直豎。

「蜜月亮！」

「狄蒙恩的兩個大月亮！」

「我可以對天發誓，我在一碗果凍裡都還可以看到更多——」她本來想說的是肌肉線條，可是卻沒有說出口，因為她從後照鏡裡看到藍色的閃光，警笛的尖叫聲也鑽進車內，讓蘿拉頸背的汗毛直豎。

「天哪！」蒂蒂大叫一聲，方向盤一擰，讓到右線車道。巡邏警車呼嘯駛入左線車道，蒂蒂的心重重撞著胸口，她等著警車開過來跟著她們的車尾，但是並沒有，警車閃著藍燈、鳴著警笛，從她們旁邊飛也似的過去，加速駛入冰霰與霜雪迴旋飛舞的一片陰暗之中。

兩個女人都說不出話來。蒂蒂抓著方向盤的手指頭僵硬如雞爪，驚嚇得瞪著一雙大眼睛，坐在旁邊的蘿拉則是胃部痙攣，綁著繃帶的手橫在胸前。

又向西走了六公里路之後，她們經過一輛打滑撞上路邊護欄的車子，那輛巡邏警車就停在附近，警察正在跟一名穿著長袖運動衫的男人說話，那人衣服的前胸還印著「來懷俄明滑雪」的字樣。車流慢了下來，午後的天色也變成黯淡的青紫，路面閃閃發亮。「愈來愈冷了。」她說。這輛卡特拉斯跑起來像是頭老牛，還很會吃油，暖氣卻是一流的。她把車速降到八十八左右，車燈前方儘是紛飛的雪花。

「如果妳想小睡一下的話，我可以開車。」蘿拉說。

「不用，我還好。讓妳的手休息吧。妳還好嗎？」

「還好，有點痛。」

「如果妳想在什麼地方停車，就跟我說一聲。」

蘿拉搖搖頭。「不用。我要繼續走。」

「六百塊錢，夠我們買機票了。」蒂蒂說。「我們可以從歐瑪哈搭飛機到舊金山，然後再租車開去自由岩。」

「沒有駕照就不能租車。況且，如果搭飛機的話，就不能帶槍了。」

蒂蒂又開了幾里路才開口說話，提起了離開木材廠之後就一直困擾她的一件事。「可是槍又有什麼用呢？我是說……妳打算怎麼樣把大衛搶回來，蘿拉？瑪莉是不會放棄他的。她寧可死。就算有槍，妳要怎麼樣才能把大衛活著救回來？」她特別強調「活著」那兩個字。

「我不知道。」蘿拉答道。

「如果瑪莉找到傑克嘉迪納……呃，誰知道她會做什麼？誰又知道他會做些什麼？如果過了這麼多年之後，瑪莉突然出現在他家門口，他可能會失控暴怒。」她迅速瞄了另外一個女人一眼，然後又很快的移開目光，因為她看到蘿拉的臉上又出現痛苦的神色，漸漸化成皺紋。「傑克是個危險人物。他有本事說服別人去替他殺人，不過他自己也殺過人就是了。他是暴風戰線的幕後首腦，所有行動都是他想出來的。」

「妳真的覺得那就是他？我是說在自由岩的那個人？」

「我想照片上的那個人是他沒錯。但是他是不是住在自由岩，我就不知道了。可是當瑪莉抱著大衛去找他，當做某種……愛的獻禮，只有天知道他會有什麼反應。」

「所以我們必須先找到傑克嘉迪納。」蘿拉說。

「我們不知道瑪莉領先我們多遠。如果我們不搭飛機，她就會比我們早到自由岩。」

「她不可能領先那麼多。她也受了傷，說不定傷得比我還要更嚴重。天氣會讓她慢下來，如果她下了州際公路，又會耽誤更多時間。」

「好吧。」蒂蒂說。「就算我們先找到傑克，那又怎麼？」

「我們就等瑪莉出現，她會把小孩送去給傑克，那正是她到自由岩的原因。」她輕撫著手上的繃帶。繃帶裡炙熱得發燙，還不時的抽搐，牽扯出深沉徹骨的疼痛。她必須忍受這種痛苦，因為她別無選擇。「等到我的孩子離開了瑪莉的雙手……所以我才需要槍。」

「妳不是殺手。沒錯，妳是堅韌的像老牛皮，卻不是殺人的料。」

「我需要一把槍制住瑪莉，直到警察來為止。」蘿拉跟她說。

又是一段漫長的緘默，只有卡特拉斯輪胎的低吟。「我想傑克不會喜歡那樣。」蒂蒂說。「不管他現在用的是什麼樣的身份，他都不會讓妳找警察來捉瑪莉。而且一旦妳搶回了大衛……我也不確定我會讓妳那樣做。」

「我了解。」蘿拉說。她已經想過這一點，而且想出了結論。「我希望我們可以一起解決這個問題。」

「是喔，像是總統特赦？」

「其實我想的是飛往加拿大或是墨西哥的機票。」

「哦，好吧。」蒂蒂苦澀的笑著說。「沒有什麼比穿著凱馬特的毛衣，身上沒有一毛錢，然後到一個陌生的異國重新開始生活更棒的事情了！」

「我可以寄一點錢給妳安頓下來。」

「我是美國人！妳聽懂了嗎？我住在美國！」

蘿拉不知道還有什麼話好說。沒有別的選擇了，真的。蒂蒂從很早以前就走上了這條路，從她跟著傑克嘉迪納和暴風戰線冒險時就開始了。「媽的！」蒂蒂低聲說。她在想她的未來，恐懼會日日夜夜糾纏著她，每天都在擔心有人從背後撲上來，讓她無法呼吸，一個不管走到哪都覺得背後貼著槍靶的未來。加拿大的海域有許多小島，她想，有很多地方必須靠水上飛機送信，而且最近的鄰居住在十五公里外。「妳會幫我買一個窯嗎？」她問。「讓我做陶的？」

「會。」

「那對我很重要。可以做陶。加拿大是個漂亮的地方，會讓人靈感大發，不是嗎？」蒂蒂點點頭，自問自答。「我可以流放國外，聽起來比流亡好多了，妳不覺得嗎？」

蘿拉同意。

那輛卡特拉斯從愛荷華州進入內布拉斯加州，沿著八十號州際公路蜿蜒繞過歐瑪哈，然後穿過覆蓋著白雪、一望無際的平坦田野。蘿拉閉上眼睛，儘可能的休息，聽著雨刷掃過擋風玻璃，還有輪胎單調的呼嘯。

星期四的孩子，她想到。

星期四的孩子要走遠路。

她想起大衛出生時，有位護士說過這句話。

她以前從未想過這件事，不過此刻，就在雨刷與輪胎的噪音之間，她突然想到，她也是在星期四出生。

要走遠路，她想。她已經走了好遠的路，不過最危險的一段還在前面。就在遠方黑暗地平線的某個地方，恐怖瑪莉正帶著大衛往加州去，每多走一里路，就更接近目的地。閉上眼睛，蘿拉彷彿又看見大衛躺在血泊中，頭顱被子彈打破，她趕走這幅景象，免得它在腦海中生根。要走遠路，要走遠路，要走到黃金的西部，卻暗得像是墳墓。

第三章 他知道了

在領先卡特拉斯三個鐘頭的地方，瑪莉的車燈也照到一片強風狂雪，從低沉灰暗的天空降下，來得又快又急，迎面吹來的雪片，讓雨刷來不及清理，而且不時還有一陣疾風會從側面偷襲過來，連握在瑪莉手中的方向盤都不住震動。她可以感覺到輪胎似乎就要在滑溜的公路上打滑偏離，而附近的車輛也都放慢到速限的一半。入夜以後，公路上的車流量就急劇降低。

「我們不會有事的。」她對鼓手說。「不要擔心，媽咪會照顧她的心愛寶貝。」事實上，恐懼已經像小螞蟻一樣在她皮膚底下爬竄。從二十分鐘前離開了內布拉斯加州北普雷特鎮的麥當勞之後，她已經看到兩起追撞車禍。這樣的路況讓人神經緊繃，而且也傷眼睛，但是州際公路還沒有關閉，瑪莉也不想停下來，除非是萬不得已。鼓手在麥當勞吃過奶，也換了尿布，現在開始睏乏了。瑪莉受傷的腿因為長途開車感到麻痺，但是前臂的傷口卻不時甦醒過來，狠狠咬她一口，既重且深，不斷提醒她不要忘了誰才是老大。她也覺得自己在發燒，熱度讓她臉部浮腫出汗。今天晚上她必須繼續向前走，能走多遠就算多遠，直到她受苦的身體再也撐不住了為止。

「我們來唱歌吧。」瑪莉說。「〈水瓶年代〉。」她決定。「五度空間合唱團，你還記得嗎？」當然，鼓手不會記得。她開始唱這首歌，她的歌聲在年輕時可能還算悅耳，但是現在卻粗糙刺耳，歌不成調。「〈如果你要去舊金山〉。」她說。另外一首歌，但是她不記得是誰唱的。她開始唱這首歌，但是她只記得頭上要戴朵花去舊金山那個部份，所以她反覆唱了好幾次，然後就放棄了。

大雪塊打到擋風玻璃上，查洛奇被震得渾身顫抖，又大又結實的雪塊打中玻璃，黏在上頭，像是瑞士蕾絲，雨刷得花好幾秒鐘才能把雪掃掉，然後又有新的雪塊落下。

「〈夏日的歡樂時光〉。」瑪莉說。「史萊與史東家族合唱團。」可是她還是不記得歌詞，頂多只能哼哼曲調。「〈馬拉喀什特快車〉，寇斯比、史提爾斯與納許。」這首歌她幾乎從頭到尾就記得，因為這是傑克勛爵最喜歡的一首歌。

「〈點燃我的火〉。」坐在後座的男人以厚實柔順的聲音說。

瑪莉看著後照鏡，看到他的面容和她自己部份的臉。她皮膚上的汗珠閃閃發亮，而他的皮膚白皙透明，像是冰雕。

「〈點燃我的火〉。」天神重覆一次。他的黑髮像是濃密的鬃毛，陰影讓五官顯得格外立體突出。「跟著我一起唱。」

她打了個寒顫。車內暖氣開到最強，她的身體宛若火燒，但是卻顫抖不已。天神看起來就跟她當年在好萊塢看到的一模一樣，她聞到了大麻如幽靈般的香味和草莓薰香的氣息，揉合起來像是某種失傳的異國香水。

他坐在查洛奇的後座開始唱歌，雪花紛飛，而恐怖瑪莉的雙手仍然緊握著方向盤。

她聽著他半是呻吟，半是咆哮的歌聲，過了一會兒，也加入他的行列。他們一起唱著〈點燃我的火〉，他的聲音結實震顫，而她則一時還找不到正確的和弦。他們唱到放一把火照亮夜空的段落時，瑪莉看到擋風玻璃上也有一團火紅烈焰燃燒起來。不，不是火焰，不是，是剎車燈。前方有輛貨車，司機突然踩了剎車。

她用力將方向盤向右扭轉，但是覺得輪胎完全不聽使喚，眼看著查洛奇就要撞上那輛拖曳貨車的車尾，她發出一聲怒吼，但是天神仍然繼續唱歌。這時候，查洛奇的輪胎突然找到正確的方向，車身一偏，衝到右側的路肩，只差半公尺就撞上那輛大貨車。也許她有尖叫，但是她自己並不知道，鼓手倒是受到驚嚇，開始尖聲大哭。

瑪莉拉起手剎車，抱起鼓手，緊緊擁在胸前。歌聲停止了，天神也不在後座，他拋棄她了。貨車繼續向前走，前方約一百公尺處有藍燈旋轉閃爍，還有人影站在狂掃的雪花之中。又是另一起車禍，兩輛車撞在一起，像是交配中的蟑螂。「沒有關係。」瑪莉邊搖著他邊說。「沒有關係，噓——」他不肯停止哭泣，而且現在他還一邊哀嚎，一邊打嗝。「噓——噓——」她低聲說道。她全身發燙，大腿的傷口又開始劇痛，神經瀕臨崩潰。他一直哭，整張臉因為憤怒而皺在一起。「閉嘴！」瑪莉吼道。「我說，閉嘴！」她用力搖晃他，想要把他的哭聲發音箱給搖鬆。他連續打了好幾個嗝，然後呼吸突然中斷，張大嘴巴，卻沒有發出聲音。瑪莉一陣驚惶，抱起鼓手貼在她的肩膀上，用力拍打他的背部。「呼吸呀！」她說。「呼吸呀！他媽的，你快點呼吸呀！」

他抖了一下，吸進一大口空氣到肺裡，然後大叫一聲，彷彿在說：他受不了這些狗屁倒灶的事情了！

「哦，我愛你，我好愛你！」瑪莉輕輕搖著他跟他說話，試圖安撫他，讓他安靜。萬一他剛剛突然沒氣了怎麼辦？萬一他無法呼吸，就死在這裡呢？帶著一個死掉的孩子去找傑克有什麼用？「哦，媽咪愛她的寶貝，她心愛的、心愛的鼓手！是的，她好愛好愛。」瑪莉對他低聲吟唱著。過了幾分鐘後，鼓手的怒氣消了，哭聲也停了。「好寶貝，好寶貝，好鼓手。」她找到他吐出來的奶嘴，又塞回他的嘴裡，然後把他放在地板上，用死人的外套塞好，這才走出車外，站在紛飛的雪花之中，想要降低自己的體溫。

她跛行了一段距離，掬起一捧雪揉在臉上。空氣濕潤而厚重，雪片從黑的像是石頭般的空中飄下。她站在那裡看著其他轎車、廂型車和大卡車開過去，朝西方前進。冷空氣讓她的頭腦清醒，感官敏銳，她可以繼續走了，也必須繼續走。傑克在等她，等他們重逢之後，生活就會像那首歌一樣，充滿薰香與薄荷。

回到駕駛座之後，瑪莉一再覆誦那幾個名字，看著夜色愈來愈深，里程數愈來愈多。「哈德雷……卡瓦納……沃克……哈德雷……」

「卡瓦納……沃克。」天神又回到查洛克的後座。

他就這樣隨性的要來就來，要走就走。天神的身上又沒有綁鏈子。有時候瑪莉從後照鏡裡看著他，覺得他長得好像傑克，有時候又覺得，沒有人會擁有像他那樣一張臉，也永遠都不會有。「你還記得我嗎？」她問他說。「我見過你一次。」但是他沒有回答，瑪莉抬起眼來看看後照鏡，後座又空了。

雪愈下愈大，風吹得查洛奇搖搖晃晃宛若搖籃。地勢從一望無際的平原變成起伏有致的丘陵，快要懷俄明州了。瑪莉在距離懷俄明州界東方約四十公里的金寶市附近的加油站停車休息，替查洛奇加滿了油，買了一包糖衣甜甜圈和裝在塑膠杯裡的黑咖啡。櫃檯後方一個滿頭黃髮的女人跟她說，她應該要下州際公路，因為天氣會愈來愈糟，還說在北邊幾里處有一家假日酒店。瑪莉謝謝妳的忠告，付了該付的錢，開車走了。

她跨越懷俄明州界，地勢開始向洛磯山脈爬升。夏安市的燈火在一片風雪中出現，但是瑪莉繼續開，燈火隨即又消失在她的後照鏡中。風勢漸增，在查洛克的周遭呼嘯，像是搖晃嬰兒似的猛搖著車身。雨刷在這場跟風雪的戰爭中落敗，車燈照出去只能看到三角錐形的一片風雪紛飛。瑪莉臉上滿是發燒的盜汗，閃閃發亮，但是坐在後座的天神卻敦促她繼續走，不要停。過了夏安市，又走了六十五公里，拉勒米也像一場白色的夢境，經過她的車窗又離去。八十號州際公路從群山中穿過，地勢開始緩昇，查洛奇的輪胎也開始打滑。

拉勒米之後，又開了三十公里路，迎著強風前進。瑪莉赫然發現已經沒有車從西邊過來，公路上只剩下她一個人。右側停著一輛棄置的拖曳貨車，黃色的警示燈在大雪中閃爍，車尾積了厚厚一層冰雪。這裡的公路坡度比較陡，查洛奇的引擎有點吃力，她也覺得車輪在結冰的路面上左右打滑。狂風呼嘯著捲起飛雪吹過山巔，雨刷已經被積雪壓得無法動彈，擋風玻璃上像冰瀑似的一片雪白。她必須緊握方向盤，跟攻擊查洛奇的側風搏鬥，又經過兩輛遭到車主棄置的車子，兩輛車撞成一堆，還滑行到中央分隔島。她前面再度出現了黃色的警示燈，過了好一會兒才看出來那是設置在州際公路上的一個大型告示牌，上面閃著黃燈，寫著「道路封閉請停車」。附近停了一輛巡邏警車，在一片飄揚狂舞的雪花中，車燈好似也在旋轉跳舞。瑪莉讓查洛奇放慢速度，兩名穿著厚重大衣的警察揮著手電筒要她停車。她停好車，搖下車窗，掃進車內的冷空氣讓她的肺幾乎結冰，短短四秒之內就打敗了車內的暖氣。兩名警察都戴著滑雪面罩和帶耳罩的帽子，其中一個走上前來，吼著跟她說。「不能再往前走了，女士！八十號州際公路從這裡一直到克萊斯頓都封閉了。」

眉毛上。

「我必須要過去！」她的嘴唇幾乎要凍僵了，氣溫降到了攝氏零下十八度，雪花也沾到她的

「不行啊，女士！今天晚上不行！山上的公路都結冰了！」他用手電筒指向瑪莉右側。「妳必須從這裡下去！」

她朝著光束看過去，看到一個路標寫著「272號出口」。出口號碼底下則是「麥克費登」與「石河鎮」。有輛鏟雪車正把出口匝道路上的雪鏟到一邊，形成一堆堆的小雪丘。

「往麥克費登的方向走三公里，有家銀雲酒店！」那名巡警接著又說。「我們把所有的旅客都導引到那裡去！」

「我不能停！我必須繼續走！」

「從暴風雪開始之後，那條公路上已經發生了三起死亡車禍，女士！而且在天亮之前，情況都不會好轉！沒有人會這麼急著去送命！」

瑪莉看著包裹在外套裡的鼓手，又再次想起那個問題。帶著一個死掉的孩子去找傑克有什麼用？她的腿在痛，而且人又累，今天已經夠受的了，該休息一下，等到暴風雪過去了再說。「好吧！」她對巡警說。「我下去！」

「只要跟著路標走就行了！」他說著，揮舞著手電筒指引她下匝道。

瑪莉開著查洛奇跟載鏟雪車後面走了幾百公尺，然後繞到一旁超越它。她的車燈照到一個標示寫著「銀雲酒店，參觀世界知名的恐龍公園，下一個路口左轉」。她在下一個路口左轉，必須鞭策查洛奇沿著蜿蜒的上坡路前進，旁邊都是被雪壓得抬不起頭來的茂密森林。輪胎失去了抓地

力，開始發出怪聲，查洛奇嚴重向右偏，開出了護欄，然後車輪才又再次回到路面。瑪莉逼著查洛奇向前走，繞過下一個彎道，看到路邊都是遭到棄置的車輛。也許又多走了一百公尺吧，查洛奇的輪胎再次打滑，這次整輛車都偏向左邊，撞上一堵一公尺多高的雪牆，車子的引擎發出軋軋聲響，然後就筋疲力竭的發出一聲呻吟，熄火了。呼嘯的狂風成了唯一的統治者。瑪莉再次發動引擎，向後退離雪牆，試著強迫查洛奇再多走一段路，但是車輪還是偏離打滑，於是她知道剩下的路必須走的了。她將車子開到左側路肩，熄掉引擎，拉起手剎車，然後將燈芯絨大衣鈕扣一路扣到脖子，再替鼓手拉起連帽外套的拉鏈，讓他在裡面躺好，最後揹起裝了嬰兒用品和手槍的背包，抱起鼓手，打開車門，走進風雪之中。

寒冷戰勝了她的體溫，一如征服暖氣。寒冷是具體存在的，硬得像鋼鐵，團團封鎖住她的身體，讓她每一步都像是痛苦萬分的慢動作。可是風勢來得又快又響，覆蓋著白雪的樹也痛苦的搖擺不已。她雙手環抱著嬰兒，沿著左側車道跛行，雪打在她臉上像刀片一樣銳利。她覺得大腿濕濕熱熱的，傷口的血痂裂了，新的血又滲了出來，像是岩漿從火山核心冒出來一樣。

路勢變得平坦了，森林變成風雪堆成的小丘，瑪莉可以看到一排像是農莊的建築物，透出黃色的燈光。突然間，有個龐然大物出現在瑪莉與寶寶旁邊，一顆爬蟲類的頭顱，齜牙咧嘴的露出參差的牙齒，附近還有另一個碩大的形體，背部有盔甲似的隆起板塊，鼻頭堆滿了白雪。瑪莉跛著腳從混凝土怪物之間穿過，知道這就是世界知名的恐龍公園。第三隻巨大的野獸站在她左邊的一堆白雪中，像是鱷魚頭顱裝在河馬的身體上，右手邊的怪物看起來則像裝了玻璃眼珠和水泥角的坦克車，好像要朝對面那個站起來的怪獸衝過去。史前時代的景物夾在她與銀雲酒店之間，十幾隻恐龍被冰封在雪地上。她背負著自己的歷史，舉步維難的向前走，周圍環繞著四公尺高的雷龍與其他肉食動物，牠們的頭上都覆蓋著白髮般的霜雪，顎下長出鬍鬚般的冰柱，皮膚的鱗片縫隙也都積滿了白雪。狂風呼嘯宛如大型怪物的咆哮，讓人想起了恐龍之歌，幾乎讓瑪莉跪倒在這些野獸群中。

車燈照到她的身上。一輛加裝了雪橇的車子朝她這邊開來，車後捲起茫茫雪花。車子開到她身邊停住，有個頭戴牛仔帽、身穿褐色長大衣的男子下車，抓著她的肩膀，引導她繞到乘客座那邊上車。「妳後面還有人嗎？」他在她耳邊吼道。她搖搖頭。

他們坐到雪車裡，暖氣開到最強，那人拿起業餘無線電的麥克風，說。「發現新到的人了，約迪。會把他們帶進去。」

「收到了！」沙沙的靜電聲中傳來一個男人的聲音。瑪莉猜想應該是八十號州際公路上的其中一隻豬玀。戴牛仔帽的男子將車子調頭，朝著酒店開過去。他說。「再過幾分鐘，妳就會覺得暖和舒適了，女士。」

銀雲酒店是一棟磨石子建築，正門上方掛著一對巨大的鹿角。那牛仔將雪車開到大門台階前，瑪莉緊緊擁著鼓手下車。那牛仔繞過來伸手要幫她拿背包，但是瑪莉搶回來說。「我來就好。」於是他替她打開大門，裡面是一間橡木樑柱的大廳，還有一座大到足夠停一輛車的石砌壁爐，壁爐裡的火燒得正烈，冒出點點火星，讓整個大廳瀰漫著木頭香氛與溫暖的氣味。大廳裡有二十幾個不同年齡、不同裝扮的人，有的躺在帆布床上、有的窩在睡袋裡，在壁爐旁邊圍成一圈，另外還有十幾個人則在聊天或是打牌。剎那間，他們的注意力全都聚焦在瑪莉和寶寶身上，看了幾秒鐘之後，又回頭去做他們在做的事。

「天哪！今天晚上真夠瞧的了！風雪真大啊，這一點準沒錯！」那牛仔脫掉帽子，露出稀疏的白髮和腦後一條編成辮子的馬尾，還用各色印地安珠串做成的髮帶紮起來。他有一張飽經風霜、滿是皺紋的臉，白眉底下是一雙明亮的藍眼睛。「蕾秋，給這位小姐一點熱咖啡！」

一名穿著紅色毛衣和藍色牛仔褲，滿頭銀髮，身材略胖的印地安女子起身去倒咖啡，從鐵壺倒進塑膠杯裡。咖啡機旁邊的桌上擺著一些三明治、起司、水果和切好的蛋糕。「我叫山姆喬爾斯。」那牛仔說。「歡迎光臨銀雲酒店，可惜妳沒能在天氣比較好的時候光臨。」

「沒有關係。我很高興來到這裡。」

「房間在七點鐘就客滿了，帆布床在九點也都用光了，不過我們可能還有一個睡袋。妳自己一個人帶孩子旅行嗎？」

「是啊，要去加州。」她感覺到他還在等待更多訊息，於是又說。「去找我先生。」

「今天晚上可不適合上路喲，我敢發誓。」喬爾斯往櫃檯走去，那裡裝設了另外一台業餘無線電。「對不起。」他拿起麥克風。「銀雲呼叫斯摩基，斯摩基，請回答。」沙沙的靜電聲響起，還夾帶著嘶嘶聲，然後是那豬玀的聲音。「這裡是斯摩基。銀雲請說。」

蕾秋端著咖啡給瑪莉，看著包在外套裡的鼓手。「噢，這個小傢伙還好小哦！」她說，她有一雙深褐色的大眼睛。「男孩還是女孩？」

「男孩。」

「叫什麼名字？」

「把他們安全帶進來了，約迪。」山姆喬爾斯對著無線電說。「要我替你們送一點吃的下去嗎？」

「聽到了，山姆。我們要一直待到八十號公路開放為止。」

「好，立刻送一點食物和咖啡下去。」

「他還沒取名字嗎？」

瑪莉眨眨眼，看著那個印地安女人的眼睛。她正在想著一件事——她被困在這裡，後有陌生人，前有豬玀守住出口。「大衛。」她說。這個名字從嘴裡說出來讓她覺得骯髒，但是鼓手才是他機密的真名，不可以讓太多人知道。

「這個名字很好，很響亮。我是蕾秋喬爾斯。」

「我叫……瑪莉布朗。」這是從那女人的眼睛顏色想到的名字。

「我還有一些食物。」蕾秋指著桌子說。「火腿起司三明治。也有一些燉牛肉。」她朝著陶鍋和碗點點頭。「妳自己來。」

「好的，謝謝。」瑪莉跛著腳，走到桌邊，蕾秋一直在她身旁。

「妳的腿受傷了嗎？」蕾秋問。

「沒有。是舊傷。腳踝骨折一直沒有完全好。」這時候，鼓手開始哭起來，彷彿對著全世界嘶吼：恐怖瑪莉在說謊。她搖著他、安撫他，但是他的哭聲卻愈來愈大聲，也愈來愈有力。蕾秋突然伸出她結實短胖的手臂，說。「我養大了三個兒子。或許可以讓我試試看？」

會怎麼樣嗎？再說，瑪莉的腿痛得厲害，讓她元氣大傷。她將鼓手遞過去，利用蕾秋搖著他的時間飽餐一頓。蕾秋用一種瑪莉聽不懂的語言輕輕對他唱歌，鼓手的哭聲開始停歇，頭歪到一邊，彷彿在專心聽著這個女人唱歌。過了大約兩分鐘之後，他的哭聲完全停止，蕾秋面帶微笑唱著歌，搖著一個陌生人的孩子，圓圓的臉上彷彿在發光。

山姆喬爾斯替兩名警察裝了兩包食物，有三明治、水果和蛋糕，另外加上一保溫壺的熱咖啡和幾個杯子。他請大廳裡的一個男人跟他一起開雪車過去，然後親吻蕾秋的臉頰，說他去去就回，比用平底鍋熱油的速度還要快。他跟同伴打開銀雲酒店的大門離開，一股冷風寒雪頓時從敞開的大門灌進來。

蕾秋似乎很喜歡搖鼓手，於是瑪莉讓她繼續抱小孩，自己則趁機吃飽喝足。她跛著腳穿過其他人，走到壁爐邊取暖，脫掉手套伸手到火焰上。她的體溫又升高了，太陽穴隨著脈搏熱熱的跳動，因此無法在火爐邊待太久。她瞄了周遭的人一眼，評判這些人的身分。這群人絕大部份都是中年人，只有一對夫婦看起來年逾六十，還有兩對年輕人，膚色黝黑，看似是熱衷滑雪的青年。她緩緩離開火爐邊，走回蕾秋抱著鼓手的地方。就在這個時候，她感覺到有人在看她。

瑪莉往右邊看過去，看到一名年輕男子靠著牆盤腿而坐。他的瘦臉上有個鷹勾鼻，一頭淺褐色的頭髮披散在肩膀，他戴著黑色牛角框眼鏡，穿著膝頭有補丁的褪色牛仔褲和一件深藍色高領毛衣。他旁邊擺著一件破舊的軍用夾克和捲起來的睡袋，一直用那雙眼窩深邃的灰色眼睛盯著她看，即使她回看他，也不曾移開目光，然後他微微蹙眉，開始檢查自己的手指甲。

她不喜歡他。他讓她神經緊張。她走到蕾秋身邊，把小孩抱回來。蕾秋說。「他真乖呀！我那三個兒子在他這個年紀的時候，整天跟貓頭鷹一樣尖叫，哭得連屋頂都要掀了。他多大啦？」

「他是……」她不知道確切的日期。「二月三日生的。」她說。那是她從醫院將他抱走的日期。

「妳還有其他的孩子嗎?」

「沒有，就只有鼓——」瑪莉微微一笑。「只有大衛。」她的目光又瞟到那名年輕男子身上，他還在盯著她看，她覺得臉上熱得出汗。那個該死的嬉皮到底在看什麼?

「我去看看還有沒有睡袋可以給妳用。」蕾秋說。「我們總是會多準備一點給那些要露營的客人用。」她穿過大廳，從另一扇門出去了。瑪莉找到一個遠離其他人的地方，在地板上坐下來。她親吻鼓手的額頭，對著他輕聲哼唱。跟她的嘴唇相比，他的皮膚好沁涼。「要去加州囉，是的，我們要去。要去加州囉，媽咪跟她的心愛寶貝。」她赫然驚覺在牛仔褲的大腿部份有兩塊血跡，分別有二十五分硬幣那麼大，血又從她臨時包紮的繃帶滲出來了。她把鼓手放到一邊，脫掉大衣蓋在腿上。

她抬頭，看到那嬉皮還在看她。

瑪莉拿出她的背包，讓麥格儂小型自動手槍以及從巧克力堅果棉花糖的槍櫃裡找到的那把點三八左輪槍，都靠在她旁邊。

「他知道了。」

那個聲音像一股冷風從她的背脊向上竄，讓她忍不住起雞皮疙瘩，打起寒顫。聲音來自她的左側，就在她的耳際，她一回頭，天神就在那裡，蹲在她身邊，冰冷憔悴的臉，黑色的眼睛透露出真理。他穿著緊身的絲絨衣服，胸前有一條耶穌受難的十字架鍊子，頭戴一頂蛇皮滾邊的軟簷黑帽，跟她在好萊塢貼身看到他時一模一樣的穿著打扮，只有一點不同，天神的領口別了一個黃色的笑臉胸針。「他知道了。」殘酷的雙唇重覆相同的話。

恐怖瑪莉瞪著年輕的嬉皮。他又在看他的指甲，但是目光不時投射到她身上，然後移動位置，去看火焰。

或者說假裝去看火焰。

「道路封閉。」天神說。「豬玀守著路障。妳腿上的傷口又裂開了。那個混球知道了。妳要怎麼辦啊，瑪莉？」

她沒有回答，也無法回答。

她背靠著牆，閉上眼睛。她可以感覺到他在看她，可是每次她睜開眼睛，又無法捕捉到他的目光。蕾秋拿了一件破舊但是堪用的睡袋回來，瑪莉攤開睡袋，鋪在地上當做床墊躺在上面，而不是睡在裡面。她的背包始終套在手臂上，背包上的拉鏈也拉了起來。鼓手躺在她旁邊，有時昏睡，有時不安的蠕動。

「他知道了。」她在陷入夢鄉之際，聽到天神在她耳邊低聲說。他的聲音又將她從睡意中拉回現實。她覺得全身潮濕浮腫，隨著每一次的心跳發熱，綁著繃帶的大腿和前臂因為結滿硬痂，感覺沉甸甸的。用力一壓她的大腿，一陣刺骨疼痛從臀部一路竄到膝蓋，而且牛仔褲上的血跡也不斷擴張。

「妳要怎麼辦啊，瑪莉？」天神問道，瑪莉覺得他的話中好像有一絲笑意。

「去死吧，你！」她用粗嘎的聲音說著，把鼓手拉得更靠近。現在只剩他們兩個人對抗整個仇恨的世界。

疲憊終於戰勝了疼痛與恐懼，至少贏了一陣子。瑪莉睡著了，鼓手忙著吸吮他的奶嘴，而那個年輕的嬉皮則抓抓下巴，看著這個女人和她的嬰孩。

第四章　雷龍

過了兩點，卡特拉斯繼續在白色的狂風中前進。

開車的人是蒂蒂，她緊張得臉色發白。卡特拉斯五十公里的時速在八十號州際公路上前進。蘿拉在內布拉斯加州開了一小段路，在林肯市與北普雷特之間，她用一隻手和一個手肘操縱方向盤，開得還不錯。可是到了北普雷特附近時，風雪的威力增強，側風吹襲車身，像是公牛衝撞似的，蘿拉只好靠邊停車，換一個兩隻手都能用的人來開車。她們最後看見的那輛拖曳貨車已經在拉勒米下了州際公路，那已經是她們身後十六公里外的地方了。遭到風雪橫掃的高速公路緩緩朝著洛磯山脈爬升。

「應該在拉勒米停車的。」蒂蒂說。自從她們看不到那輛貨車的車燈之後，她就一直重覆這句話。「我們不能像這樣一直走。」她眼前的雨刷奮力鏟除著擋風玻璃上的積雪，發出嘎吱嘎吱的聲音，而蘿拉那一邊的雨刷，則是從過了夏安市東郊之後就已經停擺了。「應該像我說的那樣，在拉勒米停車的。」

「她沒有。」蘿拉說。

「妳怎麼知道？說不定她還在內布拉斯加，在假日酒店裡舒舒服服的睡大頭覺呢。」

「她會盡可能走得愈遠愈好。她會一直開到不能再開為止。我也是。」

「瑪莉可能很瘋狂，但是她並不愚蠢！她不會讓自己和大衛死在路上！妳看！連大卡車都撐不過去了！」蒂蒂冒險鬆開緊握住方向盤的右手手指，指著被棄置在路肩、拚命閃著警示黃燈的拖曳貨車說。然後她立刻又抓緊方向盤，因為一陣強風吹得卡特拉斯蛇行，偏向左線車道。蒂蒂鬆開油門，再次將車子打直，一顆心蹦蹦的跳，恐懼像一條蜷伏的蛇潛藏在她的胃裡。「天老爺，真是一塌糊塗！」

像五毛錢一樣大小的雪片從天而降，幾乎以水平的角度打進她們的車燈裡。其實蘿拉也很害怕，每次輪胎一偏滑，她的一顆心就幾乎要從嘴裡跳出來，然後像是桃子核似的哽在喉頭，上也不是，下也不是。可是強風反倒讓路面不至於積雪，一片片的碎冰讓公路看似銀色的湖面，路面本身倒是乾乾淨淨。她看著一片黑暗裡的雪花，老天慈悲，讓她破碎的手麻木無感。妳在哪裡？她心想。在我們的前面？還是後面？瑪莉絕對不會離開八十號州際公路，因為她們在上一個加油休息站拿到地圖顯示，除了八十號州際公路這條藍線之外，就沒有其他的路徑可以橫越這個州了。就在這條高速公路上，也許已經到了猶他州。恐怖瑪莉正帶著大衛穿過黑夜，如果她們在拉勒米過夜，只是徒然增加蘿拉與瑪莉之間的距離，至少多了四個鐘頭。不會，瑪莉正要去找傑克，風雪可能會讓她變成龜速爬行，但是絕對不會讓她停下腳步，除非是萬不得已——因為飢餓或是疲憊。

對於後者，蘿拉倒是有治療的秘方。她又吞了一顆黑貓丸。先前她們在殼牌加油站問有沒有更強的提神劑，站在櫃檯後的那個男人說。「這是卡車司機的好朋友。」她吞了黑貓丸，又啜了一口冷掉的咖啡，然後蒂蒂大叫一聲。「我的天哪！」卡特拉斯的車輛撞到一塊冰，車子歪向右側，最後的一點咖啡也全灑在蘿拉腿上。

蒂蒂用力轉動方向盤，想要讓車子回到路中央，但是車身打滑失控，撞上了護欄，右車燈爆裂，卡特拉斯的側面擦撞公路護欄，在白茫茫的雪花中冒了點點星火，然後整台車開始震顫發抖，直到輪胎終於在碎石子上產生磨擦力，也回應了蒂蒂的動作。卡特拉斯從公路護欄邊導正，再次回到高速公路的路面，車頭只投射出一道燈光。

「應該在拉勒米停車的。」蒂蒂的聲音跟她的表情一樣緊繃，太陽穴的脈動急促。她已經將車速降到五十公里以下。「我們不能像這樣一直走。」

上坡路段愈來愈陡，卡特拉斯的引擎發出掙扎的呻吟。她們又經過兩輛遭到棄置的車，幾乎已經完全被白雪覆蓋。又過了一分鐘之後，蒂蒂說。「前面有狀況。」

蘿拉可以看到閃爍的黃燈。蒂蒂開始放慢速度，狂風驟雪之中，出現了一個閃著燈的警示牌。「道路封閉請停車」。附近還停了一輛警車，藍色的警示燈轉個不停。蒂蒂讓卡特拉斯慢慢停下來，全身裹得緊緊的巡邏警員拿著加了紅色燈罩的手電筒走到乘客座這一邊，作勢要蒂蒂搖下車窗。

瑪莉睜開眼睛，聽到外面的狂風呼號，還有壁爐裡木柴燃燒的嗶嗶剝剝聲，身上汗珠直冒。年輕嬉皮就盤腿坐在離她一尺半的地方，雙肘放在膝蓋上，手掌支著下顎。

瑪莉吸了一口氣，站了起來。她看了鼓手一眼，他正在嬰兒的夢土周遊，粉紅色的薄眼皮下眼珠子骨碌碌的轉，嘴裡還緊緊吸著奶嘴。她用手背擦拭臉頰，仍然用大衣蓋住大腿和臀部，掩飾血跡。「怎麼回事？」她問道。她的大腦仍然因為發燒而混沌，聲音混濁。

「對不起。」那嬉皮說。「我不是故意要吵醒妳。」他有紐約人的口音，聲音聽起來像是蘆笛。

「怎麼回事？」她又問了一次，同時伸手揉掉眼裡的睡意。她的骨骼抽痛，像是蛀牙，大腿也濕濕黏黏的。她四處張望一下，大部份的人都睡著了，只有少數幾個還在玩牌。蕾秋喬爾斯也坐在椅子上睡著了，她那牛仔丈夫則還在用無線電講話。瑪莉的注意力回到年輕嬉皮身上，他看起來大約只有二十三、四歲。「你叫醒我要幹嘛？」

「我剛剛去廁所。」他的語氣好像在說什麼重要的事情。「回來以後就睡不著了。」他幽靈般的灰色眼眸盯著她看。「我發誓我在哪裡見過妳。」

瑪莉聽到腦子裡的警鈴大作，讓背包的帶子從肩頭滑下來。「我想沒有。」

「妳抱著孩子進來的時候……我就覺得好像認得妳，可是又想不起來是誰。真的很奇怪，看到一個你覺得自己認識的人，但是又想不起來在哪裡認識的。妳知道我在說什麼嗎？」

「我從來沒有見過你。」她看了山姆喬爾斯一眼。他正在穿外套，然後是手套和帽子。

「妳去過南達科塔州的蘇族瀑布嗎？」

「沒有。」她看著山姆喬爾斯輕輕推醒他太太，然後不知道跟她說了些什麼，讓她也跟著站起來。「從來沒有。」

「我在那裡擔任報社記者，負責寫音樂專欄。」他身子向前傾，伸出手來。「我叫奧斯丁皮維。」

瑪莉不理他伸出來的手。「你不應該這樣偷窺別人，一點都不酷。」前門開了又關，牛仔出門，走進風雪之中。蕾秋喬爾斯掀開咖啡壺的蓋子，往裡面看了一看，然後離開大廳。

奧斯丁皮維收回他的手，薄唇間仍帶著微笑，下巴尖長出了一點鬍髭。「妳是什麼名人嗎？」他問。

「不是。」

「我可以對天發誓，妳真的很眼熟。我跟妳說，我有成千上萬的唱片和卡帶，我很喜歡像是六〇年代的東西。我一直在想是不是在哪張唱片的封套上看過妳……妳知道，像是史密斯合唱團或是藍色喝采合唱團，或是其他類似的合唱團。都在這裡——」說著他拍拍自己的腦袋。「但是卻沒看到。」

「我什麼人都不是。」瑪莉當著他的面打了老大的一個哈欠。「不要再來煩我了，可以嗎？」

他留在原地不動，但是完全不理會她說的話，一如她不理會他伸出的手。「我要去鹽湖城參加一個唱片收藏家大會。算是我的假期，所以就想可以開車過去，一路欣賞風景，卻沒有想到會困在大風雪之中。」

「我跟你說，我真的很累了，好嗎？」

「哦，當然。」他站起來的時候，棕色皮靴發出吱的一聲。「不過我以前真的見過妳。不知道在什麼地方。妳去過唱片大會嗎？」

「沒有。」

蕾秋喬爾斯拿著一壺水回來，倒進咖啡機裡，然後擰開一罐麥斯威爾咖啡，把咖啡粉倒進濾網裡。瑪莉腦子裡靈光一閃，知道又有新的人從州際公路過來了。

可是奧斯丁皮維還是不肯放過她。「妳叫什麼名字？」

「你聽著，我不認識你，你也不認識我。我們就保持這個樣子就好。」

「瑪莉？」此時蕾秋忽然走過來，瑪莉覺得怒氣正在啃噬她。「妳要一杯剛煮好的咖啡嗎？」

「不要。我想休息。」

「哦，對不起。」她放低音量變成耳語。「我看到大衛睡得正熟。」

「這孩子好可愛。」皮維說。「我父親也叫大衛。」

她的耐性到了盡頭。「讓我他媽的睡一下覺！」她大喊一聲，蕾秋和年輕嬉皮都嚇了一大跳。瑪莉的聲音驚動了鼓手，奶嘴從他嘴裡掉了出來，嚎啕幾乎一觸即發。「哦，幹！」瑪莉的五官因為生氣而扭曲。「看你們幹的好事！」

「嗨，嗨！」皮維舉起雙手，手掌向前。「我只是想要表示友善而已。」

「幹！給我走開！」瑪莉抱起鼓手，迫切的開始搖他，哄他入睡。

「噢！」蕾秋皺著眉頭，看著皮維轉身準備要走。「瑪莉，怎麼講這麼恐怖的話！」

皮維又走了一步，然後嘎然而止。

瑪莉覺得心頭一沉。他知道了。不論是這孩子突然把瑪莉和大衛這兩個名字拼湊在一起，抑或是他腦子裡想到了報紙上對她的形容，又或者是恐怖這兩個字讓他想起了她的綽號或本名，一時不可能想透，但是奧斯丁皮維背對著她，站在原地不動了。

天神又在耳邊跟她說話。「他看穿妳了。」

皮維開始轉身面對她。瑪莉拉開背包的拉鏈，伸手到尿布裡，手指頭握住麥格儂的槍柄。皮維的臉色唰的一下慘白，粗框眼鏡後面的雙眼瞪得老大。「妳是……」他開口卻說不出來。「妳是……妳是那個偷人家——」

瑪莉從背包裡抽出自動手槍，蕾秋喬爾斯嚇得倒抽一口氣。

「——小孩的女人。」皮維終於說完了，同時在槍口下踉踉蹌蹌的向後退。

瑪莉把背包勾回肩膀上，然後一手抱著孩子站了起來，這個動作太大，讓她腿上的傷口痛徹心扉，有好幾秒鐘都無法呼吸，同時感到頭暈目眩。油膩膩的汗珠黏在她臉上，牛仔褲上留下一灘半月形的血跡。「退後。」她對他們說，他們也照做。

前門打開。

牛仔率先進來，帽簷和肩膀上都是雪。在他身後則是兩個穿著寬大毛衣、瑟縮發抖的女人，臉頰被冰雪凍得紅咚咚的。

「——二月常有這種大風雪。」喬爾斯說。「下過大雪之後，滑雪的人都喜歡的不得了。」

蘿拉聽到嬰兒的哭聲，她認得那個聲音，目光立刻像飛翔中的老鷹一樣循聲而至，看到那個寬肩女人抱著孩子，就站在離她七公尺遠的地方。

她跟瑪莉兩人四目相對，鎖定對方。時間變得像夢魘爬行般緩慢。然後她聽到蒂蒂說。「哦……我的……天哪……」

恐怖瑪莉僵在那裡。這真是惡運的極致了，一趟怪異的迷幻旅程，像一塊瑰麗的蘇格蘭花呢布在接縫處爆裂開來。瑪莉在這世界上最痛恨的兩個女人就赫然出現在她眼前，如果她不是被那炙熱白熾的仇恨淹沒的話，很可能會為眼前古怪的情境大笑三聲。可是此刻沒有時間談笑，也沒有時間討論迷幻感。她將槍口轉向蘿拉。

那印地安女人尖叫一聲，朝著瑪莉撲過去，抓住她持槍的手。麥格儂頓時走火，蘿拉和蒂蒂及時撲倒在橡木地板上，子彈在大門上射出一個和山姆喬爾斯拳頭差不多大小的洞，木屑也爆裂紛飛。牛仔爬到櫃檯後方躲藏，瑪莉和蕾秋則扭打在一起奪槍。穿著兩件毛衣的蘿拉也伸手到牛仔褲的褲頭摸槍，就在她準備拔出她的自動手槍時，槍卻層層疊疊的衣服裡卡住了。

睡著的人也紛紛驚醒。「她有槍！」有人尖叫道，彷彿剛剛那一聲麥格儂的槍響可能被誤認為是爆玉米花似的。

瑪莉一手抱著鼓手，一手緊握手槍，而蕾秋喬爾斯則奮力想要扳開她的手指。她的丈夫從櫃枱後方冒出頭來，帽子掉了，一雙藍色眼睛瞪得老大，雙手握著一把斧頭的柄。瑪莉使盡全力，用左腳往那印地安女人的小腿一踢，蕾秋吃痛鬆手，踉蹌的往後退，雙眼緊閉。瑪莉看到蘿拉掙扎著要從腰際拔槍，蒂蒂則爬到一個插滿乾燥花的陶甕後方尋求庇護。她知道山姆喬爾斯正舉起斧頭，像揮球棒似的從她身後劈過來，就在電光火石的一瞬間，她沒有瞄準就朝著蘿拉開了一槍，而那牛仔的斧頭也脫手而出，朝瑪莉身上飛旋而來。

子彈穿透蘿拉那件在凱馬特超市買的毛衣，從她身體右側擦過去，像是一個火辣辣的吻，然後嵌進牆內。轉瞬間，斧頭柄敲中恐怖瑪莉的左肩，離鼓手的腦袋只有五公分，將她擊倒在地。她手上還抱著鼓手，但是手槍已經脫手，滑到蕾秋喬爾斯身邊，她此刻正彎著腰捧著脛骨斷裂的小腿。

那牛仔從櫃檯後方走出來，而瑪莉則握住了斧頭柄。他狠狠踢了她一腳，就踢在她肩膀附近剛遭到斧柄擊中的地方。她咬著牙齒吐氣，發出嘶嘶聲，疼痛像電流一般穿透她的全身，不過接下來輪到她反擊了，她拿起斧頭柄一揮，擊中那人的膝蓋，只聽到啵的一聲，像是葡萄柚爆裂的聲音，然後喬爾斯大叫著，跛著腳向後退。瑪莉立刻拚了命從地板上站起來，乘勝追擊，再揮一次斧頭柄，這一次打中他的鎖骨，打得他整個人靠在櫃檯上。

蘿拉終於拔出手槍。她看到瑪莉眼中的怒火，就像是動物聽到鐵籠子鎖起來的聲音時那種暴怒的火焰。蒂蒂在地板上爬著要去拿那把麥格儂，蘿拉看到瑪莉的目光從一個看向另外一個，好像在決定下一個攻擊的目標。然後那個高頭大馬的女人突然轉身跨了兩個大步，舉起斧頭砸爛無線電，科技在轉眼間成了廢鐵。與豬玀之間的通訊解決了，瑪莉再轉身回來，滿頭是汗，咬牙切齒的掄起斧頭，朝蘿拉擲來。

眼看著斧頭朝她飛來，蘿拉護住頭，身體蜷縮成一個球，結果斧頭砸中她身邊的地板，滑開了。

「不許動！」蒂蒂大叫一聲，拿槍瞄準瑪莉的腿。

瑪莉拔腿就跑。不是朝著大門，而是朝著蕾秋離開大廳去拿水煮咖啡的方向。她拖著受傷的腿，痛苦號叫著衝過雙扇門，闖進兩側有更多房間的長廊。房內的人聽到聲音，紛紛探頭出來查看究竟。瑪莉跛著一條腿跑，手裡抱著哀嚎不已的鼓手，一邊還要伸手到背包裡去找那把點三八的左輪手槍。擋住走廊的人潮一看到手槍，就自動向兩側讓開。瑪莉繼續向前跑，痛苦的眼淚模糊了她的視線。

而在大廳上，蒂蒂扶著蘿拉站起來，也有其他一些人去協助喬爾斯夫婦。「呼叫巡警，呼叫巡警！」喬爾斯扶著折斷的鎖骨說，但是業餘無線電已經無藥可救了。「這邊！」蒂蒂拉著蘿拉，蘿拉就跟著她衝進瑪莉跑進去的長廊。

「她在流血！」蒂蒂指著地板上的暗紅色血滴說。她跟蘿拉走到長廊的一半，有些人緊張的在門口偷窺，然後她們兩人同時聽到大衛的哭聲，讓她們佇足不前。突然間，恐怖瑪莉從長廊彎道旁邊探頭出來，頂上的燈照到她手上的左輪手槍，接著就發射了兩顆子彈，一顆擊中蘿拉左側的牆壁，第二顆則在蒂蒂旁邊的一扇門上打穿了一個洞，飛出來的木屑還擦過她的臉。蒂蒂也開槍反擊，子彈擊中長廊彎道的火災警報器玻璃，啟動了警鈴。然後瑪莉就消失了。蒂蒂看到頭頂上有個綠色的標誌寫著「緊急出口」。

「別對她開槍！」蘿拉喊道。「妳可能會打到大衛！」

「我只對瞄準的目標開槍！如果我們不反擊，她會留在同一個地方，一直打到我們變成肉泥為止！」

蒂蒂蹲下來沿著牆邊走，預期會看到瑪莉在彎道轉角處現身，可是長廊另外一側卻空無一人，只有一扇鑲了玻璃窗的安全門，門外通明的燈火之中，可以看到狂風掃起的飛雪。地板上留著點點血滴。

瑪莉又回到風雪中了。

蒂蒂率先出去，原以為會有一顆子彈穿透她的肚子，射進雪堆裡，但是沒有。蘿拉小心翼翼的從後門走出去，走進刺骨的寒風中，手裡緊緊握著自動手槍。大雪在轉眼間讓她們老了幾十歲，把她們變成白髮蒼蒼的老婦人。

蒂蒂瞇著眼睛。「那邊。」她指著正前方說。

蘿拉看到一條人影，就在光線的邊緣，瘋狂的拖著瘸腿在狂風中朝恐龍公園前進。

在濃密的大雪中，瑪莉拖著腳走在史前巨獸之間，她把手套和鋪了羊毛襯裡的溫暖大衣全都留在大廳了。鼓手裹在連帽外套裡，刺骨寒風卻穿透她的毛衣。她的頭髮全白，臉也凍僵了，腿上的傷口裂開，可以感覺到熱熱的血液像小河流似的沿著腿肚流進靴子裡。前臂的硬血痂也裂了，繃帶被血水浸濕，鮮紅的血水從指尖涓涓滴下。不過冷風讓她的體溫下降，也讓她臉上的汗珠凝結，她可以感覺到天神就在她身旁不遠處，用他那蜥蜴般的眼睛看著她。她並不害怕，因為她曾經受過更慘烈的傷，不但是身體上的，還有精神上的傷，但是她都活過來了，這次也一樣會活下去。她又聽到鼓手的哭聲，高亢的聲調被風吹得支離破碎。她把外套拉鏈一直拉到他的臉上，盡可能拉高又不致於讓他窒息。她專心維持平衡，因為整個世界似乎都在騷動，彷彿恐龍也在怒吼——註定要被消滅的物種最後的臨終呼喚。瑪莉抬起頭，迎向鐵灰色的天空，也吼了回去。

可是她必須繼續走。必須要走。傑克還在等她。就在前方，在路的盡頭，在陽光普照的溫暖加州。傑克的臉美得像是火焰，金色的頭髮連陽光都比不上。

她不能哭。哦，不能。如果掉下眼淚，會在結凍成冰，讓她張不開眼睛。所以她強忍住疼痛，專心思考著她跟停在山路上的查洛奇之間的距離。兩百公尺？三百？怪物在她頭頂上猙獰的笑。他們知道生與死的秘密，她想。牠們都瘋了，就跟她一樣。

她回頭看，看到兩條人影，背對著銀雲酒店的光朝她這裡走來。蘿拉菠菜和貝蒂莉亞蛋捲。她們還想玩？還想在這個最適者生存的遊戲中好好學到一頓教訓？

瑪莉蹲在一隻恐龍捲曲的尾巴後方，那怪獸有四公尺高，她躲藏的位置正好讓牠擋住大部份的風勢，可以好整以暇的等著她們過來。再過幾分鐘，她們就會走到她這裡，她們的腿都沒有受傷，應該走得很快。來吧，她想，到媽咪這裡來吧！她拉開左輪手槍的撞針擊錘，把手靠在怪獸的尾巴上，小心的瞄準。該死的手又開始抽筋，神經全都壞死了！可是背光的兩條人影是最好不過的標靶了，她決定等她們走近一點再下手。她想要分辨哪一個是菠菜，哪一個是蛋捲。讓她們再靠近一點吧。

「她到哪裡去了？」蘿拉對著蒂蒂大喊，但是蒂蒂只是搖頭。她們又多走了二十公尺，寒冷啃噬著她們，強風在恐龍身邊尖叫狂嘯。瑪莉的蹤影消失了，但是她在雪地裡留下的痕跡卻非常清楚。蒂蒂的頭靠近蘿拉喊道。「她的車子一定停在下面那條路上！她一定是往那裡去！」她想到長廊上的血。「不過她可能傷得很重！很可能在什麼地方倒下來，暈過去了！」

「好，我們走！」

蒂蒂抓著她的手。「還有一件事！她也可能在那裡等著我們！」她朝著恐龍公園裡的怪物頷首。「小心一點！」

她們循著恐怖瑪莉留下來的痕跡往前走，穿過有她們膝蓋那麼高的雪堆。冷峻酷寒的風不斷吹來，冰粒砸在臉上隱隱刺痛。她們在恐龍之間穿梭，白雪積在牠們山巒起伏般的背脊上，懸掛在下顎的冰柱看似吸血鬼的利牙。蒂蒂突然想到，她並不知道麥格儂自動手槍裡還有幾顆子彈。剛剛在酒店開了兩槍，這槍的彈匣如果裝滿的話應該有四顆或是五顆子彈。不過對瑪莉開槍等於是跟大衛玩俄羅斯輪盤，就跟蘿拉憂心的一樣。即使朝著瑪莉的腿開槍，子彈也可能會亂跳而打中他。如果我是瑪莉的話，蒂蒂心想，我會找個地方躲起來，安排一次偷襲。我們的背後有酒店的燈光，風又正面朝著我們的臉吹。可是除了追蹤她的路徑之外，也沒有別的選擇了，蒂蒂和蘿拉都看到了滴在白雪上的黑色血跡。

瑪莉留下來的溝痕繞了一個彎，轉向一群如圖畫般的恐龍，圖中的恐龍對著空氣張牙舞爪，一副戰鬥的態勢。那條路就在牠們後面不遠處，但是並沒有看到瑪莉，而風雪已經逐漸覆蓋住她的足跡。瑪莉可能藏在任何一個恐龍雕像後面。她停下腳步，抓著蘿拉肩膀，也叫她停下來。「我不想從這裡穿過去！」她說。「我們繞著外面走。」

蘿拉點點頭，開始走向怪物的右側，朝著山路走去。蒂蒂在她身後兩步，弓著背抵禦強風，身體開始不由自主的發抖，冰珠打著她的臉頰，她的臉微微向左側一偏，保護眼睛。

就在這個時候，她看到一條人影從一隻雷龍尾巴後面站了起來，距離她們大約六公尺。

那高頭大馬的女人臉上一片慘白，頭髮上也沾著雪花。蒂蒂可以看到銀雲酒店的燈光映在她的眼裡，別在毛衣上的那個笑臉胸針也閃了一下，像是一陣小小的電流火花。瑪莉彎曲的左臂裡捧著一個包袱，右臂伸直，手臂的末端就是那把左輪手槍，槍口對準蘿拉，而蘿拉還不知道危險將至。

蒂蒂心裡冒起一股撕扯心肺的恐懼，她這才明白瑪莉的綽號是怎麼來的。瑪莉的臉上一片空白，沒有任何勝利或是憤怒的表情，只有那種知道誰佔了上風的篤定。

蒂蒂的呼叫聲會在風中淹沒，現在也沒有時間採取其他的行動，於是她朝蘿拉撲過去，以摔角式的肩部撞擊重重撞倒蘿拉。在此同時，她也聽到瑪莉的槍聲響起，砰砰！

蘿拉趴倒在雪地上。蒂蒂覺得子彈劃過她的喉嚨，胸部遭到重擊，像是被驢子一腳踢中似的。

她痛得無法呼吸，手指痙攣，觸動了麥格儂的扳機，子彈朝空中發射出去。然後蘿拉翻過身來，瑪莉又開了第二槍，擊中她一秒鐘前所在的地方，掀起了漫天雪花。蘿拉看到那女人站在恐龍的尾巴後面，在那一瞬間就做了抉擇。她瞄準目標，扣下自動手槍的扳機。

子彈正中目標，不過不是恐怖瑪莉，而是更大的標靶——漆滿灰色鱗片的恐龍臀部。混凝土碎片隨著槍聲落下，瑪莉躲到了恐龍身後。蘿拉站起來，跑到一隻劍龍身後，以牠混凝土做成的背脊作掩蔽。她看著側躺在地上的蒂蒂，四周一片漆黑。蘿拉開始往她朋友那裡爬過去，但是一顆子彈擊中她頭顱附近的恐龍背脊，碎石伴隨著尖叫聲一起墜落，她只好佇足不前。

瑪莉跪在地上，在背包裡摸索著她從死人槍櫃裡搜括到的那一盒點三八口徑子彈。她的手指凍得僵硬，而且血塊結冰，讓指頭變得濕滑，好不容易將兩顆子彈裝進左輪手槍，另外兩顆卻掉在雪地裡。她好冷，氣力也迅速流失，她知道不能在屋外的寒風中繼續逗留。貝蒂莉亞蛋捲已經解決了，另一個賤人還躲著，在這種情況下要回到查洛奇會很艱困，但是也非得做不可，別無其他選擇了。

該走了，再不走她的腿就不管用了。她又朝蘿拉開了一槍，子彈擊碎劍龍的另一塊脊甲，然後她抱著鼓手起身，開始掙扎著往山路走去。

蘿拉從掩蔽處向外窺視，看到瑪莉跛著腳在雪地裡蹣跚而行。「停下來！」她喊道。「停下來！」但是風聲淹沒了她的呼叫。她從掩蔽處走出來，拿起手槍瞄準那個女人的背。

她彷彿看到子彈穿透瑪莉的身軀，然後射中大衛的身體。於是她舉槍對空鳴擊，大喊一聲。「停下來！」她的喉嚨好痛。瑪莉沒有回頭，在白茫茫的風雪中堅決的邁開大步，一跛一跛的向前走。

蘿拉也追上去，走了三步之後又停下來，手上的槍垂在身側。她看著蒂蒂躺在黑色的血泊中，然後又抬頭看看瑪莉，人影緩慢而穩定的漸行漸遠。再回頭看著蒂蒂，蒸氣從血泊中裊裊升起。

她轉身走到蒂蒂身旁，跪了下來。

蒂蒂睜著眼睛，嘴角流出一道血水，臉上蒙著一層白雪。她還在呼吸，可是呼吸聲極其可怕。蘿拉看著瑪莉手上抱著大衛，瘸著腿愈走愈遠，幾乎就要離開恐龍公園，走到山路上了。

蒂蒂的一隻手抬了起來，像是一隻垂死的鳥，抓住蘿拉那件偷來的毛衣前襟。

蒂蒂的嘴唇微微一動，發出輕微的呻吟，聲音很快就消失在風中。蘿拉看到蒂蒂的另一隻手抽搐著，手指拼命抓著她牛仔褲的口袋。蒂蒂那充滿痛苦的眼神中好像想要傳達什麼訊息，她想要讓蘿拉了解什麼事。蒂蒂的手指一直抓著口袋，可是氣力漸漸消失。

口袋。蒂蒂的口袋有什麼東西。

蘿拉小心翼翼的伸手到口袋裡，找到了車子鑰匙和一張折起來的紙條，她一併掏了出來，她翻開紙條，看出那是自由汽車旅館的那口破鐘。就著遠處銀雲酒店照射過來的燈光，她勉強看出紙條上寫著三個男人的名字，下面還有一張笑臉。

蒂蒂將她拉近一點，蘿拉低下頭去。

「記得。」蒂蒂低聲說道。「他也是……我的。」

蒂蒂的手鬆開毛衣。

蘿拉跪在雪地裡，跪在她姊妹的身邊，最後終於抬起頭來，看著那條路。

恐怖瑪莉跑掉了。

或許過了兩分鐘吧，蘿拉意識到蒂蒂已經沒有呼吸，眼睛裡開始有積雪，於是蘿拉替她闔上眼睛。那不是太困難的事。

遠方有自由鐘響起。

蘿拉將紙條塞進口袋裡，站了起來，手上握著槍和鑰匙。她臉上有水滴結成冰柱，但是她的心卻有如處在煉獄般火熱。她開始邁開艱困的步伐，離開那個死去的女人，繼續追逐那個偷走她孩子的活死人。強風吹襲她，試圖阻止她的兩條腿，雪花打在她臉上，扭絞她的頭髮。

她愈走愈快，像是一具堅忍不拔的引擎，穿過風雪。過了一會兒，她鼓起體內僅存的最後一絲熱氣，開始跑了起來。積雪困住她的腳踝，將她絆倒在地，整個人四肢箕張趴在雪地裡。一陣劇痛穿透她受傷的手，繃帶也鬆脫垂掛。蘿拉又站了起來，臉上多了新添的淚水，但是沒有人聽得到她的哭泣，只有痛苦與忿怒與她為伴。

她繼續走，在雪地上走出兩道足跡。她的身體顫抖，牛仔褲、毛衣和臉龐全都濕透了，頭髮已經遠超過她這個年齡該有的白，眼角也開始增加了皺紋。

她繼續走，因為沒有路可以回頭。

蘿拉離開了雪地與恐龍公園，離開了那些史前動物永遠凍結的地方，開始往山路走，走回她的車上，此後車上就只剩下她一個孤獨的旅人。

第五章 對抗暴怒

回到溫暖的查洛奇，瑪莉的膀胱突然鬆懈下來。

她大腿和臀部底下的座椅全都浸在濕濕熱熱的液體裡，但是她唯一想到的卻是記憶庫裡另外一首歌，〈麥克阿瑟山巔〉，甜美而碧綠的冰水流流到了山腳。她在山路上讓查洛奇倒車下山，車胎打滑，時而偏左，時而偏右。她手上的感覺又回來了，彷佛有上千支針在刺，臉上的感覺則像是剝了好幾層皮，牛仔褲上的血水凝結成閃閃發亮的冰。她的右手佈滿一條條鮮紅色的血跡，手指頭跟著受損的神經抽搐舞蹈。鼓手還在哭，不過她讓他哭。他還活著，他是她的。

查洛奇的車尾撞到路邊一輛棄置的車，她將車頭轉正重來一次，然後查洛奇又滑向右側，擦撞到一輛旅行車，發出尖銳刺耳的金屬磨擦聲。最後她終於到了山下，朝著八十號州際公路的方向前進，暖氣呼呼的吹，但是寒氣依然深陷在她的肺裡。她看到一個指著八十號州際公路往西的路標，於是轉進入口匝道，車燈照出去，前方的風雪沉沉翻攪，就像水底的淤泥。接著又有另一個閃爍的大標示擋住她的去路，「道路封閉請停車」。不過這次的標示旁邊沒有豬玀車，瑪莉駕著查洛奇從右側路肩涉雪繞過路障，然後又回到匝道上。

上八十號州際公路的匝道是一條漫長的彎路，路面積雪濕滑，瑪莉以龜速行駛，終於回到了州際公路。守在麥克費登出口的豬玀車，已經被她拋在四百公尺之後了。她慢慢加速到每小時六十五公里，高速公路在她車輪下緩緩上升。雪還是很大，風更是像一隻瘋狂的野獸。她正穿越洛磯山脈。

瑪莉彎進八十號州際公路之後不到十分鐘，一輛車身生鏽、只剩下一盞車頭燈的卡特拉斯，也駛進了匝道彎路，就跟在她的後面。

蘿拉臉上的淚水融化。此刻的她精神亢奮，脈搏跳得飛快。她一隻手緊緊握著方向盤，再用另一隻手臂的手肘協助操縱方向。僅剩的一支雨刷推開積雪時，發出吃力的哀鳴，蘿拉很擔心雨刷的馬達隨時都可能燒壞。卡特拉斯奮力爬坡，前面的公路結冰濕滑。她維持五十到六十公里的時速，也向上蒼禱告，希望瑪莉還夠警醒，不至於把車子開出路面。瑪莉傷得很重，也跟她一樣凍個半死。蘿拉支離破碎的手在繃帶底下腫脹發燙，她的身體早已超越了疼痛的極限，現在全靠意志力和黑貓丸在支撐精神。她還在奮戰不懈，因為淚水不能換回大衛，就算她爬到角落投降求饒，也救不回她的兒子。她已經走了這麼遠的路，再也不能再回頭了。她拋棄了朋友，把她留在雪地裡。恐怖瑪莉的罪狀又多了一條。

強風侵襲卡特拉斯，金屬車架發出宛如人聲的呻吟。蘿拉目不轉睛的盯著前方的暴風雪，尋找紅色的車尾燈，但是什麼都看不見，只有一片白茫茫的雪花和白雪後面無盡的黑暗。高速公路微微向右彎，依然在上坡，車胎壓到一片薄冰而打滑，讓蘿拉的心臟猛跳了一下，所幸輪胎又回到路面上。雨刷馬達的呻吟愈來愈大聲，這比冰雪更讓蘿拉擔心，如果雨刷不能動了，她就走投無路，只能坐等暴風雪結束。這時候公路開始下坡，稍微向左彎，蘿拉放鬆剎車，車輪又再次打滑，卡特拉斯幾乎撞上左側中央分隔島的護欄，幸好她及時控制住車子。結實堅硬的雪塊連珠砲似的打在擋風玻璃上，公路又再次上坡。一陣狂風刮過卡特拉斯，像是一記重拳打在車身左側，連她緊握住的方向盤都跟著顫抖。

即使一小時只能走十公里路，她還是要繼續走，她必須繼續前進，直到雨刷馬達燒壞，風雪將車子埋住為止。現在她生命中唯一重要的事情，唯一還他媽的值得她活下去的事情，就是再一次將她兒子抱入懷中。如果必要的話，即便她走的每一里路都得對抗自然的暴怒，她也在所不辭。

在前方，瑪莉也讓查洛奇放慢速度。八十號州際公路的這一段是平路，上面到處都是雪堆，將近兩公尺高，強風從查洛奇兩側雙面夾擊，呼嘯的風聲像是預告死亡的妖精在尖叫。瑪莉從積雪堆中穿過，車輪在冰上打滑，然後又恢復抓地力。突然間，查洛奇失去控制，開始左右擺尾，她使勁操縱方向盤，但是卻無計可施。車子完全不聽使喚，開始慢慢的旋轉，最後撞進了一堆積雪裡。她硬踩著查洛奇的油門，穿透雪堆過去，引擎吃力的喘息著。又走了三十多公尺之後，她幾乎被雪堆圍繞，有些雪堆甚至高達兩公尺半。她還是繼續向前，試圖在雪堆中找到一條路徑，但是最後仍然不得不停車，因為積雪已經堆到跟引擎蓋一樣高，無法硬闖。

她看著後照鏡。黑影疊著黑影。那賤人到哪裡去了？還在銀雲酒店嗎？還是在高速公路上？那賤人是個戰士，但是不至於瘋狂到在暴風雪中穿越洛磯山脈吧？不會，因為這樣的瘋狂是瑪莉的專利。

她暫時哪裡都不能去。油箱裡還有油，暖氣也沒問題。再過幾個鐘頭天就亮了，或許有了天光，她就可以找到出路。

瑪莉拉起手剎車，然後關掉車燈和雨刷，不一會兒，擋風玻璃就完全遭到白雪覆蓋。她讓引擎怠速轉動，抱起鼓手，他已經哭完了，現在是發出肚子餓的咪嗚聲。她伸手去拿她的背包和寶寶的配方奶，尿液的酸臭味撲鼻而來，鼓手跟她一樣都尿濕了褲子。這個鬼地方實在不適合換尿布，她想，但是她現在為人母親，這些事情非做不可。她又瞄了一眼後照鏡，還是沒有車影。那賤人應該還留在銀雲酒店跟貝蒂莉亞蛋捲在一起。要不是蒂蒂跑出來礙事，那一槍應該可以打中那個蘿拉菠菜。那兩槍都射得很好，兩槍都是。她不知道蒂蒂究竟是哪裡中彈，但是她想蒂蒂應該好一陣子都不能去追逐任何人了吧。

在查洛奇後方約三公里處，蘿拉聽到一聲刺耳的磨擦聲，維持了約十秒鐘，然後雨刷就停了，白雪蓋住整個擋風玻璃。「可惡！」蘿拉大叫一聲，鬆開剎車，車子開始打滑偏斜，先是向左，然後又向右打轉，沿著八十號州際公路滑行。蘿拉的神經緊繃，但是也無能為力，只能準備好接受衝撞的力道。最後，卡特拉斯終於打正，也開始對剎車產生反應，然後在滑溜的路面上停住。

她的旅行告一段落，直到暴風雪停歇為止。現在除了拉起手剎車，關掉車燈之外，什麼事也不能做。暖氣還在軋軋作響的吹出熱風，油箱裡還有半箱油，應該可以撐上幾個鐘頭。

在黑暗中，蘿拉強迫自己慢慢深呼吸，冷靜下來。瑪莉也許脫離了她的視線，但是她知道瑪莉的目的地在哪裡。在這樣的風雪中，瑪莉不會開得太快，也跑不了多遠，她甚至可能下了八十號州際公路，找個地方睡一覺。最重要的是，她要在瑪莉之前趕到自由岩，找到傑克嘉迪納——如果他真的是蒂蒂名單上那三個男人的其中之一。

狂風在卡特拉斯周遭尖嘯，像是走調的小提琴音符。蘿拉的頭往後靠，閉上眼睛，蒂蒂的臉龐浮現她的腦海，不是躺在雪地上垂死的那個女人，而是小心翼翼的替蘿拉的手裝上夾板的那個女人。她看到蒂蒂的陶藝工作室裡那些由飽受折磨的心靈所創作的作品，然後又看到蒂蒂年輕時可能的長相，在中學畢業紀念冊上黑白照片裡的青少年，那應該是六〇年代末期的事了。蒂蒂面對鏡頭淺淺的笑著，頭髮飛揚起來，髮梢微翹，她有鄉村女孩特有的健康膚色與豐腴的臉頰，還有點點雀斑。她的眼睛清澈，在一個沒有謀殺與恐怖的地方，凝望著她的未來。

照片開始褪色。

蘿拉也隨它去，在暴風雪的懷抱中，沉沉的睡著了。

母親的工作完成了，瑪莉把鼓手放在乘客座上，將外套拉鏈拉起來。她花了好幾分鐘在心裡盤算還有多長的路要走——橫越猶他州要三百公里，然後到內華達州又是四百八十多公里，經過雷諾到加州，再到沙加緬度，接著穿過納帕山谷往奧克蘭，最後才能到舊金山。得替鼓手多買一些尿布和配方奶，必須多買一些止痛藥和保持清醒的東西。她賣掉母親戒指得來的錢還剩下很多，另外還有她從巧克力堅果棉花糖家裡搜刮到的四十七塊和一些零錢。她必須換掉身上的牛仔褲才能走進店裡買這些東西，不過要讓她那條腫脹的腿塞進乾淨的牛仔褲裡，可要費一番功夫。她的行李中還有另一雙手套，可以把血淋淋的手藏起來。豬玀要多久才會追查她的案子？不會很久，她想。離開山區之後，得快馬加鞭才行，或許找個地方躲起來，先避避風頭再說。

現在無法處理這些事情，因為她又開始發燒，每一次脈搏跳動都會讓她全身痠痛，而且意識正快速消失。她在黑暗中看到寶寶的臉，親吻了一下他的額頭，這才放倒駕駛座的椅背，閉上眼睛，聆聽車外的風聲，還有風聲中天神的歌聲，對著她唱〈愛她入狂〉。

瑪莉只聽完第一段就睡著了。

第六章　騎哈雷的男人

叩叩。

「小姐？」

叩叩。「小姐？妳沒事吧？」

蘿拉掙扎著醒過來，跟在膠水裡游泳一樣費力。她努力睜開眼睛，看到一個穿著褐色連帽外套的男人站在車窗邊。

「妳沒事吧？」他又問了一次，一張長臉在酷寒中吹得通紅。

蘿拉點點頭。這個動作讓她頸部的肌肉和肩膀全都在盛怒中清醒過來。

「來點咖啡吧。」那人舉起一個保溫瓶。

蘿拉搖下車窗，赫然發現風已經停了，雖然還有些許的小片雪花飄然落下，但是灰暗的天空已經出現一條條珍珠白的亮光，在陰冷的微光中，蘿拉看到白雪皚皚的巨大山脈，沿著八十號州際公路向前延伸。那人用保溫瓶的蓋子倒了一些咖啡遞給她，她感激涕零的喝下肚。如果是以前，她可能會希望這是一杯牙買加的藍山咖啡，可是現在，任何咖啡壺煮出來的咖啡，如果能夠讓引擎發動，都是人間美味。

「妳在這裡做什麼？」他問。「道路還是封閉的。」

「轉錯彎，走錯路吧，我猜。」她的聲音聽起來像青蛙呱呱叫。

「還好妳沒有到聖彼特那裡去問路。從這裡到石泉的路況本來都糟糕透頂，積雪有我的頭那麼高，還跟房子一樣寬呢。」

本來都糟糕透頂，他剛剛說。她聽到了機器的聲音。「我的雨刷壞了。」她說。「可以麻煩你幫我清掉擋風玻璃上的雪嗎？」

「我想可以。」他說著，用戴著皮手套的雙手開始鏟雪，積雪幾乎有十幾公分厚，而且最後三公分還凝結成冰，附著在玻璃上。那人勾起手指，挖得很深，然後轉個彎向上，冰層像遭到槍擊一樣碎裂，然後向四周滑開。她這一邊的擋風玻璃清乾淨了，從玻璃中望出去，可以看到一輛黃色的鏟雪車在她前方約四十公尺的地方工作，排氣管裡嘟嘟嘟的冒出白煙。另一輛鏟雪車則在州際公路東向的車道上，把路面的積雪鏟到一旁。還有第三輛鏟雪車停在離卡特拉斯約六公尺的地方，車上沒有司機。蘿拉發現她一定是在與世隔絕的時候睡死了，才會沒有聽到這些龐然大物靠近。在鏟雪車後面，則有兩輛公路單位的大型卡車，車上的工作人員鏟起煤渣，鋪在結冰的路面上。她腦子裡的齒輪開始轉動嚙合。「你們是從石泉來的嗎？」

「我們的人是從平頂山上來的，可是積雪是從這裡開始一路積過去。真的很糟糕啊，我跟妳說。」

鏟雪車是從西邊過來的，表示往加州的道路通了。

「謝謝你。」她將杯子還給他。卡特拉斯的引擎還在怠速運轉，油箱表已經幾乎見底了。她看看天色，推測自己至少睡了四個鐘頭。她鬆開手剎車。

「嗨，妳最好找個地方停車！」鏟雪車的司機警告她。「前面還是很危險。沒人跟妳說過雪鏈這回事嗎？」

「我會撐過去的。最近的加油站在哪裡？」

「在羅林斯。大約十六公里遠。我敢說，妳大概是天底下第二幸運的女人！」

「第二幸運？」

「是啊。至少妳沒有帶著一個差點凍死的小孩在身邊。」

蘿拉抬起頭來盯著他看。

「有個女的跟她的小孩被困在前面幾公里的積雪裡。」他以為她的沉默是好奇，於是繼續說道。「把自己累個半死。她車上也沒有加裝雪鏈。」

「她開的是一輛廂型車嗎？」

「什麼？」

「綠色的廂型車？她的車是不是那樣？」

「不是。是一輛吉普旅行車。好像是柯曼奇，或是傑洛尼莫，還是什麼的。」

「什麼顏色？」

「深藍色吧，我猜。」他皺起眉頭。「妳為什麼問這麼多？」

「我認識她。」蘿拉說。她又想到一件事。「你也拿咖啡給她喝嗎？」

「對呀！拿起來牛飲。」

蘿拉冷酷的微微一笑。她們從同一個苦杯裡喝咖啡。「那是多久以前的事？」

「三、四十分鐘前吧，我猜。她是妳朋友？」

「不是。」

「呃，她也問了最近的加油站在哪裡。我說在羅林斯。我跟妳說啊，在暴風雪中帶著小嬰兒旅行，又不加雪鏈……那女人八成是瘋子！」

蘿拉將車子打上檔，準備開車。「再次謝謝你。要小心啊。」

「小心是我的名字哪！」他說著，從車窗後退一步。

她開車離開，小心的注意自己的車速。車輪壓在煤渣上，嘎吱作響。不管有沒有雪鏈，她都會開到羅林斯。不過車子在好幾個地方還是不免打滑。公路先是上坡，然後下坡，穿過山地，可是她開得很慢、很小心，同時還注意油表的指針顫動。恐怖瑪莉在路上某處拋棄了她的廂型車，這一點再清楚不過了。至於瑪莉從什麼地方找到她的新交通工具？蘿拉就無從得知了，可是她推測瑪莉的手上可能又多沾了一些血。

而同樣的一雙手，也掌握了大衛的命運。

她彎進羅斯林的加油站，加滿了油，刮除擋風玻璃上剩餘的積雪，又去廁所解放了一下，又吞了一錠黑貓丸——咖啡因含量相當於四杯純的濃咖啡——她還買了一堆垃圾食物，保證讓她的血糖向上竄升。加油站的小雜貨店裡也有賣紗布繃帶，於是她也買了一些，重新包紮她的手。另外還添購了一瓶強效止痛劑、半打可樂，然後她就準備上路了。她問櫃檯後面那個十幾歲的小女生有沒有看到一個高大的女人帶著一個小嬰兒，開著一輛深藍色的吉普旅行車。

「有吔，女士，我有看到她。」那女孩答道。如果解決了臉上的青春痘問題，這女孩子應該很漂亮，蘿拉心想。「她大約在三十分鐘之前到這裡來。那小嬰兒好可愛，不過製造了一些騷動。

她替他買了新的尿布和新的奶嘴。」

「她有受傷嗎？」蘿拉問。那女孩一臉茫然的看著她。「流血。」蘿拉說。「妳有沒有看到她身上有血？」

「沒有吔，女士。」女孩的聲音裡有點戒心。蘿拉不會知道瑪莉一覺醒來，看到鏟雪車一大早就出動，立刻脫掉血跡斑斑的長褲，用最後一片尿布吸乾流出來的血，再掙扎的套上她從行李箱裡找出來的乾淨牛仔褲。

蘿拉付了錢，繼續上路。她猜她大約落後恐怖瑪莉三、四十分鐘。鏟雪車與載煤渣的卡車像一支小型軍隊一樣在八十號州際公路上工作。除了一些小雪花之外，降雪算是已經停了，留下滿地的積雪等待清理。她行經克萊斯頓西方的大陸分水嶺時，有愈來愈多車子在州際公路上奔馳，她的四周都是崎嶇的白色山頭，映襯著灰濛濛的天空。高速公路開始漫長的緩降坡，準備進入猶他州。當她經過石泉市時，看到州警在指揮貨櫃聯結車離開擁擠的貨車休息站，重返八十號州際公路。州際公路正式開放，藏在雲霧間的洛磯山脈已經被甩到她身後，她開始慢慢加速到九十公里，然後到九十五，再到一百公里。

剛過猶他州的州界，就看到一個路標指出鹽湖城還有九十三公里。她在尋找一輛深藍色的吉普旅行車，也看到一輛符合描述的車子，可是等她趕上前去與這輛車並肩同行時，卻看到車上掛著猶他州的車牌，而且開車的人是個白髮蒼蒼的老先生。她沿著州際公路穿越鹽湖城，在那裡停車加油，再沿著大鹽湖的灰色湖岸走，繞過湖邊，再筆直向前，往沙漠荒地前進。蘿拉吃午餐的時候——兩根花生巧克力棒和一罐可樂——雲層漸漸散開，陽光從縫隙中照了下來，天空也出現一片片的湛藍，偶爾有一陣旋風捲起冬季裡的沙漠塵土。

下午兩點，她行經猶他州的溫道爾，一塊綠色大招牌上畫著一個輪盤，歡迎她光臨內華達的沙漠地帶。八十號州際公路的兩側盡是差參的山峰與灌木叢，一路延伸到地平線的盡頭。翅膀張開來像隱形轟炸機一樣長的禿鷹，啄食著路上被往來車輛撞死的動物屍體。蘿拉經過許多廣告招牌，宣傳著「巨型跳蚤」市場、養雞農場、在雷諾的哈拉斯汽車博物館，還有在溫尼馬卡的牛仔馬術表演。有好幾次，蘿拉都不自覺往右看，以為還會看到蒂蒂坐在乘客座上。如果蒂蒂真的還在的話，那她可是個安靜的鬼魂，因為她只聽到輪胎的嗡嗡聲和引擎的軋軋聲，燃油製造的黑煙還不斷從車尾噴出去。蘿拉一直在路上尋找瑪莉的那輛吉普旅行車，也確實看到好幾輛，但是顏色都不對。在筆直的長路上，車子都以一百二、一百三的時速超越她。有一次她超越了一輛拖車，讓車速增加到一百二，接著內華達就只剩下一連串的路標，沙漠城鎮的名字一個個向後奔馳，綠洲鎮……威爾斯市……梅多波利……迪斯（Deeth）——有人用噴漆把第二個「e」改成了「a」，於是迪斯就成了死城（Death）。

她現在真的是形單影隻，孤伶伶的走進了恐怖的國度。

道路的盡頭就是自由岩，在舊金山以北約八十公里的地方。她找到傑克嘉迪納之後要怎麼辦？如果這三個人都不是傑克嘉迪納的話，她又該怎麼辦？他現在會變成什麼樣的人呢？他會拒瑪莉於千里之外，還是敞開雙臂擁抱她？他一定會在報紙上或電視裡看到她的新聞。萬一——這個念頭讓她的五臟六腑都糾結起來，反胃欲嘔——他在內心深處仍是嗜血的殺手，把大衛當成某種獻禮，然後跟瑪莉一起遠走高飛呢？萬一……萬一……萬一，這些問題都沒有答案。她唯一能夠確定的，就是這條路會通往自由岩，而瑪莉也在路上。

卡特拉斯抖動了一下。

她聞到一股燒焦的味道，低頭看看儀表板，溫度計的指針幾乎破表。哦，天哪！她覺得驚慌在啃噬她。「不要拋棄我！」她嘴裡喊著，眼睛拼命尋找出口。眼前沒有看到任何出口，而迪斯已經在她身後三公里外了。卡特拉斯的引擎嗄吱嗄吱響，像是混凝土攪拌器。「不要拋棄我！」她又重覆一次，腳下仍然踩著油門踏板。然後引擎蓋砰一聲掀了開來，像火車汽笛一樣尖叫一聲，蒸氣從引擎室裡冒出來，她知道散熱器完蛋了。這輛車子跟她的身體一樣，都已經超過的疼痛的極限，唯一的差別是她比車子堅強多了！「再走，再走！」她尖叫道，氣餒的淚水盈滿眼眶。卡特拉斯完全投降了，車速一路往下掉，蒸氣也不停的從溢滿的散熱器裡飄散出來。她前方的卡車不斷向前遠去，這世界終究還是缺乏英雄救美的鐵甲武士。「哦，天哪！」蘿拉大喊道。「真他媽的該死！該死！」可是詛咒於事無補。她引導受創的車子走下州際公路，車子慢慢向前滑行，最後終於在一隻遭到禿鷹啄食過的野兔屍體旁邊完全停住。

蘿拉坐在車上，聽著散熱器咕嚕咕嚕的沸騰呻吟。她可以感覺到，隨著每一秒鐘過去，瑪莉就離她愈來愈遠。她握緊拳頭，用力搥打方向盤，然後下車去查看慘狀。任何人如果說沙漠很熱，肯定沒有在二月來過，因為在車外迎接她的是刺骨的寒意。散熱器看起來像是不斷噴發的小小地獄，鐵鏽色的水溢出來，淹得到處都是，引擎發出滴答聲響，好像定時炸彈似的。蘿拉左右張望，放眼望去盡是一片荒涼寂寥。一輛車飛也似的閃過去，幾秒鐘之後又閃過第二輛。她需要幫助，而且要快。第三輛車來了，蘿拉舉起右臂召喚它停下來，但是那輛車呼嘯而過，只留下碎砂石刺痛她的臉。然後州際公路就是一片空蕩蕩的，只剩下她和那輛拋錨的卡特拉斯，還有一隻被啄食得只剩下肋骨和耳朵的野兔。

走回迪斯太遠了，但是她又完全不知道下一個出口有多遠，哪裡又有服務站？瑪莉正在趕往自由岩的路上，而蘿拉絕對不要坐在原地等哪個好心人來救她。她走上州際公路，面朝東方站著。

大約一分鐘之後，出現太陽照射到玻璃和金屬的反光。那輛車來勢洶洶，看起來像是旅行車。她一手伸進兩層毛衣底下，握住自動手槍的槍柄。如果那輛車不在五秒鐘之內減速的話，她就要效法《緊急追捕令》的骯髒哈利了。「停車！停車！」她低聲說著。冷風無情的吹著她的臉。「停車！停車！」她的手握緊了槍柄。「停車！可惡！」

旅行車開始減速。方向盤後面是一個男人，而旁邊坐著一個女人。他們兩人看起來都不太想幫忙的樣子，蘿拉看到有個孩子從前座探頭出來。那男的繼續開車，好像尚未決定是否要助她一臂之力，不過那個女的在他旁邊吱吱喳喳的說話。或許覺得我會是個麻煩人物吧，蘿拉心想。不過轉念一想，他們可能是對的。

那男的下定決心。他讓旅行車靠邊，開到卡特拉斯的後面，搖下車窗。

他們是住在猶他州的歐瑞姆的喬雪菲爾德和他太太凱西。他們帶著他們六歲的兒子葛瑞，要去沙加緬度看她父母。這些事情都是蘿拉在前往下一個出口的路上得知的，出口位在一個叫做哈雷克的地方，有六公里遠。她跟他們說她叫貝蒂莉亞摩斯，要去舊金山找一位老朋友。聽起來沒錯。葛瑞問她的手為什麼綁著繃帶？還有她的臉上為什麼受傷？她說她在家裡跌了一跤。不過他問她家在哪裡的時候，她卻沒有回答。然後，又過了一兩分鐘之後，葛瑞又一副天真無邪的樣子問她有沒有洗澡。凱西噓了他一聲，要他安靜，臉上掛著緊張的笑容，可是蘿拉說沒有關係，她已經走了好長一段時間。

喬在哈雷克下了高速公路，那實在稱不上一個城鎮，只有幾間煤渣磚砌的建築，一些飽受風吹雨淋的房子，一間用舊火車車廂搭建的餐廳，還有一間外牆塗著灰泥的郵局，屋外有一面美國國旗在風中飄揚。不過有一棟煤渣磚建築外掛著粗製濫造的招牌，指出那是「馬可修車廠」，門外有個簡陋的汽油幫浦，四周停了幾輛車，看起來像是被偷車賊大卸八塊後的殘骸。修車廠的後面有一堆廢棄舊車，還有一堆廢輪胎，不過倒是有一輛亮橘色的拖吊車，於是喬雪菲爾德將旅行車停在拖吊車旁邊。

有個男人從其中一座修車庫走出來，他的身材像消防栓一樣短小粗壯，穿著沾滿油漬污垢的連身工作服和T袖，肌肉糾結的手臂上，從手腕一路到肩膀都佈滿了刺青，還有一雙滿是油垢的黑手。另外，他還有一顆光溜溜的禿頭，戴著黃色的護目鏡。

「啊。」喬開心的說。「有人吔！」

在那一刻，蘿拉知道她應該怎麼做。她應該拔出手槍，命令雪菲爾德一家人下車，把他們留在這裡，然後自己開著旅行車揚長而去。馬可修車廠是個不入流的齷齪地方，要在這裡把她的車修好，會是充滿挫折的考驗。她應該拔槍搶車，而且現在要就動手！

可是那一刻轉眼即逝。他們是好人。沒有必要讓他們的生命留下槍枝的印記，雖然她從未想過要開槍，最多只是嚇唬他們而已。這是哪門子的麻煩人物，她心想。

「謝謝你們送我一程。」她跟他們說，然後下車。

旅行車開走了，葛瑞還在後車窗跟她揮手道別。然後蘿拉轉身面對那個渾身油污的光頭猴子，他站著還比她矮五公分，抬起頭透過黃色護目鏡看著她的樣子，活像一隻牛蛙。

「你會修車？」她問了一個愚蠢的問題。

「不會。」他哼的冷笑一聲。「我會吃車。」

「我的車子在過了迪斯幾里路的地方拋錨了，你能拖吊到這裡來嗎？」

「妳怎麼不到迪斯去？」

「因為我要往西走。我人都來了，你能拖吊嗎？」她這才看到那人手臂上的刺青是糾纏在一起的裸女胴體。

「現在正忙著呢。兩個車庫都有車子要修，還有兩台在等。」

「好吧。那你什麼時候能去拖吊？」

「一個鐘頭以後吧，大約。」

蘿拉搖搖頭。「不行，我等不了那麼久。」

「對不起囉，那算妳倒霉。妳看，這裡就只有我一個人。我是馬可，招牌上說了。」

「我要你現在就去拖吊我的車。」

他眉頭一皺，額頭出現極深的溝紋。「妳耳朵不好嗎，美人兒？我說我——」

蘿拉手上拿著槍，頂著他光禿禿的腦袋。「你說什麼？」

馬可嚥了一口口水，喉結上下滾動。「我……說……我隨時都可以出發，美人兒。」

「不要叫我美人兒！」

「好。」他說。「隨妳怎麼說，老大。」

說到洗澡，馬可比她更需要洗。蘿拉知道自己聞起來未必就像玫瑰，但是馬可身上散發出來的味道像是污濁的汗臭加上骯髒的內衣，讓人覺得林堡乾酪的氣味簡直是天堂的祝福。到了卡特拉斯旁邊，馬可往散熱器一瞄，忍不住吹起口哨。「嗨，老大！妳有沒有聽過這玩意兒要放冷卻劑？妳這裡面的鐵鏽足以讓一艘軍艦沉沒囉！」

「你能修嗎？」

「妳可以朝它開一槍，給它一個乾脆好死算了。」他看著蘿拉握在身邊的槍。「妳怎麼不把那東西收起來呢，神槍手安妮？我屁股上是貼了槍靶嗎？」

「我必須回到路上。你能修嗎？還是不行？」那輛拖吊車開始看起來很誘人，不過只用一隻手和一個手肘來操縱那該死的玩意兒，可不是件愉快的事。

「妳要我老實說，還是胡說八道呢？」他問她。「如果是滿嘴胡說八道，就會說可以啊，當然沒問題，小事一樁。老實說的話，妳最少需要一台新的散熱器，裡面還有一些管線鏽蝕，皮帶也快要不行了，還有油管看起來好像被老鼠咬過。妳還在聽嗎？」

「嗯。」

「大工程。」他繼續說，然後用髒兮兮的手指頭搔搔腦袋。「還得找一台適合這輛破銅爛鐵的散熱器才行。說不定得去艾爾科的零件行才找得到，而且不便宜，少說得兩張大鈔，而且我得等到打烊以後才能開始作業。」

「我有四百塊錢。」蘿拉說。她口袋裡還有五百三十四塊錢，是賣掉她訂婚戒指剩下來的錢。

「我可以在這附近買到一輛二手車嗎？」

「可以啊，我可以替妳找到一些東西。」他歪著頭看她，雙手放在圓滾滾的屁股上。「會有引擎，但是未必有地板。四張大鈔買不到什麼，除非……」他咧嘴一笑，露出銀牙。「妳有什麼可以交換嗎？」

她假裝沒有聽到他那句話，因為他的聲音只差那麼一點，就會變成女高音的尖叫。她需要的是他的手，不是他可疑的品格。「那你的車呢？」

「對不起，老大。我是騎哈雷的男人。」

「我可以給你四百五十塊錢修好我的車。」她說。「不過我要你一直工作，直到完全修好為止。」

額頭的溝紋更深了。「妳在趕什麼？妳殺了人嗎？」

「沒有。我趕著要到我要去的地方。」

他用腳踢踢右前輪，腳下的靴子看來用鋼絲刷洗過。「讓我看看妳的錢。」他說。

蘿拉把槍插回腰際，伸手到口袋裡掏出現金。「你可以在三個鐘頭內修好嗎？」

馬可停頓一下，想一想。他抬頭看著躲在雲層後方的太陽，又看看散熱器，咬著下唇吸了一口冷空氣。「我可以裝好散熱器，做點修補。有個智障的小孩有時候會來幫忙——如果他沒有在看蝙蝠俠漫畫的的話。我還得關閉加油幫浦、拉下店門，全心全意做這件事。可是艾爾科來回要三十公里，最少要四個鐘頭。」

此時已經將近三點，這樣一來她要到七點才能離開這裡。還有八百公里才到舊金山，而且根據地圖，到了自由岩還得往北再多走八十公里。如果她連夜開車趕路，可以在天亮之前趕到自由岩，但是問題是，瑪莉什麼時候會到？如果她路上都不停車休息的話，可能在午夜之前就到了。

蘿拉覺得淚水就要奪眶而出，這次上帝真的瞎了眼睛。瑪莉至少會比她早四個鐘頭抵達自由岩。

「我最多就只能做到這樣了，老大。」馬可說。「真的，不騙妳。」

蘿拉深深吸了一口氣。他們多說話也只是浪費時間而已。「就去做吧。」她說。

第七章 黑色小蛇

「住幾晚？」櫃檯職員的眼鏡滑到鼻尖。

「就一個晚上。」她說。

他遞給她一張紙，要她填寫姓名和地址。她寫下「傑克莫里森太太，維吉尼亞州里奇蒙林登大道 1972 號」。紙頭上有一排字寫著「豪麗汽車旅館，加州聖塔羅莎」。

「好可愛的小寶寶，是不是啊？是的，她是！」職員伸手橫越櫃檯逗弄鼓手的下巴，但是鼓手不高興，他又餓又累，在瑪莉的懷裡扭來扭去。

「是我兒子。」瑪莉說。她將孩子抱遠一點，那職員冷冷的笑了一下，把房間鑰匙給她。「我需要叫醒服務。」她堅定的說。「早上五點。」

「五點鐘，二十六號房需要叫醒服務，了解了，莫——」他看看紙條。「莫里森太太。」他推推鼻樑上的眼鏡。「啊……請先付現金。」

瑪莉付給他三十五美元之後，離開汽車旅館的辦公室，跛著腳走進北加州潮濕陰冷的空氣中。現在時間是凌晨兩點半多一點，一〇一號州際公路上的霓虹燈籠罩在一片朦朧霧氣之中，這條公路穿過聖塔羅莎，往北直達紅木林區。距離豪麗汽車旅館約三百公尺處，一一六號郡道公路穿過一片綠油油的丘地，通往太平洋岸，沿著那條路再走十七公里，就是自由岩鎮了。

她上了查洛奇，沿著汽車旅館的停車場找到二十六號房，把車子停在指定的位置上。她已經疲憊到不在乎夜間值班的職員會不會發現她自稱來自維吉尼亞，卻開著一輛愛荷華州車牌的車子。左輪手槍仍在她肩上的背包裡，她打開二十六號房門，抱著鼓手走進去，然後關上房門，閂起來。

她在顫抖。

她把鼓手放在單人床上。窗簾上有褪色的藍色玫瑰，灰色地毯也沾有污漬，電視機上貼了一張紅色貼紙，警告限制級閉路電視頻道僅限成年人觀賞。浴室裡有蓮蓬頭可以淋浴，也有浴缸，馬桶裡浮著兩根菸蒂。她沒有照鏡子，這工作可以留到待會兒再說。她在床上坐下來，床墊彈簧吱嘎一聲。天花板上有地震留下來的裂縫。這是加州歡迎妳的方式，她自嘲的想。十塊錢的房間，索價三十美元。

天哪，她的身體好痛，她的心思好累，渴望回復一片空白。可是還有好多事情要先做完她才能睡覺。

她躺在鼓手身邊，瞪著天花板上的裂痕。其實仔細看的話，好像是經過設計的一樣，就像中國的毛筆字。實在不應該在柏克萊多花那一個鐘頭，她想。就在街上走來走去，太蠢了。她本來只打算開車繞一圈，但是柏克萊有一股醇厚而懷舊的氣氛，讓她覺得非去看看老地方不可，不然她無法離開。金色陽光咖啡館，她第一次見到傑克的地方。卡車雜貨店，她跟暴風戰線成員常去那裡買大麻菸濾嘴和水煙筒。科迪書店，那裡常有針對這個腦殘國度發難的政治議論，讓傑克勛爵為了受到壓迫的廣大群眾感到義憤填膺。瘋狂義大利披薩，欣欣歐瑪拉曾經在那裡擔任夜班經理，不時塞幾片免費披薩給她的兄弟姊妹。這些都還在，或許舊了，或許重新粉刷過，但是都還在，讓她看到一個過去曾經存在的世界。

一個年輕的世界，瑪莉心想。一個充滿勇敢夢想的世界。他們如今安在？

她待會兒就得起來。必須洗個熱水澡，洗頭髮，把大腿傷口裡那些黃黃的膿水擠出來。她必須做好萬全的準備去見傑克。

可是她好累，只想倒頭就睡。不能讓傑克看到她這個蓬頭垢面、風塵僕僕的樣子，她還沒刷牙，腋窩發臭，所以她才會在奧克蘭灣大橋前的 7-11 停車購物，查洛克上還有一包東西沒拿下來呢。

鼓手開始放聲大哭，是飢餓的哭聲。她費了好大的勁兒才從床上爬起來，準備好他的配方奶，將奶瓶的奶嘴塞到他的嘴裡。他用力吸著奶，一邊用他那湛藍的眼睛看著她，就跟傑克的眼睛一樣藍。命運啊，她心想。傑克看著鼓手，就好像看到他自己。

「妳在害怕。」

天神站在房間角落，就在燈罩變形扭曲的檯燈旁邊。「妳怕得要死。瑪莉，我的好女孩，是不是？」

「沒有。」她答道。謊言讓天神露齒一笑。眼睛一眨，他就消失不見了。「我才不怕！」瑪莉尖聲叫道。她專心餵她的孩子，胃裡的神經全都糾結在一起，拿著嬰兒奶瓶的手也不住抽搐。

那種感覺又回來了，今天已經來了好幾次，就像聚在一起野餐的黑色小蛇，萬一傑克不是那三人的其中一個呢？

「不過他一定是。」她對鼓手說。他的眼睛打量著這個房間，嘴裡仍然緊緊咬著奶嘴。「照片裡的人是他。蒂蒂知道是他沒錯。」她眉頭一皺，每當蒂蒂那張臉浮現在腦海中，她的腦子裡就一陣刺痛，好像徒手拿著一幅邊緣全是鋸齒的金屬照片。又有一條小黑蛇跑進了她的夏日野宴，那個賤人到哪去了？

那個賤人知道傑克勛爵和自由岩的事。貝蒂莉亞蛋捲一定全都跟她說了。時鐘指針已經逼近三點，那個賤人到哪裡了呢？

等她找到傑克之後，他們會一起到安全的所在。他們可以擁有一座農莊，也許在一兩英畝的地上種些牧草，在燈泡下輕鬆度日，偶爾抬頭仰望星空。那個農莊將是個寧靜愉悅的地方，他們三個人將生活在和諧與愛的鐵三角裡。

她非常、非常想要過那樣的生活。

瑪莉餵飽了鼓手，拍著他的背讓他打嗝，他的眼皮變重了，她的也是。她把頭枕在臂彎裡，跟鼓手並肩躺在一起，近到可以聽到他的心跳，咚……咚……咚，像鼓聲一樣。必須起來洗澡，她想。還有洗頭。還要決定穿什麼衣服。這些林林總總的事情，生命中沉重的瑣碎事物。

她閉上眼睛。

傑克穿著一身白袍朝她走來，他的金髮披在肩上，一雙眼睛湛藍明亮，稜角分明的臉上留著鬍髭。天神也跟他在一起，穿著一身黑色皮衣。瑪莉可以聞到海洋和松木的香味。傑克身後有一扇廣角窗，陽光從窗戶灑進屋內。她知道他們在哪裡，雷鳴之家，在德瑞克斯灣，離豪麗汽車旅館約六十公里。美麗的愛之殿堂，暴風戰線誕生的地方。傑克走過松木地板，腳上穿著勃肯涼鞋，他臉上掛著笑容，散發出喜悅的光芒，伸手要接過他的禮物。

「她怕得要死哩。」她聽到天神說。那個惡魔！

傑克接過鼓手，他嘴巴一張，刺耳的電話鈴聲從他的嘴裡竄出來。

瑪莉猛地坐了起來。鼓手在哭。

她眨眨眼，腦子轉換到思考模式的速度有點遲緩。電話在響。電話。就在這裡，就在床邊。她拿起話筒。「喂？」

「已經五點囉，莫里森太太。」

「好，謝謝你。」職員掛斷電話。恐怖瑪莉的心跳像鐵鎚一樣沉重。

這一天終於來了。

她的衣服濕透了，發燒盜汗又回來復仇。她不理會鼓手，讓他自去啼哭，然後離開房間，到車上去拿行李箱和7-11的購物袋。天空仍然一片漆黑，霧氣像蔓藤一樣爬過停車場。晨星高掛，今天會是晴朗的好天氣，典型的加州晴天。在二十六號房的浴室裡，瑪莉脫掉衣服。她的胸部下垂，膝蓋和手臂上都有瘀青的斑點，大腿的傷口有深色化膿的血痂，黃色的膿汁在乾血塊裡閃閃發亮。前臂的咬傷不算嚴重，只是很難看。她試圖用手擠出一些發炎的膿血，立刻痛得滿頭滿臉汗珠直冒。她擰開水龍頭，調配冷熱水混合成溫水，然後走進水柱之中，手裡還拿著她新買的肥皂，聞起來有草莓香味。

她的洗髮精也是在7-11買的，讓她的頭髮飄散出一種野花的香味。她曾經在電視上看過這產品的廣告，年輕女郎露齒而笑，牙齒潔白，甩動著一頭秀麗的長髮。清水和肥皂洗掉她身上的污垢，可是瑪莉沒有清洗傷口的部份。她沒有吹風機，所以用毛巾擦乾頭髮，再用梳子梳理過。

她用秘密的滾筒體香劑輕輕塗抹腋窩，再用寬繃帶把傷口貼起來，穿上一條乾淨的藍色牛仔褲，穿在腫脹的腿上繃得好緊好痛，不過那也沒辦法——還有一件淡藍底紅條紋的上衣，最後套上一件黑色套頭毛衣，毛衣聞起來有樟腦丸的味道，但是讓她看起來不會那麼笨重。她穿上乾淨的襪子，長上皮靴，接著伸手到購物袋最底下，拿出瓶瓶罐罐的化妝品。

瑪莉開始修飾她的臉。她有好一陣子沒有化妝了，此時右手又在抽筋，只好用笨拙的左手。她一邊化妝，一邊看著鏡子裡的自己。她五官深邃，還看得出原本這張臉龐的年輕時的模樣。她希望自己能再次擁有一頭金色長髮，而不是像現在這樣的淡褐色短髮。她回想起從前，他喜歡用手指纏繞把玩她的頭髮。她的眼睛底下有深色眼圈，深紫青黑，幾乎像是瘀血。多用一些化妝品吧。現在看起來還不算太糟。臉頰再一抹紅艷，一點點就好，只要讓臉上有點顏色就行。沒錯，這樣很好。浮腫的眼皮上再加上一點藍色眼影。不行，太多了。她抹掉一些。最後再點上一點玫瑰色的亮彩唇膏。好了，大功告成。

少了二十歲。她看著鏡子裡的那張臉，又看到傑克勛爵愛過的那個小妞。現在，她把他們的兒子帶來給他了，他會加倍的愛她。

瑪莉很害怕。經過這麼多年之後，再見到他……想到這裡就讓她的胃抽筋。她怕自己會吐出來，但是她忍住，反胃的感覺又過去了。她刷了兩次牙，還用 Scope 漱了口。

快要六點了。該走了。該去自由岩，尋找她的未來。

瑪莉在毛衣前面別上笑臉胸針，她的護身符，然後把行李箱拿到查洛奇上，天空正要由灰轉白。她折返房間去抱鼓手，把新買的奶嘴塞在他嘴裡，緊緊把他擁在胸前。此時她的心又變成了鼓手，砰砰砰的敲打著她的胸膛。「我愛你。」她低聲道。「媽咪愛她的寶貝！」她把鑰匙留在房間，關上房門，然後抱著鼓手一跛一跛的走向查洛奇。

在破曉的寧靜中，瑪莉發動引擎。

就在恐怖瑪莉轉動鑰匙的十七分鐘前，一輛裝了新散熱器的卡特拉斯呼嘯穿過豪麗汽車旅館南方五十公里的納瓦托社區。蘿拉以一百一的時速，在一〇一號州際公路上向北奔馳。淡紫色的微光中，馬林郡的綠色山丘在公路前方升起，層層疊疊的山坳之間有數以百計的人家，船屋停泊在聖帕布羅灣的平靜海水中，霧濛濛的空氣中一片平靜祥和。

可是蘿拉的心裡一點也不平靜。她臉部的肌肉緊繃，深陷在頭顱裡的眼睛呆滯無神，緊握住方向盤的右手指頭也抽筋成了雞爪，徹夜的煎熬讓她渾身僵硬。她在馬可修車廠的辦公室睡了兩個鐘頭，又在沙加緬度和瓦列荷之間吞掉了最後一顆黑貓丸。當她看到指向聖塔羅莎的路標時，她全身像是觸電一樣震顫，因為聖塔羅莎的西邊就是瑪莉的目的地，也是她的目的地。里程數一里一里的向上攀升，高速公路上幾乎空無一車。她向上蒼禱告，千萬別讓公路巡警盯上她，她現在不會放慢速度，就連耶穌或聖人降臨也是一樣。她最後一次停下來加油是在沙加緬度，此後就是一路飛奔。

這麼近了，這麼近了！天哪，如果瑪莉已經找到他了，該怎麼辦？她心想。瑪莉一定領先她三個鐘頭！哦，天哪，我得加快腳步！她瞄了一眼車速表，指針危危顫顫的指向一百三，車子也開始微微震動。「放輕鬆，別把它操得太兇。」臨行前，馬可對蘿拉說過。她到將近七點三十分才把車子駛離修車廠。「一旦成了破銅爛鐵，終生都是破銅爛鐵！妳油門不要踩得太猛，或許它可以載妳到妳要去的地方！」

她讓他的荷包裡多了四百五十美元。米奇——那個喜歡蝙蝠俠又有點智障的孩子——對著她揮手，吼道。「有空再來啊！」

路標寫著「聖塔羅莎，十四哩」。

卡特拉斯向前飛馳，太陽那顆橘紅色的火球也慢慢升起。

「歡迎光臨自由岩，快樂谷的小鎮。」

瑪莉駛過路標。主要幹道上有幾家小店，櫥窗玻璃閃爍著橘色的霓虹燈。小鎮的四周環繞著起伏的山丘，此刻依然沉睡不醒。這是個小地方，有幾條乾淨的街道和些許建築物，一盞閃爍的警示號誌燈，一座有露天舞台的小公園。路邊的號誌牌寫著「限速二十五公里」。路邊兩條狗看到瑪莉慢慢駛過街道，停止到處聞嗅，其中一隻還對著她大聲吠起來。警示號誌燈再過去一點點，就是加油站了——這個時候還沒有開門呢——站前有具公用電話。她把車子停在加油站內，走下查洛奇，查看電話簿。

卡瓦納，凱斯與珊蒂，穆爾路 502 號。

哈德雷，過頂路北 1219 號。

電話簿裡沒有狄恩沃克的住家地址，不過她有哈德雷太太給她的車行地址。狄恩沃克進口車行，麥乾路 667 號。電話簿裡會有自由岩的地圖嗎？沒有，並沒有。她四處張望，找尋街道路牌，在街角警示號誌燈底下看到一個。她站的這條街叫做公園大道，橫的那條是麥克吉爾。

瑪莉從電話簿撕下有卡瓦納與哈德雷的那一頁，回到車上。「要去找他囉！」她跟鼓手說。「是的，我們要去囉！」她回到公園大道，繼續朝著原來的方向緩緩前進。「他可能結婚了。」她跟鼓手說，然後又對著後照鏡檢查一下口紅。「可是沒有關係。你知道，那只是偽裝而已。你必須做一些你不喜歡做的事情，跟我以前在漢堡王的工作一樣。『謝謝您，女士。』『是的，先生，請問您要搭配薯條嗎，先生？』，像這些事情。就算他結了婚，也只是為了隱藏身份，可以掩飾得更好。可是沒有人像我這樣了解他。他可能跟某個女人生活在一起，但是他並不愛她，只是在利用她來扮演某個角色。你知道嗎？」

哦，她跟傑克可以教他們的兒子了解這個世界與生命的一切，真是太神奇了！

下一個十字路口就是麥乾街了。

右轉走一條街，就在克羅克銀行的隔壁，有一棟磚砌建築，前面有一個用柵欄圍起來的停車場，裡面停了幾輛捷豹、一輛黑色保時捷，還有各色的寶馬和其他各種進口車。門口一個招牌用藍色的字寫著「狄恩沃克進口車行」。

瑪莉在房子前面停車。屋子裡暗暗的，還沒有人上班。她從背包裡拿出左輪手槍，下車，跛行到房子的透明玻璃窗前，玻璃門上的一個牌子跟她說，這個地方從早上十點開始營業到下午五點。不過她決定今天要提早三個小時又三十八分鐘開門。

她用左輪手槍的槍柄敲碎大門玻璃，頓時警鈴大作，但是她早有心理準備，因為她已經看到電線了。她伸手進去，找到門鎖，扭開，然後推門而入。在小小的展示間內停著一輛賓士，屋子裡還有一套沙發，旁邊的茶几上擺著汽車雜誌和廣告傳單。在一台飲水器的兩側分別有兩扇門，門上各有一個名牌。一個是「傑瑞波恩斯」，另一個是「狄恩沃克」。他的辦公室鎖著。警鈴聲會把整座小鎮都給吵醒，她的動作得快一點。她四處張望，找看看有什麼東西可以把門撬開，這時突然看到一幅鑲框的彩色照片，就掛在整面牆上閃亮亮的銅牌上方，照片裡並肩站著兩名男人，對著攝影機開懷大笑，其中一個比較高的男子攬著另一個較瘦小男子的肩膀，照片底下有一行字寫著「自由岩年度企業家狄恩沃克（右）及西維坦協會主席林頓李」。

狄恩沃克高大精壯，臉上帶著生意人狡猾的笑容，小指還戴了一枚鑽石戒指，脖子上則是正式領帶。而且他是黑人。

一個解決了。

瑪莉跛著腳回到查洛奇，引擎還沒熄火。似乎全鎮的狗都在狂吠。她開車離開車行，經過一輛停在路邊的垃圾車，車上有兩個人下來。她在下一個路口左轉，這條路叫做東景路，她在歐利昂條街闖過一個停車的標誌，可是她一看到下一個街道路牌，立刻踩了剎車。那路牌是「過頂路」。

哪一邊呢？她轉向右邊。不一會兒就發現自己選錯了，因為前面有個此路不通的標誌，還有一條小溪流過一片林地。她迴轉，朝東行。

她駛離了自由岩的商業區，來到住宅區，一棟棟磚造的小房子，門前有修剪得一絲不苟的草地與花盆。她放慢速度，尋找住址，1013……1015……1017。她的方向是正確的。下一個街區從1111開始，然後她看到了，在金色的晨光中，一棟磚砌小屋，前面有個信箱寫著「過頂路

1219號」。

她把車子開上短短的車道，車棚底下停著兩輛車，一輛小型的豐田和一輛中型的福特，兩輛車都是加州的車牌。那房子跟附近的房子沒什麼兩樣，僅有的差別是前院的一個鳥澡盆和一張木頭長椅。「試圖融入社會。」她熄掉引擎時跟鼓手說。「扮演郊區生活的角色，就是應該這樣做。」她開始準備下車，可是一股恐慌又襲上心頭，這股恐慌讓她感到氣餒。房子靜靜的等候她。

瑪莉慢慢的下車，跛著腳走到白色的大門前，把鼓手和槍枝都留在車上。她可以聽到遠方傳來車行微弱的警鈴聲，還有狗吠，有兩隻鳥在水盆裡鼓翅戲水。她在走到大門之前，一顆心撲通撲通跳得好快，胃裡也七上八下，讓她一度以想要衝到旁邊裝飾用的樹叢裡嘔吐，但是她強迫自己忍住，深呼吸一口氣，按了門鈴。

她等著。掌心冷汗直冒。她抖得像是初次赴約的小姑娘。她又按了一次門鈴，如此的沒有耐性，如此的悲慘。哦，天哪，拜託是他，她心想。拜託是……拜託是……拜託——

腳步聲。

門閂拉開

她看到門把轉動。

哦，天哪……拜託是他……

大門打開，一個睡得兩眼浮腫的男人從門縫中窺探出來。

「找誰？」他問。

她無法言語。眼前是一位看起來健壯英俊的男人，有一頭如白色泡沫般的捲髮，大約六十來歲。「有什麼事情嗎，小姐？」惱怒讓他的聲音變得尖銳。

「呃……呃……」她大腦裡的輪子卡住了。「呃……你是……尼克哈德雷嗎？」

「我是。」他的一隻褐色眼睛瞇了起來，她看到他注意到笑臉胸針。

「我……迷路了。」瑪莉說。「我要找穆爾路。」

「在那邊。」他下巴微微抬高，指向他的右邊，沿著過頂路再過去一點的地方。「我認識妳嗎？」

「不認識。」她轉身，開始快步走向查洛。

「嘿！」哈德雷大喊一聲，追了出來。他穿著睡衣和一件繡了帆船的綠色長袍。「嘿！妳怎麼知道我的名字？」

瑪莉溜進方向盤後面，關上車門，倒車回到過頂路。尼克哈德雷站在他的院子裡，有兩隻小鳥在爭奪水盆裡的地盤。群狗狂吠的聲音和警鈴是同樣的音調。瑪莉追著她的星星，一直向前開。

離哈德雷家大約四百公尺的地方，穆爾路就從原路的右側岔去，瑪莉順勢轉進去。朝著籠罩薄霧的海面開過去，她看到一片點綴著紅木房舍的翠綠山丘，房舍背對著蜿蜒的道路，彼此之間相隔甚遠。瑪莉一路尋找信箱上的姓名與門牌號碼，繞過一條長滿蒲葦草的長長彎道之後，看到一個畫著白色鯨魚的信箱上寫著「卡瓦納」。

一條約二十公尺長的碎石子車道，向上通往一棟紅木房舍，房子前方還有陽台俯瞰太平洋。屋外停著一輛銅色卡車，瑪莉將查洛奇開到卡車後面停好。鼓手又開始大哭，不知道為了什麼事情不高興。她看著那棟房子，雙手緊握住方向盤。除非她去敲門，否則她無法確定真相為何，可是如果他真的來應門的話，她希望他能看到他們的兒子。於是她揹起背包，抱著鼓手下車。

那是一棟很漂亮、維護得很好的房子，花了很多功夫保養。前院有個臺座，臺座上放著日晷，四周有花台環繞，裡面種了看似刮鬍泡刷的紅色小花。空氣有些冷，還有從遠方海面上吹來的風，但是陽光照得瑪莉的臉暖烘烘的，連鼓手的情緒也鎮靜許多。她看到那輛卡車駕駛座的車門上畫了一個標誌，上面寫著「老傳統公司」，底下則是卡瓦納的名字和電話。

瑪莉緊緊抱著孩子，彷彿他是一個她害怕會失去的夢想，走上紅木台階，來到大門前。門上有個銅製門環，做成一個古老的大鬍子臉形狀。瑪莉選擇用拳頭。

她緊張得五臟六腑都糾在一起，頸後的肌肉繃得像鐵條一樣僵硬，汗珠從兩頰冒出來，她定睛看著那個銅製門環，而鼓手則拉扯著她胸前的笑臉胸針把玩。

她還沒來得及敲第二次門，就聽到門鎖打開的聲音。門唰一聲打開，動作之快讓她差點驚跳起來。

「嗨！」一名身材苗條、面容姣好的女子站在門口，她有一頭淡金色長髮，一雙淡褐色的眼睛，笑起來露出嘴裡的牙套。「我們一直在等妳呢！快進來吧！」

「我是……來……」

「沒錯，已經準備好了。進來吧。」她說著，從門口退後一步，恐怖瑪莉跨過門檻，那女人隨手關上大門，指著一個大書房請瑪莉進去。書房裡有穹頂天花板，一座石砌壁爐，還有一口落地式大擺鐘。「就在這裡。」那女人穿著粉紅色的成套運動衫，腳下一雙淡藍色慢跑鞋。有一只皮包擱在米黃色的沙發上，拉鏈打開，露出一個鑲在光澤木框裡的東西。「我們希望在打包之前讓妳先看一眼。」那女人解釋道。

那是一個盾形紋章，兩側各有一座高塔，中間拱著一隻半馬半獅的生物，襯著背後的一團火焰。在底下，有一排字，跟卡車門上的花體字一樣，寫著一個名字，「米契霍夫」。

「出來的顏色很不錯吧，妳覺得呢？」那女人問。

她不知道該說什麼。顯然這個女人——她猜應該就是珊蒂卡瓦納吧，今天早上正在等某人來拿這個盾形紋章。「是啊。」瑪莉決定附和。「是很漂亮。」

「哦，真高興妳喜歡！當然，家族史都附在說明書裡面。」她將木框轉過來，給瑪莉看貼在背面的信封套，瑪莉也注意到她的結婚和訂婚戒指在手上閃閃發亮。「妳哥哥一定會很喜歡，韓特太太。」

「我相信他一定會。」

「我幫妳包起來。」她把盾形紋章收進皮包裡，拉上拉鏈。「妳知道，我必須說，我以為會是年長的老太太呢。妳在電話裡聽起來年紀比較大。」

「是嗎？」

「嗯哼。」那女人看著鼓手。「好可愛的小孩呀！多大啦？」

「快要滿月了。」

「妳有幾個小孩？」

「就他一個。」瑪莉淡淡的笑著說。

「我先生好喜歡小孩。好吧，就麻煩妳支票抬頭寫『老傳統公司』，我到樓下去把它包裝起來，好嗎？」

「好。」瑪莉說。

珊蒂卡瓦納離開書房。瑪莉聽到門打開的聲音，然後那個女人說。「韓特太太帶了她的小孩來。你去打聲招呼，我把東西包起來。」

一個男人清清嗓子，說。「還好嗎？」

「嗯，她很喜歡。」

「那就好。」他說。然後是從樓梯下來的腳步聲。瑪莉覺得一陣頭暈目眩，伸手扶著牆壁，以免腿軟昏倒。屋子裡不知什麼地方有電視聲響，從聲音判斷應該是卡通節目。瑪莉跛著腳走到前廳，在她還沒走到那裡，有個男人突然從角落轉進來，差點撞到她身上。

「嗨，韓特太太。」他臉上擠出微笑，伸出手來說。「我是凱斯卡——」

他的笑容當場僵住了。

第八章　雲端城堡

蔚藍的早晨天空下，警報聲起，響徹自由岩。

蘿拉循聲而至，開著卡特拉斯轉進一條叫做麥乾街的道路，發現一輛藍灰相間的警車停在一棟磚造建築前面，她一看到這棟房子的招牌，立刻倒抽一口冷氣。一輛垃圾車停在附近，兩個人在跟警察說話，其中一人指著麥乾街的反方向。路邊有幾個旁觀群眾，一對穿著俐落運動衣褲老夫妻，一個穿著 MTV 外套的年輕女孩，還有一個穿橘色螢光緊身衣和黑色緊身單車褲的年輕男子，他撐起單車支架停好車，站著跟那個女孩說話。蘿拉可以看到狄恩沃克的進口車行大門被人敲破，另外一名警察正在屋內走來走去。

蘿拉把車子停在對街，下車，走到那群圍觀民眾旁邊。「發生什麼事？」她問那名男子說。警鈴依然在小鎮上迴蕩。

「有人闖進去。」他說。「就在十分鐘之前。」

她點點頭，然後從口袋裡抽出那張自由汽車旅館的便條紙。「你知道我要到哪裡去找這幾個人？」她給他看那三個名字，年輕女孩也湊過來看。

「這裡就是沃克先生的店。」年輕人提醒她說。

「我知道。你可以跟我說他住在哪裡嗎？」

「他在諾地卡角有一棟大房子。」那女孩說著，撥開臉上的平直長髮。「應該住在那裡。」

「其他兩個人呢？」

「我認識凱斯。他住在穆爾路。」年輕人指著西北方說。「就在那邊，大概五分鐘就到了。」

「地址呢？」蘿拉催促他說。「你知道地址嗎？」

他們兩個都搖頭。那對老夫婦也朝她這裡看，於是她走向他們。「我在找這三個人！」她跟他們說。「你們能幫我嗎？」

那男人先看看那張名單，又看看她綁著繃帶的手，然後看著她的臉。「請問妳是哪位？」

「我叫蘿拉克萊波恩。拜託你……我一定要找到他們，這非常重要。」

「哦，是嗎？為什麼？」

她的眼淚幾乎要掉下來。「你至少可以跟我說穆爾路和諾地卡角要怎麼走吧？」

「妳住在這附近嗎？」他又問。

「湯米對陌生人向來沒有好口氣！」老太太說話了。「親愛的，穆爾路就是過頂路再過去一點，往這邊走第二條街就是過頂路。」她伸出手指著前方。「前面左轉，再走個五公里，穆爾路就在右手邊，妳不會錯過。」警鈴聲突然停止，隨後就是狗吠。「諾地卡角在後面，另外一個方向，要過麥克吉爾路。在警示號誌燈右轉，再走個十三、四公里路吧。」她抓著蘿拉的手，轉個角度，讓她可以看到紙條的內容。「哦，尼克是鎮議員！他住在過頂路。就是門前有鳥池的那間。」

「謝謝妳。」蘿拉說。「真的非常謝謝妳！」她轉身往卡特拉斯跑，還聽到老先生在她身後說。「妳怎麼不乾脆告訴她我們住在哪裡，好讓她也來搶我們？」

蘿拉倒車回到公園大道，朝著過頂路走。尼克哈德雷家似乎最近，她加快車速，一路尋找一輛深藍色的吉普旅行車，自動手槍就放在座椅底下的地板上。

凱斯卡瓦納的嘴唇微微一動，但是沒有發出任何聲音。

恐怖瑪莉也找不到話好說，只有小嬰兒開心的咯咯叫。

震驚如一團紫色迷霧籠罩住他們兩個人。

站在瑪莉眼前的這個男人沒有披著白袍，而是穿著領角有鈕扣的格子襯衫，胸前有一個打馬球小人標誌的深灰色毛衣，以及一條卡其褲。腳下不是勃肯涼鞋，而是磨損的平底便鞋，他的頭髮也不是金色，而是變得灰白，不但沒有披在肩上，甚至還不足以蓋滿頭皮。只有他的臉龐——啊，這就到了洩露秘密的時候了——還是傑克勛爵的臉，不過線條變得柔和，鬍子也刮得乾乾淨淨，下顎還有鬆弛的贅肉。他的腰際也多了一圈肥油，肚子從毛衣底下鼓出來，像座小山。

可是他的眼睛……那對晶藍透亮、精明美麗的眼睛……

傑克勛爵仍然存在，就在那雙眼睛後面，在這個自稱為凱斯卡瓦納的男人，這個製作鑲框盾形紋章的男人內心深處。

「天啊。」他低呼道，臉色血色全無。

「傑克？」瑪莉上前一步，他倒退兩步。她眼中含著淚，肌肉與靈魂都在發著高燒。「我給你帶來……」她抱起鼓手遞上前去，就像是呈獻貢品一般。「我帶了我們的兒子來給你。」

他的背靠到牆壁，驚訝的張大嘴巴，說不出話來。

「你抱抱他。」瑪莉說。「抱抱他。他現在屬於我們兩個人的。」

電話鈴聲響起。那個不知道自己丈夫真實姓名的女人從樓下喊道。「珍妮，妳接一下好嗎？」

「好！」一個小女孩的聲音回答。電話不響了，但是電視卡通的聲音還在。

「你抱抱他。」瑪莉催促他。眼淚滑落她的臉龐，毀了她的妝。

「爹地，是韓特太太打來的！」那小女孩說。「她說要到下午才能來！」

三秒鐘過去。然後樓下傳來一聲。「凱斯？」

「你抱抱他。」瑪莉低聲說。「抱抱他。抱抱我，傑克。求求你……」一聲呻吟似的啜泣湧上喉嚨，因為她看到她唯一的真愛、她的救世主、她苟活的理由，那個在她夢中愛撫著她、召喚她橫越五千公里路的男人，竟然尿濕了褲子。「我們現在終於可以在一起了。」她說。「就像以前一樣，只不過現在更妙，因為我們有了鼓手。他是我們的，傑克。我是為了我們才抱走他。」

他悄悄的後退，腳步踉蹌，還差一點跌倒。瑪莉跛著腳跟著他，穿過前廳來到走廊。「我是為了我們才做的，傑克。你知道嗎？我這樣做，所以我們才能在一起，就像以前一樣——」

「妳瘋了。」他的聲音緊繃。「哦，我的天哪……妳……偷了這個孩子……是為了我？」

「為了你啊。」她的心又飛揚起來。「因為我是那麼、那麼、那麼的愛你。」

「不，不，不。」他搖著頭說。傑克在電視和報紙上看到這則新聞，也一直在關注事情的發展，直到有更重大的事件發生，擠掉了這則新聞的版面。他也看到了暴風戰線的那些舊照片，一張張年輕的臉龐，如今熱情卻已老化冷卻。他曾經無數次回想起那些日子。現在，他的過去抱著一個偷來的嬰兒走進他家的大門來了。「哦，天哪，不要！妳一直都很蠢，瑪莉……但是我不知道妳竟然發了失心瘋！」

一直都很蠢，他說。發了失心瘋。

「我……是為了我們才做的……」

「離我遠一點！」他喊道。肥滿的臉頰脹得火紅。「離我遠一點！妳他媽的離我遠一點！」

珊蒂卡瓦納從一扇門走進走廊，看到這個高頭大馬的女人抱著她的小孩要給凱斯，頓時愣住了。他看到她，大吼著。「妳出去！把珍妮帶出去！她瘋了！」一個年約十歲的小女孩站在她母親身邊，也往走廊窺探，是個漂亮的小女生，有一頭金髮，也有一雙湛藍明亮的眼睛。「出去！」傑克嘉迪納又喊了一聲，那女人抱起女孩，往屋後衝了出去。

「傑克？」恐怖瑪莉的聲音粗嘎沙啞，淚水從她眼中流了下來，模糊了她的視線。妳一直都很蠢，他說。「可是我愛你呀。」

「妳這個發瘋的賤人！」他激動得口沫橫飛，濺到鼓手和她的臉上。「妳會破壞所有好事！」

「警察！」瑪莉聽到一個女人哭著打電話的聲音。「接線生，快接警察局！」

「你抱抱他。」瑪莉催促道。「拜託你……抱抱我們的孩子。」

「一切都結束了！」他吼道。「那只是遊戲！一場戲！我每天嗑迷幻藥，嗑得神智不清，連自己在做什麼都不知道！我們都一樣！」他赫然頓悟，猛搖著頭。「我的天哪……妳是說……妳還相信？」

「我的……命……是你的。」瑪莉低聲說。「都是你的！」

「警察局？我是……我是……珊蒂卡瓦納！我們被……有人闖進我們家！」

「我不要妳！」他說。「我不要這個孩子！那是很久以前的事情了，一切都結束了，早就結束了！」

瑪莉站得筆直不動，鼓手也一直在哭。傑克背貼著牆，站在她的前面，雙手擋在面前，好像要趕走什麼髒東西似的。

在那駭人的時刻，她終於看清楚了。

從來就沒有什麼傑克勛爵，向來都只有一個傀儡大師在拉扯他們的心弦與扳機。傑克勛爵是個虛構的人物，她眼前站的這個人才是真實的傑克嘉迪納，一個嚇得渾身顫抖的肉團。他的力量始終都是個謊言，熟練的玩弄一些反文化的口號、迷幻藥製造出來的夢想和戰爭遊戲。他喪失了信仰，因為他從來都沒有信仰。他用一雙欺世盜名的手，編織出暴風戰線的謊言，用泥土堆疊成塔，為石頭上漆，把馬匹和獅子融合在一起，然後稱他們為自由戰士，把他們拋進烈焰中。他創造出無數的紋章盾牌，只是為了替自己披上一件光榮的衣袍。如今他站在那裡，穿著這個腦殘國度的制服，而蓋瑞、艾基塔、珍妮特、欣欣和其他那些有信仰的人全都成了鬼魂。他還讓一個完全不知道什麼是烈火試煉的女人打電話報警。瑪莉知道為什麼了，這壓垮了她的靈魂，但她知道為什麼。他愛那個女人和那個孩子。

傑克勛爵死了。

傑克嘉迪納也快要死了。

她要從豬玀的手中解救他，算是她最後一次愛的表現。

她把鼓手抱在臂彎，從背包中抽出左輪手槍，近距離的瞄準目標。

傑克縮進了牆角，旁邊的牆上掛著一幅鑲框的盾形紋章，一座雲端城堡，四周是雄鹿與劍，下面寫著名字，「卡瓦納」。

瑪莉咬著牙，漆黑的眼中藏著殺機。傑克發出一聲哀嚎，像是挨鞭笞的狗。

她扣下扳機。

槍聲在走廊的迴聲很驚人。珊蒂卡瓦納尖叫著。瑪莉又開了第二槍，然後第三槍又響起，所有熱烈的、血紅的愛都從他被打穿的身體裡湧了出來，傑克倒在地上，不住的抽搐，瑪莉把槍管抵住他的禿頭，又送進了第四顆子彈，炸開他的腦袋，當下腦漿四溢，濺到牆壁和她的毛衣上。鮮血和肉塊沾到她的臉頰，也黏在那個笑臉上。

還剩兩顆子彈。正好給那個女人和小孩。

她開始去追她們，但是走到門口突然停止。

兩顆子彈，正好給女人和小孩。不過不是給那兩個瑟縮在房裡的女人和小孩，也不能陳屍在這間房子裡，留給那些豬玀檢視搜查，像獵人搜索戰利品一般。

瑪莉跛著腳走到門口，從潛伏在角落的天神身邊經過。「妳知道在哪裡。」他從軟簷帽底下說。她答道。「是的。」

她抱著鼓手離開這棟房子，只剩下他們兩人相依為命，跟全世界對抗。她坐上了查洛奇，一邊找地圖，一邊倒車離開車道，揚起了一片塵土砂石。

她用手指搜尋道路與途徑。離這裡不遠，沿著海岸公路走，也許三十公里吧。她知道路。她不知道傑克是否去過那裡，坐在裡面重溫昨日的夢想。

沒有，她認定。他從來沒有。

她轉進過頂路時，一輛警車閃著燈從她旁邊經過。要繞過一個彎道，轉進穆爾路，一直走就行了。她開著車，往回家的路走。

大門打開，一名白髮男人出現，他身上穿著一件上面有帆船的綠色袍子問：「什麼事？」好像他痛恨受到驚擾似的。

「尼克哈德雷？」蘿拉問道，神經七上八下。

「我是。妳是誰？」

「我叫蘿拉克萊波恩。」她看著他的臉。他年紀太大了，不可能是傑克嘉迪納。不對，這個人不是他。「你有沒有看到一個女人——身材很高大的女人，大約有一百八十公分高——還帶著一個小嬰兒？她可能開著一輛——」

「深藍色的查洛奇。」哈德雷說。「有，她早上來敲門，可是我沒看到什麼嬰兒。」他的目光評估著她身上的髒衣服和綁著繃帶的手。「她也知道我的名字。到底是怎麼一回事？」

「那是多久以前的事？那女人——她什麼時候到這裡來？」

「不到十五分鐘之前。她說她想找穆爾路。妳聽著，妳最好給我解釋清楚——」他突然看往街上，蘿拉也及時回頭，正好看到一輛警車朝著西邊飛馳而過，警示燈亮著，但是沒有鳴警笛。

穆爾路是在西邊，蘿拉知道了。

她轉身離開尼克哈德雷，衝到卡特拉斯車上，發動引擎，沿著過頂路往西，高速往穆爾路走，在路面上留下兩道輪胎的車痕。不知怎地，恐怖瑪莉竟然只領先她十五分鐘，而不是三四個鐘頭。

還有希望，可以把大衛找回來……還有希望……還有……

在蘿拉眼前，一輛深藍色的車子怒吼著從一條彎道轉出來，還越過中線，蘿拉看到駕駛座上那個女人的臉。在此同時，恐怖瑪莉也認出了蘿拉，查洛奇與卡特拉斯彼此交錯，距離不過七公分。

蘿拉奮力用手和手肘操縱方向盤，將車子開進某戶人家的草坪迴轉，然後又再次回到過頂路，不過這一次是往東走。她猛力一踩油門，卡特拉斯車尾咳出一道黑煙，不過速度還是加快了。查洛奇在她前方飛馳，不過短短幾秒鐘之後，她們又經過尼克哈德雷家門前，引擎的尖叫怒吼把鳥池裡的鳥嚇得振翅飛起。

到了下一個彎道，查洛奇開上了人行道，撞飛了一個信箱。蘿拉在瑪莉後方約十二公尺的地方，一直維持這樣的距離，決心再也不要跟丟了。她不知道大衛是不是還在那輛車上，不知道警車為什麼都往穆爾路飛奔而去，不知道傑克嘉迪納在不在自由岩，也不知道瑪莉的領先幅度為什麼縮小到只剩下十二公尺，但是她知道恐怖瑪莉絕對擺脫不了她，絕對不會。不管要追多遠，也不管她到去什麼地方。絕對不會。

查洛奇和卡特拉斯雙雙繞到公園大道上，從警示號誌燈底下衝過去，經過了「歡迎光臨自由岩」的標誌。瑪莉的目光來回掃視前方蜿蜒的道路與後照鏡裡的車影，看到蘿拉的驚嚇只是讓瑪莉打結的心思更加糾纏不清而已。一切終究都是命定啊。是的，瑪莉認定，萬般皆是命，而命運是躲不過的。就讓那個賤人來吧。在瑪莉結束她自己和寶寶的性命之前，她要先處決這個害死愛德華和貝蒂莉亞的賤人。

瑪莉的淚水止住了。她的妝融成了一張大花臉，眼窩深陷，滿目血絲。她的心演化到了最後一個階段，現在變成空的，裡面再也沒有任何夢想。她是暴風戰線的最後一個倖存者，所以要到開始的地方結束一切。

離開自由岩約十公里路，她轉進一條往西通往太平洋岸的鄉村道路。蘿拉也緊追不捨。里程數不斷攀升，道路則愈來愈荒涼。瑪莉照著她的地圖向左轉，蘿拉也亦步亦趨。瑪莉對著自己笑一笑，點點頭。小嬰兒很安靜，伸手抓著空氣。

道路在濃密的林地裡穿梭，有個路標寫著「雷伊角森林管理站，三公里」，可是開了不到一里半，瑪莉的查洛奇就向右一個急轉彎，轉進一條狹窄的黃土路。她加快速度，揚起了一陣飛沙，蘿拉也跟著轉進去，擋風玻璃前全都被飛沙走石遮蔽。「來呀！」瑪莉的聲音粗嘎刺耳。「跟著我啊！妳來呀！」

蘿拉加速緊追著查洛奇，輪胎在坑坑疤疤的道路上反彈震顫，開了大約一里半之後，飛沙走石不再，但是道路兩側的樹木都蒙著一層迷霧。蘿拉可以聞到太平洋海水的鹹味飄進車內。她跟著恐怖瑪莉繞過另一個彎道，兩車之間的霧氣瀰漫，驀然間，她看到紅色的尾燈亮起。

瑪莉突然踩了剎車，蘿拉用力將方向盤向右一扭，肩膀的肌肉立刻哀嚎起來。卡特拉斯勉強逃過撞車，但是卻衝出了路面，衝進了松木林內。車胎犁過長滿青苔的泥沼，藍色的霧氣掛在樹梢。蘿拉腳踩著剎車，卡特拉斯擦撞過樹幹，停在沼澤裡，水深淹過了車輪鋼圈。

蘿拉拿起手槍。她看到查洛奇停在一片迷離霧氣之中，車尾燈已經不亮了，駕駛座是空的。蘿拉打開車門，一腳踩進沼澤中，淹沒了她的腳踝。查洛奇的引擎已經熄火了，在一片靜寂中，蘿拉只聽見自己的心跳與海鷗的尖叫。

瑪莉到哪裡去了？大衛和她在一起嗎？還是沒有？

蘿拉蹲低身子，涉過泥濘的沼澤，找到一棵樹幹，擋在她和查洛奇之間。她預期隨時都會聽到槍聲，但是沒有。

「我要我的孩子！」她出聲喊道。她的手指頭扣住扳機，受傷的手又開始抽痛。「妳聽到了沒有？」

可是恐怖瑪莉沒有回答。她太聰明了，不會這麼輕易就暴露行蹤。

蘿拉必須離開她現在的位置。於是她小跑步躲到另一棵比較靠近吉普旅行車的樹幹後面，等了幾秒鐘，瑪莉仍然沒有現身。蘿拉慢慢逼近查洛奇，霧氣在她身邊環繞，偶有灰淡的陽光穿透樹冠的葉間縫隙灑落下來。她牙一咬，跑到那輛車的後面，蹲下來，仔細聽著。

她可以聽到遠方的雷鳴。

過了一會兒她才意識到那是海浪。太平洋打在礁岩上的聲音。

空氣濕濕涼涼的，水珠從樹梢滴落。蘿拉從查洛奇的側面向外窺探，駕駛座的車門是開著的，瑪莉不見了。

蘿拉站了起來，但是準備好一見到什麼風吹草動，就立刻再蹲下去。她往旅行車內張望，看到瑪莉旅途留下來的雜物，還聞到汗水、尿液和臭尿布的味道。

蘿拉從查洛奇旁邊走過，沿著黃土路向前行。她走得很慢、很小心，敏銳的五官全員出動，偵側任何偷襲的蛛絲馬跡。她頸背起了雞皮疙瘩，鹹鹹的海風鑽進她的鼻腔，雷鳴聲愈來愈響亮。

然後，森林從道路兩旁撤退，眼前出現一棟房子，俯瞰著太平洋和腳下驚濤拍岸的礁岩。

第九章　雷鳴之家

那是一棟兩層樓的木造建築，有三角形的山牆斜頂，二樓窗邊有平台走道，但是扶手欄杆已經腐朽。一樓外側也環繞著寬敞的迴廊。粗石鋪成的步道從聯外道路通往迴廊前的台階，但是步道上長滿了雜草。這房子從前應該很漂亮，在很久很久以前，可是現在已經無藥可救了。帶有鹹味的海風和太平洋浪花的霧氣，早就把屋外的油漆洗刮一空。房子的外觀呈現暗灰色，因為牆上爬滿了苔鮮與地衣，露出煙灰的顏色。看似癌細胞的植物霸佔了木頭材料，長滿了蔓藤捲鬚，跟其他的腫瘤糾纏在一起。迴廊的支柱已經有部份崩塌，地板也鬆了。另外也有人為破壞的痕跡，房子裡沒有一扇完整的窗戶，噴漆塗鴉像俗麗的荊棘一般爬在地衣苔蘚之間的空隙。

蘿拉走上台階，第二階和第四階都已經壞了。蘿拉的手才扶上欄杆，立刻陷入腐朽的木頭裡。大門門板早就不知所蹤，一跨進門檻的地板上出現了一個大洞，尺寸大約正好是瑪莉的靴子。蘿拉走進去，鹹水的味道愈來愈濃，屋內牆壁也長了蔓藤植物，苔蘚像花環一樣懸在天花板上。像是歡迎回家的裝飾品，蘿拉心想。她再往樓梯走過去，左腳一個不小心踏穿了地板，像是陷入灰色的泥沼，她拔腿出出來，黑色的小蟲子從破洞傾巢而出。樓梯的第一階已經塌陷，其實大部份的台階都崩塌。這房子已經爛到骨子裡，連牆壁都搖搖欲墜。

「我知道妳在裡面。」蘿拉說。濕透的牆壁悶住了她的聲音。「我要我的孩子。我不會讓妳搶走他，妳現在應該已經知道了。」

一片靜寂，只有雷鳴和水滴聲。

「來吧，瑪莉。我遲早都會找到妳。」

沒有回答。萬一她已經殺了他呢？蘿拉心想。哦，天哪，萬一她在自由岩就已經殺了他呢？所以才會有那麼多警車——

她不再繼續想下去，以免自己崩潰。蘿拉小心翼翼的走到另外一個房間，那裡的廣角窗已經破了，徒留一片優美雄偉的海景。她探頭就可以看到浪頭打上礁岩，濺起了浪花水霧。霧氣，靜默的殺手，慢慢的飄進屋內。坑坑洞洞的地板上，留有啤酒罐、菸蒂，還有一支空的蘭姆酒瓶。

蘿拉聽到一個聲音，起初她以為是海鷗的叫聲隨風飄來。不是，不是。她的心狂跳起來。那是嬰兒的哭聲。從樓上某處傳來的。淚水湧進她的眼眶，幾乎要放心的啜泣起來。大衛還活著。

但是她得爬上二樓去救他。

蘿拉開始踩著腐壞的台階拾級而上。大衛還在哭，哭聲時而減弱，時而增強。他累壞了，她想。又累又餓。她好想將他抱在懷裡。小心！小心！樓梯在她的重量之下微微顫抖，想必恐怖瑪莉上來時也是一樣。她爬進了一片陰鬱之中，苔蘚在牆上隱隱發光，終於到了二樓。

二樓也是一片荒蕪，但是大衛的哭聲指引她方向。她的右腳又一腳踏破了地板，這一次幾乎沒到膝蓋。二樓大部份的地板都已經崩塌，其他的木板也膨脹變形，踩在腳下鬆鬆垮垮的，隨時都會陷下去。蘿拉小心避開邊緣明顯蛀蝕、有黑色小蟲聚集的木板，循著她孩子的哭聲緩緩前進。

瑪莉可能在任何地方。躲在角落或是站在陰影裡等著她。蘿拉小心翼翼，步步為營，她的目光保持警戒，提防那個高大的女人突然在門口出現，可是都沒有看到瑪莉。最後，蘿拉終於來到她兒子所在的房間。

不只他一個人。

恐怖瑪莉也站在房間遠處的角落裡，面對著房門。她左手臂彎抱著大衛，右手握著左輪手槍，對準寶寶的頭。

「妳找到我了。」瑪莉說。一抹笑意閃過她因瘋狂而緊繃的臉龐。她的眼睛是兩個燃燒的黑洞，豆大的汗珠從皮膚裡滲出來，像是起了水泡似的。她的牛仔褲上有大片滲血與膿汁的痕跡。

蘿拉看到濺在那女人毛衣和笑臉胸針上的血塊，頸背上不禁汗毛直豎。左輪手槍的撞針擊鎚拉開了，隨時可以發射。「放他走吧，拜託妳。」

瑪莉停頓了一下，彷彿在思考這個問題，眼睛瞪著蘿拉身旁某個地方。「他說我不應該這樣做。」瑪莉跟她說。

「誰說？」

「天神。」瑪莉說。「他就站在那邊。」

蘿拉用力嚥了一口口水。大衛的哭聲漸強，然後又減弱，他正哭著要找他的媽媽。蘿拉差點要邁開腿走去抱他。

「把妳的槍放下。」瑪莉喝令道。

她遲疑了一下。一旦沒有槍她就完了。她的腦子拼命轉著，想找出什麼方法，想得腦子快要冒煙了。「在自由岩。」她說。「妳有沒有找到傑克嘉迪——」

「不要說那個名字！」瑪莉尖聲道，拿著左輪槍的手微微顫抖，握得指節發白。

蘿拉站定不動，肺部激動喘息著，額頭冷汗直冒。

瑪莉的眼睛閉了一兩秒鐘，彷彿想趕走她腦子裡看到的景象，然後又猛然睜開。「他死了。他在一九七二年就死了。死在新澤西州的林登市。發生了一場槍戰。豬玀找到我們。他死了……救了我和我的孩子。他死在我的懷裡。他說……他說……」她看著天神，等待指示。「說他從未愛過別人，說我們的愛就像兩顆流星，發光發熱，看到我們的人都會為這樣美麗的光和熱目眩神迷。所以他死了，很早以前就死了。」

「瑪莉？」蘿拉用盡全身力量保持聲音的穩定。如果她不立刻採取行動，她的孩子就會死掉。她的腦子裡又閃過警方狙擊手和陽台上那個瘋女人的畫面，背景是一片藍光閃爍的駭人景象。可是那女人是因為死亡的反射動作才殺死小嬰兒的。如果瑪莉必須選擇的話，她會先殺蘿拉？還是大衛？「寶寶是我的，妳能了解嗎？是我生下他的。他屬於——」

「他是我的。」瑪莉打岔道。「而且我們要死在一起。妳能了解嗎？還是不能？」

「不能。」

只有這樣了。蘿拉的眼睛估量著距離，腦子裡卻在計算著愈來愈少的時間。快要沒有時間了。她突然跪下來，朝前方一衝，動作之快讓恐怖瑪莉措手不及。

瑪莉的腦子裡閃過一個記憶，就像是高燒中的一劑清涼帖。鼓手的小手握著她的食指，彷彿在阻止她扣下扳機。

左輪手槍沒有走火。

就在蘿拉舉槍瞄準之際，瑪莉的槍口離開了孩子的頭，轉而朝向蘿拉。

但是蘿拉先開了兩槍。

她從三公尺外瞄準瑪莉的腿，第一槍沒打中，射中瑪莉身後的牆壁，但是第二發子彈擦過瑪莉大腿的傷口，射開了傷口，噴出溫熱的鮮血與膿汁。瑪莉大叫一聲，腿一軟，手槍還來不及對準蘿拉就走火了。瑪莉單膝跪倒在地，蘿拉朝她那邊爬過去，同時舉起自動手槍往那女人的頭部一揮，在她左臉顴骨重重一擊。瑪莉握槍的手不自主的痙攣，左輪槍掉在地板上。然後蘿拉一把抓住包裹大衛的綠色連帽夾克，硬是從瑪莉的懷裡搶過來，接著一腳把左輪手槍踢到地板上的一個洞裡，再慢慢向後退。

瑪莉側身躺在地板上，抱著受傷的腿呻吟。

蘿拉開始啜泣。她緊緊抱著大衛，親吻他的臉。他在嚶嚶啼哭，明亮的眼睛裡充滿淚水。「沒事了。」她跟他說。「沒事了。哦，天哪，我找到你了。我找到我的親愛寶貝了。謝天謝地！」

她必須離開這裡。森林管理站不算太遠。她可以到那裡去跟他們說恐怖瑪莉在哪裡。她的心跳得好快，血液在血管裡狂奔流竄。她覺得有點暈眩，一連串的苦難折磨，就像是海水湧上礁岩一般，鋪天蓋地的朝她襲來。她緊緊抱著孩子，跌跌撞撞的離開這個房間。「我找到你了，我找到你了。」她一直重覆著同樣的話，抱著他往樓梯走。

她聽到呼的一聲。

在她身後。

她回頭一看。

恐怖瑪莉用盡全身最後的力量，歪斜著身體，一個踉蹌，右拳往蘿拉臉上揮來，打得她整顆頭向後仰。蘿拉倒地時，滿腦子因疼痛激起的怒火，但是仍不忘緊緊護住大衛，身體一扭讓右肩著地，才不至於撞到孩子。她的槍也脫手而出，同時聽到槍枝掉落陰暗處的聲音。

瑪莉整個人撲上前來，想要將大衛抓走。蘿拉一鬆手，五指箕張，往瑪莉的眼睛抓過去，受傷的指甲劃過那高大女人的臉龐。瑪莉一記重拳正中蘿拉的胸口，把她肺裡的空氣全都擠了出來，蘿拉費力的喘息呼吸，感覺到大衛又離開她的身邊。

蘿拉伸臂勾住瑪莉的脖子，用力擠壓。瑪莉放開孩子，手肘重擊蘿拉的肋骨，然後使勁抓著蘿拉甩圈子，兩個女人一起撞到牆壁，把大衛一個人留在地板上。

腐朽的牆壁無法承受這種重擊，她們撞穿了遭蟲蝕腐蝕的木板，跌落到另一個房間的地板上。在她們扭打之際，瑪莉的膝蓋撞到蘿拉骨折的手，那劇痛如同點亮了白熾燈泡，力道令人吃驚。蘿拉聽到自己在呻吟，發出有如野獸般的聲音。她以右拳回擊瑪莉的肩膀，然後再次出拳打中她的下巴。瑪莉也還以顏色，打中蘿拉的肚子，同時也揪住她的頭髮，準備抓著她的臉往地板上撞。

蘿拉用盡力氣做垂死掙扎，手指用力戳進瑪莉的眼睛，瑪莉吃痛大叫一聲，也鬆開了蘿拉。她們兩人身上全都血跡斑斑，大多是瑪莉大腿上的傷口流出來的，也濺得滿地都是。蘿拉抬腿一踢，正中瑪莉的肋骨，痛得她又大叫一聲，蘿拉再踢一次，卻一腳踢空，恐怖瑪莉已經爬開，眼角還淌著血。蘿拉跌跌撞撞的站起來，不料瑪莉突然轉身抓住她的雙腳一扯，讓她再次摔倒在地板上，背部還撞破另一面牆，整個人穿牆而出，彷彿那面牆是用濕的硬紙板糊的。然後瑪莉悶聲發出怒吼，穿過腐爛的木柱和濕透的灰泥追上來。

瑪莉的眼睛裡全是血，臉上像是戴了一個深紅色的面具。她猛踢跪在地上的蘿拉，而蘿拉只能拼命用手臂護住頭臉，她揮臂擋掉一腳，肩膀卻被另外一腳踢中，讓她痛徹心扉，不過仍然奮力站起來。這時瑪莉的右眼窩只剩下一片空白，已經半瞎了，但是她的雙臂卻像鐵鉗一般緊緊箍住蘿拉的身體，把她的手臂箍在身體兩側，無法動彈。她開始一點一滴擠出對手的生命。

蘿拉奮力扭動身體，卻無法掙脫。她的視線開始模糊，如果她暈倒了，瑪莉肯定會把她打死。蘿拉拚命把頭往後仰，再用力往前撞，把全身的力量灌注到額頭，撞擊那女人的口鼻。

骨頭發出清脆的啪嗟聲響，像樹枝一樣折斷了。蘿拉肋骨上的壓力減輕，整個人滑下來癱軟在地板上，而瑪莉則雙手摀著臉，蹣跚的向後退，撞到了一堵牆，不過這堵牆是結實的。她用力搖搖頭，血滴四濺亂飛，然後低著頭，發出有如低吼般的呼吸聲，嘴角也淌著紅紅的血水。

蘿拉渾身顫抖，她全身的神經與肌肉都已經耗竭，眼看就要暈厥過去，她伸手摸臉，手上沾滿了血。

瑪莉哼的一聲，噴出血塊，拖著重傷的腿，往她這裡走來。

那高頭大馬的女人伸出雙手，一手抓住她的頭髮將她拎起來，另一隻手則勒住她的喉嚨。

蘿拉像是被拉直的彈簧一樣，整個人離開地板。她咬著牙，用血手抓住瑪莉的毛衣前襟，用盡體內最後一絲力氣，往那女人流血的大腿上猛力一踹。

瑪莉的嘴裡發出一聲純粹痛苦的嘶吼，鬆開蘿拉的喉嚨，抱住她的大腿，整個人失去平衡向後倒，肩膀撞上她身後一公尺的一堵牆壁。

蘿拉看到灰牆粉碎，生鏽的鐵釘像子彈一樣冒出來，而恐怖瑪莉還繼續向後倒。

然後是一聲尖叫。瑪莉的血手扳住她撞出來的牆洞邊緣，但是她的指間有更多腐朽的木料粉碎崩塌。叫聲更尖銳了。

瑪莉的手不見了。

蘿拉聽到砰的一聲重擊，像是悶在水裡的聲音。

尖叫聲停了。

她可以聽到海鷗的叫聲。霧氣，靜默的殺手，慢慢的從牆上洞裡飄進來。

蘿拉往外一看。恐怖瑪莉撞穿了房子側面的牆壁，摔到十二公尺下的地面。她趴在岩石、海藻與破碎的酒瓶之間，是某人狂歡後留下來的遺跡。某位塗鴉藝術家在較大的石塊上作畫，用螢光橘的色彩寫了姓名與日期。距離瑪莉頭顱約六公尺的地方，有一個噴漆畫成的和平標誌。

蘿拉的右手有個什麼東西，她攤開手，看到她從恐怖瑪莉毛衣上扯下來的笑臉胸針，尖針刺破了她的掌心。

她手一揮，把胸針甩出去，咔啦一聲，笑臉著地。

蘿拉踉蹌走出房間，來到樓梯附近，在她兒子旁邊跪了下來。

他的目光找到了她，開始尖叫。她知道自己的樣子不好看。她把他抱起來——這是很費力的大工程，但是她無法拒絕這樣的喜悅——慢慢的、輕輕的搖著他。他的哭聲漸漸止息，她可以感覺到他的心跳，奇蹟中的奇蹟，讓她為之崩潰。她低下頭，開始啜泣，有血也有淚。

她以為自己一定暈過去了。等她再次甦醒，她的第一個念頭就是恐怖瑪莉又來追殺她了。如果她這個時候站起來，跑過去向外張望，卻發現那女人已經不在原來的地方，那真的只有求老天爺幫忙了。

她不敢去看。可是那個念頭一閃即逝，她的眼皮又闔了起來。她的身體簡直就是一個疼痛王國。後來——到底過了多久，她也不知道——大衛的哭聲又將她拉回現實世界。他餓了，想要吃奶。必須要餵飽還在長大的孩子。我的孩子。

「我愛你。」她低聲道。「我愛你，大衛。」她拉開外套拉鏈，仔細的檢查他，手指、腳趾、生殖器等等一切的一切。他很完整，他是她的。

蘿拉緊緊把他擁在胸前，對著他低吟，而海洋則在窗外唱和。

她得想想接下來要怎麼辦。

她相信自己可以把卡特拉斯開出泥淖。如果不行的話，也許那輛吉普旅行車的鑰匙還插在車上。不行，她無法開那輛車，無法忍受自己坐在那輛車子裡，因為車上一定都是那個女人的味道。如果她不能把卡特拉斯開出來，她就得走路到森林管理站。她辦得到嗎？她覺得可以。也許要花一點時間，但是她終究走得到。

「是的，我們可以。」她跟她的寶寶說。他眨眨眼睛看著她，不再啼哭。她的聲音還有一點沙啞，還可以感覺那女人的手指掐住她喉嚨的壓力。「一切都結束了。」她說。她要趕走一切想要包圍她的陰鬱黑暗。「都結束了。」

但是如果她往外看，而恐怖瑪莉的屍體已經不在那裡了呢？

蘿拉想要站起來，但是根本不能動，她得再多等一會兒。光線愈來愈亮。是午後陽光吧，她想。她的舌頭舔著口腔，發現少了一顆牙齒，只剩下一點血塊。她的肋骨痛得要命，完全無法大口呼吸，而她受傷的手……呃，疼痛有個極限，過了那個極限就感覺不到痛了，她就是已經過了那個極限。等她重返文明世界之後，她將會是醫生的最愛。

走到森林管理站並不是真正的考驗，真正的考驗是跟道格和亞特蘭大有關，因為她的生活要從那裡開始。她想，她的未來應該不會有道格，她已經擁有屬於她的東西，其他的都給他吧。

另外還有一個問題，跟那個不想被人遺忘，害怕陌生人經過她的墳前卻不知道她的故事的女人有關。

蘿拉要確保那樣的事不會發生，她一定要讓貝蒂莉亞摩斯回家。

她想聯邦調查局的尼爾卡索現在應該會接她的電話了吧。

蘿拉的腿開始有了知覺，於是抱著大衛準備要站起來，差一點就成功了。她試了第二次，就真的站起來了。

她小心的、慢慢的走下樓梯，走到樓下時她得休息一次。「你媽媽是老太太囉，孩子。」她跟大衛說。「怎麼樣啊？」他發出咯咯聲。她伸出一根手指讓他的小手握住，握得好有力。他們得從頭認識彼此，但是不急，還有很多時間。他的小臉上也有些許擦傷，那是他自己的獎牌。「你準備好了嗎？」她問。他沒有答案，只是好奇的瞪著藍色的眼睛。

蘿拉蹣跚的走進午後的陽光裡，薄霧依然從海面飄進來，太平洋的浪濤也依然拍打在礁岩上，一如幾個世紀以來的模樣。有些事情是恆久不變的，就像母親對孩子的愛。

道路在向他們招手。

可是還沒有，還要再等一下。

蘿拉繞到屋後，她的心在瘀青的胸膛裡劇烈跳動。她必須親眼看到，必須知道她能夠安穩的一覺睡到天亮，不會再從惡夢中尖叫驚醒，必須知道恐怖瑪莉已經不會存在這個世界的某個角落，在公路上連夜趕路。

她在那裡。

她的眼睛瞪得老大，扭曲變形的頭顱枕在一塊岩石上，岩石血紅得像熾烈的愛。

蘿拉吐了一口大氣，抱著她的兒子轉身離開。

這兩個星期四的孩子都還有好長一段路要走。

（全書完）

羅伯麥肯曼
Robert McCammon
Swan Song
陳宗琛 譯
天鵝之歌 上
天鵝之歌 — 上
天鵝之歌 — 下
羅伯麥肯曼 著
陳宗琛 譯
羅伯麥肯曼 著
陳宗琛 譯
《奇風歲月》作者的傳奇巨作，末日史詩的絕對經典
但小心，這不是溫馨懷舊的《奇風歲月》，而是一個恐怖至極、絕望殘酷的世界
然而，在這個驚心動魄的故事裡，你感受到的卻是「希望」的無限美好
200萬人票選「美國人最愛的100本小說」
—— 美國公共電視網(PBS)有史以來最大規模的調查
「史上最驚悚的小說TOP100」
—— 美國公共廣播網(NPR)世紀票選
「麥肯曼這個同行太厲害，他的書真的真的好看到爆！」
— 來自同行對手的至高讚譽，史蒂芬金

天鵝之歌
Swan Song

《奇風歲月》作者的傳奇巨作，末日史詩的絕對經典
美國公共電視網（PBS）有史以來最大規模的調查
200 萬人票選「美國人最愛的 100 本小說」
美國公共廣播網（NPR）世紀票選「史上最偉大的恐怖小說 TOP100」
來自同行對手的至高讚譽，史蒂芬金：
「麥肯曼這個同行太厲害，他的書真的真的好看到爆！」

灰暗的雲層遮蔽了天空，永遠看不到太陽，氣溫永遠是零度以下，狂風呼嘯，整個世界成為一片冰天雪地，被污染的大地永遠長不出植物。核戰爆發後的幾個鐘頭裡，有好幾億人當場死亡，然而，對那些僥倖活下來的人來說，活著，究竟是上天的恩典、還是一種詛咒？

能喝的，只剩污染的融化雪水，喝了會生病；能吃的，只剩沒被炸毀的罐頭，總有一天會吃完……然而，核彈可以毀滅世界，卻毀滅不了希望，還是有人掙扎著要活下去，因為，不管這世界多麼令人絕望，只要活著，至少還能等待奇蹟……

「天鵝」是一個九歲的小女孩，她是如此迷戀花草，從早到晚挖土種花，那永遠綠油油的小手指彷彿有一種魔力，無論什麼花草在她手上就有了生命。

酷熱的夏天，她窗外的小花園裡卻長滿了冬天才會開花的紫羅蘭，附近的草地稀疏枯黃，唯獨她家四周綠草如茵，一片青翠茂密，那景象是如此奇特神祕，鄰居都覺得不可思議。

那天，所有的城市都升起一團巨大的火雲，世界毀滅了，她的小花園也化為灰燼，但她卻活下來了。塌陷的地下室沒有陽光沒有水，然而，她躺的地方竟然長出了嫩綠的草苗……

而在遙遠的紐約，有一個叫老媽的流浪漢也活下來了。她在城市的廢墟裡失魂落魄的遊蕩，忽然看到瓦礫堆裡埋著一團亮亮的東西……那是一團被高熱熔化的玻璃，凝固後像一個環，裡面夾雜著無數寶石和金銀細絲。她把玻璃環拿到手上，玻璃環瞬間射出七彩繽紛的光，開始隨著她的心跳閃爍，而且，當她凝視著玻璃環，眼前開始浮現出奇特的景象，感覺像在夢遊，但那景象卻如此逼真，彷彿伸手就摸得到……她看到焦黑的荒地上有一個洞，裡面伸出一隻巨大黑色的手，旁邊有一個玩具娃娃……

她不由自主的開始往西邊走，彷彿玻璃環有一股神祕的力量在牽引她，要帶她去某個地方，尋找一個孩子……彷彿，那孩子是這絕望的世界裡最後的一線希望……

國家圖書館出版品預行編目資料

她的搖籃曲／羅伯・麥肯曼(Robert McCammon)作；
陳宗琛譯.--初版.--新北市：鸚鵡螺文化，2019.8
冊；公分 (Kwaidan ; 3)
譯自：Mine
ISBN 978-986-94351-4-7(平裝)

874.57　　　108013468

Kwaidan 003

她的搖籃曲

Mine

作　　者—羅伯・麥肯曼
　　　　　Robert McCammon
譯　　者—劉泗翰
選 書 人—陳宗琛
美術總監—Nemo

出版發行—鸚鵡螺文化事業有限公司
地　　址—新北市鶯歌區建國路85號11樓之7
電　　話—(02)86776481
傳　　真—(02)86780481
郵撥帳號—50169791號
戶　　名—鸚鵡螺文化事業有限公司
電子信箱—nautilusph@yahoo.com
總 經 銷—大和書報圖書股份有限公司
ISBN　978-986-94351-4-7
初版首刷—2019年8月
特 惠 價—新台幣399元